LABYRINTH
圣卷谜宗

[英] 凯特·摩斯 (Kate Mosse) 著
玄涛 译

西南师范大学出版社
国家一级出版社 全国百佳图书出版单位

CONTENTS 目 录

Prologue 序 曲 001

The Cité On The Hill 山丘之邦 017

The Guardians Of The Books 圣卷守护 161

The Return To The Mountains 重返山林 369

Epilogue 尾 声 483

LABYRINTH
PROLOGUE

序 曲

第一章

法国西南部 萨巴提山脉 苏拉哈克山峰
2005年7月4日 星期一

一缕鲜血从她苍白的胳膊下方缓缓流下，宛如白色衣袖上的一条红色接缝。

起初，爱丽丝并未理睬，以为只是一只苍蝇在挠她痒痒。作为一个挖掘工作者，被蚊虫叮咬是家常便饭，而且她作业的这片山地，位置虽然比主挖掘区高，苍蝇却比那里多得多。这时，一滴血"啪嗒"滴到了她裸露的腿上，犹如篝火之夜在空中绽开的烟花一样，四溅开来。

这回，她终于仔细查看了一下，才发现原来是胳膊肘内侧的伤口又裂开了。伤口很深，要等痊愈的话，还不知是猴年马月。她叹了口气，使劲儿勒了勒绑石膏的绒布，见四下无人，又用舌头舔了舔流到手腕上的污血。

几缕棕黄色的头发从她帽子边缘滑了下来。她将它们别到耳后，用手帕揩了揩额头，然后把马尾拧了几圈，在颈后盘成一个结。

既然专注的工作已被打断，她便干脆站起身来，伸展一下纤细却已经有些被晒黑的双腿。她穿着毛边牛仔短裤、白色紧身无袖T恤，头戴一顶帽子，看起来更像是个少女。曾经的她对此很是介意，而现在，年龄越大，她便越明白显年轻的好处。她身上唯一彰显魅力的就是那对精致的银耳环了，它们形状好似星辰，像亮片一样闪着光芒。

爱丽丝拧开水壶盖。水有点儿烫，但她太渴了，已经顾不上这些，便大口大口地痛饮起来。脚下，布满凹痕的柏油碎石马路上，蒸腾着的热霾正闪烁着微光；头上，蔚蓝的天空一望无际。知了躲在干草的阴影下不知疲倦地大声合唱。

这是她第一次来到比利牛斯山，但觉得亲切而熟悉。她曾听说，冬天，萨巴提山脉那延绵起伏的山峰上会覆盖积雪；春天，广袤而辽阔的岩石丛中，粉红、淡紫、洁白的花朵会从缝隙里探出头来；初夏，牧场一片绿色，黄色的毛茛星星点点地散落其中；而现在，太阳把本是绿色的大地晒成垂头丧气的棕黄，万物肃杀，一派萧条。她想：这真是个美丽的地方，就是有点儿荒凉。这是一块神秘的土地，它目睹了太多故事，也隐匿了太多秘密，这片土地已经无法若无其事地沉默下去了。

爱丽丝看到，在她脚下的山坡上，同事们都站在主营地巨大的帆布天篷下面。她只能依稀辨认出希拉的身影——因为希拉穿着标志性的黑色工作服。令她惊讶的是，他们已经收工了，这会儿时间还早，但大家都有些无精打采。

大多数情况下，这份工作是辛苦而单调的。又是挖，又是刮，又是分类，又是记录，而且干了这么久都没什么重要发现，付出的努力至今没得到回报。他们也曾偶尔挖出过一点儿中世纪早期的碗罐碎片、两三个12世纪后期或13世纪早期的箭头，至于旧石器时代的部落遗址，一点儿线索都找不到，而这才是本次挖掘的重点。

爱丽丝很想下山去跟朋友、同事们会合，顺便把她这身衣服弄干净些。她的伤口已经刺痛不已，而且因为一直蹲着，小腿有些酸胀，肩膀上的肌肉也很僵硬。但是她知道，如果这时停下，那股卯着的劲儿就再也提不起来了。

令人欣慰的是，她马上就要走运了。之前，她注意到一枚大卵石的下面有东西在发光。那卵石支在山的一侧，端端正正、干干净净，好像是一只巨人之手将它稳稳当当地摆放在那里一样。虽然她无法断定那发光的东西是什么，甚至不知道它到底有多大，但是她已经挖了一上午，应该很快就可以够到它，并能一探究竟了。

她知道自己应该再叫些人过来，最起码应该把情况告诉希拉。希拉是她最好的朋友，也是挖掘工作的第二负责人。其实，爱丽丝并不是一名专业的考古学家，她只是趁暑假来当志愿者，做些有意义的事情而已。但今天是她在挖掘区的最后一天了，她急于想要证明自己的价值。如果现在下山回到主营区，说出自己好像发现了什么东西，大家肯定都想参与进来，那样这个发现就不止属于她一个人了。

今后的日子里，爱丽丝都将会回味这一刻。她会想起那种光芒的质地；想起口中混杂着鲜血和尘土的金属味道；也会猜想如果自己当时一走了之，或者循规蹈矩的话，事情将会有什么不同。

PROLOGUE 序曲

　　喝完水壶中的最后一滴水,她便把水壶扔进了帆布背包。在接下来的一个多小时里,太阳不断往上空爬,气温也一直攀升,爱丽丝继续埋头苦干。空气中一片寂静,仅有的声响就是金属在岩石上的刮擦声、昆虫的鸣叫声和远方偶尔传来的轻型飞机的嗡鸣声。她能感觉到自己的上唇和胸前挂满了汗珠,但无暇顾及。终于,卵石下方的缺口足以让她把手伸进去了。

　　爱丽丝跪下身来,把脸和肩膀倚靠在石头上撑着。然后,她怀着兴奋的心情,将手伸进了黑暗神秘的土里。很快,她就知道自己的直觉没有错,她找到了有价值的东西!那东西摸起来光滑黏腻,是金属做的!她一边紧紧抓住那东西,一边告诫自己不要期望过高,然后慢慢地,慢慢地把它取了出来。那一瞬间,大地仿佛颤抖了起来,好像是不愿把它的珍宝拱手让人。

　　潮湿的土壤散发出浓重、令人反胃的气息,充斥着她的鼻腔和喉咙,但是她毫无感觉。她已经被捧在手心里的历史文物深深迷住了,好像一下子穿越到了过去。那是一枚沉甸甸的圆形皮带扣,由于年代久远,且长时间埋在地下,上面散布了很多黑色和绿色的斑点。爱丽丝用手指摩挲着这枚宝物,看着它上面的泥土渐渐剥离,显现出银和铜铸造的细节,不禁喜上眉梢。乍看上去,这应该也是中世纪的文物,是那种用来系斗篷或长袍的皮带扣,她之前见过类似的东西。

　　她虽然知道不该贸然下定论,不该被第一印象所迷惑,但还是忍不住开始想象皮带扣的主人——他早已不在人世,也许曾经走过这些小路。这个陌生人的故事还有待挖掘。

　　她浮想联翩,沉迷其中,都没注意到大卵石正在移动。这时,某种感觉引导着她抬头看去。刹那间,世界仿佛都停顿下来,时间和空间都凝结在那一刻。她目瞪口呆地望着古老的大卵石摇晃着,倾斜着,然后优雅地朝她倒下来。

　　最后一刻,光芒破碎,魔咒终止。爱丽丝使劲儿向旁边一扑,半歪斜着身体向一边滑去,才没有被大卵石压死。大卵石重重地栽倒在地,发出一声沉闷的钝响,扬起一团浅褐色的尘土,在地上慢慢翻滚了几下后,最终滚到了山下。

　　爱丽丝拼命抓住身边的灌木和矮树,以防自己继续下滑。她暂且仰面躺在尘土中歇气,只觉头晕目眩,神志不清。慢慢地,她回想起自己刚刚差点儿被大卵石压死,不禁打了个寒颤。她想:**跟大卵石的这种亲密接触,真是令人不舒服。**于是她深深地吸了一口气,静候世界停止旋转的那一刻。

　　渐渐地,脑袋里的重击声逐渐消失,胃里也不再翻江倒海,一切都回归正常,她便坐直身体,查看自己有没有受伤。她的双膝都被擦破了,鲜血从一道道的

005

伤口里渗出；手腕也因笨拙的倒地动作而撞伤了，手中却还紧紧地攥着皮带扣。其他的地方倒是没什么伤，算是逃过一劫。*我没受伤。*

她站起来，拍拍身上的尘土，感觉自己像极了一个十足的傻瓜——竟然没有固定住大卵石就贸然动手取物。怎么会犯这么低级的错误呢！现在，她又往山下的主营区看了一眼，营地里没人察觉刚刚发生的事情，这让她很诧异，但也松了一口气。她举起手，正要呼叫别人来看看，却突然发现山体一侧——大卵石刚刚所在的位置那里，有一条狭窄的通道，就像是石头上被劈开了一扇门。

她早就听说这些山里遍布暗道和洞穴，所以现在并没觉得意外。虽然从外面看去，根本无法确定里面有没有门，但不知为何，爱丽丝感觉门就在那里。*她更像是凭直觉猜的。*

她犹豫了。爱丽丝很清楚，应该找个人陪自己一起进去，不采取任何防护手段就独自前进是一种愚蠢的做法，甚至可能会发生危险。她知道这样可能会毁掉一切。但说到底，她压根不该一个人到这么高的地方来作业。希拉根本不知道。但有一种东西在吸引她过去——这是她自己的事情，是她自己的发现。

爱丽丝告诉自己，没必要打扰同事们，无端燃起他们的希望。如果发现值得研究的东西，她自会告诉大家，现在她只是想先去打个头阵，不会吃独食。

我只去一会儿就成。

她又爬了上去。洞口的地上有块很深的洼地，大卵石就曾站在那里守卫着洞口。那块潮湿的洼地里满是乱滚乱爬的蠕虫和甲虫，它们在石头下面待了这么久，现在突然被暴露在光和热之中，估计是感到很不适应。她的帽子还躺在地上，泥铲也还在刚刚被扔下的地方。

爱丽丝凝视着洞内的那片黑暗。洞口不过五英尺高，三英尺宽，边缘粗糙，形状不规则，看起来不像是人造的洞穴，更像是天然形成的。但是当她用手指上下摩挲岩石的时候，她惊奇地发现，之前大卵石停留的位置上有几处光滑的小块。

慢慢地，她的眼睛适应了黑暗，瞳孔里天鹅绒般的黑色渐渐变成了炭灰色。眼前是一条狭长的隧道。她感觉颈后的短发都竖立起来，好像在警告她，黑暗中潜伏着东西，还是不要惊扰为妙。但那只是一种幼稚的迷信，她忍住不往下想。爱丽丝不相信幽灵或预言。

她紧紧地攥着皮带扣，好像那是她的护身符一样。深吸一口气后，她迈进了那条通道。长期封闭的空气立刻包裹住了她，灌满了她的口腔、喉咙和肺。之前别人曾警告过她，封闭洞穴中应该是干燥的有毒气体，但现在洞里的空气又冷又潮。所以她猜想，这洞里肯定有新鲜空气的进气口。但是，为了以防万一，她还是掏了掏短裤口袋，摸到了打火机。她把点燃的打火机举到黑暗处，仔细检查有没有氧气。一阵微风吹动了火苗，但没有熄灭。

爱丽丝内心感到十分紧张，也夹杂着些许内疚。她用一块手帕包起皮带扣，装进口袋，然后小心地向前走。火苗发出微弱的光，但是足以照亮眼前的路。锯齿状的灰墙上投下了她的影子。

她越往里走，越感觉到寒冷的空气像只小猫一样缠绕着自己裸露的双腿和胳膊。她在走下坡路——她能感觉到脚下的地面在渐渐向下倾斜，起伏不平，布满沙砾。在这个狭窄寂静的空间里，踩在石头沙砾上的嘎吱声显得格外刺耳。她觉察到，越往深远走去，身后的日光越是黯淡。

突然，她不想往前走了。她压根不想待在洞里。但是有一种无法摆脱、说不清道不明的东西，吸引着她往大山的内部越走越深。

又往前走了十米，便到了隧道的尽头。爱丽丝发现自己站在一个门槛旁边，眼前是一个洞穴似的封闭房间。脚下有几级平坦宽阔的矮台阶，正前方主区域的地面铺得既平坦又光滑。洞穴长约十米，宽大概五米，明显并非自然所致，而是人工修砌而成。房顶很低，呈拱形，就像地窖的天花板那样。

爱丽丝高举着手中摇曳的小火焰，她凝视着这一切，心里却产生了一种莫名其妙的熟悉感，像针扎一样奇怪地刺痛着，令她很是不解。她刚要走下台阶，突然发现最上层的石头上刻着一些字母。她弯下腰，试图看看是什么意思，但只能辨别出前三个单词和最后一个字母，大概是 N 或者是 H，其他字都已经被侵蚀或凿掉了。爱丽丝用手指肚擦掉尘埃，大声地念了出来。在一片寂静中，她的回声听起来有些恐怖和危险。

"一——步——一——步——地……一步一步地。"

一步一步地？一步一步地干什么？她潜意识的深海表面微微荡起一丝波澜，一种模糊的记忆飘过脑海，就像一首被遗忘已久的老歌在隐隐回荡，但转眼就消失得无踪影。

这回她低声重复了一下这句话"一步一步地"，但仍不解其意。这是一句祷告？一种警示？不知道下文是什么，就无法解释它的意思。

她现在觉得有些紧张了。她站起身来，一级一级地走下台阶。好奇心跟预感做着激烈的斗争，她感觉自己裸露的纤细胳膊上起了很多鸡皮疙瘩——是因为焦虑紧张，还是因为洞穴中的阵阵寒意，她也弄不清楚。

爱丽丝把打火机举高，照亮前方的路。她走得很仔细，生怕滑倒或者不小心碰到什么东西。走下面几级台阶的时候,她停住了,接着深深地吸了一口气,继续向幽深的黑暗之中走去。她只能看清房间的墙壁。

石头上好像刻画着一个巨大的圆形和半圆形图案,由众多线条勾勒而成,从这个距离很难确定那是否只是光线的错觉,或者是打火机投下的影子。在图案前面的地上,有一张石桌,大约四英尺高,形似祭坛。

她靠一直盯着墙上的这些符号来保持方向感,侧身向前移动。现在她看得越来越清楚了,这个图案有些像迷宫,虽然在她的概念里,这个迷宫好像有哪里不太对劲儿。这不是一个真正的迷宫。真正的迷宫线条应该都指向中心,但这个图案却不是这样的。这个图案有问题。爱丽丝也说不清楚自己为何这么确定,她只是知道自己是对的。

她的眼睛一直凝视着这个迷宫,越靠越近。突然,她的脚碰到了地上某种坚硬的东西,发出一声微弱、空洞的闷响。那像是东西滚动的声音,仿佛有个物体正在移动。

爱丽丝向下看去。

她的双腿开始颤抖起来,手中黯淡的火苗也跟着微微晃动,她惊得喘不过气来——她正站在一座墓穴的边缘。那墓穴只是地面上一块浅浅的洼地,很是简陋。墓里有两具人类的骷髅,肉体已经被岁月侵蚀殆尽,只剩下光秃秃的骨头。一只骷髅头上的眼窝直盯着她看,另一只骷髅头已经被她一脚踢到了一边,现在正歪着脑袋,目光好像转向了别处。

曾经,这些骷髅的摆放是经过精心布置的,它们一个挨着一个,面朝祭坛,像墓穴上的雕刻一样整齐,位置对称,呈一直线,但是墓穴里并不是休闲放松的地方,而且这里毫无祥和之感。一个骷髅头的颧骨被压碎了,向内陷去,看起来像个纸糊的面具;另一具骸骨的肋骨断裂,伸在外面,像一棵死树的脆枝。

*他们**不会**伤害你*。爱丽丝下定决心不向恐惧投降,并强迫自己小心翼翼地蹲下身来,以免再惊扰到其他东西。她上下左右打量了一下整座墓穴。两具骷髅之间有一把因岁月腐蚀而变得黯淡无光的匕首和一些零零散散的衣服。旁边有一个皮革束口包,大概可以装下一个小盒子或是一本书。爱丽丝皱起了眉头。她肯定之前在某个地方见过类似的东西,但是怎么想也想不起来。

体型较小的那具骷髅爪子一样的手指间夹着个圆形的白色东西,个头很小,爱丽丝都差点儿没看到。她快速掏出口袋里的镊子,至于是否应该这样做,她连想都没想。她探过身子,小小心翼翼地将那东西夹出,举到火苗前,轻轻吹掉上面的灰尘,想要看得更清楚一些。

PROLOGUE 序曲

那是一枚小小的石头戒指，朴素平凡，圆圆的环状，表面光滑。奇怪的是，这也让她觉得似曾相识。爱丽丝又仔细看了看。戒指内侧刻着一个图案。起初，她以为那是某种印章的刻痕，但她马上意识到了什么，一下子又震惊了。她抬眼看了一下房间后壁上的标记，然后又低头看了一下戒指。

图案是一样的。

爱丽丝不是信徒，她不相信天堂和地狱，也不信奉上帝或魔鬼，更不相信这座山里有奇怪的生物出没。但是，她平生第一次被一种超自然的东西所控制。那是一种无法言说的东西，不是她的经验或头脑能够解释的东西。她能感觉到一种歹毒的东西慢慢地爬上了她的皮肤、头皮和脚底。

她的勇气所剩无几，洞穴也突然间变得寒气袭人。恐惧扼住了她的喉咙，冻结了她的呼吸。爱丽丝爬了几步。她不该来这个古老的地方。现在她万分想要逃离这个房间，躲开这些暴力打斗的场面，远离这里死亡的气息，回到安全明亮的太阳下。

但是，一切都已经太迟了。

不知是从她的上方还是背后，说不清楚是在哪个方位，出现了脚步声。声音在空旷的房间里回荡着，仿佛在岩石和石头间跳来跳去。有人来了。

爱丽丝警觉地转头四下望去，仓皇之中丢掉了打火机。洞穴里陷入一片黑暗。她想要逃跑，却在黑暗中迷失了方向，找不到出口。双腿支撑不了，她倒了下去。而她手中的那枚戒指，又掉回到了那一堆骨头里。

第二章

法国西南部 卡卡颂
2005 年 7 月 4 日 星期一

距离东面直线距离几英里开外的萨巴提山里，有一座被人遗忘的小村庄。一个身穿灰白色套装的瘦高个儿的男人，正独自坐在一张深色抛光木桌前。

房间的天花板很低很矮，地上铺着大方砖，颜色跟这座山上的红土一样，在炎炎的夏季里，给人清凉之感。房间里唯一的窗户上百叶窗紧闭，遮得室内一片昏暗，只有桌上的一盏小油灯透出一小圈黄色的光晕。油灯旁边立着一只大玻璃杯，里面盛着满满的红色液体，几乎要溢出杯外。

桌上凌乱地堆放着几张深奶油色的纸片，每一张上面都有用黑色墨水写着的一行行隽秀的字迹。房间里静悄悄的，只有钢笔在纸上书写的沙沙声，以及他拿起杯子时冰块碰到杯壁的叮当声。那些液体散发出幽幽的酒精味和樱桃味。他时而停下来稍作思考，时而又拾起笔来奋笔疾书。只有时钟在滴答滴答地响着，提醒时间的流逝。

我们此生留下的东西，只有关于我们曾经是谁、做过什么事情的记忆。但这也只是一种印记而已，算不上什么。我懂得了许多道理，也获得了很多智慧，但是这有什么意义吗？我说不清楚。一步一步地，你会走更远。我目睹了春天的翠绿变幻成夏天的金黄，秋天的古铜色变幻成冬天的洁白，而我就坐在那里，等待夕阳落下。我一遍遍地拷问自己，为什么要这样活着？这样孤独地生活和忍受，成为生命无尽循环往复的唯一目击者？如果我早知道活着就是这种感觉，我应该怎么做才对？阿莱斯，孤独将我压得喘不过气来。我跟这空虚的内心做伴，度过这漫长的人生。多年来，这种空虚已经慢慢、慢慢地膨胀，淹没了我的内心。

我曾经尝试着去恪守那些对你的诺言。一个已经实现了，另一个还没有，一直到现在也还没有实现。现在，我觉得你已经在靠近我了，很快我们就又能相会了。所有的迹象都在给我暗示。很快洞穴就能打开了，我能感觉到真相就在不远处。一直以来都很安全的那本书，也马上就可以找到了。

男人停下笔，伸手去拿杯子。他的眼前正在回放着记忆中的一幅幅画面，然而吉诺雷樱桃利口酒味道太浓太甜，让他从回忆中回过神来。

我已经找到她了。终于找到了。我在想，如果我把书放到她手里，那个场景会令她感到熟悉吗？这种记忆是否已经渗入了她的血液，铭刻到了她的骨髓？她会记得那本书的封面是怎样发着微光，怎样不断变幻着颜色的吗？如果她解开了绑着的带子，仔细地将其打开，小心翼翼地不敢弄坏那些干燥而易碎的羊皮纸，她会想起那些回响了几个世纪的语言吗？

我祈祷，随着我漫长的人生逐渐走向终点，我将会有机会改正之前犯下的错误，最终获得真理。

真理将使我得到解脱。

男人倚到椅子靠背上，将他那布满老年斑的双手平摊在面前的桌子上。这么多年了，终于要有机会揭晓谜底了。

这就是他毕生唯一渴求的东西。

第三章

法国北部 沙特尔
2005年7月4日 星期一

同一天的晚些时候，六百英里以外的北方，另一个男人正站在沙特尔某条大街的过道里，等待仪式的开始，周围的灯光幽暗昏黄。

他的手掌渗出汗水，嘴巴干燥，身体的每一根神经，每一块肌肉，甚至连两鬓血管里脉搏的每一次跳动，他都能清晰地感知到。他觉得自己微微有些头晕，虽然也无从知晓到底是因为精神紧张或过于期待，还是因为受了酒精的影响。平时不太穿的白色棉袍沉甸甸地压在他的肩膀上，大麻扭制而成的绳子笨拙地搭在他瘦骨嶙峋的臀部上。他迅速偷瞄了一眼站在他身体两侧的两个人，但是他们的面庞被兜帽遮住了。他无从判断他们是否也同他一样焦躁不安，或者他们早就见惯了这种仪式。他们的穿着与他一致，只是他们的袍子是金色的，而且脚上穿着鞋子。他的脚是光着的，能够感觉到脚下石板冰凉的触感。

高处暗藏着纵横交错的隧道，哥特式大教堂的钟声便从那里传来。他感觉旁边男人的身体变得僵硬起来。这是他们一直在等待的信号。他立即低下了头，努力集中精力。

他喃喃地说："我准备好了。"他嘴上虽这样说，但更大程度上是为了安抚自己焦虑的神经，而不是真的一切就绪。他的同伴也没有任何反应。

随着钟声的最后一声回响渐渐消失，他左边的侍从开始向前走去，手中半遮半露地握着一块石头，在大门上敲了五下。里面传出一个声音："进来。"

男人好像有点儿辨出了这个女人的声音，但是没有时间去猜想是在哪里或何时听过这个声音，因为大门已经洞开，展现在他面前的是一间大厅——这是他期待已久的地方。

他们三个人慢慢地向前走去。他已经排练过了，知道会发生什么，也知道自己需要做些什么，虽然他感觉步履有点儿不太稳当。经过了寒冷而黑暗的走廊之后，这间大厅相比之下有些闷热。唯一的几束光线从壁龛里和祭坛上摆放的蜡烛那里射出，它们投下的影子在地上跳动。

虽然他觉得自己已经有点儿超然事外了，但是肾上腺素依然在他的体内强烈地奔涌冲荡着。真是奇怪。他身后的门突然关上了，害他吓了一跳。

四位高级侍从分别站在大厅的东西南北四个方位。他十分渴望能够抬起头来好好打量一下四周，但是由于之前受到了训诫，不得不强迫自己低着头，深埋着脸。他隐隐感觉到，宽阔的矩形大厅里，每一面都站着两排等待入教的新人，每面六人。虽然没人动弹，也没人出声，但他还是能察觉到他们身上散发出的热量，听到他们呼吸时胸脯一起一伏的声音。

他已经记住了今天的位置安排，之前有人交给他的说明上都画好了的。他朝着大厅中央的圣体安置处走去时，察觉到了背后盯着他的一双双眼睛。他感到有些纳闷，难道有谁认识他吗？也是，生意上的同行，朋友的妻子什么的，谁都可能是这教派的成员。"如果我加入这个协会，会对整个协会产生什么影响呢？"他在自己的幻想中肆意地沉溺了一会儿，嘴角忍不住扬起了一丝微笑。突然，步履蹒跚的他差点儿跌倒在圣体安置处下的跪石上，马上就令他从臆想中回过神来——看来这间大厅比他之前了解的更窄小，更狭隘，更幽闭。他本以为门离跪石的距离要稍微远一些。

他跪倒在石头上的时候，旁边一个人突然猛地吸了一口气，他不明所以。他朝下瞥了一眼，看到自己的指关节已经发白，心跳也不自觉地加快了起来。他觉得很是尴尬，便把两只手紧紧握在一起。然而旋即他又想起那个要把双手垂在身体两侧的规定，便赶紧把手放下。

跪石中央有一块浅浅的凹处，透过袍子薄薄的布料，他感觉到石头又冷又硬。他稍微挪动了几下身体，想要找个比较舒服的位置。这种不适倒是转移了他的注意力。谢天谢地。他仍然感到头晕目眩，很难集中精神，甚至连事情应该进行的顺序都忘记了，虽然这些安排已经在他脑子中演习过好几遍了。

大厅里开始响起一声铃声，音调高亢而单薄。一阵低沉的诵经也随之响起，起初轻柔,继而演唱的人越来越多,声音也越来越大。他的脑海中回响起一些支离破碎的单词和词组:山脉、贵族、书籍、圣杯……

女祭司走下高高的圣坛,穿过大厅。虽然头颅深埋的他只能听到她双脚在地上发出的轻微拖拉声,但是可以在脑海中勾勒出她身上闪闪发亮的金袍在摇曳闪烁的烛光中摇摆晃动的形象。这就是他一直期待的时刻。

"我准备好了。"他在心里默念。这回他是真的准备好了。

女祭司在他面前停下了脚步。纵使在浓烈的祭祀用燃香味道下,他依然能够闻到她身上暗暗散发着的香水味。当她弯下腰握住他的手时,他屏住了自己的呼吸。她的手指冰凉,指甲修剪得整齐干净。她把一个圆形的小东西摁在他的手心里,然后扳动着他的手指,把那个小东西包起来。这时,他感到有一股电流和冲动从他的胳膊一直传到心头。此刻,他感到了一种前所未有的欲望——他想要看一眼她的脸。但是他仍是谨遵训诫,克制地深埋着头。

四个年长的侍从离开了自己原来的位置,来到女祭司身旁。他们向后拽起他的脑袋,将一股浓稠而甘甜的液体倒入了他的齿间。这就是他一直等待的,因此他毫无反抗,任其摆布。温热的液体缓缓地流遍了他的全身。他举起双臂,让同伴们在他的肩上套了一件金色的斗篷。尽管在场的人们已经对这种仪式司空见惯,但他依旧能够察觉到每个人内心里隐隐的不安。

突然,他感觉自己的脖子上好像被套上了一个铁箍,紧紧地勒着他的嗓子。他猛地抬起双手,拼命抓挠着喉咙,挣扎着想要呼吸。他想喊叫,可是压根发不出声音。大钟再一次响起高亢而单调的声音,平缓而悠长,淹没了他的呻吟。一股恶心之感迅速涌遍他的全身。他觉得自己随时都可能晕倒,于是双手不停地舞动着,想要抓住一样可以扶着的东西。他用尽全身力气,指甲划开了掌心柔嫩的肌肤。剧烈的疼痛支撑着他没有倒下。他这才明白,刚刚放在肩上的手,并非是要安慰他或支撑他,而是要摁倒他。又一阵恶心攫住了他,脚下的石头仿佛都在离他越滑越远。

现在,他感到双目眩晕,无法聚焦,但是能依稀看见女祭司手里拿着一把刀,虽然他也想不明白那把闪着银光的刀是怎么跑到她手里的。他挣扎着想要站起来,但是药力太强,抽走了他身上全部的气力,他控制不住自己的胳膊和双腿了。

"不!"他试着大声呼喊,但为时已晚。

起初,他以为自己只是肩膀间挨了几拳,没其他的伤了。但是立刻,一种钝痛弥漫他的全身,一股温热光滑的东西从他脊背上缓缓流下。

抓着他的那些手毫无预警地松开了。他向前扑倒在地,蜷缩在地上,像个破布娃娃一样。他头部撞到地上的时候，竟然感觉不到一丝痛苦，只是觉得地面有些冰凉，而且还稍稍安抚了他灼热的皮肤。此刻，所有的嘈杂、混沌和恐惧都渐渐远去。他闪动着的双眼慢慢闭上了。他失去了所有的意识，只能隐隐约约地听到她的声音。那声音仿佛从一个遥远的地方传来。

她好像在说："这是给你的一个教训。"虽然她没什么来由这么说。

在他意识消失的最后一刻，这个被指控泄漏了秘密、在应该保持安静的时候开口说话的男人，手里紧紧握着那个他梦寐以求的东西，直到灵魂渐渐从他体内抽离。最后，那枚不过硬币大小的灰色圆片滚落到了地上。小圆片一面刻着字母"NV"，另一面，刻着一个迷宫图。

第四章

法国西南部 萨巴提山脉 苏拉哈克山峰
2005 年 7 月 4 日 星期一

一时间，万籁俱寂。

随后，黑暗渐渐消融，最终淡去。爱丽丝已经不在洞里了，而是漂浮在一个失重的白色世界里。那里透明、安静、祥和。

她自由了，并且很安全。

爱丽丝感觉自己好像已经逃离了时间的束缚，坠入了另一个维度的世界。现在和过去的分界线也正在这不分时间和空间的环境内慢慢遁去。

突然，爱丽丝猛地向下一坠，骤然从洞开的天空中跌落下去，就好像从绞刑架下面的陷阱掉下去似的，一直朝着树木茂密的山坡跌落下去。她嗖嗖地下坠，越落越快，耳边只有风儿呼呼吹着口哨的声音。

落地的一击却迟迟没有出现，她的骨头也没有因为摔到瓦灰色的石头上而碎裂。相反，爱丽丝冲向地面的时候便奔跑了起来，还跌跌撞撞地穿过了两排大树间起伏陡峭的小道。树木茂密而高大，挡住了视线，令她看不清前方的事物。

她跑得太快了。

爱丽丝胡乱去抓些枝叶，试图减慢自己的速度，停止这无头苍蝇似的、坠向未知地点的奔跑，但是她的手穿透了树叶，抓不住任何东西，就好像是鬼魂或精灵的手一样。像梳子梳过头发那样，一团团小树叶挣脱了她的手掌。她感觉不到它们，但树木的枝叶把她的手染成了绿色。她把手指举到眼前，想要闻一下那微微发酸的气息，但是，什么也闻不到。

爱丽丝的肋部被划出了一道口子，但是她还是无法停下，因为有种东西跟在她的身后，正步步逼近。脚下的路越来越向下倾斜。她意识到，地上四分五裂的块根和石头取代了之前柔软的土壤、泥沼和嫩树枝。然而，还是没有声音。听不到鸟叫，也听不到人声，只能听见自己呼哧呼哧的喘气声。那条小路突然旋转起来，她在其中左右冲撞，直到绕过一个拐角，一堵静静燃烧的火墙挡住了眼前的路。火苗跳跃着，盘旋成一根火柱，迸发着或白或金或红的光芒，时而相互缠绕，时而竞相跃动，形状变化多端。

虽然爱丽丝根本感觉不到热量，但她还是本能地抬起手来遮住脸，不让强热灼伤自己的面部。她看见跳动的火苗中有一张张被困住的人脸，在大火的团团包围和灼烧炙烤中，他们龇着牙，咧着嘴，无声却痛苦地扭曲着自己的面孔。

爱丽丝想要停住。她必须停下。她的双脚已被撕烂，流着鲜血，但是追她的人狠狠地抓着她的脚踝，而且有种无法控制的力量正在把她推向致命的火海之中。

她别无选择，只能跃起，试图摆脱大火张开的血盆大口。她扶摇直上，像一缕青烟一样升到了空中，远离了燃烧着的炽热大火。风好像载着她上升，将她从地面上解救出去。

有人在呼唤她的名字，是个女人，虽然她的发音听起来很别扭。

"阿莱斯。"

她安全了，自由了。

随后，那熟悉的冰凉的手指又抓住了她的脚踝，把她甩到了地上。不，不是手指，是镣铐。爱丽丝这才意识到她手里抓着什么东西。是一本书，用皮带子系着。她明白了，这就是她想要的东西，是他们想要的东西。正是因为丢了这本书，才让他们如此愤怒。

如果她还能张口说话的话，也许还会跟他们讨价还价。但是她的脑袋里想不出一个字，嘴巴也说不出一句话。她乱抓乱踢，想要逃跑，但是于事无补。脚上的铁链太沉重了，害她又被拖回火里。她试图挣扎尖叫，却发不出一点儿声响。

她又尖叫了一声。她感觉自己的声音在内心深处挣扎盘旋,跃跃欲试。这回,她的声音猛地向后抽离。整个真实世界都在迅速向后抽离,包括声音、光、气味、触感和她口中血液的金属味道。突然,一转眼的工夫,她停下了,周身瞬间被一种晶莹剔透的寒冷空气包裹起来。这不是洞穴里的那种寒冷,而是一种异样、强烈却耀眼的冰冷。被包围其中,爱丽丝只能依稀看到一张脸的轮廓,美丽却不真切。那个声音再次呼唤起她的名字。

"阿莱斯。"

这是最后一次呼唤她的名字了。是一个朋友的声音,没有恶意的声音。爱丽丝挣扎着睁开双眼。她知道,如果她能够看见,就能够明白一切。但是她看不见,看不清楚。

梦境开始慢慢退去,她重获自由。

该醒了。我必须醒了。

现在,她头脑中响起另一个人的声音,跟一开始那个声音不同。她的胳膊和双腿恢复了知觉,磨破的膝盖开始感到刺痛,下落时擦伤的皮肤开始灼烧。她还能感觉到肩膀上强烈的抓痛,而这让她慢慢地苏醒了过来。

"爱丽丝!爱丽丝,醒醒!"

LABYRINTH

THE CITÉ ON THE HILL

山丘之邦

第一章

法国西南部 卡卡颂
1209 年 7 月

阿莱斯突然间惊醒,直直地坐起身来,双目圆睁。她像一只被困在牢笼里、挣扎着想要逃脱的小鸟一样,胸腔里充满了恐惧。她用手按住胸膛,平复着剧烈的心跳。

片刻,她半睡半醒,好像身体的某部分还被遗忘在梦境。她感觉自己飘浮在空中,可以从很高的地方向下俯瞰自己,就像圣那萨利天主教堂屋顶上的石刻神兽那样,从上面对着路过的人扮着鬼脸。

她躺在康达尔城堡里自己的床上,十分安全。慢慢地,她的眼睛适应了黑暗,看清了这个房间。她再也不会被那些黑眼睛的瘦怪物们伤害了。他们整夜地纠缠着她,用尖锐的手指抓挠撕扯着她。**他们现在够不到我了。**那些刻在石头上她压根不懂的语言,或者说是图案,全部都像秋日天空中的一缕云烟,转眼就飘散了。大火也熄灭了,成为她脑海中的一个回忆。

这是一种预兆吗?或者只是一个噩梦?

她无从知晓,也害怕知道真相。

阿莱斯伸手拉住了悬挂在床铺四周的帘子,好像触碰一些真实的东西可以让自己感觉不再那么透明和虚无。帘子已经很旧了,布满了尘埃,却充满着城堡里熟悉的味道,手指摸上去还有些粗糙的触感,这让她的心灵受到了极大的安抚。

夜复一夜,每天都是同样的梦境。童年时期,每次她因受到惊吓在黑暗中醒来，小脸儿吓得苍白，双颊挂满泪珠时，父亲总能坐在床边，像对待儿子那样悉心照顾着自己。一支蜡烛烧光了，父亲又点上一支，就那样在烛光里给她小声讲述着他在圣地的冒险故事。他给她讲了沙漠中无边无际的海洋，弧形圆顶的清真寺和萨拉森信徒的宣礼，向她描述了各种香料的气味，食物的鲜艳颜色和辛辣味道，还有耶路撒冷日落时分鲜红的太阳发出的耀眼光芒。

多年以来，在黄昏到黎明的这段时间内，父亲就是这样给她讲这讲那，为她驱走梦中的魔鬼，而她的姐姐则在她的身旁静静地安睡。他决不允许邪恶的黑衣修士或天主教祭司靠玩弄什么迷信或伪造什么符号来将魔爪伸向自己的女儿。

父亲的这些讲述拯救了她。

"吉扬？"她小声地呼唤着。

她的丈夫睡得很沉，胳膊大伸着，好像在宣示着自己对这张床的主权。他那深色的长发散发出烟草、酒精和马厩的味道，在枕头上呈扇形散开。月光从洞开的窗户中倾泻下来，百叶窗绑在卷轴上没有放下来，目的是让凉爽的夜风吹入卧室。借着月光，阿莱斯看着丈夫下巴上粗壮胡须投下的影子。吉扬脖子上的项链发着微光，随着他的每次翻身而一闪一闪地亮着。

阿莱斯很希望他能醒过来，亲口告诉她一切正常，不需要再感到害怕。但是，他纹丝不动。她突然想到，永远不要指望在半夜叫醒他。虽然她在其他事情上都无所畏惧，但对于婚姻，她则毫无经验，平日里对丈夫仍是以礼相待，慎之又慎。所以，她只能用手指抚摸着他晒成褐色的光滑胳膊和宽阔结实的肩膀——那是他为参加竞技而长期练习剑法和刺枪的结果。即便是他在沉睡之中，阿莱斯依然能够感觉到他皮肤下面活跃的生命力。而且，每当她想起他们上半夜做的事情，还是会涨红脸，即便她知道根本没人看见。

阿莱斯陷入了深深的陶醉中，那是吉扬在她心中燃起的热火。她不经意间瞥到他的一刹那，他对她微笑时脚下生风的样子，都令她怦然心动，心驰神往。但与此同时，她又不喜欢自己毫无抵抗的感觉。她害怕爱情使她变得无力，使她目眩神迷。毫无疑问，她爱吉扬，但她知道，她对他一直还是有所保留的。

阿莱斯叹了口气。她只能期待随着时间的推移，她能感到越来越轻松自如。

光线里好像有某种东西，正在从黑色褪为灰色。院子里的树上时不时传来几声鸟鸣，向她宣告着黎明即将来临的消息。她知道自己已经无法入睡。

阿莱斯拨开帘子，轻轻地溜下床沿，踮着脚尖穿过宽大的卧室，来到摆放在卧室一角的衣柜前。脚下的石板让她的双脚变得冰凉，蒲席也搔着她的脚趾。她打开柜门，挪走衣服上层压着的薰衣草包，取出一件平淡无奇的深绿色连衣裙。

她颤颤巍巍地跳进裙子里，双手穿过紧窄的袖子。她把微微发潮的衣服提上去，把衬裙套在里面，然后紧紧地系好腰带。

阿莱斯今年十六岁，已经结婚半年，但还没长成一个女人应该有的温柔妩媚样儿。裙子无精打采地搭在她纤瘦的身子骨上，好像是偷穿了别人的衣服一样。她一只手扶住桌子，一只手给自己穿上一双柔软的皮拖鞋，又从椅子靠背上取下那件她最钟爱的红色斗篷披在身上。斗篷上滚着一条精致的蓝色和绿色刺绣花边，镶着钻石，其间还点缀着黄色的小花。这是她自己为婚礼设计的。缝制这件斗篷花了她好几个月的时间。整个11、12月她都一心扑在这上面，因为要赶工，连手指都被磨破、冻僵了。

阿莱斯把注意力转移到了立在衣柜旁边的花篮上。她翻看了一下，她的香草袋和手提袋都在，旁边还有一些捆绑植物花草的布条，以及她挖掘和采集用的几件工具。最后，她用一根绶带把斗篷在领口系紧，将一把匕首插进绑在她腰上的鞘里，戴上兜帽，盖住一头披散的长发，蹑手蹑脚地走出卧室，来到空旷的走廊上。身后的门"砰"的一声关上了。

还没到一天中最热闹的时候，生活区周围空无一人。阿莱斯快速穿过走廊，朝着陡峭狭窄的楼梯走去。身上的斗篷嗖嗖地拂过石头地面。姐姐欧莉安和丈夫的卧室门外，伺候着一个小男仆，此时正倚坐在墙根酣睡呢。她抬起脚来，小心翼翼地从他身上跨了过去。

她往楼下走去，听到地下室的厨房里传来人们说话的声音。厨房里的仆人早就开始忙活了。阿莱斯听到一声掌掴，紧接着又是一声哀号——不知哪个倒霉的小家伙，崭新的一天刚要开始，就被厨子在脑后狠狠拍了一巴掌。一个打下手的正朝着她踉踉跄跄地走过来，手里吃力地提着半桶刚刚从井里打上来的水。

"早上好。"阿莱斯微笑着说。

"早上好，夫人。"他谨慎地回答。

"这边走。"她一边说，一边走下楼梯，走到他前面，替他打开了门。

"谢谢夫人，"他说，这回没那么拘谨了，"十分感谢。"

厨房里一片喧闹。一口大锅用钩子吊着，悬挂在火苗之上，锅里翻滚着蒸汽的巨浪，已经沸腾起来了。一个老仆人从打下手的人手中接过水桶，一口气全部倒进了罐子里，然后一言不发地把桶往后一递，胡乱塞回了打下手的人手里。那男孩出门又去打水的时候，眼珠子转了转，瞅了阿莱斯一眼。

密封着腌鸡肉、扁豆和卷心菜的陶瓷坛子静静地立在厨房中央的大桌子上，同它们一起等待下锅的还有几罐子咸胭脂鱼、鳗鱼和梭子鱼。桌子的一端，几个布袋子里装着布丁、一些鹅头和几片腌肉；另一端，摆放着几盘葡萄干、柑橘、无花果和樱桃。一个八九岁的小男孩正把胳膊肘撑在桌子上，脸上布满愁容，很显然，他还在期待能再去旋转式烤肉叉那里看守烤肉，享受那种烘得怪热、大汗淋漓的感觉。灶台旁边，柴草正在一台圆拱状的烤面包炉里熊熊燃烧着。第一批小麦面包已经放在桌上晾着了。面包的香味勾起了阿莱斯的食欲。

"我可以拿一个吃吗？"

听到有女人闯进厨房，厨子十分恼火地抬起头来。

但等他看清来者的身份，暴躁的脸上马上挤出了一个尴尬的笑容，露出一排烂牙。

"原来是阿莱斯夫人啊！"他兴奋地招呼着，局促地在围裙上擦了擦手。

"欢迎欢迎，您能来是我的荣幸！您好久没来我们这儿了，我们都十分想念您。"

"雅克，"她温柔地说，"我是不想来妨碍你们做事的。"

"妨碍我们做事？"他大笑道，"您怎么会碍我们的事儿呢！"阿莱斯小时候，常常在厨房里一待就是半天，看仆人们干活，还跟着他们学习——她是唯一一个被雅克允许踏进这块属于男人领地的女孩。"那么，阿莱斯夫人，我可以为您做点儿什么？"

"给我一点儿面包，雅克，再来点儿酒，可以吗？"

他皱起了眉头，而阿莱斯却天真地微笑着。

"请宽恕我多嘴，您不是要去河边吧？不是现在去吧？没人陪您吗？像您这种地位的夫人……真是不太容易。我听说一些事情，说……"

阿莱斯把手放到了他的胳膊上："你还是多关心一下自己吧，雅克。我知道你心里很关心我，但是我没事的，我答应你。已经快黎明了，我知道自己要去哪儿。我会很快回来的，没人会发现，真的。"

"您父亲知道这事吗？"

她把手指放到嘴边做了一个"嘘"的动作："你知道的，他不知道这事儿，但是请你一定要替我保守秘密。我会十分小心的。"

雅克还是有些不可置信的样子，但是感觉自己也不敢再多说什么了，只好作罢。他慢慢地走到桌前，用一块亚麻布包了一块面包，命令帮厨灌了一罐葡萄酒。阿莱斯看着这一切，感觉心里有些难受。这些日子以来，他的行动越来越迟缓了，而且左腿跛得很厉害了。

"你的腿还是不方便？"

"还好。"他撒谎。

"如果你愿意的话,过会儿我可以帮你重新包扎一下。看来伤口没有痊愈啊。"

"没那么严重。"

"你用了我给你做的药膏吗?"她问道,但从他的表情看来,他并没有用。

雅克摊开他短粗的大手,做了一个投降的手势:"夫人,有这么多活儿还等着我做呢,光这些外面的来宾就有好多,再加上好几百仆人、骑士侍从、马夫、侍女,还没算执政官和他们的家眷。而且这些日子,很多材料都不好找。唉,光昨天,我送——"

"雅克,一切都很好,"阿莱斯说,"但是你的腿这样放着不管是不会自愈的,伤口太深了。"

她突然察觉到周围没有那么嘈杂了。她抬眼一瞥,发现整个厨房的人都在偷听他们的对话。小男仆们都把胳膊肘撑在桌子上,睁大眼睛,张着嘴巴,看着他们平时那么暴躁的主人竟然在被人训斥,而且还是被一个女人训斥。

阿莱斯假装没有看到他们,慢慢压低了自己的声音。

"之后我会回来报答你的,"她轻轻拍了一下那块面包,"这可以作为我们第二个秘密,好吧?还算公平吧?"

一时间,她觉得自己这样好像跟雅克有点儿太熟了吧,不知道这样是不是有点儿过头。但是,犹豫了片刻之后,雅克咧开嘴笑了起来。

"很好,"她说,"太好了,中午的时候我就回来,我保证。"

阿莱斯离开厨房,爬上楼梯的时候,听到雅克大吼一声,命令大家别都傻看着了,赶紧回去工作。他装得好像什么也没发生一样,令她不禁偷偷笑了起来。

一切都很正常。

阿莱斯推开那扇通往主庭院的沉重大门,走入了崭新的一天。

与世隔绝的庭院中央立着一棵榆树,树上的叶子在蒙蒙亮的天色衬托之下,显得有些发黑。卡维尔子爵曾经在树下主持过审判。此时的树枝上到处栖息着百灵鸟和鹪鹩,黎明中它们的鸣啭显得格外刺耳清脆。

一百多年前,雷蒙德·罗杰·卡维尔的祖父建造了这座康达尔城堡,作为其不断扩张的疆域的府邸。他的辖区从北方的阿尔比一直延伸到南方的纳尔博纳,东至贝济耶,西至卡卡颂。

城堡围绕一座巨大的矩形庭院建造而成,并且把西边的一座老城堡的遗存也纳入其中。从某种原因上来说,也是把包围城市的防御墙的西侧进行一定程度的加固。一圈高高屹立着的坚固石头墙，俯瞰奥德河和北面的沼泽地区。

城堡主塔是执政官接见要人、签署重要文件的地方，位于庭院的西南角，守卫森严。在熹微的晨光里，阿莱斯可以看到外墙上支着什么东西。

她定睛一看，发现是一只小狗。它正在地上蜷作一团，睡着大觉。几个男孩正站在周围，朝它身上扔着石头，企图把它叫醒。在一片寂静中，她能听见他们的高跟靴踢在围栏上，发出沉闷而有节奏的砰砰声。

出入康达尔城堡的路有两条。宽阔的拱形西大门外面，直通一片长满绿草的斜坡，下面就是城墙。这扇门平时基本上都是关着的。东大门又小又窄，夹在两座高高的塔门之间，外面直通街道和城区。

塔门的上下楼之间只能靠木梯和一些阱门来连接。当她还是一个小女孩儿的时候，最喜欢的一个游戏就是跟厨房里的小男仆一起，在这些楼梯之间爬来爬去，跟守卫们玩躲猫猫的游戏。阿莱斯总是身手敏捷，每次都能赢。

她把身上的斗篷裹了裹紧，步履轻盈地穿过庭院。每当宵禁的钟声响起，大门就会被闩上，守夜的卫兵各就各位，未经她父亲的允许，谁也不准出入。虽然伯特兰·佩尔蒂埃并不是一名执政官，但是他在家中占据着独特的地位，很是受人尊敬，没人敢违抗他的命令。他一直很不喜欢她老是在清晨溜出城去的行为。这些日子以来，他对她的要求更加严格了，命令她必须老老实实待在城堡里过夜。她猜测她丈夫也是这么认为的，虽然吉扬从来没这么说过。但只有在黎明的静谧和无声之中，远离家庭限制和束缚，阿莱斯才能真正感到自由。那时候的她，不再是谁的女儿，谁的妹妹，或是谁的妻子。她的内心深处，一直觉得父亲能够理解自己。虽然她也很不愿意违抗父亲的命令，但仍不愿放弃这些自由的时刻。

大多数守夜卫兵都对她的进进出出熟视无睹。或者说，他们曾经都是这样睁一只眼闭一只眼的。但自从战争的谣言四起之后，守卫们还是提高了警惕。表面上看，生活还在照常继续，虽然城里不时涌入大批难民，但他们讲到自己受到了袭击或宗教迫害的时候，阿莱斯好像也并不觉得新鲜。可是对于生活在安全防御工事之外的村民或市民来说，遭到不知从何方窜出来的突击者如同夏日闪电一样的袭击，然后一命呜呼，也都是真切发生的事实。这样的消息已经司空见惯。

吉扬好像对这些冲突的流言并不在意，最起码她是看不出什么端倪。他从来不跟她讨论这些事情。然而，欧莉安却说法国的一支十字军和一些教徒正在计划攻击南部奥克地区。她还说教皇和法国国王都支持这场战争。根据以往的经验,阿莱斯觉得欧莉安这么说,主要是为了吓唬自己。虽然话是这样安慰自己,但她姐姐确实是家中消息最为灵通的人,而且不可否认的是,出入城堡的信使正在一天比一天多。还有一个毋庸置疑的事实就是,她们父亲脸上的皱纹愈发深了,脸色越来越阴沉,双颊的凹陷也越来越明显了。

经历了漫漫长夜之后,守卫在东大门的士兵们虽然眼睛边缘还泛着血丝,但仍是各司其职,戒备森严。他们头上戴着高高的方形镀银头盔,身上的锁子甲外套在灰蒙蒙的黎明中显得阴阴沉沉的。他们肩上的盾牌无精打采地挂着,剑收在鞘内——这副样子看起来不像是要去参加战斗,更像是要去各自歇息了。

阿莱斯走近一看,认出来了贝伦内,便如释重负。他也认出了她,露齿一笑,朝她颔首问候。

"早上好,阿莱斯夫人,您起得真早。"

阿莱斯笑笑,说:"我睡不着了。"

"您丈夫就不能想点儿事情做,让您不那么寂寞吗?"另一个卫兵淫荡地向她使着眼色。他的脸上长着痘疮,指甲被自己咬出了鲜血,嘴里还飘出一股腐烂食物和麦芽酒的味道。

阿莱斯没有理睬他:"你妻子还好吧,贝伦内?"

"她挺好的,恢复得挺快的。"

"那你儿子怎么样了?"

"一天比一天大啦。如果我们不好好看着他,他简直能把整个家里和灶台上的东西都吃光!"

"明显是随了他的亲爹嘛!"她一边说,一边捅了一下他的便便大腹。

"我妻子也是这么说的,嘿嘿。"

"帮我向她问个好吧,贝伦内。"

"她肯定会感谢您的,夫人,"他停顿了一下,说,"我猜,您是想让我放您出去是吧?"

"我就去趟城外,可能要去一下河边。不会很久的。"

"我们不允许任何人进出!"他的同伴大声吼道。

"这是佩尔蒂埃老爷的命令。"

"没人问你!"贝伦内高声打断他,"不是这样的,夫人,"他压低声音说,"但您知道现在的局势很乱,要是您有了什么闪失,查出来是我让您出去的,您父亲还不——"

她把手摁在他的肩膀上。"我知道,我都知道,"她小声附和着,"但你真的没必要担心我,我会照顾好自己的。而且……"

阿莱斯瞥了一眼旁边那个守卫。他正在抠鼻子,还用袖子蹭了蹭手指头。"而且我去趟河边可比出你们这个大门要容易呢!"

贝伦内大笑了起来:"那您保证,您一定要照顾好自己,可以吗?"

阿莱斯使劲儿点点头,还把斗篷解开一道小缝,让他看了看自己别在腰间的匕首:"我会小心的,我向你保证。"

出去要经过两道门。贝伦内依次将门闩卸下,把抵住外门的一根沉重橡木柱取了下来,将门缝开到只能够阿莱斯溜出去的大小。她一边笑着道谢,一边从他胳膊下面钻了出去,走到了外面的大世界中。

第二章

刚一走出两座塔门的阴影,阿莱斯便觉得自己整颗心儿都飞了起来。她自由了,至少暂时是自由的。

康达尔城堡和卡卡颂的街道连接处,门房和平坦的石桥之间,有一条可以移动的木头过道。桥下干涸的护城河里长满了野草,露珠在熹微的紫霞中闪烁着光芒。天空中还挂着月亮,虽然随着黎明来临的脚步,它正在从空中慢慢隐去。

阿莱斯走得很快,斗篷将地上的尘土扫起一个个漩涡。她正在揣摩如何逃掉远处值班守卫的盘问,却突然幸运地发现,他们都在岗位上酣睡着,没看到她经过。她赶紧往开阔地走去,躲进了一片小巷错综交叉的区域,向着达瓦尔磨坊塔的后门走去,来到了城墙最古老的部分。小门过去后,外面直通一片菜园子和一块草场,围绕着城市和北方圣温赛斯郊区的地上长满了牧草。在一天中的这个时候,这里是去河边最近的路,而且还不易被人发现。

阿莱斯用手提着裙子,仔细挑着地方走,穿过了又一条在狂欢夜之后变得满地狼藉的小路。地上到处扔着踩烂的苹果,咬了一半的梨子,带着齿痕的肉骨头,还有一些横七竖八的麦芽酒罐子。再往前走了一会儿,碰到了一个蜷缩在门口的乞丐。他正窝成一团,沉睡不醒,胳膊搭在一只体型庞大却肮脏不堪的老狗背上。三个男人倚坐在井边,鼾声一片,声音大到连鸟叫声都能盖过去。

在后门值班的卫兵一脸苦相,又是咳嗽,又是喷嚏,无奈之下,只好把自己紧紧裹在外衣里,只露出鼻尖和眼眉。他不想被别人打扰。起初,他假装没看见她。阿莱斯掏了掏钱袋,拿出一枚硬币。他连看都没看一眼,就伸出一只肮脏的手,把硬币抢了过去,然后用牙咬了咬,验验是不是真货。确认过后,他向门上的螺栓开了一枪,给她开了一道只够她钻过去那么宽的门缝。

向下通往碉堡的小路陡峭而险峻,犬牙交错,岩石遍布。两边是两座高耸的防御木栅栏墙,很难看到外面。好在阿莱斯已经从这条路出城很多次了,清楚地面的每一处颠簸和起伏,爬下去可以不费吹灰之力。她避开起伏的路面,绕过木塔,沿着如同磨坊引水槽里加速流动的河水,穿过了堡垒。

她的双腿被荆棘刺伤了,裙子也被尖刺划破了。到达堡垒脚下的时候,红色斗篷的边缘已经变成了深红色,因为露水在她趟过草丛的时候把它沾湿了。她皮拖鞋的鞋尖也粘上了泥土。

当阿莱斯跨出栅栏映在地上的影子,走向宽阔开放的世界时,她觉得自己的精神一下子抖擞了起来。远处,七月的白色雾霭正笼罩在努瓦尔山的上方。地平线之上的天空正在破晓,天色渐渐变成粉红和紫色。

阿莱斯站在那里,远远眺望着由大麦、玉米、小麦和林地组成的完美画卷,看着风景渐渐延伸到目不能及的地方,心里感觉到过去的存在都围绕在自己的身边,拥抱着她。精灵、朋友、鬼魂都向她伸出双手,对她喃喃地讲述着它们的故事,跟她分享着自己的秘密。它们将她和之前所有站在这座山上,以及还没到来却一直梦想获得生命真谛的人,都联结到了一起。

阿莱斯从未走出过卡维尔子爵的领地。她的妈妈出生在沙特尔,但是那些北方的灰色城市——巴黎、亚眠和沙特尔到底是个什么样子,对她来说却很难想象。在她眼里,这些地方只是一些名字罢了,是没有颜色、没有温度的单词,就像那里的人说"奥依"(古代法国北部说"是"的一种方言——译者注)时那样一板一眼,没有亲切感。虽然她无从比较那些地方,但她总是坚信,没有任何地方会拥有像卡卡颂这么永恒而无尽的美景。

阿莱斯走下山去,在丛生的矮树和粗糙的灌木中迂回前进,一直来到了奥德河南岸平坦的河滩上。湿透的裙子一直缠在她的腿上,走起路来老是磕磕绊绊。她觉得心里有些不安,突然提高了警惕,加快了步伐。她安慰自己,这么紧张并非因为雅克或贝伦内的警告。他们老是替自己瞎担心。但是今天她觉得有些孤独和脆弱。她想起一个商人说他上周看见河对岸有一只狼。她不禁把手移到了腰间,按住了匕首。大家都觉得他是在夸大其词,因为每年这个时候,只可能会有狐狸或野狗。但是她现在是一个人在这里，狼的传说似乎变得更加栩栩如生了。摸到了冰冷的刀把时，她感到心安了一些。

一时间，阿莱斯打道回府的心都有了。不要那么胆小嘛。她继续向前走。但凡偶尔有点风吹草动，她都被惊得四处张望，但是后来总是会发现那声音只是一只鸟儿在扇动翅膀，或者是浅滩上的一条黄河鳗正在滑动，溅起了水花。

渐渐地，她走上了熟悉的小路，紧绷的神经也开始慢慢放松。奥德河的河面很宽，水很浅，几条支流从主干上分流开来，宛如手背上分叉的血管。河面上笼罩着一层晶莹剔透的晨雾，微微泛着光亮。冬天的时候，河水湍急凶猛，河里溢满了从高山上流下的冰川水。但是那年夏天降水很少，水位很低，河面非常平静。河道里用来磨盐的磨臼几乎不怎么动弹。人们在河中央树立了一根木柱，用粗大的绳子固定在河岸上。

随着上午气温升高，水塘上空很快就会盘旋起成群结队的苍蝇和蚊子，黑压压的，就像笼罩着一团乌云。趁现在时间还早，阿莱斯决定抄近道穿过泥滩。小路上铺着一小堆一小堆的白色石块，用来提醒人们不要滑入危险的烂泥里。她仔细地踩着石块向前，一直走到了树林的边缘。树林上方就是城墙的西侧了。

她的目的地是一小块隐蔽的林间空地。那里生长着最美丽、最茂密的植物，尤其是在树荫下面。一来到树荫下，阿莱斯便放慢了脚步，开始尽情享受这种快乐。她拨开挡住小路的藤蔓，尽情地呼吸树叶和苔藓上那芬芳馥郁的泥土气息。

虽然这里没有人类活动的痕迹，但树木还是生长得十分喜人，色泽鲜亮，枝繁叶茂。树林间回荡着椋鸟、鸫鹩和朱顶雀尖锐的鸣叫声。脚下的小嫩枝和树叶被她踩得嚓嚓乱响。兔子蹦蹦跳跳地穿过低矮的树丛，钻进一丛丛黄色、紫色、蓝色的夏花中躲藏起来，身后的白色尾巴一摇一摆，煞是可爱。高可遮天的松树上，裹着红色皮毛的松鼠蹲在树枝上嘎嘣嘎嘣地咬着松果壳，晃得尖尖细细、散发着芳香的松针如坠雨般抖落了一地。

阿莱斯到达那块林间空地的时候，已经精疲力竭了。那是一座小岛，上面有着一块空地，向下通往河流。她感到如释重负，放下花篮，用手摩挲着被刀把戳到的胳膊肘内侧。她脱下沉重的斗篷，把它挂在一棵白柳伸出的低枝上，然后用手帕擦了擦脸和脖子。她把葡萄酒放进一个树洞里，以保持它的清凉甘冽。康达尔城堡那险峻的城墙在她身后隐隐约约地耸立着。潘特塔高大纤细的轮廓在灰白的天空中忽隐忽现。阿莱斯想起了自己的父亲：不知他醒了没有？是不是已经跟子爵一起坐在他的私人内廷里了？她把视线转向瞭望塔左边，搜寻着自己房间的窗户。吉扬还在睡吗？或许，他已经醒来，发现她不在了？

每当她透过树叶的绿色华盖往上眺望时，总是会惊讶地发现，城邦竟然离她如此之近。两个不同的世界突然都陷入极大的安详之中。那边，康达尔城堡内的每条街道和走廊里，到处都充满了聒噪和嘈杂，没有停下来的一刻；而这里，在这个由树林和沼泽地中的生物统治的王国里，只有深深的、永恒的寂静。

在这里，她觉得自由自在。

阿莱斯脱下脚上的皮拖鞋。草坪上还挂着湿湿的晨露，草叶在她的脚趾间摩挲着，又凉爽又芬芳，把她的脚心搔得痒痒的。在这欢乐愉悦的时刻里，她脑海中所有关于城邦和家庭的思绪全都被抛到九霄云外了。

她提着带来的工具走下河岸，来到河边。河边的浅滩上生着一丛欧白芷。它那一根根布满凹痕的粗壮茎部立在那里，仿佛是一排守卫在泥地里的玩具士兵。比她手掌还大的鲜绿树叶，在水上投下一片模糊的倒影。

从净化血液和预防感染的功效来讲，没有比欧白芷更好的药草了。她的良师益友埃斯克拉孟德曾经对她千叮咛万嘱咐，不论何时何地，一旦发现这种药草，一定、千万、必须要把它们挖走，做成膏药、药片、药剂，怎样都行。虽然现在城内还没有什么传染病，但是谁敢说明天会怎么样呢？传染病还不是随时都可能会暴发的嘛。就跟埃斯克拉孟德传授给她的所有知识一样，这也是个颇好的建议。

阿莱斯卷起衣袖，把匕首甩到背后，不让它妨碍自己往前走路。她把头发扭成一条辫子，以免干活的时候头发垂下来挡住视线。把裙子扎到腰带里后，她便趟进了河水里。冰凉的河水骤然没过了她的膝盖，鸡皮疙瘩瞬间起了一身，令她倒抽了一口凉气。

阿莱斯把所有布条都浸到了水中，让它们在河边一字排开，然后拿出铲子，开始朝着欧白芷的根部挖去。很快，第一棵欧白芷就"噗噗"一声从河床里被拔了出来。她把它拖到岸上，用小斧头分解成若干小块，然后用布把根部包起来，平放在篮子底部，最后用一块单独的布条把它散发着独特辛辣气味的黄绿色小花包起来，放进皮袋里。阿莱斯把叶子和根茎剩余部分扔到一边之后，再次回到河中，开始下一棵欧白芷的采集。很快，她的双手被染成了绿色，胳膊上面也沾满了斑斑的污泥。

所有的欧白芷都收入囊中之后，阿莱斯四处张望了一下，看看还有没有什么值得利用的东西。再往上游去一点儿的地方，她又发现了紫草。它们那奇怪、张扬的叶子已经向下长到了茎干上，一簇簇钟形的粉红色和紫色花朵歪向一旁生长。紫草，大多数人又叫它织骨草，对于挫伤有治疗效果，可以帮助修复受伤的皮肤和骨骼。阿莱斯打算把早餐稍微推迟一会儿,先拿着工具再去干会儿活,等到把篮子装满、布条用光,再收工吃饭。

提着篮子回到岸上之后,她来到树荫里坐了下来,双腿伸在身前。她的后背、肩膀和手指都累僵了,但看到这么多收获,心里还是感到很快乐的。她弯下腰,把雅克给的葡萄酒罐从洞中取了出来。随着一声微弱的"砰"声,塞子打开了。清凉的液体缓缓流过她的舌头,滑到喉咙里,令阿莱斯微微战栗了一下。随后,她打开了包裹着的新鲜面包,撕下很大一块。面包里有一种混合着小麦、盐、河水和杂草的奇怪味道,但她还是狼吞虎咽。这是她从未享受过的美味。

天空逐渐呈现出一种浅灰蓝色,跟勿忘草的颜色一模一样。阿莱斯知道,她出来的时间肯定已经不短了。但是当她看到金黄色的阳光在水面上跃动着舞姿,感受到风儿轻抚着她的皮肤,她越发地不乐意回到那些拥挤而喧嚣的卡卡颂街道了,更不乐意回到家中那狭小拥挤的空间里了。阿莱斯安慰自己,再待几分钟不会有问题的,于是便躺倒在了草地上,闭上了眼睛。

一只鸟儿从她头顶上飞过,发出一声尖叫,把她惊醒了。

阿莱斯嗖的一下就坐起身来。她抬起头,看到斑驳的树叶密密实实地遮住了视线,像被子一样厚实。她突然间想不起来自己置身何处,过了好一会儿才缓过神来。

她惊慌不迭地从地上爬起来。太阳现在已经升到了中天,万里无云。她已经出来太久了。都到这个点了,家里人肯定已经找她找疯了。

阿莱斯以最快的速度把所有的东西全都打包完毕,把糊满泥巴的工具浸到河里潦草地冲洗了一下,匆匆地把泡在水里保持植物湿润的麻布条拖到岸边。刚要转身离开的时候,她突然瞥见芦苇丛中缠着什么东西。看起来好像一块树桩或者一条原木。阿莱斯用手遮住刺眼的阳光,仔细查看了一下,暗自埋怨着自己,之前怎么会把这个给错过呢。

那东西滑溜溜地在水中移动着,无精打采地飘荡着,看来应该不是树皮或者木头这类坚硬的东西。阿莱斯又向前走近了一些。

现在,她看清了那是一块沉重的深色物件,在水中膨胀得很大。犹豫片刻之后,她的好奇心战胜了理智,便决定再回到水中冒冒险。这回,她走出了河边的树荫,涉向更深处的水里。河流中心水流湍急,水面幽深阴暗。她越往里走,越感觉水很冰凉。阿莱斯挣扎着保持身体的平衡。她的脚趾搅动着嘎吱作响的河泥,河水溅起的水花沾湿了她纤细洁白的大腿和衬裙。

刚走到河流中间标记的时候,她就停下了,感觉心脏突然开始怦怦地跳动,手掌也瞬间渗出了紧张的汗水，因为她终于看清楚了。

"神父啊！"她嘴里不自觉地冒出了这句惊呼。

一个男人正漂浮在水面上，面部朝下，身上的斗篷在水里鼓胀得很大。阿莱斯艰难地吞了一口唾液。那人穿着一件棕色高领天鹅绒外套，上面镶着黑色的丝带，滚着金线边。她看见水里还飘着一根金项链或金手链，在水下熠熠生辉。男人的脑袋上没戴帽子，所以她能看见他是黑色的卷发，其间还夹杂着斑斑白发。好像他脖子上也系着什么东西，某种深红色的穗带，或者是一条绶带。

她又向前迈了一步。她的第一反应是，他肯定是在暗处失足，不小心滑到河里溺了水。她刚要出手帮忙，却突然发现，那人的脑袋在水上懒洋洋地倚着。这个姿势让她一下子僵住了。她深深地倒吸了一口凉气，被眼前这具肿胀的尸体吓得丢掉了魂魄。她之前见过一次溺水的人。那是一个水手，被水泡得十分肿大，身体扭曲变形，皮肤上满是污渍，而且呈青紫色，就像受了瘀伤那样。

但是这个人不一样，他不是溺水而死的。

他看起来像是掉进水里之前就已经丧命了。他那双死气沉沉的手伸向前方，好像试着要游泳一样。他的左臂随着水流伸到了她的面前。突然，水下有个闪亮而鲜艳的东西吸引了她的目光。在他大拇指周围泡得发白的皮肤上，有一处形状不规则的红色痕迹，类似伤痕或是胎记。她看了一眼他的脖子。

阿莱斯觉得双膝突然开始发软。

所有的一切都开始慢慢移动，就像在大浪滔天的海面上一样，所有东西都变得东倒西歪，上下颠簸起伏。她原本以为是领子或丝带的那道粗细不均的深红色线条，原来是一道很深的伤口！手段很是残忍，伤口一直从男人左耳后方延伸到下巴，几乎要把他的脑袋从身上割下来一样。锯齿状的皮肤上生着卷须，在水下被清洗得发绿，在伤口周围支棱着。微小的银鱼和水蛭吸血吸得肚子又黑又胀，在伤口周围愉快地享用着饕餮盛宴。

一时间，阿莱斯觉得自己心跳都停止了。之后，震惊和恐惧又朝她仓皇袭来。她慌忙转身，开始往岸上走。她在泥里走啊走，滑啊滑，本能告诉她，要离这具尸体越远越好。她腰部以下已经全都浸湿了，衣服里也胀满了河水，变得沉重不堪，纠缠裹挟在腿上，几乎快要把她拖倒在水中了。

河面似乎变成了之前的两倍宽，但她还是义无反顾地往前走，还要忍住强烈的恶心和头晕，直到到达安全的河岸上。她腹中还盛着葡萄酒、没消化的面包以及河水。

她四脚着地，半爬半拖地前进着。她想要站起身来，坚持到河岸的树荫下，在那里她就可以瘫倒在地休息一下了。她感到头晕目眩，口干舌燥，但是她必须继续。阿莱斯努力地站立，但是感觉双腿发软，已经支撑不住自己了。她使劲儿克制着泪水，用颤抖的手背擦了擦嘴巴，然后扶着树干，再次尝试站起来。这回，她终于站起来了。她绝望地把斗篷从水里拖上来，试着把自己肮脏的双脚穿进拖鞋里。然后，她抛掉一切东西，开始朝着树林往回狂奔，就好像魔鬼踩着她的脚后跟追着她一样。

她从树林里一跑到开阔的沼泽地，热浪便瞬间袭来。太阳灼烧着她的脸颊和脖颈，好像在嘲弄她一样。阿莱斯跌跌撞撞地往前走，穿过一片荒凉惨淡的风景。热气已经把沼泽地里咬人的昆虫和蚊子引了出来，乌泱泱地笼罩在路边的诸多死水塘上方。

筋疲力尽的双腿吱呀呀地向她发出抗议，呼吸在她喉咙和胸腔里也呼哧哧地灼烧，但她还是不停地跑啊，跑啊。她脑海中唯一的意识，就是离那具尸体越远越好，以及赶紧去报告她的父亲大人。

她没有走来时的那条路，因为那里可能已经锁上门了，她本能地朝着圣温赛斯和罗德兹门跑去，那里连接着卡卡颂的郊区。

大街上熙熙攘攘，阿莱斯不得不拨开人群往里钻。随着越来越接近城市的入口，她也越来越清醒过来。周遭世界吵吵闹闹的，声音越来越大，使她感到心烦意乱。阿莱斯捂住耳朵，一门心思地奔向大门。她一边在心里暗自祈祷自己虚弱的双腿不要倒下，一边使劲儿地向前跑着。

一个女人轻轻拍了一下她的肩膀。

"夫人，您的头……"她悄悄地说。她的声音很友善，但感觉是从很远很远的地方传来的。

阿莱斯意识到自己的头发正乱蓬蓬地耷拉在脑袋上，于是赶紧把斗篷一甩，用不知是因为疲倦还是震惊而一直颤抖的双手，将兜帽拉了上来，罩在了头上。她一边向前走，一边把裙子前面使劲儿裹住，希望能遮盖一下泥土、呕吐物和绿色水草的污渍。

所有人都在你推我搡，左右冲撞，大声叫嚷。阿莱斯觉得自己快要晕过去了。她伸出手，扶在墙上，缓一缓神。在罗德兹门值班的卫兵对大多数当地居民不怎么盘问就点头放行，而对一些流浪汉、乞丐、吉普赛人、萨拉森人和犹太人就要拦下来，盘问他们来卡卡颂的事由，还要把他们的随身物品翻个底儿朝天，除非他们上交几壶麦芽酒或几枚钱币，卫兵们才肯放过他们，然后再朝下一个受害者下手。他们几乎瞥都没瞥阿莱斯一眼就放她过去了。

城市里狭窄的街道上此刻涌动着小贩、商人、牲畜、士兵、兽医、玩杂耍的,还有执政官们的妻子、仆人和牧师。阿莱斯像顶着刺骨的北风一样,把头埋得很低,以免被别人认出来。

最终,少校塔那熟悉的轮廓出现了,后面就是营房塔,随后,就是东大门的双塔门,康达尔城堡的全貌都呈现在眼前了。

她的喉咙一下子就放松了。汹涌的泪水溢满了她的眼眶。阿莱斯对自己的懦弱很是气恼。她使劲儿地咬着下嘴唇,直到咬出了鲜血。她觉得自己这副魂不守舍的样子真是丢人。万一被别人看到这副胆小吓哭的模样,只能使自己感到更加耻辱,于是她决定不再哭泣。

她现在只想见到自己的父亲。

第三章

监督官佩尔蒂埃正在厨房旁边地下室的一间库房里,刚刚做完对粮食和面粉储量每周一次的检查。看到粮食没有发霉,他就松了一口气。伯特兰·佩尔蒂埃为卡维尔子爵效力已经超过十八年了。那是寒冷的1191年年初,他被召回家乡卡卡颂,担任监督官的职位,也就是为年仅九岁的雷蒙德·罗杰当管家。雷蒙德·罗杰是卡维尔领主的继承人。伯特兰·佩尔蒂埃接到了那个他期盼已久的任命之后,带着怀孕的法国妻子和一个两岁的女儿欣然赶赴家乡,因为他早就受够了沙特尔寒冷潮湿的气候。

到任之后,他看到的是一个有些少年老成的男孩,正在为死去的双亲忧伤哀悼,同时也在挣扎着扛起落到他稚嫩肩膀上的责任。佩尔蒂埃之前一直为卡维尔子爵效力,一开始是雷蒙德·罗杰的监护人——在位于塞萨克的伯特兰家里做事,后来又到富瓦伯爵身边服侍。雷蒙德·罗杰长到差不多的年纪后,回到康达尔城堡,接受了他世袭的卡卡颂、贝济耶和阿尔比子爵的封号时,佩尔蒂埃一直陪伴在他左右。

作为管家,佩尔蒂埃需要负责整个家庭事务的正常平稳运转。他还要管理执政官,监督他们在处理卡卡颂地区的行政、司法和以子爵名义征税方面的表现。

更为重要的是，他是子爵最推心置腹的知己、顾问和朋友。他对子爵的影响力绝对是首屈一指的。

康达尔城堡里每天都是门庭若市，很多身份显赫的宾客都前来造访，包括卡维尔领地里最显要的城堡领主和他们的家眷，还有南部最勇敢、最闻名遐迩的骑士。技艺最精湛的艺人和行吟诗人也被邀请到城堡里来，为传统的夏季竞技比赛进行表演，以庆祝七月末的圣那萨利斋日。考虑到战争的阴影已经在人们心头笼罩了一年多，子爵决定邀请贵客们前来娱乐一番，而那也将会成为他统治期间最难以忘怀的盛世景象。

与之相反，佩尔蒂埃却坚决认为，什么时候都不应该冒这个险。

他从一大串沉重的钥匙中挑出门钥匙，把粮仓的门锁上，然后在腰上戴了一个金属箍，下楼梯，来到走廊上。

"旁边的葡萄酒仓，"他对身边的男仆弗朗索瓦说，"最后一桶发酸了。"

佩尔蒂埃大步流星地穿过走廊，每经过一个房间就停下来检查一下。亚麻布仓里散发出薰衣草和百里香的味道，如今却空空如也，好像在等待有人前来，重新唤醒它的生命。

"那些桌布都洗了，准备铺上桌了吗？"

"是的，老爷。"

楼梯下面酒仓对面的地下室里，男人们正在提盐器里轧制肉饼。一些肉片已经被挂在了从天花板悬下来的铁钩子上。一个角落里，一个男人正在把蘑菇、大蒜和洋葱分别串成串，方便悬挂风干。

佩尔蒂埃走进屋里的时候，每个人都停下了手中的活计，鸦雀无声。几个少不更事的仆人十分笨拙地站起身来。他一言不发，只是环顾着四周，用犀利的眼光扫过整个房间的每个角落，然后点点头表示认可，走出去继续巡视。

佩尔蒂埃正要打开酒仓门时，突然听到一声尖叫，随后便听到了从楼上传来的奔跑的脚步声。

"去看看发生什么事了，"他暴躁地说，"我工作的时候不想被人这样打扰。"

"是，老爷。"

弗朗索瓦转身迅速跑上楼梯，去一探究竟。

佩尔蒂埃推开沉重的仓门，走进凉爽阴暗的地窖，呼吸到了熟悉的潮湿木头味儿和溢出的葡萄酒和麦芽酒独特的酸味。他慢慢地沿地毯走，直到找到了要找的木桶。他从桌边准备好的托盘中取了一只陶瓷杯子，然后打开了桶塞。他很小心，动作很慢，不想破坏木桶内部的平衡状态。

外面走廊里突然传来一个声音，令他脑后的头发瞬间竖了起来。他放下杯子。有人在叫他的名字。

是阿莱斯。

肯定是出什么事了。

佩尔蒂埃走出地窖，门都没来得及关。

阿莱斯急匆匆地跑下楼梯，好像身后有一大群狗在撵她一样，弗朗索瓦也急匆匆地跟在她身后。

一看到父亲在葡萄酒和麦芽酒的酒桶间带着抱怨声出现，她就放声大哭起来。她一下子投入了父亲的怀抱，把她那沾满泪痕的脸蛋深深埋进父亲胸前。父亲身上散发出令她熟悉的味道，使她感到安慰，也让她好想再大哭一场。

"我的老天啊，到底发生了什么事？你怎么了？受伤了吗？快告诉我！"

她能听到父亲的声音里充满了惊慌失措。她从父亲怀里微微抬起头，想要开口说话，但好多话堵在嗓子眼儿里，说不出口。

"父亲，我——"

看到她这副蓬头垢面的样子和满是污泥的衣服，他感到十分诧异，心里有一千个为什么要问。于是，他转向弗朗索瓦，想让他来解释一下。

"我看到阿莱斯夫人的时候，她就是这个样子了，老爷。"

"那她也没说为什么会这样……为什么会弄得这么狼狈不堪？"

"没说，老爷。她只说让我赶紧带她来找您。"

"做得好，你走吧，需要的话我会叫你进来。"

阿莱斯听到门关上了。然后，她感觉到父亲正紧紧地把她搂在怀中。父亲把她安顿到了地窖一边的长凳上，自己也坐到了她旁边。

"说吧，女儿，发生了什么？"他用一种非常温柔的口气说。他伸出手，拨开了她脸上的一缕头发："这可真不像你啊，快告诉我，你怎么了？"

阿莱斯再次试着让自己冷静下来。她也憎恨自己害得父亲这么焦虑，这么担心。她接过父亲递过去的手帕，擦拭了一下满是污垢的脸颊，轻轻拍打了一下哭得红肿的眼睛。

"喝点儿这个吧，"父亲说，指指他坐下来之前倒的那杯葡萄酒。年代久远的长凳被他身体的重量压得凹陷下去，发出吱吱呀呀的声响。"弗朗索瓦已经出去了。这里没有别人，只有咱们俩。你必须赶紧告诉我，你为什么这么紧张不安？是因为吉扬吗？他做了什么惹你的事情？如果他真的做了的话，我可以向你保证，我会——"

"不关吉扬的事儿，父亲，"阿莱斯脱口而出，"不关任何人的事儿……"

她抬起头看着父亲，又垂下了头。这副样子坐在父亲面前让她感到十分尴尬和羞愧。

"那是因为什么啊？"父亲仍在追问，"如果不告诉我发生了什么，我怎么帮助你啊？"

她费劲儿地咽了一下口水，感到心有余悸，还有些内疚。她不知从何说起。

佩尔蒂埃拉起她的双手，紧紧攥着："你看你一直在发抖，阿莱斯。"从父亲的声音里，她听到了关心和疼爱，并且他也在努力地克制着自己的恐惧和担心。"还有，看看你的衣服，"他一边说，一边用手拎起她的裙边，"都湿了，还全是泥巴。"

阿莱斯能够感受到父亲是多么的疲劳，多么的担忧。他被她的突然崩溃弄得手足无措，无论怎么掩饰，她还是能够感觉到。他额头上的纹路越来越深了。发生这件事之前，她竟然没有发现父亲两鬓现在已经布满银丝了。

"我不知道你怎么会被惊吓成这个样子，连话都不会说啦，"他试着哄她说出事情的前因后果，"你必须告诉我到底怎么了。"

他的神情里充满关爱和信任，这让她感到心里隐隐作痛。"我害怕您会生气，父亲。其实，您可以发火，怎样都行。"

他的表情突然间严肃起来，但他还是努力地保持着微笑："我保证我不会责备你，阿莱斯。现在你可以说到底是怎么回事了，说吧。"

"那如果我告诉您我去河边了，您也不会责备我吗？"

他迟疑了一下，但是声音没有踟蹰，说："不会。"

看来还是及早坦白比较好，还为时未晚。

阿莱斯把双手交叠着放在膝盖上，说："今天早上，就是黎明之前的时候，我去了河边，就是我常常去采集植物的地方。"

"你自己去的？"

"对，一个人去的，"她说，双目一下子碰到了父亲凝视的眼光，"我知道我曾经向您保证过不去的，爸爸，但是我请求您，原谅我对您的违抗。"

"步行去的？"她点点头，停顿了一下。父亲摆摆手，让她继续说。

"我在那边待了一段时间，一个人也没看见。就在我收拾东西要回来的时候，我发现了一些东西。我本来以为是水中飘着一团衣服，看上去布料的质量很好。但其实——"阿莱斯突然又停下了，感觉脸上又失去了血色，"事实上，那是一个人。一个男人，已经很老了，满头深色的卷发。一开始，我以为他是溺水了。

因为我看不太清楚。然后，我看见他的喉咙被割断了。"

他的肩膀变得僵硬起来："你没碰他吧？"

阿莱斯摇了摇头。"没碰，但是——"她尴尬地垂下了眼皮，"发现他之后我很震惊，恐怕我都已经失去理智了，只能赶紧跑，赶紧离开那个地方。唯一的念头就是我必须离开，然后向您报告我看到的一切。"

他又皱起了眉头："你一个人也没看见？"

"连个鬼都没看见，那里荒无人烟。但是我一看到那具尸体，就开始担心杀害他的凶手会不会还在附近。"她的声音开始颤抖，"我想象着自己被他们盯着看，一直盯着看。或者，只是我幻想出来的。"

"所以你并没有受伤对不对？"他仔细地询问，慎重地选择措辞，"没人拦住你，伤害你吧？"

然后，她反应过来，他之所以这样问是因为她的脸颊迅速涨红了。

"没有人伤害我，只是我自己的自尊心受到了打击，还有……我怕会失信于您。"

她看到父亲脸上的阴霾一扫而光。从开始说话一直到现在，他的眼睛里头第一次真正闪烁出笑意。

"好吧，"他慢慢地长舒了一口气，说，"暂且不说你的鲁莽和不计后果，阿莱斯，也不提你对我的违抗，单说你能告诉我这一切，就已经做得足够正确了。"他伸出手，拉过她的手，用宽大的手掌裹住她纤细娇小的手指。他的皮肤像经过鞣制的皮革一样。

阿莱斯微笑起来，为父亲这种不怪罪感到十分感激："对不起，父亲。我本来没想背叛对您的诺言，就是——"

他摆摆手，表示不需要她的道歉："我们不要再说这些了。至于那个不幸的人，我们也爱莫能助。杀害他的盗贼肯定早就跑了。他们不可能乖乖待在附近束手就擒的。"

阿莱斯皱起了眉头。父亲的话勾起了她脑海深处的某个记忆。她闭上眼睛，回想自己站在冰冷的河水中被尸体惊呆了的情景。

"这就是奇怪的地方，父亲，"她慢慢地说，"我觉得杀人犯应该不是土匪或盗贼。他们没有拿走他的外套，因为那件外套看起来很精美，肯定价值不菲。而且，他身上戴的珠宝首饰也是完整的。手腕上有金链子和戒指。如果他遇到的是盗贼，他们肯定要把他扒得一件不剩。"

"你刚刚告诉我，你没碰那具尸体，对吧？"他急切地问。

"我没碰,但是我看见他的手漂在水下,就这些。有一些珠宝,还有戒指,父亲。有一条一环一环扣起来的金手链,还有一条在他脖子上。他们为什么不带走这些东西呢?"

阿莱斯突然停住了,因为她想起了那个男人那双肿胀可怕、朝她伸去的双手,而且本来应该是大拇指的地方全都糊满鲜血和支离破碎的白骨。她的脑袋里又开始天旋地转了。阿莱斯将自己的后背倚在潮湿冰凉的墙上,努力把注意力集中在她身下的那条硬木长凳上,使劲儿用鼻子嗅着木桶里散发出来的酸气,直到眩晕感渐渐消失。

"不,伤口上没有血,"她又想起了什么,"是一个外露的伤口,红得好像一块鲜肉。她一边说一边使劲儿地吞咽了一下,"他的大拇指没了,就——"

"没了?"父亲紧接着问,"什么意思,没了?"

阿莱斯惊恐地抬眼一瞥,声音变了个调:"他的大拇指被人砍掉了,从骨头上切下去了。"

"哪只手上的,阿莱斯?"他问,现在他的声音里不禁流露出了焦急,"好好回忆一下,这很重要。"

"我记不太——"

他好像都没有在听她说话,只是一个劲儿地问。

"他的左手,是左手,我确定。因为他的左手离我比较近。他是脸朝上游漂在水面上的。"

佩尔蒂埃站起来,大步朝门口走去,大喊一声"弗朗索瓦",把门甩在身后。阿莱斯也随之猛地站起身来,被父亲激动的情绪吓得目瞪口呆,对眼前突然发生的变化感到一头雾水。

"怎么了?我求您告诉我,左右手到底有什么关系啊?"

"立刻备好马匹,弗朗索瓦。把我的棕色骟马牵来,还有阿莱斯的灰母马,你自己骑一匹马。"

弗朗索瓦的表情一如既往的淡漠。他应声道:"好的,老爷,我们要去很远的地方吗?"

"就去河边。"他挥挥手示意他赶紧去准备,"快一点儿。把我的剑带上,给阿莱斯夫人拿一件干净的斗篷。我们在井边等你。"

一等到弗朗索瓦走远,阿莱斯就赶紧冲到父亲身旁。他拒绝跟她央求凝视的目光对视,径直回到木桶旁,用颤颤巍巍的手给自己倒了一点儿酒。黏稠的红色液体从陶碗的边缘洒了出来,溅得满桌子都是,把木头都染成了绛红色。

"父亲,"她恳求道,"告诉我,这到底是什么意思啊?您为什么一定要去河边啊?当然,这并不关您什么事,让弗朗索瓦去看看就行了。我可以告诉您他在哪儿。"

"你不懂。"

"那您就告诉我啊,那我就明白了啊。您可以信任我的。"

"我必须亲自去看一眼尸体。看看是不是——"

"看看什么?"阿莱斯马上问道。

"不,不,"他一边说,一边摇了摇他那布满斑斑白发的头。

"这不是你能……"佩尔蒂埃的声音越说越小。

"但是——"

佩尔蒂埃抬起手,突然间又控制住了自己的情绪。

"没事了,阿莱斯。你必须听我的指挥。我想说,我本来是想对你隐瞒这件事的,但是我瞒不住了,我别无他选。"他突然把杯子递到了她的眼前。

"喝吧。酒可以让你更坚强,可以给你勇气。"

"我不怕。"她拒绝道。父亲把她的迟疑当成了怯懦,这让她心里有点儿不服气。"我不怕看死人,之前是因为震惊我才那样的。"她犹豫了一下,"但是,我求您,父亲,求您告诉我为什么——"

佩尔蒂埃转过身来,对她喊道:"够了,别再说了!"

阿莱斯向后退了几步,好像父亲出手打了她一巴掌一样。

"对不起,"他立即向她道歉,"我已经失去理智了。"他伸出手抚摸她的脸,"再也找不到比你更乖巧听话的好女儿了。"

"那您为何不相信我?"

他犹豫了起来。一时间,阿莱斯还以为自己已经说服了父亲。但是马上,他的脸上又布满了与之前一样的愁云。

"你只需要告诉我那人在哪里,"父亲有些无力地说,"剩下的交给我就行了。"

他们骑马驶出康达尔城堡西大门的时候,圣那萨利的钟声刚好敲了一个三度音。

她的父亲在最前面骑着马,阿莱斯跟在弗朗索瓦后面。她感到十分苦恼,一方面是因为她的行为让父亲发生了如此奇怪的变化,令她很是内疚;另一方面是因为她不明白到底发生了什么,令她十分困惑。

城墙脚下有一条可以迂回下山的土路，陡峭而狭窄。他们紧紧握住手里的缰绳，沿着那条路一路狂奔。走上平坦的大路之后，他们才改为慢跑。

他们沿着河流上游前行。到达沼泽地的时候，酷热的太阳正在发出强烈的光芒，照射在他们的背上。死气沉沉的小河和水洼上空，盘旋着一片片黑压压的蚊虫和黑色沼泽蝇。马儿不时顿足摆尾，不想眼睁睁地看着自己刚刚长出的夏日单薄皮肤被无数只咬人的虫子咬得烂碎，但是无论怎么挣扎都是无济于事。

阿莱斯看到，奥德河对岸的树荫下，一群妇女正在浣洗衣服。她们站在河里，下半身泡在水中，在平坦的灰色石头上敲打着衣物。连接沼泽地和卡卡颂北部村庄和郊区的，只有一座木桥，车轮滚过时，它会发出单调的嗡鸣声。其他人比如农民、农场主和商人，他们就拣着河流最浅处蹚过河去；还有的人把孩子扛在肩上，赶着羊群或骡群，络绎不绝。他们的目的地都是主广场的市场。

他们三个沉默地骑在马背上。刚从开阔的土地走进沼泽地的柳荫下，阿莱斯就开始渐渐地灵魂出窍，慢慢沉浸到了自己的世界中。身下马儿熟悉的动作让她沉静下来，鸟儿的歌声和芦苇丛中知了无尽的颤动声，让阿莱斯几乎在一瞬间忘记了此行的目的。到达树林边缘的时候，她的思绪才慢慢收拢回来。现在四周只有他们一队人马了。他们沿着小路穿过树林。她的父亲不时转过头，朝她笑笑，令阿莱斯感到暖意融融。她现在精神紧张，高度警惕，屏气凝神地细听着每一处微小的动静。

沼泽地的柳树仿佛带有敌意地悬在她的头上。她想象着黑暗的阴影中有一双双眼睛正在盯着他们走过，并暗中等候。树下灌木丛里发出的每一声沙沙响，鸟儿翅膀的每一次拍打声，都会令她心跳怦然加快。

阿莱斯几乎无法预料一会儿将要看到的情景，但是当他们到达林间空地的时候，一切都是那么安静，那么祥和。她丢下的篮子还在树下，植物的尖端从亚麻布条间戳了出来。她跳下马背，把缰绳递给弗朗索瓦，然后走向河边。她的工具也都安然无恙，静静地待在原来的地方。

父亲用手碰了一下阿莱斯的胳膊肘，把她吓了一跳。

"告诉我在哪儿。"他说。

她没有说话，只是领着父亲沿着河岸走，一直走到事发地点。一开始，她什么也没找到，甚至令她一度怀疑之前的事情只是一场噩梦而已。但是，她往那边看了过去，比之前更靠近上游的芦苇丛里漂着的，正是那具尸体。

她指了指："那边，靠近紫草的地方。"

令她惊讶的是，父亲没有召唤弗朗索瓦，而是自己脱下斗篷，径直往水里走去。

"你待在那里别动!"他转过头来朝她喊。

阿莱斯在岸上坐下,双膝蜷到胸前,抵着下巴,看着父亲不顾河水沾湿自己的靴子,只管蹚着水走向阴影里。他走到尸体边,停下来,拔出剑。他稍作迟疑,好像是在做最坏的打算。然后,他用剑尖仔细地把那个男人的左手挑出了水面。那只残缺不全的手已经被泡得十分肿胀,呈现出青蓝色,一会儿稳稳地搭在剑尖上,一会儿又从银色的剑片处滑到剑把那里,就像还有生命一样灵活。随后,那只手又滑到河里,水中溅起沉闷的水花。

父亲将剑插入鞘中,探身向前,把尸体翻了个身。尸体在水中剧烈地上下摆动,头部仍是沉沉地漂在水中,懒洋洋的,好像要从脖颈上挣脱开来一般。

阿莱斯赶紧扭过头去,不敢直视。她不想看见死神在那个陌生男人脸上留下的印记。

回卡卡颂的路上,父亲脸上的表情跟刚来的时候大相径庭。现在的他深深地松了一口气,好像刚从他自己的肩膀上卸下了一个千斤重的担子。他跟弗朗索瓦轻松愉快地聊着家常,而且每当她跟父亲眼神交汇的时候,他总是向她报以关爱的微笑。

虽然这件事情到底有什么重要性,她现在仍是丈二和尚摸不着头脑,但是她心里的疲倦和挫败感全都消失不见了,心里觉得喜气洋洋。她觉得好像回到了美好的旧时光。那时候她总跟父亲出去骑马,有大把的时间可以相互陪伴,一起玩耍。

他们离开河边返往城堡时,她再也按捺不住自己的好奇心了,终于鼓起勇气,向父亲问起了那个一直在嘴边打转儿却没有说出口的问题。

"您想要知道的事情有答案了吗,父亲?"

"有了。"阿莱斯本来是打算等父亲说出真相,但父亲没有继续说,很明显她不得不一个字一个字地问下去。

"您想找的不是他,是吗?"

父亲瞪了她一眼。

但她还继续追问:"当时我描述他的时候,您觉得您应该认识他吗?这应该也是您为何一定要亲自去看他的原因吧。"

从父亲眼中一闪而过的微光,她知道她猜对了。

"我以为我可能认识他,"父亲终于开口了,"我以为是一个我在沙特尔的时候认识的一个对我很重要的人。"

"但他是个犹太人,"佩尔蒂埃扬起了眉毛说,"是的,他是犹太人。"

"一个犹太人，"她重复道，"但是您的朋友？"

又是一阵沉默。阿莱斯继续问："但这个人不是您的朋友，对吧？"

这回佩尔蒂埃笑了，说："不是。"

"那这是谁？"

"我也不知道。"

阿莱斯沉默了一会儿。她可以确定的是，父亲从来没对她提过有这么一个朋友。父亲是个好人，一个宽宏大量的人，但即便是这样，他也没有对她说过，在沙特尔有这样一个犹太朋友，否则她肯定会记得。她知道再继续问这样一个父亲不愿回答的问题，没有任何意义，所以她打算换一种方式。

"这应该不是一起抢劫案吧？这个我是说对了的。"

父亲好像很乐于回答这个问题："不是抢劫案，他们是想要谋杀他。伤口很深，明显是蓄意谋杀。另外，他身上所有值钱的东西，他们一件也没拿。"

"所有东西？"但是佩尔蒂埃没有说话。"他们会不会是在抢劫过程中被打断了？"她试探地问道，企图让父亲再多透露点儿信息。

"我觉得不是。"

"或许他们在找什么特别的东西？"

"别问了，阿莱斯。现在不是谈论这个的时候，这儿也不是谈论这个的地方。"

她张了张嘴，很不情愿让刚刚打开的话匣子就这么快地关上，但还是闭上了嘴。显然，他们的对话已经结束了，她不会再从父亲口中得到什么信息了。

还是等到父亲想开口的时候再说吧。接下来的一路上，他们都保持着沉默。当西大门再次出现在他们的视线中时，弗朗索瓦来到了前面。

"记住，今天上午我们的这次出行，不要告诉任何人。"他说得很快。

"吉扬也不能说？"

"我觉得你丈夫要是知道你一个人去了河边，应该也不会高兴。"父亲冷冷地说，"好事不出门，坏事传千里。你应该好好休息一下，把这些不愉快的经历全部忘记。"

阿莱斯用无辜的双眼看着父亲，此刻他正凝望着她。她说："当然，我听您的。我向您保证，父亲。除了您之外，我不会对任何人说的。"

佩尔蒂埃犹豫了一下，好像在怀疑她会跟他耍什么把戏一样，然后微笑起来，说："你是一个听话的乖女儿，阿莱斯。我知道我可以信任你。"

尽管四周没有别人，她还是唰的一下脸红了。

第四章

酒馆的屋顶上，蹲着一个长着琥珀色眼睛、金黄色头发的男孩。他正占据着这个有利的地势，偷偷探听着声音的来源。

一位信使从纳尔博纳门飞奔而过，策马进入城邦拥挤的街道，完全忽视挡道拦路的过往行人，只顾一个劲儿地往前冲。周围的男人们朝他大喊，责他下马；女人们从轰隆隆的马蹄下一把抢过自己差点儿被卷进去的孩子；几只没拴链子的狗朝着奔马狂吠，抓咬它的后蹄，汪汪的叫声一片。但马背上的人根本没有理睬这些。

马儿跑得挥汗如雨。即便是离得很远，萨雷还是能看见马肩隆和马嘴周围全是一道道白沫。到达通向康达尔城堡的那座桥时，马背上的信使猛地一拐弯，调了方向。

萨雷站起来，想要看得更清楚些。屋顶上尽是些不平的砖瓦。在尖锐陡峭的边缘，他小心地平衡了一下身子，正好看到了监督官佩尔蒂埃骑在一匹灰色大马上，走到了两座塔门之间，后面跟着阿莱斯，也骑在马背上。他觉得阿莱斯看起来有些不安，便开始猜测发生了什么，以及他们要去哪里。他们没穿狩猎服，看起来不像是去狩猎的。

萨雷很喜欢阿莱斯。她去看他奶奶埃斯克拉孟德的时候，会主动跟他开口说话，不像其他女士、夫人们那样无视他的存在。

当时，城堡里经常会请他奶奶帮忙准备一些镇痛解热、消肿利水、有助分娩和治疗心脏疾病的药水和药品。这么多年以来，萨雷一直很爱慕阿莱斯。可是他从来没见过她刚刚那副模样。男孩儿迂回着爬下黄褐色的砖瓦，来到屋顶的边缘，蹲下身来，随着轻轻的"扑通"一声，他落到了地面上，差点儿踩死地上的一只母鸡。那只母鸡恰好绑在一辆歪歪斜斜的两轮运货马车上。

"喂！看看你干的好事儿？！"一个女人朝他大吼。

"我没碰到它！"他一边大喊，一边跳着躲开了那女人挥过去的扫帚。

整座城市到处充斥着集市日乱糟糟的景象、气息和声音。大街小巷里，木质的百叶窗都砰砰地撞击着石头，因为主人仆人们都想在天气变得太热之前，打开窗户通通风；制桶匠们盯着自己的学徒在鹅卵石上轧辊筒，哗啦哗啦、乒乒乒乓、咣当咣当的声音响成一片。他们都在暗中较着劲儿，都想比竞争对手先干完活计，好早点儿赶到小酒馆喝个酩酊大醉。拉着货物的车子颠簸起伏、歪歪扭扭地在不平的道路上前进着，它们轰隆隆地走向主广场时，轮子不时发出吱呀吱呀的声音。

萨雷对这座城市里的每一条小路、近道都了如指掌，所以即便是遇到一大群慢悠悠向市里街道进发的队伍，他依然能够在人们熙熙攘攘的胳膊腿儿之间跳进跳出，能够不被山羊和绵羊蹄子踢到，不被驮着货物和篮子的驴和骡子碰到，不被懒洋洋、慢吞吞的猪猡拱到。一个满脸怒气的大男孩儿正在赶着一群不听话的鹅群前进。鹅们嘎嘎地叫唤着，彼此啄咬着对方的羽毛，也啄着走在旁边的两个小女孩儿的光腿。萨雷朝她们俩眨眨眼，想跟她们逗个乐。他走到那个最丑的家伙背后，拍了拍他的胳膊。

"你想干什么?!"男孩儿大吼，"滚蛋！"

女孩儿们都笑了。萨雷嘎嘎地叫起来，正好那只灰色的老鹅也在地上打转儿，伸出头来对着他的脸发出敌意的嘎嘎声。

"你活该倒霉，"那个男孩儿说，"该死的，真是白痴！"

萨雷从鲜橙色的鹅喙那边往后跳了一步，说："你应该好好管管它们。"

"只有小孩儿才怕鹅呢。"男孩儿嘲笑地说，摆好了要和萨雷打架的架势。

"小孩儿会怕一只不会伤人的小鹅吗？可笑。"萨雷自豪地说，"我不怕。"然后指了指那两个现在躲在母亲腿后面的小女孩儿，说，"但是她们会害怕，你应该小心你的举止。"

"这跟你又有什么关系呢？!"

"我只是说，你应该看好你的鹅。"

男孩儿往前走了几步，把棍子抵在萨雷的脸上。

"瞧瞧，这是谁在教训我呢？就凭你？"

那个男孩儿高出萨雷一个头。他的皮肤上布满了紫色的擦伤和红色的瘀斑。萨雷向后退了一步，举起了双手。

"我问你，你凭什么教训我呢？!"那个男孩重复了一遍，摆好了打架的阵势。

这时候，要不是一个正瘫坐在墙根睡大觉的老醉汉被他们吵醒了，大喊他们滚开，不要吵到他睡觉，恐怕萨雷已经吃了那男孩几拳了。萨雷趁他不注意，赶紧溜掉了。

太阳刚刚爬过建筑物最高的屋顶，整条大街都洒满了一缕缕明亮的阳光，照得铁匠铺门外的马蹄铁反射出熠熠光辉。萨雷驻足观望,即便是站在老远的街上,也能感受到火炉散发出的热量,烘得他脸上发烫。

一群男人在火炉旁边等着,几个年轻的仆人也拿着主人的头盔、盾牌和锁子甲站在旁边,手里的东西都很惹人注目。他心里盘算着,城堡里的铁匠肯定要被这么多工作累垮了。

萨雷没有做学徒的天分,也没有这个家族传统,但是这从来没有阻止他梦想自己成为一名个性鲜明的骑士。他朝着一两个跟他一样大的男孩儿微笑起来,但他们只是直直地瞪着他——他们就是这副德行。

萨雷转身离开了。

市场上大多数的卖家都是常客,已经在老地方摆好了摊子。萨雷一走进广场,迎面就扑来了一阵热气腾腾的肥肉香气。他来到一个炸薄煎饼的货摊前面徘徊游荡,那人正在一口热煎锅里来回翻动饼身。用大麦和小麦混合制成的热面包,还有浓稠的豆汤气味勾起了他肚子里的馋虫。他走过贩卖带扣和盆罐的摊子,又走过出售羊毛布料、皮革制品的摊子。待售的有当地的产品,更多的是来自阿根廷科尔多瓦甚至更远处的腰带和钱包,但是他没有停下。他在一家卖剪羊毛用的剪子和刀具的货摊前面驻足了一会儿,但马上又走到广场的一角,来到一座栅栏前。大部分活禽都被关在那里出售。木质笼子里总是有很多小鸡和阉鸡,有时候还有云雀和鹩鹩,它们会发出婉转得犹如笛声和哨声的叫声。他最喜欢的动物是兔子,它们会堆叠在一起,像一大团棕色、灰色和白色糅杂在一起的东西。

萨雷从卖粮食和盐、卖白肉、卖桶装麦芽酒和葡萄酒的摊子前一一走过,一直走到一个卖药草和异域香料的摊子前。桌前站着一个商人。萨雷从来没有见过这么高大、这么黝黑的人。他穿着一身长长的、闪烁着蓝光的袍子,头戴一块发光的丝质头巾,脚踏一双红色金色星星点点的拖鞋。他的皮肤比山那边纳瓦拉和亚拉贡来的吉普赛人还黑。萨雷猜测,他肯定是一个萨拉森人,虽然他之前从来没见过萨拉森人。

那个商人把货物在他面前摆成车轮的形状,各种绿色、黄色、橘黄色、棕色、红色和赭色等花花绿绿的东西陈列得整整齐齐。摆在前面的是迷迭香、荷兰芹、大蒜、金盏花和薰衣草,后面是一些更昂贵的香料,有小豆蔻、肉豆蔻和藏红花等。其他的萨雷就说不上名字了,但是他打算赶紧回去向奶奶通报,告诉她集市上有卖这些新鲜玩意儿的了。

他正要向前一步,想要看得更仔细些,却突然听到那个萨拉森人怒吼一声,如霹雳一般骇人。他用黝黑的手抓住了一只皮包骨头的手腕。那是一只小偷的手,刚刚正打算从萨拉森人的刺绣钱包里偷一枚钱币。那钱包本来是用一根红色麻花绳挂在萨拉森人的腰上。他对着小偷的脑袋扇了几巴掌,然后把他揪着甩到一个旁观的妇人怀里,吓得她大叫一声。围观的人立马都围了上来。

萨雷悄悄溜走了。他可不想再惹上什么麻烦。

萨雷踱步走出了广场,朝着塔贝尔纳圣约翰区走去。他身无分文,于是便合计着去替别人干点跑腿的活儿,能赚得一杯布鲁酒喝喝。正在这时,他听到有人喊他的名字。

萨雷转身看见了奶奶的一个朋友,马蒂夫人。她正和丈夫站在货摊前,朝他招手呼喊。她是个织工,丈夫是个起毛工。大多数时间里,他们一起纺纱,一起梳理,一同准备羊毛和纺线。

萨雷也向他们挥挥手。跟他奶奶埃斯克拉孟德一样,马蒂夫人也是一名新教会的追随者。她丈夫马蒂先生不是信徒,虽然在圣灵降临节的时候,他曾经跟妻子一起去过埃斯克拉孟德家,听良人教的布道。

马蒂夫人搔搔他的头。

"你好吗,年轻人?这些天你都长这么高啦,我都快认不出你了。"

"我很好,谢谢。"他回答道,一边朝着她微笑着,一边转向她的丈夫,看他正在把羊毛梳理成一束束的毛线,准备出售,说,"你好,马蒂先生。"

"还有,埃斯克拉孟德还好吧?"马蒂夫人继续说,"她也挺好的吧?还是把大家都照顾得不错吧?"

他露齿一笑,说:"她还是老样子,挺好的。"

"很好,很好。"

萨雷盘腿坐在她的脚边,看着她纺线。纺车的轮子一圈一圈地转动着。

"马蒂夫人?"过了一会儿之后,他开口说,"你为什么现在都不跟我们一起祈祷了?"

马蒂先生停下了手中的活计,跟妻子对视了一下,两人的目光都显得忧心忡忡。

"噢,这个啊,你知道的,"马蒂夫人避开他的眼神,回答道,"我们这些天都很忙,不能像以前那么频繁地去卡卡颂了。"

她调整了一下线筒,低头继续纺线。踏板摇动的声音填补了他们之间的沉默。

"奶奶想你们了。"

"我也想她,但是朋友不可能老是黏在一起。"

萨雷皱起了眉头,说:"但是,那为什么——"

马蒂先生突然轻轻拍了一下他的肩膀。

"不要这么大声说话,"他低声警告他,"这种事情最好不要让别人听到。"

"什么事情最好不让别人听到?"他疑惑地问,"我只是——"

"我们都听到了,萨雷,"马蒂先生一边越过他的肩膀朝远处看了一眼,一边说,"整个集市上的人都听到了。好了,不要再说祈祷的事情了,好吗?"

萨雷心里感到十分纳闷,不知道自己做了什么让马蒂先生如此愤怒。他从地上爬了起来。马蒂夫人把身子扭了过去,朝着丈夫继续干活。他们好像已经忘记了萨雷的存在。

"你对他太严厉了,罗吉耶,"她小声地说着,"他还是个孩子。"

"只要有一个人嘴巴不严实,我们就得像他们一样被抓起来。我们冒不起这样的险。要是人们知道我们还和异教徒有联系——"

"异教徒,真是的,"她迅速反驳他,"他只是个孩子而已!"

"不是这个孩子的问题。是埃斯克拉孟德。大家都知道,她是他们中的一员。如果大家知道了我们去她家做过祈祷,肯定会告发我们信奉良人教,然后把我们都迫害了!"

"所以我们就跟朋友断绝往来?就因为你听了几个危言耸听的故事?"

马蒂先生降低了声音,说:"我只是说我们应该谨慎一些。外面人都在说些什么,你又不是不知道。据说来了一支军队,专门驱赶异教徒。"

"这些话他们都传了好几年了。你也太拿这些传言当回事了。至于那些罗马教皇的使节,那些'圣人',这些年来一直在乡下闲逛,花天酒地,触犯神规,都没得到什么惩罚。就让那些主教去好好管教管教这些人吧,让我们老百姓安心过我们自己的生活。"

她又转过头看着萨雷,说:"不要往心里去啊。"她一边说,一边把一只手搭到萨雷的肩上:"你没做错什么。"

萨雷低头瞅着她的脚,不想让她看见自己正在哭泣。

马蒂夫人继续用一种不太自然的声音高声说:"好了,没事了,你那天不是说要给阿莱斯买个礼物吗?给我们看看你都买了什么。"

萨雷点了点头。他知道她是想安慰他,但仍感到脑子里一片混乱,还有些不安。

"我没有钱买礼物了。"他说。

"这样啊,你不要担心这个。我敢保证这回钱不是问题。来,看看这个怎么样。"马蒂夫人用手指轻轻抚过一捆捆色彩斑斓的纺线,"你觉得这个怎么样?她会喜欢吧?这很符合她的审美眼光。"

萨雷用手指摸了摸精致的铜棕色纺线。

"我不太确定。"

"好吧,我觉得她会喜欢的。我给你包一些。"

她转身找来一块方布,用来包裹纺线。萨雷不想让自己看起来好像不领情似的,于是努力地想了一下应该说点儿什么周全的话。

"我刚刚看到她了。"

"你看到阿莱斯了?她怎么样?跟她姐姐一起吗?"

他做了个鬼脸,说:"不是。但是她看起来还是很不开心。"

"好吧,"马蒂夫人说,"要是她刚刚不开心的话,正好这时候你就可以把礼物送给她。她会马上高兴起来的。阿莱斯经常早上来集市,是吧?你要是睁大眼睛、头脑灵光一点儿的话,我敢肯定你能找到她。"

萨雷很高兴终于有理由可以离开这个气氛紧张的地方了,于是把布包折叠一下,塞进外衣里,就跟他们道了别。走出几步之后,他又转头跟他们挥了挥手。马蒂夫妇并排站着,在背后看着他离去,但是什么也没说。

太阳现在升到了中天。萨雷到处游荡,打听阿莱斯的情况。没人见过她。

他现在已经很饿了,决定还是回家为好。这时候,他突然发现阿莱斯站在一个卖山羊奶酪的货摊前。他赶紧飞奔过去,悄悄地躲到了她身后,一下子用双手环抱住了她的腰。

"早上好!"

阿莱斯扭过身子,看清了是他之后,对他报以一个会心的微笑。

"萨雷,"她说,一边挠着他的头发,"你真是太让我惊喜了!"

"我到处找你呢,"他咧着嘴巴微笑着说,"你还好吧?我之前看到你了。你看起来惴惴不安的。"

"之前?"

"当时你正跟你父亲一起骑马进入城堡,就跟在那个信使后面。"

"啊,之前啊,"她说,"不用担心,我很好。早上我只是有点儿累了。但是,看到你这么活泼的脸,我就全好了!"她亲吻了他的额头,害得萨雷的脸一下子涨红了。他低下头,使劲儿盯着她的脚看,不想让她看到自己的窘相。"对了,正好你在这里，帮我选一块最好的奶酪吧。"

一块块光滑圆润的新鲜山羊奶酪整齐地摆在一个个木盘子上，奶酪下面垫着草垫子，紧紧地嵌在木盘里。有的看起来有点儿干，带点儿淡黄色，气味闻起来芳香浓郁，大概制作时间是两个星期之前。其他一些的出产时间比较短，还湿湿地泛着微光，质地也很柔软。阿莱斯指这指那地询问了一下价格，又不断问萨雷的意见，直到最终选到了她最心仪的一块。她从钱袋里拿出一枚钱币，让萨雷交给摊主，然后自己掏出一个光亮的小木板，用来托着奶酪。

萨雷不经意间瞥见了木板背面的图案，心里突然一惊，不禁瞪圆了眼睛。为什么阿莱斯会有这个？她从哪儿弄的？他心生疑窦，紧张得一下子不小心把钱币掉到了地上。他很是尴尬，赶紧爬到桌子下面去捡，顺便拖延一些时间。当他再次站起来的时候，看到阿莱斯好像并没发现什么，于是他便放了心，决定不去想这件事了。刚一买完东西，他就鼓起勇气，想把礼物送给阿莱斯。

"我有点儿东西要给你。"他害羞地说，一边迅速掏出布包，塞到她手里。

"你真好心，"她说，"这是埃斯克拉孟德给我的吗？"

"不，是我自己给你的。"

"好棒的一个惊喜啊！我现在可以打开了吗？"

他点点头，脸上的神情很是紧张。阿莱斯小心翼翼地打开包裹，他则闪烁着期待的眼神候在一旁。

"噢！萨雷，这很漂亮！"她一边说，一边举起了棕色纺线。

"绝对漂亮。"

"这可不是我偷的，"他赶紧解释道，"是马蒂夫人给我的。我觉得她是想对我做些补偿。"

话刚一出口，萨雷就感到后悔不迭。

"补偿你什么？"阿莱斯追问得很紧。

正在那时，有个人高声喊了一声。旁边的一个人用手指着天空。

一群巨大的黑鸟正掠过城市上空，自西向东，摆成一支箭的形状。太阳仿佛被它们圆滑的黑色羽毛擦过，日光立即就像铁砧上溅起的火星一样变得支离破碎。周围有人说，这是一个预兆，尽管没人能判断出是祥兆还是厄兆。

萨雷从来不信这些迷信，但是今天这个场面还是令他感到不寒而栗。阿莱斯好像也有同感，因为她用胳膊搂住了他的肩膀，想把他拉得更近一些。

"怎么了？"他问。

"没事。"她说得很快，"没什么事。"

049

他们头顶上的鸟群，对人世间的事情没有兴趣，继续飞行，直到变成了天空中的一个小黑点。

第五章

当阿莱斯终于抖掉了自己身上忠诚的包袱，打算回到康达尔城堡的时候，正午的钟声刚好从圣那萨利那里传了出来。

她感到身心疲惫，台阶好像都比平时更陡峭了几分，害她上台阶的时候绊了好几个跟头。她心里只有一个念头，就是能够躺在自己卧室的床上，好好歇歇。

令阿莱斯惊讶的是，她的房间还大门紧闭。都这个点了，仆人们应该已经进去打扫过卫生了，但是床边的帘子还都垂在下面。借着昏暗的光线，阿莱斯看见弗朗索瓦已经遵照她的嘱咐，把她的篮子放在了壁炉旁边的矮桌上了。

她把盛着奶酪的木板放在床头柜上，然后走到窗边，把百叶窗放下来固定好。这会儿卧室应该已经通好风了。太阳光洒了进来，照在蒙着一层尘埃的家具上，也暴露出了床帘上的一块块补丁。

阿莱斯走到床边，拉开了帘子。

令她震惊的是，吉扬还躺在床上，睡得跟她黎明前离开时一模一样。她惊讶地张大了嘴巴。他看起来睡得很安稳，很香甜。即便是从来瞧不起任何人的欧莉安，都曾经承认吉扬是卡维尔子爵手下最英俊的骑士。

阿莱斯在他的身旁坐下。阳光洒在他的身上，染得一片金黄，惹得她不禁用手轻轻抚摸了一下他的皮肤。随后，不知从哪儿来的勇气，她突然用一只手指蘸了一点儿松软潮湿的山羊奶酪，轻轻涂到了丈夫的嘴唇上。吉扬嘴里不知嘟囔着些什么，在被子里面翻了个身。他没有睁开眼睛，却懒洋洋地一笑，伸出手来。

阿莱斯屏住了呼吸，周围的空气仿佛都震颤着一种期待和希望。她任由他把她拉倒在他的身旁。

他们的亲密时光被走廊上传来的沉重脚步声打断了。有人在怒吼着吉扬的名字。那是一个熟悉的声音，但因怒气而岔了声调。阿莱斯从床上跳起来，怕被父亲看到他们如此亲密的场景而感到窘迫。佩尔蒂埃猛地推开门，大步走进房间，弗朗索瓦紧随其后。这时吉扬才突然睁开了眼。

"都几点了！"他咆哮道，一边从手边的椅子上随手抓了一件袍子，使劲儿甩在女婿的头上，"起来！大家都已经在大厅里等着了！"

吉扬爬起来，问："大厅？"

"卡维尔子爵在那里召集所有骑士，而你却还躺在床上！你是不是觉得你凡事都可以随心所欲？！"他魁梧的身躯凌驾于吉扬之上，"好吧？你有什么要辩解的？！"

佩尔蒂埃突然注意到，自己的女儿还站在床尾。他的脸一下子柔和了："原谅我，女儿。我没看见你也在。你现在有没有觉得好些？"

她点了点头："如您所愿，父亲，我好多了。"

"好多了？"吉扬纳闷地问，"你什么时候不好了吗？出什么事了？"

"赶紧起床！"佩尔蒂埃大喊道，他的注意力又回到了床上，"我下楼梯走到庭院之前，你必须把自己收拾好了，杜马斯。如果到时候你还没到大厅的话，你就等着瞧吧！"佩尔蒂埃点到为止，转身疾步跨出了卧室。

父亲走后，卧室陷入一片令人不快的寂静之中，身处其中令阿莱斯觉得很尴尬，虽然不知这种尴尬是因为自己还是因为丈夫。

吉扬压抑的情绪开始爆发了："他怎么敢直接闯进我的房间，难道我是他的奴隶吗？他以为他是谁？！"他把被子使劲儿一掀甩到了地上，自己猛地从床上跳下，疯狂地将被子踢了几脚。"使命召唤，"他讽刺地说，"也不敢让伟大的监督官佩尔蒂埃久等啊！"

阿莱斯觉得，她现在说任何话都只会让吉扬更加怒火中烧。她很想告诉他河边发生的事情，至少让他转移注意力，缓解一下气愤的心情，但是自己已经向父亲承诺了不会告诉任何人。

吉扬已经走到了房间另一边，正在背朝她换衣服。他套上制服和扎紧腰带的时候，肩膀上的肌肉绷得很紧。

"可能有些消息……"她张口说话了。

"那不是理由，"他突然打断她，"我没收到任何消息。"

"我……"阿莱斯越说越吞吞吐吐起来。要怎么说呢？

她从床上拿起他的斗篷，递给他，温柔地问："要去很久吗？"

"首先，我并不知道为什么要召我去开会，所以，我怎么会知道需要多久？"他还是很生气。

但是突然间,他的怒气好像平息了。他的肩膀放松了下来,转过头看着她,也不再皱着眉头,说:"原谅我吧,阿莱斯。我不该因为你父亲而责备你。"他用手挑起她的下巴,说:"来,帮我把这个戴上。"

吉扬弯下腰,好让阿莱斯能够到他的肩膀。即便这样,阿莱斯还是得踮起脚尖,才能把那个圆形的银铜混制的胸针给他别到了肩上。

"谢谢你,我的甜心。"他说,享受着她为他做的一切,"好了。我去看看到底发生了什么。可能没什么紧要的事儿。"

"今天早上我们骑马回到城里的时候,看见来了个信使。"她不假思索地说道。

立即,阿莱斯就后悔莫及。现在他肯定要问问她,这么早去哪里了,而且还是跟父亲一起。但是他刚好钻到床下去取剑,根本没听到她在说什么。

他把剑插回剑鞘的时候,金属发出的刺耳响声让阿莱斯打了个寒颤。这是一个不同寻常的声音,这个声音标志着他从她的世界离开,走进了男人的世界。

吉扬转身的时候,斗篷掀翻了那个勉勉强强放在桌边的奶酪木板。木板掉到了地上,哗啦啦地在石头地面上翻了几个筋斗。

"没关系的,"阿莱斯赶紧说道,她不想吉扬在生了父亲一顿气之后再火上浇油,"仆人会收拾的,你走吧。结束了就回来。"

吉扬微笑了一下,便离开了房间。

听到吉扬的脚步声渐渐远去,阿莱斯回到房间,看着满地狼藉的场面。一块块的白色奶酪,湿湿黏黏的,都嵌在了铺在地板上的草席缝隙里。她叹了一口气,弯下腰来,重新收到木板上。

木板翻了过来,支棱在木质长枕上。她捡起来的时候,手指摸到盘子下面好像有什么东西。阿莱斯把它翻过来。

深色木头表面抛了光,上面刻着一个迷宫。

"太精美了,太漂亮了。"她小声嘟囔着。

阿莱斯完全被这些完美的线条迷住了,一圈圈、一道道曲线慢慢旋转,令她不住地用手指轻轻抚摸这个图案。这是一幅流畅完美的作品,应该是凝结了很多心思和汗水才制作而成的。

她觉得脑海深处有一丝记忆忽闪而过。她把木板举起来,想看看她之前是不是在哪里见过这样的东西。但是记忆难以捉摸,藏匿在黑暗处不肯探出头来。她甚至连这块木板来自何处都想不起来了。最后,她不得不打消了这个念头。

阿莱斯召唤她的仆人赛芙琳过来打扫房间。随后，为了阻止自己不停地猜测大厅那边发生的事情，她将注意力转移到了黎明时在河边的收获上。这些花草已经被遗忘在那里很久了。亚麻布已经干透了，植物根部变得支离破碎，大部分叶子也都失去了水分。阿莱斯相信自己对抢救东西很有一手，于是在篮子上面洒了些水后，就去忙别的了。

虽然她一边忙着研磨草根，把鲜花缝到香囊里，用来芬芳空气，一边努力为雅克的腿伤准备药剂，但她的眼神还是会不时飘到那个木板那里。它正静静地躺在她面前的桌上，一声不吭，拒绝把自己的秘密透露给她。

吉扬穿过庭院，斗篷在他的膝盖周围令人烦躁地拍打着，好像偏偏在诅咒着他今天不会得到好运，谁叫他一直以来都不肯承认自己的错误。

召集骑士们参加会议是一件不同寻常的事情。他们被召去大厅，而不是去城堡主楼，这就预示着有什么严重的事情发生了。

佩尔蒂埃说他去吉扬卧室之前，先派了一名私人信使去通知他的，这是真的吗？他无从确定。是不是弗朗索瓦去过了，但是他不在？如果是那样，佩尔蒂埃会怎么说呢？

无论是哪种情况，最终结果都是一样。那就是他惹上麻烦了。

通往大厅的沉重大门洞开着。吉扬加快了脚步，一步两个台阶地跨上去。

他的眼睛适应了走廊里阴暗的光线后，突然看见岳父赫然站在大厅入口旁边。吉扬深吸了一口气，低下头继续往前走。佩尔蒂埃伸出胳膊，挡住了他的去路。

"你去哪儿了？"他问。

"请原谅，父亲。我没收到召唤——"

佩尔蒂埃的脸色很阴沉，涨得很红。"你怎么敢迟到？"他用冷酷的声音低声说，"你是不是觉得命令管不到你头上？你认为自己是个有名的骑士，所以可以想来就来，想走就走，可以不听领主的召唤？！"

"父亲，我以我的名誉发誓，如果我真知道的话——"

佩尔蒂埃刻薄地大笑起来。"你的名誉！"他厉声说，同时在吉扬的胸上猛捶了一拳："不要把我当傻瓜耍，杜马斯。我派了我的仆人去你房间亲自给你送的消息。你有足够的时间做准备。但是我还得亲自去把你逮来，而且，我去的时候你还在床上！"

吉扬张了张嘴，又闭上了。他看见佩尔蒂埃的嘴角堆着很多唾沫星子，喷得灰色短毛胡须上都是。

"这回没那么自信了吧!你,还有什么好说的?我警告你,虽然你已经跟我女儿结了婚,但是别以为我就不敢拿你惩一戒百了!"

"尊长,我——"

毫无征兆地,佩尔蒂埃又一拳打在了他肚子上。虽然用力不是很猛,但还是把他打得颤颤巍巍,失去了平衡。

吉扬吓了一跳,后退着跌到了墙边。

佩尔蒂埃立即用那只厚重有力的大手捏住了他的脖子,把他的头摁到了石头上。吉扬从眼角边能够看到门口的卫兵正向前探出头,想要看看发生了什么。

"我没说明白吗?"佩尔蒂埃在吉扬的脸上扇了一巴掌,又把他使劲儿往墙上压了压。吉扬说不出话了。"我听不见你在说什么,混蛋,"佩尔蒂埃说,"我问你,听懂我说的话没有?!"

这回,吉扬努力地想要挤出话来:"听懂了,老爷。"他感觉自己的脸渐渐变成了紫褐色,血液都冲到了脑门。

"我警告你,我一直在盯着你呢,我等着你呢。如果走错一步,你就会后悔一辈子。你都听明白了吧?"

吉扬大口喘着粗气,刚想要把脸在粗糙的墙上蹭一蹭表示点头,佩尔蒂埃却又使劲儿把他往墙上一摁,把他的肋骨在坚硬的石头上嘎吱嘎吱地捻了几下后,才把他松开。

佩尔蒂埃没有回到大厅,而是朝相反方向,大步走进了庭院。

他一离开,吉扬就弯下腰捂住肚子,一边咳嗽一边揉搓着喉咙,像个溺水的人一样大口大口地喘气。他捏了捏脖子,擦了擦嘴唇上的血污。

慢慢地,他的呼吸回归了正常。吉扬整理了一下衣冠。他在头脑中已经盘算了好几种抓住佩尔蒂埃的办法,心想非得让他解释解释为何要如此羞辱自己不可。一天之内竟然已经被他教训了两回。这个屈辱实在是太大了,叫他无法咽下这口恶气。

吉扬突然间听到大厅里传出平稳低沉的说话声,这才意识到自己应该在佩尔蒂埃回来之前赶紧进去加入骑士队伍,免得他回来看见他还站在外面。

门口的卫兵毫不掩饰对他的嘲笑。

"你看什么看?"吉扬问,"好好把你的嘴巴闭紧了,听到没有?否则别怪我不客气!"

这个威胁并不是开玩笑。卫兵立即垂下眼皮,立正站在门边,让吉扬进去了。

"这还差不多。"

因为佩尔蒂埃的恐吓还回荡在吉扬的耳际，所以他尽可能悄悄地溜进了大厅里，不想引人注目，但他涨红的面色和激烈的心跳还是暴露了刚刚发生的事情。

第六章

雷蒙德·罗杰·卡维尔子爵站在大厅深处的一座讲台上。他注意到吉扬·杜马斯刚刚从后面溜进来，但是他还不能开始，还要等佩尔蒂埃。

卡维尔没穿战服，而是穿着外交礼服。他身穿一件红色的长袖过膝束腰外衣，领口和袖口都装饰着金边。他的蓝色斗篷用一个金制大圆带扣系在脖子上。阳光从房间南墙顶上的高窗中投射进来，照在了带扣上，反射出耀眼的光芒。他的头上方悬挂着一块盾牌，上面刻着卡维尔家族的盾徽，盾牌下方交叉着两支沉重的金属矛。同样的徽章还出现在旗帜、礼服和盔甲上。它还悬挂在纳尔博纳门护城河闸门上，既可以欢迎宾客，也可以提醒他们卡维尔王朝和国民之间那次史上著名的约定。盾牌左边悬着一块挂毯，上面绣着一只跳舞的独角兽。世世代代以来，它一直悬挂在这一面墙上。

讲台的另一边，是一扇深凹入墙的小门，可以通往子爵位于潘特塔的私人居住区。潘特塔是一座瞭望塔，也是康达尔城堡里最古老的部分之一。小门上面挂着长长的蓝色门帘，三块貂皮上刺绣着卡维尔家族的盾徽。这块门帘可以挡住冬天大厅里呼啸而过的冷风。

今天门帘开着，固定在一个沉重的金钩子上。

雷蒙德·罗杰·卡维尔在这些房间里度过了他的童年时期。后来，他跟妻子阿涅·德·蒙彼利埃和两岁的儿子，一起回到了那些古老的城墙里生活。他在父母曾经跪拜过的小教堂里跪拜和祈祷，在父母曾经睡过的橡木床上降生并且度过了之后人生的每个夜晚。在这样的一些夏日里，他也是在黄昏时分，透过同样的拱形窗户望向外边，看着落日染红奥克地区的天空。

从远处看，卡维尔显得十分镇定自若，棕色的头发轻轻地垂在他的肩上，双手背在身后。但是他的脸上透出了不安的神情，眼睛一直紧紧地盯着主门。

佩尔蒂埃出了一身大汗。他的衣服很僵硬，紧紧地贴在背上，硌得他胳膊下面很不舒服。他觉得自己已经老了，无法胜任眼前的任务了。

佩尔蒂埃一度希望新鲜的空气能够让自己头脑清醒一点儿。但实际上并非如此。他还在生自己的气，都是因为他没控制住自己的脾气，光顾着冲女婿发火了，都忘记了自己手头上还有重要任务。

他现在可不敢再多想这件事了。就算有必要的话，他也得之后再跟他算账。现在，他站在子爵的身旁。

西米恩还徘徊在他的脑海中。佩尔蒂埃依旧能够感觉到自己掀起水中尸体时那种揪心、灼热的恐惧感，也还记得当他发现是一个陌生人浮肿的脸时心里如释重负的感觉。

大厅里热得令人窒息。一百多个来自教会和各州的男人，挤在这么一个燥热、密不透风的房间里，空气中散发着汗水、焦虑和酒精混合在一起的臭气。一直有人在焦躁不安、心神不宁地窃窃私语。

佩尔蒂埃出现的时候，离门最近的仆人们纷纷向他弯腰鞠躬，并快速冲到他的眼前，向他敬献酒杯。与此同时，房间另一边，有一排深色抛光木的高背椅子，跟圣那萨利天主教堂里唱诗班的座椅差不多。椅子上坐着南部的贵族和来自米雷普瓦、凡耀、库尔桑、太麦内、阿尔比和马扎梅的领主们。他们都接到了七月末到卡卡颂庆祝圣那萨利斋日的邀请，现在却发现自己被召集来开会。佩尔蒂埃看到他们脸上的神情都很紧张。

他用老练的眼神扫视了大厅里的一群群男人，其中有卡卡颂的执政官和来自圣温赛斯和圣米克尔市场郊区的市民代表。圣职人员和几个僧侣正躲藏在北墙的阴影里，用长袍将面孔遮住了一半，双手交叉合拢在黑色的大袖子里。

大厅另一边，有一座巨大的石头壁炉，从地面一直延伸到天花板。卡卡颂的骑士们就站在壁炉前面，吉扬·杜马斯现在也已经加入其中。卡维尔的抄写员，也是佩尔蒂埃大女儿欧莉安的丈夫让·贡高斯特坐在大厅前面最高的桌子前。

佩尔蒂埃走到讲台前停住，鞠了一躬。卡维尔子爵的脸上扫过一种如释重负的表情。

"请原谅我，殿下。"

"没关系，伯特兰。"子爵一边说，一边招手让佩尔蒂埃走到他身旁。

"你现在就站在这里。"

为了以防别人偷听到他们的对话，他们交头低语了几句。随后，根据卡维尔的指示，佩尔蒂埃迈步走到了前面。

"阁下们，"他大声喊道，"各位阁下，请为你们的领主雷蒙德·罗杰·卡维尔，卡卡颂、阿尔比的子爵默默祈祷吧！"卡维尔走到了光线中，双臂伸开，以示对列位的欢迎。大厅里陷入沉静。没人动弹，没人讲话。

"感谢各位阁下，我忠诚的朋友们，"他说，"欢迎你们。"他的嗓音像钟声一样清脆和坚定，暴露了他的年纪尚轻，"神灵保佑卡卡颂。感谢诸位的耐心配合和出席会议。谢谢各位。"

佩尔蒂埃的眼神扫过人群中的每一张脸，试图判断出人们的情绪。他在他们脸上看见了好奇、兴奋、自私和恐惧等种种情绪，每一种他都可以理解。只有等他们知道了召唤他们过来的目的，尤其是知道了卡维尔对他们提出的要求后，他们才会知道该怎么行动。

"我强烈希望，"卡维尔继续说，"竞技赛和宴会能够在本月末如期举行。但是今天，我收到了十分重要的消息，并且这件事情会产生十分深远的影响，所以我认为必须告知各位。因为这将会影响到我们每一个人。"

"鉴于有些人没有参加我们上一次的会议，所以我要简单地概括一下现在的局势。一年前的复活节，罗马教皇派出使节和传教士，说服这片土地上没有宗教信仰的人们皈依罗马教会，但遭遇失败，基督教在未经控制的情况下已经迅速蔓延了整个奥克地区。受到挫败的圣座——教皇伊诺桑三世——决定派出十字军，铲除被他称作'恶性肿瘤般的异教'的基督教徒。

"教皇指出，所谓的异教，也就是那些追随良人教的人，他们比萨拉森人还要可恨。但是，教皇的煽风点火和豪情壮志，到了那些人那里却变成了耳旁风。甚至连法国国王也无动于衷，很晚才决定出兵支持。

"他的矛头直指我的叔叔雷蒙德四世图卢兹伯爵。事实上，最先导致圣座注意到奥克地区的原因，是我叔叔手下的人被卷入了教皇使节彼得·德·卡斯泰尔诺的谋杀案中。于是，我叔叔就被指控'放任异教在其管辖领土内肆意扩张'，并且还含沙射影地指责了我们。"卡维尔停顿了一下，又稍微纠正了一下说法，"不，不是说放任异教，而是说鼓励了良人教的追随者在其领土内安身。"

站在前排的一个貌似经过严苛修行的苦行僧举起了手，请求发言。

"圣兄，"卡维尔迅速给了反应，"请你再少安毋躁片刻。我说完该说的之后，大家就可以畅所欲言。一会儿会有讨论时间。"

那个僧侣闷闷不乐地放下了手。

"朋友们，'放任'和'鼓励'之间的差异很难说清。"他轻柔地继续往下说，佩尔蒂埃向他点了点头，默默地对他的场面控制能力做出了赞许。

"因此,我直截了当地声明,我那受人爱戴的叔叔不会做出那样有辱盛名的事情——"卡维尔停顿了一下,以引起听众注意下面这个隐晦的讽刺,"而且我也承认了他的行为并非无可指责。但这件事情的对错也不是我们能评判的。"他微笑着说:"让教士去讨论这些神学的事情吧,我们其他人都保持安静。"

他不说话了。他的脸上笼罩了一层阴影。现在,他的声音中失去了先前的兴奋。

"北方入侵者进犯我们的领土已经不是第一次了。我觉得这次他们同样不会得逞。我相信,在天主教会的保佑下,基督教徒的鲜血不会洒遍基督教国家的土地。

"但是我的叔叔图卢兹并不像我一样乐观。从一开始,他就相信入侵的威胁并非儿戏。为了保卫其领土和主权,他想与我们结成联盟。我是这么跟他说的,你们都好好记住。我说,我们奥克地区的子民,与邻国都和平共处,不管他们是良人教徒,犹太人还是萨拉森人。如果他们能遵守我们的法律,尊重我们的生活方式和传统,他们就是我们的子民。这就是我当时给他的答复。"他停顿了一下又说,"现在,我仍然是这个答复。"

佩尔蒂埃点头表示赞同。这时,整个大厅里响起一片赞同之声,甚至连主教和神父们也都点头称赞。只有刚刚那个苦行僧仍然无动于衷。从他的衣着颜色来看,他是个多明尼加人。"我们对放纵有另一种解释。"他用一口浓重的西班牙口音喃喃低语着。

在他后面,有个声音突然响起:"请原谅,殿下,您讲的这些我们已经知道了。这都是老生常谈。现在怎么样了?为什么召集我们来会议室?"

佩尔蒂埃认出了这个自大怠惰的声音,他是伦格尔·德·马萨布拉克五个儿子中最为顽劣不恭的一个。要不是他感觉到子爵把手放到了他的肩膀上,他可能还要继续说下去。

"蒂埃利·德·马萨布拉克,"子爵极力挤出一种和蔼的声音说,"我们很感谢你提出这样的问题。但是,我们这里不是所有人都像你那么熟悉复杂的外交事务。"

几个男人嘲笑起来,蒂埃利脸红了。

"但是你问对了。我今天叫你们过来,是因为局势已经发生了变化。"

虽然没人说话,但大厅里的气氛还是变了。子爵意识到了空气正在变得凝固起来,他却没有露出慌张的神色,而是继续用同样自信和威严的声音说话。这让佩尔蒂埃感到十分欣慰。

"今天早上,我们收到消息,北方军队的威胁比我们之前预想的更严重,更直接。这支罪恶的军队叫自己'主人',已经在施洗约翰节那天在里昂召集起来了。我们估计大约有两万名骑士涌进了城市,还有大约几千个工兵、祭司、木匠、神父和兽医也蜂拥而至。军队离开里昂之后,那个白狼一样的人物——阿纳尔德-阿马尔里克,也就是修道院院长,打了头阵。"他停下来,环顾四下,继续说,"我知道,在很多在场的人心中,这个名字像铁打的一样令人震撼。"佩尔蒂埃看见一个老政治家点了点头。"跟他一起的还有天主教的兰斯大主教,桑斯大主教,鲁昂大主教,还有奥坦、克莱蒙特、纳韦尔、巴约、沙特尔和利西厄几个地方的主教。至于暂时的领导人,虽然法国的菲利普国王并没有理睬他们提出的出兵要求,也没有允许自己的儿子替自己出面,但北方有很多权势显赫的男爵和侯国已经做出了行动。贡高斯特,你有什么话请说。"

听到子爵叫自己的名字,贡高斯特炫耀地抚弄了一下头发。他那细长的头发垂下来,遮住了脸;皮肤又苍白又绵软,而且由于终生都待在室内,几乎都要变成透明的了。贡高斯特好一顿摆弄自己的大皮包,掏了半天才拿出来一卷羊皮卷。找到那卷羊皮卷的时候,它看起来好像已经在他满是汗水的手里过了一辈子一样陈旧而沧桑。

"赶紧的啊,伙计。"佩尔蒂埃小声地嘟囔道。

贡高斯特使劲儿吸了一口气,又亮了几声嗓子,终于开始念了:"勃艮第公爵厄德,纳韦尔伯爵赫维,圣波尔伯爵,奥弗涅伯爵,赫维德·德·热耐乌,居伊·德·埃夫勒,高雪德沙地荣,西蒙·德·蒙特福特……"

贡高斯特的嗓音十分刺耳、呆板,但是每个名字都如同石头掉进了枯井里一样,掷地有声,在整个大厅里回荡不绝。这些都是他们的劲敌,是北方和东方极有影响力的一些男爵。他们资源丰富,家财万贯,人手充足,是不可掉以轻心的对手。

渐渐地,这支入侵南方的军队阵势和特性都被慢慢勾勒了出来。即便是已经亲自读过一遍名单的佩尔蒂埃,听着贡高斯特念出声来之后,还是感觉浑身可怕地颤抖起来。

现在,大厅里响起了一阵低沉而连绵不断的嗡鸣声,说话的人声中夹杂着惊讶、怀疑和愤怒的呼声。佩尔蒂埃注意到了卡卡颂的卡特里主教。他一直在聚精会神地听,面无表情,旁边站着几个主要的卡特里祭司——纯洁派成员。接下来,佩尔蒂埃透过他那双尖锐的眼睛,发现戴着帽子的卡卡颂天主教主教贝伦格尔表情有些痛苦。他正站在大厅的另一面,胳膊交叉抱在胸前,两边是从圣那萨利和圣萨满天主教堂来的几个祭司。

佩尔蒂埃相信,至少在最近的一段时间内,德·罗什福尔仍将会效忠于卡维尔子爵,而不会倒戈于教皇。但是这会持续多久呢?一个墙头草两边倒的人是不值得信任的。他肯定会像太阳东升西落一样不断左右摇摆的。佩尔蒂埃再次警觉起来,不确定现在是否需要打发这些教徒离场,那样他们就无法听到他们宣布的一些内容,那样也就没法到自己效忠的主人那里去汇报了。

"我们能够抵抗他们的进攻,无论有多少敌人,"后面有个人喊道,"卡卡颂坚不可摧!"有人开始跟着喊出声来:"拉斯图尔也是!"旋即,呼声在大厅的每个角落里响起,在空中发出强有力的回音,如同在努瓦尔山谷里炸响的雷声一样。"把他们赶到山上去,"另一个人喊,"让他们瞧瞧什么叫作战斗!"

卡维尔子爵举起手,向他们报以支持和肯定的微笑。

"各位阁下,我的朋友们。"他几乎要大喊起来,才能压过底下的声音。

"感谢大家的勇气,感谢各位坚定不移的忠诚。"他稍作停顿,等待大家的声音静下来,"北方这些人不对我们效忠,对我们不算亏欠。我们不效忠他们,对他们也不亏欠,只是有违作为上帝子民的一些条约。但是,一个受到各种责任束缚的人、一个要承担家庭责任和保护领土子民安全的人,我没预想到他会背叛。我说的这个人是我的叔叔图卢兹伯爵和王侯雷蒙德。"

大厅里的人突然一片鸦雀无声。

"几个星期以前,我收到报告,说我叔叔已经投降,举行了一种耻辱性的仪式,我都不好意思说出口来。对于这些流言,我已经进行了查证核实。确有此事。就在圣吉莱的天主大教堂,当着教廷使节的面,图卢兹伯爵归顺了天主教会。他被脱光上衣,脖子上系上了忏悔绳,跪着在地上爬行,以祈求得到宽恕,同时几个祭司还在旁边不断地鞭打他。"

卡维尔停了片刻,以便让听众慢慢消化。

"通过这种肮脏、卑微的行为,他投入了圣母玛利亚教堂的怀抱中。"会议室里发出一片小声的指责。"但是,还不止这些,朋友们。毫无疑问,他这种可耻的表演是为了证明自己对信仰的极端忠诚以及对异教的极度反对。然而,即便是这样,也不足以避免即将到来的危险,他自己也知道。他已经把自己对领土的控制权移交给了教皇圣座的使节。我今天又听说——"他停顿了一下,说,"今天我听说,图卢兹伯爵在不到一周的时间内就领军到了瓦朗斯,随行的还有几百个他手下的人。只要接到命令,他立刻就可以带领北方侵略者跨过博凯尔的护城河,侵犯到我们的领土上来。"他又稍作暂停,"他已经接了十字军的十字架。各位阁下,他打算向我们进军。"

终于,大厅里爆发出一阵阵愤怒的号叫。"安静!"佩尔蒂埃扯着他那嘶哑的嗓子大声吼道,但是根本无法制止这种混乱的场面。

"安静!请各位保持安静!"

这是一场力量悬殊的战斗,他一个人的声音需要对抗一群人的声音。

子爵向前走了几步,来到讲台边缘,站在卡维尔盾徽的正下方。他的脸涨得通红,但是眼睛里闪烁着战斗的光芒,脸上充满了对敌人的蔑视,散发出迎接战斗的勇气。他张开双臂,好像要把整个大厅和大厅里的人都纳入怀中。这个动作让所有人都静了下来。

"所以,我现在站在你们——我的朋友和联盟面前,本着将我们联结成为兄弟的古老荣誉和忠诚精神,寻求各位的建议。作为南部的男人,我们只有两条路可走,但已经没时间选择走哪一条了。问题就在这里。为了卡卡颂!为了我们南部的领土!我们只能投降吗?还是,我们可以战斗?!"

当卡维尔筋疲力尽地坐回椅子上的时候,萦绕在他耳边的是大厅里震耳欲聋的呼声。

佩尔蒂埃难掩自己激动的心情。他弯下腰,把手放在这个年轻人的肩上。

"讲得好,"他悄悄地说,"有礼有节,殿下。"

第七章

几个小时已经过去了,争辩的场面还是热火朝天。

仆人们急匆匆地跑前跑后,提上了一篮篮的面包和葡萄,端上了一盘盘肉食和白奶酪,酒壶里的酒也是添了又添。食物没什么人动,酒却喝了不少,结果便是,愤怒的火焰越浇越旺,酒精让他们的决策水平每况愈下。

康达尔城堡外面的世界还是一如从前。教堂的钟声提示着一天中祷告时间的开始。被敌军紧紧包围在圣那萨利的僧侣们唱起歌,修女们开始祷告;卡卡颂的街上,市民们正在忙着各自的生意;坚固的城墙外面,郊区的孩子们在玩耍,女人们在劳作,商人、农民和基尔特公会会员聚在一起,一边吃喝、侃大山,一边玩着骰子；大厅里面，有理有据的辩论逐渐演变成了相互的辱骂和指责。一撮人认为应该坚定立场，坚决抵抗，而另一撮人则争辩应该与图卢兹伯爵结成联盟，因为如果里昂集合军规模没有估算错误的话，无论如何团结也不足以抵挡如此强大的敌人。

每个人的头脑中似乎都能听到正在擂响的战鼓声。有些人想象到战场上的荣耀，仿佛听到了钢铁与钢铁之间铿锵的碰撞声；有些人则隐约看到了鲜血流满山坡和平原的情景，看到了流离失所的民众和身负重伤的战败者排成一支绵延的长队，跌跌撞撞地走过被付之一炬的大地。

佩尔蒂埃不知疲倦地在大厅里来回踱步，观察人们脸上的神情，确定是否有人企图提出异议，反对或挑战子爵的权威。可是，他观察到的东西都无法解决他真正关心的问题。他相信，他的君主已经尽力把所有人都团结在他身边了，而且不论每个人的利益是什么，不管子爵做出什么样的决定，奥克地区的各位领主一定会紧密围绕在卡维尔子爵周围。

战线已经按照实际的地理区域画好了，而不只是存在于想象之中。那些平原的领主，因其领土更容易被攻破，所以决定把精力放在谈判上；而那些领土位于北方努瓦尔河、萨巴提山和比利牛斯山地区的领主，则表示坚决反对教皇圣座，迎接战斗。佩尔蒂埃知道，卡维尔子爵是跟后者持同一种想法的。他跟那些山地的领主是同一块铁铸造而成的，他们有着同样的誓死捍卫独立的精神。

但是佩尔蒂埃也知道，卡维尔的心思告诉他，维护其领土完整和子民安全的唯一机会，就是放下他骄傲的尊严，进行谈判。

傍晚的时候，大厅里已经到处弥漫着一股失望的气氛了，各种争辩也变得有气无力。佩尔蒂埃已然疲惫不堪。他必须不停地分辨着人们谈话中的对错，还要聆听那些说得天花乱坠的言辞，仿佛永远没个尽头，只能逐渐耗尽他的力气。现在，他的头也开始疼痛起来。他觉得自己浑身僵硬，疲惫不堪。他一边转动着老是戴在大拇指上的那枚戒指，将戒指下面长满老茧的皮肤摩擦得通红，一边想着，自己已经太老了，无法胜任这些事情了。

是时候要得出个结论了。

他召唤一个仆人端水过去，把一块方形亚麻布在水中浸湿，递给了子爵。

"给您，殿下。"他说。

卡维尔感激地接过湿布，擦了擦额头和脖子。

"你觉得，我们给他们讨论的时间够久了吧？"

"我觉得差不多了，殿下。"佩尔蒂埃回答。

卡维尔点了点头。他端坐在椅子上，双臂平稳地搭在雕花的木扶手上，看起来跟刚刚踏进大厅进行演说时一样淡定坦然。佩尔蒂埃觉得，比他更年长、更有经验的人可能都要十分努力地克制自己，才能控制这样一次会议的场面。正是子爵的这种性格力量，才给了佩尔蒂埃继续下去的勇气。

"是跟我们之前讨论的那样吗，殿下？"

"是的，"卡维尔回答说，"虽然他们不是全部一心，但是我认为少数会服从多数，因为……"他突然停住了，语调中第一次出现了一种举棋不定的色彩，"但是，伯特兰，我希望还有其他的办法。"

"我知道，殿下，"他悄声说，"我也有同样的感觉。但是，无论我们的做法有多冒险，我们别无他选。保护您众多子民的唯一希望，就是与您的叔叔签订休战协定。"

"他可能会拒绝我的要求，伯特兰，"子爵悄悄地说，"上次我们见面，我说了一些不该说的话，分开的时候气氛很僵。"佩尔蒂埃把手放到了卡维尔的胳膊上，说："这个风险，我们不得不冒。"虽然他也很担心这些，但他还是说："你们都已经分开一段时间了。事实胜于雄辩。如果教皇圣座真如他们说的那般强大，即便事实上只是他们在危言耸听，那我们也别无选择了。我们在城市里面也许还算安全，但是您的子民呢，都在城墙外面……谁来保护他们？伯爵决心参加十字军，就把我们和老爷您当作了唯一可能攻打的目标。教皇圣座现在肯定不会撤军的。他们恰恰需要一支敌军与他们对战。"

佩尔蒂埃低下头看了看子爵那张布满愁云的脸，上面写满了遗憾和伤感。他想给他一点儿安慰，想对他说点儿什么，但是无从开口。现在，即便只是一丝决心的缺失，都将产生致命的后果。不应该有一点点示弱，不应该有一点点犹疑。影响卡维尔子爵决策的东西还有很多，只是这位年轻人还不知道而已。

"您已经尽力了，殿下。您必须保持立场坚定，有始有终。下面的人已经开始焦躁不安了。"

卡维尔抬头瞥了一眼盾徽，然后又转头继续看着佩尔蒂埃。

他们就那样相互凝视了一会儿。

"通知贡高斯特吧。"他说。

佩尔蒂埃如释重负地深呼了一口气，迅速走到记录员那里。他正坐在桌子前，按摩着自己僵硬的手指。贡高斯特抬起头，但是并没有说什么，只是整理了一下自己的头发，调整好坐姿，准备好记录会议的最终决议。

雷蒙德·罗杰·卡维尔最后一次站起身来。

"在宣布我的决定之前,我必须首先感谢所有在场的人。卡尔卡斯、拉兹、阿尔比乔斯和其他一些地方的领主们。我向各位的力量、勇气和忠诚致敬。我们已经讨论了几个小时了,各位也都表现得十分耐心和投入。我们已经尽到了全部的努力。我们是被迫卷入战争的受害者。接下来我要说的,可能有些人会感到失望,有些人会高兴。我祈祷,在上帝的帮助和怜悯下,我们都能够找到团结一致的勇气。"

他停顿了一下,说:"为了我们所有人的利益,为了我们子民的安全,我会去觐见我的叔叔,图卢兹伯爵。我们不知道这样会有什么结果,并且,他会不会接见我都还无从知晓,而此刻我们已经别无他选了。因此,我们必须将计划严格保密。这一点十分重要。谣言总是传播得很快,如果我们的目的传到了我叔叔的耳中,可能就会削弱我们在谈判中的地位。因此,竞技赛我们还是会如期举办。我的目标就是在宴会日之前赶回来。希望能带回好消息。"他停了一下:"我是打算明天天一亮就出发,如果诸位允许的话,我会只带领一小支骑士和代表队,从卡巴莱、米内尔福、富瓦和基扬的地区选人……"

"愿为您效劳,殿下!"一个骑士喊道。"我也愿为您效劳!"另一个骑士也跟着喊。一个接一个地,整个大厅的男人都跪地表示支持。

卡维尔微笑着抬起手。

"各位的勇气和英武,让我们所有人都感到光荣,"他说,"我的管家将会通知各位当选的人员。现在,朋友们,请各位允许我离开。建议大家都回到各自的住处休息。我们晚餐时间再见。"

伴随着卡维尔子爵的离开,大厅里的人群再次骚动了起来。没人注意到,有一个穿着蓝色带帽长袍的人,正从人群中溜走,悄悄走出了大门。

第八章

佩尔蒂埃从潘特塔里出来的时候,晚祷的钟声已经响过很久很久了。

佩尔蒂埃感觉时间漫长得好像把他五十二岁的人生又重新过了一遍似的。

他升起大厅的窗帘,再次回到大厅里。他用疲惫的双手揉搓着两鬓,想要缓解一下一直紧绷的神经。

自从会议结束之后,卡维尔子爵就一直和他这位最强大的盟友待在一起,讨论觐见图卢兹伯爵的最佳方案。他们一个小时接一个小时地讨论着。渐渐地,决策一个个地执行起来了,使者也已经从康达尔城堡派出,带去了发往雷蒙德四世、教皇使节、修道院院长、卡维尔的各位执政官和贝济耶的法官的信函。即将伴随子爵出行的骑士也都通知到了。马厩里和铁匠铺里,各种准备已经如火如荼地进行了起来,大概要持续一整个晚上。

房间里充满了一种缄默却满怀期待的安静。因为明天一早就要出发,本来要举行的宴会也改为了一顿非正式的便餐。长长的活动餐桌已经陈列完毕,一排排地在整个大厅里南北方向摆着,没有铺桌布。蜡烛立在每张餐桌的中间,摇曳着微暗的灯光。高高的壁灯里,火炬已经燃烧得很旺了,投射出的影子在地上跳跃闪动着。

大厅最里面,仆人们忙着跑进跑出,端出比节日还要丰盛的菜肴。有雄赤鹿肉、鹿肉、鸡肉、辣椒鸡腿,陶碗装着的豆子和香肠,新鲜烤制的白面包,蜜汁紫李子,来自科尔比葡萄园的玫瑰色葡萄酒,还有为神经衰弱者准备的罐装麦芽酒。

佩尔蒂埃不断地点头表示欣慰。他很高兴。他不在的时候,弗朗索瓦把一切都打点得很是周全,每件事情都井井有条,体现出了卡维尔子爵的彬彬有礼和热情好客,一如客人们的期望。

弗朗索瓦是个好仆人,虽然他早些年的人生中有过一些挫折和不幸。他母亲曾经侍奉过佩尔蒂埃的法国妻子玛格丽特,后来,弗朗索瓦长大了,她却被一个贼人给勒死了。他的父亲不知道是谁。九年前,玛格丽特去世之后,佩尔蒂埃雇用了弗朗索瓦,训练他,并给了他一个职位。佩尔蒂埃时常会感慨,弗朗索瓦的确是个优秀的人,很多事情都做得深得他心。他走到了荣誉陈列厅。这里的空气很清凉,他在门口徘徊了好一阵子。孩子们在井边玩耍,游戏玩到太吵闹的时候,保姆们会在他们腿上赏一记响亮的巴掌;还有些女孩子手挽着手在暮色里散步、聊天,相互倾诉彼此内心的小秘密。

一开始,他并没有注意到在小礼堂的墙根边,盘坐着一个长着深色头发的小男孩。

"老爷,老爷!"小男孩一边喊,一边赶紧爬起来,"我有东西要给您。"

佩尔蒂埃没有理会。"老爷。"小孩子依然缠着他,用力扯着他的袖子,乞求他能理睬自己一下。"监督官佩尔蒂埃,求您了,是很重要的东西。"他感觉有东西塞到了他手里。他有些恼怒地看了一眼,是一封信,写在沉甸甸的奶白色羊皮纸上,外面写着他的名字,是一个似曾相识又风格明显的人的字迹。佩尔蒂埃曾经告诫过自己,再也不要见到这个人的笔迹了。

佩尔蒂埃抓起男孩的后颈,问:"你从哪儿弄的这个?"他粗暴地摇晃着男孩:"说!"男孩像只被钓到的鱼儿一样扭动着身体,想要挣脱。"快告诉我,就现在!"

"有个人在门口给我的,"男孩呜咽着说,"别伤害我,我什么也没做。"

佩尔蒂埃把他摇晃得更厉害了:"什么样的人?"

"就是一个男人。"

"你最好说得再清楚一点儿!"他用更大的嗓门朝他粗暴地吼道。

"如果你告诉我一些我想知道的东西,我就可以给你一个苏。那个人是个年轻人还是老人?是个士兵吗?"他停了一下,"是个犹太人吗?"

佩尔蒂埃向男孩抛出一个接一个的问题,直到从男孩那里慢慢问出了真相。没什么重要的信息。男孩叫庞斯,和小伙伴们一直在康达尔城堡的护城河边玩。他们想过到桥的另一边去,却不想被卫兵抓住。黄昏时分,日光正要开始淡去的时候,一个人走过去,问他们有没有人能认出监督官佩尔蒂埃的模样。庞斯说他可以,那人就给他一个苏,让他把这封信交给佩尔蒂埃。他还说,这封信至关重要,并且十万火急。

那个人倒是没有什么特别的地方,只是个中年人,不老也不小。脸上没什么突出的特点,没有痘子疹子一类的瑕疵。他也没看清那人戴不戴戒指,因为他的双手都藏在斗篷里面。

最后,佩尔蒂埃了解了所有想知道的内容,便掏了一下钱包,给了男孩一个钱币。

"给你。这是给你的一点儿补偿。现在你可以走了。"

庞斯不想在这里再多待一秒,从佩尔蒂埃的手中挣脱之后,就赶紧撒开腿儿,一溜烟跑了。

佩尔蒂埃又回到房间里,把那封信紧紧地握在胸前。他通过走廊,回到房间,仔细看了一下周围,没人发现他。门锁上了。佩尔蒂埃一边咒骂着自己的谨小慎微,一边到处翻找钥匙。匆忙之下,他显得笨手笨脚。弗朗索瓦已经在房间里点上了油灯,房间中央的桌子上也一如既往地摆好了晚餐托盘,上面有一壶酒和两只陶制酒杯。盘子的抛光铜质表面锃明瓦亮，在跃动的金色灯光下闪烁着光芒。

佩尔蒂埃给自己倒了一杯酒，想要平静一下激动的心情。他满脑子都是落满灰尘的画面，关于圣地的回忆，沙漠里长长的红色影子，还有那三本书，以及藏在书页中的古老秘密。

粗糙的酒体在他的舌头上留下酸涩的感觉，蜇得他的喉咙后部刺疼。他喝完了一杯，又倒了一杯。很多次，他都试着去想象此刻应有的感受，但是直到现在，在它真的来临之际，他又只是觉得麻木不仁。

佩尔蒂埃坐下来，把那封信放在他摊开的手上。他知道信里写了什么。这是他自从到了卡卡颂之后这么多年来一直期盼却也一直恐惧的东西。这些岁月里，南部繁华而宽容的大地给了他一个安全的藏身之地。

季节轮回，时间悄悄地过去，佩尔蒂埃希望被召见的期待也已经渐渐淡去。日子每天都周而复始地进行着。

关于那些书籍的记忆正在从他脑海中渐渐消失。到最后，他几乎完全忘记了自己还在等待。

最后一眼见到这封信的作者，已经是二十多年前的事情了。他意识到，直到这一刻，他甚至都不知道自己的导师是否还活在世上。还是在耶路撒冷城外的山上，在那些橄榄树林的树荫下，阿里夫教会了他读书；是阿里夫打开了他的视野，让他感受到一个更光荣、更高尚的世界；是阿里夫教他明白了，萨拉森人、犹太人和基督徒一样，都是信奉一个上帝，只不过是用不同的方式；依旧是阿里夫，向他揭示了所有人类所知的道理之上，有着一个更为古老、更为绝对的真理，那是现代社会无法给予的启示。

佩尔蒂埃加入山峰荣誉会那晚的记忆，还在他的脑海中如同昨日一般强烈和清楚。金袍闪着的光芒、漂白的祭坛布，都是那么令人眼花缭乱，如同阿勒波上方的山丘堡垒一样，掩映在柏树和橘树林中，熠熠生辉。焚香的气味，黑暗中时起时落的低声耳语，还有摇曳的灯光。

那个夜晚，宛若前生，佩尔蒂埃此刻依然这么认为。那一夜，他看到了迷宫的中心，并且决定终生保守这个秘密。

他把蜡烛拿得更近了。不用查证印章的真伪，他就能毫无疑问地断定，这封信绝对出自阿里夫之手。无论在哪儿，他都能认出他的笔迹来。他笔下的字母都极其优雅，而且大小一致。

佩尔蒂埃摇摇头，想要将萦绕在脑海中威胁着他、淹没了他的记忆逐出。

他深吸了一口气,用小刀划开了封印。随着一声微弱的破裂声,封着的蜡裂开了。他把羊皮纸抚了抚平。

信很简短,纸片上端写着一些符号。佩尔蒂埃记得这是圣城外面山里的一个迷宫洞里,写在黄色墙上的一些符号。他们来自阿里夫祖先们的古老语言,没有什么意义,只是写给初次入山峰荣誉会的人的。

在时间之初　在埃及之地
秘密之主　所言所写

佩尔蒂埃大声朗读着这些话,熟悉的声音令他感到安慰,然后他打开了阿里夫的信。

兄弟:

时间到了。黑暗正在降至这片土地,四周充满恶意和怨恨,罪恶将一切美好腐化和毁掉。把书放在奥克地区的平原已经不再安全,是时候让三部曲重新合一了。你的兄弟在贝济耶等你,你的姐妹在卡卡颂等你。该由你负责将这三本书带到一个更加安全的地方了。

动作宜快。到纳瓦拉去的夏季通道即将在诸圣瞻礼节关闭,如果今年下雪早的话,可能会更提前一些。我期望你能在圣米克尔的斋日之前到达。

一步一步地,你会走更远。

佩尔蒂埃猛地向椅子靠背上一倚,令椅子发出了嘎吱嘎吱的声音。这一切他都已经预料到了。阿里夫的指示清楚易懂。他要求的只不过是佩尔蒂埃答应过的事情。但是,他还是觉得自己的灵魂被抽离了身体,只剩下一具空壳。

当年,他确实是自愿发誓要保卫那些书,可是那时候还有些少不更事。现在,他已经人到中年,情况比那时候要复杂得多。他在卡卡颂已经过上了一种全然不同的生活。他有了其他要效忠、热爱和服务的对象。

直到现在他才意识到,他已经完全说服了自己,去相信被召唤的时刻此生不会来临了。他已经觉得自己永远不必在效忠卡维尔子爵和山峰荣誉会之间做出抉择了。

一人不能效忠二主。如果他听从了阿里夫的指示,那便意味着要在子爵最需要支持的这个时刻抛弃他。但是如果他在雷蒙德·罗杰身边再多待一秒钟,他就要辱没自己对山峰荣誉会的职责和承诺。

佩尔蒂埃把信又读了一遍，期望其中能够自动显现一个解决方法。这一回，有些字词就显得格外突出了："你的兄弟在贝济耶等你。"

阿里夫说的这个兄弟只能是西米恩。但是他在贝济耶吗？佩尔蒂埃将杯子举到唇边，喝了一口，却全然不知味道为何。为什么西米恩已经不在他身边多年，今天却一直清晰地出现在他脑海中？这太奇怪了。命运的转折？抑或是巧合？佩尔蒂埃一个也不信。但是，阿莱斯描述那具死在奥德河里的尸体时，恐惧为何会袭遍他的全身？这该如何解释呢？他没有理由去把那具尸体想象成西米恩，但为何他曾经那么确定呢？

还有这句："你的姐妹在卡卡颂等你。"

佩尔蒂埃满心疑惑地用手摩挲着放在木桌子上的一幅图。它的上面轻轻盖着一层尘土。那是一个迷宫。

阿里夫会不会指派了一个女人作为守护人？她会不会一直都待在卡卡颂，一直在他的眼皮子底下？他摇了摇头。不会的。

第九章

阿莱斯站在卧室的窗前，等待吉扬的归来。卡卡颂的天空变成了天鹅绒一般的深蓝色，给大地盖上了一层温柔的毯子。干燥的夜风从北方的塞赫斯吹来，轻柔地拂过群山峻岭，吹得奥德河岸上的树叶和芦苇沙沙作响，一路带来了更加新鲜的好空气。

圣米克尔和圣温赛斯到处洒着星星点点的亮光。城市的鹅卵石街道上，到处攒动着吃吃喝喝的人们。他们讲述着爱情故事，传唱着歌颂勇猛和叹息失败的歌谣。主广场那边的转角处，铁匠的火炉里还在燃烧着火苗。

等。永远都是等。

阿莱斯已经用药草把牙齿擦得比之前更白了，而且为了让自己的身体闻起来更香，衣领处也塞了一个勿忘我小香囊。卧室里燃烧着薰衣草，满屋子里都散发着甜香的气息。

会议早就结束了。阿莱斯已经等候吉扬多时。或者他至少应该找人给她带句话。下面的庭院里响起一些稀稀拉拉的对话声，它们就像一缕青烟一样飘进了她的窗里。她瞥见了姐姐欧莉安的丈夫让·贡高斯特急匆匆地跑过庭院，还看见家里的七八个骑士径直冲进了铁工厂。之前，她还注意到父亲揪住了一个总是在小教堂周围晃悠的小男孩。

这里却没有吉扬的踪迹。

阿莱斯叹了口气，想到自己被困在卧室里无所事事，就感到沮丧不已。她转过身子，面向房间里面，漫无目的地从桌子走向椅子，又从椅子走回桌子，双手不知道该搁哪儿，只是觉得想要找点儿事分分心。

她在织布机前停下了，盯着那张小挂毯看。那是她为阿涅夫人做的，上面绣的是一幅复杂的动物图，包括野生动物和长着扇形大尾巴的鸟类，它们正用爪子向城堡的墙上攀爬。通常，如果是天气不好或者家里有事情要做的时候，她就被困在屋里，而做这种精细的活计就能让她的精神得到安慰。

今夜她却觉得做什么都静不下心来。针线还放在盒子里，一动也没动，萨雷给她的纺线也还在里面没打开。之前她用当归和紫草制作的药剂已经贴好了标签，储藏在房间最阴凉的一个木架子上，一排排地摆好了。她捡起木板，又仔细地看了几遍，后来觉得心生厌烦，指头也因为一遍遍摩挲那幅迷宫图而磨得生疼。等待，继续等待。

"*Es totjorn lo meteis*——"她小声地唱着。永远都是同一首歌。

阿莱斯走到镜子前，凝视着自己。镜子里出现一张小巧却严肃的面庞，呈桃心状，有着聪明的棕色眼睛和苍白的面颊，既谈不上闭月羞花，也不能说朴实无华。阿莱斯模仿着其他女孩的样子，整理了一下裙子的领口，想要调整出更时髦的样子。也许缝上一条花边会更……

一阵尖锐的敲门声打断了她的思路。

太棒了。终于回来了。"来了！"她大喊着回应。

门打开后，她脸上的微笑一下子消失了。

"弗朗索瓦，怎么了？"

"监督官佩尔蒂埃吩咐您过去一下，夫人。"

"现在吗？"

弗朗索瓦笨拙地将身体的重心换到了一只脚上站立。

"他在他的房间等您。我想，您需要快一点儿去，阿莱斯。"

她直愣愣地看着他，惊讶于他竟然直呼她的名字。之前可没见他犯过这样的错误。"是什么重要的事情吗?"她赶紧问道,"是我父亲不舒服吗?"

弗朗索瓦犹豫了一下:"他有些……心事重重,夫人。您现在去陪他,他会很高兴的。"

她叹了口气:"我今天一天真是诸事不顺。"

他疑惑地看着她,问:"夫人,您怎么了?"

"没事的,弗朗索瓦。今天晚上我只是有点儿心情不好。既然我父亲希望我去,我自然会去的。我们走吧!"

在生活区的另一端,欧莉安正盘坐在自己房间里的床中央,修长匀称的美腿叠放在身下。

她那双绿色的眼睛半闭半睁,好似一只猫咪。一头卷曲的黑发上,梳子正在来回梳理着,她的脸上洋溢出一种十分惬意的微笑。时不时地,她会察觉到梳齿轻轻触碰到她皮肤的感觉,微妙且暧昧。

"真是太……舒服了。"她说。

一个男人正站在她身后。他上半身赤裸,宽广强壮的肩膀间沁出极小的汗珠,闪着亮光。

"舒服吗,夫人?"他轻柔地说,"我可不是故意的噢。"

他俯身向前,将她脸上的头发拢起,扭到背后。她能感觉到他在她脖子上呼出的温热气息。

"你可真漂亮。"他小声地说着。

他开始按摩她的肩膀和脖子。一开始很温柔,后来越来越使劲儿。欧莉安低着头,任他灵巧的双手轻抚过自己的颧骨、鼻子和下巴。他仔细得仿佛要将她的五官一一铭刻在自己脑海中似的。时不时地,他的手会滑向更下方,在她喉咙处柔软洁白的皮肤上摩挲。

欧莉安把他的一只手拉到自己嘴巴里,用舌头舔着他的每根指尖。他把她转过身去,让她背朝自己。她能感受到他身体的温度和重量,能感受到他有多么渴望肢体上的摩擦和触碰。随后,他又把她翻转过身,抽掉被她亲吻着的手指,慢慢地开始吻她。

这时,她没有注意到,外面走廊里响起了脚步声,直到传来了敲门声。

"欧莉安!"是一个暴躁的尖叫声,"你在里面吗?"

"是贡高斯特!"她心里默默地念着。她倒没怎么感到害怕,只是觉得这时候打断他们有些令人扫兴。她睁开了眼睛,对身边的男人说:"我怎么记得你说过他这会儿不会回来呢?"

他朝门看了一眼:"我没想到他会回来。我走的时候,还以为他要和子爵再待一会儿。门锁了吗?"

"当然。"她说。

"他不会觉得这很奇怪吧?"

欧莉安耸耸肩:"他清楚不请自来的下场。但是,你最好还是先藏起来。"她指了指床尾那边挂着的一张挂毯,后面有个小凹室。"别担心,"她看着他脸上的表情,笑着说,"我会尽快把他赶走的。"

"你怎么赶他走啊?"

她双手圈住他的脖子,把他拉到自己身边,用自己的睫毛在他皮肤上扫来扫去。他被弄得很烦躁不安。

"欧莉安?"贡高斯特开始哀号起来,喊声越来越大。

"现在马上给我开门!"

"你就等着看好戏吧,"她小声地说,一边弯腰亲吻了男人的胸膛和结实的小腹,"现在,你必须藏起来,即便他不会一直在门外。"

藏好情人后,欧莉安踮着脚走到门边,悄无声息地转动了一下锁中的钥匙,然后跑到床后,假装在整理窗帘。她已经准备好要戏弄他一番了。

"欧莉安!"

"丈夫,"她发脾气似的说,"没必要再吵啦,门已经开了。"

欧莉安听到门外一阵摸索声,然后门开了,又"砰"的一声关上了。她丈夫忙乱地冲进屋里。她听到他把蜡烛放到了桌子上,金属撞击木头发出"啪嗒"的声音。

"你在哪里?"他有些急躁地问,"为什么这里这么黑?我没心情跟你玩游戏。"

欧莉安笑了。她把双手举到枕边伸了个懒腰,双腿微微分开,光滑裸露的胳膊搭在头上。她不想给他任何想象的空间。

"我在这里,丈夫。"

"我第一次推门的时候,门是锁着的。"他一边烦躁地抱怨着说,一边把帘子拉开。然后,他们陷入了一片沉默。

"好吧,可能你当时没有用力推吧。"她回答说。

欧莉安看见他的脸一下子变得刷白,继而又涨得绛红。他看到她正裸露着丰满高耸的乳房和深红色的乳头,散开的头发在她枕头上呈扇形铺开,一缕缕地好像一条条扭曲的蛇；纤细的蛮腰呈现出完美的曲线，腹部微微凸起，小腹紧实有力，两条大腿之间隐现着丛丛黑毛——他的眼珠子都要瞪出来了，嘴巴张得老大。

"你说说你这是在干什么？！"他尖声叫道，"赶紧把你自己盖好！"

"我刚刚都睡着了，丈夫，"她回答道，"你吵醒我了。"

"我吵醒你了？我吵醒你了！"他气急败坏地嘟囔着，"你就这样……这样睡觉？"

"今晚很热，让。我难道不能在自己的卧室里随心所欲地睡个觉吗？"

"随便个人进来就能看到你的这副样子！你妹妹、仆人、吉桑德，谁都有可能！"

欧莉安缓缓地坐起来，一边轻蔑地看着他，一边用手指绕着一缕头发把玩。"谁都可能吗？我已经把吉桑德打发走了，"她讽刺地说，"我不需要仆人。"

他拼命地想转过身去，却无法动弹。

他那早已干涸枯竭的血液里同时激荡着欲望和厌恶的因子。

"谁都可能会进来。"他又重复了一遍，但明显没有先前那么自信了。

"对，我也觉得有可能，虽然没人进来。当然，除了你，我的夫君。"她微笑着说，那表情就像一个准备袭击的动物，"现在呢，既然你在这里了，也许你可以告诉我，你之前去哪儿了？"

"你知道我去哪里了，"他突然打断她，"我去开会了。"

她微笑了："开会？一直开到现在？天黑之前会议已经结束了。"

贡高斯特脸红了："你没资格怀疑我。"

欧莉安眯了一下眼睛。"圣富瓦说，你是个自高自大的人，让。'你没资格……'"她模仿得惟妙惟肖，足以令两个男人都汗颜，"好了，快告诉我你刚刚去哪儿了？也许，去讨论国家大事了？还是，跟某个情人在一起，让？你是不是在城堡那儿藏了个情人啊？"

"你怎么敢这么跟我说话！我——"

"其他丈夫都会告诉妻子自己的动向，为什么就你不行？除非，就像我说的那样，你有什么不可告人的秘密。"

贡高斯特开始大喊起来："其他丈夫应该学会怎么缝上老婆的嘴！这不关女人的事情！"

欧莉安从床上慢慢地向他爬过去。

"不关女人的事，"她说，"是这样吗？"

她的声音很低沉，却充满了邪恶。贡高斯特知道她在玩弄自己，但是捉摸不透这个游戏的规则。他还从来没玩过。

欧莉安伸出手，一把按住了他外衣下方的凸起部分——那里泄漏了他的欲望。令她满足的是，当她的手开始上下摩挲时，他的眼睛里充满了惊惧和诧异。

"那，夫君，"她轻蔑地说，"告诉我，你觉得什么是女人的事情？爱情吗？"她的手更用力了，"这样吗？你把这个叫作什么？性爱吗？"

贡高斯特感觉自己掉到了一个陷阱里，被她弄得鬼迷心窍，无法自拔，更不知所措。他忍不住地朝她倾靠过去。他那湿润的嘴唇像鱼嘴一样"吧嗒吧嗒"地舔着，目光却呆滞僵硬。他也许只是心里瞧不起她，但她还是能让他产生欲望。就像其他男人一样，他只是受控于两腿之间悬着的那个东西，而不管他的知识有多么渊博。这点令她很是鄙视。

突然，她把手抽了回去，因为她已经达到了想要的效果。

"好啦，让，"她冷冷地说，"如果你不打算告诉我点儿什么的话，那你最好走开。你在这儿对我没有任何用处。"

欧莉安感到他的心猛地一抽搐，好像他此生经历过的所有失望和挫折都在此刻翻江倒海般地涌到了他的眼前。

她还来不及反应发生了什么，他的拳头就已经重重地落到了她身上，用力大得足以把她弹回到了床上。

她不可置信地喘着粗气。

贡高斯特一动不动，盯着自己的双手，好像刚刚发生的事情跟他毫不相干。

"欧莉安，我——"

"你真可悲！"她对着他尖叫。她尝到嘴里有鲜血的味道："我叫你走，你走啊！给我滚出去！"

一开始，欧莉安还以为他要试着道歉。但是从他抬起的眼睛里，她没有看到羞愧，只有憎恨和厌恶。她如释重负地舒了一口气。事情马上就要按照计划那样完美收官了。

"你让我觉得恶心！"他一边尖叫，一边从床边往后倒退，"你跟禽兽差不了多少！不，你连禽兽都不如，因为你是故意的！"他抓起她之前肆意扔在地上的蓝色袍子，掷到了她的脸上，"穿好衣服！我下次回来的时候，不要让我看到你还是这副样子！像个荡妇一样不知廉耻！"

欧莉安确定他已经离开之后，便躺倒在床，拉了那件袍子盖在身上，还有些战栗，但兴奋不已。自从四年前父亲强迫她嫁给这个又蠢又弱的老头，她还是第一次感到他给了自己一点儿惊讶的感觉。当然,她是故意要激怒他,但没想到他会打她,而且还下手这么重。她用手指轻轻触碰了一下自己的皮肤,还能感到被重击的疼痛。他是有意要伤害她的。会不会留下什么伤痕?那可能还有些用处。她可以把他打她的事情告诉父亲去。

她突然苦笑了一下。她不是阿莱斯。对父亲来说,只有阿莱斯才是最重要的,虽然他一直极力掩饰这一点。欧莉安跟她母亲也太像了,不管是外貌还是性格上,就算让把她打死了,好像父亲也不会怎么关心的,他会觉得那都是她咎由自取。

一时间,她那张美丽神秘的面容之下一直隐藏着的嫉妒,全部肆无忌惮地表露了出来,而且几乎全都是针对阿莱斯的。她怨恨自己没有权力,没有地位,怨恨一切总是那么令她失望。把她捆在一个既没野心又没前途、一个从来不会舞刀弄剑的人身上,她的青春和美貌还有什么价值?而她的妹妹阿莱斯,竟然拥有所有自己想要得到却遭到拒绝的东西。这不公平!按理说,那些东西应该都是属于她的啊!

欧莉安用手指使劲儿地拧着床单,就好像在拧着阿莱斯那苍白纤瘦的胳膊一样。长相平凡却被宠坏的、娇纵的阿莱斯!她更加使劲儿地攥紧了床单,眼前好像出现了阿莱斯皮肤上被她拧起一块块青紫色伤痕的画面。

"你不该嘲弄他的。"

情人的声音打破了之前的平静。她差点儿都忘记了还有个人躲在那里。

"为什么不呢?"她说,"这是我从他身上找到的唯一一件乐事。"

他从门帘后面溜了出来,用手指抚摸着她的脸颊。

"他弄疼你了吗?都留下伤痕了。"

听到他关切的话语,她朝他微微笑了一下。他还真是不了解她。他只看到他想看的东西,只看到一个他想象中的女人。

"没事的。"她回答。

他俯下身来亲吻她的时候,脖子上的银项链摩擦着她的皮肤。她嗅到了他想要征服自己的气息。欧莉安挪了一下位置,恰好让蓝色的袍子如水般从她身上滑落。她的双手在他的大腿上来回抚摸。跟他金棕色的后背、胳膊和胸膛相比,大腿上的皮肤显得更加苍白柔软。然后,她抬起眼望向更高处。她微笑了。他已经等得够久了。

欧莉安探身向前,想要把他含到嘴里,但他把她推回床上,然后跪倒在她身边。

"我的女士,你想从我这儿得到什么乐趣?"他一边说,一边温柔地分开她的双腿,"这样吗?"

他又俯身下去亲吻她。"还是这样?"他自顾自地喃喃自语。

他的吻慢慢蜿蜒到了更下面,来到了她神秘的私处。欧莉安屏住了呼吸,任凭他的舌头玩弄着她的皮肤,又是咬,又是舔,又是挑逗。

"又或者是这样?"她感到他那双孔武有力的手环抱住她的腰,把她拉到面前,欧莉安的腿缠绕在了他的背上。

"还是,这样才是你真正想要的?"他的声音中绷紧了欲望,随之深深地插入了她。她满足地呻吟着,指甲在他的背上不停抓蹭,向他不断索要着。

"你丈夫不是说你是个荡妇吗,对吧?"他说,"让我们看看他说得对不对吧!"

第十章

佩尔蒂埃在自己的房间里踱着步子,等待阿莱斯的到来。

虽然现在天气有些凉了,但他宽阔的额头上还是渗出了滴滴汗珠,脸也涨得通红。他应该下楼到厨房里,监督仆人的工作,确保一切都在掌握之中。但是,此刻有一件更加重要的事情,攫住了他的心思。他感觉自己好像站在一个十字路口,每条岔路通往不同方向,每个尽头都是个不确定的未来。他人生中今天以前所经历的所有事,以及今天以后还没来临的所有事,都将取决于他此刻的决定。

怎么那么久了她还没来?

佩尔蒂埃紧紧地攥了一下那封信。他早已经记住了信里的每一句话。

他转身面朝室内,突然被一个发光的东西吸引住了。那东西在门框后边的尘埃和阴影里熠熠生辉。佩尔蒂埃弯下腰,将它捡起。是一个沉甸甸的银质带扣,上面镶有铜质图案,个体较大,可以系住一件斗篷或长袍。

他皱起了眉头。那不是他的。

他把它拿到蜡烛下面,想要看个仔细。没什么特别的地方,他好像在市场上见过至少一百个这样的带扣。

他将它翻过来,放在手心里。质量不错,说明它的主人出身于一个比较安逸的环境,即使可能不是什么富裕之家。

它应该刚掉在这里不久,因为弗朗索瓦每天早上都会整理房间,如果当时就在这里了,他应该会发现。其他仆人都不准进这个房间,这里一整天都是锁着门的。

佩尔蒂埃向四下环顾了一周,寻找有无侵入者的痕迹。他感觉心神不宁。难道只是他的一种幻觉吗?还是他椅子上的东西都真的悄悄挪了位置?床上的被子是不是也被重新铺过了?好像今晚所有东西都令他感到毛骨悚然。

"父亲?"

阿莱斯轻声地叫道,但还是把他吓了一跳。他急忙把带扣装进了口袋里。"父亲,"她又叫了一声,"是您叫我来的吗?"

佩尔蒂埃镇定了一下,说:"是的,是的,我让你来的,进来吧。"

"还有别的事情吗,老爷?"弗朗索瓦站在门口问。

"没事了。但是你要在门外等着,随时待命。"

等门关上之后,他才招呼阿莱斯坐到桌子旁。他给她倒了一杯酒,也把自己的酒杯添满了,但是没有坐下来。

"你看起来很累。"

"是有点儿。"

"关于这次会议,外面有没有什么传闻,阿莱斯?"

"大家都有些手足无措,父亲。关于会议的传说太多了。每个人都祈祷事情不要真像说的那么糟糕。大家都已经知道子爵明天要骑行去蒙彼利埃,还要带一小队随从,去求见他叔叔图卢兹伯爵。"她仰起头问他,"这是真的吗?"

他点了点头。

"但是人们说,竞技赛还是要举行。"

"也是真的,是子爵的意思。他想要在两周之内凯旋,当然要在七月底之前。"

"子爵的任务能顺利完成吗?"

佩尔蒂埃没有回答,只是又开始在屋里踱起步子来。他的忧虑蔓延到了她的身边。

她一口饮尽了杯中酒,壮了壮胆,问:"吉扬也要去吗?"

"他自己还没回去跟你说吗?"他紧接着问。

"会议结束后,我还没见到他呢。"她如实相告。

"天啊，他去哪里了？"佩尔蒂埃问道。

"请您告诉我，是或者不是，这样就够了。"

"吉扬·杜马斯被选中了，虽然我不得不承认这有违我的意愿。但是子爵偏爱于他。"

"合情合理，父亲。"她轻声说，"他是一个有勇有谋的骑士。"

佩尔蒂埃倾身往她的杯子里又倒了一些酒："告诉我,阿莱斯,你信任他吗？"

这个问题问得她猝不及防，但她还是毫不犹豫地回答道："不是所有的妻子都应该信任自己的丈夫吗？"

"是的，是这样的。我也不想听到你给我别的答案，"他一边轻蔑地说，一边摆摆手，"但是他有问过你今天早上河边发生什么了吗？"

"您告诉我不许告诉任何人的，"她说，"我当然得听您的了。"

"我自然相信你，你肯定会信守诺言，"他说，"但是，你并没有直接回答我的问题。吉扬有没有问你去哪儿了？"

"他还没机会问到我，"她反抗似的说,"我告诉过您了，我还没见到他呢。"

佩尔蒂埃走到窗边。"你害怕战争爆发吗？"他背对着她问。

阿莱斯被突然转移的话题又弄得仓皇失措，但是还是毫不迟疑地回答："一想到这件事，当然会怕，父亲大人。"她谨慎地措辞："但是，战争是肯定不会爆发的吧？"

"不，也许真的会爆发。"

他双手按在阳台上，仿佛沉浸到了自己的思考中，忘记了她的存在："我知道，你肯定会觉得我的问题有些唐突，但我这么问，自有我的原因。你仔细窥视一下你的内心深处，好好地揣摩自己的回答。然后，告诉我真相。你信任你的丈夫吗？你相信他会保护你，忠于你吗？"

阿莱斯明白了他话里有话，也知道掩盖在表象之下没说出口的事实，但她不敢回答。她不想背叛吉扬，而同时，她又无法对父亲撒谎。

"我知道他不惹您喜欢，父亲，"她平静地说，"虽然我不知道他到底哪里冒犯到了您——"

"你心里十分清楚他哪里冒犯了我，"佩尔蒂埃不耐烦地说，"我已经跟你说过很多次了。但是，我个人对杜马斯的好恶，无论觉得他是好是歹，都不重要。一个人既可以讨厌一个人，但也可以看到那个人的价值。求你了，阿莱斯，回答我的问题。很多决定都将取决于你的回答。"

她眼前出现吉扬睡觉的画面，仿佛看见了他那如同磁石般幽暗深邃的目光，还有他亲吻她手腕内侧私密处时嘴唇的美丽弧线。记忆如此汹涌地袭来，令她头晕目眩。

"我无法回答。"最后她终于开口。

"唉，"他叹了口气，"好吧，好吧，我明白了。"

"抱歉，父亲，您什么也不明白，"阿莱斯突然发起火来，"我什么都没说。"

他转过身来："我叫你过来的事情，你告诉吉扬了吗？"

"我告诉过您了，我根本还没见到他……而且您也不应该用这种方式问我吧。您是要我在您和他之间，选择一个效忠的对象。"阿莱斯站起身来，"所以，如果您没什么要紧的事，父亲大人，都已经这么晚了，请求您允许我离开。"

佩尔蒂埃努力地想挽回局面："你坐下，坐下。我知道我冒犯了你。原谅我，我不是故意的。"

他伸出了手。僵持了一会儿，阿莱斯才拉住了他的手。

"我不是想跟你打哑谜。我犹豫的是……我必须先在自己头脑里理清。今晚我收到一个非常非常重要的消息，阿莱斯。过去的几个小时里，我一直在想办法，权衡各种选择。即便是我已经决心要采取某一种方案了，也把你叫了过来，但我还是拿不太准。"

阿莱斯看着他的眼睛："现在呢？"

"现在我眼前的路已经很清晰了。是的。我觉得我已经知道了该怎么做。"

她脸上失去了血色。"也就是说，战争要爆发了。"她说着，声音突然变得很柔很轻。

"我觉得战争是不可避免的。确实是这样的。有些不太好的征兆。"他坐下来，"我们被卷入了一些棘手的事情当中。那不是我们所能控制的，尽管我们已经尝试要说服自己采取其他的办法。"他迟疑了一下，"但是，现在有比这个更重要的事情，阿莱斯。而且，如果我们在蒙彼利埃的事情恶化了，可能我将永远没有机会……对你说出真相。"

"有什么事情比战争的威胁还重要？"

"在我继续说下去之前，你必须向我保证，今晚我告诉你的所有事情，一律需要保密。"

"这就是您为什么要问起吉扬吗？"

"是的，一部分原因是，"他承认道，"但是，首先，你要向我发誓，我告诉你的所有事情都不准传到这四面墙之外。"

"我向您保证。"她毫不犹豫地说。

079

佩尔蒂埃又叹了一口气。但是这回,她从他的声音中听到了放松,而不是之前的那种焦虑。木已成舟,大势已定。他已经做出了选择。只需要下定决心,无论结局如何,都要静观其变。

她往父亲身边靠了靠。蜡烛发出的亮光在她棕色的眼睛里舞动闪烁。

"这个故事,"他说,"起源于几千年前的古埃及,是一个关于圣杯的真实故事。"

佩尔蒂埃滔滔不绝,一直讲到灯里的油全都燃烧殆尽。

参加酒宴的人一一回去就寝了,楼下的庭院已经重归寂静。阿莱斯感到筋疲力尽。灯光下的她,手指白皙透明,眼睛下方映着紫色的阴影,好像一块瘀伤。

佩尔蒂埃也因年事已高,越讲越累。

"我来回答你的问题,就是你不必做任何事情。还没到时候。也许永远不必。如果明天我们请愿成功,那我就有时间和机会亲自把书带到安全的地方。"

"但如果他们不同意你们的请愿呢,父亲?如果您出了什么事情怎么办?"

阿莱斯突然住了口,恐惧使她无语凝噎。

"一切最终都会好起来的。"他说着,但是嗓音是生硬的。

"但如果不能呢?"她不想要听这种安慰话,仍是坚持问下去,"如果您不回来了怎么办?我怎么知道该什么时候行动?"

他凝视了她一会儿,然后,翻了翻口袋,找到一小包奶油色的布。

"如果我出了什么事,你会收到一个这样的信物。"

他把布包放在桌上,推到她面前:"打开看看。"

阿莱斯遵照他的指示,一点儿一点儿地打开了布包,发现里面有一个灰白色的小石盘,上面刻着两个字母。

她把石盘举到灯光下,大声地读出了那两个字母:"NS?"

"是山峰荣誉会成员的字母缩写。"

"这是什么东西呢?"

"一个秘符,可以用来传递信息。它还有另一个更加重要的目的,虽然你没必要知道。如果这个石盘的主人值得信任的话,它就会显现出来。"

阿莱斯点了点头。

"现在把它反过来。"

另一面上刻着一个迷宫的图案,跟刻在木板背面的那个图案一模一样。

阿莱斯吓得倒吸一口气:"我之前见过这个。"

佩尔蒂埃把他大拇指上的戒指转了下来,递给她。"这个里面也刻着这个图案,"他说,"所有的守护人都会戴一个这样的戒指。"

"不,在这儿,就在城堡里。我今天去市场上买奶酪,从我房间拿了一块木板去盛着,而这个图案就刻在木板的下面。"

"但那不可能啊!不可能是一样的。"

"我发誓是一样的。"

"那块木板从哪儿来的?"他问道,"好好想一想,阿莱斯。什么人给你的吗?是谁给你的礼物吗?"

阿莱斯摇了摇头。"我不知道,我不知道。"她绝望地说。

"我今天已经使劲儿想了一天了,但就是想不起来。最奇怪的事情是我觉得好像之前还在什么别的地方见过那个图案,虽然那块木板本身对我来说并不熟悉。"

"木板现在在哪儿?"

"我把它放在我卧室的桌子上,"她问,"怎么了,您觉得这重要吗?"

"所以说,任何人都有可能已经见过它了。"他失望地说。

"我猜也是,"她紧张地回答道,"吉扬,随便一个仆人,都可能见过了,我也说不清楚。"

阿莱斯低头看着手中的戒指,突然间,一片片记忆的碎片依次排列了起来。"您本来以为河里的男人是西米恩?"她慢慢地说,"他是另一位守护人?"

佩尔蒂埃点了点头:"我没理由觉得那是他,但就是觉得很确定。"

"那其他守护人呢?您知道他们在哪儿吗?"

他倾身向前,攥住她握着戒指的手:"不要再问问题了,阿莱斯。好好保护这个戒指,保证它的安全。把那块刻着迷宫的木板也藏好,别让一些鬼鬼祟祟的人看见。我回来再处理它。"

阿莱斯站起来:"那块木板有什么要紧的吗?"

看到她还是坚持不懈,佩尔蒂埃忍不住笑了:"我会好好考虑一下它要不要紧的,女儿。"

"但是,它出现在这里,是不是说明城堡里有人已经知道了那些书的存在?"

"没人会知道的,"他坚定地说,"如果我觉得有什么问题,我会告诉你的。我敢保证。"

这些貌似勇敢无畏、充满斗志的话语,被他的表情无情地出卖了——那都只是搪塞她的谎言而已。

"但是如果——"

081

"够了，"他轻柔地说，一边抬起了胳膊拉住她，"不要再说了。"

阿莱斯投入父亲宽阔的怀抱里。父亲身上熟悉的气息不禁让她流下了泪水。

"一切都会好起来的，"他坚定地说，"你必须勇敢。只要把我告诉你的事情做好就可以了，不要再胡思乱想。"他吻了吻她的额头，"黎明时来跟我们道别吧。"

阿莱斯点了点头，不敢再多说什么。

"好了，好了，现在赶紧走吧。愿上帝保佑你。"

阿莱斯沿着黑暗的走廊走了出去，屏着呼吸来到庭院，看见每处暗影里仿佛都藏匿着影影绰绰的鬼魂和恶魔。她的脑袋昏昏沉沉的，熟悉的旧世界好像突然间变成了前世的一种镜像，都清晰可辨，却已全然不同。她裙子下面藏着的布包好似一个火球，快要在她皮肤上烧出一个洞来。

外面的空气凉爽清冽。大多数人已经就寝了，虽然还有几个房间的灯依旧亮着，星星点点地俯瞰着下面的光荣庭。门房里的守卫们突然爆发出一阵笑声，把她吓了一跳。忽然间，她好像看到楼上有个房间里显现出一个人的轮廓。但紧接着，一只蝙蝠猛地俯冲到她面前，转移了她的视线，等再望向那个窗户时，那里已经漆黑一片了。她加快了步伐。父亲的话语还萦绕在她的脑海，包括所有她已经问的和没来得及问的问题。

又走了几步后，她开始觉得自己脖子后面有一点儿刺痛。她扭头看了一下自己的肩膀。

"谁在那里？"

没人回答。她又大声喊了一遍。黑暗中暗藏着一种邪恶，她能嗅得到，感受得到。阿莱斯三步并作两步地往前走，现在她已经确信有人在跟踪她了。她能听见身后有个轻柔的脚步正在地上拖着走的声音，还伴随着一阵粗重的呼吸声。

"谁在那里？"她又喊了一声。

突然间，一只散发着酒气、长着粗糙长茧的大手，毫无预警地紧紧捂住了她的嘴巴。她感到脑后忽然遭到了强烈的重击，她尖叫了一声，然后倒在了地上。

她跌向地面的时候，时间仿佛凝固了一般缓慢。然后，那些手在她身上到处乱翻，就像地窖里的老鼠一样窜来窜去，直到他们找到了想要的东西。

"在这儿呢。"

这是阿莱斯听到的最后一句话，然后眼前一黑，昏过去了。

第十一章

法国西南部 萨巴提山脉 苏拉哈克山峰
2005年7月4日 星期一

"爱丽丝！爱丽丝！你能听到我说话吗？"

她的眼睛扑闪扑闪地睁开了。

这里的空气潮湿阴冷，就像一座没有采暖设施的教堂。现在她已经不再漂浮，而是躺在了冰凉坚硬的地面上。

我究竟在哪里？ 她感到胳膊和双腿下面的地面潮湿、粗糙、坑坑洼洼。爱丽丝换了个姿势。尖锐的石头和沙砾把她的皮肤磨得生疼。

不，不是在教堂里。 一丝丝记忆渐渐卷土重来。走下一条幽深黑暗的隧道之后，进入一个洞穴，一个石厅。然后怎么了？一切都变得模糊不清、混沌迷离。爱丽丝试着要抬起头。这真是个错误的尝试，她头颅底部的疼痛瞬间爆炸开来，恶心感让她的胃翻江倒海，五脏六腑就像一艘破船里灌进了污水般来回翻滚。

"爱丽丝！你能听到我说话吗？"

有人在跟她说话。那个声音很担心，很忧虑，是一个她熟悉的声音。

"爱丽丝？醒醒啊！"她试着要扶起她的头。这回，疼痛没有那么强烈了。慢慢地，小心地，她坐了起来。

"天啊，"希拉咕哝着，听起来好像放心了许多。

她感觉有一双手正垫在她的胳膊下面，要扶她坐起来。一切都模模糊糊、影影绰绰的，她只能看到手电筒里发出的一圈光晕。两支手电筒。爱丽丝眯缝起眼睛，认出了斯蒂芬。他是他们团队里一个比较年长的队友，正站在希拉身后，脸上的金属框眼镜在灯光里反射出耀眼的光。

"爱丽丝，跟我说句话。你能听到我说话吗？"希拉问。

我不确定。也许能吧。

爱丽丝试着要开口说话，但是她的嘴巴歪歪斜斜，一句话也说不出来。她试着点头,但这个动作又令她头晕目眩。她赶紧把头埋到两膝之间,防止自己晕厥过去。

希拉和斯蒂芬一人一边地搀扶着,终于将她侧身挪到了台阶最顶上一级。扶她坐在上边之后,他们又把她的双手搭在了她的膝盖上。眼前的一切都好像在前前后后、进进出出地移动,好像在上演一场没有对焦的电影。

希拉跪坐在她面前,跟她说着话,但爱丽丝听不懂她在说些什么。连声音都是扭曲的,好似一张唱片按错了播放速度键。又一阵恶心感向她袭来,而且来势更加凶猛,断断续续的回忆也如洪水般涌向心头:掉进黑暗中时头脑里嗡嗡的噪声,她的手伸向那枚戒指时的情形,以及意识到自己惊扰了蛰伏在大山深处的某种邪恶物质之后的震惊。

然后,她就不记得其他的了。

她感到周身发冷,裸露的胳膊和腿上起了一层鸡皮疙瘩。爱丽丝知道,她可能刚刚失去意识不久,最多不过几分钟而已。仅仅一眨眼的工夫,却足以让她从一个世界掉入另一个世界。

爱丽丝浑身发抖。另一个记忆闪现了,还是关于梦的,熟悉的梦境。起初,她感到平和与轻盈,一切都是干净的白色。然后,她从空旷的天空骤然落下,马上就要撞到地面了。但没有撞击,没有磕碰,只有一排排青绿色的树木朦朦胧胧地笼罩在她的眼前。然后,她看到了火,咆哮着的红色火墙和金色火苗。

她用光着的胳膊紧紧地抱住了自己。为什么梦境重现?她的整个童年里,同样的梦境一直纠缠着她,总是同样的情形,永远没有结局。毫不知情的父母睡在楼梯另一头的卧室里,而爱丽丝却每夜瞪着双眼,双手紧紧地抓着被子,决心靠自己的力量克服威胁着她的魔鬼。

但是近些年来,她已经好多了。这个梦境已经很长时间没有找上门了。

"我们扶你站起来怎么样?"希拉问。

她的问题没有得到任何回答。一次没有回答意味着还会再问一次。

"爱丽丝,"希拉说,声音稍微大了一点儿,还带着点儿不耐烦,"你觉得能不能自己站起来?我们需要把你弄回营地去。让人给你好好检查一下。"

"我也觉得。"她终于说话了。她的声音听起来完全不像她:"我的脑袋不是很舒服。"

"你可以的,爱丽丝。来,试试看。"

爱丽丝低头看到了她自己红肿的手腕。她不太能想起来,也不希望想起来什么。"我不太确定发生了什么。这——"她抬起手,"发生在外面。"

希拉用双臂抱住爱丽丝,想要减轻一下她的负担:"你能行吗?"

爱丽丝支撑起自己的身体,让希拉把自己拉了起来。

斯蒂芬扶着她另一只胳膊。她有点儿左右摇摆,得平衡一下身体才行。但是几秒钟之后,她目眩眼花的症状消失了,僵硬的四肢也慢慢恢复了知觉。爱丽丝小心翼翼地伸展了一下自己的手指,感到关节被拉伸的破皮那里有点儿疼痛。

"我全好了。再给我一分钟。"

"不管怎样,是什么蛊惑你一个人来到这里的?"

"我……"爱丽丝突然停住了,不知道该如何说起。违背规则,以闯祸收场是她的家常便饭。"有点儿东西需要你们看一下。在那边。稍微下去一些的地方。"

顺着爱丽丝眼神的方向,希拉用手电筒照了过去。影子急匆匆地跃到墙上,又翻了个筋斗跑到了洞穴的顶部。

"不,不是这儿,"爱丽丝说,"下面一些。"

希拉又往下照去。

"在圣坛前面。"

"圣坛?"

强烈的白光如同探照灯般穿透了房间里的一片漆黑。一眨眼的工夫,圣坛的影子在后面的石墙上显出了侧影,宛若希腊字母"π",与墙上的迷宫图案重叠在了一起。希拉移动手中的手电筒,影像便消失了,随后便照到了墓穴。苍白的骨头在黑暗中显得特别扎眼。

气氛顿时就变了。希拉猛地倒抽一口凉气,像个机器人一样,一个台阶一个台阶地走了下去,好像已经全然忘记了爱丽丝的存在。

斯蒂芬也跟在她身后。

"不,"希拉突然喝止他,"待在那里别动。"

"我只是——"

"快,快去找布雷灵博士来。告诉他我们的发现。现在就去!"看他没有动弹,她急得大喊道。斯蒂芬把手电筒使劲儿往爱丽丝手中一塞,旋即一声不吭地就消失在隧道里了。她听到他的靴子在碎石上踩出的"咯吱咯吱"声越来越小,最后完全被黑暗吞噬了。

"你不必朝他喊的。"爱丽丝说。但希拉立即打断了她:"你有没有碰什么东西?"

"没有,虽然——"

"虽然什么？"又是同样的咄咄逼人。

"墓穴里有一些东西，"爱丽丝补充道，"我可以指给你看。"

"不！"希拉大吼道，"不，"这回她稍微镇定了一些，"我们不希望有人在那里踩来踩去。"

爱丽丝刚要说已经晚了，但是马上闭上了嘴。

她一点儿也不想再接近那些骷髅了。那些空洞的眼窝、塌陷的骨头已经在她的脑海中留下了很深的阴影。

希拉站在浅浅的墓穴边。她用手电上上下下地扫射那些尸体，带着一种挑战的意味，好似在给它们做全身检查。有些不太礼貌。希拉背对着爱丽丝在骷髅旁边蹲下身来。这时候，她的灯光捕捉到了那片黯淡的刀片。

"你说你没碰什么东西？"她突然说，同时用刺眼的灯光照在爱丽丝的肩膀上方，"那你的镊子是怎么到这里来的？"

爱丽丝的脸唰的一下红了："我刚说的时候，你打断了我。我想说的是，我用镊子夹起了一枚戒指。但是我听到你们来到隧道的时候就给弄掉了。"

"一枚戒指？"希拉重复道。

"也许它是在什么东西下面压着的？"

"好吧，我看不到，"她一边说，一边突然站起来，又走到爱丽丝旁边，"我们走吧。你的伤需要检查一下。"

爱丽丝惊讶地看着她。希拉的那张脸，仿佛已经不再属于她的好朋友，而是属于一个陌生人。一张愤怒、僵硬、苛刻的脸。

"但是你不是想要——"

"天啊，爱丽丝，"她一边说一边拉住她的胳膊，"你这样做难道还不够吗？我们必须得走！"

他们从岩石的阴影中走了出去。经过洞里漆黑一片的对比，外面的光线十分明亮耀眼。太阳的金色光芒仿佛在爱丽丝的脸上炸裂开来，如同黑暗的十一月里绽开的一朵烟花。

她赶紧用手遮住了眼睛。她感觉完全迷失了方向，不知自己现在身处何时何地。好像她在地穴里的时候，外面的世界都停住了。还是那片熟悉的风景，但是感觉已经变成了另一个世界。

或者，只是我在用另一种眼光看世界？

远处的比利牛斯山上，一座座发亮的山峰已经渐渐模糊。树木，天空，甚至是大山本身，都没有那么真实，那么触手可及了。爱丽丝感觉，可能她随便碰到个什么东西，那个东西就会像电影布景上的风景一样开始坠落，然后显现出隐藏在后面的真实世界。

希拉一言不发。她已经在跨着大步走下山去，耳朵上夹着移动电话，根本不管爱丽丝能不能自己下山。爱丽丝匆匆忙忙地跟着她跑。

"希拉，慢一点儿，等我一会儿，"她拉着希拉的胳膊，"我真的很抱歉。我知道我不应该一个人去那里的。我当时没想那么多。"

希拉没有回应她的话。她甚至没有回头，虽然她已经把电话关了。

"慢一点儿，我跟不上了。"

"好吧，"希拉转头看着她说，"我已经停下了。"

"现在是怎么了？"

"你问我？我是说，你到底想要我说什么？说没事儿对吧？你搞砸的事情，还想听我来安慰你是不是？"

"不是，我——"

"因为你知道的，根本就是有事。你自己去那里真的是特别的愚蠢，愚蠢透顶了！你已经弄脏了现场，而且天知道你还干了什么别的事情！见鬼，你到底在搞什么？"

爱丽丝举起手。"好了，好了，我知道了，我真的很抱歉。"她不断重复着，也意识到了这句话听起来有多么不合时宜。

"你知道你把我陷于一种什么境地吗？我为你担保，我说服了布雷灵让你加入。多亏了你上演的这场夺宝奇兵，现在警察可能要暂停整个挖掘计划了。布雷灵会责怪我的。我做了那么多才赢得今天这个局面，才在这次挖掘中得到了这个位置。我花了多少时间……"希拉突然说不下去了，只是不断用手抓挠着自己一头乱蓬蓬的浅色头发。

这不公平。

"你等一等。"虽然她知道希拉有十足的权利生气，但是这气生得也有点儿太过头了。"你这么说也有失公平。我承认我进山洞里是很蠢——我没有多想，而且我承认——但是你不觉得你的反应有点儿过火吗？该死，我又不是故意的。布雷灵不会叫警察来的。我真的没碰什么东西，没有毁坏任何东西。"

希拉使劲儿挣脱了被爱丽丝抓着的胳膊，由于用力太大，差点儿把自己摔到地上。

"布雷灵会叫当局来的，"希拉朝她大喊，"因为——你要是当时费心听我说一句，该死的，你就会明白——因为当时警察局是不同意开挖的，后来经过协商达成协议，如果发现任何人类遗址就要立即报告警察局，这个项目才批下来的。"

爱丽丝感到胃部往下一坠："我还以为只是一项繁文缛节。好像没人真的当回事。大家都在嘲笑这项规定呢。"

"很显然，你并没有拿它当回事，"希拉大叫起来，"我们其他人都很当回事，请你专业一些，对我们的工作尊重一些好不好！"

她的话对爱丽丝来说毫无意义。

"但是为什么警察局要对考古挖掘感兴趣啊？"

希拉发起飙来："天啊，爱丽丝，你还是不明白，对吗？现在还不明白！该死的，他们为什么感兴趣不是最重要的。事情就是这样。哪些规定重要，哪些可以忽略不计，不是由你决定的！"

"我没说——"

"你为什么总是要挑战一切？你总是觉得自己懂的更多，总是想要打破规则，想要与众不同。"

爱丽丝现在也忍不住大吼起来："你这么说一点儿也不公平！我不是那样的人，你知道的！我只是没想——"

"这就是最关键的。你从来不想别人，只想自己，只想得到自己想要的！"

"你疯了吧，希拉。我为什么要故意跟你作对？你扪心自问一下吧。"爱丽丝深吸了一口气，试着要压住自己的脾气，"这样吧，我会去跟布雷灵承认错误的，是我的错，但是，这只是……你知道的，正常情况下，我自己肯定不会想进去，除非……"

她又停顿了。

"除非什么？"

"这听起来可能会有点儿愚蠢，但是我是被一种神秘的力量吸引进去的。我好像就知道那里有个房间。我无法解释，但我就是知道。一种感觉，一种似曾相识的感觉，就好像我曾经去过那里一样。"

"你觉得这样说听起来更好一些是吧？"希拉挖苦地说，"天啊，让我来缓一缓。你有一种感觉。真是可悲。"

爱丽丝摇摇头："不仅仅是这样而已——"

"不管怎样，说到底，你到底在那里挖到了什么？还只有你一个人？嗯，就是这样了。就为了找乐子你就去打破规则。"

"不,"她说,"不是那样的。我的搭档不在这儿。我看见大卵石下面有东西,今天又是我在这儿的最后一天,我就想我可以多做点儿什么。"她开始变得吞吞吐吐,"我只想去看看值不值得研究,"她说,终于意识到了自己的错误,"我不是故意要——"

"先不说别的,你是在说你真的找到了什么东西?你找到了东西,还不想跟其他人分享是吧?"

"我——"

希拉把手伸向她:"把东西给我。"

爱丽丝盯着她犹豫了一会儿,然后把手伸进牛仔短裤的口袋里,翻出了手帕,交给了希拉。她觉得自己还是不要开口了,让希拉自己看好了。

她看着希拉打开白色的棉布包,露出里面的那枚皮带扣。爱丽丝忍不住伸手去抓。

"很漂亮,对吧?铜镶边的样式,这儿和这儿都可以反光。"她迟疑了一下,"我觉得它可能是洞里的某个人的。"

希拉抬起头来。她的情绪正在经历另一次转变。

她心里的愤怒已经烟消云散了。

"你不知道你都干了些什么,爱丽丝。完全不知道。"她又把手绢折了起来,"我要把这个带下去。"

"我会——"

"放手吧,爱丽丝。我现在不想跟你说话。你说的每句话都只会越描越黑。"

这究竟是怎么回事?

爱丽丝困惑地站在原地,只能眼睁睁地看着希拉离开。她们的争吵爆发得莫名其妙,尤其是希拉,她能为一点儿芝麻绿豆的小事大发雷霆,然后转眼间又云淡风轻了。

爱丽丝来到身边的一块岩石上坐下,把发抖的手腕放到膝盖上放松一下。她身上的每个地方都很疼,她感到自己已经筋疲力尽,而且还有一股伤感的情绪漫上了心头。她知道挖掘项目是私人资助的,而不是依附于某个大学或机构,不用受到一些约束探险的限制性规定。所以,加入挖掘队的竞争十分激烈。希拉第一次听说萨巴提山脉的挖掘项目之前,一直在富瓦西北面几千米的勒马斯·达济勒工作。用她本人的话说,她是通过不断写信,发电子邮件,递推荐信来炮轰项目的负责人布雷灵博士,直到最终,在十八个月之前,她把他攻了下来。即便那样，爱丽丝当时还是不理解为什么希拉会对这个项目那么着迷。

爱丽丝看着山下。希拉现在已经走得很远了，几乎要走出她的视线了。她那修长的身影掩映在山坡上的矮树和金雀花丛中。即便是想追上她，现在也望尘莫及了。

爱丽丝叹了口气。她又开始晃神，一如既往地晃神。这种感觉真不错。她在精神上是一个极其自给自足的人，不愿意依赖任何人。但是此刻，她不太确定自己是否还剩下足够的精力能够回到营地里。太阳强烈地照耀着大地，而她的双腿十分无力。她低头看了看自己胳膊上的伤口，又开始流血了，情况比之前更糟糕了。

爱丽丝放眼望去，看着萨巴提山脉上呈现出一派被骄阳炙烤着，却仍然一片永恒祥和的风景。一时间，她觉得自己不那么难受了。突然间她又产生了另一种感觉，她感到脊柱下端一阵刺痛。预感，一种期待，认知。

全都在此终结。

爱丽丝屏住了呼吸。她的心脏开始快速地跳动。

在开始的地方结束。

她的头脑中突然充满了乱七八糟的低语声，像是时间的回响。现在，刻在石头台阶上的话回到了她的记忆中。一步一步地，它们不断地盘旋在她的脑海中，就像记不太完整的童谣一样支离破碎却循环往复。

那不可能。你太傻了。

爱丽丝把手支撑在膝盖上，摇摇晃晃地强迫自己站了起来。她必须得回到营地。中暑、脱水，她必须躲开太阳去找点儿水喝。

她动作很慢，开始往山下走，双腿能感觉到山地上的每一处凸起和起伏。她必须远离那块发出回音的石头，远离住在那里的灵魂。她不知道自己到底是怎么了，只知道自己必须逃离。

她越走越快，越走越急，几乎都要小跑起来。她跟跟跄跄地走在石头上，脚下的火石参差不齐地从干燥的土壤中凸起。然而，那句话好像扎根到了她的头脑中，清楚而响亮地重复着，好似一句咒语。

我们一步一步地走。一步一步地。

第十二章

阴凉处的温度也已经逼近三十三摄氏度了。已经将近下午三点钟。爱丽丝正老老实实地坐在营地遮阳篷下面，啜饮着一杯别人塞到她手里的饮料。温热的泡沫在她的喉咙里发出嘶嘶的声音，饮料里的糖分快速渗入她的血液中。空气中有一种强烈的华达呢斜纹防水布、帐篷和消毒剂混合在一起的味道。她胳膊肘内侧的伤口已经进行了消毒，衣服也换了身新的。一根干净洁白的绷带缠绕在她早已肿成网球大小的手腕上。她的膝盖和小腿上到处都是微小的擦伤和裂口，现在也已经用消毒剂擦拭干净了。

一切都是你咎由自取。

帐篷支柱上挂着一面小镜子。她盯着镜子，看到里面呈现出一张心形的小脸和透着机灵的棕色眼睛，布满雀斑的深褐色皮肤下面，透出一张苍白的面庞。她整个人看起来一团糟。头发里面满是尘土，还夹杂着一些干涸的污血，那是之前鲜血从头顶滴淌下来时留下的。

她现在只想回到富瓦的旅馆，把脏兮兮的衣服脱下来扔进洗衣机，好好地冲上一个冷水澡，之后再下楼去广场上点一杯小酒，一天都窝在那里不要动弹，不再去想发生的事情。

现在看起来好像没那种可能了。

半小时之前，警察已经到了。山下的停车场上，一排蓝白色混杂的警车整齐地排列着，旁边有几辆破旧的雪铁龙和雷诺，是几个考古学家的。这好似一场入侵。

爱丽丝本来以为，他们肯定会先处理她的事情，但是警察并没有理睬她，没有来跟她确认是不是她发现的骷髅，也没有说需要根据程序来采访她点儿什么。没人靠近她。爱丽丝觉得那样再好不过了。只剩下一种由噪声和吵闹组成的混乱场面包围着她。谁也说不清楚是怎么回事，也没有希拉的踪影。

警察的到来改变了营地本来的模样。他们像黄蜂一样，漫山遍野，到处都是。大概有好几十个警察，都穿着淡蓝色的衬衫和及膝黑靴，后腰上挂着枪。他们来回奔走的脚步踢得现场尘土飞扬；他们用带着浓重口音的法语彼此吆喝着传达指令，连珠炮似的，快到爱丽丝根本听不懂。

他们立即封锁了山洞，在洞口拉起了一条塑料胶带作为警戒线。他们发出的噪声在寂静的山野里显得十分刺耳。爱丽丝可以听见自动摄像机的嗡鸣声呼呼地跟知了的叫声较上了劲儿。

微风载着他们在停车场上发出的噪声，悠悠地吹到了她的耳边。爱丽丝突然看见布雷灵博士正在朝山上走来，身边还跟着希拉和一个官员模样的矮胖警察。

"很显然，这些骷髅不会是你们要找的那两个人，"布雷灵博士辩驳着，"这些骨头明显是几百年前的。我通知当局的时候，从来没有开玩笑说这就是您想要的东西。"他挥挥手接着说："您知不知道您的手下正在破坏我们的成果？我可以明确地告诉您，我现在很不高兴。"

爱丽丝仔细打量了一下那位警察。那是一个矮小、黝黑、超重的中年男人，肚子上肉很多，头发偏少。他几乎喘不过气来，显然高温正在折磨着他。他抓着一块软塌塌的手绢，不停地擦拭着脖子和脸，但是收效甚微。即便是站在大老远的地方，爱丽丝也能看见他腋下和衬衫袖口处浸着一圈圈的汗渍。

"对于给你们造成的不便，我表示歉意，主管先生，"他用礼貌的英语慢吞吞地说，"既然这是一个私人挖掘项目，那么你肯定可以向你的赞助人解释一下现在的情况吧。"

"确实，我们是私人赞助的，而不是依赖于某个不相干的机构，这是一件很幸运的事。但你们这是在毫无根据地中断我们的工作，这不单单是不方便，简直是令人愤怒。我们在这儿的工作十分重要。"

"布雷灵博士，"努贝尔说，"好像他们之前已经说过类似的话了，我也无能为力。我们现在正在调查一件谋杀案。你也看见过那两个失踪者的画像了，对吧？所以，不管方便与否，一定要等到我们有足够的证据，表明你们找到的尸骨不是我们要找的人，你们的工作才能继续。"

"别傻了，警官。显而易见那些骷髅都已经好几百岁了！"

"你已经检查过了？"

"还没有，"他咆哮道，"当然还没有，因为我们不能贸然检查。但这是明摆着的。你们的法医可以帮我作证。"

"我也知道他们肯定会给你作证的，布雷灵博士，但是直到那时候……"努贝尔耸了耸肩。

"我无话可说了。"

希拉上前一步,说:"我们很感谢您能体谅我们,警官,但是您能不能至少跟我们透露一下,您这边的检查什么时候能结束?"

"很快就可以结束。我不会弄些条条框框来限制你们的。"

布雷灵博士沮丧地把双手一摊:"早知道会出这种情况,我就应该直接越过你,直接上报给当局!真是太荒谬可笑了!"

"随你的便,"努贝尔回答道,"在此期间,我需要一份清单,列下所有进入洞穴的人名,连同发现尸体的那位女士。一旦我们的初步调查有了结论,我们就会将尸体从洞穴里清走,然后你和你的同事就可以自由进出了。"

爱丽丝目睹了整场闹剧的演出过程。

布雷灵扬长而去,希拉用手拍了一下警官的胳膊,然后立即抽回了手。他们好像在谈论什么。他们一度回头张望了一下身后的停车场。爱丽丝也顺着他们的视线看了过去,但是没发现什么感兴趣的东西。

半个小时过去了,还是没人过来找她。

爱丽丝把手伸进自己的帆布背包——她猜那是希拉或者斯蒂芬帮她从山上拿下来的——掏出一支铅笔和绘图板,翻到一张空白页。

想象自己站在洞口,视线盯着那条隧道。

爱丽丝闭上眼睛,看到自己的双手扶在狭窄的洞口两边。很平滑。令人惊讶的是,岩石都很平滑,好像经过了抛光或打磨。向前一步,踏进黑暗。

地面是朝下的缓坡。

爱丽丝开始画起来,动作很快。现在她已经在头脑中确定了空间的尺寸。隧道、门口、房间。在第二张纸上,她画了那块比较低洼的区域,台阶到圣坛之间是骷髅。在墓穴的草图旁边,她列下了一些物件:小刀、皮袋、碎布片、戒指。那枚戒指的表面极其光滑平整,而且出人意料的粗大,中间周围有一圈浅浅的凹槽。奇怪的是雕刻位于戒指的下面,位于没人看得到的地方。只有戴上它的人才会知道雕刻在哪里。圣坛后面的墙上刻着一幅小型迷宫的复制图。

爱丽丝倚靠在椅背上,在纸上画着的笔变得有些踌躇不定。该画多大呢?直径大概六英尺?或者更大一些?有多少圈?

她画了一个圆圈,几乎占据了整页纸,然后就停住了。有多少条线?爱丽丝知道,如果再让她看一眼,她肯定能认出来那个圆,但是她只拿着戒指看了几秒钟,而且还是在黑暗中打老远看的,所以很难精确地回忆起来。

在她头脑中那块早已荒废、杂草蔓生的地方,残存着她此刻需要的知识。学生时代她修过历史课和拉丁语课,她总是蜷缩在沙发上陪她父母看英国广播公司的电视纪录片。她的卧室里,有个小小的木质书架,最底下的一层摆着她最喜爱的书籍。其中有一本讲古代神话的插图百科全书,那些她经常翻读的部分,原本光滑鲜艳的书页已经卷了边。

书里面有一幅迷宫的图片。

在她心灵之眼、智慧之光的指引下,爱丽丝翻开了右边的一页纸。

但那是不一样的。她把她回忆起来的画面都一一摆在那里,就像玩报纸上的"找茬"游戏一样。

她拾起铅笔,再次尝试,决心要画出个所以然来。她在第一个圈里面又画了一个圈,并且试着要把它们连接到一起。画得不怎么样。再画一次仍没有进步,又画了一次还是毫无起色。她意识到问题不仅仅在于旋转到中央到底要多少个圈,而是她的设计犯了一种最基本的错误。

爱丽丝继续画着,最初的兴奋已经变成了一种枯燥的挫败感。被揉作一团扔在她脚下的纸团越积越多。

"坦娜夫人?"

爱丽丝应声跳了起来,铅笔一下子在纸上划出一条线。

"是坦娜博士。"她纠正了一下,一边站起身来。

"请原谅,博士。我叫努贝尔,阿里埃日省的司法警察。"

努贝尔跟她亮了一下他的身份证。爱丽丝假装在认真阅读上面的字,实则赶紧悄悄地把东西都塞到了帆布包里。她不想要警官看到她那些失败的图纸。

"您更希望我们用英语进行交流是吗?"

"是的,那样真是太通情达理了,谢谢。"

努贝尔警官身边还跟着一个穿制服的官员,眼神十分警惕。他看起来好像是还没毕业的学生。努贝尔没有介绍他。

努贝尔挤到她旁边的一张细长的露营椅里坐下。椅子被撑得紧绷绷的。伸出椅面的大腿肉鼓鼓的。

"那好吧,夫人。请告诉我您的全名。"

"爱丽丝·格拉斯·坦娜。"

"出生日期?"

"1974年1月7日。"

"结婚了吗?"

"这有什么关系吗?"她快速打断了他。

"只是为了提供一些信息,坦娜博士。"他温和地说。

"没,"她说,"没结婚。"

"您的地址?"

爱丽丝一个字母一个字母地拼写着不太熟悉的英文名,还把她在富瓦待的旅馆地址和她家的地址给了他。

"每天从富瓦过来很远吧?"

"挖掘现场没有房间,所以……"

"好吧。您是个志愿者,我懂,对吧?"

"是的。希拉,也就是欧·唐纳博士,是我的一个老朋友。我们一起上的大学,之后……"

只回答问题即可。他不需要知道你的人生故事。

"我只是来做访问的。欧唐纳博士非常了解法国的这片区域。她知道我在卡卡颂地区做分类工作后,便建议我绕道过来这边几天,那样我们就可以一起待一段时间了。就是工作假期。"

努贝尔在他的便笺簿上潦草地画着什么:"您不是考古学家?"

爱丽丝摇摇头:"但是他们通常会招募一些志愿者,业余爱好者,或者考古专业的学生,来帮忙做一些事务性的基本工作。"

"这里还有多少个志愿者?"

她脸红了,好像她的谎言被戳穿了:"实际上没有其他人了,至少现在没有。他们都是考古学家或学生。"

努贝尔盯着她看着:"那您在这儿会待到什么时候?"

"今天就是我在这儿的最后一天了。无论如何,那都是以前的事了……"

"那卡卡颂是怎么回事?"

"我星期三上午在那边有个会议,然后有几天时间可以随便逛逛。周日就飞回英国。"

"卡卡颂是座很美的城市。"努贝尔说。

"我还没去过。"

努贝尔叹了口气,又用手绢揩了几下热得通红的额头。

"这次会议的主题是什么?"

"我也不是很确定。我有个一直住在法国的亲戚,在遗嘱里给我留了点儿东西。"她停下了,不想再多说,"星期三见到律师之后,我才会知道详情。"

努贝尔又做了一些笔记。爱丽丝想试着偷瞄一眼他在写些什么,但看不懂他上下颠倒的笔迹。他换了个话题继续问,让她大松一口气。

"所以说,您是一个医生(英文原文中,上文里爱丽丝纠正努贝尔她是"doctor",本意是想说自己是博士,但被误解为医生,因为"doctor"在英文中有博士和医生两个意思——译者注)……"努贝尔停在了这句话上。

"我不是个医生。"她回答说,心里的石头落了地。

"我是个老师,我拿到了博士学位。中世纪英语专业。"努贝尔看起来一脸茫然。"不是医生,不是内科医生,"她用法语解释道,"我是大学老师。"努贝尔唏嘘了一下,又埋头做记录。

"很好,就这些事了。"他的语调不再那么健谈,"您自己一个人在上面作业,这符合惯例吗?"

爱丽丝的戒备心立马又跳了出来。"不,"她缓缓地吐出几个字,"但是,因为这是我最后一天了,我想继续工作下去,虽然我的搭档不在这里。我肯定我们已经有所发现了。"

"在挡住门口的那块卵石下面我能问得再清楚一些吗?你们是如何决定谁来挖哪块区域的?"

"布雷灵博士,还有希拉,也就是欧唐纳博士。他们有个计划,要在有限的时间内完成。于是他们选定了这片区域。"

"所以是布雷灵博士让您去那片区域的,还是欧唐纳博士?"

是直觉。我就是知道那里有东西。

"好吧,不是这样的。我会爬到山上去,是因为我确信那里有东西——"她犹豫了一下,"我找不到欧唐纳博士,来不及得到她的允许,所以……我就决定……一个人行动。"

努贝尔皱了一下眉头:"我明白了。所以说,你们正在工作,大卵石自己就动了,然后滚了下去。然后怎么样了?"

爱丽丝已经尽力了,但是她的记忆真的出现了断层。

努贝尔的英语很正式,也很流利,他问的问题总是一针见血。

"那时候我在隧道里,听到身后有什么东西,我——"

她突然哽咽住,舌头好像打了结。一些她压抑在脑海中的东西砰的一声又回来了,胸中那种刺穿的感觉,好像……

好像什么?

爱丽丝自己找到了答案。好像被匕首刺穿。就是那种感觉。一把利刃刺进她的身体,精准,彻底,没有痛苦,只有一股寒流和一种模糊的恐惧。

然后呢?

发着光的灯，寒冷而虚幻。躲在其中的有一张脸，一张女人的脸。

努贝尔的声音一下子打断了她，她脑海中浮于表面的那些记忆四散而去。

"坦娜博士？"

我产生幻觉了吗？

"坦娜博士？我要不要叫人来啊？"

爱丽丝目光呆滞地盯了他一会儿："不，不用了，谢谢。我很好。只是太热了。"

"您刚刚说，有种声音吓到了您——"

她强迫自己集中注意力："是的。黑暗容易让人迷失方向。我分辨不出声音来自何处，这让我很惊慌。现在，我终于意识到了，那只是希拉和斯蒂芬——"

"斯蒂芬？"

"斯蒂芬·柯克兰。柯——克——兰——"

努贝尔翻过便笺簿，在她面前亮了一下，让她确认一下拼写。

爱丽丝点点头。"希拉注意到了卵石，就进去查看发生了什么。斯蒂芬跟在后面，我猜。"她又迟疑了一下，"之后的事情我就不太确定了。"这回，她的谎撒得越来越炉火纯青了。"我肯定是被台阶或者什么东西绊倒了。另外一件我记得的事情就是希拉在喊我的名字。"

"欧唐纳博士说，他们找到您的时候，您已经失去意识了。"

"只是短暂的昏迷。我觉得我大概只进去了一两分钟。总之，感觉就是一眨眼的工夫。"

"您有暂时昏迷的病史吗，坦娜博士？"

那些恐怖的记忆第一次猛冲进她头脑中的时候，她就已经摇摇晃晃差点儿昏倒了，但她还是撒谎了："没有。"

努贝尔没有注意到她变得惨白的脸。"您说那里很黑，"他说，"这就是为什么您会跌倒。但是之前您有手电筒啊？"

"我是有个手电筒，但是我听到声音之后就掉到了地上。戒指也掉了。"

他立马警觉起来。"戒指？"他高声问，"您刚刚可没提到戒指的事情。"

"两具骷髅之间有一枚小石头戒指，"她怯懦地说，被他脸上的表情吓坏了，"我用镊子夹了起来，想看得更仔细些，不是之后——"

"什么样的戒指？"他打断了她，"什么做的？"

"我不知道。某种石头吧，不是金子或银子什么的。我真的都还没来得及仔细看。"

"上面有没有刻什么东西？字母、印章、图案之类的？"

爱丽丝刚要张嘴回答,马上又闭上了。突然,她不想再跟他多说什么了。

"对不起。一切都发生得太快了。"

努贝尔怒视了她一会儿,然后打了个响指,把他身后的年轻警官叫了过来。爱丽丝觉得那个男孩好像也有些激动。

"比奥,那边有没有发现这样的东西?"

"我不知道,警官先生。"

"你们快一些!必须马上去找——另外通知奥蒂耶先生。去吧,要快!"

这会儿,止疼药的功效正在慢慢消退,爱丽丝的眼睛后头开始顽固地疼痛起来。

"您还碰了其他东西吗,坦娜博士?"

她用手指搓了搓太阳穴:"我不小心用脚把一个头盖骨踢了一下。但是除了这个和戒指之外,没别的了。我刚刚都说了。"

"您在卵石下面找到的东西呢?"

"皮带扣吗?我们从洞里出来后,我就给欧唐纳博士了,"记忆在慢慢转移,"我不知道她去干吗了。"

努贝尔已经心不在焉了。他一直扭头往后面看。

终于,他连个借口都懒得给了,就迅速合上了他的便笺簿。

"麻烦您等一下,坦娜博士。可能我还有一些问题要问您。"

"但是我只能告诉你这么多了——"她开始抗议,"最起码我能不能跟其他人待在一起?"

"一会儿吧。现在,希望您能待在这里。"

爱丽丝颓然跌回椅子里,感到又烦闷又疲惫。努贝尔迈着笨重的步子走出帐篷,往山上爬去。那里有一群穿制服的警官正在检查那块大卵石。

努贝尔走过去后,一圈人都散开了,爱丽丝只能瞥见一个穿着便服的高个儿男人站在人群中间。

爱丽丝屏住了呼吸。

那个男人显然是个头目,穿着一身剪裁入时的浅绿色夏季套装,内搭一件白亮的衬衫,脖子上打一条领带。他的权威是显而易见的,一看就是一个习惯于向别人发号施令的人,而别人只能遵从于他。相比之下,努贝尔显得皱皱巴巴,蓬头垢面。爱丽丝觉得像针扎一般难受。

那个男人如此惹眼,并不只是因为他的服装和举止。即便是从这么远的地方看过去，爱丽丝依然能够感觉到他强烈的个人魅力和非凡气质。他的脸有些苍白憔悴，深色的头发梳到脑后，露出额头的发型使他的面颊显得格外清瘦。他身上有种与世隔绝的清高，一种熟悉的感觉。

别傻了。你怎么会认识他？

爱丽丝站起来，走向入口，心无旁骛地盯着从人群里走出来的两个人。他们在谈论着什么。更准确地说是努贝尔在说话，另一个人听着。又过了几秒钟，他掉头向洞口爬去。另一个值班的官员抬起警戒线，让他从下面钻了过去。

说不清为什么，她的掌心里渗出了恐惧的汗水，脖子后面的头发都竖了起来，就跟她在洞里听到那个声音时的反应一样。她几乎无法呼吸了。

都是你的错。你让他去的。

爱丽丝突然停住了。你在说什么？但是她头脑中的声音无法停息。

你让他去的。

她的视线就像一块磁铁一样，又被吸引回了洞口。她就是忍不住。她忍不住要去想，他已经在洞里了，而她做了那么多只为藏住那个迷宫。

他会找到的。

"能找到什么呢？"她对自己喃喃自语。她不确定。

但是她希望一旦有机会一定要拿走那枚戒指。

第十三章

努贝尔没有进墓穴。相反，他站在一块悬垂着的岩石投下的灰色阴影下面等着，脸热得通红。

他知道有地方不对劲儿。他不时向那个值班的警官抛出几句问话，烟一支接一支地抽着，火光一直从烟头亮到烟尾。爱丽丝靠听音乐来打发时间。五分钱乐队的歌曲轰炸着她的脑袋，盖住了其他一切声音。

十五分钟之后，穿套装的男人又出现了。努贝尔和那个警官似乎站在高几英寸的地方。爱丽丝摘下耳机，把椅子搬回原处，自己走到帐篷门口站好。

她看到他们两个一起从洞穴那边走下来。

"我刚以为您把我忘记了呢,警官。"他们走到近处时,她说。

努贝尔含含糊糊地道了个歉,但是避开了她的眼神。

"坦娜博士,我来给您介绍,这是奥蒂耶先生。"

走近了一看,爱丽丝更加深了对这个魅力男士的第一印象。只是他的灰色眼睛显得有些冷淡和病态。她立即警惕起来。她努力克制着厌恶的情绪,向他伸出了手。犹豫了一会儿后,奥蒂耶伸手握了一下。他的手指冰凉,触感也很不真实。这让她毛骨悚然。

她赶紧松开了手。

"我们可以进去吗?"他说。

"您也是跟司法警察一起来的吗,奥蒂耶先生?"

他的眼睛中闪现过一丝波澜,但并没有开口说话。爱丽丝一边静静等待回答,一边心想他是不是根本没听到她的话。努贝尔实在受不了这种尴尬的安静,就打圆场说:"奥蒂耶先生是从市政厅来的,卡卡颂市政厅。"

"真的吗?"她这才惊讶地发现,卡卡颂竟然和富瓦属于同一片司法管辖区域。

奥蒂耶坐到了爱丽丝的椅子上。她没办法只能倚在门口坐下。她觉得在他面前需要十分的警惕和谨慎。

他有着一副政客惯有的老练笑容,敷衍、机警且不够真诚,皮笑肉不笑。

"我有一两个问题,坦娜博士。"

"我不确定我还有什么可以和您说的。我已经把所有能记起来的部分都告诉警官了。"

"努贝尔警官已经给我大致讲了一下您的陈述,但是我还需要跟您再核对一遍。你的故事里一些有出入的地方,还需要进一步确认。之前您可能遗漏了一些细节,比如一些在当时看起来不甚重要的事情。"

爱丽丝决定三缄其口。"我已经把所有事情都告诉警官了。"她固执地重复了一遍。

奥蒂耶捻了捻自己的指尖,没有理睬她的抗议。

他没有笑容:"我们就从您刚一进入那个房间开始讲吧,坦娜博士。一步一步地讲。"

爱丽丝被他的措辞震惊了。一步一步地?他是在试探她吗?

他的脸上看不出任何表情。她的眼神转移到了他脖子上挂的一条金色十字架上,然后又回到他灰色的眼睛上。那双眼睛一直在盯着她。

既然别无选择了,她便开始重新讲述一遍。一开始,奥蒂耶听得十分入神,紧张得一言不发。后来审问开始了。**他试着要挑出我的猫腻**。

"坦娜博士,台阶上面的字是否清晰可辨?你是否花了时间将它们读完?"

"大部分字母已经被抹掉了。"她抗议似的说,想挑起他的怒火来反驳自己。他并没有反驳她,这让爱丽丝突生一种满意之感。

"我沿着台阶走下去,走向圣坛。然后我看到了尸体。"

"您有没有碰它们?"

"没有。"

他轻轻哼了一声,好像在质疑她的话,然后伸手把自己的夹克拿了过来。"这是您的吗?"他一边说,一边向她摊开了手,手里是她的蓝色塑料打火机。

爱丽丝正欲上前接住,但他拉住了她的胳膊。

"可以给我吗?"

"这是您的吗,坦娜博士?"

"是的。"

他点了一下头,然后又装回了口袋里:"您说您没有碰尸体,但是之前,您却跟努贝尔警官说您碰过。"爱丽丝脸红了:"那是个意外。我用脚踢到了一只头盖骨,但我并没有用手去碰它们。"

"坦娜博士,如果您能如实回答我的问题,事情就会简单得多。"还是那副冰冷强硬的嗓子。

"我不明白——"

"它们长什么样?"他尖锐地问。

爱丽丝感觉到,努贝尔也十分畏惧他那霸道的语气,但他没有出面制止他。胃部的血管仿佛都绞扭在一起,她只能努力地克制着。

"那您在尸体之间发现了什么?"

"一把匕首,或者说小刀一类的东西。还有一个小包,估计是皮质的。"**别让他这样威胁你**。"我不知道,因为我没有碰。"

奥蒂耶眯缝起了眼睛:"您有没有打开小包看里面?"

"我告诉过您了,我没有碰任何东西——"

"除了一枚戒指之外,您是没碰什么。"他猛地打断了她,像条准备突袭的蛇。"而且我觉得这很不可思议,坦娜博士。我一直在问我自己,为什么您会对戒指这么感兴趣,可以只捡起了它,其他东西却连碰都不碰。你明白我的意思吧?"

爱丽丝的眼神撞到了他的凝视:"因为它很吸引我。没别的原因。"

他露出一脸嘲讽的微笑:"在漆黑一片的山洞里,你能注意到这个小东西?这东西有多大?有……打个比方说,有一法郎这么大吗?或者再大点儿?再小点儿?"

别再跟他扯下去了。

"我还以为您有本事自己估算出尺寸呢。"她冷冷地说。

他笑了。爱丽丝心一沉,意识到自己可能正中了他的下怀。

"如果我能估算就好了,坦娜博士,"他温和地说,"但是现在我们绕到事情的重点了。那里确实是有一枚戒指的,对吧。"

爱丽丝打了个寒颤:"您什么意思?"

"就是我说的字面意思。现在戒指不在那里了,其他东西却不多不少地都还在,就跟您说的那样。就是没有戒指。"

奥蒂耶双手撑住椅子,把他那张瘦削苍白的脸凑到了她的面前,吓得爱丽丝不禁畏缩起来。"你把戒指怎么了,爱丽丝?"他贴在她耳边小声耳语道。

别让他这么欺负你。你又没做错什么。

"我已经把发生的事情一五一十地告诉你了。"她奋力地克制住自己,不让他从自己的声音中听出隐藏在心中的恐惧。"我把打火机掉在地上的时候,戒指从我的手里滑落了。如果现在不在那里的话,肯定是谁把它拿走了。反正不是我。"她向努贝尔警了一眼,"如果是我拿走了,我为什么一开始还会提起它来?"

"除了你,没人说见过这枚神秘的戒指,"他根本不理睬她的辩驳,"这样的话,那就只有二选一的可能性了。要不就是你看错了,要不就是你拿走了。"

努贝尔警官终于插嘴了:"奥蒂耶先生,我真的不认为……"

"我们花钱不是让您来认为什么。"他迅速制止了他,甚至连瞥都没瞥他一眼。努贝尔的脸涨得通红。奥蒂耶一直瞪着爱丽丝:"我只是在陈述事实。"

爱丽丝觉得她正在经历一场鏖战,只是没人来告诉她战争的规则是什么。她说的句句属实,可是现在看起来,她是横竖也无法令他信服了。

"在我之后,很多人进了山洞,"她顽固地说,"法院的人、警察、努贝尔警官,还有您。"她大胆地瞪着他:"您在那里面待了很长时间。"努贝尔吸了一口气。"希拉·欧唐纳博士可以为我证明戒指的事。您为什么不去问她?"

他又露出一个勉强的笑容:"但是我问过她了。她说她不知道戒指的事情。"

"可是我把所有的事情都告诉她了,"她大喊了起来,"后来她自己去找了。"

"您是说希拉·欧唐纳博士去检查过墓穴了?"他厉声问。

恐惧已经令她的大脑转不过弯了。大脑罢工了。她怎么也想不起来，哪些部分是自己对努贝尔说过的，哪些是对他有所隐瞒的。

"一开始是欧唐纳博士准许您到那里去作业的吗？"

"不是那样的。"她的恐惧感不断飙升。

"那么，她有没有制止你去山地那块区域作业？"

"不是那么简单的。"

他靠到了椅背上："这样的话，我恐怕就没有办法了。"

"没办法干什么？"

他猛地盯住了她的帆布包。爱丽丝赶紧扑过去，可是已经晚了。奥蒂耶先拿到了包，还迅速塞到了努贝尔警官的手里。

"你有什么权力这样做！"她大喊道。她看着警官，问："他不能这样做，对吧？您为什么不制止他？"

"如果您没有什么东西要藏的话，为什么要反抗呢？"

"这是原则问题！您就是不能随随便便翻我的东西。"

"奥蒂耶先生，我不确定——"

"按我说的做，努贝尔。"

爱丽丝试着去抓那只包。奥蒂耶迅速抬起手臂，握住了她的手腕。她被他们俩对自己的肢体控制震惊了，一动也不能动。双腿开始不自觉地颤抖，至于是出于愤怒，还是出于恐惧，她也分辨不清。

她赶忙把自己的胳膊从奥蒂耶手中拽出来，坐了回去，呼哧呼哧地喘着粗气，看着努贝尔开始搜她的包袋。

"继续，赶紧地。"

爱丽丝眼睁睁地看着他已经开始翻包里最大的口袋了，知道自己的画板被翻出来也就是分分钟的事儿了。警官的眼神不小心撞到了她的眼神。他也讨厌做这种事。不幸的是，奥蒂耶也注意到了努贝尔轻微的迟疑。

"怎么样了，警官？"

"没有戒指。"

"那你找到了什么？"奥蒂耶问，一边伸出了手。努贝尔有些不情愿地交出了那本画册。奥蒂耶轻轻弹着纸张，脸上一副高人一等的神情。然后，他眯起了眼睛。一瞬间，爱丽丝从他的眼中看到了一种着实的惊讶。然后，他的眼皮又垂了下去。他啪的一声迅速合上了素描本。

"谢谢您的……合作，坦娜博士。"他说。

爱丽丝也站了起来。"把我的画还给我,谢谢。"她努力地克制着颤抖的声音说。

"到时候我们会还给您的。"他说着,把本子装进了自己的口袋里,"这个背包也是。努贝尔警官会给您开一张收据,上面打印您的陈述,然后会找您签字。"

这访问结束得如此突然与意外,令爱丽丝吃了一惊。等她回过神来,奥蒂耶已经带着她的东西离开了帐篷。

"你为什么不制止他?"她把矛头转向了努贝尔,"别以为我会这样轻易地让他带走我的东西。"

他的表情严肃起来:"我会帮您要回背包的,坦娜博士。我的建议是,您去享受假期吧,把这一切都忘掉。"

"我绝不能就这样让他拿走的。"她大喊道,但是努贝尔已经离开了,把她一个人留在帐篷中央,独自站在那里纳闷刚刚到底发生了什么。

一时间,她也束手无策。她怒不可遏,既生奥蒂耶的气,也责备自己可以如此轻易地被他恐吓。

但他给人的感觉很不一样。她生平还没遇到一个令她如此反感的人。震惊已经渐渐褪去了。她忍不住想要立刻向布雷灵博士或希拉报告奥蒂耶的事,总之她就是无法坐着干等。但她马上打消了这个念头。考虑到她现在这种"万人嫌"的地位,估计没人会同情她。

她翻来覆去地回想到底发生了什么事,试着理清事情的来龙去脉。这时,爱丽丝不得不想出另一个办法来说服自己,就是在脑子里撰写一封投诉信。不久,一个不曾谋面的警察拿了她的陈述来让她签名。爱丽丝仔细地读了一遍,看起来还算是精确的记录,所以她毫不犹豫地在纸的下方潦草地签了个名。

尸骨被最终移出洞穴的时候,比利牛斯山已经沐浴在一片柔软的红光里了。

这支阴沉忧郁的队伍走下缓坡,每个人都沉默不语。他们走向停车场,一排白蓝混色的警车停在那里等着他们。他们经过一个女人面前的时候,她在胸前画了个十字。爱丽丝融入人群中,站在山坡上,看着警察把尸骨装进运尸车。没人说话。车门锁好之后,车子便加速驶出了停车场,车子后扬起一片沙砾尘土。大家都离开之后,还有两名警官要留在这里保护现场。在他们的监视下,大部分同事都立即回到山上收拾东西去了。爱丽丝徘徊踟躅了一会儿,不愿意去面对大家,因为她知道同情比敌意更令她难以驾驭。爱丽丝站在山上。从她那居高临下的位置看去,那支庄严肃穆的护送队正"之"字形地往下面的山谷驶去,越来越小,直到最后变成了地平线上的一个小黑点。

身边的营地变得一片沉寂。爱丽丝意识到自己不能再耽搁了,便也决定上山去。这时候,她注意到奥蒂耶还没走。她侧身走近了一些,饶有兴趣地看着他仔仔细细地把夹克放在他车子的后座上。那是一辆看起来价值不菲的银色轿车。他关上车门,从口袋里拿出一只手机。爱丽丝听到,他在等待电话接通期间,手指轻轻地在车顶上叩击着。

他一开口讲话便直奔主题,直截了当。

"那东西不在那儿了。"他就说了这么一句。

第十四章

法国北部 沙特尔
2005 年 7 月 4 日 星期一

沙特尔圣母院的天主大教堂高高耸立在一片鳞次栉比的建筑物之上,红色的屋顶和山形墙、半木质半石灰的房屋,共同构筑了这座历史老城的市中心。拥挤而狭窄的街道弯曲回旋,如同迷宫般错综复杂。这些建筑的暗影之下,厄尔河在傍晚的太阳下依然泛着粼粼的波光。

教堂西门边,游客们你推我搡。皇家大门上方,三扇尖顶窗反射出绚丽灿烂的色彩,像万花筒般千变万化,男人们像手执武器般挥舞着手中的录像机,争相记录下这一美景,而不是静静体验这一刻的美好。

一直到 18 世纪,通往大教堂的九个入口在危险时期都会封锁起来。现在,大门早已不知踪影,但是这种传统观念仍是根深蒂固。沙特尔还是一座一分为二的城市,一半古老一半新潮。最独一无二的街道位于修道院北边,主教宫殿曾经矗立的地方。这座灰白石头筑成的宏伟建筑正面朝向教堂,依旧笼罩在几个世纪以来天主教的影响和权威气氛之中。

德劳哈德家族的宅子占据了整条白马街。它从法国大革命和二战时法国被德军占领时期幸存下来,现在作为继承财富的证明存在于此。门上的铜门环和信箱依旧闪着微光,通往双扇大门的台阶两侧,种植着修剪得整整齐齐的灌木。

前面通往一座壮观的大厅。门是抛光的深色木门,大厅中央的椭圆形桌子上,摆放着一支沉甸甸的玻璃花瓶,那是19世纪早期德劳哈德家族在拿破仑北非战役凯旋之后获得的,是私人珍藏中最大的埃及收藏品之一,里面插着新摘的白色百合。大厅的四面墙边均立着一些陈列箱,每只箱子上都安装了报警设备,里面陈列着一些价值连城的埃及文物。

德劳哈德家族目前的主要继承人是玛丽-赛希拉·德劳哈德,主要从事各个时期的古董贸易(虽然受到祖父的影响,她更偏爱中世纪的古董)。两块货真价实的法国挂毯挂在前门对面的镶框式墙面上,都是她五年前继承了遗产之后入手的。整个家族最珍贵的东西,包括一些画作、珠宝、手稿,都锁在眼不能及的隐秘之地。

从宅子一楼的主人卧房里,可以眺望整条白马街。玛丽-赛希拉的现任情人,威尔·富兰克林仰面躺在一张四脚大床上,床单只盖到腰部。

他那被晒成棕色的胳膊垫在脑后,一头浅棕色的头发中,夹杂着缕缕金发,那是他童年时期在玛莎的葡萄园里过夏天留下的痕迹。那段经历还为他塑成了一张迷人的脸和一副不失童真的笑容。

玛丽-赛希拉自己坐在壁炉边一张路易十四的华丽扶手椅里,光滑修长的腿交叠在膝盖上。在深蓝色的天鹅绒衬垫映衬之下,她身上的丝质背心闪着白色象牙的光芒。

她遗传了德劳哈德家族的明显轮廓特征,有着一种苍白的、鹰似的美丽,她的嘴唇很有美感也很丰满,猫咪似的绿色眼睛上面忽闪着茂密的黑色睫毛。修剪得整整齐齐的黑色卷发披在骨感的肩头上。

"这真是个一级棒的房间,"威尔说,"布置得特别完美,特别适合你。冷酷、昂贵、含蓄。"

她俯身向前,踩熄香烟,耳垂上的小钻石熠熠生辉。

"这原本是我祖父的房间。"

她的英语说得完美无瑕,只是偶尔会有一丝法国口音,但是仍然可以点燃他的激情。她站起来,走过房间,来到他身边,脚踩在厚厚的浅蓝色地毯上时,一丝声音也没有。

威尔充满期待地朝她微笑着,同时贪婪地呼吸着她身上的独特气息:性感、香奈儿香水味儿和一丝高卢人的狂野劲儿。

"翻,"她说着,用手指在空中做了一个扭转的动作,"翻过身来。"

威尔乖乖照做。玛丽-赛希拉开始按摩他的脖子和宽阔的肩膀。在她的触摸之下,他感到身体既伸展又放松。谁都没注意到前门打开又关上的声音。他甚至都没留意到大厅里有人说话,然后一步两阶地跑上楼梯,大步穿过走廊的声响。卧室门外响起一阵刺耳的叩击声。

"妈妈!"

威尔紧张起来。

"我儿子而已,"她说,"谁?谁在那里?"

"妈妈!我有话和你说。"

威尔抬起头:"我还以为他明天才能回来。"

"是啊。"

"妈妈!"弗朗索瓦-巴普蒂斯特重复道,"很重要的事。"

"如果我碍事的话……"他尴尬地说。

玛丽-赛希拉继续给他按摩肩膀。"他知道不应该打扰我的。我一会儿再跟他说。"她提高嗓门说,"现在不行,弗朗索瓦-巴普蒂斯特。"然后,一边给他按摩背部,一边为了让威尔能听懂,又用英语重复了一遍:"现在不……方便。"

威尔翻身坐了起来,感觉十分窘迫。在他认识玛丽-赛希拉的头三个月里,他并没有见过她的儿子。弗朗索瓦-巴普蒂斯特一直在外地上大学,后来又跟朋友们出去度假了。直到现在他才终于意识到,这都是玛丽-赛希拉一手策划的。

"你不去跟他说说话吗?"

"如果那样你会开心的话。"她一边说,一边滑下床。她把门开了个小缝。他们进行了一番威尔听不懂的含混对话,然后就传来了跺脚跑到楼下大厅的脚步声。她转动了锁中的钥匙,转身面向他。

"好些没?"她温柔地说。

她慢慢地回到他身边,透过自己纤长浓密的睫毛望着他。她的动作有种刻意为之的感觉,好像一场表演,但是威尔感觉自己的身体也产生了同样的反应。

她将他推回床上,双腿分开地跨坐在他身上,优雅的双臂搂住他的脖子。尖锐的指甲划过他的皮肤,留下泛白的抓痕。他感觉她的双膝在使劲儿夹自己的大腿。他抬起手,从她光滑柔和的胳膊上抚摸下去,透过丝质背心,手背轻轻掠过她的胸部。单薄的丝质吊带轻而易举地就从她精致的肩膀上滑了下去。

摆在旁边桌子上的移动电话响了起来。威尔不打算去接。他将她精美纤柔的背心褪到腰部,露出苗条的腰身。

"要是有重要的事,他们会再打来的。"

玛丽-赛希拉瞟了一眼电话显示屏上的号码。即刻,她的心情大变。

"我必须得接这个电话。"她说。

威尔试图拦住她,但是被她不耐烦地推开了:"现在不行。"

她披了一件衣服,走到窗户边:"嗯,我在听。"

他听到信号很差,发出嘁啦嘁啦的声音。"那么,去找到它!"她说完就断线了。她的脸气得通红,拿过一支烟点燃了。她的双手在颤抖。

"出了什么事吗?"

一开始,威尔以为她没听到他说话。她看起来好像已经忘了他还在房间里。然后,她扫了他一眼。

"有事要发生了。"她说。

威尔一直等着她继续说,直到突然意识到,这就是他能得到的全部解释,并且她在盼着他赶紧离开。

"对不起,"她用一种安抚他的语气说,"我真的很想和你在一起,可是……"

威尔感到很生气,一下子从床上跳起来,套上了牛仔裤。

"我可以和你吃晚饭吗?"

她做了个鬼脸,说:"我有约了。还记得吗,是生意上的事情。"

她耸了耸肩:"晚些再说,好吧?"

"晚些有多晚?十点?午夜?"

她走过去,用手挠了挠他的头:"对不起啦。"

他想要推开她,但是她不放手。"你老是这样。我从来都不知道发生了什么。"

她往他身上使劲儿蹭了蹭,好让他能透过自己身上的薄丝感受到她胸部压在他胸膛的触感。虽然他心情还是很糟,可是感觉到了自己身体上的反应。

"就是生意上的事情啊,"她小声咕哝着,"这没什么好嫉妒的。"

"我不是嫉妒,"他已经记不起这是第几次与她进行这样的对话了,"更多的是——"

"就在今晚,"她一边说,一边松开了他,"现在我必须要做好准备了。"

他还没来得及提出反对,她就已经闪进浴室了,而且关上了门。

玛丽-赛希拉淋浴完出来时,谢天谢地,威尔已经离开了。但是如果她发现他还四仰八叉地躺在床上，脸上挂着那副天真无邪的表情，也不会感到惊奇。

他的需求已经开始慢慢令她紧张了。他越来越多地需要占有她的时间和精力，而她并没有准备好要付出这么多。

他好像误会了这段关系的本质。她不得不想个办法，处理一下这件事情。

玛丽-赛希拉决定暂时将威尔置之脑后。她环顾了一下四周。仆人已经来过了，打扫了房间。她的东西已经整齐地摆在了床上。她的金色手工拖鞋也放在床边的地板上。

她从箱子里又拿出一支烟点上。她吸烟吸得太厉害了，但是今晚她太紧张了，情有可原。她点烟之前，先把过滤嘴拔了出来。这也是她从祖父那里继承的众多怪癖之一。

玛丽-赛希拉走到镜子前，任凭身上的白色丝质浴衣从肩膀上滑落，掉到地板上，围在脚边一圈。她歪了歪脑袋，用一种挑剔的眼神盯着镜子里的自己。她的身体很瘦长，有种不太入时的无力感，胸部丰满挺翘，皮肤光洁无瑕。她用手轻轻拂过自己的深色乳头，向下滑过有轮廓的髋骨和平坦的腹部。也许眼睛和嘴巴周围纹路是稍微多了一点儿，但时光留在她身上的记号基本上无迹可寻。

壁炉上方的地幔上挂着一座镀金钟表，正在打钟报时，这提醒着她应该赶紧开始做准备了。她伸手去够衣架，取下了一件精致的及地长裙。背后开得很高，前面深V大领，专门为她订制而成。

玛丽-赛希拉将金色的细肩带在自己瘦削的肩膀上勾住之后，坐到了梳妆台旁。她梳理了一下头发，用手指把卷发绕成一个发髻，整齐得如同一块抛光的黑玉一样漆黑发亮。她热爱这个变身的时刻，这时她不再是她自己，而是变成了一名航海家。这个过程将她与之前所有完成同样角色的人们，跨越时间地联系到了一起。

玛丽-赛希拉微笑了。只有她的祖父才能理解她此刻的感觉——欣然，振奋，所向披靡。今晚还不算，下次她这样的时候，将会是站在她的祖先曾经站立的地方。不是他。那个洞穴离五十年前她祖父挖掘的地址很近，这是令她痛苦的一件事。他一直以来都是正确的。就在东边大约几千米的地方，本来应该是他泰然自若地站在那里，宣称自己改变了历史，而非由她来享受这一切。

五年前，他去世之后，她便继承了德劳哈德家族的生意。根据她的记忆，那是一个他为自己精心准备的角色。她的父亲——她祖父唯一的儿子——令他很失望。很小的时候，玛丽-赛希拉就已经意识到了这一点。六岁的时候，祖父已经开始着手对她进行教育了，包括社交、学术和哲学等方面。他对生命中的微小事物抱有一腔热情，并且对色彩和手工艺有着令人惊讶的鉴赏眼光。家具、挂毯、服装设计、画作、书籍，他的品位绝对无可挑剔。她身上所有令自己视若珍宝的品质，都是从他那里学来的。

他也教会了她关于权力的知识，包括如何使用权力及如何守住权力。她十八岁的时候，祖父觉得时机已到，便正式剥夺了儿子的继承权，改立她为继承人。他们的相处中只闹过一次不快，就是她那次讨厌的意外怀孕。虽然他孜孜不倦地追寻着圣杯的古老秘密，但他是一个虔诚而正统的天主教徒，十分反对婚外生子。流产是不可能的。收养就更别提了。直到他看到她做了母亲却并没有改变自己的志向，甚至变得更加野心勃勃和残酷无情之后，他才允许她重新回到他的生命中。

她使劲儿吸了一口香烟，贪婪地吞食着灼人的烟雾。烟气顺着她的嗓子，蜿蜒吸入肺中。强大的记忆令她感到厌恶。即便是已经过了二十年，她曾经被放逐的记忆还是令自己浑身充满一种冰冷的绝望。那种感觉就像是死了一样。

玛丽-赛希拉摇摇头，想要把那些忧伤的思绪甩掉。今晚，她不想让任何东西扰乱她的心情。她不想出错。

她转身面向镜子。她先是在脸上擦了一层增白的粉底，又扫上一层反光的金色散粉。之后，她用深色的眼线笔勾勒眼睑和眉毛，增密了睫毛，加深了黑色瞳孔。然后，她涂了一层绿色的眼影，像孔雀尾巴一样闪着光彩。嘴唇上她选用了一支金属铜色的口红，还闪着斑斑点点的金色，又用纸巾抿了几下。最后，她向空中喷了一些香水，任其像薄雾一样慢慢洒落在她的皮肤上。桌子上整齐地放着三只盒子，均是红色皮革外表，镶嵌黄铜扣子，抛光精美，熠熠生辉。每一件礼仪珠宝都有几百年的历史，虽然它们也是仿制几千年前的作品。第一个盒子里，有一件金子发饰，像皇冠一样中间高两边低；第二个盒子里，是两条金护身符，形状似蛇，镶嵌的绿宝石就像是闪闪发光的蛇眼；第三个盒子里有一条项链，结实的金链条中间坠着一个符号形状的吊坠。这些首饰发光的表面回响着一种想象中的记忆，关于古埃及的尘土飞扬和滚滚热浪。

一切准备就绪后，玛丽-赛希拉移步到了窗前。她的脚下，沙特尔的街道像美术明信片里画的那样向四面八方延伸开来，寻常的店铺、车辆和餐馆安详地躲在哥特式大教堂的阴影之下。过一会儿，从这些同样的宅子里，将会走出形形色色的男人和女人，应邀出席今晚的仪式。

面对熟悉的天空和正在暗下来的地平线，她闭上了眼睛。

现在，她看不到尖顶和修道院了。取而代之的，在她的脑海中她看到了整个世界，像一幅闪闪发光的地图在她眼前铺展开来。

最终这些都会在她的掌控范围内。

第十五章

法国西南部 富瓦
2005 年 7 月 4 日　星期一

爱丽丝被耳边持续鸣叫的响铃惊醒了。

我到底在哪里？ 床上方架子上的米黄色电话又响了起来。

当然，她在富瓦的旅馆房间里。她已经从挖掘现场回来了，打包了一些东西，然后冲了个澡。她能记得起来的最后一件事情就是她在床上躺了五分钟。

爱丽丝摸索着拿起听筒："喂？"

酒店的老板阿诺德先生总是操着一口浓重的地方口音，全是扁平的元音和鼻音很重的辅音。爱丽丝当面和他交流都有困难，现在在电话里看不到他眉毛挑动的表情和各种手势，更不可能听得懂了。他说话的声音像卡通人物。

"请您再说得慢一些，"她说，试着让他慢下来，"您说得太快了，我听不懂。"电话里停顿了一秒，然后她听到背景里是快速的喃喃自语的声音。一会儿，阿诺德夫人接过了电话，给她解释说有人在接待处等她。

"是个女人吗？"她满怀希望地问。

爱丽丝离开挖掘现场时，给希拉留了一张便条，还有几条语音信息，但是她没有收到任何回复。

"不，是个男人。"阿诺德夫人回答说。

"好吧，"她叹了口气，感到很失望，"我几分钟之后到。"

她用梳子胡乱梳了一下仍旧湿答答的头发，套上一条裙子和一件 T 恤，双脚蹬进一双登山帆布鞋，就匆匆往楼下跑了，心想究竟是谁来找她。

挖掘队的主要队员都住在挖掘现场附近的一个小旅馆里，而且不管怎么说，她已经跟那些还想与她保持联系的人道了别。除此之外，没人知道她住在这里。自从跟奥利弗分手之后，她也就没了要告知自己情况的人。

　　接待处空无一人。她往阴暗处望了一眼，本想可以看见阿诺德夫人坐在高高的木桌子后头，但是那里也没有人。爱丽丝迅速瞟了一眼接待室的角落。老旧的藤椅下面布满了灰尘，上面没有坐人。壁炉上面稀稀拉拉地覆盖着黄铜马饰，还摆放着过去一些感恩的顾客留下的客户评价书。壁炉垂直角度上的两只大皮沙发上边也没有人。一串歪歪斜斜的明信片，用卷边的风景画向人们展示了富瓦和阿列日能够给予的所有一切静止的风景。

　　爱丽丝回到桌子旁，按下响铃。阿诺德先生从家庭住处走出来的时候，门口发出一阵如同水珠落地般的啪嗒声。

　　"这里有人在等我吗？"

　　"那边。"他一边说，一边探出身子指着。

　　爱丽丝摇摇头："没人啊。"

　　他走过来看了一下，然后耸耸肩，看见等候厅没人了，也感到十分惊讶。"在外面？"他模仿了一下男人吸烟的动作。

　　这家旅馆位于一条狭小的巷子里，夹在主街道之中。周围到处都是行政楼、快餐店，还有一座超凡脱俗的 20 世纪 30 年代装饰艺术邮局。咖啡店和古董商店构成了中世纪的富瓦市中心，风景美如画。

　　爱丽丝左瞧瞧，右望望，没人等在外面。商店在这个时间都已经关门了，马路上也空无一人。

　　她心里很是惶惑，正打算转身回屋，突然见到一个男人从门口闪了出来。他大概二十出头的年纪，穿一身灰白色的夏日套装，有点儿不太合身，略大。厚厚的黑头发剪得很短很整齐，眼睛躲藏在深色眼镜后面，看不太清。他手里拿着一根香烟。

　　"坦娜博士。"

　　"是我，"她谨慎地说，"您找我吗？"

　　他把手伸进了上衣口袋。"给您的，拿着。"他一边说，一边塞给她一个信封。他的眼睛一直四下张望，明显是怕有人看见他。爱丽丝突然认出了他，他就是那个跟努贝尔警官一起去找过她的年轻制服警官。

　　"我是不是见过您，对吧？在苏拉哈克山上。"

　　他换了英语说。"请您，"他十分急迫地说，"拿好。"

　　"您是不是跟努贝尔警官一起的？"她坚持问道。

THE CITÉ ON
THE HILL   山丘之邦

他的前额渗出一片汗珠。令爱丽丝惊讶的是,他竟然抓住她的手硬把信封塞给了她。

"嘿!"她反抗道,"这是什么?"

但是他已经消失了,身影被吞噬在通往城堡的众多小巷之中。

一时间,爱丽丝傻傻地站在那里,望着空无一人的街道,一半的魂儿都被他带走了似的。然后,她决定重新思考一下整件事情。事实就是他把她吓到了。她低头看了一下手中的信,就好像看着一个马上要爆炸的炸弹一样。她深吸了一口气,轻轻地打开了信封。里面只有一张廉价的书写纸,上面潦草地写着一个名字,字体是稚气的大写,下面还有一个电话号码:0268723126。

爱丽丝皱起了眉头。不是本地号码。阿列日的区号是 05。

她把信纸翻过来看了一下,担心漏掉反面的什么内容,却是空白一片。刚要把它顺手扔进垃圾桶,突然又觉得还是再仔细考虑一下为妙。现在还是先保存着吧。把信纸塞回奶油色的信封里后,她装进了口袋里,然后回到旅馆,心里感到十分纳闷。

爱丽丝没有注意到,对面咖啡馆的门口出来了一个男人。他走到垃圾桶旁边,想捡回那封信的时候,她已经回到了房间里。

伊夫·比奥最终停下不再奔跑的时候,肾上腺素迅速冲进了他的血管中。他弯着腰,双手撑在膝盖上,大口喘着粗气。

他的身旁,富瓦大城堡高高地耸立在整个城市的上空,端着它一百多年以来一直保持着的那个姿势。它是这片地域独立的一个标志,是讨伐朗格多克时期唯一没有被攻下的重要堡垒,后来成为纯洁异端派和很多被从城市和平原地区逐出的自由主义战士的避难所。

比奥知道有人在跟踪他。而且不管这些跟踪者是谁,他们根本就没打算要隐藏自己。他伸手摸了摸夹克下面的手枪。至少他已经按照希拉告诉他的那样做了。现在,如果他能够在不被他们发现的情况下,越过边境,到达安道尔共和国,那他就会平安无事。比奥知道,现在想要停手这件由他一手促成的事情,为时晚矣。他已经按照他们吩咐的做了,但她还是不断地回去找他。不管他已经做了多少,还是有更多的事情等着他。

包裹已随最后的邮件寄给了他的祖母。她会知道怎么处理的。这是他唯一想到能够弥补他所作所为的办法了。

比奥左右观望了一下街道,没有人。他迈出一步,开始往家走。他走的都

113

是一些迂回曲折、不合逻辑的路线，以防有人在那里等着他。从这个方向走的话，他可以在他们发现自己之前，有机会先看到他们。

他穿过已经被遮蔽起来的市场时，潜意识中仿佛看到了圣沃鲁西安住所的银色梅赛德斯，但是他没有细看。他没有听到引擎正在慢慢启动时发出的轻柔咳嗽声，也没有听到汽车开始缓缓向前滑动、轻柔地碾压着中世纪古老城市的鹅卵石地面时齿轮转换和摩擦地面的声音。

正当比奥走过人行道、穿过马路时，那辆汽车突然间急剧加速，像飞机在跑道上助跑那样猛地向前冲去。他环顾四周，面部瞬间就僵硬了。随着"嘭"的一声重击，他的双腿飞了出去，同时他失重的身体突然间被抛向汽车的挡风玻璃板，并从上面翻滚过去。一眨眼间，比奥好像在空中漂浮了起来，紧接着，又重重地摔在旁边店铺用来支撑一侧斜坡屋顶的一条铁铸支柱上。

他挂在那根柱子上，悬浮在半空中，好像游乐场里在离心力机里玩耍的小孩儿一样。随后，在重力的作用下，他直接摔到了地上，身后的黑色金属支柱上留下一道鲜红的血迹。

梅赛德斯没有停下来。

附近酒吧里的人们听到声音，纷纷从里面出来走到街上。几个女人从广场上方的窗户里探头出来张望。PMU 咖啡馆的老板出去看了一眼之后，赶紧跑回屋去，报了警。一个女人开始尖叫，但随着一群人围到了他旁边，她马上闭了嘴。

一开始，爱丽丝并没有注意到那个声音，但随着警车报警器的哀号声逐渐靠近，她也像别人一样走到了旅馆的窗前，探头向外望去。

这跟你没有关系。

她没有理由卷到这起案件当中。但是说不清楚是出于什么原因，爱丽丝不知不觉地就离开了房间，朝着广场走去。

一辆警车封锁了这条通往广场一角的狭窄小路，车灯寂静地闪着光。就在另一侧，一群人已经形成一个半圆，环绕着这个躺在地上的、非人非物的家伙。

"在哪儿都不安全，"一个美国女人低声对丈夫咕囔着，"即便是在欧洲。"

爱丽丝越往前走，不祥的预感就越强烈。一想到可能会看到的情景，她就觉得无法承受，但她还是无法控制自己往前走的步伐。第二辆警车从旁边的一条街道里冲了出来，尖叫着停在了第一辆警车旁边。人们交头接耳，胳膊腿儿你推我搡地。爱丽丝只能透过一道缝隙看到躺在地上的人。他穿着一套灰白色套装,黑头发,一副棕色镜片、金色镜架的太阳镜躺在他身边。

不会是他吧。

爱丽丝霸道地推搡着人群,钻到了那人的跟前。那个男孩一动不动地躺在地上。她的手不自觉地伸进了口袋,摸了摸那封信。这应该不是个巧合。爱丽丝吓呆了,跌跌撞撞地往后退。一扇车门"砰"的一声,重重地关上了。

她跳起来,回头张望,恰好看见努贝尔警官从驾驶员座椅上跳下来。她害怕得缩回到了人群中。**别让他看见你。**她低着头,凭着直觉穿过了广场,她要离努贝尔远远的。

一转过街角,她就开始疯狂地奔跑起来。

"不好意思。"努贝尔大喊着,想要从围观者中间清出一条路来,"我是警察,各位请让一下。"

伊夫·比奥四脚摊开着躺在冰冷无情的地面上,两只胳膊呈直角向外伸展着。一条腿叠压在身体下面,明显是已经断掉了,一根白色的踝骨从裤子里戳了出来。另一条腿很不自然地平摊在一侧。一只棕褐色乐福鞋已经脱了下来。

努贝尔蹲下来,想要试试他的脉搏。男孩还有呼吸,算是一种浅浅的喘息,但是皮肤摸起来已经是冷的,眼睛也闭上了。努贝尔听到远处来了一辆鸣着警报的救护车。

"麻烦帮下忙,"他又喊叫起来,把男孩拖到了他脚下,"大家靠后站。"

又来了两辆警车。消息通过广播传了出去,一位警官被袭击了,所以现场来了更多的警察,比旁观者还多了。他们封锁了街道,把目击者从围观者中挑了出来。他们的行动紧凑有效,有条不紊,但是脸上透出了紧张不安。

"这不是一起事故。警官,"那个美国女人说,"那辆车直冲着他就撞上去了,真的很快。他根本来不及躲避。"

努贝尔聚精会神地看着她:"你看见了事情的经过,夫人?"

"我当然看见了。"

"你有没有看见是什么型号的车撞的?什么样子的?"

她摇摇头:"银色的,我只知道这一点。"她转头望着自己的丈夫。

"是梅赛德斯,"他立刻补充道,"我自己没怎么看清,我听到声音的时候,它刚刚转弯。"

"看清汽车牌照号码了吗?"

"我觉得最后应该是11。一切都发生得太快了。"

"当时街上基本上没有人,警官。"妻子重复道,好像很怕他没有把她的话当真。

"你看清了车上有几个人了吗?"

"前面确定只有一个人,但后面有没有人说不准。"

努贝尔把她移交给了一位警官,去做详细的笔录,他本人绕到了救护车的后面,看到他们正把比奥从一副担架上抬到车里。他的脑袋和脖子靠一根支架支撑着,但是一股鲜血还是不断地从包扎的伤口处流下来,染红了他的衬衫。

他的皮肤呈现不自然的白色,像蜡一样苍白无光。他嘴角固定着一根插管,手上插着移动静脉注射器。

"他能救过来吗?"

护理人员撇了撇嘴。"如果我是您的话,"他一边说,一边使劲儿带上了门,"我就赶紧通知他的家属了。"

救护车发动的时候,努贝尔猛捶了一下车身。但是看到手下的人都在尽心尽责,他又觉得得到了些许宽慰。他一边向自己的车子走去,一边不断地咒骂着自己。他弯腰坐进前座里,回想着他这五十年来接触过的每一个人,回想着自己做过的每一个导致今天这个局面的错误决定。他把一只手指塞进衬衣领子里,拉松了一下领带。

他知道自己应该早点儿跟这男孩谈一谈的。自从比奥到达苏拉哈克山的那一刻开始,他就变得不像自己了。他通常都十分热情,总是争当志愿者。今天,他一直都紧张兮兮,有些坐立不安,然后就消失了半个下午。

努贝尔紧张地用手指轻轻拍打着方向盘。奥蒂耶说比奥从来没跟他说过戒指的事情。那为什么他要对他撒谎呢?

一想起保罗·奥蒂耶,努贝尔就觉得腹中一阵剧痛。他掏出一块薄荷糖来舒缓那种灼烧的感觉。那是另一个错误。他不该让奥蒂耶接触坦娜博士的,虽然当他想起这事时,他也不确定自己如何能够阻止他。苏拉哈克山上发现骷髅的消息传来时,一些命令也随之而来,准许了保罗·奥蒂耶有权进入现场和获得辅助。努贝尔至今还想不明白,奥蒂耶是怎么如此迅速地获知消息的,更不用说他如何慢慢尾随到了现场。

之前,努贝尔跟奥蒂耶素未谋面,虽然他跟大多数警察一样,早就听闻了他的大名。奥蒂耶是个律师,一向以强硬的宗教观点而声名远扬,据说他囊中操控着南部地区一半的司法人员和宪兵。更具体地说,努贝尔的一个同事曾经被传唤到法庭,去给奥蒂耶辩护的一个案件提供证据。

那起案件中，两名极右翼组织成员被指控在卡卡颂杀害了一名阿尔及利亚籍出租车司机。当时，关于恐吓的流言不断传出。最后，两名被告被无罪释放，而几名警官被迫离职。

努贝尔低头看着刚刚从地上捡起来的比奥的太阳镜。之前，他就一直郁郁寡欢，现在这种情况更令他揪心了。

无线电咻咻啦啦地响起来，零零碎碎地蹦出了几条关于比奥家属的信息，是努贝尔需要的线索。他又坐了一会儿，磨蹭了一会儿时间。然后，他开始拨打那些家属的电话。

第十六章

十一点钟，爱丽丝抵达图卢兹郊区。她已经疲惫不堪，不想再继续往卡卡颂走了，于是决定前往市中心，找个地方过了夜再说。

整个旅途好像白驹过隙一般过得飞快。她满脑子还是之前那些乱七八糟的画面：骷髅和骷髅旁边的匕首、一片死灰的光芒中朝她若隐若现的苍白面孔和富瓦教堂前面躺着的尸体。

他死了吗？

还有那个迷宫。她的思绪最后总是能回到迷宫上去，屡试不爽。爱丽丝对自己默念，自己只是有些偏执和妄想，其实事情与她毫不相干。你只是在不恰当的时间里，出现在了不恰当的地方。但是不管爱丽丝对自己默念多少回，她还是无法令自己心服口服。

她踢掉脚上的鞋子，衣服也没脱就躺倒在了床上。

房间里的东西都很廉价。毫无特色的塑料制品和硬纸板构造，灰色的瓷砖和仿木家具。还有那浆得跟石头一样硬的被单，如同尖锐的纸片划过她的皮肤。

她从帆布背包里拿出那瓶布什米尔斯单一麦芽威士忌。瓶子里还剩下一点儿酒。出乎意料的是，她的嗓子好像有些肿痛。为了纪念在挖掘现场的最后一个晚上，她把这一点儿酒一直留到了最后。她又试着给希拉打了一次电话，但还是接不通。她努力按捺着自己内心的愤怒，又给她留了一则信息。但愿希拉不要再玩这种游戏了。

爱丽丝用威士忌送服了几片止痛药，然后关灯上了床。她已经累得完全虚脱了，却还是因周身疼痛难受而无法安心入眠。脑袋里的血管怦怦怦地跳，肿胀的手腕火辣辣地烧，胳膊上的伤口撕心裂肺地疼。这是她此生感觉最糟糕的时刻。

房间里闷热不已。她辗转反侧，不能成眠，先是听到了午夜的钟声敲响，继而又听到了半夜的钟声，便起身打开窗户，通一通风。她的思绪无法平静。她试着去想象水清沙白的景象，加勒比的海滩和夏威夷的落日，但是脑子还是不停地回转到山中，想起那些灰色的岩石和清冷的地下空气。

她害怕睡觉。如果那个梦又重现怎么办？

时间缓缓地向前爬行。在威士忌的作用下，她唇干舌燥，心跳变缓。直到灰白的黎明匍匐地爬上窗帘磨破的边缘时，她那纷扰的思绪才终于放她一马。

这回，她做了一个不一样的梦。

她骑着一匹栗色的马穿过雪地。那匹马套着厚实光滑的冬衣，白色的鬃毛和尾巴上都绑着红色的丝带。她穿着自己最好的斗篷，松鼠皮做的兜帽，长及肘部的貂皮手套——一套打猎的行装。

她旁边有个男人，骑着灰色的雄马。那匹马体型更大，更加威武，鬃毛和尾巴都是黑色的。他不断拉动缰绳来维持它的平稳。他那一头棕色的长发有点儿像女人，掠过他的双肩。骑马上山的时候，他身上蓝色的天鹅绒斗篷飘在身后。爱丽丝看见他腰间别着一把匕首，脖子上戴着一条银项链，中间悬着一块软玉挂坠。随着马匹行动的节奏，挂坠一上一下地拍打着他的前胸。

他一直用一种夹杂着骄傲感和占有欲的主人般的眼光扫视着她，让她感觉到一种浓浓的爱意。爱丽丝在梦里一边变换睡姿，一边脸上还挂着笑容。

走了一段路后，一声尖锐刺耳的号角声划破了凉爽清新的十二月天空——那是猎狗在追赶野狼的信号。她知道现在是十二月，一个特殊的月份。她知道自己无比快乐。然后光线变幻了。

现在她一个人待在森林里陌生的一隅。树木高大茂密，在被白雪折射成苍白色天空的映衬之下，光秃的枝干泛出黑色，盘根错节，像死人的手指。在她身后的某个隐秘而危险的地方，一群猎狗正在向她步步逼近，它们在鲜血的诱惑下兴奋不已，跃跃欲试。

这回她不是狩猎者，而是沦为了猎物。

山丘之邦

　　森林里回荡着成百上千只动物奔跑的蹄子声，如雷鸣般振聋发聩，越逼越近。现在她甚至都能听到猎人的叫嚷声了。他们用一种她听不懂的语言相互喊叫着，但是她知道他们找的就是她。

　　她的马绊倒在地。爱丽丝被高高抛起，从马鞍上摔到了前面坚硬寒冷的地面。她听到肩膀的骨头断裂的声音，紧接着就是一阵剧烈的疼痛。她害怕地低头向下看去。一块冻得像箭头一样坚硬的朽木，刺穿了她的袖子，插进了她的胳膊。

　　爱丽丝用僵硬麻木的手指不顾一切地拔着那块碎木头片，直到它在她的肉里逐渐松动。她闭上眼睛，不敢直视这种剧烈的痛苦。木片拔出的一瞬间，血液喷涌而出。但是，她不能让这点儿伤口拖住自己。

　　爱丽丝用斗篷的边缘按压住伤口止血，然后挣扎着站起来，强迫自己穿过光秃秃的树林和冷冰冰的矮树丛继续向前走。脚下的嫩枝踩上去发出噼里啪啦的清脆声音，刺骨的寒风冻得她双颊僵硬，双目流泪。

　　现在，她耳边的钟声愈发地响亮起来，而且经久不衰，令她感觉头晕目眩，像鬼魂一样虚无缥缈。

　　突然森林消失了，爱丽丝发现自己站在悬崖边缘。无路可走。她的脚下是陡峭的悬崖，下面的峭壁上植被茂盛。眼前是崇山峻岭，山顶覆盖着皑皑白雪，一直延伸到目不能及的远方。她好像与群山离得很近，几乎触手可及。

　　爱丽丝在睡梦中烦躁不安地翻身。

　　让我醒来。求求你了。

　　她挣扎着想要醒来，但无能为力。那个梦把她紧紧地圈在了旋涡里。

　　那群狗躲在她身后的树丛里大声吠叫着，咆哮着。它们张着大嘴猛咬，喷出的口水和齿间悬挂的鲜血仿佛凝聚成了一团笼罩天际的乌云。它们的眼睛里充满仇恨和兴奋。她能听到它们对着她低声耳语，嘲弄和奚落着她。

　　"异教徒，异教徒。"

　　就在一刹那间，她做了一个决定。即便是她的死期到了，也不应该是死在这些狗的手中。爱丽丝双臂一抬，纵身一跃，挺身而出。

　　即刻，世界变得安静下来。

　　时间停下了，将她的这个动作赋予了某种特殊的意义。她的绿裙子在身体两侧慢慢地、轻轻地迎风鼓起。现在，她察觉到有个东西钉到了她的后背上，一个星形的东西。不，不是星形，是十字架，一个黄色的十字架，鲁埃乐（中世纪西方犹太人必须穿戴的一种圆形织物）。就在这个陌生的词语在她脑海中进进出出的时候，那个十字架松动了，远远地飘离了她，就像秋天里树上掉下的一片叶子一样。

大地不再朝她逼近。爱丽丝不再感到害怕。因为即便是在梦境中的幻想开始破碎和散开之时,她的潜意识还是能够理解她的意识无法理解的事情,也就是说倒下的不是她,而是另有其人。

而且,这不是梦境,是记忆,是生命中极其久远的一个片段。

第十七章

法国西南部 卡卡颂
1209 年 7 月

阿莱斯变换姿势的时候,身下压着的枯枝败叶发出了脆裂的声音。

她的鼻腔和嘴中涌进一阵强烈的苔藓、地衣和泥土的味道。她的手背不知被什么尖锐的东西刺破了,微小的伤口立即开始刺痛起来。应该是蚊子或是蚂蚁咬的吧。她能感觉到毒液正在慢慢侵入她的血液。阿莱斯动了几下,想摆脱掉咬人的虫子。这个动作让她觉得反胃想吐。

我在哪里?

那句回答像是一声回音:"在外面。"

她正趴在地上,脸朝下。皮肤上潮湿黏腻,还有被露水打湿的冰冷感。**现在是黎明还是黄昏?** 她的衣服在身上扭成一团,也早已沾湿。阿莱斯慢慢地拽着自己的衣服,想要坐起来。她靠在一棵山毛榉的树干上,以维持身体的平衡。

轻一点儿,小心点儿。

透过山坡顶上的树丛,她可以看见天空呈现白色,随着地平线的延伸逐渐加深为粉色。大片的云彩像是停泊的船只一样漂浮在天空中。她看到了垂垂低柳的黑色轮廓,身后是一片梨树和樱桃树,土褐色的颜色让这个季节变得了无生机。

接着黎明降临了。阿莱斯试着把注意力集中在周边的事物上。好像周围的一切都明亮而令人眩目,虽然并没有太阳。她听到不远处有水的声音,河水很浅,正慵懒地滑过石头。远处，一只刚刚彻夜觅食而归的大雕正在发出极具特色的叫声。

阿莱斯低头看了一眼自己的胳膊，红肿的微小咬痕星罗棋布。她又查看了一下双腿上的划痕和伤口。那儿也是被昆虫咬了，脚踝上全是干掉的血痕。她将双手抬到眼前，发现指关节又青又肿，疼痛不止，还有几道铁锈红在指间一条一条地闪现着。

一种记忆。关于她被拖着走的记忆。胳膊拖在地上走。

不，在那之前还有别的事情。

她走过庭院。楼上窗户里有灯光透出来。

恐惧在她的脖子后面发出刺痛。黑暗中的脚步声，捂住她嘴的长茧的手，随后就是一下重击。

危险。

她抬手摸了摸脑袋，摸到耳后时，把手拿到眼前一看，一下子吓坏了——她的指头上粘着一些黏黏糊糊的血块和头发。她赶紧用力闭上眼睛，想要抹掉脑海中那双像老鼠一样爬到她身上的手。那是两个男人的手。一种司空见惯的味道，马匹、麦芽酒和稻草。

他们找到秘符了吗？

阿莱斯挣扎着想要站起来。她必须得把发生的事情告诉父亲。他马上要去蒙彼利埃，她只记得这些。她必须先跟他汇报一下情况。她试着站起来，但是双腿却支撑不住自己的身体。她的脑袋里又开始天旋地转，又开始慢慢地，慢慢地要回到那种失重般的睡梦中了。虽然她努力地抑制这种状态，想要保持清醒，但于事无补。过去、现在和将来，在此刻都变成了无限时间里的一部分，在她面前延伸成白茫茫的一片。颜色、声音和光线都失去了原本的意义。

第十八章

伯特兰·佩尔蒂埃转过身去，用焦虑的眼神向身后望了最后一眼之后，就跟随在卡维尔子爵身边，骑马出了东门。他觉得很蹊跷，为什么阿莱斯没有来给他送行。

佩尔蒂埃一声不吭地骑在马背上,任凭自己沉浸在自己的思绪之中,压根没有心思理会周围随行人员一些鸡毛蒜皮的闲聊。他一直纠结于阿莱斯为什么没去光荣庭为他们送行,并祝他们一路平安。不得不承认的是,女儿的缺席令他感到十分意外,也特别失落。他现在多么懊恼,要是自己当时派了弗朗索瓦去叫醒她该有多好。

虽然时间尚早,街上却已经挤满了列队送行的人群,有人挥手致意,有人喝彩鼓劲。只有最精良的马匹才能入选,有灵活性和耐力都可以信赖的驯马,还有康达尔城堡的马厩里最精壮的骗马和母马,它们的速度和耐力也属出类拔萃。雷蒙德·罗杰·卡维尔骑在他最钟爱的枣红色种马背上。那是一匹他亲手从小驯养到大的马,它的皮毛在冬天时呈现一种狐狸皮毛似的颜色,口鼻处有一块显眼的白色花纹——大家都觉得花纹的形状就是卡维尔领地的形状。

每一块盾牌上都刻有卡维尔家族的徽章,每一面旗帜和每一名骑士行军盔甲外面的背心上,都绣着顶饰。初升的太阳掠过他们亮闪闪的盔甲、刀剑和缰绳。甚至连驮马身上的鞍囊都经过了仔细的抛光打磨,鞍囊的皮革表面光亮得都能照出马夫们的面庞。

这个使节团到底需要多大的规模,花了很长时间才确定下来。太小的话,卡维尔一行人看起来会像是个不值得一提、无法令人信服的联盟,而且在路上也会轻易地被敌人拿下;太大的话,卡维尔又会看起来像是个前去挑衅和宣战的不安分子。

最后,子爵甄选了十六名骑士。吉扬·杜马斯得以入选其中,虽然遭到了佩尔蒂埃的极力反对。加上骑兵、几个仆人和牧师、让·贡高斯特和一个修马蹄铁的铁匠,整个使节团总共三十几个人。

他们的目的地是蒙彼利埃,尼姆子爵领地内的重要城市,也是雷蒙德·罗杰的妻子阿涅斯夫人的出生地。跟卡维尔一样,尼姆也是佩德罗二世亚拉贡的封臣,所以即便蒙彼利埃是一座天主教城市,佩德罗本人也是一个积极坚定的异教徒,他们还是有充分的理由去相信,他们一定能够顺利通过此地。

他们从卡卡颂出发,计划在三日内抵达目的地。所有人都在猜测,到底会是卡维尔,还是图卢兹伯爵会先抵达这座城市。

起初,他们朝东行进,沿着奥德河,向着冉冉升起的太阳进发。到达泰北后,他们转向西北方,进入米内瓦地区,沿着穿越拉雷多尔特的古罗马路一直走。

THE CITÉ ON
THE HILL　山丘之邦

拉雷多尔特是阿齐尔的一座防卫山城，通往奥隆扎克。

最肥沃的土壤里全部栽种着大麻，宽广连绵，一眼望不到尽头。大麻右边种植着葡萄藤，有的是经过了精心修剪的，还有的肆意生长在茂密的灌木篱墙后头，道路旁边，狂乱不羁，无人问津。大麻左边是一块大麦地，密密的茎干汇成了一片鲜绿的海洋，而到了丰收时节则会变成一片金黄。农民们戴着挡住脸的宽边草帽，早已投入辛勤的劳作之中，收割着当季的最后一批小麦。他们手中挥动着长柄大镰刀，弧形的铁质刀片时不时反射到了初升的太阳光，闪出一道道耀眼的辉煌。

远处的河岸边，与橡树和湿地柳树平行的地方，是一片幽深寂静的森林，夜鹰在那里飞翔穿行。牡鹿、猞猁和狗熊抬眼可见，冬天还会有野狼和狐狸四处出没。低地树林和灌木林的上方凌驾着努瓦尔山，山上植被茂密，树木丛生，是野猪们横行霸道的王国。

年轻人就是恢复力强，永远保持着乐观主义——卡维尔子爵现在精神饱满，不时跟周围人侃着一些轻松愉快的奇闻异事，听着一些祖先开疆扩土的故事传说。他和手下的人讨论最得力的猎犬到底是灰狗还是獒犬，询问市场上的优质母狗最近涨到了什么价钱，八卦谁在掷飞镖或打骰子的时候下了注……

没人谈起此次远征的目的，也没人愿意去想象如果子爵向叔叔请愿失败会发生什么。

队伍后方响起一声沙哑的喊声，引起了佩尔蒂埃的注意。他扭头向后看去，只见吉扬·杜马斯正跟阿勒周·德·普雷科桑和蒂埃利·卡扎农并驾齐驱。他们俩也都是在卡卡颂经受了严格的训练，并在同一个耶稣受难日得到了授勋。

吉扬注意到了老人正在用批评的目光打量自己，便抬起头，仰着一副傲慢无礼的嘴脸，瞪着老人。他们的目光相互对峙了一会儿。随后，年轻人稍稍歪了一下脑袋，算是一种虚伪的致意，然后就扭过了头去。佩尔蒂埃感觉到自己血脉贲张，怒气冲天，而更加令人愤懑气结的是，他竟然不知道该拿吉扬怎么办。

他们在平原上走了一个又一个小时。随着最初出发时的兴奋渐渐让位于忧惧，他们彼此间的对话变得零零碎碎，最后逐渐陷入了沉默。

太阳爬到了天空中更高的位置。牧师们受的罪最多，因为他们穿着黑色的精纺毛线大衣，一条条汗水形成的溪流从主教的额头上不断地淌下来。让·贡高斯特那张海绵般苍白松软的脸变成了一张斑斑点点的红脸，跟毛地黄一个颜色，令人作呕。蜜蜂、蟋蟀、知了在棕色的草丛中咯咯吱吱、哼哼嗡嗡地叫着。

蚊子叮咬着他们的手腕和双手，苍蝇折磨着马匹，烦得它们一直恼怒地拍打摇动着鬃毛和尾巴。

直到太阳完全升到了头顶，卡维尔子爵才引领着队伍来到路边稍微歇息一下。他们在一条缓缓流淌的小溪旁边，找了块林间空地落了脚，用柳叶蘸着河水洒在外套上降温解暑。被蚊虫叮咬的和其他伤口都用酸模叶子或芥菜糊简单处理了一下。

骑士们脱掉了自己的行军铠甲和靴子，用河水清洗着双手和脖子上的尘土与汗水。一小队仆人被派遣到附近的农场，不一会儿就拿回了面包、酱汁、白山羊奶酪、橄榄和烈性的当地酒。

卡维尔子爵在附近休息的消息一经传出，周围的农场主、农民、老人、少妇、织工和酿酒人便开始浩浩荡荡地从家里出发，来到子爵他们在树下临时搭建的简陋营地，还带来了送给领主的丰盛礼物：一篮篮的樱桃和刚刚熟透掉在地上的李子、一只大鹅、一些鱼和盐。

佩尔蒂埃为他们的盛情感到有些不安，因为这样会耽误他们的行程，浪费宝贵的时间。

夜幕降临之前，他们还有很长的路程要走，还要为过夜安营扎寨。但是，雷蒙德·罗杰跟他的父母一样，都很乐于接见子民，忘情流连着眼前的一切，根本没有要走的意思。

"正是因为这样，我们才要收起我们的骄傲之心，和我的叔叔达成和解。"他悄悄地说，"这么做就是为了保护我们人生中一切美好、纯洁和真实的东西。另外，如果有必要的话，我们也会用武力捍卫这些。"

像古代的勇士之王一样，卡维尔子爵在圣栎树的阴凉下上朝，接受朝拜。他优雅、慈悲、高贵地收下了所有向他朝觐的贡品。子爵心里十分清楚，今天他的接见将会成为这里的人们一段永远珍藏的佳话，将会交织镌刻到这座村庄的生命历程当中。

最后赶来的一群人中，有一个漂亮的黑皮肤小女孩，五六岁的模样，长着一双明亮得如同黑莓一般的眼睛。她简单地行了一个屈膝礼后，向子爵奉献了一捧混着野生兰花、白色珠蓍和草地金银花的花束。她的双手不停地颤抖着。

卡维尔子爵弯下腰平视着小女孩，又从腰间掏出一块亚麻手绢递给了她。当她胆怯地伸出纤细的小手指接过那块崭新的白色方手绢时，楚楚可怜的样子连佩尔蒂埃都忍不住流露出了笑意。

"那么，你叫什么名字呢，小姐？"他问道。

"艾何奈斯蒂娜,殿下。"她小声回答。

卡维尔点点头。"好的,艾何奈斯蒂娜小姐,"他一边说着,一边从那束花中抽出一支粉红色的花朵,别在自己的束腰外衣上,"我会把它戴在身上,以求好运,也可以随时提醒我普鲁士里克子民的友好和善良。"

最后一批访客陆续离开营地后,雷蒙德·罗杰·卡维尔才解开宝剑的扣搭,坐下吃饭。吃饱喝足之后,男人和男孩们一个接一个地,不是四肢伸展着躺倒在柔软的草地上,就是倚在树干上打盹。他们刚刚灌了一肚子的酒,头脑也因为下午的滚滚热浪变得昏昏沉沉。

只有佩尔蒂埃还保持着清醒。确认了卡维尔子爵暂时不需要他之后,他便独自沿着溪流走去,想要寻点儿清静。

船夫们划着船行驶过河面,色彩明艳的蜻蜓在水面上一掠而过,闪动着光,或猛冲到河里,或乘着厚重的水汽慢慢滑动。

走到看不见营地的地方后,佩尔蒂埃便在一棵死树的深色树干上坐了下来,随后从口袋里掏出那封阿里夫写来的信。他没有读信,甚至都没有打开,只是紧紧地攥在大拇指和食指之间,像攥着一个护身符一样。

他情不自禁地想起了阿莱斯。思绪像个天平一样左右摇摆。在某个时刻,他甚至有些后悔,也许自己根本不该信任她。可是除了阿莱斯他还能信任谁?没有其他值得信任的人了。而下一秒钟,他又开始害怕是否他告诉她的还不够完整。

上帝保佑,一切都会好的。如果图卢兹伯爵欣然接受了他们的请愿,那么月底之前,他们就能胜利回到卡卡颂,不必伤及一兵一卒。此行对于佩尔蒂埃本人来说,还有一个便利之处,那就是他可以找到身在贝济耶的西米恩,打听到阿里夫信中写到的所谓"姐妹"的真实身份。

如果命运决意如此的话。

佩尔蒂埃叹了口气。他放眼望去,眼前是一片静谧的风景,但同时他也在想象中看到了相反的画面。跟以往一成不变的旧世界不同,他看到了混乱、破坏和毁灭,看到了一切事物的终结。

他低下了头。他做的一切都是别无选择。如果他不回卡卡颂的话,那么在他临死的时候,他至少会知道自己已经尽力去保护了那三本书。那个秘密不会在一片混乱的战斗中遗失,也不会被丢弃在法国监狱里渐渐腐烂。

营地里突然传来一阵嘈杂的声音,把佩尔蒂埃拉回了现实中。

是时候要继续行进了。天黑前还有好几个小时的路程要赶。

佩尔蒂埃把阿里夫的信装回口袋里,迅速地回到了营地中。他心里想:如此这般可以安静仔细沉思的时刻,在未来几天内应该都不会再有了。

第十九章

阿莱斯再次醒来时,发现自己已经离开了草地,躺在一张铺着亚麻床单的床上。

她的耳边回荡着一种低沉而迟钝的哨子声,仿佛秋风吹过树林时发出的回响。她的身体出奇地沉重,不断向下坠去,感觉好像已经不再受她的支配。在她的梦境里,埃斯克拉孟德一直守候在自己身边,冰凉的手掌反复交替着放在自己因高烧而滚烫的额头上。

她的眼睛忽闪忽闪地睁开了。头顶上是熟悉的木质天篷,罩在床上的深蓝色遮光床帘收拢了起来。卧室里洒满了黄昏时分柔软而金黄的光辉。空气虽然依旧闷热厚重,却也马上就可以盼到凉爽的夜晚了。她嗅到了刚刚点燃的药草散发出的淡淡香气——是迷迭香和薰衣草的味道。

她还听到一些女人窃窃私语的声音,嘈杂而低沉,环绕在她的身边。他们都是低声耳语,好像是害怕将她吵醒。那说话声像是一块肥肉的油脂滴到了火苗上一样,嘶嘶啦啦地响着。阿莱斯缓缓地转动陷在枕头里的脑袋,朝着声音望去。领班男仆讨人厌的妻子阿里杰特和狡猾恶毒的长舌妇哈尼尔(她有个笨拙粗野的丈夫,俩人都不是省油的灯)正像两只老乌鸦一样,蹲坐在空空如也的壁炉旁。姐姐欧莉安经常使唤她们去跑腿儿,但是阿莱斯不敢信任她们,从不跟她们打交道。那么他们为什么会跑到自己的房间来呢?父亲从来都不让她们来的。她一头雾水。

但渐渐地她回想起来了。父亲不在家。他已经去了圣吉莱或者蒙彼利埃,她想不起来了。吉扬也去了。

"那当时他们在哪儿?"哈尼尔嘶嘶地说着,声音里流露出对那些流言蜚语的极大兴趣。

"在果园里,就在小溪旁边,柳树下面,"阿里杰特回答说,"马吉尔的大女儿看到他们到那边去了。虽然她自己也是个臭婊子,但是看到那种情景,她还是径直冲回去跟她妈妈汇报了。然后马吉尔就飞奔到庭院里,一边羞得直搓自己的手指,一边吞吞吐吐地把事情告诉了我。真是难以启齿。"

"她老是嫉妒你家的女儿。她女儿都肥得像猪猡一样,还满脸麻子,一个个俗气得很,跟梭子鱼似的。"哈尼尔把头凑到阿里杰特眼前,悄声问,"那你是怎么办的?"

"我能怎么办呢,只好亲自去看一下咯。我一下去就看见了他们。好像他们也没想藏着掖着。我一把揪住了哈维尔的头发,然后照着他耳朵上扇了两耳光。他长着一头脏兮兮的棕色头发,又粗糙又凌乱。这时候,他一直用一只手拉着裤腰带,脸上因为挨了我的巴掌而羞得通红。我刚一转过头去看冉奈特,哈维尔便趁这工夫扭动着挣脱了我的手掌,头也不回地跑开了。"

哈尼尔发出一句啧啧声。

"这期间冉奈特一直在号哭,大声嚷嚷着哈维尔有多爱她,有多想跟她结婚。听她说的这些痴话,你就可以想象之前有多少女孩儿被这些花言巧语哄骗过了。"

"也许他是真心的呢?"

阿里杰特发出一声轻蔑的哼声。"他压根没打算结婚,"她抱怨道,"他五个哥哥,只有两个结了婚。父亲一天到晚泡在酒馆里。他们挣到的每一个苏,都直接进了加斯顿的口袋里。"

阿莱斯想捂住耳朵,不去听这些女人肮脏世俗的飞短流长。她们像两只在腐肉上啄食的秃鹫一般令人作呕。

"但是然后,"阿里杰特悄悄说,"结果还算是幸运。如果不是当时的情况引着你下去,那你就不会发现她了。"

阿莱斯紧张起来,感觉那两只脑袋转向了自己这个方向。

"就是这样啊,"哈尼尔附和说,"我敢打包票,她父亲回来后肯定会重重打赏你。"

阿莱斯仔细听着,但是没再听到什么。万物的影子逐渐被拉长。她在清醒与睡梦之间来回漂移。

后来,一个夜间看护来接替了阿里杰特和哈尼尔。她也是姐姐最喜欢的一个仆人之一。她将那块碎裂的木板从床底下拖了出来。那稀里哗啦的声音把阿莱斯吵醒了。她听到看护弯腰坐到了粗糙的垫子上,垫子瞬间发出轻柔的噗噗声——那是她的体重把干稻草填充物之间的空气挤压出去的声音。过了片刻,呼噜声和吃力的鼾声从床脚边传来,喘息着,抽搭着。看来看护睡着了。

阿莱斯突然间完全清醒了。充盈在她脑海里的满是父亲临走前对她的训诫:"要保存好那块刻着迷宫的木板。"她慢慢地坐起来,视线在那些乱七八糟的东西和蜡烛之间不断搜索寻觅着。

木板不见了。

她小心翼翼地拉开桌边的门,不想吵醒那个看护。门的转轴由于年久失修而变得十分僵硬,打开的时候发出嘎吱嘎吱的声音。阿莱斯在床沿上摸来摸去,空空如也,那块木板恐怕是从床垫和床板之间掉了下去。可是下面也没有。

那儿没有任何东西。

她不喜欢自己的胡思乱想。之前她曾怀疑父亲的身份已经被人发现了,虽然父亲已经否定了这个猜测,但真的是这样吗?秘符和木板分明都已经不见了。

阿莱斯将双腿从床上荡到床沿,蹭下床去,踮着脚尖穿过房间,走到她做缝纫活儿的椅子边。她必须得确认一下。她的肩上披着斗篷。这件斗篷,佣人已经尽量去清洗了,但是红色的镶边上还是结着泥巴的硬壳,几处针脚糊得都看不清了,闻起来还有股庭院或马厩里的那种辛辣和酸臭味。她一无所获,正像她早就预料到的那样。钱包不见了,连同里面的秘符。

一切都发生得太快了。电光火石之间,陈旧而熟悉的影子里仿佛充满了恐怖的意味。她感到周身遍布着未知的威胁,就连床脚发出的咕哝声也异常可怕。

如果敌人还藏在城堡里怎么办?如果他们再回来找我怎么办?

阿莱斯迅速地穿上衣服,抓起蜡烛,调了一下火苗。虽然一想到要独自穿过黑暗的庭院,她就觉得毛骨悚然,但是她不能就这样躲在自己的卧室里坐以待毙。

鼓起勇气来。

阿莱斯跑着穿过光荣庭,到达潘特塔。她一边用手小心地护住忽明忽暗的火苗,一边寻找着弗朗索瓦的踪影。

她将门开了一条小缝,朝着黑暗里呼喊他的名字。

没有应答。她溜了进去。

"弗朗索瓦。"她又轻声呼唤了一次。

蜡烛发出一圈淡黄色的光晕,借着光线她看到里面有个人正躺在她父亲床脚边的简易小床上。

阿莱斯将蜡烛放到地上,弯下腰,轻轻地碰了碰他的肩膀。旋即,她好像烫到了手指一样将手抽了回去。感觉不对头。

"弗朗索瓦?"

还是没有回答。阿莱斯抓起毯子的粗糙边缘,默数到三,然后将它掀了起来。

毯子下面是一堆旧衣服和皮草,经过精心的布置,看起来好像一个躺着的人形。虽然她觉得莫名其妙,但还是有一种如释重负又头晕目眩的感觉。外面走廊里传来的某个声音引起了她的注意。阿莱斯一把抓起地上的蜡烛,将其吹熄,然后侧身躲到了床后面的阴影里。

她听到门嘎吱嘎吱地响了。闯入者迟疑了片刻,也许是闻到了蜡烛的油味,也许是注意到了乱成一团的毯子。他从鞘中拔出了匕首。

"谁在那里?"他问,"出来吧。"

"弗朗索瓦。"阿莱斯如释重负地答应着,一边从窗帘后面走了出来。

"是我。你可以把武器收起来了。"

他看起来好像比她想象中更为震惊。

"夫人,原谅我。我没注意到是您。"

她饶有兴趣地打量着他。他呼吸急促,像是跑了很久。"是我的错,但是这个时候你去哪儿了?"她问。

"我——"

她猜,肯定是他有了女人,虽然她想不通这有什么好尴尬的。她很是同情他。

"说真的,弗朗索瓦,这没什么要紧的。我之所以来这儿,是因为你是唯一一个我可以信任的人,我想跟你讲讲发生在我身上的事。"

他的脸上渐渐失去了血色。"我什么都不知道,夫人。"他用一种哽咽的声音,迅速打断了她。

"唉,你肯定是听到什么流言蜚语了吧,听到了些厨房里瞎传的闲话,对吧?"

"我很少听到那些东西。"

"那好吧,咱俩一起把整个故事串起来,"她被他的态度迷惑了,说,"我记得,你叫我去见父亲,见完之后我就从父亲的卧室往回走。然后,两个男人就跟了上来。醒来时,我发现自己在果园里,旁边是一条小溪。当时天才蒙蒙亮。我再次醒来的时候,就发现自己回到卧室里了。"

"您还能认出那两个男人吗,夫人?"

阿莱斯迅速瞥了他一眼:"不能。当时很黑,而且发生在一瞬间。"

"丢了什么东西吗？"

她犹豫了一下。"没什么值钱的东西，"她为自己撒的谎感到十分不安，"然后，我知道阿里杰特·拜塞报了警。我先前听到她在吹嘘这件事，虽然我无论如何也想不通为什么她会坐在我身边。为什么不是黑桑德？或者其他几个我的女仆？"

"他们是受欧莉安夫人吩咐去的，夫人。她负责照顾您的起居和安全。"

"她竟然会关心这种事……难道她这样做没人会评头论足吗？"她说，"这完全跟欧莉安的性格不符，没听说我姐姐擅长这种……技术活儿啊。"

阿莱斯摇了摇头。头脑中有一丝微弱的记忆闪动着。一闪而过之间，她好像记得自己被关在一个狭小的空间里，不是木头构成的，对，是石头空间里，到处散发着尿味儿和什么动物身上的那种苦辣臭气。然而，她越想追着记忆往下盘根问底，记忆就将她甩得越远。

她将自己从记忆中拉回到眼前的事情上："我想，父亲已经向蒙彼利埃出发了吧，弗朗索瓦。"

他点点头："两天之前出发的，夫人。"

"今天是星期三。"她吃惊地喃喃自语着。她已经昏迷两天了。她皱起了眉头："他们走的时候，弗朗索瓦，我父亲没问为什么我没去跟他道别吗？"

"他问了，夫人，但是……他不让我去叫醒您。"

这没道理啊。

"那我丈夫呢？吉扬没说那晚上我没回卧室吗？"

"夫人，那天晚上前半夜杜马斯骑士都是在铁工厂度过的，之后他又陪同卡维尔子爵去小教堂做了祷告。您没去送行，他比监督官佩尔蒂埃还要吃惊，而且……"

他突然停下了。

"继续，如实说，弗朗索瓦。我不会责怪你的。"

"如果您允许我这么说的话，夫人，我觉得杜马斯骑士不愿在您父亲面前表现出对您的行踪一无所知的样子。"

话一从他的口中说出，阿莱斯便知道他的话正中靶心。

现在，她丈夫和她父亲之间的矛盾空前激化了。阿莱斯咬紧嘴唇，不想背叛自己的承诺。

"但是他们冒着这么大的风险，"她将话题转回了自己遇袭这件事上，"在康达尔城堡的正中央，对我实施这样的袭击，真是疯狂到头了。抓了我当俘虏，他们就能减轻罪罚了吗……他们凭什么会以为自己可以侥幸逃脱呢？"她突然打住了，这才意识到了自己刚刚都说了些什么。

"当时每个人都忙忙碌碌的，夫人。连宵禁都没有执行。所以，虽然西门关上了，但是东门开了一整夜。那样的话，两个男人将您从东门运出去就是轻而易举的事情了，只要把您的脸和衣服藏好就行了。有很多夫人……妇女，我是说，都发生过诸如此类的事情……"

阿莱斯咧咧嘴勉强笑了一下："谢谢你，弗朗索瓦。我十分清楚你的意思。"

笑容逐渐从她的脸上淡去。她需要思考，决定下一步的计划。她比之前更加困惑不解了。而且，她对事情的来龙去脉一无所知，更增添了恐惧之感。要对付藏在暗处的敌人不是一件易事。

"弗朗索瓦，我觉得有必要散布这样一个说法，就是我根本不记得这次袭击的任何细节，"她想了一会儿后这样说，"那样的话，如果攻击我的人还在城堡里，他们就不会觉得受到威胁了。"

一想到要走同样的路再次穿过庭院回去，她就觉得自己脊背发凉。更何况，在欧莉安的看护眼皮底下，她压根无法入眠。那个看护肯定是姐姐派去监视她的，阿莱斯对此深信不疑。

"今晚我就留在这里过夜了。"她说。

出乎意料的是，弗朗索瓦看起来十分惊骇："但是，夫人，好像对您来说这样有点儿——"

"很抱歉把你从床上赶下来，"她用一个微笑软化了命令的语气，"但是我卧室里的夜间看护不是我喜欢的人。"弗朗索瓦的脸上蒙了一层冷漠而有隔阂的神情。"但是，弗朗索瓦，如果你能够待得离我近一些，我会感激不尽，因为我怕万一还需要你的帮助。"

面对她的笑脸，他没有回应，只是说了一句："随您所愿吧，夫人。"

阿莱斯盯着他看了一会儿，然后觉得自己可能过分解读了他的举止行为。她命他点燃烛火，然后就可以退下去了。

弗朗索瓦刚一离开，阿莱斯就在父亲的床中央蜷缩成了一团。她再一次孤身一人，吉扬不在身边的痛苦似一阵钝痛卷土重来。她竭尽全力地在脑海中拼凑他的样子，他的脸、他的眼、他下巴的线条，但是这些细节和特征都模糊成一片，转瞬即逝。阿莱斯知道这种在脑海中无法找到他模样的无力感，应该归咎于她内心的愤怒。她反复提醒自己，吉扬只是在履行一个骑士的职责。他并没有做错什么。实际上，他的行为合情合理。在如此重要的一次任务前夕，他的职责就应该是效力于他的君主,就应该是陪着君主计划全部的行程,而不是与自己的妻子你侬我侬,恋恋不舍。但是,无论阿莱斯把这些话对自己说了多少遍,她还是无法平息头脑中那些嘈杂的声音。对于她感受到的怀疑来说,她安慰自己的话语根本没有任何作用。她唯一感知到的就是吉扬在她最需要保护的时候,令她失望透顶。

虽然这样认为可能有失公允,但阿莱斯还是无法原谅吉扬。

如果在第一缕阳光照到大地时,他们就发现她不见了,那么那些歹徒可能早就被绳之以法了。

而且,父亲也不会因为挂念我而忧心忡忡地离开了。

第二十章

阿尼昂郊外的一座偏远农庄里,平坦肥沃的土地一直向西延伸到蒙彼利埃。一位年迈的纯洁派成员及其八个追随者、信徒蜷缩在一座畜棚的角落里,前面挡着的是作为掩体的一堆用在牛和骡子身上的旧马具。

其中一个人身负重伤。他的面部已经皮开肉绽,露出白色的碎骨,夹杂着灰白和粉红两种颜色的血肉开裂着耷拉下来。他的面颊因受人重踢而碎裂,眼珠也因为受力过大而从眼眶中脱落下来。事发当时,他们正集中在一个屋子里做祷告,法国军队的一小撮逃兵却突然发起了袭击。这位伤员的朋友们拒绝把他一个人丢在屋子里,于是便带他逃到了这里。

但是,他拖了他们的后腿。虽然他们对这片土地了如指掌,但没有发挥出任何优势。整整一天,十字军一直紧紧地咬在他们身后。夜幕的降临也没有使他们得到解救,反而将他们困囿于此。纯洁派们听到庭院里头传来士兵们大呼小叫的音响,还有干柴在烈火中燃烧时发出的噼里啪啦声——他们在准备火葬用的柴堆。

纯洁派心里有数,他们已经走到了人生的尽头。外面的人受到憎恨、无知和偏执的驱使,杀人根本不眨眼。在信仰基督教的土地上,还从来没有过这样的一支军队。如果不是亲眼所见,纯洁派无论如何也不会相信这个事实。他一

THE CITÉ ON
THE HILL　山丘之邦

直周游南方，追随圣人的足迹。他曾经见过笨拙而巨大的驳船漂流在罗纳河之上，承载着各种装备和供给品；木制的箱子上，钢环碰撞得叮当作响，箱子里面装着宝贵的圣人遗物，用来为远征保驾护航。成千上万的动物和人群沿着河岸奔跑，卷起一阵阵尘土，凝作一团团浓雾，漂浮在装载圣人遗物的驳船之上。

一开始，城里人和乡下人都大门紧闭，躲在自家院墙后面悄悄观察，暗自祷告军队能够越过自家大门而不入。渐渐地，越来越多的暴力和恐怖事件传入了大家耳中。有消息称，一些农场之所以惨遭大火袭击，是因为这些农场主拒绝让士兵掠夺自己的土地，因而遭到了报复。纯洁派的信徒被指控为异教徒，都要被绑在皮伊拉罗屈的火刑柱上烧死。蒙特利马尔地区的整个犹太人群体，不论男女老少，一律亡命刀下，他们那流着鲜血的头颅在城墙外面堆成了小山，腐肉沦为乌鸦的美食。

在圣保罗三城堡，一名纯洁派成员被一帮加斯科涅来的骑兵钉死在十字架上。他们用绳子将两块木头捆在一起，临时搭建成一个十字架，把他绑在上面，将钉子钉进他的双手。身体的重量将他向下拖拽，但他始终没有放弃信仰，没有投降变节。最终，士兵们厌倦了这种缓慢的死亡，将他开膛破肚，任其腐败溃烂，自生自灭。

如此这般那般野蛮粗暴的行为究竟该归咎于谁，熙笃的阿尔伯特和法国的达官贵人们要不就矢口否认，要不就指认为部分背教者的私自举动。然而，这位纯洁派成员在黑暗中蜷缩的时间越长，就越清楚地明白了一件事情，那就是领主、祭祀和教廷使节们的话，在这里都只是一纸空文。外面那些人一直在追杀他，将他逼迫到这魔鬼世界的一隅，他们呼吸中散发出的嗜血气息，他不用闻都感觉得到。

他嗅出了魔鬼的味道。

现在，他唯一能做的就是拯救追随者们的灵魂，让他们能够仰望到上帝的脸庞。他们从这一世穿越到下一世的路途必将十分动荡崎岖。

受伤的那个人意识尚在。他轻声呜咽着，但最终寂静还是攫住了他。他的皮肤上泛出一种死亡的淡灰色。纯洁派成员将手伸到他的脖子下面，扶起他的脑袋，为他做了属于他们宗教的临终祈祷，诵念了些许安慰灵魂的话语。其他追随者手拉手围成一个圈，开始祷告。

"圣父，拥有完美精神的上帝，永不受骗、从不撒谎、毫无疑虑的上帝，告诉我们吧……"

突然，士兵们开始狂踢大门，一边嘲笑，一边叫嚣着。他们马上就会发现

133

他们了。他们中最小的那个女孩，应该不超过十四岁，开始哭了起来，绝望的泪水寂静地淌过她的面颊。

"告诉我们您所了解的一切，让我们爱您所爱。因为我们不属于这个世界，这个世界也不属于我们。我们十分恐慌，唯恐要死在这个由其他神灵统领的国度。"

这时，插在门闩上的水平梁折成了两段。纯洁派成员提高了自己的声音。那帮男人突然破门而入，木头的碎片烂渣在畜棚里爆炸开来，如同乱箭般四处迸溅。庭院里燃烧的火焰发出橘黄色的光芒。借着这光线，他看到他们的眼神呆滞无神，残忍野蛮。他数了数，他们一共有十个人，手里都握着一把剑。

他看到一个首领跟在这些人后面进来了。一个高个儿男人，苍白瘦削的脸上长着一双毫无表情的眼睛，与他手下那些人的躁动不安和不守规矩相比，他显得冷静而自持。他身上散发着一种残酷的威严感，一看就是一个惯于发号施令的人。

在他的命令之下，逃亡者们被追兵从藏身处拖了出来。他抬起胳膊，毫不迟疑地将剑刺进了纯洁派成员的胸膛。那一瞬间，他看到了纯洁派凝视的眼神。法国男人那双生硬的灰色眼睛里充满了蔑视。他再次扬起手臂，把剑插进了一位老者的头顶，红髓和灰色的脑浆立刻溅到了草垛上。

众人一看牧师已惨遭屠杀，恐惧感突然间急转直上。其他人试图逃跑，但是地面上已经因洒满的鲜血而变得滑腻不堪。一名士兵揪住一个女人的头发，将剑刺入了她的背部。女人的父亲试着要把他推开，但是士兵却突然转身，将他开膛破肚。士兵转动着插到他腹中的剑，然后用脚使劲儿蹬掉串在剑上的尸体。老父亲的眼睛一直惊愕地圆睁着。

年纪最小的一个士兵转过身去，对着草垛忍不住地呕吐起来。

不出几分钟，逃亡者中的所有男人都躺倒在地，尸首横七竖八地摆满了整个畜棚。首领命令手下的人将两名老妇带到外面。一个女孩和那个呕吐的小兵留了下来。他还需要练练胆子。

她的眼睛里充满了恐惧，不停地向后退缩着。他笑了。他的动作不紧不慢——反正她无论如何都逃不出他的手掌心了。他绕着她踱来踱去，像一匹狼打量着自己的猎物一样。旋即，毫无预警地，他开始发动侵袭。他一把抓住她的喉咙，将她的脑袋朝着后面的墙上拼命砸去，而且还撕开了她的裙子。她厉声尖叫着，疯狂地乱踢乱打。他一拳打在她的脸上，享受着拳头之下骨头吱吱地碎裂成渣的快感。

她的双腿向前一弯，瘫软地跪了下来，一道鲜血顺着木头淌了下来。他俯下身，扯下她身上的衣服一把撕成了碎片。然后，他将她的短裙拉到腰部，任凭她发出一阵阵的呜咽声。

"不能让他们继续生殖繁衍下去，不能让他们再把一些同类带到这个世界上。"他一边用一种冰冷的声音喃喃自语，一边将自己的剑拔出鞘。他不想碰这个异教徒，那样会弄脏了他的身子。他紧握剑柄，将剑刃深深地刺入了女孩的腹部。怀着对她那个种族的所有憎恨，他将剑在她腹中捅了又捅，直到她的尸体一动不动地倒在他面前。最后，他把她翻过来俯卧在地上，用剑尖在她裸露的后背快速划了两刀，画出一个十字架的标志，作为对亵渎神灵的最终判决。一滴滴鲜血如红宝石般，从她雪白的肌肤上渗了出来。

"这应该给经过这里的人提个醒儿，"他冷冷地说，"好了，把尸体弄走。"

他用那条被撕碎的裙子擦了擦剑，然后站起身来。

那个男孩还在呜咽。他的衣服上沾满了呕吐的秽物和死者的鲜血。

他试着听从首领的指挥，但是实在是心有余而力不足。

他一把揪住了男孩的脖子："我说了，把尸体弄走。快点儿动手！否则我让你也跟着下地狱！"他一脚踹到了男孩的后背上，在男孩外套上留下一个沾满了鲜血、灰尘和泥土的脚印。动辄胃部不适的士兵，对他来说毫无用处。

庭院中央临时搭建的火刑架上，大火正在熊熊燃烧着，加上从地中海横扫而来的热辣夜风，火苗被扇得愈加旺盛。

士兵们在火堆后面整齐地列队站立。为了躲避烈火的热度，他们纷纷用双手遮住自己的面部。他们的坐骑拴在门上，此时正用躁动不安的蹄子踩踏着地面。它们的鼻孔中弥漫着死亡的臭气，这令它们紧张不安。

女人们都被扒光了衣服，被迫跪在士兵面前的地上，双脚被绑着，双手也被结实实地捆在背后。她们的脸上、胸上、裸露的肩膀上布满抓痕，尽是被虐待的标记，但是她们无一例外地保持沉默。那个女孩的尸体被扔到他们面前的时候，不知是谁悄悄叹了口气。

首领走向火堆。现在他已经感到了厌倦和无趣，心里急着要走。杀掉异端并不是他参加十字军的目的。这次残忍的探险是送给手下人的一个礼物。他们需要找点儿事做，需要经常练练手，这样也可以避免他们没事找事地窝里斗。

夜空中挂着一轮满月，月亮周围密布着白色的星辰。他意识到时间肯定已经过了午夜，甚至更晚。他老早就想回去了，怕万一给他的命令已经下来了。

"我们可以把他们扔进火里了吗,阁下?"

他突然间挥起剑,一下子便把手边最近的一个女人的脑袋削了下来。鲜血从她脖子中的血管里迸射出来,溅到了他的腿和脚上。随着一声轻柔的咕咚声,她的头颅滚到了地上。他踢了踢她尚在抽搐的身体,直到她向前倒去,一头栽进了泥土里。

"杀掉这些剩下的异教母狗,然后把尸体烧掉,把畜棚也烧了。我们耽误的时间已经够久了。"

第二十一章

当黎明悄悄溜进房间时,阿莱斯醒了过来。

一时间,她也记不起来自己是怎么来到父亲房间的了。她坐起来,舒展了一下筋骨,想要赶走睡意。渐渐地,前一天的记忆终于生动而强烈地卷土重来。

在午夜和破晓之间那漫长时光里的某个时刻,她做出了一个决定。尽管她刚刚熬过一个艰难的夜晚,但是她的思维还是如山中清泉般清晰。她不能袖手旁观,坐以待毙,不能只是消极地等待父亲的归来。行动每拖延一天,会产生什么样的后果,她无从估量。父亲说出那个他们一直保守的秘密以及他对山峰荣誉会所承担的神圣职责之时,他就已经让她笃定地相信,他的荣誉和骄傲都系于他能否兑现自己的诺言。而她的职责就是把他找到,告诉他发生的一切,然后把任务交还到他手中。

什么都比坐以待毙要强。

阿莱斯走到窗边,打开百叶窗,让晨风吹进房间。远处的努瓦尔山在越来越厚重的黎明光芒之中闪耀着紫色的微光,永恒而持久。群山的景象使她更加坚定了自己的决心。整个世界都在召唤她的加入。

她是在冒险。一个女人单独的旅行。她父亲肯定会说她这是任性。但她是个优秀的骑手,速度快,悟性高,而且也有信心和能力在遇到强盗土匪时保全自己而逃之夭夭。另外,据她所知,卡维尔子爵的领地上还从未发生过抢劫或袭击。

阿莱斯抬手摸了摸后脑勺上的肿块,那是有人对她进行蓄意谋害的罪证。

如果她的死期即将来临，那手中握剑去面对死亡也比坐等敌人再次发动袭击要好得多。

阿莱斯从桌上拿起已经熄灭的烛灯，看到黑色条纹玻璃上映出自己的影子。她的面色苍白，皮肤呈现酪乳般的白色，眼睛里面满是疲惫，但有一种前所未有的笃定。

阿莱斯多么希望不需要再回到自己的卧室，但是她别无选择。她小心翼翼地跨过弗朗索瓦的身子，穿过庭院回到了生活区。四下无人。

阿莱斯踮着脚尖走过房间的时候，欧莉安的忠实奴才吉桑德正睡在姐姐卧室外面的地板上，她平时那张漂亮、喜欢噘嘴的脸在睡梦中变得松弛下来。

进门的时候，房间里一片寂静，原来看护已经离开了。那看护大概是醒来发现她不见了，自己便也走了。

没时间再去浪费了，阿莱斯开始忙活起来。此次计划成功与否，全都赖于她能否骗过所有人，让他们相信她身子虚弱，根本不会离家太远。家里不会有人知道她的目的地将会是蒙彼利埃。

她从衣柜里拿出最轻便的狩猎服，一件茶红色的松鼠皮大衣，袖子是定做的灰白色料子，用料很足，长出手臂一块，挽起来固定在一枚钻石型的扣子上。她在腰间系了一条窄窄的皮带，又在腰带上绑上了要吃的水果和她的冬季狩猎背包。

阿莱斯套上她的及膝狩猎长靴，系紧靴筒上端的一圈皮条，在那里又塞进一把匕首。随后，她调整了一下带扣，随意抄起一件带帽披风就地套在了身上。

阿莱斯穿戴齐全后，又从她的小箱子里取出几件珍贵的宝石和首饰，其中有她的日长石项链、绿松石戒指及短项链。这些东西可能会派上用场，尤其是越过卡维尔子爵的领地边境之后，也许可以跟别人换点儿东西，贿赂看守关卡的人以求平安通过，抑或是打点别人求个庇身之所。

最终，确定一切万无一失之后，她从床底的隐秘处取出了那把从结婚开始就一直静静躺在那里的剑。阿莱斯用右手紧紧地握住剑柄，将其举至眼前，用手心测量剑刃的保存情况。虽然从来没用过，但它依旧挺直而锋利。她拿着剑在空中划了个"8"字，提醒自己记住它的重量和特征。她扬起了嘴角——这把剑在她手中感觉很是不错。

阿莱斯蹑手蹑脚地溜进厨房，问雅克讨了些大麦面包、无花果、咸鱼、一小块奶酪和一壶葡萄酒。同往常一样，他给她的东西远远多过她索要的。头一次，她对他的慷慨大方感到动容。

她唤醒她的仆人黑桑德,小声对她交代了一些事情。她命黑桑德去告诉阿格涅夫人,说自己觉得好些了,于是就跟索拉福特·吉尔斯家的女士们一起玩耍去了。黑桑德看起来一脸错愕,但是没有言语什么。阿莱斯十分厌恶自己的这些义务,因为但凡她需要出门,就必须得先征得下人的同意。她感觉自己被一群女人囚禁了,而且还要跟她们进行一些啰七八嗦、鸡毛蒜皮的对话,这些令她十分厌倦。然而,今天她将自己的行踪主动告知仆人的举动,却可以完美地证明她并不是有去无回。

阿莱斯希望,他们最好不要想起她来,就算想起来,也是越晚越好。如果足够幸运的话,只有当小教堂的钟声敲起之时,他们才会意识到她还没有回家,才会提高警戒。

而到那时候,她早就已经跑得无影无踪了。

"黑桑德,等阿格涅夫人斋戒结束后再跟她说,"她说,"一直等到太阳的第一缕光线投到庭院西墙再说,明白了吗?那之前如果有人过来找我,即便是我父亲的男仆,你也告诉他们,我骑马去圣米盖勒那边的田野了。"

马厩位于庭院的东北角,少校塔和营房塔之间。马儿正在跺着地面,听到她的脚步声后,纷纷竖起耳朵,轻轻地发出鸣声,乞求得到几把干草。阿莱斯在第一间畜栏前停住了,伸出手抚摸她那匹老灰母马的宽阔鼻子。它的锁骨和肩隆上斑斑点点地长着几撮白色毛发。

"今天不行,我的老朋友,"她说,"我不能让你为我付出这么多。"她的另一匹马在隔壁畜栏里。那是匹六岁大的阿拉伯母马,也叫犹狳,是她父亲作为结婚礼物给她的一个惊喜。它栗色的皮毛仿佛冬天里橡树子的颜色,尾巴和鬃毛呈白色,四只蹄子上全是亚麻色的毛和白色的斑块。犹狳有阿莱斯肩膀那么高,生着一张它那个品种特有的平脸,长着结实坚硬的骨头和坚实稳固的背部,有着温文尔雅的性情,更重要的是它精力充沛,速度很快。令她松一口气的是,马厩里只有阿米耶尔一个人。他是兽医的大儿子,现在正躺在畜栏遥远一隅的干草上面打瞌睡。看到她之后,他从地上爬起来,因为被抓到睡觉而感到有些尴尬。阿莱斯打断了他的抱歉之辞。

阿米耶尔检查了母马的马蹄和蹄铁,以确保骑行安全。随后,他将叠放的鞍垫放了下来,取下缰绳。那块鞍垫本来是猎鞍,应阿莱斯的要求,已经换成了适合骑行的垫子。阿莱斯感受到自己的胸腔紧绷着一口气。她以最轻微的声音跳上马背,从庭院出发,绕了几圈,这时她听到一个声音。

等他一切打点完毕,阿莱斯才从斗篷下面抽出了那把剑。

"刃有些钝了。"她说。

他们的眼神相会了。阿米耶尔一言不发地接过了剑,拿着走向熔炉房的铁砧旁。大火正在熊熊燃烧。火堆由几个男孩昼夜轮流看管。他们的年纪刚刚长到能够把那些沉重而带刺的柴火在几个铁匠之间搬来搬去。

阿莱斯注视着从石头上飞溅出来的火花。阿米耶尔挥着铁锤砸向剑身的时候,她紧张地盯着他的肩膀,看着他磨锐,砸平,然后重调。

"是把好剑,阿莱斯夫人,"他波澜不惊地说,"会帮您大忙的,虽然……我向上帝祈祷您将无须用到它。"

她笑了:"我也这样认为。"

他扶她上马,牵着马走过庭院。阿莱斯的心已经跳到了嗓子眼儿,因为万一在这个最后的节骨眼儿上被别人看见了,她的整个计划就泡汤了。

但是她没有看到任何人,并且很快就到达了东大门。

"一路顺风,阿莱斯夫人。"阿米耶尔小声耳语道。阿莱斯往他手里塞了一个苏。守卫打开了大门。阿莱斯鞭策犹狳走过桥,随后遁入了卡卡颂黎明的街区中,她的心怦怦直跳。

等到纳波尼城门清晰地出现在她的视野后,阿莱斯终于松开了缰绳。

自由了。

迎着东方初升的太阳一直骑行,阿莱斯感受到了与这个世界的和谐融洽。她的头发轻抚着面庞,风儿将她的脸蛋吹得又恢复了血色。犹狳飞奔着越过原野的时候,她在心里想,灵魂出窍升入天堂的时候是不是就是这种感觉?这种蒙受上帝恩宠的官能,这种一切低等产物剥离于物质存在,直到只剩下纯粹精神的超然存在的感受?

阿莱斯不禁扬起了嘴角。纯洁派宣扬,等到所有灵魂得到救赎,所有问题在天堂中得到解答之时,这个时刻就会来临。但是现在,她准备好了要耐心等待。人间还有太多未竟的事情等待她去解决,现在说去天堂还太早。

一切关于欧莉安、关于家庭的思绪,全都随着她摇曳在身后的影子而烟消云散。她得到了解脱。她的身后,这座城市沙色的城墙和塔楼都越来越渺小,最终渐渐全部消失。

第二十二章

法国西南部 图卢兹
2005年7月5日 星期二

在图卢兹的布拉尼亚克机场，安检官一直盯着玛丽-赛希拉·德劳哈德的那一双大长腿暗自吞着口水，甚至都顾不上仔细查看其他乘客的护照了。

她穿行过铺着灰白瓷砖、宽阔而肃穆的大厅，一边不停地回头观望。她披着一头整齐的黑色卷发，穿着量身定做的红色夹克和裙子，里面配了一件洁白透亮的白衬衫。这一切都泄露出她的不凡身份——她这样的人无须排队，也无须等候。

她的专属司机已经在出境口等她了。在一群穿着T恤、短裤的乘客、亲属和游客中，身着一套深色西装的他显得十分扎眼。他们一边往车边走，一边随便聊着天。她微笑着问候了他的家人，虽然脑子里还在思忖着其他事情。她把手机开机，看到一条来自威尔的信息，但瞥了一眼就信手删掉了。

车子缓缓地汇入环绕图卢兹行驶的车流中，直到这时，玛丽-赛希拉才慢慢放松下来。昨晚的仪式令她感到前所未有的兴奋和激动。由于已经得知了找到洞穴的消息，参加这次仪式令她感到自己脱胎换骨，心满意足，并且她终于开始领悟到了祖父遗留的权势之魅力——这种威望令她垂涎欲滴。

当她抬起双手默念咒语的时候，她能感受到血管中涌动着纯粹而真实的能量。

就连想办法让那个不靠谱的新手塔维尼耶闭嘴这件事，都完成得易如反掌。只要没有别人谈起这件事就没什么好担心的，而且她现在也确定不会再有人提起。玛丽-赛希拉根本没浪费时间听他去为自己辩解。据她所知，他和一名女记者之间的访谈手稿已经足以作为证据。

即便是这样。玛丽-赛希拉还是睁开了眼睛。

有些事情还是会牵涉到她。比如，塔维尼耶的粗心大意已经暴露无遗；比如，那个记者的笔记出人意料地简洁明了且前后连贯；再比如，那个记者失踪了。

最最令她烦闷的是时间上的巧合。在苏拉哈克山发现洞穴，与随后在沙特尔进行的一项早已计划好的挖掘项目，这两件事情本来没有理由联系到一起，但是在她脑海中，它们却已经密不可分。

车子正在减速。她睁开眼睛，看到司机在高速公路口停下来取票。她敲了一下玻璃。"给，付过路费。"说着，她用修剪得很干净的手指夹住一张五十法郎的纸币，递了给他。

她不想留下任何书面记录。

玛丽-赛希拉因为一些生意事宜，需要前往图卢兹东南三十公里以外的阿维尼奥内，从那里再转往卡卡颂。会议安排在九点钟，但是她打算提前抵达。在卡卡颂逗留的时间长短，取决于她要去见的那个男人。

她翘起一条腿，微笑起来。他能否不负众望？她的心里充满了期待。

第二十三章

法国西南部 卡卡颂
2005 年 7 月 5 日 星期二

时间刚过十点钟。一个名为奥迪克·拜亚德的男人走出卡卡颂火车站，前往市区。他身材颀长，穿着一身抓人眼球的老式灰色套装。他步子很快，手里握着的一根长木杖看起来好像是捏在瘦削手间的一根棍子。他头戴一顶巴拿马帽，遮住了人们投来的好奇目光。

拜亚德穿过南方运河，走过用镜子和旋转铁门装饰着的富丽堂皇的界石宾馆。卡卡颂已经发生了翻天覆地的变化。他沿着横穿巴斯城中心的街边人行道行走的时候，身边那些变化的踪迹俯拾即是。新开的服装店、书店和珠宝店，到处洋溢着一种繁华的气息。这里再一次成为他的目的地。一座总是受人瞩目的城市。

嘉和诺宫铺设的白色地砖在太阳光中闪耀着光芒。那儿的地面也是新铺的。华丽精美的 19 世纪喷泉已经重新进行了修砌，里面的池水清澈透明，熠熠生辉。

广场上散布着几张色彩明艳的咖啡桌椅。拜亚德朝菲利克斯吧那边瞥了一眼，对着酸橙树下那些熟悉而破旧的遮阳篷微笑起来。至少有些东西还是老样子。

他走上一条狭窄逼仄却熙熙攘攘的小街，那里通往老桥。这座防御森严的中世纪城邦里标记着一个棕色的遗产标志，暗示着这个地方是如何将自己从《米其林指南》（法国出版的一份旅游饮食指南——译者注）中"前方绕行"的一个死角转变成一个国际化的旅游胜地和联合国教科文组织批准的世界遗产的。

随后，他走出小街来到了一片开阔地。这里就是了。拜亚德一如既往地感受到了归来时才会产生的强烈悸动，即便这里已经不再是那个他熟悉的地方了。

为了阻止车辆进入，门前的入口处设置了一座装饰性的栏杆。曾经一支由露营者组成的货车、面包车、卡车、摩托车和自行车车队"嘎吱嘎吱"地通过狭窄的桥面时，有人为了躲避，不得不将自己紧紧地挤到墙上贴着。那时候，石头建筑上还遍布着数十年来的污染给它们留下的伤疤，而现在，栏杆上干干净净，一尘不染，甚至有点儿干净过头了。但是桥中间那块磨损得不成样子的石头上，耶稣依旧像个破布玩偶似的挂在十字架上，标志着巴斯蒂德圣路易和戒备森严的老城之间的界线。

他从上衣口袋里抽出一条黄色的手帕，仔细地揩了揩自己的面部和帽檐下面的额头。他脚下更深的地方，河水正汹涌地拍打着岸边，旁边沙色的小路蜿蜒着穿过树林和灌木丛。河流的北岸，广袤无边的草地间夹杂着精心修剪的花圃，里面种满了硕大而具有异国情调的花朵。衣着讲究的淑女们坐在树荫下的金属长椅上。她们的小狗耐心地陪伴左右，不是呼哧呼哧地喘着粗气跑来跑去，就是跟在偶尔经过的慢跑者身后抓咬追逐。

老桥直通泰瓦尔区。那里已经从一个邋遢破败的郊区被改造成了一座通往中世纪城邦的通道。黑色的熟铁栏杆沿着人行道相间而设，用来阻止汽车的随意停泊。火橙色、紫色、深红色的三色堇从花坛中蔓垂下来，仿佛少女背上洒下的秀发。铬制的桌椅在咖啡店外面闪烁着光芒，扭曲的铜顶灯把古老而普通的路灯挤到一旁。甚至连陈旧的铁塑混制下水道也在暴雨和热浪的侵袭之下碎裂变形，已经换上了光滑的金属涂层排水管，它的端口形似一只愤怒着张大的鱼的嘴。

如同老桥旅馆一样，面包房、食品店保存了下来，但是肉店现在经营的却是古董生意，杂货铺变成了新一代的百货商场，售卖水晶、塔罗牌和精神启蒙类的书籍。

他上次在这儿的时候是多少年前的事情了？他已经记不清楚了。

拜亚德右拐进入了加夫街。在这里也能看见成片旧区翻新的痕迹。这条街狭窄得只够一辆车子通过，所以更应该称之为一条巷子。街角有一间画廊，叫作"骑士之家"，有着两扇装着金属栏杆的巨大拱形窗户，好像好莱坞的铁闸门。墙上立着六根涂了油漆的木盾牌，门边有一个金属环，曾经是用来让人们系马的，现在只用来拴狗。

有几扇门是新涂的油漆。他看到白色的瓷质门牌上用蓝色和黄色勾了边，还点缀着几朵弯曲缠绕的小花。偶尔有几个手里抓着地图和水壶的背包客，会在此流连驻足，向当地人打听这座城市的各个方位。除此之外，这里没有什么其他动静。

让娜·吉罗住在一座小房子里。房子背后是一座长满青草的山坡，陡峭的山上就是中世纪的壁垒。在她居住的这条街上，极少有房屋进行了翻修。有些房子根本就没了主人，或是直接用木栅栏围住了。

坐在门外椅子上的一个老妇人和一个男人从厨房走了出来。拜亚德经过的时候，扬起帽子，冲他们打了个招呼。他认出了几个让娜的邻居，这么多年来，他早就跟他们混了个脸熟。

让娜正坐在前门外面的树荫下，等待着他的到来。她看上去一如既往地整洁利落，穿着一身普通的长袖衬衫和一条笔直的深色裙子，头发在脑后绾成一个发髻。她看起来还是那么像一位师者，只不过是已经退休了二十年而已。从他们相识开始，他就从没见过她不完美、不端庄的时候。

奥迪克想起了她以前那副老是好奇的样子，笑容不禁爬上了嘴角。她老是追问各种问题。他住在哪儿？他们没见面的那些年月他在干什么？他去哪儿了？

旅行去了，他告诉她。为自己的新书进行研究，搜集资料，见些朋友。

"见谁去了？"她问。

就是一些同伴，一些被他视为研究对象，也与他们共同分享过经历的人。

他曾经向她透露过他与格拉斯之间的友谊。

很久之后，他才坦白自己家在比利牛斯山上的一座小村庄，离蒙塞居尔不远。但他没说什么关于自己的事情。随着岁月的流逝，她已经不再问他什么了。

让娜是一个直觉强烈、有条有理的研究者，勤奋，认真而理性，有着一切不可或缺的优点。在过去的三十几年中，她曾经与他协作完成了他的所有书籍，尤其在他最近那部尚未完成的作品——《13世纪卡卡颂的一个纯洁派家庭自传》中，她更是付出了不少的心血。

对让娜来说那是部侦探小说。但对奥迪克来说那完全是发自兴趣而为之。

让娜看见他走过来,便对他挥手致意。"奥迪克,"她微笑着说,"好久不见。"

他握住她的手:"你好。"

她往后退了几步,对着他上下打量:"你看起来不错嘛。"

"确实很好,"他答道,"你也是。"

"看来旅途挺开心嘛。"

他点点头:"火车很准点。"

让娜看起来十分震惊:"你不会是从火车站走过来的吧?"

"走过来并不远,"他微笑着说,"我承认,我是想看看我走后卡卡颂变了多少。"

拜亚德跟着她走进了凉爽的小房子里。地面和墙壁上贴着棕色和浅褐色的瓷砖,为房间里的每一件家什都蒙上了一层昏暗老旧的面纱。房间中央立着一张小小的椭圆桌子,磨损的桌腿从一张黄蓝混色的油桌布下面支棱出来。角落里有一张办公桌,上面端坐着一台老式打字机,旁边是一扇面朝小阳台的落地窗。

让娜从餐具室走出来,手里拿着一个托盘,上面有一壶水、一碗冰块、一盘脆片、一些胡椒味饼干、一碗酸味绿橄榄和一碟蘸酱。她小心地把托盘放到桌上,然后走到一张狭窄的木质壁架前。壁架齐肩高,有整整一面墙那么宽。她从上面找到一瓶吉诺雷樱桃利口酒。他知道那是一种苦樱桃酒,她一直留着,只有在他偶尔光临的时候才能喝到。

当明亮的红色酒精缓缓流过冰块时,冰块碰撞杯壁发出了脆裂的叮当声。跟以往一样,他们在默契而舒服的沉默中静坐了一会儿。在一本用多国语言注释的导游书一角,几句偶然发现的只言片语,就在观光货车围着城墙绕完一圈的工夫,迅速传遍了整个城市。

奥迪克小心地把酒杯放在桌子上。"那么,"他说,"告诉我发生了什么。"

让娜把自己的椅子往桌边拖了一下。"我孙子伊夫,你知道的,在阿列日省局的警察署工作,驻地就在富瓦。昨天,他被派到萨巴提山上的一个考古挖掘点执行任务,就在靠近苏拉哈克山的地方,说是那里发现了两具骸骨。伊夫没想到的是,他的上级好像把那儿当成了一个谋杀现场,虽然他说那些骸骨很明显已经在那儿待了相当长时间了。"她停顿了一下,"当然,伊夫没有亲自盘问首先发现骸骨的那个女人,但他当时就在审问现场。伊夫知道一点儿我一直在为你做的事情,所以他十分清楚这个洞穴中的发现对你我的意义所在。"

奥迪克深吸了一口气。这么多年来,他一直在想象这一刻他将会有什么感觉。

他从未丧失信念，知道这个时刻最终将会来临。他将得到关于最终时刻的真理。几十年，又一个几十年过去了。他观望着季节无穷无尽地变换，春天的绿色转眼换成夏天的金色，秋天的明亮瞬间消失在冬天的肃穆中，然后又在春天幻化成慢慢融化的山间溪流。

依旧毫无消息。而现在呢？

"伊夫亲自进过山洞了？"他问。

让娜点点头。

"他看见什么了？"

"有个圣坛。圣坛后面，有个雕刻在石头上的迷宫图案。"

"那尸体呢？尸体在哪儿？"

"在一个墓穴里，实际上就是地面上的一个浅坑，在圣坛前面。骷髅之间有一些东西，但是当时人太多了，他无法走到前面去看个清楚。"

"有几具尸体？"

"俩。两个骷髅。"

"但是——"他停下来，"没关系，让娜，请继续往下说。"

"在那下面……他找到了这个。"

让娜从桌子上捏起一件小物。

奥迪克一动不动。经过了这么久的时间，他已经害怕去碰触它了。

"昨天下午，伊夫从富瓦警察局打回电话。信号不是很好，听不太清楚，但是他说，因为不信任那些正在找寻这枚戒指的人，所以他把戒指拿走了。他听起来有些忧心忡忡。"让娜停顿了一下，"不是，他听上去十分恐惧，奥迪克。肯定有什么不对头的地方。他们没有走正常程序，现场出现了各种不该出现的人。他当时跟我说话几近耳语，好像害怕被别人听到一样。"

"谁知道他进过洞穴？"

"我不知道。可能是值班的警官？他的顶头上司？也许是其他人。"

拜亚德望着桌上的那枚戒指，然后伸手，拿了起来。他用食指和大拇指捏住它，举到灯光下面仔细查看。雕刻在内侧的精致迷宫图案清晰可见。

"是他的戒指吗？"让娜问。

奥迪克不敢回答。他还在怀疑自己手中这枚戒指的其他可能性，质疑此刻是否就是自己一直在等的机会。

"伊夫有没有说那两具尸体被运往何处？"

她摇摇头。

"你能不能问他一下?另外,如果可以的话,他能不能列举一下昨天洞穴打开时在现场的人?"

"我来试试看。如果他可以帮忙的话,他肯定会帮的。"

拜亚德把戒指套到了自己的大拇指上。"请向伊夫表达我的感谢。能拿到这个肯定费了他很大的精力。他自己肯定想象不到他这么机敏对我们有多么重要。"他微笑着说,"他有没有说,跟尸体一起还发现了什么别的东西?"

"一把匕首,一个小皮袋,里面什么也没装,一盏灯——"

"空袋?"他将信将疑地问,"什么也没装?但那不可能啊。"

"他的上司,努贝尔警官,在这一点上也十分明显地给那个女人施加了压力。伊夫说她十分固执。她声称除了戒指之外她什么都没碰。"

"那伊夫觉得她的话可信吗?"

"他没说。"

"如果……肯定有人已经拿走了,"他对自己喃喃地说,眉头皱着并陷入深思,"关于这个女人,伊夫都说了些什么?"

"说得很少。她是个英国人,二十几岁,只是个志愿者,不是考古学家。她是应一个朋友的邀请来到富瓦,那个朋友是这次挖掘的第二负责人。"

"他告诉你她的名字了吗?"

"泰勒,我记得是。"她皱起了眉头,"不,不是泰勒。也许是坦娜。对,就是爱丽丝·坦娜。"

时间仿佛凝固了。"这是真的吗?"那个名字不断地在他的脑海中盘旋回响。"这是真的吗?……"他小声地不断重复着。

她拿走了那本书吗?然后认出了它?不,不。他不让自己想下去。

那样想没有意义。如果她拿走了书,为什么不把戒指也拿走?

拜亚德双手平摊在桌面上,努力克制着它们的颤抖,随后,他抬眼看到了让娜凝视的眼神。

"你可不可以问一下伊夫有没有她的地址。如果他知道的话。"他突然打住,无法继续。

"我可以帮你问他,"她回答,然后又补充道,"你还好吧,奥迪克?"

"很累。"他试着要挤出一个笑容,"没别的了。"

"我还以为你会……十分开心。至少,这可能会是——你这么多年工作中最重要的发现。"

"我还需要慢慢消化。"

"你好像听到这个消息震惊多于兴奋。"

拜亚德可以想象自己的模样：眼睛里发着光，但是面色苍白，双手颤抖。

"我确实很兴奋，"他说，"而且，十分感激伊夫，当然还有你，但是……"他做了一个深呼吸，"你能不能现在就打电话给伊夫？我可不可以亲自跟他交谈一下？也许我们可以见个面？"

让娜从椅子上站起来，走进了大厅。楼梯脚处的小桌子上有一部电话。

拜亚德望着窗外通往古城墙的山坡。她一边工作一边唱歌的情景闪现在他的脑海中。他仿佛看到了一缕缕明亮的阳光从树木的枝杈间倾泻而下，在水面上投射出斑斑点点的光芒。这里四周的一切都是春天的声音和气息：草丛里星星点点的蓝色、粉色和黄色的花朵，肥沃而深厚的土壤，岩石路两旁黄杨树散发出的浓郁芳香。温暖的夏日即将来临了。

让娜呼喊他的声音，将他从过去的温柔色彩中抽离出来，把他吓了一跳。

"没接电话。"她说。

第二十四章

法国北部　沙特尔
2005年7月5日　星期二

在沙特尔白马街的大宅厨房里，威尔·富兰克林用嘴直接对着塑料牛奶瓶一通猛灌，试图赶紧盖掉嘴巴里腐臭的隔夜白兰地味。

管家在清晨下班之前，已经在桌上摆好了早餐。意大利咖啡壶在炉子上热着。威尔猜测这肯定是给弗朗索瓦-巴普蒂斯特准备的，因为通常玛丽-赛希拉不在的时候，管家不会为自己费这么大功夫。

他猜弗朗索瓦-巴普蒂斯特肯定也睡得很晚，因为桌上还很整洁，汤匙和刀叉都还没有动的痕迹。两只碗、两个盘、两套杯碟。四种不同的果酱和蜂蜜立在一只大碗旁边。威尔掀起白色的亚麻餐布，看到下面盖着桃子、油桃、甜瓜和苹果。

威尔没有一丝食欲。昨天晚上为了等玛丽-赛希拉回来，他喝了一杯又一杯酒来打发时间。直到午夜她才露面，而那时他已经喝懵了。她当时十分热情而狂野，急切地想要弥补他们白天争吵时产生的隔阂。于是，他们一直缠绵到黎明才睡下。

威尔用手指紧紧地捏揉着手中的一张纸。玛丽-赛希拉从来都不会屈尊亲自给他写一张留言条，这次又是。她又是命令管家来告知他，她已经出城办事了，可能周末之前才会回来。

那年春天，威尔和玛丽-赛希拉在一个新画廊落成庆祝会上，通过他父母朋友的朋友介绍而认识了彼此。威尔当时正要开始一次为期六个月的环欧洲休假游，而玛丽-赛希拉则是画廊的赞助者之一。值得一提的是，他们的关系一开始是女方主动的。得到她的垂怜令他感到十分受宠若惊，就在一杯香槟的工夫里，他不知不觉地就将自己一生的故事对她倾吐而尽了。他们一起离开了画廊，从那之后就一直在一起了。只是名义上在一起而已，威尔酸涩地想。他拧开水龙头，往脸上泼了些凉水。今早他给她打了电话，还不确定要开口说些什么，就被她无情地挂掉了。他已经受够了这种无穷无尽的不确定性，他永远不知道自己在她心里处于一个什么位置。

威尔朝窗外望去，看着房子后面那座小小的庭院。跟房子里的其他事物一样也是匠心独运，设计精巧。没有任何随随便便的东西。浅灰色的鹅卵石，沿着面南的后墙摆放和栽种在高大赤陶土花盆里的柠檬树和橙子树。窗台上的花盆箱里，成排的红色天竺葵挺直了腰杆高高地站立着，花瓣在阳光的暴晒下已经膨胀开来。墙上的小小熟铁大门之上，覆盖着已经生长了几个世纪的常春藤。每件事物都在诉说着"永恒"的概念。也许威尔百年之后，它们还会在这里生存很久。

他感觉自己像是个从梦中走出来的人，发现真实世界并不像他想象中那样。明智的做法应该是趁早断绝关系，减少损失，不会有太多痛苦，还可以继续生活。不管他对这段关系有多么不抱希望，但一直以来，玛丽-赛希拉确实对他慷慨友好，而且说老实话，他心里还是站在她那一边的。是他自身不切实际的期望才害得自己老是失望。这不是她的错。她没有背叛任何诺言。

三个月前，威尔逃离了自己的家庭，来到欧洲，现在却又选择待在这样一个跟自己从小长大的宅子一模一样的地方。现在他才明白这种巧合是多么讽刺和可笑。除了文化上的差异之外，这座房子里的氛围总是让他想起他父母家里的宅子，也是这般地优雅时髦。不过，那样一个为娱乐消遣和炫耀藏品而设计的地方,并不能算是个"家"。另外,现在威尔大部分时间都是一个人待着,只能"咔哒咔哒"地从一个完美无瑕的房间踱到另一个完美无瑕的房间里打发时间。

这次旅行本该是一次让威尔想明白自己人生理想的机会。他最初的计划是经由法国去西班牙,一边收集想法,一边获得启发,但是自从他到了沙特尔之后,就几乎一句话都没有写出来。他的主题是背叛、愤怒和焦虑,美国生活的三大宗罪恶。在家的时候,他已经找到了很多想要大发脾气的事情。但是在这里,他却哑口无言,一个字也说不出来。他脑海中唯一的主题就是玛丽-赛希拉,一个跑题的主题。

他喝光了最后一滴牛奶,随手把塑料瓶扔进了垃圾箱。最后他又瞥了一眼桌上的东西,还是决定出去吃早餐算了。一想到在这里用餐还要跟弗朗索瓦-巴普蒂斯特聊些正儿八经的天儿,就觉得十分倒胃口。

威尔消失在走廊尽头。天花板高高耸起的门厅里寂静无声,只有那座装饰华丽的祖母钟一丝不苟地滴答作响。

楼梯的右侧,一扇狭窄的小门通往宅子底下的大酒窖。威尔抓起挂在楼梯端柱上的牛仔夹克,正要穿过大厅,突然注意到一张挂毯有些歪斜。虽然只是有一点点歪,但在这座装饰精致、对称完美的大厅中,它显得有些格格不入。

威尔伸出手去将它扶正,却突然呆住了。在抛光的木头下面,有一缕微弱的银光顺着墙面照射下去。他抬起头来看了看门和楼梯上方的窗户,虽然他知道这时候的太阳肯定还没照进大厅。

那束光仿佛是从深色的木镶板后面照出来的。他心生疑惑,便把挂毯从墙上掀了起来。木质镶板图案中间,深藏着一扇小小的门,门边与镶板切齐。深色木头中间嵌着一只小铜螺栓是用来锁门的,旁边还有一只扁平的环型拉手,就像壁球室门上的那种把手。一切都设计得谨慎小心。

威尔试着转动了一下螺栓。上面新上了油,因此不费吹灰之力就打开了。随着一声轻柔的"咔嚓"声门就弹开了,扑面而来的是一股淡淡的地下空间和隐秘地窖特有的气息。他用手把住门的边缘,探头看进去,马上就找到了光源。那是一只磨砂灯泡发出的光芒,设在陡峭的台阶上方,下面是一片深不可测的幽暗。

就在门的内侧他发现了两个开关。一个控制门上方的那只灯泡,另一个可以控制一排昏暗发黄的烛形灯泡。这些灯泡悬挂在钉进石墙的金属钉上,一直沿着楼梯的左手边延伸下去。楼梯的两侧都有扶手,由蓝色编织细绳穿过黑色金属铁环制成。

威尔踏上了第一个台阶。天花板很低,离威尔的脑袋只有几英寸的距离,是用旧砖头、燧石和石头混合打造的。虽然空间闭塞,空气却很清新,并没有一种遗忘之地的感觉。

他越往下走越感觉冷。二十几级台阶。但是下面并不潮湿。虽然看不见任何风扇或其他通风系统,但总感觉有一阵阵清风从某处飘送而来。

在楼梯底端,威尔发现自己来到了一间小厅里。墙上没有任何东西,也没有任何标记,只有身后的台阶和眼前的一扇门。门的宽度和高度恰恰跟走廊一致。电灯给一切事物洒上了一层雾茫茫的黄色光晕。

威尔朝那扇门走去,肾上腺素急剧飙升。

笨重而老旧的钥匙在锁中轻而易举地转动开来。一进门,气氛立即就改变了。混凝土地面消失不见,取而代之的,是一层厚实的深紫红色地毯,将他的脚步声吞噬殆尽。功能照明设备也变成了华丽的金属壁灯。墙面还是跟之前一样,用砖头和石头混制而成,只是现在多挂了挂毯加以装饰。挂毯上面绣着中世纪的骑士,拥有着瓷娃娃般肌肤的女人,还有穿白色长袍戴帽子的牧师,他们弯腰点头,双臂张开。

现在空气中还有某种其他东西的踪迹,是焚烧的香,一种甜蜜而浓烈的气味,令他想起了早已遗忘在记忆深处那儿时圣诞节和复活节的情景。

威尔转过头望去。开着的门上方是一级级的楼梯,直接通向上面的宅子。看到这番景象后,他才觉得安心。短短的走廊尽头是封闭的死路,黑色的铁栅栏上悬挂着一条厚重的天鹅绒帘子。帘子上绣着金色的标志,是一种埃及象形文字、占星术标记和黄道十二宫符号的混合物。

他伸过手去掀开了帘子。帘子后面是另一扇门,这扇门显然要比刚刚那扇更古老一些。上面的装饰跟大厅里的一样,用了深色的镶板,边缘处点缀着木质卷轴和图案。中间的镶嵌板十分朴实庄重,只是被虫蛀了些洞,虽洞眼不及针头大小,但还是显得有些扎眼。他没有找到门把手,也没有找到锁,没有其他办法能将门打开。

过梁上雕饰华丽,由石头而非木头构成。威尔用手指摸了摸顶部,想找找看有没有什么窗钩。总得有个进去的方法吧。他从一侧的门底一路摸到上方,触到门顶了又从另一侧摸下去,直到最后,他找到了打开的机关。在地平面上,有一处小小的洼地。

威尔蹲下身来，使劲儿地往下按去。那里发出一声尖锐而空洞的"滴答"声，仿佛一颗弹珠在瓷砖地面上弹跳时发出的声音。机关打开了，门的弹簧也相应弹开。

威尔直起身子，气喘吁吁中夹杂着些许疯狂的意味，手掌也沁出了大片的汗水。

他脑后的短发和胳膊上的汗毛全都竖立起来。他告诫自己就待几分钟，然后就离开。他只是想要迅速瞥一眼。没什么大不了的。

于是，他把手坚定地按到了门上向前推去。

里面一片漆黑，但是他立即就感觉到了自己正置身于一个宽大的空间里，也许是在地窖中。这里焚香的味道愈加浓烈了。

威尔在墙上摸索着找寻电灯开关，但是什么也找不到。

他突然想到，如果把门帘往后掀一下，或许走廊会投进来少许光线。于是他把那块笨重的天鹅绒系成了一个巨大的八字结，然后扭头去看眼前到底是什么景象。

第一个闯入威尔眼帘的事物是他自己的影子，瘦高细长，在门槛上照映出一个侧影。接下来，随着他的眼睛越来越适应这片黑棕色的幽暗，他终于看清了黑暗中的景象。

他正站在一间巨大的矩形大厅尽头。拱形的天花板很是低矮。两排木头椅子在两侧较长的墙边一字摆开，跟修道院食堂里长餐桌边的那种椅子似的，一直延伸到他目不能及的地方。在大厅顶部，也就是墙和屋顶相接的地方有一条带状物，雕刻着单词和标志的重复构型。那些符号看起来就跟他刚刚在外面的门帘上看到的那些埃及符号一模一样。

威尔在牛仔裤上擦了擦手。就在他的正前方，大厅的中央，陈列着一只壮观的石箱子，像是一座坟墓。他绕着它走了一圈，一边用手不停地抚摸着它的表面。那表面看起来很是光滑，只是中间有一个巨大的圆形图案。他把身子凑上前去想要看个仔细，一边又用手指顺着图案的线条摸下去。那是一种圆形逐渐递减的图案，好像土星周围的光环。

随着他的双眼越来越适应这黑暗，他现在能够依稀分辨出石头的四条边上，分别刻着一个字母：顶上是个 E，较长的两边上分别是 N 和 S，底下是个 O。罗盘上的四个点？

然后，他注意到了那块石头上的小型砌块，大约有三十厘米高，设在石箱子的底座上，与字母 E 成一排。它的中央有一条浅浅的曲线，好像刽子手的斧头刃。

它周围的地面要比其他地方的更暗一些。看起来有些潮湿，仿佛是刚刚擦洗过一样。威尔蹲下来，用手指摩挲那个标志。有一种消毒剂还是什么的味道，像铁锈一般的酸味。难道这块石头的一角下面藏着什么东西？威尔开始用指甲刮起来。

挖出来一块碎布片，不知是棉布还是亚麻布，边缘全都磨损殆尽，好像是用钉子钉过，后来又被撕下来的。在布片一角有一些棕色的小斑点。看起来好像干涸的血迹。

他赶紧丢下破布，落荒而逃，"砰"的一声把门甩在身后，连门帘都没来得及放下来。他简直是慌了手脚，乱了思绪。他拼命地朝走廊的方向奔去，穿过两道门之后，又鼓着劲儿冲上那座狭窄而陡峭的楼梯，一步两阶，一直冲到大厅里。

威尔弓着身子，双手摁着膝盖，大口大口地喘着粗气。他突然意识到，不管回去会发生什么，他都不能被另外进去的人发现他去过的痕迹，他承担不起那样的后果。于是，他又走了进去，关上了灯，然后用颤颤巍巍的手指把门闩上，把挂毯拉回原位，直到从外观上看起来毫无差池。

有那么一会儿，他就一直站在那里愣神。时间仿佛过了很久。祖母钟一报时，才知道仅仅过了二十分钟而已。

威尔低头看了看自己的双手，翻来覆去地看，仿佛那双手不是他的。他搓着食指和拇指指尖，然后拿到鼻子边嗅了嗅，好像是血的味道。

第二十五章

法国西南部 图卢兹
2005 年 7 月 5 日 星期二

爱丽丝醒来的时候感到头疼欲裂。一时间，她想不起来自己身在何处。她用余光扫到了床边桌子上立着的一只空瓶。**自作自受。**

她侧身翻滚到床的另一边，摸索着自己的手表。

十点四十五了。

爱丽丝叹了口气，又靠到了枕头上。她的嘴里散发着如同酒吧里烟灰缸般的腐臭气息，舌头上还糊着威士忌的酸臭残留物。

我需要阿司匹林，还有水。

爱丽丝跟跟跄跄地走向卫生间，目光呆滞地望着镜子里的自己。她自我感觉很糟，看起来也很糟。她的额头像是个色彩斑驳的万花筒，混杂着绿色、紫色和黄色的瘀伤。眼睛下方挂着两个黑眼圈。模模糊糊地，她还能想起昨夜的梦境，有树林，有冬日薄雾下的树干。迷宫在一块黄色布料上重现了？她想不起来。

昨晚是怎么从富瓦过来的？这经历也有些模糊不清了。她甚至都想不起来为什么不去卡卡颂，而是来到了图卢兹。她明明是要去卡卡颂啊。爱丽丝叹息了一声。富瓦、卡卡颂、图卢兹。如果她不恢复精神的话，说要去任何地方都是徒劳。她又躺倒在床上，静候止疼药慢慢发挥作用。

二十分钟之后，她依然病病怏怏，但是眼睛后面的剧痛已经减弱至一种微弱的钝痛。她站在热气腾腾的淋浴头下面一直淋着自己，直到水温慢慢变凉。她的思绪又回到希拉和另外几个队员身上。她揣摩着现在他们在忙的事情。通常队员会在八点钟上山，在挖掘现场一直待到天黑。他们的生活就是挖掘，每一口呼吸都是为了挖掘。她可以想象如果没了这个日程，他们会怎样六神无主。爱丽丝用旅馆里提供的那块磨破的窄毛巾将自己裹了起来，然后开始查看手机短信。依然是没有任何信息。昨晚，她曾对此感到十分绝望，而现在绝望已经演变成了愤怒。在她们长达十年的友谊生涯中，希拉曾经不止一次跟她闹冷战，好几周都避而不见，不闻不问。每一次都是爱丽丝妥协，找办法解决问题，而她也意识到了自己很讨厌这种情况。

这次就等她先开口。

爱丽丝飞快地在她的化妆包里翻找着，终于找到一管旧的遮瑕膏，几乎从来没用过，现在倒是可以用来遮遮伤痕。随后，她又涂了眼线，抹了一点点唇膏，用手指梳了梳头发。最后，她挑出自己最舒服的一条裙子和一件新买的蓝色露背上衣，打包好其他东西，下楼结账，然后走出门，准备把图卢兹好好逛一逛。

虽然她仍感不适，但是清新的空气和强效咖啡因可以治愈一切病痛。

把包裹都装进车里之后，爱丽丝决定只是随意走走，走到哪儿算哪儿。她租车里的空调不是很强劲,所以她决定一直等到气温降下来,再出发前往卡卡颂。

当她驾着车子驶过悬铃树下斑驳的影子,看到过往的商店橱窗里陈列的衣服和香水时,她才开始慢慢感到了自在。昨晚自己那副样子真的很令人尴尬不已。简直像个疯子,完全反应过激了。今早再一回想,那个关于后面有人跟踪她的想法简直就是荒诞至极。她的手指摸到了口袋里的电话号码。**虽然他并不是你幻想出来的。**

爱丽丝极力地想要甩掉这些思绪。她要变得积极向前看,好好享受在图卢兹的每一分钟。

她漫步在这座古城的大街小巷里,随心所欲地走着,没有明确的目的地。建筑物上装饰着华丽的粉色石头和砖头表面,优雅高贵而谨小慎微。路标上的名字、喷泉和纪念碑,都在宣扬着图卢兹悠长而光辉的历史。军事领袖、中世纪圣徒、18世纪的诗人、20世纪的自由斗士,这座城市从罗马时代至今的过往一直光辉灿烂。爱丽丝走进圣埃蒂安大教堂,想要稍稍避避太阳。她享受着教堂里的安静与祥和,不时地读读墙上的标志,看看彩色玻璃窗,就这样悠然自得地逛了半个小时,心情极其愉快。

爱丽丝感到有点儿饿,于是决定逛完修道院就去找个地方解决午饭问题。还没等走几步,就听到一个孩子在哭泣。她转头向后看去,后面并没有人。她隐隐觉得有些不安,便低头继续往前走。呜咽声仿佛越来越响了。现在,她听到仿佛有人在低声耳语。是个男人的声音,离她很近,好像在她耳边嘶嘶地说话。

"异教徒,异教徒……"

爱丽丝扭头向四周看去,喊道:"喂!有人吗?"

没人回答。如同一种恶意的低语,那个声音一直在她脑袋上空盘旋:"异教徒,异教徒。"

她使劲儿地用手捂住耳朵。这时,柱子上、灰色的石墙上,仿佛映现出一张张脸。扭曲的嘴巴、受尽折磨而向前伸着祈求援救的双手,从一个个隐秘的角落里生长出来。

这时,爱丽丝突然瞥见眼前有一个人影,如同白驹过隙般一闪而过。那是一个穿着绿色长裙和红色斗篷的女人,在阴影里闪进闪出。她的手里提着一只柳条篮子。爱丽丝喊了一声,想引起她的注意,但就在这时,三个僧侣从柱子后面冲了出来。他们抓住那个女人,任凭她大声地尖叫嘶吼着。僧侣们把她拖走的时候,女人一直在挣扎扑打。

爱丽丝试图喊住他们,但是她嘴里却发不出任何声音。好像只有那个女人听见了她的呼喊，转过头来一直凝视着爱丽丝的眼睛。后来，僧侣们围住了那个女人。他们伸出躲在宽大衣袖中的胳膊遮在女人头上，宛若张开了一副副黑色的翅膀。

"你们放开她！"爱丽丝大叫着，一边冲他们跑了过去。但是她跑得越远，那些人就越是变得遥不可及。直到最后他们集体消失了，好像是融化进了修道院的高墙之中。

爱丽丝感到困惑不解，便伸出自己的双手，一遍遍地摩挲那些石头。她左盼右顾地想要找到一个答案，但是那面墙上空空如也。最后，恐惧渐渐漫上了她的心头。她朝着通往大街的出口跑去，十分害怕那个黑袍子男人就跟在自己的身后，追赶着她，然后猛扑到她的身上。

而院墙外面，一切都像没发生过一样平静。

*没关系。你没事儿的。*爱丽丝一边大口喘着粗气，一边跌坐在墙脚边歇息。稍做镇定之后，她意识到此刻自己的情绪不再是恐惧，而是变成了一种旷世的悲痛。无须翻开历史书，她也知道这个地方曾经发生过怎样恐怖的事件。空气中弥漫着一种受难的气氛，那些累累的伤痕是混凝土和石头遮也遮不住的。鬼魂在兀自地讲述着自己的故事。她把一只手抬起来擦了一下脸，才发现自己已经泪流满面。

瘫软的双腿逐渐恢复了气力，终于可以再度支撑起她疲倦的身体，她便起身返回市中心。她下定决心要尽量与圣埃蒂安保持距离。她也说不清到底会发生什么，但是她知道自己决不会轻易屈服。

周遭熟悉而普通的生活场景令爱丽丝逐渐安心下来，她不知不觉地走到了一个狭小的步行广场。在右上方的角落里有一家小酒馆。店门口搭着印有粉色仙客来图案的遮阳棚，外面的人行道上摆着一排排闪闪发光的银色椅子和圆形小桌。

爱丽丝来到唯一一张没人的桌边坐下，她极力想要放松下来，不假思索地点了单。她把两三杯白开水推到桌子的另外一侧，自己则靠后倚在椅子靠背上，试着享受阳光轻抚面庞的温暖和惬意。她给自己倒了一杯玫瑰酒，加了几块儿冰块，啜了一小口。这么轻易地被吓掉魂魄，可不像她的风格。

那你现在就不会是这么一副多愁善感的样子了。

这一整年，爱丽丝生活得筋疲力尽。她跟交往多年的男朋友分了手。其实他们那段恋情已经名存实亡很久了，分手对她来说也算是一种解脱。然而，她依旧会感到痛苦。她的骄傲瓦解坍塌,她的心灵伤痕累累。为了忘掉他,她拼命工作,拼命玩耍,拼命去做一切可以忘掉这些困扰的事情。本来在法国南部待的这两周就应该是一次心灵的充电之旅,一次能够让她重新站起来面对人生的旅行。

爱丽丝做了个鬼脸。*好一个假期啊。*

侍者过来上菜,打断了她的自我剖析。煎蛋卷味道堪称完美,金黄色的溏心柔嫩濡湿,卷饼上还缀着大块的蘑菇和足量的欧芹。爱丽丝如风卷残云般将它吞入腹中。吃到最后她还用面包蘸着剩余的汤汁,抹干净了盘中最后的几滴橄榄油。这时,她才开始动脑筋思考,这个下午接下来的时间应该怎么打发。

等到咖啡上来的时候,爱丽丝已经有了主意。

图卢兹图书馆是一座高大方正的石头建筑物。爱丽丝朝桌后百无聊赖的助理亮了一下她的英国图书馆通行证就顺利进去了。在错综复杂的楼梯间迷了几回路之后,她发现自己来到了浩瀚如海的通史区。中央走道的两侧,是光可鉴人的长木桌,桌子中间有一长排阅读灯。在这样一个炎热的七月下午,这个时段几乎没几个人在看书。

在远处的尽头,横跨整个房间一面墙的,正是爱丽丝寻觅的东西——一排电脑终端机。爱丽丝在接待桌上进行了注册,拿到一个密码,分配到了一台计算机。

一连上网,爱丽丝就赶紧在搜索引擎的搜索框中键入了"迷宫"这个单词。屏幕下方的载入进度条很快就填满了。这回不用再依赖自己的记忆力了,她信心满满地认为,自己可以从几百个网址中找到与她的迷宫相匹配的东西。这么显而易见的方法,她竟然之前没有想到,真是蠢得可以。

旋即,传统的迷宫和她记忆中刻在洞穴墙壁和戒指上的形象之间的区别变得清晰起来。传统的迷宫都是由一些复杂却彼此相接的同心圆组成,随着圆圈逐渐减少,最终到达中心;而她十分确定的是,苏拉哈克山上的那个迷宫是由一些死胡同和原路折回的直线组合而成,没有终点。那个更像是一个永远解不开的迷宫。

迷宫符号和相关神话的真正古代源头错综复杂,难觅其根。一般认为最早的设计是3000多年之前。迷宫符号曾经被刻画在木头、岩石、瓦片或者石头上,也以布纹形式出现过,或者被融入自然环境中,比如,被雕饰成迷宫形状的草皮或花园。

THE CITÉ ON THE HILL 山丘之邦

欧洲最早的迷宫可以追溯到青铜器时代晚期和铁器时代早期，公元前 1200 年到公元前 500 年之间，在地中海的早期贸易中心附近得以发掘。公元前 900 年到 500 年之间，在意大利北部的瓦尔卡莫尼加谷和加利西亚的庞特维德拉，西班牙最西北角处的菲斯特拉角菲尼斯特雷，发现了迷宫的雕刻品。爱丽丝使劲儿盯着插图观察着。她在洞里见到的东西是迄今为止令她印象最为深刻的东西。她把头歪向一侧仔细对比。差不多，但就是差那么一点点。

据可靠资料显示，这种符号跟随埃及和罗马帝国外围地区的商人和贩子一起从东方传到这里。在与其他文化的交流融合之下，不断适应和改变而成为现在的样子。还有一点可以确信的是，这个迷宫显然是一个诞生于基督教之前的符号，但是应该一直处于基督教会的强势控制之下。拜占庭和罗马教会都因为将古老的符号和神话吸收进他们的正统宗教而被指有罪。

有几处遗址就是专为向这种最著名的迷宫符号致敬而建的，比如克里特岛上的克诺索斯。根据传说，神秘的半兽人米诺陶洛斯曾经被囚于此。爱丽丝制止了自己的浮想联翩，直觉告诉她沿着这条研究线索，她将一无所获。唯一值得注意的一点就是，克里特文明中的迷宫设计已经在埃及的阿瓦里斯古城遗址得以发掘。它可以追溯到公元前 1550 年，在埃及的卡尔马和西班牙的塞维利亚寺庙里也发现了它的踪迹。

爱丽丝在脑子中梳理着这些信息。

从 12、13 世纪往后，迷宫符号经常会出现在手抄版的中世纪手稿中，在欧洲的修道院和法庭里流传，书记员还会加以修饰，附上插图解释，从而创造出了他们自己的商标设计。

在中世纪早期，一个排列精美准确的 11 圈 12 墙 4 轴迷宫是最受欢迎的一种迷宫样式。她的眼前就有一幅刻画在圣潘塔莱翁世纪教堂墙壁上的一个迷宫的复制品，原图位于西班牙北部的阿色拉；另外一幅是托斯卡纳卢卡大教堂里的迷宫图，时间更早一些。她点开一幅地图，上面标记着欧洲所有教堂、小礼拜堂和大教堂中有迷宫出现的地方。

真是太不可思议了。

爱丽丝简直不敢相信自己的眼睛。法国的迷宫甚至比整个意大利、比利时、德国、西班牙、英格兰和爱尔兰的加起来还要多。法国北部的亚眠、圣康坦、阿拉斯、圣欧麦、卡昂和巴约；中间的普瓦捷、奥尔良、桑斯和奥塞尔；西南的图卢兹和米尔普瓦……数不胜数。这其中，最著名的地面迷宫图出现在法国北部第一座也是最负盛名的一座中世纪哥特式大教堂——沙特尔教堂的中央广场上。

看到这里，爱丽丝兴奋地用手猛地拍了一下桌面，引得周围几个人抬起脑袋带有敌意且反感地给了她几个白眼。她真是太愚蠢了！

沙特尔跟她的家乡——英国南岸的奇切斯特像是一对双胞胎。实际上，她第一次出国就是十一岁的时候跟随学校一起去沙特尔旅游。她依稀记得，那里总是阴雨连绵，站在高大雄伟的石柱和拱顶之下时，不得不在雨衣里面瑟缩成一团，又冷又湿。但是她想不起来那里有没有迷宫。

奇切斯特大教堂里没有迷宫，但是这座城市也跟意大利的拉文那属于姊妹城市。爱丽丝用手指轻轻点着屏幕来回寻觅，直到终于找到了想要的东西。拉文那圣维塔莱教堂的大理石地面上有一个迷宫。说明上写着，它只有沙特尔迷宫的四分之一大小，而且历史要追溯到更久远之前，也许要早于公元5世纪，但是形状与沙特尔那个一模一样。

爱丽丝将自己需要的文本剪切并粘贴到一个word文档中，然后点击了"打印"按钮。趁打印的工夫，她又在搜索框中键入了"法国沙特尔大教堂"几个字。

虽然早在公元8世纪，一些遗址中就出现了一些类似于迷宫的结构，但是她发现，沙特尔当前的大教堂是13世纪才建造而成的。从那之后，一些秘传的信仰和理论才开始依附着这座建筑成长起来。有谣言传，在那些拱形屋顶和精心雕琢的石柱里，隐藏着一个惊天的大秘密。虽然这座天主教大教堂极力掩饰，但是这些传说和神话一直流传甚广，经久不衰。

迷宫到底是经谁的命令或者为了什么目的而建，没人知道。

爱丽丝挑选了自己需要的段落之后，退出了页面。

最后一页打印完毕，一直轰轰作响的机器也终于归于平静。周围的人都开始收拾东西准备离开。臭脸的接待员出现在她的面前，轻轻敲打着手腕上的手表，提醒她时间已到。

爱丽丝点点头，归拢了一下手中的材料，然后走到柜台排队结账。长龙移动得十分缓慢。夕阳的余晖从天梯上的高窗中照进来，灰尘的细小微粒在光束中跳跃，舞蹈。

排在爱丽丝前面的那个女人怀里抱了一大摞书，而且好像每本书都有问题需要咨询。于是，爱丽丝又忍不住跑神，思绪又集中到那个纠缠了她一整个下午的问题上去。她已经看了成百上千幅图，读了成百上千个字，难道就没有一个信息是与苏拉哈克山上的那个石头迷宫完全吻合的吗？

也许有吧，但可能性很小。

她身后的男人紧贴着她站立，好像火车车厢里试图探着脖子偷看她手中报纸的那种人。爱丽丝扭头瞪了他一眼。他向后退了一步。他的脸有种似是而非的熟悉感。

"该我了，谢谢。"她说着，一边走到桌子前支付打印费用。总共将近三十页。

她跨出图书馆的台阶时，圣埃蒂安的钟声刚好敲了七下。她竟然在里面待了这么久，这是她意料之外的。

爱丽丝现在急切地想要回去，于是便匆匆忙忙地赶往河的另一岸，来到她停车的地方。她一门心思地沉浸在自己的思绪中，都没发现排队时站在她身后的那个男人，正在安全距离以外悄悄跟着她走过河边的走道。她也没有注意到，当她发动车子、挤进缓缓移动的车流时，那个男人正从口袋里掏出手机，拨打了一个电话。

LABYRINTH
THE GUARDIANS OF THE BOOKS

圣卷守护

第二十六章

法国西南部 贝济耶
1209 年 7 月

阿莱斯到达库尔桑镇外缘的平原时，夜幕正在慢慢降临。这些天，她一直马不停蹄地奔跑着，沿着古罗马大路穿过米内瓦，奔向卡佩斯唐，又横跨广袤的大麻地和翡翠般的大麦田。

自从由卡卡颂出发后，阿莱斯每天都在马背上颠簸，只有等到太阳光变得十分强烈时，她和犰狳才会停下来找个遮阴的地方稍作休息，旋即，又踏上征途，直到黄昏的天空中乌泱泱地飞满了叮人的昆虫，吱呀呀地全是野鸟、猫头鹰和蝙蝠的尖叫声，她们才会停下来休息。

出来的第一个晚上，她在设防城镇阿齐尔跟埃斯克拉孟德的朋友们待了一个晚上。随着她的脚步越来越往东去，田野和乡村里能看到的人烟越来越稀少了，就算见到了，当地人那深色的瞳孔里面也都是投射出怀疑和警惕的眼光。她听到一些流言，说是法国士兵的一伙叛军，抑或是结队抢劫的士兵、雇佣兵和土匪什么的，到处兴风作浪。一个故事比一个故事吓人，血腥和邪恶程度不断升级。

阿莱斯拽着犰狳慢慢地走着，心里盘算到底是应该快马加鞭赶到库尔桑呢，还是先在附近找个地方歇脚过了夜再说。乌云正在怒气冲冲的灰色天空中阔步挺进，周遭的空气却凝成一团，纹丝不动。远处，不时响起一声轰隆隆的炸雷，宛如狗熊冬眠醒来时的咆哮。阿莱斯可不想正好走在开阔地的时候，被倾盆大雨淋成只落汤鸡。

犰狳也变得紧张兮兮，一惊一乍。阿莱斯能够感觉到它皮毛之下的肌腱绷得很紧，并且两次被路边灌木篱墙里突然窜出的野兔或狐狸吓得蜷缩倒退。

阿莱斯看到前方有一小片橡树和榉木林。林子不是特别茂密，应该不足以让大型动物比如野猪或猞猁什么的作为天然的夏季栖息地，但是那些树都高大参天，枝繁叶茂，枝干顶端好像都交织在一起，仿佛交叉缠绕的手指，倒是可以作为她的遮蔽地点。林子中有一条清晰可见的小路，蜿蜒着呈带状，被无数双脚踏过的地方已经露出了风干的土壤，意味着这是一条当地人进城时偏爱的捷径。

一道闪电突然间照亮了正在渐渐暗去的天空，犹豫在她身下不安地扭动着身躯。这让她下定了决心：她得等到暴雨停下再继续出发。

阿莱斯小声地鼓励劝慰着她的这匹母马，哄着它走进了树林里那幽深暗绿的怀抱中。

一群男人不知道之前什么时候把猎物给跟丢了，只是现在在暴风雨的威胁之下，他们无法原路返回到大本营去。

经过几个星期的跋涉，这些法国人原本苍白的皮肤已经被南方强烈的太阳晒得发黑。他们把行军铠甲和外套，还有给主人扛着的武器，都藏到了灌木丛里，依然寄希望于从破产的计划中重新捞到点儿什么好处。

一个声音响了起来，是干树枝碎裂时的噼里啪啦声；是套着缰绳的马儿一起一伏走动的哒哒哒哒声；是马蹄铁偶尔碰到碎石块的咔嚓咔嚓声。

一个长着满口参差不齐黑牙的男人趴在地上，往前挪了挪身子，想要看个究竟。几步开外，他看到一个身影骑在一匹矮小的栗色阿拉伯马背上，正在穿过树林。他邪恶地睥睨着：看来他们的突击最终可能还会有点儿收获呢。虽然马背上那个人的衣着普通，但是那匹好马应该可以卖个好价钱。

他扔了块石头，提醒隐藏在道路另一侧的同伙。

"抬头看那边！"他一边说着，一边用头朝阿莱斯那边摆了摆，"快看！"

"你快好好看看，"他低声咕哝着，"一个女人。而且还是一个人。"

"你确定她是一个人？"

"我听着没有别人的声音。"

两个男人翻出藏在树叶底下那条用来绊倒行人的绳子，一人拉起一端，等待她自投罗网。

阿莱斯越往树林深处走，就变得越胆小起来。

表层土壤十分潮湿,虽然下层的土地依旧坚硬。

路边的落叶在犰狳的蹄下沙沙作响。阿莱斯强迫自己集中注意力去聆听树间鸟儿令人舒畅的叫声,但是她手臂和后脖颈上的毛发还是一根根地竖立了起来。

寂静中隐藏着一种威胁,事实并不似表面那么平静。

这只是你自己的想象罢了。

犰狳跟她有着同样的感受。毫无预警地,有个东西突然从地面上飞起来,发出一种箭离弦时的声音。

一只丘鹬,还是一条蛇?

犰狳的后肢猛地抽搐一下,向高处弹起,蹄子在空中狂躁地乱踢乱踹起来,同时发出了惊恐的嘶鸣声。阿莱斯根本没来得及反应。她的兜帽从脸上掀开,飞向身后,拽着的缰绳从手中脱落,身子从马鞍上离开,向后狂甩出去。她狠狠地撞到了坚硬的地面上,疼痛感在一瞬间向她的肩膀上蔓延开来,震得她一口气提不上来。她气喘吁吁地将身体向一侧滚去,试图站立起来。如果要想拴住犰狳,就必须先拉住它。

"犰狳,"她哭喊着,颤颤巍巍地站起来,"犰狳!"

阿莱斯踉跄着向前走去,然后突然停住了。她的眼前站着一个男人,堵住了她的路。他正咧着满嘴的大黑牙朝她讪笑着。他手中握着一把匕首,钝刀片的尖端已经掉色掉成了棕色。

她的右边好像有什么动静。阿莱斯用眼睛飞快地向旁边扫去。另一个男人正牵着犰狳的缰绳,手里挥舞着一根棍子。他畸形的脸上长着一条锯齿状的刀疤,从左眼一直延伸到嘴角。

"不!"她听到自己喊出了声音,"放开它!"

虽然她的肩膀上疼痛不已,但她的手还是摸到了她的剑柄。

*他们要什么就给他们什么,那样也许他们就不会伤害你。*他朝她靠近了一步。阿莱斯拔出剑,在空中劈了一个弧形。

她一边用眼睛直勾勾地盯着他的脸,一边用手在背包里摸索,掏出一把硬币扔到了路上。

"拿着吧,我再没有值钱的东西了。"

他看了一眼地面上散落的银币,然后不屑地吐了一口唾沫。他用手背擦了擦嘴,又向前走了一步。

阿莱斯举起手中的剑。"我警告你,不要过来!"她尖叫着,用剑在空中画了个"8"字,拼命阻挡着他的靠近。

"把她捆起来!"他命令另一个男人。

阿莱斯感到浑身发冷。一刹那间,她的勇气就快要分崩离析。他们是法国士兵,不是土匪。她的脑海中突然闪现了她这一路上听到过的那些故事。

然后,她又强忍着打起精神,再次挥舞了几下手中的剑。

"不要靠近,"她大喊,声音中充满了恐惧,"我要杀了你们——"

阿莱斯打着转,朝第二个男人猛地刺去,因为他已经靠到了她的身后。阿莱斯一边尖叫着,一边打掉了他手中的棍子。

他又从腰带中拔出一把匕首,咆哮着朝她俯冲过去。阿莱斯双手握剑,朝他的手臂使劲儿刺去,就像一只狗熊朝着诱饵猛扑过去那样用力。鲜血顿时从他的胳膊上喷射出来。

她撤回胳膊,正要发起第二次进攻,却突然间眼前爆出一片火星,紫色的白色的都有。重击之下,她跌跌撞撞地向前走了几步。有人揪住她的头发,将她向后拉去,巨大的疼痛将她的眼泪都逼了出来。她感觉到喉咙上有架着刀片的那种冰凉。

"臭婊子。"他嘶嘶地说着,流着血的手朝她脸上扇了一个耳光。

"把剑放下!"

阿莱斯走投无路,只好任手中的剑滑落到地上。第二个男人把剑踢到一边,然后从腰间掏出一个粗糙的麻布袋,套到了她的头上。阿莱斯挣扎着想要躲开,但是她的嘴中被灌进了一种带酸味的粉末,引得她咳嗽不止。她仍然奋力反抗着,直到最后有人在她腹部打了一拳,她才一下子蜷缩着倒在了路上。

他们把她的手反绑在身后,连同手腕都捆住了,令她彻底无力反抗。

"到那边休息一下。"

他们离开了。阿莱斯听到他们在翻她的鞍囊。他们掀起了皮盖子,把里面的东西全都掏出来扔到了地上。

他们在说着什么,也许是在争吵。她发现自己根本听不懂他们那些粗糙的方言。

他们为什么不杀了我?

立即,答案就像一只不受待见的鬼魂一样,阴森而缓慢地爬进了她的脑海。**他们可能想要先玩乐一番。**

阿莱斯绝望地挣扎着,想要挣开身上的捆绑,即便她的心里很清楚,就算是她的双手自由了,她也跑不了多远。他们会去追她。他们现在正在放肆大笑,喝酒，不慌不忙。

绝望的泪水一下子涌出了她的眼眶。她精疲力竭地倒在了身后坚硬的土地上。

起初，阿莱斯想不明白那隆隆的声音是从哪里传来的。不一会儿她就有了答案：那是马匹的声音。它们的铁蹄正匆匆地踏过原野。她将耳朵使劲儿地贴到地面上。五匹，兴许有六匹，正在朝树林疾驰而来。

远处响起轰隆隆的雷鸣声，暴风雨也即将来临。她终于有技可施了。如果她能够跑得够远，到时候也许会有获救的机会。

她尽可能悄悄地，缓缓地往路边挪去，直到她感觉到尖锐的荆棘扎到了她的双腿。她挣扎着跪起身来，然后上下摇晃脑袋，直到把套在头上的麻袋摇松。*他们在看着我吗？*

倒是没人叫喊。她低下头，左摇右摆，一开始动作很轻柔，后来渐渐变得用力，直到最终麻袋从她头上滑落下来。阿莱斯深深地吸了几口新鲜空气，然后开始试着调整姿势。

她刚好不在他们的视野范围内，可是如果他们转头看见她不见的话，立即就能把她逮回来。阿莱斯再一次将耳朵贴到地面上仔细聆听。骑马的人是从库尔桑来的。*他们是一群狩猎者吗？还是侦察兵？*

一声炸雷在树林中回荡开来，震得鸟儿从高大树冠里的鸟巢中惊飞四散开来。它们恐慌地用翅膀拍打着空气，一会儿猛扑，一会儿降落，最后又落回到树丛的天然保护伞之中。犹狳一边嘶鸣着，一边用蹄子抓挠着地面。

她祈祷正在集结的暴风雨能够继续轰鸣，那样可以遮盖骑马者的马蹄声，直到他们离她足够近。阿莱斯逼着自己挤进灌木丛中，匍匐在石头和小树枝之上。

"喂！"

阿莱斯瞬间僵住了。他们发现她了！男人跑到她之前躺着的地方时，她憋住了差点脱口而出的尖叫。头顶上突然响起的一声霹雳将他们炸得双目圆睁，大惊失色。*他们并不熟悉我们南方暴风雨的威力。*即便是从老远的地方看去，她也能嗅得到他们的恐惧：他们的皮肤已经变得铁青。

阿莱斯利用他们犹豫不决的空当，加速前进。现在她已经开始用脚跑了。

她跑得不够快。脸上有刀疤的那个男人向她扑去，拖住她往下拉，又朝她脑袋一侧狠捶了一下。

"你个异教徒！"他骑到她的身上，一边朝她怒吼着，一边把她摁倒在地。阿莱斯试着将他从身上摇下来，但他实在是太重了，而且她的裙子卡在了灌木丛中的荆棘上，动弹不得。他按着她的脸在地面的小树枝和落叶上拼命碾压，她闻到了他受伤的手上散发出的鲜血的味道。

"我警告过你不要逃跑,臭婊子!"

他开始解自己的腰带。解开之后,他又喘着粗气把腰带向旁边掷去。**希望他还没听到那些骑马者的声音。**她努力把他甩下自己的身体,但依旧是徒劳。她故意咆哮了一声,因为不管怎样,她要制造点儿声音,来掩盖住那些逐渐靠近的马蹄声。

他又殴打了她,打裂了她的嘴唇。她尝到了嘴里的血腥味。

"臭婊子。"

突然,响起了不一样的声音:"这儿呢!这儿呢!"

阿莱斯听到箭离开弦时那"砰"的一声,一支箭嗖嗖地穿过空中,随后一支接着一支,仿佛是一阵飞镖雨从常青树的阴影中飞出,所到之处,树皮和树木都被击成了碎片。

"快跑!快跑!"

一支箭"砰"地刺进了那个法国男人厚实坚硬的胸膛。他的身子猛地弹起,然后像个陀螺一样转了几圈。一时间,他仿佛被空气托住了,但又马上开始摇摆晃荡起来,眼珠子就像是个雕塑的石头眼睛一样直愣愣地望着。他的嘴角涌出一滴鲜血,然后顺着下巴滚落下来。

他的双腿打了个弯。随着"扑通"一声,他跪倒在地,仿佛在做着祈祷,然后缓缓地,像树林中的一棵树一样向前倾斜,倒下。幸亏阿莱斯及时缓过了神,在他的身体重重坠地之际,迅速爬出了他的身下。

"下一个,伙计们!"

骑马者们将另一个法国男人也踩在了脚下。他本来企图跑到树林里躲藏一下,但这样做只是招来更多的箭向他射去。一支箭射中了他的肩膀,令他一下子跌倒在地。另一支箭射中了他的大腿后侧。第三支,击中了他的后背,他应声倒地。他的身体朝前倒在地上,抽搐了几下,然后就不动弹了。

又是同一个声音喊了住手:"收手吧。"最后,猎手们从隐藏处跳出来,进入她的视野。"停火。"

阿莱斯站起来。他们是朋友,还是同样令人害怕的男人?领头人的斗篷之下穿着一件钴蓝色的狩猎外衣,质量都属上乘。他的皮靴、腰带和箭袋都是由白皮革做的,是当地流行的式样,靴子看起来很笨重,没什么特色。他看起来像个一般家境的南部男人。

她的胳膊还绑在身后。她意识到自己肯定看起来十分狼狈。她的嘴唇肿胀,流血不止，衣服上也污迹斑斑。

"阁下，谢谢您为我做的一切。"她说，故意用一种听起来很自信的声音，"请您摘下面甲，说出您的身份，这样我就可以看到我的救星长什么样子了。"

"这就是我得到的全部感谢吗，夫人？"他说着，一边按照她的要求做。看到他的脸上露出微笑，阿莱斯感到如释重负。

他从马背上跳下，从腰间抽出一把匕首。阿莱斯向后退了一步。"我是要给你松绑。"他轻声说。

阿莱斯脸涨得通红，伸出手腕："当然，谢谢。"

他简简单单地鞠了个躬："我是库尔桑的阿米耶尔。这片树林是我父亲的。"阿莱斯松了口气，叹息了一声："原谅我的无礼，但是我不得不先确认您不是……"

"在这种情况下，您这么谨慎十分明智，也可以理解。是吧，夫人？"

"我是卡卡颂的阿莱斯，监督官佩尔蒂埃的女儿。我父亲是卡维尔子爵的管家，我是吉扬·杜马斯的妻子。"

"很荣幸与您认识，阿莱斯夫人，"他亲吻了她的手背，"您的伤势严重吗？"

"只是受了点轻伤，擦破点儿皮，虽然我的肩膀摔得有些痛。"

"您的陪同人员呢？"

阿莱斯犹豫了一会儿："我是一个人出来的。"

他有些吃惊地看着她："现在是特殊时期里，没有随从的保护就孤身出行，是件很奇怪的事情，夫人。这片平原上到处都是法国士兵。"

"我也不是故意这么晚还在赶路的。我正在寻找庇护所，以躲避暴雨。"

阿莱斯抬头望了一眼，突然意识到暴雨还没下起来。

"这只是老天在发发怒气而已，"他说，看出了她心里的想法，"干打雷不下雨，仅此而已。"

趁阿莱斯安抚犹豫的空儿，库尔桑的男人们搜走了尸体上的武器和衣物。他们发现了士兵们藏在树林深处的盔甲和军旗。马匹也拴在那里。库尔桑的男人们用剑挑起了那块军旗的一角，发现在泥土的掩埋下，绿色的背景之下闪现出一丝丝银光。

"沙特尔，"阿米耶尔轻蔑地说，"他们是最恶劣的。豺狼，都是虎豹豺狼。我们听过更多他们的——"

他突然间停住了。

阿莱斯看着他："听说过什么？"

"没什么，"他马上改口说，"我们还是先回到镇子里吧！"

他们成一列纵队往树林的另一边骑去,来到了平原之上。

"您来这一带是有什么目的吧,阿莱斯夫人?"

"我是来找我的父亲,他和卡维尔子爵一起去了蒙彼利埃。我有十分重大的消息要跟他禀报,等不及他回卡卡颂了。"

阿米耶尔突然皱起眉头。

"怎么了?您听说什么消息了?"

"今晚您就和我们待在一起,阿莱斯夫人。等到您的伤势好转之后,我父亲就会告诉您我们听到的消息。天一亮我就会亲自把您护送到贝济耶。"

阿莱斯扭头望着他:"去贝济耶吗,阁下?"

"如果那些谣言都是真的,您就会在贝济耶找到您的父亲和卡维尔子爵。"

第二十七章

卡维尔子爵正领着他的随从前往贝济耶,他的汗水顺着脊背流到了胯下的种马身上。马蹄子轰隆隆地奔跑,卷起一阵阵尘土。

汗水在马鞍上泛起泡沫,马儿嘴角边吐出斑斑点点的唾沫。整个夜晚,马刺和鞭子不知疲倦地抽打在它们身上,它们的躯干两侧和肩隆上流下一道道的鲜血。一轮银色的月亮从撕裂开的黑色云层后闪现出来,低低地蹭着地平线掠过,照亮了马鼻子上的白色火焰。

佩尔蒂埃骑行在子爵的身边,双唇紧闭。蒙彼利埃之行以失败告终。考虑到子爵和他叔父之间的嫌隙,他之前也没有指望可以轻易说服伯爵与他们结成联盟,虽然家庭的纽带和领主与附庸之间的责任还将他们绑在一起。然而,他还是希望伯爵能够在他侄子的劝说之下与他们进行调解。

结果,他拒绝接受子爵的请求,即便子爵是自己的亲侄子。这明显是个蓄意为之的侮辱。卡维尔被晾在法国大营外面站了很久,过了很久才有人来通报,说他可以进去接受觐见了。

卡维尔子爵被引着来到了城堡修道院院长的帐篷里,但是只允许佩尔蒂埃和两名骑士同行,并且不准携带武器。他们全都一一照做了。进去之后,修道院院长并没有前来迎接,而是派了两位教廷使节出来应付。雷蒙德·罗杰基本上没被允许开口说话，反倒是受到了两名使节的苛责。他们控诉子爵面对异端邪说在其领地上的肆意蔓延，采取了纵容的态度，还批评他任命犹太人为城市高级官员的政策。他们甚至列举了几个例子，来斥责他放任领土内的纯洁派主教干出背信弃义和有害无益的勾当。

最后，他们终于数落完毕，两名使节便打发卡维尔子爵离开，好像子爵只是个无足轻重的小地主，而非南部地区最具权势的一位朝廷之主。一想到这些屈辱，佩尔蒂埃的血液就又忍不住地翻腾起来。

修道院院长的密探倒是把这俩使节调教得不错。每一项指控，虽然基本上都是蓄意曲解和表述不实，但实际上是精准确切，而且事事都有例子和目击者的供词作为支撑。他们竟然这样处心积虑地侮辱子爵的权威，令佩尔蒂埃终于想明白一件事情，那就是卡维尔子爵即将被迫沦为伯爵的新敌人了。主人需要找个战争的对象。有了图卢兹伯爵的投降协定，就不需要其他的候选人了。

他们立即离开了蒙彼利埃城外的十字军军营。

佩尔蒂埃抬头望了望天上的月亮，心里估算着，如果他们保持这个速度，天黑时应该可以到达贝济耶。卡维尔子爵希望能够亲自去提醒一下贝济耶的首领，法国军队已经到了城外不到十五里格（长度单位，约等于3英里——译者注）的地方，并且决意一战。从蒙彼利埃到贝济耶的罗马路宽阔平坦，一路无碍。

他将吩咐这座城市的政府官员为他们策划一次攻城战，同时也可以为卡卡颂的驻军找到支援。主人在贝济耶耽搁的时间越长，他们就能获得越多的时间来准备防御工事。他也打算将卡卡颂开辟为一处避难所，收容一些被法国人严加迫害的犹太人，从西班牙来的萨拉森商人，还有良人教的教徒们。这种举动并非仅仅来自于作为领主的责任感。贝济耶大部分的行政机构都掌握在犹太籍外交官和商人手中。不管是否处于战争的威胁之下，他都不打算放弃作为他们主人的权力——他们是一群多么难能可贵和心灵手巧的子民啊。

卡维尔的决定令佩尔蒂埃的任务变得相对容易了一些。他用手摸了摸口袋中那封来自阿里夫的信。等他们一到贝济耶，他只需随便找个理由，就可以离开众人，只身去找西米恩。

一轮苍白的太阳从奥尔布河上升起。疲惫不堪的男人们骑着马穿过了高大的拱形石桥。

贝济耶骄傲地高耸于河面之上。这座被古老石墙保护起来的城市看起来是那么固若金汤，宏伟繁盛。为纪念圣马格达莱纳、圣犹大和圣玛利亚而建的天主教堂和基督大教堂雄伟地矗立着，它们的尖顶在暮光之中熠熠生辉。

虽然雷蒙德·罗杰·卡维尔已经疲惫不堪，但是他在策马穿越市郊的网状屏障，穿过极其蜿蜒曲折的街道，走向城市主门的时候，还是不失其君主的风度和威严。

马蹄铁嗒嗒地踏在鹅卵石路上，把护城墙周围安静市郊里正在酣睡的人们从梦中惊醒。

佩尔蒂埃跳下马背，吩咐守卫打开城门让他们进去。虽然他们进城的动作从容不迫、慢条斯理，但卡维尔子爵进城的消息早已传遍了大街小巷。最后，他们终于到达了贝济耶封建主的住处。

雷蒙德·罗杰用发自肺腑的热情问候了领主。他是卡维尔的老朋友和同盟者，也是一个才华横溢的外交家和行政官，而且一直对卡维尔王朝忠心耿耿。他们两人依照南部的习俗相互寒暄，并且交换了见面礼，佩尔蒂埃在一旁耐心等候。异常仓促地完成了这一系列礼仪之后，卡维尔直奔正题。领主忧心忡忡地聆听着子爵的讲述。等讲话一结束，他就立马派了信使，去召集整个城市的执政官前来参会。

他们进行讨论期间，领主命人在大厅的中央设了一张桌子，上面摆满了面包、肉、奶酪、水果和酒。

"殿下，"领主说，"如果您能在这里感到宾至如归，那么我会感到十分荣幸的。"

佩尔蒂埃看到了他的机会。他向前快步走动，悄悄地在卡维尔子爵耳边说了些什么。

"殿下，您能否允许我先离开一下？我要亲自巡查一下我们的人员，看看他们还有没有别的需要。我得确保他们肃静下来，精神上做好准备。"

卡维尔一脸错愕地看着他："现在吗，伯特兰？"

"是的，请您原谅，殿下。"

"我毫不怀疑我们的下属肯定都已经得到了精心的照料，"他微笑着对主人说，"你应该吃点东西，休息一会儿。"

"请接受鄙人的道歉，我还是希望您能答应我。"

雷蒙德·罗杰打量了一下佩尔蒂埃的脸，想要寻求一个解释，但是没有找到答案。

"好吧，"他最后无奈地说，仍旧一头雾水，"给你一个小时。"

街上一片嘈杂,而且随着谣言的进一步散布,街上变得越来越拥挤。一群人聚集在大教堂前面的主广场上。

佩尔蒂埃十分了解贝济耶的情况,因为过去他多次跟随卡维尔子爵来到这里。但是此刻他与人流逆行,只能依靠自己高大的身躯和权威感,才能保护自己不被拥挤的人群推倒。

他用拳头紧紧握住阿里夫的信。一到犹太居住区,他就赶紧询问路人知不知道西米恩的下落。他感觉袖子好像被拽了一下。他低头看去,发现眼前站着一个黑发黑眼的漂亮小孩。

"我知道他住在哪里,"她说,"跟我来。"

那个女孩拉着他走进商业区,那里有很多放债的人正在做着生意。他们又穿过一片相同的偏街小巷,那里有塞得满满当当的商店和房子。最终,她在一扇不起眼的门外停下了脚步。

他扫视四周,发现了想要寻找的目标。西米恩名字的首字母上方刻着一个装订商的标志。佩尔蒂埃松了一口气,微笑起来。应该就是这间屋子了。为了表示感谢,他往女孩手中塞了一枚硬币,送她离开了。随后,他拉起那个沉重的黄铜门环,敲了三下门。

已经过去很长时间了,超过十五年,他们之间还会有之前那种轻松而亲密的感情吗?

门开了一条小缝,一个女人躲在门后从缝中警惕地盯着他看,黑色眼睛里面充满敌意。她的头上裹着一条绿色的面纱,遮住了她的头发和下半边脸;腿上穿着一条传统的阔腿灰裤子,脚踝处堆了很多褶子;长长的黄色夹克一直拖到膝盖:那是圣地巴勒斯坦的犹太女人常有的打扮。

"我想和西米恩谈谈。"他说。

她摇摇头,想要关上门,但他把脚伸进门缝里卡着不让关。

"把这个给他,"他说着,摘下大拇指上的戒指,强行塞进女人的手中,"告诉他伯特兰·佩尔蒂埃在此等候。"

他听到她吸了一口气。即刻,她就向后退了一步,让他进去。

佩尔蒂埃跟着她穿过一条沉重厚实的红色门帘。门帘顶端和底端缝缀着金币作为装饰。

"等一下。"她做了个手势,让他在那里等着。

她慌忙地跑向狭长的走廊,很快就消失在尽头。她手腕和脚踝上的镯子叮当作响。

从外观来看，这座建筑物看起来又高又窄，但是直到佩尔蒂埃来到了里面，才发现其实别有洞天。中央走廊向左向右都有通路。虽然此次任务紧急匆忙，但他还是饶有兴致地环顾了四周。地板上铺设着蓝色和白色相间的瓷砖，墙上却并没有像想象中那样悬挂着木头和美丽的地毯。这让他回想起了耶路撒冷那座优雅而具有异域风情的房子。虽然已经过去很多年了，那片异国他乡土地上的色彩、纹理和气息，却依旧令他记忆犹新。

"原来是伯特兰·佩尔蒂埃！我的神啊！"

佩尔蒂埃循着声音转头看去，眼前出现一个瘦小的身影。他穿着一件紫色的长外衣，正在张着双臂朝着他飞扑而来。看到熟悉的老朋友，他的心也跟着跳跃起来。西米恩那眨巴着的黑眼睛永远都是那么乌黑闪亮。

佩尔蒂埃差点儿被西米恩一跃而上的拥抱扑倒在地，虽然他明明比西米恩高出一个头。

"伯特兰！伯特兰！"西米恩充满热情地呼唤着他的名字，深沉的嗓音在寂静的走廊里发出隆隆的回响，"你怎么那么多年都没有联系我？！"

"西米恩，我的老朋友！"他也爽朗地大笑着，一边喘着粗气一边拍打着西米恩的肩膀，"看到你这么康健，你不知道我有多么开心！瞧瞧你现在！"他一边说，一边用力拽了拽老朋友黑色的大长胡子，那永远都是西米恩最骄傲的东西。"胡子都有点儿变白了，但仍旧跟以前一样优雅！你过得还好吧？"

西米恩耸了耸肩膀："能过得更好，就能过得更糟。"他说着便向后退了一步，打量着佩尔蒂埃："那你呢，伯特兰？你脸上好像多了几条皱纹，但你的眼睛还是那么锐利，肩膀也还算阔实。"他用手掌拍了拍伯特兰的胸脯："还是壮得像头牛。"佩尔蒂埃用胳膊搂住西米恩的肩膀，跟着他来到一间房子后面的小屋里。那里可以俯瞰整个小庭院，摆着两张大沙发，上面铺着红色、紫色和蓝色的真丝靠垫。房间四周立着几张乌木桌子，上面装饰着精美的花瓶和盛满甜杏仁饼干的大平碗。

"过来，脱掉靴子。以斯帖会给我们上茶。"他往后退了几步，又把佩尔蒂埃上下打量了一遍。"伯特兰·佩尔蒂埃，"他又说，一边无奈地摇摇头，"我还能相信我这副昏花的老眼吗？这么多年了，你真的还活着吗？或者你只是一个鬼魂？一个老头儿臆想出来的东西？"佩尔蒂埃笑了："我倒是希望我的到来能给你带来更多的好运，西米恩。"

他点点头："当然。过来，伯特兰，过来坐下。"

"西米恩，我是和我们的卡维尔君主一起来的，来提醒贝济耶，一支军队正在从北方逼近。你听,现在钟声正在召集市政官去开会。"

"听不到你们基督教的钟声倒真是难事,"西米恩回答道,扬了扬眉毛,"虽然你们敲钟也不太会是为了讨论我们的福利!"

"这件事不仅跟那些所谓的异教徒有关,也会影响到犹太人,甚至对后者的影响更大,你知道的。"

"一直都是这样。"他轻声说,"敌人是跟他们说的那么强大吗?"

"有两万精兵强将,甚至还有更多。我们不能正面与他们交锋,西米恩,我们寡不敌众。如果贝济耶能与入侵者在此地多抗衡一些时日,那么至少我们就可以有机会在西方组织一支作战力量,准备打好卡卡颂的保卫战。所有人都可以凭自己的意愿在卡卡颂得到庇护。"

"我在这里一直都生活得很快乐。这座城市对我,对我们都很好。"

"贝济耶已经不安全了。不是冲你来的,也不是冲那些书来的。"

"我知道,但是,"他叹了口气,"很遗憾,我不能走。"

"天啊,贝济耶的和平可能真的不会维持太久。"佩尔蒂埃停顿了一下,对于老朋友这种拒不接受现状的行为感到十分不解,"这不是一场正义的战争,西米恩,是被谎言和欺骗鼓吹出来的。你怎么能这么轻易地就接受了呢?"

西米恩把手向前一摊:"接受?伯特兰,你想让我怎么做?你想让我怎么说?你们基督教的圣人之一,弗朗西斯,祈祷上帝能够赐予他力量去接受那些他无法改变的事情。会发生的事情终究会发生的,无论是不是我心所向。所以,是的,我接受。这并不意味着我喜欢,或者我希望这样。"

佩尔蒂埃摇了摇头。

"愤怒没有一丁点儿用处。你必须怀有信仰。要在一个更广阔的范围内充满信任,超越我们的生活或知识,需要信仰的飞跃。每一种伟大的宗教都有他们自己的故事——《圣经》《古兰经》《摩西五经》——它们让我们清楚,我们自身的生活不足挂齿。"他稍作停顿,眼睛中闪烁着恶作剧般的狡黠。"那些良人教们现在已经不再去寻找坏人作恶的意义了。他们的信仰教导他们,这不是上帝的星球,不是一个完美无瑕的创造品,而是一个充满缺憾、腐败堕落的国度。他们不指望善良和爱能够战胜逆境。他们知道,在我们稍纵即逝的生命中,用爱战胜不幸是根本不可能的。"他微笑了,"而且,伯特兰,等到恶魔和你正面邂逅的时候,你就不会惊讶了。很奇怪吧,是不是?"

佩尔蒂埃猛地抬起头来,好像他已经泄露了秘密。西米恩知道了吗?他怎么会知道呢?

西米恩察觉到了他脸上的表情，但是没有进一步追问："相反，我的信仰告诉我，整个世界是由上帝创造的，而且这个世界的方方面面都臻于完美。但一旦人们厌倦了先知们的话，上帝和人类之间的平衡就打破了，报应就会像黑夜接着白天一样，立马接踵而至。"

佩尔蒂埃张张嘴，想要说话，可是又闭上了。

"这场战争不关我们的事情，伯特兰，虽然你要效忠于卡维尔子爵。你我的目标更加宏大。我们的誓约将我们俩联结在一起。这才是此刻应该指引我们做出抉择和前进方向的参考。"他伸出手来，拍了拍佩尔蒂埃的肩膀，"所以，我的朋友，保持这种愤怒，时刻握好你的剑，去投入那些你有把握胜利的战斗中去。"

"你是怎么知道的？"他说，"你是听说什么风声了吗？"

西米恩咯咯地笑起来："听说你是新教会的信徒？不，不，我倒没听说那方面的事。如果情况允许的话，这些我们将来再讨论，现在先不说。我是十分愿意跟你好好讨论一下神学的，伯特兰，但是眼下我们有紧急事件需要处理。"

仆人端着一个盛着热薄荷茶和甜饼干的托盘走过来，打断了他们的对话。她将托盘放在他们面前的桌子上，然后退到房间一角的板凳上坐着。

"别操心了，"西米恩说，他看出来佩尔蒂埃有些担心他们的对话被别人偷听，"以斯帖是跟着我从沙特尔来的。她只会说希伯来语和一点点法语单词。她根本听不懂你在说什么。"

"很好。"佩尔蒂埃掏出阿里夫的信，递给了西米恩。

"我一个月前在沙沃也收到这么一封信，"他读完之后说，"信里提醒我你要来了，虽然说实话，你比我想象中来得要迟一些。"

佩尔蒂埃将信叠起来，又放回口袋里。

"所以那些书还在你手里吧，西米恩？就在这个房子里吗？我们必须把它们——"

一阵猛烈的敲门声打破了房间里的宁静。以斯帖立即站起来，杏仁眼里露出惊恐的眼神。西米恩给了个眼色，她赶紧冲向了走廊里。

"你这里确定还有那些书吧？"佩尔蒂尔用一种紧急的口吻再次问道。西米恩脸上的表情令他突然间紧张起来。"不会丢了吧？"

"没丢，我的朋友。"他刚要开始说就被以斯帖打断了。

"主人，有个女士请求进来。"一串希伯来语像洒豆子一样从她的嘴里飞速进出，佩尔蒂埃迟钝的耳朵反应不过来她在说什么。

"什么样的女士?"

以斯帖摇摇头:"我不知道,主人。她说她必须要见到您的客人,监督官佩尔蒂埃。"

这时他们身后的走廊里响起了脚步声,引得他们纷纷转过头去。

"你把她一个人留在那里?"西米恩关切地问,挣扎着站起来。

佩尔蒂埃也站起身来。他使劲儿眨眨眼睛,不敢相信自己的眼睛。当他看到停在门口的阿莱斯时,关于此行任务的思绪一下子全都飞到了九霄云外。她的脸窘得通红,灵气的棕色眼睛里闪烁着歉意和决绝。

"原谅我这样闯进来,"她说,目光从父亲身上移到了西米恩身上,然后又转了回去,"但是我还以为您的仆人不会让我进来。"佩尔蒂埃赶紧三步并作两步地上前拥抱了她。

"请您不要生气我违背了您的要求,"她说,显得更加羞怯了,"我必须得来。"

"呃,这位可爱的女士是……"西米恩问。

佩尔蒂埃拉过阿莱斯的手,领着她走到了房间中央。

"噢,我忘记说了。西米恩,请允许我向你介绍我的女儿阿莱斯,虽然我也无法告诉你她是怎么来到贝济耶的!"阿莱斯低下了头。"这是我感情最深、认识最久的一个老朋友,沙特尔的西米恩。沙特尔原本是耶路撒冷的一个圣城。"

西米恩的脸上布满了笑容。"伯特兰的女儿。阿莱斯。"他握了握她的手,"非常欢迎你的到来。"

第二十八章

"您能给我讲讲你们之间的故事吗?"阿莱斯在父亲旁边的沙发刚一坐定,便开口问道。她把脸转向了西米恩:"我之前问过父亲一次,但是他当时并不信任我。"

西米恩比她想象中要年长。他的肩膀向前弓着,脸上也是纵横交错的皱纹,好似一张看尽了悲伤和失去,同时也享尽了幸福和快乐的人生地图。他的眉毛浓重而茂密,眼睛明亮又闪烁,透露出夺目的智慧之光;卷曲的头发已经白了大半，但是那涂了香氛和精油的长胡须还像乌鸦的翅膀一样乌黑油亮。她突然明白了父亲为什么当初会把河里的那个男人当成是他了。

阿莱斯小心翼翼地将眼神转移到了他的手上。她感到了一丝满足。她的猜想是正确的。他的左手大拇指上戴着一枚跟他父亲手上一模一样的戒指。

"说吧，伯特兰，"西米恩说道，"她应该听听我们的故事。毕竟，她这么大老远骑着马过来听我们讲故事！"

阿莱斯感到父亲在她身边变得沉默起来。她瞥了他一眼。他的双唇紧闭。

他已经知道我做的事情了，他生气了。

"你不会是一个人从卡卡颂过来，没带随从吧？"他说，"你不会愚蠢到一个人走这么远的路吧？你怎么会冒这么大的风险？"

"我——"

"回答我。"

"这好像是最明智的——"

"最明智？！"他终于爆发了，"所有之中——"

西米恩轻声笑出声来："还是那副臭脾气，伯特兰。"

阿莱斯把手搭在父亲的胳膊上，强忍着心中的胆怯，挤出一丝笑意。

"父亲，"她耐心地说，"您看到啦，我现在毫发无损，什么事儿都没有。"

他低头看到她布满擦痕的双手。阿莱斯赶紧把手抽回，躲到斗篷下面藏住："没发生什么大事。这没关系的，只是有点儿小伤口。"

"你随身带了武器吗？"

她点点头："当然了。"

"那在哪儿——？"

"我是觉得，那样全副武装地走在贝济耶大街上是一件很不明智的事情。"阿莱斯用一双无辜的眼睛望着他。

"非常不明智，"他小声地咕哝着，"那你没生病吧？没受伤吧？"

阿莱斯注意到父亲正在盯着自己，突然想起了自己擦伤的肩膀。"我没事儿。"她撒了谎。

他皱起眉头，虽然看起来仿佛稍微缓了口气："你怎么知道我们在这里的？"

"我是从庄园主的儿子库尔桑的阿米耶尔那里听说的。他父亲十分慷慨，一路护送我过来的。"

西米恩点点头："他在这一片很受人尊敬。"

"那你还算是幸运了。"佩蒂埃尔说，但仍是抓住这个话题不放，"幸运并且非常非常愚蠢。你差点儿死了你知道吗？我还是不相信你——"

"你来给她讲讲我们是怎么相遇的吧，伯特兰。"西米恩轻轻地说。

"钟声已经敲过了，会议现在肯定已经开始了，我们没有时间再耽搁下去了。"

一时间，她父亲的眉头一直紧皱着。后来，他因紧张而耸着的肩膀渐渐松垂下来，脸上露出了气馁的颜色。

"好吧，好吧。既然你们俩都希望我讲。"

阿莱斯和西米恩交换了一下眼神。"他戴着和您一样的戒指，父亲。"

佩尔蒂埃微笑了起来。"阿里夫在圣地收了西米恩为徒，跟我一样，虽然我更早一些。随着来自萨拉丁（埃及阿尤布王朝的创建者——译者注）和他敌人们的威胁越来越严重，阿里夫将西米恩送回了他土生土长的城市沙特尔。几个月后我也跟着去了，将那三卷羊皮纸也带去了。整个旅途花了我一年多的时间，但当我最终抵达沙特尔的时候，西米恩真的如阿里夫承诺的那样在那里等着我。"回想起这些，他的脸上不禁漾起了笑容，"耶路撒冷的气候温暖，阳光明亮，而那里又潮湿又阴冷，真是很令我厌烦！那里真的是一个特别阴郁、特别荒凉的地方。但是西米恩和我，我们从一开始就心有灵犀。他的任务就是把那些羊皮纸稿子装订成三卷独立的书卷。他辛苦劳作的时候，我在一旁观看，欣赏他的学识、智慧以及他的幽默。"

"伯特兰，不要这样说。"西米恩低声谦虚着。虽然阿莱斯看得出来，这些赞美令他十分受用。

"至于西米恩，"佩尔蒂埃接着说，"那你得亲自去问问他自己，他是怎么看待我这个没文化的乡野村夫的。这我没法儿评判。"

"朋友，你是个勤奋好学、耐心友善的人，"西米恩温柔地说，"就是这样，你显得格外与众不同。"

"我老早就知道，那些书肯定要分开，"佩尔蒂埃继续说，"西米恩的工作一结束，我就收到了阿里夫的指示，他说要我回到我的出生地，去担任新上任的卡维尔子爵的监督官。现在回头想想，我竟然从来没有问过另外两本书应该怎么办。真是离奇啊！我以为西米恩会留一本，虽然我从来没有确认过这件事情。还有另外一本呢？我甚至都没有问起过。现在看来，我竟然那么没有好奇心，也真是够令我惭愧的！但是当时，我只是带着交给我保管的那一本书，便只身南下了。"

"不要责备自己，"西米恩轻声说，"你只是严格按照指派去履行自己的职责，并且忠于信仰，内心坚定。"

"阿莱斯，你跑来打断我所有的思绪之前，我们正在讨论这些书的情况。"西米恩清了清嗓子。"书，"他说，"我只有一本。"

"什么？！——"他尖声叫道，"但是阿里夫的信……我还以为他说的是另外两本都还在你手里！或者，最最起码，你应该知道去哪里找到它吧？！"

西米恩摇摇头："我曾经知道过它的下落，但是现在都过了这么多年了。《民数记》在我这里。至于另外一本，我坦白，我还一直在盼着你给我带来点儿消息呢。"

"要是不在你这儿的话，那能在谁那儿啊？"佩尔蒂埃焦急地说，"我还以为你离开沙特尔的时候都带着呢。"

"我是都带着了。"

"那——"

阿莱斯抬手按住父亲的胳膊："让西米恩继续说。"

那一刹那，佩尔蒂埃仿佛就要按捺不住自己的脾气了，但他强忍着点点头。"好吧，"他生硬地说，"那你接着说。"

"她的脾气跟你好像啊，我的朋友，"西米恩咯咯地笑起来，"就在你离开沙特尔不久之后，我收到了领航员的指令，说是一名守护者会来拿第二本书，也就是《魔药书》，但那人是谁没有明说。我就做好准备，苦苦等候。时间一天一天过去，我韶华逝去，但仍然无人前来。之后，到了1194年，就在那场毁掉了大教堂和沙特尔城大部分区域的可怕大火发生前不久，真的来了一个男人，一个基督徒、骑士，自称为菲利普·德·圣莫尔。"

"他这个名字很耳熟。他在圣地的时候我也在，虽然我们从来没有见过面。"他皱起眉头说，"那为什么他等了那么久才来？"

"朋友，我也问了自己这个问题。圣莫尔礼貌地递给我一个秘符。他也戴着那个令你我都很骄傲的戒指。我没理由怀疑他……但是——"

西米恩耸了耸肩："他有些地方让人觉得不对劲儿。他的眼睛十分锐利，像只狐狸。我不信任他。他看起来不像是阿里夫会选中的人。他身上没有那种荣誉感。所以，虽然他带来了信物，但我还是决定要考验他一番。"

"怎么考验的？"她心里的疑问忍不住脱口而出。

"阿莱斯——"父亲在一旁警告她不要随便插嘴。

"没关系的，伯特兰。怎么考验啊？我就假装没听明白。我谦逊而充满歉意地搓搓双手，请他原谅我，说他可能认错人了。他便拔出了剑。"

"是什么让你确定了你的怀疑，确定他不是那个你要等的人？"

"他恐吓我，责骂我，但是幸亏我的仆人们及时赶了过来。他寡不敌众，不得已才撤退了。"西米恩向前倾了倾身子，降低声音，对他们耳语道，"我一确定他走了，便把那两本书卷起来，塞进一捆旧衣服中包着，送到了附近一个基督徒家里避避风头。那家人我很信任，他们不会出卖我。其实，到底怎样才是最好的办法，我也无法定夺。我也不确定我的猜测到底对不对。他是冒名顶替的？或者他本来确实就是守护者，只是被贪婪蒙住了心，或者被权力和财富引上了钩？他已经将我们出卖了吗？如果是前者的话，那么真正的守护者还有机会来到沙特尔，虽然他会发现我已经走了。但要是真实情况如后者那样的话，我感觉那就是我的责任了，我得找到一个可行的办法。即便是现在，我也不知道我的选择是否明智。"

"您做了您认为正确的事情，"阿莱斯说，忘记了父亲要她保持安静的警告，"那您就已经尽力了。"

"不管是对是错，事实就是我离开还没超过两天，厄尔河上就发现了那具漂浮在水面上、被肢解的尸体。他的双眼和舌头都已经被挖掉了。随后便谣传四起，说他是效忠于查尔斯·德·埃夫勒之长子的一名骑士，他们的领地离沙特尔不远。"

"菲利普·德·圣莫尔。"

西米恩点点头："这起谋杀案被归咎于犹太人。报复行动立即就展开了。我是一个再好不过的替罪羊了。我听到消息说，他们朝着我来了。他们声称，一些目击者曾经看到圣莫尔在我的门前，还发誓说看到我们争吵不休，最后甚至扭打在一起。就这样，他们就断定是我干的。也许这个圣莫尔就是他真实的名字。也许他是个诚实的人，也许不是。反正这都已经不重要了。我相信他已经死了，就因为他发现了迷宫三部曲的秘密。他的死亡以及他的死法令我确信，肯定还有其他人也涉及其中。也就是说圣杯的秘密已经被泄露了。"

"那您是怎么逃脱的？"阿莱斯问。

"我的仆人当时已经离开，而且应该是安全离开的，我希望是这样。我一直躲到第二天早上。城市的大门一开，我就躲在一个老妇人的身边，借此机会溜了出去。那时候我已经把胡子都剃掉了。以斯帖跟我一起。"

"所以，他们在新的大教堂里建造石头迷宫时，你已经不在那儿了？"佩尔蒂埃说。阿莱斯看到他笑眯眯的，好像在私下开玩笑似的，觉得很是困惑不解。

"你没见过那个新的。"

"您说的那是什么？"她追问道。

西米恩咯咯地笑出声来，朝佩尔蒂埃凑过去悄悄说："没见过，虽然我听说那玩意儿发挥了不小的效用。很多人都慕名前去，参观那个用几块死气沉沉的石头拼就而成的圆圈。他们观摩欣赏，认真研究，却并不知道，那只是躺在他们脚下的一个虚假的秘密。"

"这个迷宫是什么？"阿莱斯锲而不舍地追问着。

而他们依然没有理睬她。

"你来卡卡颂的话，我可以庇护你的。替你遮风挡雨，保护你。你当时为什么不来找我呢？"

"伯特兰，相信我，我别无他想。但是你忘了北方跟奥克地区之间的天壤之别了吗？北方的胸怀没有那么宽广。我不能自由走动，我的朋友。那些时光对于犹太人来说，极为艰难。我们实行了宵禁，做买卖时也时常遭到袭击和抢劫。"他停下来深吸了一口气，说，"另外，如果因为我的原因而把敌人引向了你，无论他们到底是什么来头，我永远都不能原谅自己。那晚我逃到沙特尔，想不出来自己下一步应该逃向何方。最安全的行动方案也许就是消失不见，直到一切慌乱平息下来。结果，那场大火把我心中所有的其他念头都一扫而净。"

"您是怎么来到贝济耶的？"阿莱斯说，她决意要重新加入到对话中，"是阿里夫把您送到这里来的吗？"

西米恩摇摇头。"是靠机遇和运气，阿莱斯，不是设计好的。我一开始去了香槟区，在那里度过了一个冬天。接下来的春天，雪刚一融化，我就向南进发了。想起来实在是太幸运了，我偶然遇到了一队英国籍犹太人，他们当时正在自己的土地上颠沛流离，躲避迫害。他们的目的地就是贝济耶——看起来好像是个不错的庇护所。那座城市向来以胸怀宽广而著称——犹太人也可以得到信任，获得权力，我们的学识和技术都会得到尊重。而且，那里靠近卡卡颂，如果阿里夫需要我的话，我还可以随叫随到。"他把头转向伯特兰，"我早知道你就要来了，骑几天马的路程就能到，但是多年的警惕和经验告诉我必须谨慎小心，只有万能的上帝知道我有多为难！"

他把身体从椅子上向前探了探，黑色的眼睛里充满活力："即便是在当时，北方宫廷里已经在流传诗歌和叙事诗了。在香槟区，行吟诗人和游吟歌手一直在传唱一首关于圣杯的曲子，将它描述为赋予生命的灵丹妙药，言之凿凿，令人无法忽视。"佩尔蒂埃点点头。他本人也听说过类似的曲子。"所以，在权衡了一切利弊之后，我认为自己还是与世隔绝比较安全。如果是我将他们引向了你的大门，我的朋友，我这辈子都无法原谅我自己。"

佩尔蒂埃长长地叹了口气："西米恩，尽管我们已经做了最大的努力，但是恐怕我们还是被出卖了，虽然还没有严密的证据。有人已经知道了我们之间的关联，这点我确信。至于他们是不是也知道我们结盟的本质，我还不敢说。"

"发生了什么事情？你为什么会这么认为？"

"一个多星期以前，阿莱斯遇到一个漂在奥德河上的男人，一个犹太人。他的嗓子被人割破，左手大拇指也被剜掉了。其他什么东西都没丢。我还以为是你，虽然没理由这么猜测。但我想，他们是把他当成你了。"他停顿下来，"在这之前，也出现了其他一些征兆。我把我的一些职责托付给了阿莱斯，以防万一我出了什么事情，回不去卡卡颂了。"

到了你该向他解释你为何而来的时候了。

"父亲，自从您——"

他抬起一只手，打断了她的插嘴："关于你的行踪，会不会已经被别人发现了，西米恩？或者有没有一些发现你在沙特尔或其他地方的人？"

西米恩摇摇头："近来没有。我南下已经超过十五年之久了，我可以跟你说，自始至终，我没有一天不觉得如鲠在喉，如剑悬顶的。但是，至于有没有什么异常的事情，我倒觉得没有。"

阿莱斯按捺不住自己了，急急地说："父亲，我要说的就跟这件事情有关。您离开卡卡颂之后发生的事情，我必须告诉您。求您了！"

阿莱斯说完一切之后，父亲的脸已经涨成了猩红色。她很害怕他会发脾气。他一旦发起脾气来，无论是阿莱斯，还是西米恩，都无法将他安抚下来。

"三部曲已经被他们发现了！"他咆哮道，"这是毫无疑问的了！"

"冷静些，伯特兰，"西米恩坚定地说，"你的愤怒只会影响你的判断力。"

阿莱斯转向窗户，发现大街上的人声渐渐鼎沸起来。犹豫了片刻之后，佩尔蒂埃也抬起了头。

"钟声已经停止了，"他匆忙地说，"我必须回到宗主国的住处。卡维尔子爵在等我。"他站起身来，"你告诉我的事情，我必须再好好想想，阿莱斯，然后才能考虑下一步该怎么做。现在，我们必须集中精力组织回程的事情。"他转向他的朋友，说："你得跟我们一起走，西米恩。"

就在佩尔蒂埃说话的同时，西米恩已经打开了立在房间深处的一个装饰精美的雕花木箱。阿莱斯向前走了几步。箱盖上镶有深猩红色的天鹅绒，折着深深的褶子，就跟遮在床边的帘子那样叠着。

183

西米恩摇摇头说:"我不会跟你们一起走的。我要跟我的人走。所以,为了安全起见,你应该带上这个。"

阿莱斯看到西米恩将手摸到了箱子的底部。

随着"咔嗒"一声,箱子底部弹出了一个小抽屉。他站起来时,阿莱斯看到他手中正握着一个用羊皮纸包着的东西。

两个男人交换了一个眼神。随后,佩尔蒂埃从西米恩伸出的手中接过了书,藏到自己的斗篷之下。

"阿里夫在信里提到了卡卡颂的一个姐妹。"西米恩说。

佩尔蒂埃点点头:"我觉得他说的这个姐妹指的是山峰荣誉会的一个朋友。应该不会是其他什么人。"

"他指的是一个来我这里取走第二本书的女人,伯特兰。"西米恩轻声说,"跟你一样,我坦白我当时也以为她不过是个信使而已,但是根据你的信……"

佩尔蒂埃摆摆手,打断了他的胡思乱想:"我相信阿里夫不会指派一名女性作为守护者,无论在什么情况之下。他不会冒这个风险的。"

阿莱斯几乎就要脱口而出了,但是她又紧紧地咬住了舌头。

西米恩耸了耸肩膀,说:"可是我们应该考虑到这种可能性。"

"好吧,那么,她是个什么样的女人呢?"佩尔蒂埃不耐烦地说,"一个可以保管好如此珍稀之物的人?"

西米恩摇摇头:"说实话,她并不是一个这样的人。她既不是出身名门,也不是无名鼠辈。她已经过了生育年龄,虽然她身边有一个孩子。当时她正经由她的家乡塞尔维昂前往卡卡颂。"

阿莱斯正了正身子坐直。

"知道的信息就这么点儿啊?"伯特兰抱怨道,"她没有留下她的名字?"

"没有,我也没问,因为她已经给了我一封阿里夫写的信。我给了她面包、奶酪和水果,供她路上吃,然后就让她走了。"

他们现在已经来到了街口。

"我真的不想离开您!"阿莱斯突然脱口而出,一下子吓到了他。

西米恩报以微笑:"我没事的,孩子。我会带着以斯帖帮我打包好的东西去卡卡颂。我会以化名的身份混入人群,跟着他们一起走。这样对我们大家都更安全。"

佩尔蒂埃点点头:"犹太人居住区分布在卡卡颂以东的河边,离圣温塞斯郊区不远。你们到了之后给我送个信。"

"我会的。"

两个男人拥抱了彼此，随后佩尔蒂埃踏进了现在已经被挤得水泄不通的街道。阿莱斯要跟着出去，西米恩却一把抓住她的胳膊，把她拽了回去："你是个勇敢的好孩子，阿莱斯。你一直对你父亲忠心耿耿，对山峰荣誉会也是尽了心力。但你要好好看着你的父亲。他的暴脾气可能会让他误入歧途，那样你们的日子就艰难了，也会遇到一些棘手的选择。"

阿莱斯扭头看看身后，降低音量不让父亲听到，说："那个女人带到卡卡颂的第二本书到底是怎么回事啊？是现在还没找到的那本吗？"

"是《魔药书》，"他回答道，"里面列举了各种药草和植物。你父亲手中的是《言语书》，我的是《民数记》。"

每本都给了有对应专长的人。

"我猜，你想知道的都已经有了答案吧？"西米恩说。他浓密的眉毛之下，眼神里好像带着些狡黠地看着她："或者也许确认了你的某种想法？"

她微笑了："也许吧。"

阿莱斯亲吻了他，然后跑过去追上了她的父亲。

要给他带点儿路上吃的东西。也许，还有一块木板。

阿莱斯决定先将自己的猜测憋在心里，直到她确定了再说出来，虽然现在就快要确定了——她知道了那本书可能藏身的地方。仿佛蜘蛛网般、纠缠游走在他们人生中的一切千丝万缕的联系，在刹那间开始一步步朝她逼近。那些不再被人们寻找的细微线索和暗示全都消失不见了。

第二十九章

等他们匆匆赶回镇上的时候，大迁移显然已经开始了。

犹太人和萨拉森人正在朝着主大门移动：有的靠两只腿徒步走，有的坐在载满了行李、书籍、地图和家具的手推车上行进，生意人牵着身驮篮子、箱子、磅秤和一卷卷羊皮纸的马匹前进。阿莱斯注意到，人群中还夹杂着少许信仰基督教的家庭。

在冉冉升起的朝阳之下,领主的宫殿庭院仿佛被漂白了一样耀眼明亮。阿莱斯在穿过大门的时候,看到父亲脸上显现出一副释然的表情,因为他意识到会议还没有结束。

"还有其他人知道你到这儿来了吗?"

听到父亲的询问,阿莱斯突然间僵住了步伐。因为她突然意识到自己从未考虑过吉扬知情与否——这令她感到毛骨悚然。"没有。我直接就过来找您了。"

父亲脸上闪过一种满意的表情,这让她有些恼怒。

他点了点头:"在这里等着。我会向卡维尔子爵禀报你来了,并请他允许你跟我们同行。你丈夫我也会通知到。"

阿莱斯望着父亲消失在房子的阴影里,周围只有她一个人了。她转过身,环顾四周。动物们贴在凉爽而灰白的墙面上蹭着,皮毛被压得又扁又平;它们在阴凉地里百无聊赖地伸着懒腰,表现出对俗世人间的漠不关心。虽然她一路以来经历了不少艰难险阻,库尔桑的阿米耶尔也跟她讲过很多骇人听闻的故事,但是在这里,这座宫殿里却是如此宁静,实在是难以想象他们口中所说的那些威胁竟然可能即刻来临。

在她身后,几扇门突然被撞开,一群男人鱼贯而出,匆匆跑下台阶,穿过庭院。阿莱斯紧紧地抱住一根柱子,才避免了遭人冲撞。

庭院里突然爆发出一阵高喊。有人高声发令,有人应声附和,骑士侍从们小跑着去牵各自所伺候的骑士的马匹。眨眼间,这座宫殿从一座行政所在地迅速转变成了一座军事要塞。

透过嘈杂的骚动声,阿莱斯仿佛听到有人在呼喊她的名字。

是吉扬。她的心跳到了嗓子眼儿。她转过头,紧张兮兮地去寻那声音的来源。

"阿莱斯!"他不可置信地喊着,"怎么会是你?你在这儿做什么?"

她终于看到了他。此刻的他正在穿过拥挤的人群,兀自开辟出一条道路,跨着大步朝她走过来。他用双手将她环抱着举起来,紧紧地拥住,用力大到她觉得自己马上就要背过气去。那一瞬间,他的模样、他的气息将她脑海中所有的烦心事都赶到了九霄云外。一切糟糕事都忘记了,一切疑虑都释然了。看到他遇到自己时那喜上眉梢的快乐和高兴,阿莱斯觉得有点儿害羞,又有些飘飘然。阿莱斯闭上了眼睛,幻想周围没有别人,只有他们两个。他们又奇迹般地回到了康达尔城堡中,仿佛过去几天里发生的磨难都只是一场噩梦中的乱象而已。

"你都不知道我有多么想念你!"吉扬一边说,一边亲吻着她的脖颈、喉咙和双手。阿莱斯有点儿畏畏缩缩。

"我的天啊，这是怎么了？"

"没什么。"她马上回到道。

吉扬掀起她的斗篷，发现她肩膀上遍布着正在发炎的紫色瘀伤："没关系？天啊！你这——"

"是我摔倒了弄伤的，"她说，"是肩膀先着的地，所以肩膀伤得重一些。"*其实比看起来要严重得多。*"求你了，不要为这种事情担心。"

这时吉扬看起来有些迟疑不决，神情徘徊在关切和犹疑之间。

"我走之后你就是这么打发时间的吗？"他说道，眼睛里面流露出怀疑的神色。他向后退了一步："你为什么在这儿，阿莱斯？"

她支支吾吾地回答道："我来给父亲送个信儿。"

话刚一溜出嘴边，阿莱斯就意识到自己办了错事。刚才她那高涨的愉快情绪立即转为了焦虑不安。

他的脸色变得铁青，眉头紧锁："送什么信儿？"

她的脑子里一片空白。父亲当时是怎么叮嘱自己来着？她可以拿什么借口来搪塞？

"我——"

"有什么消息要送，阿莱斯？"

她屏住了呼吸，大气不敢出一口。她纠结痛苦的，主要是她既想要他们夫妻之间能够轻松愉快地相处，彼此亲密无间，又不想打破曾经对父亲发过的誓言。

"请原谅我，但是我真的不能说。这件事情只能告诉他一个人。"

"是不能说还是不想说？"

"是不能说，吉扬，"她口中充满歉意地说，"要是别的事情，我肯定会告诉你的。"

"是他派人让你来的吗？"他狂躁地说，"他没有经过我的允许，就派人去叫你了？！"

"不，没人去叫我，"她大声说道，"我是自愿过来的。"

"但你还不想告诉我为什么你要来这儿！"

"我求你了，吉扬。不要强求我违背对父亲的誓言。拜托了！请试着去理解我。"

他抓住她的双臂，使劲儿地摇晃着她的身体。"你不想告诉我？不告诉我？"他爆发出一声尖锐刺耳、诡异邪恶的嘲笑声，"我还以为我是你最亲近的人呢！我真是个傻瓜才会这么以为！"

阿莱斯试图阻止他的离开,但他已经扭头钻进了人群,头也不回地走掉了。

"吉扬,等等!"

"发生什么事了?"

她转过身子,发现她的父亲正朝她走了过来。

"我丈夫生气了,因为我不愿意信任他,把秘密告诉他。"

"你有没有告诉他,是我不让你说出去的?"

"我试过了,但是他根本听不进去。"

佩尔蒂埃怒目圆睁:"他没权利要求你失信于我!"

阿莱斯感到愤怒的血液正在她的体内急剧翻腾澎湃,眼看就要迸发而出了,但她极力地稳住了自己的情绪。

"父亲大人,我不是要触犯您,但是我想说,他完全有权利这样要求我。他是我的丈夫。我理应遵从他,忠于他。"

"你并没有不忠诚,"佩尔蒂埃急不可耐地打断女儿,"他会消气的。但是现在不是时候,这个地方也不合适。"

"他的心思细腻敏感,容易想很多。他觉得自己受了很深的侮辱。"

"我们每个人都是这样,"他回答道,"我们每个人都很敏感。但是,我们的理智会控制感性,不会让这些情绪占了上风。好了,阿莱斯,别去想这件事了。吉扬是来服务他的领主,不是来为他的妻子烦恼着急的。等我们回到卡卡颂,我敢保证,你们之间的所有问题都会烟消云散的。"他在她的头顶亲吻了一下:"随他去吧。现在,把犰狳牵上,你必须准备离开了。"

她极不情愿地慢慢转过身子,跟着父亲朝马厩走去:"您得跟欧莉安讲讲她应该知道的那部分事情。对于发生在我身上的事,我觉得她应该已经听说了点儿风声。"

佩尔蒂埃挥了挥手,说:"我确定你是误会你姐姐了。你们之间一直不和,但我一直没有去干涉,那是因为我觉得,随着时间的推移,你们肯定会理解对方的。"

"原谅我,父亲,但是我真的觉得,您是没有看清她的真面目。"

佩尔蒂埃对她的评价置之不理,自顾自地说:"你老是对欧莉安那么苛刻,阿莱斯。我敢肯定,她对你的一切关心都是出于好意。而你从来都没有问过她的情况,是不是?"阿莱斯脸涨得通红。"看来是真的。我从你的脸上就看出来你没有。"他又停顿了一下,"她是你姐姐,阿莱斯。你应该对她好一些。"

父亲对她不公正的非难终于点燃了她胸中一触即发的怒火。

"不是我——"

"如果还有机会的话,我会亲自跟欧莉安谈谈的。"他一字一顿地说着,掷地有声,宣告着此次对话的结束,不容再言其他。

阿莱斯脸红了,只能咬紧牙关,将心里的话咽回腹中。她一直都知道,她才是父亲最宠爱的孩子。因此她也懂得,父亲是因为对欧莉安缺乏关爱而感到良心不安,所以才会无视欧莉安的所有过错。而对阿莱斯,父亲有着更高的期望。

阿莱斯感到备受挫败,只能跟在他身边亦步亦趋地走着:"您会去查明是谁拿走了秘符吗?您有没有——"

"够了,阿莱斯。我们不先回到卡卡颂,就什么事情也做不成。现在,只能希望上帝保佑我们好运,让我们迅速赶回家里。"佩尔蒂埃停下脚步,环顾四周,说,"并且希望贝济耶能够坚守住,把他们都困在这里。"

第三十章

法国西南部 卡卡颂
2005 年 7 月 5 日 星期二

随着车子渐渐驶离图卢兹,爱丽丝感觉自己的情绪也慢慢地缓过劲儿来。

高速公路笔直穿过一大片长满青绿色庄稼的棕色沃土。她不时会看到满地的向日葵,正在伸着脑袋探向傍晚的太阳。旅途的大部分时间里,路边都有一条高速铁路,跟公路平行着延伸出去。穿过群山和连绵不断的阿里埃日山谷之后,就来到了她最初到达法国的地方——那里的风景仿佛更加朴素别致一些。

小山的顶上聚集着一座小小的村落。一幢幢孤零零的房子上镶嵌着百叶窗和钟形石,悬挂的铃铛在咖啡色的天空中印出一个个模糊的轮廓。她一边开着车经过,一边读着这些小镇的名字——阿维尼奥内、卡斯泰尔诺达里、圣帕普、布拉姆、米尔普瓦——任凭这些字眼如同纯酿一般缓缓流淌过自己的舌尖。在她的眼中,每一个名字都预示着一个隐藏在卵石街道里的秘密,讲述着一段埋葬在灰白石墙中的历史。

爱丽丝跨入了奥德省的界内。一个棕色的文物标志上写着"我们现在来到了纯洁派的国度"。她微笑了起来。纯洁派国度。她迅速地明白了，这个地方更多的是在用它的过去来定义自己的身份，而非用现在的眼光去审视自己。不仅仅是富瓦、图卢兹、贝济耶和卡卡颂这几个西南部的大城市都是如此。那里至今仍旧生活在发生于近八百年前的历史事件的影响之中。在这个影响的基础上，这里崛起了全套的旅游产业，书籍、纪念册、明信片、录像带之类都是与之相关的。如同夜晚的影子在西天上不断拉长，这些遗迹也仿佛是在拉着她走向卡卡颂。

九点钟的时候，爱丽丝根据市中心的指示牌，穿过了收费站。当她小心翼翼地穿过灰蒙蒙的郊外工业区和商业区时，她感到心里又紧张又兴奋，还伴随着一种奇怪的焦虑感。现在她靠得更近了，她马上就能感受到它了。

交通灯变绿，爱丽丝一脚油门踩下，跟着车流向前行驶，穿过了环状交叉路口和立交桥，然后突然又来到了乡下。路边尽是些参差不齐的灌木、野草和被风吹得七扭八歪的树木。

爱丽丝看到了若隐若现的小山顶端，便知道目的地马上就要到了。

那里最值得一看的风景就是中世纪的古城了。它远比爱丽丝想象中的更加雄伟庄严，完好无损。远远看去，紫色的群山向远方渐渐淡去，宛如一个飘浮在空中的魔法王国。

她立即就爱上了这个地方。

爱丽丝把车停到了路边，走出车子。眼前有两道壁垒，一个外环一个内环。她辨出了大教堂和城堡的轮廓。一座矩形对称的塔楼，很瘦很高，在其他建筑中鹤立鸡群地耸立着。

古城建在一座长满青草的小山顶上。陡峭的山坡下面就是筑满房子的街道，那里的房子都有着红色的屋顶。山脚下的平地上，是大片种植着葡萄、无花果和橄榄树的田野，温室大棚里还栽着成排熟透的番茄。

爱丽丝害怕打破咒语，不愿再往前走，于是便停在那里，看着西下的夕阳剥去万物的色彩。夜晚的凉风突然袭来，冰冷了她裸露在外的双臂，令她不禁颤抖起来。

她想起了一句此刻自己需要的诗："回到我们开始的地方，重新认识这个地方。"

第一次，爱丽丝清楚地领略了艾略特这句诗中所蕴含的意味。

第三十一章

保罗·奥蒂耶的办公地点位于卡卡颂巴斯城的中心。

最近这两年来，他的业务领域迅速扩张——他办公室所在的地理位置就能彰显出这种成功。那是一栋玻璃和钢铁筑成的建筑物，由知名建筑师设计而成。庭院用优雅的围墙环绕起来，一座中庭花园将办公区和走廊分隔开，可谓布局谨慎，时髦别致。

奥蒂耶此刻正在他四楼的私人办公室里。朝西的巨大窗户俯瞰着圣米歇尔大教堂和降落伞兵团的营地。从房间的布置就可以看出这个男人的特点：干净整洁，讲究低调，有着正统而奢华的优良品味。办公室的正面外墙都是由玻璃制成的。在一天的这个时刻，百叶窗已经拉了下来，用来遮挡夕阳的斜照。另外三面墙上挂满了镶框裱好的照片，一些推荐书籍和所获证书，还有几张老地图，都是原稿而绝非复制品。有的地图上画着十字军东征的线路图，有的则是朗格多克地区边界线的历史变化图。地图的纸张有些发黄，纸上的墨水褪色褪得一片花花绿绿、斑驳凌乱，倒形成了一种独特的配色方案。

一张专为这个空间设计的书桌又长又宽，摆放在窗前。桌上几乎空空如也，只有一本巨大的、裹着皮边的记事簿和几个相框，一张是他前妻的肖像画，另外两张是孩子的照片。因为客户们看到他这种踏实稳定、热爱家庭的特质，会感到十分放心，所以他就一直这么陈列着。

那边还有三张照片：一张是他本人被报道的肖像，那时他才二十一岁，刚刚从巴黎国家管理学院毕业，照片中的他正在和国民阵线的领导人让-玛丽·勒庞握手；第二张摄于孔柏斯泰拉；第三张是去年拍的，是在奥蒂耶最近一次也是金额最多的一次向耶稣会捐款的仪式上，当时他跟城堡的修道院院长，以及其他一众人站在一起合了影。

每张照片都在提醒着他一路走来的征程。

桌上的电话嗡鸣起来。"喂？"他的秘书报告有来访者到了。

"让他们进来。"

贾维尔·多明戈和西里尔·布莱萨以前都是警察。布莱萨于1999年被撤销职务,因为他在审讯一名嫌疑犯时过度使用暴力。一年之后,多明戈也以恐吓和收受贿赂罪被起诉。但在奥蒂耶八面玲珑的协助之下,他们俩竟都免于服刑。自那之后,他们就开始效忠于他。

"怎么样?"他说,"如果你们想要解释什么,那现在就说出来吧。"他们关上门,默不作声地站在他的办公桌前。

"没有吗?无话可说?"他用手指点着他俩说,"你们最好现在开始祈祷比奥没醒过来,也想不起来是谁开的车。"

"他不会醒过来了,先生。"

"你现在突然成了医生了,是吧,布莱萨?"

"白天的时候,他的情况就已经恶化了。"

奥蒂耶转过身去背对着他们,双手插进臀部的口袋里,凝望着窗外的大教堂。

"好吧,你们有什么要跟我汇报的?"

"比奥给了她一张纸条。"多明戈说。

"然后还消失了,"他讽刺地说,"连女孩儿本人也消失了。既然没什么事要说,你们为什么还在这里,多明戈?!为什么要浪费我的时间!"

多明戈的脸涨成了丑陋的红色:"我们知道她在哪里,先生。今天早些时候,圣蒂尼在图卢兹发现了她。"

"然后呢?"

"大约一个小时前,她离开了图卢兹,"布莱萨说,"她在国家图书馆待了一个小时。圣蒂尼传真过来一系列她去过的地址。"

"你们在她车上装了跟踪器?还是说我问了一句没用的话?"

"我们的确装了。她此刻正在前往卡卡颂。"

奥蒂耶在他的椅子上坐定,目光越过宽阔的桌面,聚焦在了他们身上:"那么现在你们应该在回去的路上,去旅馆等着她,不是吗,多明戈?"

"是的,先生。这——"

他猛地打断他,十指交叉攥住拳头,说:"我不想让她知道我们在跟踪她。搜她的房间、汽车,搜一切能搜的东西,总之,就是不要打草惊蛇。"

"除了戒指和笔记,我们是不是还要找别的东西,先生?"

"一本书,"他说,"大约这么高。木板封面,用皮革带子捆住。那本书价值连城,精美绝伦。"他伸手去够书桌上的一个文件夹,从里面掏出一张照片,掷在桌面上,说:"大概就跟这本差不多。"他让多明戈看了几眼,然后又将照片拨回到自己眼前:"如果还有其他东西的话……"

192

"我们还从医院的一个护士那里拿到了这个。"布莱萨殷勤地说,从手里扯出一张纸,"是比奥口袋里的。"

奥蒂耶接了过去。那是一份包裹邮寄发货的收据存单,上面显示其是周一下午傍晚从富瓦中央邮局寄出,收货地址是卡卡颂的一个地点。

"谁是让娜·吉罗?"他问道。

"是比奥的外婆。"

"她又是谁?"他静静地问。说完,他身子向前倾,按下了桌子上的对讲机:"奥赫莉,我需要查一个叫让娜·吉罗的人的信息。是的,吉罗。住在加夫街。越快越好。"奥蒂耶靠到椅子后背上,问:"她知道她外孙出事了吗?"

布莱萨的沉默回答了他的问题。"去查明白!"他厉声说道。

"我们再进一步想想,多明戈去拜访坦娜博士的时候,你要绕到吉罗夫人的房子那边去打探一下,谨慎一点儿。"他瞥了一眼手表,说,"三十分钟之后,我会在纳波尼城门对面的停车场跟你们见面。"

对讲机又嗡嗡地响起来。

"你们还在等什么?"他一边说,一边摆摆手让他们出去。他一直等到他们关上门才打开了对讲机。

"是我,奥赫莉吗?"

他听电话的时候,一只手不自觉地伸到了脖子上,摸了摸黄金十字架。

"她有没有说为什么要把会面提前一个小时进行?这样当然不方便!"他厉声说,打断了秘书的道歉。他从夹克口袋里掏出自己的移动电话。没有短信。过去,她总是会直接跟他私下联系。

"我必须得出去一趟现在,奥赫莉。"他说,"你回家的时候顺道把关于吉罗的报告送到我的公寓。八点之前。"

随后,奥蒂耶从椅子靠背上抓起夹克,从抽屉里拿出一双手套来就出门了。

奥迪克·拜亚德坐在让娜家卧室前的一张小书桌旁。百叶窗半遮半露地悬着,半过滤的余晖照得房间里光影斑驳。他身后有一张老式的单人床,有着雕花的木质床头床尾板,上面盖着新做的白色朴素棉布床单。

多年以前,让娜就把这个房间给他使用,他需要的时候就可以住进去。令他感动得一塌糊涂的是,她用他过去所有的出版作品装饰了整个房间,那些书就那样整整齐齐地放置在床头上方的一个木质架上。

拜亚德没留下什么财物。这个房间里他唯一留下的就是几件换洗衣服和一些写作材料。在他们长期合作的初期,让娜曾经嘲笑过他对钢笔、墨水和纸张的特殊嗜好,他喜欢像羊皮纸一样又厚又重的纸张。他对此却只是笑笑,告诉她他太老了,已经改不动那些习惯了。

现在,他却犹疑了。现在,改变是不可避免的了。

他靠在椅背上,思考着让娜、以及他与她的友谊对他来说到底意味着什么。在他人生中的每个阶段,他都能找到一些助他一臂之力的善男信女,但让娜的地位是独一无二的。是靠着让娜的帮助,他才找到了格蕾丝·坦娜的位置,虽然这两个女人从未谋面。

厨房里的平底锅正在哗啦哗啦地响着,将他的思绪拉回到了现实中。拜亚德拾起钢笔,却突然感受到过去的时光正在渐渐消失,他所度过的年岁和经历的事情突如其来地消失于指尖。他仿佛又年轻了。

一瞬间,他感到文思泉涌,剑笔如飞。

信写得简短而直击主题。写完之后,奥迪克用吸墨纸吸掉了未干的墨汁,将纸张整整齐齐地叠了三层,做了个信封。等他一拿到她的地址,这封信就可以寄出去了。

那样一切就听从她的安排了。只有她才能做出决定。

该发生的,都会发生。

电话响了。拜亚德睁开双眼。他听到让娜接了电话,接着是一声刺耳的尖叫。起初,他以为是从外面街上传来的声音。随后却传来了电话听筒摔到瓷砖地板上的声音。

也不知道为什么,他不自觉地站起身来,敏锐地感受到了气氛中的异样变化。他听到了让娜快步走上楼梯的脚步声,便赶紧回头看着门口。

"怎么了?"他着急地问。"让娜,"他更急不可耐了,"发生什么了?谁打来的电话?"

她一脸茫然地说:"是伊夫。他受伤了。"

奥迪克满脸惊恐地望着她:"什么时候?"

"昨天晚上。有人肇事逃逸了。他们只能联系到克劳德特。刚刚就是她打来的电话。"

"伤得有多严重?"

让娜仿佛并没有听到他的话:"他们现在正在派人来带我去富瓦的医院。"

"谁?克劳德特吗?"

让娜摇摇头:"是警局。"

"要我跟你一起去吗?"

她犹豫再三之后说了声"要"就走出了房间,幽幽地穿过楼梯平台,神色姿态如同一个梦游患者。片刻之后,拜亚德听到她的卧室门关上的声音。

这个消息令他感到浑身无力,只剩下满心的恐惧。他深知这绝对不是一个时间上的巧合那么简单。他的眼神落到了刚刚写完的那封信上。他向前迈出半步,心里忖度着,如果一切还来得及,他可以斩断这条不可避免的事件链。

随后,拜亚德那只抬起的手又垂落下来。烧掉这封信的话,他一直拼命争取的目标、隐忍熬过的苦难都将变得一文不值。

他必须坚持一条路走下去。

拜亚德双膝跪地,开始祈祷。起初,当他念起那古老的祷词时,还觉得嘴唇有些僵硬,但很快,它们就像之前一样,轻而易举地从唇边流淌出来,像一条无形的纽带,将他和之前念过同样祷词的人们联系到了一起。

外面街上传来一声汽车鸣笛声,将他拉回了现实世界中。

他挣扎着站起来,感到双腿麻木而疲倦不堪。他把那封信扔进了胸前的口袋里,从门后取下夹克,走出房间,喊上了让娜。

在纳波尼门对面那几座巨大而毫无特色的市政停车场上,奥蒂耶选了其中一个位置停下了车。一群群背着导游书和照相机的外国游客把这里挤得满满当当。对于他们的行为,他是极其鄙视的。为了娱乐这些日本人、美国人和英国人,这里的历史和过去被无情地盘剥利用,不加思考地进行商业化改造。他厌恶那些翻修的墙壁和仿造的灰色石塔。他们将一个臆想出来的过去包装起来,呈现给这些愚蠢透顶、信仰缺失的大众。

按照事先的约定,布莱萨正在那里等他,并且迅速向他汇报了进展。

房子是空的,从花园很容易就可以进到房间的后门。据邻居说,大约十五分钟之前,一辆警车接走了吉罗夫人,还有一个老年人跟着她一起。

"那是谁?"

"他们之前就在附近见过他,但没人知道他的名字。"

奥蒂耶打发布莱萨走了之后,自己动身开车前往山下。那栋房子在离山脚下大约四分之一的地方,道路的左侧。门上了锁,百叶窗也关着,但是有人刚刚住过的气息还飘浮在空中。

他继续走,来到了街道的尽头,然后左拐进入巴赫卡纳街,沿着圣吉麦广场走去。几个住户正坐在自家房子的外面，眺望着广场上停泊的汽车。一群骑自行车的男孩儿正光着膀子在教堂的台阶上闲荡，太阳把他们晒得黝黑发亮。奥蒂耶无暇顾及这些风景。

他迅速地走过加夫街前面的几所房屋和花园，来到背后的一条柏油碎石通路上。随后，他爬上山坡向右拐弯，走上了一条狭窄的土路。那条路在古城墙下方的草坡上蜿蜒曲折。

不久，奥蒂耶就可以俯瞰到吉罗家的后方了。后墙和前面漆着同样的黄色涂料。一扇小小的、没有上锁的木门通往一个花园。摇摇欲坠的无花果熟透到几乎发黑，从一棵巨大的树上悬垂下来，几乎遮住了整个阳台，使邻居们都看不到里面。地面上铺就的陶瓦被树上掉落下来的烂熟无花果染成了紫色。

玻璃后门镶着边框，门上架着一副木头藤架，上面覆盖着茂密的葡萄藤。奥蒂耶凝视着，发现虽然钥匙还在锁眼里，但门的上面和下面都拴着螺栓。由于他不想留下证据，所以他决定再寻觅其他进去的方式。

落地窗旁边、厨房上面有一扇小小的窗还是开着的。奥蒂耶套上手套，把胳膊从缝隙里伸进去，提起那个老式的扣子，拉下了窗钩。窗户打开的时候合页十分僵硬，铰链发出吱吱嘎嘎的声音，如叹如怨。等到缝隙开得够大之后，他把手指塞了进去，打开了下面的窗户。

爬进阴凉的食品储藏室后，一阵橄榄和酸面包的气味朝他扑面而来。搁奶酪的木板上罩着铁丝罩网。架子上摆着瓶瓶罐罐、腌菜坛子、果酱和芥末。桌子上放着一块木质砧板和一块白色的擦盘抹巾，盖着那些从一条老长棍面包上掉下来的碎屑。几乎都要熟烂的杏子盛在水槽中的一个滤器里，正在等待有人来清洗它们。两只杯子倒置在沥水盘上。

奥蒂耶走进正房中。房间一角有一张办公桌，上面摆放着一台陈旧的电动打字机。他按下开关键，它便嗡嗡地启动了。他丢了一张纸进去，随便敲了几个键，那几个黑得发亮的字母便跃然纸上了。

奥蒂耶将打字机推到前方，开始在后面的信函分拣台上翻找起来。

让娜·吉罗还真是个老妇人，每样东西都会贴上标签，细致归类：账单在第一区，私人信件在第二区，津贴和保险文件在第三区，其他一些混杂的通告和传单在最后一区。

没有使他感兴趣的东西。他把注意力转向了抽屉。

头两个抽屉里也只是些寻常文具：钢笔、回形针、信封、邮票和一些A4纸。底下的抽屉上了锁。

奥蒂耶用一把裁纸刀小心翼翼而迅速敏捷地伸进了抽屉之间的缝隙，弹开了锁。

里面只有一样东西。一个小小的、厚厚的信封。信封的大小不足以装下那本书，但足够装下一枚戒指。邮戳上写着："阿里埃日：2005年7月4日18：20。"

奥蒂耶将手指伸了进去。里面只有一张收获凭据，确认吉罗夫人于8点20签收了包裹。跟多明戈交给他纸片上的内容吻合。

奥蒂耶将信封丢进了自己的夹克内袋里。

虽然没有明确的证据表明比奥已经拿走了戒指，并且寄给了他的外婆，但是事实已经指向了这种可能性。奥蒂耶继续搜索着他想要的东西。把一楼翻遍之后，他又走上楼去。一直走到尽头就是后面卧室的门了。显而易见，这就是吉罗的房间，明亮干净而充满女性气息。他搜了衣柜和抽屉，用他那老练的手指飞快地翻拣过一件件小巧玲珑却质量上乘的衣服和内衣。每一件衣服都叠放得整整齐齐、规规矩矩，闻上去还散发着淡淡的玫瑰香水味。

镜子前面的梳妆台上，静静地立着一只首饰盒。几支胸针、一串黄色珍珠、一只金手镯、几对耳环和一枚银十字架混杂在一起。她的结婚戒指和订婚戒指静静地插在暗红色的毡垫上，好像不经常拿出来戴的样子。

相比之下，前面的卧室显得空旷而平淡，只有一张单人床和摆在窗下的一张书桌，上面立着一盏台灯。奥蒂耶感觉这种陈设很合自己的口味。这令他回忆起了大修道院里庄严古朴的钟声。

房间里有一些刚刚有人住过的痕迹。床头柜上放着一只盛了一半水的玻璃杯，旁边是一卷何内·奈利写的奥克语诗歌，页码都标注在边缘。奥蒂耶走到书桌前。桌上放着一支老式钢笔和一瓶墨水，还有几页厚实的白纸。旁边有一张没怎么用过的吸墨纸。

他简直不敢相信自己的眼睛。有人坐在这张书桌前，给爱丽丝·坦娜写了一封信。名字还清晰可辨。奥蒂耶把吸墨纸翻过来，试着破译下面那个模糊不清的署名。那个笔迹是一种古老的样式，有几个字母还跟其他字母交叠在一起，但他还是坚持拼出了个大概的名字。

他把那张纸叠起来，装进了胸前的口袋里。就在他转身要离开房间的时候，他的视线突然定在了地上的一张碎纸上。那张纸夹在门和门框之间。奥蒂耶将它捡了起来。是一张火车票的碎片，单程的，时间正是今天。终点站十分清楚，是卡卡颂，但是出发站的名称不见了。

圣吉麦的钟声敲了四下，令他突然想起自己还要赶紧回去。于是他环顾四下，确认能找到的已经都找到了，这才按照原路返了回去。

20分钟之后，奥蒂耶坐在他位于拜依谢鲁码头的公寓阳台上，越过河面向后眺望那座中世纪的古城。他面前的桌子上，摆着一瓶Villerambert Moureau酒庄的葡萄酒和两只杯子。他的大腿上放着一份文件，是他的秘书在过去的一小时里搜集到的关于让娜·吉罗的信息。另外一份档案里是人类学家对洞穴里发现的尸体做出的初步检测报告。

奥蒂耶沉思了片刻，从吉罗的档案中抽出了几张纸。然后，他将那个信封重新封好，给自己倒了一杯葡萄酒，静候那位访客的到来。

第三十二章

拜依谢鲁码头两岸的高高堤坝上，坐在金属长椅上的各色男女正在俯瞰着奥德河。公园里那精心培育的广阔草地被色彩明艳的花圃和小路分割开来。儿童游乐场里花哨的紫色、黄色和橙色装饰跟花床里放荡不羁的色彩交相呼应——那是剑叶兰、硕大的百合、飞燕草和天竺葵组成的缤纷。

玛丽-赛希拉用一种评鉴的眼光打量着保罗·奥蒂耶的房子。跟她期望中的一样，这是一座严谨而低调的建筑，没有声张的必要，是一处混合着居家住所和私人会所两种元素的所在。她正观赏着，突然看见一个戴着紫色丝巾、穿亮红色衬衫的女人骑着自行车从牵道上走过。

她开始意识到有人在跟踪她。她没有转头，只是瞥了一眼。她看到一个男人正站在顶楼的阳台上，双手扶住熟铁栏杆，望着下面的汽车。玛丽-赛希拉笑了。根据见过的照片，她认出那就是保罗·奥蒂耶。老远看去，她觉得人们对他的评价好像有失偏颇。

她的司机摁响了门铃。她看着奥蒂耶转身，然后消失在阳台的门后。等到她的司机打开车门的时候，奥蒂耶已经站在门口准备迎接她的到来了。

她精心挑选了此次见面的着装：一件淡褐色无袖亚麻裙和一件配套的夹克，正式却不会过于官方，非常简单，但很时髦。

她走上前去,对他的第一印象逐渐加强。奥蒂耶身材高挑,举止优雅,穿着一身休闲却剪裁合体的套装,里面配了白色的衬衫。他的头发从前额梳到后面,更加突出了他那张苍白面颊上的精致颧骨。他的目光凝视着她,令她感到紧张和局促。然而,在他温文尔雅的外表之下,玛丽-赛希拉察觉到了这位徒手拳击者的坚毅之心。

十分钟之后,一杯葡萄酒已经下肚。她感到自己对这个与自己交手的男人产生了一种感觉。玛丽-赛希拉一边微笑着,一边向前倾身,在沉重的玻璃烟灰缸里熄灭了手中的香烟。

"好吧,言归正传,我们开始谈正事吧。我看去里面谈更好一些。"

奥蒂耶站在一旁,将她引进了玻璃门。里面是一间洁净整齐却略显冷漠的起居室:灰白色的地毯和灯罩,一张玻璃桌子,周围有几把高靠背的椅子。

"再来点儿葡萄酒怎么样?或者,我给你倒点儿别的东西喝?"

"茴香酒吧,如果有的话。"

"加冰还是加水?"

"加冰。"

玛丽-赛希拉坐在一把奶油色的皮革扶手椅上。她的两侧各有一张小小的玻璃咖啡茶几。她看着他将各种饮料调在一起。房间中充盈着茴香的微妙气息。

奥蒂耶把饮料递给她,自己坐到她对面的一张椅子上。

"谢谢,"她微笑着表达自己的谢意,"那么,保罗,如果你不介意的话,我想请你简述一下事情的具体经过。"

不知道他有没有恼怒,反正表面上看不出来。他说话的时候,她仔细地观察着他,但是他的报告既清楚又简洁,每个细节都跟他之前同她说过的一样。

"那骷髅呢?已经被运往图卢兹了吗?"

"是的,运到了大学里的法医人类学系。"

"什么时候会有消息?"

他没作声,只是把那张白色的A4纸信封从桌上拿起来递给她。演技倒真是精湛啊,她心里想。

"已经有消息了吗?他们动作真快。"

"我打电话让他们帮了帮忙。"

玛丽-赛希拉将信封搁在大腿上。"谢谢你,我一会儿再读,"她语气平稳地说,"现在,你不妨先替我概括一下吧。我猜,你应该已经读过了吧?"

"这只是一份初步报告,我还在等待更细致的检测结果。"他警惕地说。

"明白了。"她说着，将身子靠到了椅子后背上。

"骷髅是一个男人和一个女人的。据估计，它们的年龄应该在七百到九百岁之间。男性骷髅的骨盆和股骨处好像有一些无法愈合的创伤，意味着他们死前不久可能遭受过某种打击。他的右臂和锁骨处还有一些之前已经愈合的裂缝。"

"年龄呢？"

"是成年人，不老也不小。大约二十岁到六十岁之间。等做了进一步的检测之后，这个年龄范围可以再缩小一些。女人的情况也差不多。她的颅腔一侧受压，可能是头部受到袭击或是跌倒所致。她至少生过一个孩子。另外，她的右脚有一处已经愈合的裂缝，左臂手肘和手腕之间的尺骨有一处尚未愈合的创伤。"

"死因是什么？"

"现在尚处于研究初期，研究人员还不愿意肯定地下结论。但是他已经明确指出，即便是一些显而易见可以下结论的东西，也绝对不能孤立地来看待。考虑到我们所讨论的那个时间阶段，他们的死因极有可能是受到了各种创伤，失血过多，甚至还有饥饿的综合影响。"

"他认为他们被埋葬在洞穴中的时候还活着？"奥蒂耶耸耸肩，虽然从他那灰色的眼睛中，她看到了一丝摇曳的狡黠之光。玛丽-赛希拉从她的小盒子里拿出一根香烟，在手指间捻转了一会儿，陷入了思索。

"那两具骷髅之间的那些东西有什么说法吗？"她一边说着，一边将身体凑到他面前去借火点烟。

"那也需要再等消息，但是他估计他们可以追溯到12世纪晚期到13世纪中期。祭坛上的那盏灯也许时间更久远一些，阿拉伯人设计的，也有可能是西班牙人，甚至来自更遥远的地方。那把匕首就是一把普通的餐刀，切肉和水果的。刀刃上检测到了血迹。至于是人血还是动物血，还有待进一步检验。包袋是皮质的，当地制造，是当时朗格多克省流行的那种款式。里面没有发现任何装有东西的迹象。不知道有没有装过东西，但是在衬里中发现了一些金属微粒，针脚里也夹杂着微量的羊皮纸屑。"

玛丽-赛希拉极力按捺住自己渐渐急促的呼吸，问道："还有什么吗？"

"找到洞穴的那个女人，坦娜博士，她发现了一枚大铜银带扣。当时带扣被压在洞口外面那块卵石的下面。研究员查明，它的时间也可以追溯到同一时期，并且认为它可能产自当地，也可能是阿拉伯人制造的。信封里有一张带扣的照片。"

玛丽-赛希拉摆摆手，说："我对一枚带扣不感兴趣，保罗。"她说着，朝空中吹出一圈圈的烟雾:"但是,我想知道你为什么还没找到那本书。"

她看到他纤长的手指缠绕在椅子的扶手上。

"我们没有找到证据证明那本书也在那里。"他冷静地说。

"虽然那个皮袋子足以装下那本你正在寻找的书。"

"那么那枚戒指又是怎么回事?你不怀疑它也应该在那里吗?"

他再一次无视了她对自己的挑衅,冷冷地说:"恰恰相反,我十分确定那枚戒指就在那里。"

"然后呢?"

"戒指在那里,但是从它被发现到我和警察赶到现场的这段时间内,戒指被人拿走了。"

"但是你这样说也没有证据。"她高声说着。

"如果我没有搞错的话,你也没有那枚戒指。"

玛丽-赛希拉看着奥蒂耶从他口袋中拿出一张纸。"坦娜博士是最值得怀疑的人,因为她甚至画了一幅这样的画,"他一边说,一边将那张纸递给了她,"虽然我承认,这幅画画得很粗糙,但是跟你向我描述的样子却极其匹配。你发现没有?"

她从他手中接过那副草图。跟她锁在沙特尔保险柜里的那幅迷宫戒指图相比,虽然画中的尺寸、形状和比例并不完全相同,但已经极其接近。八百年来,除了德劳哈德家族之外没有一个人见到过那个图形。这肯定不是伪造的。

"倒是颇有些艺术风范,"她小声嘟嚷着,"她只画了这么一幅吗?"

他的灰色眸子直直地盯着她的眼睛,毫无犹豫之色,说:"还有别的,但是这是最值得我们纠结的一幅。"

"为什么不让我来判断呢?"她默默地说。

"德劳哈德夫人,我只拿来了这一幅。因为其他的看起来都不甚相关。"奥蒂耶抱歉地耸耸肩,"另外,那个调查官努贝尔警官,已经引起了我的怀疑。"

"下次……"她刚要说,却止住了。她熄灭了手中的香烟,用力地捻着烟头,直到烟灰缸的烟草呈扇状向外溢出,"我猜,你们已经搜了坦娜博士的东西吧?"

他点点头:"戒指不在她那里。"

"戒指那么小,她把它藏起来简直是轻而易举。"

"技术上说确实可以,"他表示同意,"虽然我觉得她不会。如果是她偷走了,那么她为什么一开始就要提及呢?另外,"他俯下身子,轻轻敲打着那张纸,"如果她手上有原件,为什么还要费劲儿画一幅呢?"

玛丽-赛希拉看着那幅图，忍不住说："可如果是凭记忆画的话，那这种精准实在是令人诧异。"

"我也觉得。"

"那她现在在哪里？"

"就在这里。在卡卡颂。貌似她明天要去见一位律师。"

"关于什么事？"

他耸耸肩说："好像是关于一笔遗产吧。她定于星期天返程。"

他讲得越多，玛丽-赛希拉的疑问，那个从昨天她听说了这个发现之后便产生的疑问，就愈发强烈，但她没有说出来。

"坦娜博士是怎么加入挖掘队的？"她问，"有人推荐她的吗？"

奥蒂耶看起来十分惊讶。"坦娜博士并不是一名正式的队员，"他轻轻地说，"我确定我提过这一点了。"

她咬了咬嘴唇，说："你并没有说过。"

"很抱歉，"他波澜不惊地说，"我确定我说过的。坦娜博士是一名志愿者。因为大部分的挖掘都是依赖无偿的援助，所以，当有人推荐她加入本周的工作时，好像也没有什么理由拒绝。"

"谁推荐的？"

"希拉·欧唐纳吧，好像是她，"他温和地说，"发掘现场的二把手。"

"她是欧唐纳的朋友？"她一边说，一边努力地掩饰着自己的惊讶。

"显然是，所以，我脑海中突然闪现出一个想法：坦娜博士可能是把戒指给她了。遗憾的是，我星期一的时候一直没得到机会盘问她，而现在她好像已经消失了。"

"她是干什么的？"她抬高声音说道，"什么时候？谁知道这一切？"

"欧唐纳昨晚还在挖掘现场的房子里。她打了个电话，没过多久就出去了。从那之后没人见过她。"

玛丽-赛希拉又点了根烟，以平复她紧张的神经："为什么之前没人告诉我这一点？"

"很抱歉，我没料到你会对这么边边角角的事情也感兴趣。"

"警察已经知道这个消息了？"

"还没有。发掘现场的主管布雷灵博士给大家都放了几天的假。他觉得很有可能欧唐纳只是不想惊扰大家就走了而已。"

"我不想让警察介入，"她语气中透露出强势，"这是绝对不能容忍的事情。"

"我举双手赞成,德劳哈德夫人。布雷灵博士又不是个傻瓜。如果真的是欧唐纳从现场拿走了什么东西,为了他自己的利益,他也是绝对不会让当局介入的。"

"你觉得是欧唐纳偷走了戒指吗?"

奥蒂耶回避了这个问题,说:"我认为我们应该找到她。"

"我问的不是这个。另外,那本书呢?你觉得会不会也是她拿走了呢?"

奥蒂耶直勾勾地盯着她的眼睛,说:"我说过了,关于那本书是不是在那里,我还是持怀疑态度的。"他停顿了一下:"如果是的话,我也觉得她不可能在现场众目睽睽之下将它拿走。书跟戒指不是一回事。"

"好吧,也许有人可以。"她灰头土脸但仍气势汹汹。

"还是像我刚刚说的那样,前提是那本书得在那里。"

令他目瞪口呆的是,玛丽-赛希拉从椅子上跳起来,绕着桌子转了几圈,最终停在他面前站定。她头一次从他的灰色眼睛中看到了一闪而过的警惕。她弯下腰,将手平放在他的胸膛上。

"我可以感受到你跳动的心脏,"她轻柔地说,"跳得那么厉害。这是为什么呢,保罗?"她一边死盯着他的眼睛,一边将他摁到椅背上,说:"我对错误是零容忍的。并且我不喜欢被别人蒙在鼓里。"他们的眼神紧紧地锁在一起。

"你懂我的意思了吗?"

奥蒂耶没有回答。她也不需要他回答什么。

"你唯一需要做的事情就是把你承诺过的东西给我。我付你钱,你就应该做事。所以,找到那个英国女孩,有必要的话对付一下努贝尔,怎么处理就是你自己的事了。我不想听到其他借口。"

"如果我做了什么事情让你猜忌——"

她将自己的手指放到他的嘴唇上,感受到了他对这种肢体接触产生的退缩:"我不想听到这些。"

她把他松开,转身走向阳台。夜晚将所有事物的颜色全都剥离、淡去,夜幕上只留下一栋栋建筑物和桥梁的轮廓。

不久之后,奥蒂耶也跟着走过来,站到了她的身旁。

"我毫不怀疑你已经尽力了,保罗。"她平静地说。他伸出手扶住栏杆,手就放在她的手旁。过了一会儿,他们的手指碰到了一起。

"在卡卡颂,还有真正山峰荣誉会的其他成员,当然,他们也可以很好地发挥作用。然而,鉴于你这么久以来涉入的程度……"她没有把这句话说完。

从他僵硬的肩膀和后背判断,她知道自己的警告已经击中了他的要害。她抬起手,召唤了自己正在楼下等候的司机。

"我想自己去趟苏拉哈克山。"

"你要待在卡卡颂?"他追问道。

她掩住了自己的笑意:"是的,要待上几天。"

"我印象中,你是不愿意进去洞穴里那个小房间的,除非是等到仪式之夜——"

"我已经改变主意了。"她把脸转向他说。"现在我来了,"她微笑着说,"有些事情我得处理一下。所以,如果你能在一点钟去接我的话,那我就能有时间好好拜读一下你的报告了。我就住在古城饭店。"

玛丽-赛希拉又走回房间里,拿起信封,装进了自己的手袋里。

"好了,明天见,保罗。睡个好觉。"

玛丽-赛希拉感受得到,在她走下楼梯的时候,奥蒂耶的眼睛一直注视着自己的后背。她只能说,自己很钦佩他的自制力。但当她踏进车里之后,却听到了奥蒂耶公寓二楼传来一只玻璃杯砸到墙上碎了一地的声音。这令她感到心满意足。

饭店的酒吧间里烟雾缭绕。一些餐后想要小酌一杯的客人聚集在此。他们或穿着夏日套装,或身着晚礼服,或陷在深深的皮革扶手椅里,或坐在严肃的高靠背桃花心木椅上。

玛丽-赛希拉缓缓地走上宽阔的楼梯。她头顶上的一些黑白照片居高临下地俯视着她,提醒着她这座饭店辉煌的百年转变。

她到房间之后,把衣服脱掉,换了睡衣。一直以来,她每天晚上睡前的最后一件事情,都是望着镜子里的自己,冷静地观察,仿佛细细查看一件艺术品。半透明的皮肤、高高的颧骨,都是德劳哈德家族典型的外貌特征。

玛丽-赛希拉用双手抚摸着自己的面部和脖颈。她绝不容许自己的美貌随年华逝去。如果一切进展顺利的话,她就能够完成她祖父一直梦想的事情了。她就能够欺骗年龄,欺骗死亡。

她皱起眉头。那种可能性必须要建立在找到那本书和那枚戒指的基础上。玛丽-赛希拉的心中又重新燃起希望的火苗。她点了一根烟,踱步走向窗边,看着窗外的花园,等待电话打过来。深夜里人们叽里咕噜的对话声从阳台上飘进她的耳朵。在古城墙的城垛之外,河的另一边,巴斯城的灯光如同廉价的白色、橘色圣诞装饰品一样，闪着星星点点的光芒。

她拿起电话，拨了号码。

"弗朗西瓦-巴普蒂斯特吗？是我。过去二十四小时中，有没有人往我的私人号码上打电话？"她听着回答，说，"没有？她给你打电话了吗？"

她等着回答。"我刚刚听说这样一个问题。"他在说话的时候，她一直用手指在自己的手臂上敲打着，"另一件事有没有什么进展？"

他的回答不是她想要听到的结果。"是全国的还是只有当地的？"她停顿了一下，"跟我保持联系。如果发生别的事情，给我打电话，否则我星期四晚上就回来了。"

玛丽-赛希拉挂了电话之后，便将思绪飘到了她宅子里的另一个男人身上。威尔是个贴心的人，热衷于取悦她，但是他们的关系也已经差不多走到了尽头。他的占有欲太强，他那幼稚的嫉妒心已经要把她惹毛了。他总是在问问题。在这个当口，她不想节外生枝。

另外，他们需要在自己的宅子里待上几天。

她扭开阅读灯，拿出奥蒂耶给她的检查报告，又从手提箱里拿出一份关于奥蒂耶本人的档案。这份档案是两年前甄选山峰荣誉会成员时准备的。

她大致浏览了一遍那份文件，虽然内容她早已了然于胸。他还是学生的时候，有过几次性侵犯的指控记录。她猜测，被侵犯的两个女人肯定是用钱给打发了，因为两次他都没有遭到起诉。他还在支持穆斯林的集会上袭击了一名阿尔及利亚妇女，虽然遭到了指控，但是最终也没有被起诉。大学期间，他参与了反对犹太人的出版物的行动，还受到过一些关于对自己前妻进行性虐和家暴的指控，最终也是不了了之。

更重要的是，他定时向耶稣会捐款，而且越来越大手笔。过去的几年中，他与反对罗马教廷二世、主张天主教会现代化的基要主义者之间的联系越来越密切。

在玛丽-赛希拉眼里，他身上这样强硬的宗教信仰态度与山峰荣誉会会员身份格格不入。奥蒂耶发誓要效忠于这个组织，并且这么久以来，他也确实发挥了自己的作用。他高效率地安排了此次苏拉哈克山的发掘工作，并且仿佛一切都胜券在握，成果也要呼之欲出了。得知从沙特尔发出的违反保密的警告，也是通过他的关系打探来的。他的情报工作总是清楚可靠。

然而，玛丽-赛希拉并不信任他。他的野心太大了。与他的成功相对立的，是他在过去四十八小时之内的失败。她不相信他会愚蠢到自己拿走了那枚戒指或者那本书，但是奥蒂耶看起来也不像是一个任凭这些东西消失在自己眼皮底下的人。

她犹豫不决，然后打了第二个电话。

"有件事情需要你去办。我对一本书很感兴趣，大约二十厘米高，十厘米宽，硬板书皮，上面套着皮质封面，用皮袋子绑着。另外，还有一枚男士戴的石头戒指，外面是光滑的，中间有一条细细的线，内侧有一个雕刻。与这些东西一起的可能还会有一枚小小的代币，大约有十法郎硬币那么大。"她停顿了一下，"卡卡颂。拜依谢鲁码头的一座公寓，凡尔登大街的一间办公室，都归属于保罗·奥蒂耶。"

第三十三章

爱丽丝的旅馆正对面就是中世纪古城的主大门。它沉落在路边，掩映在漂亮的花园中，不容易被人看到。

旅馆老板带她看了一个一楼的舒适房间。爱丽丝推开窗户，让外面的世界跃入房间。外面空气中的烹饪肉类、大蒜和香草味道以及雪茄的烟味都趁机飘了进来。

她迅速地打开自己的行李，然后洗了个澡，接着又试着给希拉打电话。很大程度上，这已经变成了一种惯性动作，她的内心却并没有真的指望她能接起来。依然没有应答。她耸耸肩膀。至少她尝试过了，不能怨自己了。

爱丽丝抄起一本来图卢兹途中在一个服务站买的旅行指南，走出了旅馆。她穿过马路，朝着古城的方向走去。陡峭的混凝土台阶上方，有一座小小的公园，它的两边长满了茂密的灌木丛和高大的常青树、悬铃树。花园遥远的尽头盘踞着一座19世纪风格的旋转木马，灯火通明，过分华丽和浮夸的装饰物在砂岩筑成的中世纪堡垒的阴影下，显得格格不入：棕色和白色的条纹天篷下，骑士们穿着涂满油彩的起绒粗呢，转盘边缘上是女士们和白色的马儿。满眼都是粉色和金色的海洋——载人的马匹、旋转的茶碗以及童话式的四轮马车，甚至连售票亭看起来都像是游乐场里的地货摊。一声钟响之后，旋转木马开始转动，古老而机械的歌曲缓缓流动,孩子们兴奋得尖声叫嚷起来。

越过那座旋转木马,爱丽丝看到了墓地围墙后面有一些坟墓和墓碑,只露出灰色的顶部和上半截。一排柏树和紫杉保护着脚下的长眠者,不受人们的随意窥视。大门的右边,一群男人正在玩着滚球游戏。

面对着眼前的古城入口,爱丽丝静静地站在那里怔了一会儿,直到做好了进去的准备。她的右手边有一根石柱,那里有一个丑陋的滴水嘴,正在狰狞地盯着她看。它那张平面的脸看起来顽固死板,迟钝生硬,像是新修上去的。

我是卡尔卡。

卡尔卡夫人,萨拉森王后,巴拉克国王的妻子。据说在成功抵抗住查理曼大帝持续五年的围攻之后,卡卡颂就以她命了名。

爱丽丝走上了盖着顶棚的吊桥。那座桥低矮而狭窄,由石头、铁链和木头筑成。她脚下的木板发出嘎吱嘎吱、哗啦哗啦的声音。下面的护城河里没有水,只有成片的荒草,其间还点缀着星星点点的野花。

这座桥引向城堡外围的木栅栏,也就是防御工事内环和外环之间的一块落满灰尘的宽阔地。左右两侧,孩子们正在攀爬城墙,还不时挥舞着塑料宝剑上演一场场的模拟战斗。正前方就是纳波尼城门。穿过那座高高窄窄的拱门时,爱丽丝抬起了头。令她惊讶的是,一座和蔼可亲的圣母玛丽亚石雕像正在俯瞰着她。

爱丽丝穿过大门的一瞬间,所有的空间感全都消失了。克罗斯-迈赫维耶大街,一条铺满鹅卵石的主大街,窄窄地沿缓坡向上延伸着。一座座建筑物挤得满满当当,人们甚至可以从一座房屋的顶楼伸出一只手,和对面的人握握手。

高大的建筑物挡住了外面的嘈杂。不同的语言、叫喊、笑声交织在一起。当一辆汽车缓缓地驶在路上时,车子两边的宽度都伸不出一只手去。街边的一些商店引起了她的兴趣:有的店出售着明信片、旅行指南;有的店用人形模特打广告,正在宣传一座展示宗教审判刑具的博物馆;还有些店在贩卖肥皂、坐垫、餐具,以及四处可见的宝剑和盾牌仿制品。几个扭曲的熟铁支架从墙里伸出来,上面挂着几块木质标牌——出售中世纪马刺、宝剑复制品,瓷娃娃,圣路易斯出产的肥皂、纪念品和餐具。

爱丽丝信步走向主广场,也就是马尔古广场。广场很小,遍布着餐馆和修剪得整整齐齐的悬铃树。他们铺张开来的枝叶宽大得如同缠绕着的双手,盖在桌椅上方,与色彩鲜艳的遮阳篷争芳斗艳。这些私人咖啡馆的名字印在屋顶上——马尔古咖啡馆、行吟诗人咖啡馆、吟游诗人咖啡馆。

爱丽丝在鹅卵石路上漫步着。她走向另外一侧，发现自己正背对着克罗斯-迈赫维耶大街和城堡广场的交叉口。那里的商店、薄饼店和餐馆三足鼎立，共同围绕着一块石头方尖碑。石碑大约八英尺高，顶端雕刻成了19世纪历史学家让-皮埃尔·克罗斯-迈赫维耶的半身像，底部是一圈青铜带状物，用以加固整个碑身。

她一直向前走，直到来到一座巨大的半圆形墙面才停下了脚步。这座墙是用来保护康达尔城堡的。在那气势恢宏的闸门后面，就是城堡的炮塔和城垛了——堡垒之内的堡垒。

爱丽丝停下了脚步，意识到这就是她一直以来想要到达的目的地。

康达尔城堡，卡维尔家族的家。

她透过高高的木门向内窥视。一种极其熟悉的感觉向她扑面袭来，她仿佛回到了一个很久很久以前曾经待过的地方——久远到已经被自己遗忘。城堡入口两侧均有一个玻璃售票亭，百叶窗已经被拉了下来，上面印着开放时间。售票亭后面是一块灰色的空旷地，堆满碎石和尘土，寸草不生。从那里可以走上一座平坦而狭窄的桥，大约六英尺长。

爱丽丝踱着步子离开了大门，心中默默许诺，明天早上第一件事情就是再回到这里，进到城堡里一睹芳容。她转身向右，跟着方向标来到了罗德兹门。罗德兹门位于两座极富特色的马蹄形塔楼之间。她沿着宽阔的台阶走了下去。台阶中间的地面已经被无数造访者接踵而至的脚步磨得溜光。

在这里，内墙和外墙在年岁上的差别就显得尤为突出了。她读着墙上的说明牌，了解到这座外层防御工事最早建于13世纪末，19世纪时被重新修复。它的墙面呈灰色，石块的大小相对来说比较均匀。一些批评者会说，这么整齐的样子只会更加暴露出当时的重修是多大的一个败笔。爱丽丝可不在乎这些吹毛求疵，感动她的是这个地方的精神气质。而城堡的内墙连同康达尔城堡本身的西墙，都是由高卢罗马人残留下来的红砖与12世纪的碎砂岩混合而建的。

在经历了古城里的喧嚣鼎沸之后，爱丽丝在这里感受到了一种安静与祥和，一种被周围的群山和天空紧紧拥抱的归属感。她用胳膊扶住碉堡的城垛，站在那里俯瞰下方的河面，想象着脚趾之间触碰到河水时的冰凉之感。

直到天空中的余晖渐渐黯淡，黄昏的薄雾慢慢升起，爱丽丝才恋恋不舍地转身离开，回到了古城。

第三十四章

法国西南部　卡卡颂
1209 年 7 月

子爵一行人即将回到卡卡颂。队伍成一列纵队，雷蒙德·罗杰·卡维尔位列队首，后面紧紧跟着伯特兰·佩尔蒂埃，骑士吉扬·杜马斯殿后。

阿莱斯和神职人员一起走在后面。

虽然她离开城堡也就不到一周的时间，但是感觉已经过了很久。他们的情绪极其低落。虽然卡维尔家族的大旗在微风中完好无损地轻轻鼓动着，出征的人员也是一个不少，毫发无伤地如数返回，但是子爵脸上的表情写满了此次请愿失败的血泪史。

接近城门时，奔跑的马儿慢慢减速至行走。阿莱斯俯身向前，轻轻拍了拍犰狳的脖子。它已经疲惫不堪，还跑掉了一只马蹄铁，但是这匹母马的毅力绝对是不容置疑的。

进入城门后，前来迎接的人群比肩接踵，人山人海。队伍经过纳波尼门的两座塔楼之间时，人们拉扯着撑开了卡维尔甲胄外面的罩袍，欢呼着涌进了罩袍下面。

孩子们欢快地笑着，叫着，追着马儿跑闹，一直往它们途径的路上抛洒鲜花。卡维尔领着人群穿过街道，走向康达尔城堡的时候，临街居住的女人们从自家顶楼的窗户中探出头来，挥舞着临时制成的三角旗和方巾向他们大声呐喊。

等到他们终于走过了那座狭窄的小桥，穿过了东大门之后，阿莱斯才觉得松了一口气。然而，光荣庭里也突然爆发出一阵欢呼声，每个人都在挥手叫喊。骑士侍从们一拥而上，争先恐后地抢着给他们的主人牵马；仆人们赶紧跑向浴室，手忙脚乱地做着伺候沐浴的准备；帮厨们手拎着水桶，匆匆忙忙地奔向厨房，确保一场盛宴的完美呈现。

透过人们密密匝匝的胳膊和笑脸，阿莱斯突然看到了欧莉安的身影。父亲的仆人弗朗索瓦紧紧地跟在欧莉安身后。一想到自己当时耍弄了弗朗索瓦，从他的眼皮子底下溜走，阿莱斯就忍不住红了脸。

她看到欧莉安正在人群中搜寻着什么。然而,她的目光在她丈夫让·贡高斯特身上短暂地停留了几秒钟,又开始扫视别处。令阿莱斯感到很不舒服的是,欧莉安竟然将眼神锁定在了自己身上。阿莱斯假装没有看到,但是她分明感觉到,姐姐锐利的眼光正在越过无数个人的脑袋,直直地射向了自己。当她决定硬着头皮迎上她的目光时,却发现欧莉安已经不见了。

阿莱斯小心翼翼地从马背上跳下,尽量不碰到自己那受伤的肩膀。她将犰狳身上的缰绳递给了阿米耶尔,由他牵去马厩。刚刚回到家中的放松感已经消失了。现在,忧愁又仿佛冬日的浓雾一般,笼罩上了她的心头。身边的每个人好像都被拥在其他人的怀中:要不就是和妻子、母亲紧紧相拥,要不就是和姑姨、姐妹激动亲吻。但阿莱斯呢,苦苦搜寻着吉扬的身影,却怎么也找不到他。*也许是已经进了澡堂吧。*连父亲都已经去了澡堂呢。

阿莱斯游荡到了一座较小的庭院里,她想要自己安静一会儿。雷蒙德·德米拉瓦的一句诗一直萦绕在她的脑海中,虽然这样只是令她的情绪更加黯然而已:"如果爱情决心发挥威力,那么无人能够抵挡。"

阿莱斯第一次听到这首诗的时候,还体会不到其中的深意。但是现在当她坐在光荣庭里,用双手环抱住自己那依然孩童般稚嫩的膝盖,听着这位行吟诗人念诵这句令人撕心裂肺的诗歌时,她终于参透了诗句字里行间隐藏的情愫。

泪水突然涌上了她的眼眶。她有些恼怒地抬起手背,狠狠地擦掉泪水。她才不要在这里顾影自怜、自怨自艾呢!她来到阴凉处,在一张不太惹眼的长凳上坐下。

她和吉扬结婚之前,时常来南方庭里散步。那时候,树木已经被染成了金黄色,秋叶落了一地,仿佛给大地铺上了一条混合着黄铜色和赭石色的地毯。阿莱斯用靴子的尖头在地上漫不经心地扫着划着,心里琢磨着应该怎样才能跟吉扬重归于好。她只是缺乏撒娇讨好的手段,而他缺乏的却是和好如初的意愿。

欧莉安经常好几天不跟自己的丈夫说话。然而,一旦他们之间真的陷入沉默,欧莉安却又会突然热情起来,对丈夫百般甜蜜,万般殷勤,直到下一次的冷战开始。在阿莱斯对父母的婚姻生活为数不多的记忆中,他们好像也老是这样,一直在光明和黑暗中切换。

阿莱斯不希望自己的命运重蹈他们的覆辙。在小教堂里,她曾经透过红色面纱,对着牧师许下了自己的结婚誓言。红色的米迦勒蜡烛跃动着光芒,将影子投在装饰着冬山楂花的圣坛上。她在内心里一直深信,爱情是可以永恒的。

经常会有人向她的良师益友埃斯克拉孟德请愿,求她赐予能够帮助他们俘获情人芳心的魔药和花束,包括加了薄荷叶和防风草煮热的葡萄酒(寓意着爱情开花结果),以及一束束的黄色报春花。出于对埃斯克拉孟德高超本领的尊敬,阿莱斯总是会拒绝他们这些荒谬的迷信行为。她不想让自己觉得,爱情就可以这样轻易地被戏弄和收买。

她知道,也有其他一些人声称可以提供更加危险的魔法和妖术,来蛊惑或者伤害那些不忠的追求者。埃斯克拉孟德曾经警告过她,要她警惕这些黑暗邪恶的力量。魔鬼想要通过这些手段宣布对整个世界的霸权,它的狼子野心已经昭然若揭。这样的邪恶行径结不出什么好果子。今天,阿莱斯生平第一次脑瓜开了窍,终于明白了是什么将女人逼上了使用这些极端手段的绝路上。

"女儿。"

阿莱斯吓了一跳。

"你去哪儿了?"佩尔蒂埃气喘吁吁地问,"我到处找你。"

"我没听到您叫我,父亲。"她说。

"快去准备一下,卡维尔子爵跟妻儿稍作团聚之后,我们马上就要去城外了。接下来几天内,我们都不会有时间停下来歇口气了。"

"那您觉得西米恩什么时候会到?"

"一两天之后吧。"他皱起了眉头,说,"要是当时我说服他跟我们一起走就好了,可是他觉得跟自己种族的人一起走,才不会令人生疑。他也许说得没错。"

"那一旦他来了之后,"她马上接话说,"您就得决定怎么做了吧?我有一个主意——"

阿莱斯打住了,因为她突然意识到自己好像应该先试验一下她的方案是否可行,再告诉父亲,免得在父亲和她的那个"他"面前丢了脸。

"你有个主意?"他问。

"没什么,"她快速地打断了他的好奇,"我只是想问一下,您和西米恩谈话的时候,我能否在场?"

他那沟壑万千的脸上闪过一丝惊愕的神情。她看得到父亲在艰难地抉择着。

"考虑到你这么久以来为我做出的一切,"他终于开口,"你可以参加我们的谈话。但是,"他伸出一只手指,做出警告的手势,"你必须记得,你只能做一个旁观者。如果你有任何想要插嘴的迹象,那你的旁听就要告一段落了。我不会让你再去冒险了。"

她内心的兴奋感慢慢膨胀起来。*我会瞅准时机再去说服他的。*

她垂下眼帘,温顺地将手叠放在膝盖上,说:"当然了,父亲。我会听从您的意愿。"

佩尔蒂埃迅速地瞥了她一眼,说:"阿莱斯,我必须再要求你一件事情。卡维尔子爵将举办一场公开的庆典,以庆祝他安全返回卡卡颂。但是,我们与图卢兹协商失败的消息还没几个人知道。阿涅夫人将于今晚在圣那萨利天主教堂参加晚祷仪式,而不是在小教堂那么简单。"他停顿了一下,说:"我希望你能来参加。你姐姐也会来。"

阿莱斯感到十分错愕。虽然她经常会参加在康达尔城堡里的小教堂举办的仪式,但是碰到在大教堂举行仪式时,她都会拒绝出席,而每次父亲也不会强求她。

"我知道你肯定会觉得厌烦,但是卡维尔子爵很看重这次仪式,因为这样的话,人们就不会对他及其近亲的此次行为指指点点了。城邦内部出了间谍,这已经是毫无疑问的了。因此,当这些消息传到敌人耳朵的时候,我们不希望他们曲解为我们在精神上已经垮掉了。"

"这不是垮不垮掉的问题,"她情绪激动地说,"罗什福尔主教及其牧师都是些伪君子。他们鼓吹的是一回事,自己做的却是另外一回事。"

佩蒂埃尔的脸变得通红,是出于愤怒还是尴尬,她也分辨不清。"由此看来,您也是会去的喽?"她质问道。

佩尔蒂埃没有看她的眼睛,说:"你会感激我的。我会跟卡维尔子爵一起出席。"

阿莱斯怒视着他。"很好,"她最终开口说,"我会遵从您的意思,父亲。但是,面对那个站在木头十字架前的亡命之徒,不要指望我能乖乖跪下来祷告。"

一时间,她觉得自己好像有些过于坦白了。但是令她诧异的是,她的父亲竟然开始放声大笑。

"你说得十分正确,"他说,"这也恰恰是我对你的期望。但是你要多加小心啊,阿莱斯。不要傻乎乎地把这些观点直接说出来。他们可能在监视着我们的一举一动。"

接下来的几个小时里,阿莱斯都在自己的卧室里度过。她一边把新鲜的野牛至碾成药糊,敷在自己僵硬的脖子和肩膀上,一边听着她的仆人和蔼而温厚的絮叨。

据黑桑德说，关于阿莱斯清晨逃离城堡这件事，各方的观点都不尽相同。有些人对阿莱斯的刚毅和勇气表示钦佩；有些人，包括欧莉安，对此持批判态度，说她这样轻率鲁莽的举动简直就是把自己的丈夫当猴耍；更恶劣的说法是，她的逃跑甚至威胁到了整个任务的成功与否。阿莱斯希望这并不是吉扬的想法，虽然她隐隐觉得这就是。他的一些观念迂腐而陈旧，更严重的是，他的自尊和骄傲很容易受到伤害，而阿莱斯也早就根据经验得知，他是一个渴望被家庭成员崇敬和膜拜的人。这样的欲望使得他经常说出违背本心的话，做出违背本心的事。如果他感觉自己遭到了羞辱，没人拿得准他会做出什么样的举动。

"但是他们现在几乎不这样说了，阿莱斯夫人，"黑桑德一边清理着一些多余的敷布，一边说，"大家都安安全全地回来了。如果这都不能证明上帝对我们的保佑，那还有什么能证明呢！"

阿莱斯朝她无力地笑笑。她心里想，等到事件的真实情况在整个城市公之于众之后，黑桑德会不会就不会这样看待她了。

钟声大肆地鼓噪着。他们从康达尔城堡走向圣那萨利教堂的时候，天空中正点缀着斑斑点点的粉色和白色云彩。队伍的最前面是一位牧师，身穿一件白袍，手中高高地举着一支黄金十字架。其他的祭司、修女和僧侣跟在他的身后。

他们后面，跟着阿涅夫人，执政官们的夫人，以及几个女侍从。阿莱斯被迫和姐姐并肩走在一起。欧莉安一句话都没有跟她说，不管是好言还是恶语。跟往常一样，她是人群中瞩目和倾心的焦点。她身穿一袭深红色的裙子，精美的金、黑两色腰带将她的细腰紧紧裹住，凸显出她那高高的腰线和圆润丰满的臀部；她的黑发洗得干干净净，涂满了精油；她的双手抱紧，放在身前，显出虔诚恭敬的态度，也完美地展示出了她手腕上那晃来晃去、装了施舍金的钱包。

阿莱斯猜测，那个钱包肯定是她的追求者送上的礼物，而且那人还是个有钱人，因为钱包口上镶着一圈珍珠，包身上还有一行用金线刺绣的箴言。

在仪式的风光之下，阿莱斯意识到了一种忧惧和怀疑正在暗自涌动。

她没有注意到弗朗索瓦，直到他轻轻地在她胳膊上拍了一下。

"埃斯克拉孟德已经回来了，"他在她的耳边轻声说道，"我刚从那里过来。"

阿莱斯转过头来望着他，说："你和她说话了吗？"

他犹豫了一下，说："没有，夫人。"

她立马从队伍中出列，说了一声："我去找她。"

"夫人，您能否听一下我的建议，还是等到仪式结束再去吧！"他一边往门那边瞧了瞧,一边说。阿莱斯循着他的眼神看去。三个用黑色兜帽遮住脸的僧侣正站在那里放哨,把出席者和缺席者看得一清二楚。"如果您的缺席对阿涅夫人或您的父亲造成了不利影响,那样就太不幸了。他们会把您的行为解释为对新教会的一种同情。"

"当然,确实如此。"她考虑再三,说,"但是请告诉埃斯克拉孟德,我一等到机会就去找她。"

考虑到可能有人在监视着她,阿莱斯将手指浸到圣水盆里,在圣水中画了一个十字架的形状。

她发现水泄不通的北侧耳廊里有一块空地,刚好可以远离欧莉安,而不被人发现。高高的中殿之上,屋顶上悬挂着枝形吊灯,里面的蜡烛正在轻轻摇曳。从下面看去,它们仿佛巨大的钢铁之轮,随时可能会轰然坍塌下来,击中下面的这些罪人。

空荡已久的教堂,竟在此刻再次人满为患。虽然主教觉得这很不可思议,但是他的声音还是依旧单薄而虚弱,底下的人们在热浪中呼哧呼哧地喘气,啪嗒啪嗒地走动,根本就听不到他在说些什么。跟埃斯克拉孟德的教堂里那种简约朴素相比,这里是多么"别具一格"啊!

她父亲的教堂也比这儿强啊。

良人教派对内在信仰的重视远胜于对外在表现的重视。他们无需所谓神圣的建筑,无需烦琐的宗教仪式,也无需令人屈辱的礼节,将凡人同上帝之间划开界限。他们不会崇拜宗教画作,也不会拜倒在神像或刑具前面。对于信奉良人教的基督徒来说,上帝的权威就在于他的话语之中。他们只需要诵读《圣经》,按时祷告即可,可以尽情表达,大声朗诵。人们能否得到救赎,与捐献了多少施舍金、遗骨和在安息日说了多少只有牧师才听得懂的话,没有任何关系。

在他们眼中,万物平等地享受圣父上帝的恩惠——不管是犹太人还是萨拉森人,男人还是女人,田野里的野兽还是天空中的鸟禽。没有地狱,也没有最后审判日,因为依靠上帝的恩惠,所有人都将得到拯救,虽然有很多人注定将要轮回多次,才能重回上帝的国度。

虽然阿莱斯从来没有参加过他们的礼拜,但是由于埃斯克拉孟德的关系,她也渐渐熟悉了一些他们祷告和礼仪中会用到的祷词。

信奉良人教的基督徒都是一些善良的人,一些胸怀宽广的人,一些供奉光明正大的上帝,而非面对天主教的残酷极端行径还畏畏缩缩的人——这使得他们在这些黑暗的日子里的作用尤为重要。

终于,阿莱斯听到了赞美诗开始响起。这是个溜掉的好机会。她低下头,躬下腰,慢慢地将手攥在一起,悄悄地向后退,走向了门边。

不久之后,她就成功脱身了。

第三十五章

埃斯克拉孟德的房子位于巴尔萨泽塔的阴影之下。

阿莱斯犹豫了片刻,轻轻地敲了敲房子的百叶窗。透过那扇可以眺望街道的大窗户,她看到她的朋友正穿过房间,朝门口走来。她穿着一件简单而朴素的绿色裙子,夹杂着缕缕银丝的头发绑在脑后。

我就知道我是对的。

阿莱斯的心头突然涌起一股强烈的欢欣雀跃之情。她确定了自己的怀疑是正确的。埃斯克拉孟德抬眼瞥了一下。旋即,她就举起手臂挥舞起来,脸上也绽开了明亮的笑容。

"是阿莱斯啊,我一直盼着你来啊!我和萨雷都很想念你!"

阿莱斯从过梁下面穿过,刚一踏进楼梯下方的房间,熟悉的药草和香料气味就朝她扑鼻而来。房间中央的小火炉上,平底锅里正在烧着热水。靠墙的地方,摆放着一张桌子、一条长凳和两把椅子。

一条沉重的帘子将房间隔成了前后两部分,平常埃斯克拉孟德就在前面的隔间给人们做咨询。现在她还没有客人,所以帘子是收拢着的。一排排陶土容器整齐地摆在长长的陈列架上。天花板上垂悬着一捆捆药草和一枝枝干花。桌子上放着一盏灯笼、一根碾槌和一支研钵。阿莱斯也有一副一模一样的,是她结婚的时候埃斯克拉孟德送给她的礼物。

咨询区的上方有一个小阁楼,全凭一把梯子上下,这是埃斯克拉孟德和萨雷睡觉的地方。阿莱斯来的时候,萨雷刚好待在上面。看清楚了来者何人之后,他兴奋地大叫起来,忙不迭地从梯子上爬下来,大张着胳膊朝阿莱斯扑去,使劲儿地搂住了阿莱斯的腰。接着,他又开始滔滔不绝地讲起自从他们上次见面之后他的所见所闻。

萨雷绝对是个讲故事的高手。他讲得详细生动,多姿多彩。说话的时候,他那琥珀色的眼睛里一直闪烁着兴奋的光芒。

任何眉飞色舞地说了一阵子之后,埃斯克拉孟德打断说:"马纳克,我需要你去帮我送一两个信儿。阿莱斯夫人会原谅你的暂时离开。"萨雷刚要提出反对,却突然看到了曾祖母的脸上做出了制止他的神情。

"很快就可以回来了。"

阿莱斯揉了揉他的头发,说:"萨雷,你长着一双敏锐的眼睛,还有一张讲故事的好嘴。也许你长大后会成为一个诗人吧!"

他使劲儿摇摇头说:"我想要成为一名骑士,夫人。我想要战斗。"

"萨雷,"埃斯克拉孟德严厉地说,"听话,现在就去。"

埃斯克拉孟德对他说了几个人名,然后告诉了他信息的内容:三夜之后,来自阿尔比的两名纯洁派成员就会到达圣米克尔东郊的杂树林。"你听明白了没有?"他点点头。"很好,"她微笑着亲吻了他的头顶,然后把手指举到唇边,说,"记住,这个消息只能告诉那几个我让你送信的人。现在就出发吧。你越快动身,就可以越早回来,就可以继续给阿莱斯夫人讲更多的故事啦。"

"您不怕他送信的时候被别人偷听到吗?"埃斯克拉孟德关上门之后,阿莱斯这样问道。

"萨雷是个聪明的男孩。他知道那些信息只能对需要的人讲。"她将身体探出窗外,拉上了百叶窗,"你来这里有没有人知道?"

"只有弗朗索瓦知道。就是他告诉我您回来了。"

埃斯克拉孟德的眼中出现了一种异样的神色,但是她什么也没说:"最好是这样。"

她来到桌边坐下,并示意阿莱斯坐到她的身边。

"那么,阿莱斯,你去贝济耶的旅途还算顺利吗?"

阿莱斯脸红了:"您都听说了啊?"

"全卡卡颂的人都知道了。大家都在谈论这个。"她的神色变得严肃起来。"我刚听说的时候,就很担心你。不久之后你就被人袭击了。"

"您连这都知道?一直没有听到您的消息,我还以为您不在家呢。"

"完全不是这样。他们发现你离开的时候,我就跑到了城堡那儿。但是,就是这个弗朗索瓦死活也不让我进去。说是奉你姐姐的命令,没有她的允许谁都不准进去。"

"他没跟我说过这个啊，"她说，心里对姐姐这种莫名其妙的干涉感到十分疑惑，"实际上，欧莉安也没这样说过。但是她没说起，我倒也不太惊讶。"

"你为什么会这样说呢？"

"因为她一直监视着我，更多的是出于某种目的，而并非真正关心我，虽然表面上是这个名义。"阿莱斯停顿了一下，说，"请原谅我没有把自己的计划透露给您，但是当初从我做出这个决定到实施计划之间，并没有花费太多时间，所以我来不及告诉您。"

埃斯克拉孟德摆摆手："让我来给你讲讲，你离开之后这里都发生了什么。你离开城堡后没几天，就来了一个刺探拉乌尔行踪的男人，"

"拉乌尔？"

"就是在果园里发现了你的那个男孩。"埃斯克拉孟德拼命挤出了一丝蹩脚的笑容，"自从你遇袭之后，他遭到了不少骂名，因为他过分夸大了自己在救你过程中的作用。你要是亲自听他讲当时的情况，你可能会以为他是赤手空拳打退了萨拉丁的千军万马，好不容易才救下了你的性命。"

"我根本对他一点儿印象也没有，"阿莱斯摇摇头说，"您觉得他看到什么了吗？"

埃斯克拉孟德耸耸肩，说："我也怀疑。发现你失踪之后的警报响起时，你已经消失超过一天了。我认为拉乌尔并没有目击你被袭击的真实过程，否则他肯定早就憋不住说出来了。不管怎样，那个陌生人接近了拉乌尔，还带他去了圣约翰酒馆。他给拉乌尔灌麦芽酒，百般奉承恭维他。拉乌尔那样大摇大摆地吹嘘自己，但他不过是个幼稚的男孩儿而已，而且还是一个愚蠢透顶的男孩儿。结果呢，等到加斯顿晚上关门的时候，拉乌尔已经喝得酩酊大醉，路都走不了几步了。他的同伴主动说可以把他弄回住处。"

"是吗？"

"拉乌尔再也没回到家。而且自那之后，再也没人见过他了。"

"那个男人呢？"

"他消失了，好像从来没有出现过一样。在酒馆的时候，他曾说过自己来自阿尔宗。于是，你去贝济耶期间，我便去了趟阿尔宗。当地的人都说，没有听说过这个人。"

"那这个细节里没有任何我们需要的信息。"

埃斯克拉孟德摇摇头，说："当时已经那么晚了，你为什么会在庭院里？"虽然她的语气冷静而平缓，但是她言下的严肃意味显露无遗。

"有两个问题,"她踟蹰了半天最后说,"第一个问题,谁知道你被父亲召过去的事情?因为,我不相信那些袭击你的人只是刚好在那里而已。第二个问题是,假如他们并不是那次袭击的主谋,那么,幕后黑手又是谁?"

"我谁都没有告诉。父亲让我保密的。"

"是弗朗索瓦去通知你的。"

"是的,"阿莱斯承认,"但是我不相信弗朗索瓦会——"

"任何一个仆人都可能会看到他进入你的卧室,偷听到你们的对话。"她用智慧的目光直视着阿莱斯,"你为什么要跟着你的父亲去贝济耶?"

谈话的主题转变得如此突然和意想不到,令阿莱斯大吃一惊。

"我——"她忧心忡忡但小心翼翼地说。她是来找埃斯克拉孟德找出心中疑问的答案的,但没承想,她自己先成了被盘问的对象。"他给了我一个符号,"她直直地盯着埃斯克拉孟德的脸说,"一个符号,上面刻着一个迷宫。也就是后来被贼人拿走的那个东西。因为父亲对我讲的那些话,我就很怕如果我一直不知道发生了什么,就会危及——"她突然间打住,不确定该如何继续下去。

埃斯克拉孟德看起来并没有一惊一乍,反而是给了她一个笑容。"你是否也对他说过那块木板的事情,阿莱斯?"她温柔地说。

"在他出发前的那个晚上,我确实告诉了他,之后……之后我就遇到了袭击。他当时听说了木板的事情后,十分心烦意乱,尤其是当我说出我也不知道那块木板来自何处的时候,父亲显得更加慌张了。"她停顿了一下,接着说,"但是您怎么知道我——"

"萨雷帮你去市场买奶酪的时候,看到了那块木板,回来告诉了我。就跟你说的那样,他是个观察入微的孩子。"

"一个十一岁的孩子能观察到这个,是一件很奇怪的事情。"

"他知道这个对我的重要性。"埃斯克拉孟德回答道。

"就跟秘符一样。"

她们的眼神突然交汇到了一起。

埃斯克拉孟德犹豫了一下。"不,"她说,小心翼翼地斟词酌句,"不,不是。"

"木板在您这里?"阿莱斯慢慢说。

埃斯克拉孟德点点头。

"那您为什么不直接要呢?我会心甘情愿给您的。"

"你消失的那天晚上,萨雷就去找过你,就是为了要那个东西。他等啊,等啊,一直等到最后你也没有回到卧室,他就自己拿走了。在那种情况下,他那样做是对的。"

"那它现在还在吗？"

埃斯克拉孟德点了点头。

阿莱斯心里突然迸发出一种胜利感。埃斯克拉孟德这个朋友真是交对了！她感到十分骄傲。她是她的最后一个守护者了。

我看到了那个图案。它对我说话了。

"埃斯克拉孟德，回答我这个问题，"她的语速因为兴奋而逐渐加快，"如果那块木板是属于您的，为什么我的父亲并不知情？"

埃斯克拉孟德微笑了起来：："就跟他不知道为什么它现在在我这里，是同一个原因。因为这是阿里夫的心愿。为了三部曲的安全起见。"

阿莱斯不敢再继续问下去了。

"好吧，现在我们已经相互亮了底牌，那么，你必须告诉我你所知道的全部内容。"

埃斯克拉孟德认真地听完了阿莱斯的整个故事。

"那么西米恩就要到卡卡颂来了？"

"是的，虽然他已经把那本书交给了我的父亲代为保管。"

"很明智的一个安全措施。"她点头默许着，"我要开始好好期盼跟他的会面了。听说他是个很好的人。"

"我非常喜欢他，"阿莱斯坦白说，"在贝济耶的时候，父亲知道了西米恩手里只有其中一本书的时候，感到很失望。他本来以为他那里有两本。"

埃斯克拉孟德刚要开口，突然间百叶窗和门上响起一阵急促的敲打声。

两个女人都从椅子上跳起来。

"注意！小心！"

"怎么了？发生什么了？"阿莱斯叫道。

"士兵来了！他们趁你父亲不在，已经进行过好几次搜查了！"

"但是他们在找什么啊？"

"他们名义上说是搜捕罪犯，但其实是在找信奉良人教的人。"

"但他们是奉谁之命？难道是执政官们？"

埃斯克拉孟德摇摇头说："是贝伦内·德·罗什福尔，我们伟大的主教；或者是西班牙僧侣多明戈·德·古斯曼及其传道士；或者是罗马教皇使节。谁说得清楚呢？他们并没有摆明自己的身份。"

"这样做是有违我们的法律——"

埃斯克拉孟德举起一根手指放到嘴边:"嘘,小点声。他们可能会直接走掉,不会进来。"

说时迟那时快,一声野蛮的踹门声突然响起,房门上的木屑瞬间飞溅到了屋内。随着"砰"的一声重击,门闩折断,大门在石墙上摔得粉碎。两个全副武装的人突然冲进了房间里。他们的面孔被头盔遮住,看不清楚是谁。

"我是阿莱斯·杜马斯,监督官佩尔蒂埃的女儿。我需要你们报上名来,说出是奉谁之命前来。"

听了她的质问,他们既没有放下武器,也没有掀开面甲。

"你们必须——"

门口突然闪过一道红光。令阿莱斯错愕的是,欧莉安出现在门口:"姐姐!你怎么会来这里?"

"我是应父亲的要求,来护送你回康达尔城堡的。你从晚祷仪式上仓促逃走的事情,已经传到父亲的耳朵里了。父亲怕你闯出什么大祸来,便吩咐我来找你。"

你明明就是在撒谎。

"父亲永远不会这样想的!除非是你先给他灌输了这样的想法!"她立即反抗地说。阿莱斯瞥了一眼那些士兵:"难道派这些荷枪实弹的士兵来,也是父亲的主意?"

"我们都是发自肺腑地关心你。"她说着,嘴角浮现一丝微笑。

"我看他们是有点儿关心过头了吧!"

"你没必要如此操心。等到我准备好了,我自己会回康达尔城堡!"

阿莱斯突然觉察到欧莉安根本就没有用心在听她说话。她的眼睛在整个房间里搜寻着什么。阿莱斯感觉肚子里倏地产生了一阵猛烈的寒意。难道欧莉安已经偷听到了他们的对话?

旋即,她就改变了策略:"我再三考虑了一下,也许我现在就可以跟你回去。我来这儿的事情已经办完了。"

"妹妹,你来这儿有什么事情啊?"

说完,欧莉安开始绕着房间里踱起步来,一会儿用手抚过椅子的靠背,一会儿又摸着桌子的表面。她走到一只立在角落里的箱子前,打开了盖子,然后又一松手,任其"啪"的一下子合上。阿莱斯在一旁心急火燎地看着她。

她走到埃斯克拉孟德的咨询室门口,停下了脚步。

"你都在这里干些什么勾当啊,术士?"欧莉安轻蔑地说,这是她第一次承认埃斯克拉孟德的身份,"是给那些优柔寡断的家伙准备魔药和符咒?"她将头探了进去,脸上现出一副恶的表情。她撤回脑袋,说:"很多人说你就是个巫婆,埃斯克拉孟德·德·塞尔维昂,大家都这么说。"

"你怎么敢那样说她!"阿莱斯大喊起来。

"如果您想看,您就尽管看,欧莉安夫人,不用客气的。"埃斯克拉孟德温和地说。

欧莉安突然抓住了阿莱斯的手臂。"你够了!"她一边说一边把她那尖锐的指甲掐进了阿莱斯的皮肤里,"你刚刚说自己已经准备回城堡了,那现在我们就走吧!"

还没等阿莱斯晃过神来,她就已经被拽到了街上。士兵紧紧地跟在她的身后,她甚至都能感觉到他们在她后脖颈上呼气的温度。那种熟悉的麦芽酒气味和那只捂住她嘴巴的长了茧的大手,突然在她的记忆中一闪而过。

"快点走!"欧莉安说着又捅了捅她的后背。

为了保全埃斯克拉孟德,阿莱斯觉得自己别无选择,只能乖乖听从欧莉安的指令。走到街角转弯的地方时,阿莱斯悄悄地转过头去看了最后一眼。埃斯克拉孟德正站在门口,凝望着她,她迅速地将手指放到了唇边。这是一个清楚明白的警示——什么都不要说。

第三十六章

城堡主塔里,佩尔蒂埃揉了揉眼睛,伸了伸胳膊,释放一下已然僵硬的身子骨。

在过去的几个小时里,康达尔城堡已经派出了多名信使,将信函送往卡维尔的六十名尚未来得及赶到卡卡颂的诸侯。他的众多诸侯中,最强大的几个实际上早就已经独立出去了,只不过是名义上没有得到许可,所以佩尔蒂埃特别提醒雷蒙德·罗杰,对于这样的诸侯,要采取说服和号召的语气,而不能用命令。每一封信中,都用最清楚明了的措辞,揭示了他们所面临的威胁:法国人正在他们的边境上集结，准备发起一场南部地区从未经受过的强攻。卡卡颂已经加强了驻防部队。而这些诸侯，必须履行自己效忠子爵的责任，尽可能多地召集精兵强将前来支援。

"终于写完了。"卡维尔说完，便将封蜡放到火苗上烤软，然后，在上面盖上了自己的印章。

佩尔蒂埃回到子爵身边，对让·贡高斯特点了点头。平常，他总是对欧莉安的丈夫很不屑一顾，但是现在的情况下，他又不得不承认，贡高斯特和他的书记员团队确实是不辞辛苦又比较高效地完成了任务。现在，随着仆人将最后一封信函交给了最后一名信使，佩尔蒂尔便也允许这些书记员可以离开了。贡高斯特带头先站了起来，其他人也依次起身，甩了甩各自早已僵硬的手指，搓了搓疲倦的双眼，开始收拾自己眼前的羊皮纸卷、鹅毛笔和墨水。佩尔蒂埃在旁边耐心地等待，直到大厅里只剩了他和卡维尔子爵两个人。

"您应该歇息一下，殿下，"他说，"您应该保存体力。"

卡维尔放声大笑起来："你也算是有勇有谋！"跟他在贝济耶说过的话遥相呼应。力量和勇气。"不要担心，伯特兰，我很好。从来没有像现在这么好过。"子爵将自己的手放在佩尔蒂埃的肩膀上，"倒是你，我的老朋友，看起来要好好歇一歇了。"

"我承认，我一直忍不住要思考一些事情，殿下。"他坦白道。几个星期的彻夜不眠之后，他感觉自己好像把五十二岁的年纪又过了一遍。

"今晚我们都能在自己的床上睡觉了，伯特兰，恐怕那个时刻依旧随时可能来临，但至少对我们俩来说是这样。"说着，他那张英俊的面庞变得肃穆起来，"我会尽快与执政官们见面的，这很重要，不管看到通知之后有多少人会来此集合。"

佩尔蒂埃点点头："您有没有什么特殊的要求？"

"即便是全部的诸侯都听从了我的召唤，也带来了一些精兵强将，我们仍然需要更多的人手。"他摊开自己的双手说。

"您是希望执政官们能募捐一笔战争基金？"

"我们需要足够的金钱，去购买一批训练有素、经验丰富的雇佣兵。不管他们是阿拉贡人也好，加泰罗尼亚人也好，越快到位越好。"

"您有没有考虑过提高税收？比方说，盐税，或者小麦税？"

"那样就来不及了。现在这个局势，我宁愿尝试通过赠予的形式来募集所需资金，也不愿通过责任来强制大家。"他停顿了一下，说，"如果这个方法行不通的话，那我就再去考虑一些更加严厉的措施。防御工事建设的进展如何了？"

"市区、圣温赛斯和圣米克尔的所有砖瓦匠和锯木工都已经召集起来了，还有从北方村庄里征了一些工人。拆除天主教堂和牧师食堂里唱诗班座位的工作已经开始了。"

卡维尔咧嘴笑了笑："贝伦内·德·罗什福尔肯定不会开心的！"

"主教不开心也得受着，"佩尔蒂埃愤愤不平地说，"我们需要弄到所有能弄到的木材，尽快开始修建防御工事。他的宫殿和修道院，就是我们能弄到木材的最方便的资源。"

雷蒙德·罗杰举起手来假装投降。"我不是在质疑你的决定，"他哈哈大笑起来，"城垛和隔板建得够不够多，可比主教舒不舒服重要多了！伯特兰，跟我说说，皮埃尔·罗杰·德·卡巴莱来了没有？"

"还没到，殿下，虽然他随时都可能会到。"

"他来了之后，直接送他来见我，伯特兰。如果可能的话，我会推迟跟执政官们的会谈，等到他来了再说。他们都十分敬仰他。特美奈斯和富瓦有没有什么消息？"

"还没有，殿下。"

片刻之后，佩尔蒂埃独自来到了窗边站定，眺望着光荣庭，双手放在臀部。看到工作都在一步步展开，他感到十分欣慰。庭院里面已经开始到处充斥着锯木和锤打的声音，马车轮子轰隆隆地跑着运送木材、钉子和焦油的声音，以及铁匠铺里大火呼呼地咆哮着燃烧的声音。

他眼睛的余光里，突然闪过阿莱斯跑着穿过庭院奔着他来的身影。他皱起了眉头。

"您为什么派欧莉安去抓我？"她一跑过来就开始兴师问罪。

他看起来一头雾水："欧莉安？去抓你？从哪儿抓？"

"我当时正在拜访一个朋友，也就是埃斯克拉孟德·德·塞尔维昂，她住在城市南区。然后欧莉安就来了，还带着两个士兵，说是您派她去把我带回城堡。"她仔细地观察着父亲脸上的反应，但是只看到了迷茫，"她说的是实话吗？"

"我没见过欧莉安。"

"您不是说要当面跟她谈谈吗，您谈了吗？"

"我还没抽出时间来。"

223

"我求您了,千万不要小看她。她知道一些事情,一些可能会对您不利的事情,我确定。"

佩尔蒂埃的脸渐渐变红:"我不允许你这样指责你的姐姐。这还没——"

"那块刻着迷宫的木板是埃斯克拉孟德的。"她突然忍不住说出了口。

他一怔,好像挨了她的当头棒喝:"什么?你什么意思?"

"还记得吗,西米恩把那块木板给了一个去找他拿第二本书的女人。"

"不可能。"他使劲儿地抓住阿莱斯说。阿莱斯被迫向后退了一步。

"埃斯克拉孟德就是另一名守护者,"阿莱斯继续说着,想要在他打断自己之前,赶紧把一切和盘托出,"她就是阿里夫信中说的那个在卡卡颂的姐妹!她也知道秘符。"

"那埃斯克拉孟德自己说了她是守护者吗?"他问道,"因为如果她说了的话,那么——"

"我没有直接问她,"阿莱斯一字一顿地回答,然后又说,"但肯定是的,父亲。她就是阿里夫会选中的那种人。"

她又停了一下说:"您对埃斯克拉孟德了解吗?"

"我知道她是一个充满智慧的女人。而且,她一直这么关心照顾你,我对她也十分感激。你说过她有个孙子是吧?"

"是曾孙,叫萨雷。他十一岁了。埃斯克拉孟德来自塞尔维昂,父亲。萨雷还是个小婴儿的时候,她就来卡卡颂了。这些时间点都跟西米恩说的相吻合。"

"监督官佩尔蒂埃!"

听到叫声,他们纷纷转过头去,看到一个仆人匆匆忙忙地朝他们走来。

"大人,卡维尔君主要求您立即到他的卧室去见他。卡巴莱的王爷皮埃尔·罗杰已经到了。"

"弗朗索瓦在哪里?"

"我不清楚,大人。"

佩尔蒂埃有些不满地怒视着他,然后又转头面对着阿莱斯。"回去禀报君主,我即刻就到,"他唐突地说,"然后,你去找一下弗朗索瓦,带他来见我。这个人老是玩忽职守,该在的时候不在。"

"至少要对埃斯克拉孟德讲一下。听听她会怎么说。我会带话给她的。"

他思忖了一下,然后放弃了:"还是等西米恩来了再说吧,到时候我再听听你那位智慧的女人怎么说。"

佩尔蒂埃大步走上楼梯。走到最顶层时,他定住了。

"有一件事很奇怪,阿莱斯。欧莉安怎么知道去那儿能找到你的?"

"她肯定从圣那萨利就跟着我了,虽然……"她突然欲言又止,因为她突然意识到,欧莉安根本不可能在那么短的时间内找到士兵来帮忙,也不会那么快就回来。"我不知道,"她坦白地说,"但是我肯定——"

但是佩尔蒂埃已经走了。阿莱斯走过庭院的时候,看到没了欧莉安的身影,终于感到如释重负。但是马上,她又停下了脚步。

如果她又回去了怎么办?

阿莱斯拎起她的裙子就开始飞奔起来。

阿莱斯来到埃斯克拉孟德家住的那条街,刚一转过街角,就看到了自己所担心的事情真的发生了。百叶窗摇摇欲坠,大门也已经从门框上扯了下来,一点儿残骸都不剩。

"埃斯克拉孟德!"她大喊道,"您在里面吗?"

阿莱斯走进了屋内。里面的家具横七竖八,乱七八糟,椅子的扶手像折断的骨头一样绝望地支棱着。衣柜里的东西被胡乱扔到了地上,炉子上残留的火苗也已经被踩熄,地板上空留了一簇簇轻柔的灰色烟灰。

她又爬上了那把梯子。休息区的木板上,到处散落着稻草、铺盖和羽毛,没有一样完好的东西。他们用矛和剑捅刺这些织物的痕迹十分扎眼。

埃斯克拉孟德的咨询室里更是一片狼藉。帘子已经从天花板上扯了下来;砸得稀烂的陶土碗罐洒了一地;一团团棕色、白色和深红色的溢出液体和敷布胡乱地堆在一起;一捆捆药草、花朵和叶子躺在地上,已经被人践踏得不成样子了。

士兵回来的时候,埃斯克拉孟德还待在这里吗? 阿莱斯又冲出屋外,希望能够找个人问问到底发生了什么。周边的房子全都大门紧闭,窗户锁紧。

"阿莱斯夫人。"

起初,她以为这是她自己想象出来的声音,但马上又传来一声:"阿莱斯夫人!"

"萨雷?"她悄声地问,"萨雷吗?你在哪里?"

"我在上面。"

阿莱斯迈出房屋的阴影,向上看去。在渐渐苍茫的夜色中,她只能依稀看到一团歪歪斜斜的浅棕色头发和两只琥珀色的眼睛,正透过房子倾斜的屋檐缝中凝视着她呢。

"萨雷,"她松了一口气,"你可别伤到自己!"

"不会的,"他露出一排白牙笑着说,"我的经验已经很丰富啦。我还可以从屋顶上进出康达尔城堡呢!"

"好吧,你都快把我弄晕啦。快下来。"

阿莱斯大气不敢喘一口地看着萨雷灵活地从屋顶的边缘荡下来,跳落到了自己眼前的地面上。

"发生什么了?埃斯克拉孟德在哪里?"

"曾祖母很安全。她告诉我要一直等到您来才能出来。她知道您肯定会来的。"

阿莱斯回头四下观望了一下,把他拉到了门口的屋檐下,十分焦急地问:"到底发生什么了?"

萨雷心事重重地低下头,看着自己的脚尖。"那些士兵又回来了。我贴在窗户上听到的。曾祖母就怕他们会回来,所以等您的姐姐把您一带回城堡,也就是说您一走,我们就赶紧把重要的东西都收拢了一下,连人带东西藏到了地下室里。"他深吸了一口气说,"果然,他们很快就回来了。我们听到他们挨家挨户地打听我们的去向,审问我们的左邻右舍。我还听到他们在我们的头顶上使劲儿地踏来踏去,把地板都震得晃动起来了,但是他们就是没有找到地下室的门。我当时都快吓死了。"他突然停住,声音里的那种俏皮都不见了,"他们打碎了曾祖母的罐子。里面有她全部的药剂。"

"我知道,"她温柔地说,"我看到了。"

"他们一直在大喊大叫。他们说要搜捕异教徒,但是我觉得他们在撒谎。他们根本就没有问一些正常的问题。"

阿莱斯将手指抬起他的下巴,让他看着自己。

"这一点很重要,萨雷。他们是之前来的那批士兵吗?你有没有看到他们?"

"我没看到。"

"没事了,"看到他都快要哭出来了,她赶紧打住了,"听起来你还是很勇敢的。埃斯克拉孟德有你这样的曾孙,肯定会很欣慰的。"她犹豫了一下,说,"有没有人跟他们一起来?"

"我觉得没有。"他苦着一张脸说,"我根本无法制止他们。"

他的脸颊划过了一滴泪珠,怜爱得阿莱斯赶紧张开双臂,将他抱在了怀里。

"嘘,嘘,一切都会好起来的。不要难过了。你已经尽力了,萨雷。我们能做的只有这些啊。"

他点点头。

"那埃斯克拉孟德现在在哪里呢?"

"圣米克尔有栋房子,"他哽咽着说,"她说,我们要一直在那边等到您告诉我们监督官佩尔蒂埃来了为止。"

阿莱斯一下子僵在那里。"这是埃斯克拉孟德说的吗,萨雷?"她急切地问。

"也就是说,她在等我父亲的信儿?"

萨雷看起来惶惑不已:"难道是她弄错了吗?"

"不,不,只是我不明白怎么……"阿莱斯打住了,"没事了。这没什么关系。"她用手帕给他擦了擦脸,"好啦,这样就好多啦。我父亲确实想跟埃斯克拉孟德好好谈一谈,但是他现在还在等另一个人的到来……一个从贝济耶过来的朋友。"

萨雷点点头:"嗯,西米恩。"

阿莱斯目瞪口呆地看着他。"是的。"这时,她突然又笑了起来。

"是西米恩。萨雷,告诉我,还有什么你不知道的事情?"

他使劲儿地咧咧嘴笑了笑:"基本上没有。"

"你一定要告诉埃斯克拉孟德,我会把发生的事情向我父亲禀报,但是她——还有你——眼下千万要好好待在圣米克尔。"

令她惊讶的是,他竟然拿起她的手来。"您自己去告诉她吧,"他说,"见到您她会很高兴的。而且你们还可以讨论些别的。曾祖母说,您必须在谈话结束之前离开。"

阿莱斯低头看了看他那琥珀色的眸子,它们此刻正在闪耀着热情的光芒。

"您会来吗?"

她爽朗地大笑起来:"为你而去吗,萨雷?当然了,但不是现在。现在太危险了。他们可能正在我们周围监视呢。我会给你送信儿的。"

萨雷点点头,转身消失了,就跟他出现时一样快得令人措手不及。

"明天见!"他大喊道。

第三十七章

自他们从蒙彼利埃回来,让·贡高斯特就几乎没怎么见过自己的妻子。欧莉安并没有像一个正常的妻子一样欢迎他的归来,对他经受的磨难和遭到的侮辱也丝毫没有显示出尊敬和怜悯。他也没有忘记,在他出发前不久,就在他们的卧室里,她所做出的种种淫荡下流的行为。

他一边匆匆忙忙地穿过庭院,一边喃喃自语着什么。他走到生活区时,看到佩尔蒂埃的男仆弗朗索瓦正朝着他走过来。

贡高斯特觉得他是个不值得信任的家伙。他总是自视甚高,鬼鬼祟祟地晃来晃去,有点儿风吹草动就会回去跟自己的主人汇报。而且,在一天中的这个时刻,他根本不应该出现在生活区啊。

弗朗索瓦低下头向他致意:"书记员大人。"

贡高斯特没有搭理他。

等到贡高斯特到达自己卧室门口时,他已经在胸中酝酿好了一场狂风暴雨。是时候给欧莉安点儿颜色看看了。他决不允许自己放任她那种蓄意为之的撩拨和忤逆。他得惩罚她一下。于是,他猛的一脚把门踹开,毫无预警地冲了进去。

"欧莉安!你在哪里?快给我过来!"

房间里空无一人。寻找未果他更加恼羞成怒,气不打一处来,索性大手一挥,贡高斯特将桌子上的所有东西都掀到了地上。碗罐砸得粉碎,烛台也哗啦一声摔到了地上。他大步流星地走到衣柜旁,把里面所有的衣物都掏了出来;又愤恨地掀掉了床上的被子和床单,揪着这些寝具疯狂地在地上摔打,拼命地想要甩掉她留在上面的放荡气息。

贡高斯特怒不可遏地瘫倒在一把椅子里,木然地望着自己的"杰作"。到处都是撕碎的被褥、破碎的碗罐和断裂的蜡烛。全都是欧莉安的错。是她的恶劣行径招致了现在的局面。

他一边出门去找吉桑德过来打扫残局,一边在心里忖度着,到底怎样,才能让她邪恶的妻子改邪归正,臣服于他。

吉扬洗完澡从浴室里出来的时候,感到周围的空气有些潮湿和厚重。这时,他发现吉桑德正在门口等着自己。她那张宽宽的大嘴正在上扬,努力做出一个微笑的表情。

他的心咯噔往下一沉:"有什么事吗?"

她咯咯地傻笑着,双眼透过浓密的睫毛望着他。

"怎么了!"他厉声问道,"有事就说,没事就让开。"

吉桑德向前倾了倾身子,趴在他的耳边说了些什么。

他的态度立马好转起来:"她想怎么样?"

"我不能说，大人。我家主人不会对我说出她在想什么啊。"

"你撒谎撒得很不顺溜，吉桑德。"

"那您有什么话需要我来传达吗？"

他想了想，说："告诉你家夫人，我现在就去见她。"他往她手里塞了一枚硬币："小心管好你的嘴。"

他看着她离开后，径直走到了庭院中央，在榆树下面坐了下来。他并不是非去不可。为什么要让自己一次次上她的钩？这样太危险了。她是个危险分子。

他从来没想过事情会变成今天这个局面。那是一个冬日的夜晚，包裹在皮草里的裸露肌肤，加了香料的葡萄酒，狂野奔放而令人迷醉的示好，令他的血液不断燃烧、澎湃。一种疯狂的想法攫住了他。他被蛊惑了。

第二天早上醒来时，他曾经后悔莫及，发誓那是最后一次。在他结婚后的前几个月里，他确实一直遵守着自己的诺言。但是之后，他又度过了一次这样的夜晚，接下来就有了第三次、第四次。她令他束手无策，他完全成了她的俘虏。

现在，不管事情到底怎样，他已经绝望地发现，他根本无法控制传出的流言蜚语。他必须小心行事。今晚对于终结这段关系来说，也至关重要。他今天去赴约，只是为了告诉她，他们的幽会必须结束。

他站起来，打算趁着自己还没有泄气，赶紧去到果园里。走到大门的时候，他停了下来，双手把住门闩，踟蹰着不愿再往前走。然后，他看到她正站在柳树下面，在褪色的日光下，隐隐显出一个轮廓。他的心脏在胸中怦怦地跳动起来。她看起来好像一个黑暗天使。她那没编辫子的头发在黄昏中像喷洒的水滴一般闪亮，卷卷缠缠地垂在背上。吉扬深吸了一口气。他应该转身离开。但是就在那一瞬间，欧莉安仿佛感受到了他的犹豫不决，突然转过身来。他感觉她的注视中似乎有一种魔力，吸引着他朝她走去。他吩咐自己的侍从守在门口，转身踏过柔软的草地，朝她走了过去。

"我还怕你不会来了呢。"她望着他朝自己靠近。

"我不能待在这里。"

他感受到了她用自己温润的指尖触碰到自己的感觉。接着，她的双手温柔地握住了他的手腕。

"那就要请原谅我打扰你了。"她一边喃喃自语，一边使劲儿地钻到了他的怀里。

"会被人看到的。"他嘶嘶地说，试图将她推开。

欧莉安扬起脸来看着他。他闻到了她身上香水的气味。他试着逼迫自己忽视那冉冉升起的欲望。"你怎么能对我这么凶呢?"她哀求道,"这里没人能看到我们。我已经在门口派了一个看守。另外,今晚每个人都很忙,没工夫来顾及我们的。"

"他们不会忙到不去注意我们的,"他说,"每个人都在看,都在听,都希望能够找到对自己有利的东西。"

"这么讨厌的想法,"她喃喃地说,开始抚摸他的头发,"忘掉其他人。现在,只准想我一个人。"欧莉安越凑越近,近到他都能感觉到她薄薄的裙衫之下怦怦的心跳。

"你为什么这么冷漠,大人?我说了什么冒犯你的话吗?"

他感觉得到自己的决心正在慢慢垮掉,血液却在渐渐沸腾:"欧莉安,我们都有罪。你知道的。你背叛了丈夫,我背叛了妻子,我们这种罪恶的——"

"爱情?"她一边说着,一边放声大笑。那笑声银铃般悦耳可人,令他为之倾心。"爱情可不是一种罪恶。你没听过行吟诗人是这么唱的吗?——爱情是一种美德,能让坏人变成好人,好人变成圣人。"

他竟不自觉地将她的美丽脸蛋捧到了手心里。

"这只是首歌谣而已。我们的誓言却又是另外一回事。或者你是故意在曲解我的意思吗?"他深吸了一口气,"我说的是,我们以后不要再见面了。"

他发觉她还依偎在自己怀里。"你不再需要我了吗,大人?"她悄声说。她低下了头,任凭那一头蓬松浓密的秀发落到眼前,遮住了自己的面庞。

"不要这样。"他说。但是,他的决心正在慢慢瓦解。

"我怎么证明才能让你相信我对你的爱?"她用一种心碎的声音说,如此轻柔,令他几乎听不清楚,"如果我让你不开心了,大人,那就告诉我。"

他用手指缠绕住她的手指:"你没做错任何事情。你很美丽,欧莉安,你是——"他突然停住,一时找不到合适的语言。欧莉安的斗篷扣子突然间解开了。斗篷脱落在了地上,明亮而闪光的蓝色布料如同一汪清泉般,环绕在她的脚边。她看上去柔弱无比,楚楚可怜,除了将她揽入怀中,简直没有别的办法。

"不,"他轻轻地嘟囔着,"我不能……"

吉扬努力地在脑海中拼凑阿莱斯的面庞,想象着她正在直直地盯着他看,脸上还挂着她那充满信任的微笑。一般来说,像他这样拥有重要地位的上流社会男人,是不会相信结婚誓言的。但是,他相信。他不想背叛自己的妻子。在他们婚姻的初始阶段,许多个夜晚里,当他看着她沉沉地睡在他的身边时,他明白了自己的责任,也知道了自己可以为了她的爱而成为更好的男人。

他尝试着从欧莉安的怀里挣脱出来。但是，他现在满耳朵都充斥着欧莉安呢喃的声音，其中不乏对他家事的恶意挑拨，说阿莱斯跟着他去了贝济耶简直就是在愚弄他。他脑海里嘈杂的喧闹声越来越大，淹没了阿莱斯的轻声细语。阿莱斯的形象在他头脑中越来越虚，越来越淡。她离他越来越远，留他一个人独自抵抗着诱惑。

"我欣赏你。"欧莉安又轻声说，她的手滑向了他的两腿之间。他不禁闭上了眼睛。面对她的柔声细语，他的决心变得虚弱无力，溃不成军，仿佛在风中摇曳的树木。吉扬想要说话，但是喉咙干燥得发不出声。"你从贝济耶回来之后，我就没怎么见过你了。"她自顾自地说，"他们说，所有的骑士里面，卡维尔子爵最器重你。"

吉扬头脑中已经一片混沌。他的血液狂躁地翻涌着，头脑中轰轰隆隆，淹没了其他一切的声音和感觉。

他把她放到了地上。

"告诉我，子爵和他叔叔之间发生了什么。"她在他的耳边小声说道，"告诉我在贝济耶发生的事情。"她用自己的双腿盘住他的双腿，把他拉到了自己身上，"告诉我，你们的命运是怎么发生转折的。"吉扬不停地喘息着。

"这不是我能往外说的事情。"他喘着粗气，唯一有意识的就是她的身体在他身下蠕动。

欧莉安咬了一下他的嘴唇，说："你可以跟我讲讲啊。"

他大声喊着她的名字，不再去担心会不会有人听到或看到。他没有注意到，她那绿色的眼睛里闪过一种满意的神情，同时也没有察觉到，他的鲜血已经留在了她的嘴唇上。

佩尔蒂埃环顾四周，发现晚餐桌边既没有欧莉安的身影，也没有阿莱斯的踪迹。他有些不悦。

虽然外面各种准备工作正在紧张的进行之中，但是大厅里洋溢着一种喜气洋洋的氛围，好像还要庆祝卡维尔子爵及其随行人员的安全归来。

子爵与各大执政官的会谈已经圆满结束了。佩尔蒂埃已经确信他们可以募得所需的资金。派往各大城堡的信使也在逐个返回卡卡颂。到目前为止，还没有诸侯拒绝履行自己效忠子爵的义务，也没有人反对进行人力或金钱的支援。

等到卡维尔子爵和阿涅夫人退下之后，佩尔蒂埃就找了个借口溜了出去，想要透一口气。他的优柔寡断似一个沉重的包袱一般，再一次狠狠地压在了他的肩上。

"你的兄弟在贝济耶等你,姐妹在卡卡颂。"

幸运之轮已经助他重新联系到了西米恩,第二本书也比他预想中更迅速地拿到了。现在,如果阿莱斯的怀疑是正确的,那第三本书也应该是触手可及了。

佩尔蒂埃不自觉地伸手去摸了摸自己的口袋。西米恩的那本书就放在离他心脏最近的地方。

阿莱斯被一阵百叶窗撞到墙上的噼里啪啦声吵醒了。她震惊地坐起来,心脏怦怦地跳着。在梦里,她又回到了库尔桑的树林里。她的双手被人绑着,正在从那个粗糙的麻袋里挣扎着逃生。

她抓起一只尚存体温的枕头,抱了胸前。吉扬的气息还萦绕床上,虽然上一次与他同床共枕已经是一个多星期以前的事情了。

突然,百叶窗撞碎在墙上,又发出一声巨响。暴风在塔楼上空盘旋着,呼啸着,呜呜地扫过屋顶。她记忆中的最后一件事,是她让黑桑德去给她拿点儿吃的。

黑桑德敲敲门,羞怯地进到房间里。

"请原谅我,夫人。我并不想叫醒您,但是他坚持让我来叫您。"

"是吉扬吗?"她赶紧问。

黑桑德摇摇头,说:"是您的父亲。他吩咐您去东门楼见他。"

"现在吗?可是现在已经超过十二点了吧?"

"午夜钟声还没敲呢,夫人。"

"为什么他派你来告诉我,而不是弗朗索瓦?"

"我也不知道,夫人。"

阿莱斯叮嘱黑桑德留下来看守,自己抢过一件斗篷披在肩上,匆匆下了楼梯。她急急地穿过庭院的时候,雷电依旧在群山上空轰隆隆地咆哮着。

"我们是要去哪儿?"他们慌忙地穿过东大门时,阿莱斯在风中大喊着问父亲。

"去圣那萨利,"他说,"那里藏着《言语书》。"

欧莉安像一只猫一样在床上伸着懒腰,听着外面呼啸的大风。

吉桑德刚刚立了大功,不仅收拾好了一片狼藉的房间,而且还跟她生动地描述了她丈夫做出的毁灭之举。是什么让他这么大发脾气,欧莉安也不知道。她也不关心。

所有男人——不管是侍臣，书记员，骑士还是牧师——扒下皮来都是一副德行。不管他们怎么大谈特谈荣耀对他们有多重要，他们的决心还是如同冬天的小树枝一样，一折就断。第一次背叛是最艰难的。但那之后，他们不断地刷新着她对他们的认知：他们那不讲忠义的双唇里越来越快地吐露出秘密，没有节操的举止里越来越急地否定着他们所谓视若珍宝的东西。

她也没想到，自己竟然可以了解到这么多东西。讽刺的是，吉扬根本就不知道他今晚对她所说的内容，对她来说是多么重要。

她以前就怀疑过，阿莱斯其实是追随着他们的父亲去贝济耶的。现在，她知道了自己的猜测是正确的。她也知道了他们离开那晚他们之间发生的事情。

其实，欧莉安这么关心阿莱斯遇袭之后的康复，唯一的原因就是，她希望能哄骗自己的妹妹说出父亲的秘密。但是，她的把戏失败了。唯一值得注意的事情就是，阿莱斯卧室里少了一块木板，好像对她造成了不小的苦恼。阿莱斯辗转反侧难以入眠的时候，口里念叨的都是这个。这么久以来，虽然她动用了很多心思，做了很多尝试，但就是没有令这块木板失而复得。

欧莉安抬起手臂，垫在脑下。就算她的幻想再疯狂，她也从来没有想象过自己的父亲竟然拥有如此大的权势和影响——那是多少人愿意用一个国家的财富去换取的啊！而她现在能做的，只有保持耐心。

通过吉扬今晚对她透露的信息，她意识到那块木板也并没有她想的那么重要。只恨他们今晚的时间不够，要不她肯定已经诱骗他说出父亲在贝济耶见面的男人是谁。当然，如果他知道的话。

欧莉安坐起身来。对了，弗朗索瓦可能会知道。她禁不住拍起手来为自己的想法叫好。

"把这个给弗朗索瓦送去，"她对吉桑德说，"不要让任何人看到。"

第三十八章

夜幕降临到了十字军大营之上。

居伊·德·埃夫勒用桌布揩了揩自己油腻的双手。一个神色紧张的仆人正在朝他走来。他将杯子里的水一饮而尽,朝坐在上座的熙笃修道院院长瞥了一眼,看看他是否准备要起身。

但是他没有起身的意思。

修道院院长对自己这身白袍感到扬扬得意,他已经把自己摆在了勃艮第公爵和纳韦尔伯爵之间的位置。早在主人离开里昂之前,这两个人及其拥趸之间争执不休的卡位之战就已经开始了。

从他们脸上呆滞无神的表情看来,阿纳尔德·阿马尔里克肯定已经不止一次地在他们面前发表长篇大论了。异教、地狱之火、当地人面临的危险……所有这些主题他都能对着观众痛斥严责上几个小时。

这两个人,埃夫勒一个也瞧不上。他觉得他们的野心十分令人可悲,无非是能多挣到几枚金币、几瓶美酒、几个娼妓,多赢几场小架,然后光宗耀祖个把月。好像只有坐在桌子那边的德·蒙特福特在听他说话。他的眼睛里燃烧着一种令人厌恶的热情之火,倒是跟修道院院长身上的那股狂热劲儿般配得很。

埃夫勒只是听闻过德·蒙特福特的大名,却并不熟识,虽然他们还是近邻。在过去的五十年中,通过战略和亲与强征税收,他们的家族财富一直保持着持续的增长。他没有兄弟跟他争夺爵位,也没有太大的负债包袱。德·蒙特福特的领土位于巴黎之外,假如从那里骑马的话,到达埃夫勒的领地仅需两天的时间。众所周知,德·蒙特福特是主动向勃艮第公爵请求担纲十字军大旗,但是他的野心早已如同他的虔诚和勇气一样昭然若揭。他曾经驰骋沙场,参加过叙利亚和巴勒斯坦的东部战役。他也是十字军第四次向圣地出征期间,为数不多的拒绝参加基督教城市扎拉包围战的十字军战士之一。

虽然现在的德·蒙特福特已经年至不惑,但他仍然健壮如牛。

他生性忧郁,擅长自省,所以在本国子民中拥有极大的号召力。但是,很多其他的男爵认为他离经叛道,有着越俎代庖的野心,不值得信任。埃夫勒很鄙视他,因为他鄙视所有那些宣扬为上帝而战的人。

埃夫勒参加十字军只有一个原因。一旦达成他的目标,他就会带着那些他追寻了半生的书籍,回到沙特尔。他并不想为了他人的信仰,让自己死在圣坛之上。

"怎么了?!"他对走到他身边的仆人咆哮着。

"殿下,有个信使过来找您。"

埃夫勒抬起头瞥了他一眼。"他在哪儿?"他严厉地说。

"就在大营外面候着。他不肯说自己的姓名。"

"从卡卡颂来的?"

"他没说,殿下。"

他站起身来,朝上座的方向简单地弯了下腰以示抱歉,找了个借口就溜了出去。他原本苍白的脸变得绯红。他迅速地穿过了各个帐篷和马棚,来到了大营东边的一块林间空地上。

起初,他只能依稀辨出树间有些模糊不清的身影。等到走近一看,他才认了出来。原来是他安插在贝济耶的一名线人。

"怎么样?"他说着,失望使得他的嗓音变得生硬。

那名信使扑通一下跪倒在地:"我们在库尔桑外面的树林里发现了他们的尸体。"

他眯缝起了他灰色的眼睛:"库尔桑?他们应该去跟踪卡维尔和他的随从,去库尔桑干什么?"

"我也说不清楚,殿下。"他结结巴巴地说。

他突然瞥见他的另外两个手下也从树林后面现出了,他们的双手轻轻地放在剑柄上。

"现场发现了什么吗?"

"没有,殿下。铠甲罩衫、武器、马匹,甚至连杀害他们的箭头……都没有。尸体被扒了个精光。所有的东西被拿走了。"

"那么他们的身份明确了没有?"

线人向后退了一步,说:"那片区域里流传的全是阿莫里·德·库尔桑的英勇事迹,但是没提到凶手的情况。听说有个女孩,名叫阿莱斯,是卡维尔子爵管家的女儿。"

"她是一个人在路上的吗?"

"我不知道,殿下,但是德·库尔桑亲自将她护送到了贝济耶。去了一栋私人院宅。"

埃夫勒思考了一下。"他们到底还是去了,"他喃喃自语着,单薄的嘴唇上露出一丝笑容,"这个犹太人叫什么名字?"

"我没有打听到他的名字,殿下。"

"他在迁往卡卡颂的那批人中吗?"

"在的。"

埃夫勒如释重负,虽然他看上去不动声色。他用手指摸了摸别在腰间的匕首,问:"还有谁知道这些?"

235

"没人知道了,殿下,我发誓。我谁都没有说。"

毫无预警地,埃夫勒拔出匕首,不偏不倚地插进了那个人的喉咙里。那人震惊得双目圆睁,口不能言,只能任凭鲜红的血液嘶嘶地、一股股地从伤口中喷涌而出,溅满了他身旁的土壤。

线人咣当一声跪倒在地,疯狂地抓挠着自己的喉咙,想要拔掉那把匕首。他撕裂了自己的双手,最终还是一头栽到了眼前的地上。

他的身体在沾满了鲜血的地面上猛烈地抖动了片刻,最终在一次战栗之后,再也一动不动。

埃夫勒面无表情地站着。他伸出手,手心向上,等待另外一个士兵帮他把匕首取回。他扯过死者的外衣一角,擦干了匕首,然后装回鞘中。

"把他弄走,"埃夫勒说着,用靴子尖踢了踢那具尸体,"我要你们去找到那个犹太人。我要知道他是还在这里,还是已经去了卡卡颂。你们知道他长什么样子吗?"

士兵点点头。

"很好。除非那边有消息传来,否则今晚不许再来打扰我。"

第三十九章

法国西南部 卡卡颂
2005年7月6日 星期三

爱丽丝在旅馆的游泳池畅游了二十圈后,来到了阳台上,一边享用早餐,一边欣赏太阳的缕缕光线慢慢攀上枝头。九点半的时候,她已经来到了康达尔城堡的门口排队,等待大门的开放。她付过钱后,收到一张宣传单,上面用古里古怪的英语讲述着这座城堡的历史。

碉堡的两个城垛上面,已经筑上了木头平台,向右延伸到大门,环绕着马蹄形的营房塔,好像在船上筑着的一个乌鸦窝。

她穿过了东大门那扇威严肃穆的金属混木双扇门,走进庭院里,一种沉静突然就笼罩在了她的心头。

光荣庭基本上全部处于背阴面。那里已经游荡着不少像她一样的游客，一边阅读着说明，一边仰望着历史。在卡维尔时代，庭院中央曾经矗立着一棵榆树，后来，三个世代的子爵都在那棵树下主持着各朝各代的正义和公道。而现在，这里已经没了一点儿痕迹。取而代之的是两株修剪完美和对称工整的悬铃树。当太阳升到最高处、爬到对面的城垛墙头时，它们的叶子就会在庭院的西墙上投下影子。

光荣庭远端的北角，已经沐浴在了满满的阳光里。空荡荡的门上、墙缝里和荒凉的少校塔与阶梯塔之间，都筑上了几个鸽子巢。一种记忆在她眼前一闪而过——一把粗糙的木梯，捆着绳子的支柱，像个顽童般在各个门之间来回攀爬。

爱丽丝抬头往上看去，试图在头脑中将她眼前看到的事物同她指尖触及的实际感官区别开来。

看不到什么。

接着，一股排山倒海的失落感突然向她袭来。她仿佛挨了一记重拳，心里悲痛到无法自持。

他躺在这儿。她在这儿为他哭泣。

爱丽丝低头看去。地上有两条凸起的铜线，标记出曾经在此处的一座建筑所占据的区域。地面上刻着一行字。她蹲下身来，读了起来。原来这里曾经是康达尔城堡里小教堂的位置，专为纪念圣玛利亚而建。

圣玛利亚。

什么也没留下。

爱丽丝无奈地摇了摇头。如此势不可挡的情绪已经将她打击得疲惫无力。八百多年前的世界，依旧在南方这片广袤的天空之下存在，只不过是暗暗地躲在表面之下的某个阴影里，不曾显山露水。她强烈地感觉到身边好像站了一个人，仿佛她的现在与某个人的过去之间的界限已经分崩离析。

她闭上眼睛，在脑海中勾勒出古代特有的色彩、形状和声音，想象着那时生活的人们，倾听着他们对她的喃喃细语。

这里曾经是个极佳的住所。闪烁在祭坛之上的红色蜡烛，开花的山楂树枝，婚礼上的十指相扣。

其他游客的声音将爱丽丝拉回了现实。随着她的继续游览，过去渐渐离她远去。现在她来到了城堡里面，看到沿城垛而建的木头走廊后方，被设计成了露天的结构,墙上凿了很多深深的方形小洞。这些东西在她昨天晚上来这边晃悠的时候就已经看到了。

宣传册上说,以前上层建筑尚存的时候,这些小洞可以标记出托梁的位置。

爱丽丝瞥了一眼时间。真是开心,约会还早,她还有足够的时间去参观一下博物馆。这些12、13世纪的房间都是原有建筑留下来的遗迹,里面展出着一系列的石头高坛、墙柱、枕梁、喷泉和陵墓——都是从罗马时期到15世纪期间的文物。

她随意地走着,有点儿心不在焉。刚刚在庭院里将她淹没的那种强烈感觉已经完全消失了,现在只是在她心中留了一种茫然的焦躁。她跟着房间里方向标的提示,走到了圆房间,虽然它其实是矩形的。

她脖子后头的毛发全都竖了起来。这间房里有一个桶状的拱形天花板,两座长长的墙上还残存着一些壁画,上面描摹着一场战役的场景。根据标志上的说明,这个伯纳德·阿托恩·卡维尔,曾经参加了第一次十字军东征,在西班牙与摩尔人进行了交战,并于11世纪末期委托专人完成了这幅壁画。在装饰带状画框里的各种珍禽异兽中,爱丽丝看到了豹子、瘤牛、天鹅、公牛和一种形似骆驼的动物。

爱丽丝满怀倾慕地仰起头来,看着那片已经褪色开裂却风韵犹存的天花板。她左边的嵌板上,两名骑士正在打斗。一个穿着黑色铠甲,手握一块圆形盾牌,注定要一次次败在另一名骑士的长矛之下。对面的墙上,正在呈现着一场八个萨拉森人与一群基督教骑士之间的战役。这幅画保存得比较完整,引得爱丽丝忍不住走上前去细细研究。画的中央,两名骑士相互对峙,一个骑在一匹赭色的马上,另一个基督教骑士骑着一匹白马,手持一块杏仁形状的盾牌。她不假思索地伸手上去摸了摸。博物馆的服务员不耐烦地喷了她一声,对她摇了摇头。

离开城堡之前,她最后游览的地方是主庭院之外的一座小花园,也叫作南方庭。被人们遗忘的花园里,只有记忆中的高大拱形窗户还立在那里。常春藤的绿色卷须和其他一些蔓生植物蜿蜒着爬过空空荡荡的廊柱,蔓到墙上的缝隙里。过去的光辉已经在风中凋零。

她慢慢地兜着圈儿走,然后又走到了太阳之下。爱丽丝心里有一种满满当当的感觉,这回倒不是悲伤,而是遗憾。

等到爱丽丝从康达尔城堡里出来时,古城的街道上已经车水马龙了。

去见律师之前,她还有点儿时间可以打发。于是,她就转头走向昨晚走过的那条路的反方向，来到了圣纳泽尔广场，也就是长方形基督教堂的遗址。这里是古城大饭店的"世纪末"风格正门墙面，虽然低调朴素，却一直宏伟尊贵，吸人眼球。爬满常春藤，装着熟铁门，有着拱形彩绘玻璃窗和熟透车厘子般深红遮阳篷的大饭店，处处都在彰显着富贵和奢华。

　　她正观望着，饭店的门恰好滑开了，露出了里面镶嵌着饰板和绣帷的墙面。一个女人从里面走了出来。她的个子很高，有着一对高高的颧骨和一头修剪整齐的黑发，头上架着一幅镶金边的太阳眼镜，将头发向后别住。她走路的时候，身上的浅棕色无袖衬衫和合体长裤好像在微微发亮，反射出太阳的光芒。她的手腕上戴着一条金手镯，脖子上悬着一条短项链，好似一个埃及公主。

　　爱丽丝确信自己之前见过这个女人，要不在杂志上，要不在电影里，或者是在电视上也说不定。

　　那个女人上了一辆汽车。爱丽丝一直盯着她走出自己的视线，才走向基督教堂的门口。一个乞丐站在门外，伸出手来向她乞讨。爱丽丝在口袋里摸索了一会儿，在那个女乞丐手中摁下一枚硬币，然后踏进教堂门里。

　　就在她手扶到门上的一瞬间，她感觉自己仿佛凝固了起来。她觉得自己仿佛进入了一条阴风阵阵的隧道里。

　　别傻了。

　　爱丽丝又试着说服自己进去，决心不去理会这种荒谬可笑的感觉。这种恐惧感，与当时她在图卢兹的圣艾蒂安教堂时感受到的那种恐惧感一模一样。

　　爱丽丝赶紧一边跟排在身后的人道歉，一边挤出队伍，慌忙地跑到北门旁边的一块石坡阴凉地里后，一下子便瘫倒在了地上。

　　我究竟是怎么了？

　　爱丽丝父母曾经教会了她祈祷。等到她长大了，开始怀疑这个世界上恶魔的存在时，她发现教堂无法给她满意的回答，于是她也曾强迫自己停止祈祷。但是，她也还记得宗教给予她的那种意义感，那份确定感，那种灵魂必得救赎的信念感，都藏在云端，从未离她远去。每当她有时间，就会像拉金一样，停下自己。在教堂里，她感受到了温馨，如同在家一般舒适。它们在她的心中激发出一种历史感，通过建筑、窗户和唱诗班座位传达给她一个他们共同拥有的过去。

　　但不是在这儿。

　　在南部的这些天主教大教堂里，她感觉不到平和，而是一种威胁。

　　邪恶和憎恨的恶臭气息似乎从这些砖瓦之间迸发而出。她抬头仰望那些高

239

高睥睨着她的丑陋滴水嘴,它们畸形的嘴巴歪歪斜斜,好似正在嘲笑着她。

爱丽丝赶紧站起来,离开了广场。她不时地扭头看自己身后,不断叮嘱自己那不过是她自己的想象,但还是无法摆脱身后有人跟踪的感觉。

这只是你的想象而已。

甚至当她离开了古城,朝着主城区走下泰瓦尔街时,她依旧觉得精神紧张。不管怎么安慰自己,她就是确信有人在跟着自己。

丹尼尔·德拉戈德的办公室位于乔治布拉松街上。墙上的黄铜标牌在阳光里熠熠生辉。她来得比约定时间早了一点儿,于是她决定在进去之前先读一下墙上的名字。凯伦·弗勒里在半层楼上。这里只有两个女人,她就是其中一个。

爱丽丝走上一级级灰色的石阶,推开了玻璃双扇门,来到了一块铺着地板的接待区。她将自己的名字报给了一个坐在高大抛光桃花心木桌旁的女人,跟着她的引导来到了等候区。房间里寂静得有些令人压抑。她一走进去,就有一个年近六旬、村夫模样的男人朝她点了点头。房间中央的一张巨大咖啡桌上,整整齐齐地堆放着《巴黎竞赛报》的副本、《房产传媒》和几本纪念版《法国时尚》。汉白玉壁炉台上,摆着一座镀金大钟,壁炉隔栅里的一尊方形高腰花瓶里,插着满满的太阳花。

爱丽丝在一张靠窗的黑色皮革扶手椅上坐下,假装翻看桌上的书籍。

"坦娜小姐?我是凯伦·弗勒里,很高兴见到您。"

爱丽丝站起来,立即就喜欢上了那个女人的模样。弗勒里小姐年纪约三十五六岁,穿着一身严肃的黑色套装,内配白色衬衫,散发出一种干练成熟之气。

她干净的金色头发剪得很短。脖子上挂着一个金十字架。

"这是我要出席葬礼的衣服,"看到爱丽丝打量自己的眼神,她解释说,"这种季节穿这个很热。"

"可以想象。"

她把门打开,让爱丽丝进去:"请进。"

"您在这里工作多长时间了?"她们沿着一条越来越破败的走廊走着的时候,爱丽丝这样问。

"我们是几年前搬过来的。我丈夫是法国人。搬到这儿来的英国人越来越多,而他们都需要律师的帮助,所以我们的生意还不错。"

凯伦将她引进了建筑后方的一间小办公室里。

"您能亲自来真是太好了，"她说着，示意爱丽丝在一张椅子上坐下，"我还以为我们大部分事宜得通过电话来沟通呢。"

"恰好时间上碰巧了。我收到您的信之后，正好我一个在富瓦工作的朋友邀请我来找她。看起来是个不可多得的机会。"她停了一下，说，"另外，根据这笔遗产的数目和性质，我感觉我至少应该亲自来一趟。"

凯伦微笑着。"是的，我的观点也是这样，您亲自来会让事情都简单一些，而且我们也可以尽快办完。"她递给她一个棕色的文件袋，"根据您在电话里说的内容，您好像并不是很了解您的姑姑。"

爱丽丝扮了一个鬼脸："事实上，我压根没听说过她的存在。我甚至都不知道我父亲还有哪些在世的亲戚，更不用提这么个同父异母的姐妹了。在我的印象中，我父母都是独生子女。圣诞节或者生日的时候，都没有什么姑姨或叔舅一起庆祝。"

凯伦低头看了一眼她的信息："您父母是前些日子过世的吗？"

"我十八岁时，他们死于一场车祸，"她说，"1993 年的 5 月。就在我要去参加大学入学考试之前。"

"那对您来说是个可怕的打击吧。"

爱丽丝点点头。还能说什么呢。

"您没有兄弟姐妹？"

"我猜是因为我父母要孩子要得太晚了。相对来说，他们年纪都挺大的了，生我的时候他们都四十多岁了。"

凯伦点点头："好吧，在这种情况下，我觉得我最好还是先把您姑姑的遗产和她在遗嘱里的条目都简要地给您讲一下。我把收集的资料都放在文件袋里了。等我们这里的工作结束，如果您想去的话，您就可以去看一看那栋房子了。那儿离这儿大约一个小时的车程，在一座小镇上，叫作塞莱德奥德。"

"听起来不错。"

"那么，我们现在这里有的，"凯伦轻轻指点着文件说，"只是一些非常基础的东西，包括名字和日期之类的。我肯定，等您亲自去了房子里，肯定会从她的私人文件和财物里，得到一些更为清晰和感性的认识。一旦您看过之后，您就可以决定是否想要清理一下房子，或者您可能会更愿意自己动手清理。您打算在这边待多久？"

"理论上说是待到星期天，我还想多待几天。我没什么紧要事急着要回去。"

凯伦点点头，又瞥了一眼她的信息。

"好的,那我们就开始了,看看能进展到什么地步。格蕾丝·爱丽丝·坦娜是您父亲同父异母的姐姐。她于 1912 年出生在伦敦,是五个孩子中最小的,也是唯一一个存活下来的。另外两个女孩儿夭折了,两个男孩儿也在一战期间遭到杀害。她的母亲死于——"她停顿了一下,一边用手指顺着纸张捋下去,直到找到了要找的日期,"1928 年,死前经历了久病缠身和家庭破裂。格蕾丝从那之后就离开了家,她的父亲也搬了家,随后又结了婚。那段婚姻里,有一个孩子出生了,就是您的父亲,他是婚后第二年出生的。根据记录得知,从那之后,坦娜小姐和她的父亲——也就是您的爷爷——之间并没有什么来往。"

"我也不知道,但是您觉得我父亲可能知道这个同父异母姐姐的存在吗?"

"我不清楚。我猜他可能并不知道。"

"但是格蕾丝显然知道我父亲?"

"是的,虽然我并不清楚她是如何得知以及何时知晓的,但更重要的是,她还知道您的存在。她在 1993 年修改了遗嘱,也就是您的父母去世的时候,指定了您为她的唯一继承人。当时,她已经在法国生活一段时间了。"

爱丽丝皱起了眉头:"如果她知道我,也知道发生的事情,那我就不明白了,她为什么不跟我联系?"

凯伦耸耸肩:"可能是她觉得您不会喜欢这种联系。既然我们不知道是什么引起了他们的家庭破裂,所以她也许以为您的父亲在对您的熏陶中,使您对她产生了偏见。如果是这样的话,那我们就很容易得到一个假设,也许事实确实如此,即她所说的任何事情都有可能遭到您的拒绝。隔阂一旦形成,就很难以修复。"

"我猜那份遗嘱应该不是您起草的吧?"

凯伦笑笑说:"嗯,不是我,我接手之前就已经拟好了。但是我和之前负责的同事讨论了一下。他现在已经退休了,但还是记得您的姑姑。您姑姑是一个实事求是的人,不会大惊小怪或者感情用事。她清楚地知道自己想要什么,那就是要把所有的东西都留给您。"

"那您也不知道她最初为什么会搬来这里住啰?"

"我真不知道。"她停顿了一下,说,"从我的观点来看,这个原因相对来讲已经比较明了了。就像我刚刚说过的,我认为您想要了解它的最佳办法,就是去那栋房子里看看,去那附近转转。那样您会发现更多关于她的信息。鉴于您还要在这儿待上几天,我想我们本周末还可以再见一次。明天和星期五我会去法庭,但是如果方便的话,我会很高兴在星期六早上见到您。"她站起来,伸出了手，"请您给我的助手留一则信息，我好知道您的决定。"

"我会在我走之前去她的墓地拜访一下。"

"当然。我会把细节信息告诉您的。如果我没记错的话，她的情况比较与众不同。"凯伦走出办公室后，停在了她助理的桌前，说，"多米尼克，帮我查一下坦娜夫人的公墓号码，就在城市公墓。谢谢。"

"是怎么个与众不同法？"爱丽丝问。

"坦娜夫人没有被葬在奥德地区的公墓，而是葬在了卡卡颂，就在古城墙外面的公墓里，而且是在一个朋友的家庭墓穴里。"凯伦从助手那里拿过一份打印的材料，浏览着上面的内容，"是的，我现在想起来了。她的朋友叫让娜·吉罗，是当地的一个女人，虽然没有任何证据表明这两个女人认识彼此。吉罗夫人的地址也在这里，还有一些细节信息。"

"谢谢您。保持联系。"

"多米尼克会送您出去的，"她微笑着说，"随时告诉我您的进展。"

第四十章

法国西南部 阿里埃日
2005 年 7 月 6 日 星期三

保罗·奥蒂耶还以为玛丽-赛希拉会在去往阿里埃日的路上继续他们昨晚的讨论，或者应该会询问报告的事情，但是除了偶尔的只言片语之外，她什么都没有问起。

在汽车的狭小密闭空间里，他身体的每个毛孔都能感受到她的存在。他的鼻孔里充盈着她身上的香水味和隐隐散出的体香。今天她穿着一件浅棕色的无袖衬衫、一条剪裁合体的长裤；太阳眼镜遮住了她的眼睛；嘴唇和指甲上都涂着同样的鲜红色。

奥蒂耶卷起衬衫袖子，谨慎地瞥了一眼手表。假设要在挖掘现场待上两三个小时，再加上回程，他们大约会在天黑之前才能赶回卡卡颂。真是令人沮丧。

"欧唐纳有什么新消息吗?"她问。

他不假思索地脱口而出:"还没有。"这种不经大脑思考的回答,他自己都感到震惊。

"那个警官呢?"她把脸转向他问道。

"他没什么问题了。"

"什么时候确定的?"

"今天清晨。"

"你有没有他的其他信息?"

奥蒂耶摇了摇头。

"只要不再追溯到你头上就行了,保罗。"

"不会的。"

她沉默了一会儿,又问道:"那个英国女人怎么样了?"

"她昨晚到了卡卡颂。我已经派人去盯着她了。"

"你不觉得她去图卢兹是为了把那枚戒指或那本书藏在那里吗?"

"除非她把那些东西交给了旅馆内的某个人,否则不可能。她没有任何访客。她没有跟任何人说话,在街上时没有,在图书馆里也没有。"

一个钟头之后,他们到达了苏拉哈克峰。大门紧锁。根据安排,没人值班,所以没人目击他们的到来。

奥蒂耶打开大门,径直将车开了进去。与星期一下午的喧闹相比,今天这里安静得有些非同寻常。所有的东西都被一种荒凉的氛围笼罩着。帐篷的墙面已经拆了下来,锅碗瓢盆和一排排工具都清清楚楚地贴着标签。

"入口在哪里?"

奥蒂耶指指远处。现场的警戒线还在微风中轻轻摆动。

他从汽车的贮物箱里取出一个手电筒。他们默不作声地爬上了低矮的缓坡,下午厚重潮湿的热气沉甸甸地压在他们身上。奥蒂耶指了指那块大卵石,它依旧横躺在那里,好似从摔倒的神像肩上掉下来的一颗脑袋。随后,他又带着她走了几米,便来到了洞口。

"我想单独进去。"他们到达山顶的时候,她说。

他感到有些恼怒,但是不露声色。他十分确信,洞里没有她要找的东西。他已经亲自一毫不差地将洞里搜查过一遍了。他把手电筒递给了她。

"随您的便吧。"他说。

244

奥蒂耶看着她消失在隧道里。手电筒的光束越来越黯淡，越来越遥远，最终跟着她一起消失在深处。

他徘徊着离开了洞口，直到听不见洞里的声音。

即便只是靠近洞里的那个房间，都会惹得他勃然大怒。他伸手摸了摸脖子上的十字架，好像摸着一个可以抵抗此地邪恶之气的护身符。

"以圣父、圣子和圣灵的名义。"他一边画着十字，一边默念。奥蒂耶一直等到他的呼吸渐渐平顺，才给他的办公室打了个电话。

"有什么消息要跟我汇报吗？"

他听着电话，脸上渐渐漾开一种满意的神情。"在旅馆吗？他们对对方说的？"他听着回答，"好的。继续跟着她，看看她要干什么。"

他满面春风地挂了电话。他打算盘问欧唐纳的事情清单里，又增加了一些新的内容。

令人意外的是，他的秘书并没搜到什么关于拜亚德的信息。他没有车，没有护照，也没有在地政局注册，没有电话，系统里什么信息也没有。就连他的社保号码也已经找不到了。就官方而言，他这个人好像根本不存在。他是一个没有过去的人。

奥蒂耶的脑海中突然闪过一个念头：拜亚德可能之前是真正山峰荣誉会的一个成员，后来又成了逆反派。他的年龄、背景，对纯洁派历史的关注，以及对象形文字的掌握程度，都能将他与迷宫三部曲联系起来。

奥蒂耶知道，他肯定与这些有关系。只是，他还需要将这种联系找出来。要不是他现在还没有弄到那些书，他早就毫不犹豫地将那个山洞付之一炬了。他可是天之骄子，通过自己，存在了四千年的异端邪说终将会从这个世界上彻底被铲除。等到那些亵渎神灵的羊皮纸卷一拿到，他就要采取行动了。到那时候，他将会把每个人、每样东西全都烧个精光。

他突然想到只有两天的时间就可以找到书了，瞬间如电击般回到了现实。他的灰色眼睛里透着锐利的坚毅之光。随后，奥蒂耶又拨打了一个电话。

"明天早上，"他说，"告诉她准备好。"

奥迪克·拜亚德陪着让娜走进富瓦医院的时候，两个人一路无话，他只能听到她那双棕色皮鞋踩在灰色油布上笃笃的脚步声。

周围其他的一切事物都是白色的。他的衣服，粉笔的颜色，工作人员的制服，他们的橡胶底鞋子，墙壁，图标，还有剪贴板，都是白色。努贝尔警官浑身皱巴巴的,蓬头垢面,正站在无菌室外面等候。他看起来好像好几天没有换过衣服了。一辆手推车被推到走廊上,朝着他们走来。在寂静的环境中,推车轮子好似在痛苦地吱吱呀呀叫着。他们退后一步,让车子过去。推车的护士轻轻颔首,礼貌地谢过了他们。

拜亚德意识到,这是他们对让娜的一种特殊照顾。他们的同情心,毫无疑问是发自肺腑的,但也混杂着一种关心,他们在考虑她会如何面对令人震惊的事实。他苦苦地微笑了一下。年轻人总是会忘记,像让娜这一代人,见过的和经历过的东西,远比他们这些年轻人想象的多:战争,法国二战中被德国占领时期,抵抗运动。他们战斗,杀敌,目睹战友死去,他们已经百炼成钢,没有什么能够令他们惊讶。当然,也许除了人文精神的顽强恢复力之外。

努贝尔在一扇白色大门面前停了下来。他将门推开,自己退到后面,让他们先行进入。冰凉的空气和消毒剂的刺鼻气味悄然而至。拜亚德脱下帽子,持在胸前。

各种仪器现在已经归于平静。房间的中央有一张床,位于窗户下方,一张宽大的床单凹凸不平地罩在床上,模模糊糊地透出下面遮住的人形。

"他们已经尽力了。"努贝尔小声咕哝着。

"我孙子是被谋杀的吗,警官?"让娜问。这是自从她赶到医院,得知自己来得太晚之后,说出的第一句话。

拜亚德看到警官的双手在身旁紧张地抽搐着。

"现在说什么还都太早,吉罗夫人,然而——"

"你们是否把这当成一宗非自然死亡,警官?是或者不是?"

"是的。"

"谢谢,"她的语调并无变化,"我想知道的就这些。"

"如果没有别的事,"努贝尔说着开始往门边走,"那我就先行离开,让你们单独待会儿。如果你们还需要我的话,我就在家属间候着,跟克劳德特夫人一起。"

门咔嗒一声关上了。让娜往床边走了一步。她面如死灰,双唇禁闭,但是她的脊背和肩膀还是跟以前一样笔直秀挺。

她将床单掀了起来。死亡的静谧悄悄蔓延到房间的每一个角落。拜亚德看到伊夫的面庞依然年轻。他的皮肤苍白,光滑无痕。头顶上还扎着绷带,一丝丝黑色的头发从绷带边沿钻了出来。他的双手上关节红肿,布满擦痕,像个小法老一样威严地叠放在胸前。

让娜弯下腰，亲吻了孙子的前额。拜亚德默默地看着她。然后，她十分平和而温柔地用手捂住了孙子的脸，然后别过头去。

"我们走吧？"她说着，拉起了拜亚德的胳膊。

他们又来到了空旷的走廊上。拜亚德左右张望了一下，然后带着让娜来到了一排钉在墙上的塑料椅子前。周围安静得有些压抑。他们也不自觉地降低了声音，即便是周围并没有人在偷听。

"我已经担心他很久了，奥迪克。"她说，"我看到了他身上发生的变化。他变得沉默寡言，焦虑不安。"

"你有没有问他哪里不对？"

她点了点头："他说没什么事情，就是压力有点大，工作有些繁重。"

奥迪克伸手握住她的胳膊，说："他很爱你，让娜。也许真的没有事情。也许有事。"他停了一下，说："如果伊夫是被卷进了什么不好的事情，那就有违他的天性了。他的良心产生了不安。但是最终，在最关键的时刻，他做出了正确的选择。他把戒指送给了你，而且不计后果。"

"努贝尔警官向我问起过戒指的事情。他想知道，我星期一时有没有和伊夫联系过。"

"你给他什么回答？"

"说实话，我没有。"

奥迪克叹息了一声，像是松了一口气似的。

"但是你认为伊夫受人雇佣帮别人传达信息，不是吗，奥迪克？"她的声音有些犹豫，但是掷地有声，"告诉我。我宁愿听到事情的真相。"

他举起双手："我还不知道真相，怎么告诉你真相？"

"那就告诉我你的怀疑。不知道——"她突然迟疑了一下，"有没有更糟的事情了。"

拜亚德想象着大卵石滚到洞穴入口，将之与外界隔绝的那一瞬间。不知道她身上发生了什么事情。盒子的气味、火焰的咆哮、他们奔跑时士兵的喊叫，模糊记得的地点和形象。不知道她还活着，还是已经死了。

"错了，"他轻轻地说，"这很难以承受，但是没人知道。"他又叹了口气，"好吧。我确实觉得伊夫受人雇佣，为别人提供信息，是的——主要是关于三部曲的信息，但也许也有些别的事情。我猜，他的任务一开始看起来并没有什么危害，也许就是给这儿给那儿打个电话，查查某人的位置信息，弄清他们可能与谁对话之类的。但是不久之后，我怀疑他们就开始要求他做出他意愿之外的事情了。"

"你说'他们'？那你知道谁是负责人吗？"

"这只是我的推测，仅此而已。"他赶紧说，"人类的本性基本上不会改变，让娜。表面上看来，我们好像不太一样。我们进化和发展出新的规则、新的生存标准。每一代人都会维护现世的价值观，而摒弃前世的价值观，并且为新价值观的复杂和智慧而扬扬得意，好像我们跟前人之间没有什么共同之处似的。"他拍了拍自己的胸脯，说："但是在这些肉体的外衣之下，人类的心脏自始至终都在同样地跳动着。贪婪、嗜权、惧死，这些情绪从来都没有变过。"他的声音柔和起来："还有那些生命中美好的东西，也从未改变。爱情，勇气，善良，愿意为信仰献出生命。"

"这些最终会消失吗？"

拜亚德犹豫了一下："我祈祷它们永远不会消失。"

在他们的头上，时钟滴滴答答地提示着时间的流逝。走廊遥远的另一端，响起嘘嘘的说话声、脚步声、塑胶鞋底踏在砖地上的吱吱声，但是旋即就消失了。

"你不去警察局吗？"让娜最后说。

"我认为这样不太明智。"

"你不信任努贝尔警官？"

"也许吧。"

"警察局有没有把伊夫的个人物件还给你？事发当时他身上穿的衣服，以及他口袋里的东西？"

"他的衣服……没有保留下来。努贝尔警官说,他的口袋里只有钱包和钥匙，没有别的。"

"一点儿都没有吗？没有身份证、纸张和手机吗？他不觉得那样很奇怪吗？"

"他什么都没说。"她回答道。

"还有他的公寓。他们有没有在那里找到什么东西？比如纸张什么的？"

让娜耸耸肩。"我不知道，"她停了下来，"我曾经让他的一个朋友把星期一下午在挖掘现场的人员给我列了个名单。"她递给他一张上面写了几个名字的纸，"名单不完整。"

他低头看了看。"这是什么？"他问道，用手指着一家旅馆的名字。

让娜看了一眼。"你说你想知道那个英国女人住在哪里不是吗。"她停了一下，说，"或者，至少这就是她留给警官的信息。"

"爱丽丝·坦娜博士。"他小声地念叨着，"那么，这就是我应该寄信的地址。"

过了这么长时间之后，他终于来找她了。

"我回家之后可以帮你寄出去。"

"不。"他厉声说。让娜一脸诧异地抬头望着他。"请原谅，"他赶紧道歉，"谢谢你的好意，但是……我认为你回家并不是一个明智之举。至少，现在是这样。"

"为什么不能？"

"即便他们现在还不知道，但是他们很快就会查出伊夫把戒指寄给了你。所以，请一定和朋友待在一起。跟克劳德特一起走远一些，随便哪里都行。这里不安全。"

令他意外的是，她竟然没有反对："自从我们到了这里，你就一直小心翼翼。"

拜亚德笑了。他还以为自己把自己的焦虑不安隐藏得很好。

"那你怎么办，奥迪克？"

"我就不一样了，"他说，"我一直在等待这个时刻……等了多久我自己都说不清，让娜。这是注定要发生的，无论是好事还是坏事。"

听了他的话，让娜陷入了沉默。

"她是谁，奥迪克？"她轻声问，"这个英国女孩是谁？为什么她对你如此重要？"

他微笑了，但是什么也没说。

"你要去哪儿？"她最后问。

拜亚德屏住了呼吸。千遍万遍地，他老家的形象浮现在了他的脑海中。

"欧斯陶，"他温柔地回答，"我会回家。终于要回去了。"

第四十一章

希拉已经渐渐习惯了四周的黑暗。

她被关在一个不知道是马厩还是什么动物笼子之类的空间里。空气中充斥着一股辛辣刺鼻的气味，有粪便、尿液、稻草的味道，还夹杂着一种类似腐肉的令人作呕的甜味。门下方的缝隙里透进一丝白光，但是她无法辨别现在是傍晚还是黎明。她甚至连现在是猴年马月都不知道。

她腿边的绳子毛糙扎人，刺激着她脚踝上已经磨破的皮肤。她的手腕被绑在一起，身子被拴在一个钉在墙上的金属环上。

希拉挪动了一下身子，试图找到一个比较舒服的姿势。昆虫在她的双手和面庞上爬来爬去，令她浑身遍布咬痕。她的手腕被绳子摩擦得生疼，肩膀也因长时间吊在身后而变得麻木。笼子的角落里，小老鼠和大山鼠在稻草中急溜溜地窜来窜去，但是她已经见怪不怪了，就像她已经习惯去忽略自己身上的疼痛了一样。

要是她给爱丽丝打了电话该有多好。又是一个错误。希拉猜测着，后来爱丽丝又尝试联系她了吗？……还是已经放弃了……如果她打电话到发掘现场的房子，发现自己不在了，她应该会意识到出事了吧……会不会呢？……伊夫怎么样了？布雷灵已经报了警……

希拉双目圆睁，头脑清醒。现在的情况是，好像是他们还没有意识到她失踪的可能性更大一些。她的几个同事已经明确说了他们要放几天假，等到事情解决了再回来。也许他们以为她也是去度假了呢。

她已经饿过了头，腹中没有一丝饥饿的感觉，但是依然能感觉到口渴。她觉得自己的嘴里好像是吃了一块砂纸一样粗糙干燥。他们给她的那点儿水早就喝完了，她反复舔着的双唇已经开裂。她试着回忆，一个正常的健康人至多可以多久不喝水？一天？还是一周？

希拉听到了有人踩到碎石上的嘎吱嘎吱声。她的心头一皱，肾上腺素翻涌沸腾。外面每响起一个声音，她都会有这样的反应。但是直到现在，都没有人进来过。

门锁打开的时候，她赶紧拖着自己沉重的身躯坐了起来。伴随着一声沉重的"咣当"声，锁链掉到了地上；然后是锁链被叠成一团的喊嘘咔嗒声；最后是大门的铰链吱呀颤动了一声，大门开了。强烈而刺眼的太阳光突然冲进了阴暗的小屋中，希拉赶紧将脸别了过去。一个黝黑、矮壮的男人从过梁下面钻了进来。虽然天气炎热，他却穿着一件夹克，眼睛隐藏在太阳镜后面。希拉出于本能地向墙边缩了缩，虽然她为自己内心的恐惧感到十分可耻。

男人迈了两大步就跨到了她的眼前。他抓起绳子，将她拖到了地上。他从口袋里掏出一把小刀。

希拉畏畏缩缩，试着摆脱掉眼前的男人。"不，"她小声嘟囔着，"求你了。"她很鄙视自己那种乞求的语气，但是忍也忍不住。恐惧已经将她的骄傲外表剥夺得一丝不挂。

250

他微笑着，把刀片向她的嗓子处又靠近了一些，露出一口染满烟渍的大黄烂牙。他靠近她，割断了将她绑在墙上的绳子，然后一把将绳子甩到旁边，顺势又狠狠地将她向前推了一把。虚弱而昏沉的希拉一下子失去了平衡，重重地跪到了地上。

"我不能走。你得给我松绑。"她向她的脚边瞥了一眼，"我的脚。"

男人犹豫了片刻，然后费劲儿地锯断了她脚踝上的粗镣铐。他的动作很像在切一块肉。

"站起来！快点儿！"他抬起胳膊，好像要打她一样。他使劲儿拉了一下那条绳子，将她拖到了他的眼前："快点儿。"她的双腿僵硬沉重，但是她被吓得不敢不从。她的脚踝上布满了伤口，每走出一步，伤口就一紧，钻心的疼痛不断地窜上她的小腿。

她跌跌撞撞地走向光亮处，感觉脚下的地面仿佛倾斜了一般，令她东倒西歪。太阳很强烈，好像在灼烧着她的视网膜。空气炎热而潮湿，像个邪恶的佛像一样，蹲伏在庭院和建筑之上。

她从自己的临时监狱里走出来——原来那真的是一只废弃的动物笼子。希拉强迫自己左右观望，因为她意识到这可能是她唯一可以弄清所在位置的机会。还有，弄清他们是谁。虽然她现在什么也不确定。

事情从三月就开始了。曾经的他是那么充满魅力，满嘴甜言蜜语，甚至还因为叨扰到了她而不停向她道歉。他曾经解释过，他是替别人干活的，但是那个人希望可以隐姓埋名。他唯一想要的就是能给她打几个电话，得到一些信息，仅此而已。他准备开出一个很高的价格，但是不久，价格又变了：一半是信息费，更多的是邮递费。回首过去，希拉甚至不太确定她是从什么时候开始生疑的。

那个客户看起来不像是一个买东西不问贵贱、容易上当受骗的主儿。一开始的时候，他的声音听上去很年轻。通常这种客户应该就像是中世纪的文物收集者，思想迷信，易受影响，愚蠢透顶，深陷其中。但他没沾上任何一样，而单单这一项就早应该引起警惕了。

回顾过去，她内心从来没有停止过疑问，如果他想要弄到的那枚戒指和那本书纯属为了情感上的价值，为什么要如此费尽周折。现在看来，她的想法真是荒谬可笑。

希拉能为自己偷盗和贩卖艺术品而产生道德上的纠结，已经是多年之前的事情了。她已经受够了那些老式的博物馆和学术精英机构，好像只有他们才是最合适的古董保管人，而私人收藏家就一文不值。她拿到钱，他们拿到自己想要的东西，彼此都开心。之后的事情，就不属于她关心的范围了。

想想当初，她意识到自己其实在第二次电话之前很久，就已经开始遭到威胁了。也许是在她邀请爱丽丝来苏拉哈克峰之前的几周。当时伊夫·比奥已经跟她联系过了，他们还对比了一下各自的故事……她胸中的郁结突然又猛地一紧。

如果爱丽丝有什么事的话，那都是她的错。

他们来到一座农舍。那是一幢中等大小的建筑，周围环绕着荒废的附属建筑、车库和一个酒窖，百叶窗和前门上的油漆已经剥落，空空的黑色窗户张着大嘴。两辆车停在屋前。除此之外，四周荒无人烟。

周围是一片连绵无际的群山和山谷。至少她还在比利牛斯山区。不知道为何，这竟给了她希望。

大门敞开着，好像在等待着他们的到来，虽然第一眼看上去，里面阴冷而荒凉。所有物件上都蒙着一层灰尘。看起来这里曾经是一家旅馆或客栈。正前头有一张接待台，上面有一排挂钩，好像之前是用来挂钥匙的，现在上面空无一物。

他使劲儿拉扯着绳子，催促着她快些走动。他离她很近，令她闻到了他身上的汗臭味、廉价的须后乳和腐败的烟草味。希拉听到她的左边有个房间里传出一阵说话的声音。那扇门半开着。她斜了斜眼，想要看看那里的情况，却突然撇见一个男人正站在窗前，背对着她。他脚蹬一双皮鞋，腿上裹着轻薄的夏日长裤。

她被推搡着走上楼梯，来到二楼，随后沿着一条走廊，进入一座狭窄封闭的楼梯，来到一间密不透风的阁楼。这里几乎占据了整座房屋顶层的全部面积。他们在一扇建在屋檐上的门前停住了脚步。

他朝着螺栓开了一枪，将她的双臂使劲儿往背部一扭，把她向前推进了门里。她重重地摔到了地上，胳膊肘疼痛无比，而他却"砰"的一声摔上了身后的门。虽然身上疼痛不已，但希拉还是猛扑到门上，一边大喊着，一边用拳头拼命地捶着铁皮门。但是这扇门好像是经过了特殊的改制，边缘处都装有金属盖片。

最终，她放弃了呼叫，转过身来，环顾着自己的"新家"。

在最远的那面墙上，倚着一张床垫。上面有一床叠得整整齐齐的毯子。门对面有一扇小窗。窗里钉着一道道的金属条。希拉四肢僵硬地走过房间，看到自己现在处于整栋房子的后部。窗上的金属条很坚固，不管她怎样使劲儿地用手拉拽，它都只是向下滑动一下而已，拆也拆不下来。

角落里有一个小小的洗手盆，旁边放着一只水桶。她松了一口气，开始使劲儿地扭水龙头。水管开始喷溅出水花，伴随着一声声咳嗽的声音，好似一个一天抽四十支烟的老烟枪。几秒钟的吞吞吐吐之后，出口处终于开始出现一条细细的水流。希拉赶紧伸出她那双脏兮兮的手，捧着水猛喝起来，一直喝到肚子开始胀痛。然后，她又开始拼命地搓洗自己，企图清掉黏糊在自己手腕和脚踝上的已经干涸的血块。

几分钟之后，他给她拿来一点儿食物。比平常给得多。

"为什么要把我关在这里？"

他把托盘放在了房间中央的地上。

"你为什么要带我来这里？为什么我在这里？"

"他要问你事情。"

"谁想问我事情？"

他指了指食物，说："吃。"

"你得给我松开绑。"她又问道，"谁？告诉我。"

他用脚向前踢了一下托盘，说："吃。"

他刚一出门，希拉就开始狼吞虎咽。她把盘子吃了个底朝天，连苹果核和苹果籽都吃得一点儿不剩。随后，她又走到了窗前。太阳的第一缕光线正从群山的顶峰上迸裂而出，将整个世界从灰色变成了白色。

远远地，她听到了汽车的声音，正在慢慢地朝农舍逼近。

第四十二章

凯伦提供的地址信息准确无误。离开卡卡颂一个小时候之后，爱丽丝就来到了纳尔博纳的郊外。她跟随着去往屈克萨克多德和卡佩斯唐的方向标，将车开上了一条漂亮的小路。小路两侧长满了细高的竹子，野草在风中跳跃着，为脚下肥沃的绿色大地遮风挡雨。这里的风景，跟阿里埃日的群山和科尔比埃的灌木全然不同。

爱丽丝驱车开到奥德区的时候，已经将近下午两点了。上锁的大门下面，就是南部运河。运河岸边长着一片酸橙树和伞松，她便将车泊在树下。随后，她蜿蜒着穿过漂亮的街道，一直走到布尔格斯大街。

大街的角落里就是格蕾丝的三层小楼了。小楼正对着大街，老式的木门和巨大的棕色百叶窗上，蔓生着一棵像长在童话里一般的夏季蔷薇，它那一丛丛绛红色的花朵正沉甸甸地从树干上垂悬下来。门锁已经生锈变硬，爱丽丝不得不使劲儿地扭那把沉重的铜钥匙，才终于使钥匙在锁眼里面转动起来。她朝着门上咬紧牙关狠命一推，门终于嘎吱嘎吱地打开了。门后堆着一摞免费报纸，用来从里面抵挡外力。打开门的一瞬间，刮擦下来的木屑纷纷扬扬地落到了报纸上和房间地上铺着的黑白瓷砖上。

大门打开后，正对门就是一间位于楼下的房间，左边是厨房区，右边是一块更大一些的居住区。房间里有些阴冷潮湿的感觉，还散发着一股长时间无人居住的刺激气味。寒凉的空气像一只猫咪一般，慢慢地爬上了她赤裸的双腿。爱丽丝试着摸到了电灯开关，但是电源早就已经切断了。她从地上捡起一封封绊脚的邮寄宣传广告和传单，将之堆放到桌子上，然后走到水池旁，身体前倾地向外推开了窗户，用那枚华丽的门闩固定住了拉起的百叶窗。

齐眼的位置上，有一只水壶和一个老式炉灶，炉灶上还放着一口烧烤平底锅，这些是这个屋子里唯一能够证明她的姑姑与现代生活接轨的东西。沥水板上空无一物，水槽里面也干干净净，虽然水龙头的后面塞着几块已经硬得像骨头似的海绵。

爱丽丝穿过房间，打开了起居室的巨大窗户，推开了沉重的棕色百叶窗。太阳光即刻就倾泻了进来，让整个房间都焕然一新。她探出脑袋，浑身放松，呼吸着蔷薇的香气，任凭炎炎夏日轻触着自己的面庞，将自己的不适之感都赶到九霄云外。她觉得自己就像是一个入侵者，未经允许就在其他人的生活中随意参观。

壁炉旁边，放着两张高靠背的木质扶手椅。包围壁炉四周的是黑色的石头烟囱，覆盖物上装饰着一些瓷器饰品，现在也已经落满了灰尘。壁炉里的黑色燃料残留还冷冷地待在里面。爱丽丝用脚尖踢了踢，那些残留物瞬间粉碎，扬起一阵灰色的细尘，像波涛般席卷周围的所有事物。

壁炉旁边的墙上，挂着一幅油画，里面画着一栋石头房子，有着倾斜的红砖屋顶，周围是种满太阳花和葡萄藤的广袤田野。爱丽丝仔细地凝视着油画右下方一角里有一个潦草的签名，是"拜亚德"三个大字。

房间的后部，摆着一张餐桌和四把椅子，旁边还有一个餐具柜。爱丽丝打开柜门，发现里面陈列着一套杯垫，上面装饰着法国天主教堂的图画，还有一叠亚麻布餐巾和一只银质餐具壶。她将抽屉关上的时候，这些餐具发出了响亮的哗啦声。下面的架子上，藏着一些用上好的瓷制成的盘子、奶壶、甜食碗和调味汁瓶。

房子最远的一角里有两扇门。第一扇门是多功能柜，里面装着烫衣板、簸箕、刷子、笤帚、两三个衣钩和从 Géant 超市拿回来的一堆叠放整齐的购物袋。第二扇门藏在楼梯后面。

她朝着黑暗走去，脚上的拖鞋刮到了木头踏板上。正前方是一间铺着粉色瓷砖的功能性浴室，水池里有一块干巴巴的肥皂，端正而严肃的镜子旁边，一支挂钩上挂着一根干硬的法兰绒巾。

格蕾丝的卧室位于她的左手边。单人床上铺着床单和毯子，还压着一床厚重的凫绒被。一个桃花心木床头柜上，放着一瓶古老的瓶装氧化镁乳剂，盖子上已经结了一圈白壳。药瓶旁边是一本艾莉森·维尔写的《阿基坦的埃莉诺》人物传记。

夹在书中的一枚老式书签，突然跃入她的眼帘，触动了她的心弦。她能够想象得到，格蕾丝会在入睡之前，关上台灯，轻轻地将书签插到书里。但是，她的时间不够了。

她还没有机会将书读完，就去世了。爱丽丝感到心里异常伤感，便伸手将书拿了起来。她要把它带走，重新给它一个家。

床头柜的抽屉里有一个淡紫色的小包，包口上系着的粉色丝带已经因年岁太久而褪掉了颜色，里面的药方和一盒新手帕也同样难逃时间的魔爪。下面的架子上，还有其他一些书本。爱丽丝蹲下来，侧身低下头，浏览着书脊——她老是无法抵抗自己想要偷窥别人书架的欲望。那里的书比她想象中还要多。这些作品里，有一两本玛丽·斯图尔特写的，两三本乔安娜·乔乐普思著的，一本老式读书俱乐部版本的佩顿·普莱斯的作品，还有一小卷关于纯洁派的书籍。这卷书的作者名字是用大写字母写的"拜亚德"。爱丽丝惊讶地挑了挑眉毛。跟楼下那幅画的作者是同一个人吗？译者的名字印在下面："J. 吉罗。"

爱丽丝将书翻了过来，看了一下商品信息部分："一部将圣约翰的《福音书》译成奥克语的著作，也是几本关于古埃及和让-弗朗索瓦·商博良（19世纪学者，曾经解释了象形文字的奥秘）的优秀传记。"

爱丽丝的脑海中闪过一丝光影。图卢兹的图书馆里，电脑屏幕上的地图、图表和插画在她的眼前忽闪而过。又是埃及。

拜亚德的这本书，封面上有张插图，是一幅荒废的城堡，淹没在紫色的迷雾中，危险地矗立在一块陡峭的岩石上。爱丽丝认出了它，许多明信片和导游书上都有过这幅图，那里是蒙塞居尔。她将书翻开，书页自动翻到了全书的大约三分之二处，那儿有一张卡片插进了书脊里。爱丽丝开始读了起来：

坚固的蒙塞居尔城堡高高矗立于群山之巅，从蒙塞居尔村爬上去大约需要一个小时。那里终年云雾缭绕，使得城堡的三面墙仿佛被山坡拦腰斩断，构成了城堡的一处非凡奇特的天然城防。现在城堡尚且残存的部分，并非源自13世纪，而是重建于更加近代的被占期间。但是此地的精神气质，一直在向访客们提醒着它那悲伤、不幸的过去。

关于蒙塞居尔这座"坚固之山"的传奇故事数不胜数。有些人认为它是一座太阳神殿，另一些人认为它启发了瓦格纳创作出关于"拯救之山"的作品，以及在他最大的著作《帕斯瓦尔》中幻想出"坚固之山"或"圣杯之山"。还有另外一些人认为，这里是圣杯的最后安息之地。曾经有传说道，纯洁派是基督圣杯和其他众多从耶路撒冷所罗门圣殿所得宝藏的保护者，或者他们还拥有着西哥特人的金矿和其他未知来源的财富。

同时还有人相信，传说中纯洁派的财宝是在1244年1月城堡被围、最终战败之前，从城堡中偷运出来的；而从那之后，那些财宝就杳无音讯。关于这些无价之宝丢失的谣言并不准确*。

爱丽丝根据这个星号的提示，找到了书页底端。这里并不是一个脚注，而是一句从圣约翰的《福音书》里第八章第三十二行摘得的引言："你应该知道真理，真理会使你得自由。"

她抬了一下眉毛。这句话好像跟整个文本没什么关系啊。

爱丽丝将这本书也放到了打算带走的书里，然后穿过房间，走到了后面的卧室。

房间里有一台老式的缝纫机，"辛格"（Singer）牌的——这几个英文字母极不协调地出现在这栋有着厚厚墙壁的法式房屋。她的母亲也有过一台一模一样的。曾经的她会坐在那里一忙就是一天，整个房子里都会充斥着母亲踩着踏板发出的令人舒服的砰砰声和嗒嗒声。

爱丽丝轻抚着铺满尘埃的机器表面。看起来好像还能用。她将机器上的隔间依次打开，发现里面放着几卷棉线轴、针线、插脚、几块蕾丝和丝带碎片、一纸板旧式银砸扣和一盒子组合扣子。

她来到窗边的橡木书桌前,从那儿可以眺望房屋后面的一个封闭小庭院。书桌的前两个抽屉与壁纸平齐,但是里面空空荡荡。第三个抽屉却令人惊讶地上了锁,虽然钥匙还留在锁眼里。

爱丽丝使劲儿地拧了拧那把银质小钥匙,终于将其打开。抽屉的底部放着一只鞋盒。她将鞋盒拿了出来,放到了书桌上。

里面所有的东西都摆得工工整整。有一捆用细绳绑着的照片。上面漫不经心地躺着一封信。信封上用黑色而繁复的字样写着"收信人坦娜女士"。邮戳上写着:"2001年3月16日,卡卡颂。""优先邮递"几个红色大字横跨着印在邮戳上。后面没有写寄回地址,只是用同样的斜体字简单地写了一个名字:"寄件人奥迪克·S. 拜亚德。"

爱丽丝将手指伸了进去,掏出来一张厚厚的乳色纸张。上面没有日期,没有地址,也没有任何言语铺垫,只有一首诗,字迹是同一个人的。

Bona nuèit, bona nuèit . . .
Braves amics, pica mièja-nuèit
Cal finir velhada
Ejos la flassada

一种微弱的记忆在她的潜意识表面泛起一阵涟漪,宛如一首早已遗忘的歌曲。这些话在洞穴里的最上面几层台阶上也曾出现过。

她发誓,它们绝对是同一种语言——她的潜意识可以将意识联系不到一起的事物联系起来。

爱丽丝向后倚在床上。3月16日,就是她姑姑去世前的几天。是她亲自将这封信放到了盒子中,还是留给了其他人?是拜亚德自己放进去的吗?

爱丽丝把这首诗放到一旁,解开了细绳。

总共有十张照片,全都是黑白的,按照时间顺序排列。大写的月份、地点、星期都用铅笔写在照片背面。第一张照片是一个穿着校服的小男孩在照相馆拍的人物照。他神情严肃,头发梳得溜光,发缝也分得十分整齐。爱丽丝翻过来一看,上面用蓝色墨水写着:"腓特烈·威廉·坦娜,1937年9月。"不同的笔迹。

她的心一惊。她父亲也有一张同样的照片,就摆在家里的壁炉架上,旁边还有她父母的结婚照和一张爱丽丝本人六岁时参加一个灯笼袖罩衫聚会时拍的照片。她用手指抚摸着他脸上的皱纹。这至少说明了一件事情,就是格蕾丝知道弟弟的存在,即便是他们从未谋面。

爱丽丝将这张照片放到一旁,开始有条不紊地看下一张。她发现姑姑本人最早的照片竟然近代气息浓厚,拍摄于1958年7月的一个夏日节庆日。很明显,他们的家族还是有相当的一致性的。跟爱丽丝一样,格蕾丝也是身材娇小的女性,小巧玲珑,还有些精灵气,虽然她的灰色头发直愣愣的,还剪成了倔强的短发。照片中的格蕾丝直面镜头,身前紧紧握住一只手提包,仿佛在身前放了一张屏障。

最后一张照片也是格蕾丝的,摄于几年之后,正与一个老男人站在一起。爱丽丝凝起了眉头。他让她想起来一个人。她轻轻地翻转照片,不停变化着光线照到影像上的角度。

他们站在一座古老的石墙前面。他们的姿势没什么特点,好像他们当时并不太熟悉对方。从着装判断,当时应该是晚春或夏季。格蕾丝穿着一件短袖夏季连衣裙,扎着一条腰带。她的同伴很高很瘦,穿着一套浅色的夏季套装。虽然他的面庞遮在巴拿帽的阴影之下,但是他那双长满老年斑和皱纹的手,出卖了他的年龄。

他们后面的墙上,隐隐约约露出半块写着法语的路标。

爱丽丝凝视着小小的标志,拼出了是"托瓦德格莱斯街"。照片背面写着拜亚德的繁体字样:"1982年7月,AB和GT,摄于沙特尔。"

又是沙特尔。那两个缩写肯定是格蕾丝和奥迪克·拜亚德。还有1982年,就是她父母去世的那年。

爱丽丝把那张照片也搁到了一边,又去拿了盒子里的最后一样东西,一本式样老旧的小书。黑色的皮革封面已经开裂,靠一根腐蚀的黄铜拉链固定着,"圣经"两个单词以浮雕的形式印在封面上。

几经尝试,爱丽丝终于将它打开了。第一眼看上去,它与其他的詹姆斯钦定版《圣经》并无二致。只是当她信手翻到书的四分之三处时,她发现在纤薄的纸张上竟然有一个穿透的小洞,形成了一个浅浅的矩形藏匿区,大约四英寸长三英寸宽。

里面藏着几张紧紧叠压在一起的纸张。爱丽丝把它掏了出来,轻轻地将其打开。突然,一个大约有十法郎硬币大小的白色石头圆盘从里面掉了出来,落到了她的大腿上。石盘很平很薄,纯石材质地。

她满脸惊愕地将它捏在手指间摆弄着。上面刻着两个字——NS。罗盘方位吗？某个人的姓名首字母缩写？还是某种货币符号？

爱丽丝将圆盘翻转过来。另一面上刻着一个迷宫，跟戒指的内侧和洞穴墙壁上的那个图案一模一样。

常识告诉她，它们之间肯定有着一种绝对令人信服的联系，可以解释这种巧合，虽然她一时间脑子里面反应不过来。

她忧心忡忡地看着那几张包裹圆盘的纸。对于即将看到的东西，她感到十分紧张，但她实在抵挡不住自己的好奇心。

现在你已经无法抽身。

爱丽丝开始打开那些纸张。第一张纸上，开头便是一幅家族谱系图。墨水已经褪色，部分地方的字迹已经难以辨认，但是某些单词却赫然在目。大部分名字是黑色的，但是在第二行，有一个名字"阿莱斯·佩尔蒂埃-杜马斯（1193年——）"却是用红色墨水写的。

爱丽丝看不清楚那个名字旁边写了什么，但是在她的下一行稍微靠右的地方，是另一个名字"萨雷·德·塞尔维昂"，用绿色墨水写的。

在这些名字的旁边，有一个精巧细致的小图，用金子装饰着。爱丽丝伸手拿起石盘，将它放到那个符号旁边对比。它们如出一辙。

她一张一张地翻着那些纸，直到最后一页。

在那儿，她发现了格蕾丝的条目，她的死亡日期已经用一种不同颜色的墨水添加上了。在那之下以及旁边，是爱丽丝的父母。

最后的条目是她的。"爱丽丝·海伦娜（1976年——）"，用红色墨水写就。

在那个名字旁边，是迷宫的符号。

爱丽丝将下巴搁在膝盖上，双臂环抱住大腿。她已经忘却了自己已经在这个安静而荒凉的房间里待了多久。

终于，她明白了。过去正在向她伸出手来，不论她愿意或是不愿意。

第四十三章

爱丽丝在浑浑噩噩之中驱车从奥德区返回到了卡卡颂。

爱丽丝进了旅馆之后，发现大厅里挤满了刚刚抵达的客人，于是她就自行从钥匙钩上取下了钥匙,悄无声息地上了楼。

她刚要开锁,却突然注意到门是半开的。

爱丽丝犹豫了一下。她把怀中的鞋盒和书籍放到地上,然后小心翼翼地将门完全推开。

"有人吗?"

她四下环视着房间。里面的东西好像跟她离开时并无二致。爱丽丝仍然感到十分不安。她抬腿跨过堆在门槛上的东西,谨慎地往屋里迈进了一步。她戛然而止。有一股香草和腐烂烟草的味道。

门后面有动静。她的心脏一下子跳到了嗓子眼。她转过头,眼前刚一闪过一个穿灰色夹克的黑发人影,就被狠狠地别过双手,摁到了衣柜上。她的脑袋被挤压在衣柜的带镜大门上,几乎要被碾碎,震得里面横杆上的金属挂钩像弹珠掉在了铁皮屋面上一样咔嗒作响。

房间的边缘变得模糊起来。每样东西都在跳动,令她无法聚焦。爱丽丝眨了眨眼睛。她听到他哐当哐当跑到走廊里的声音。

追。赶紧追。

爱丽丝蹒跚着赶出去追他。她猛冲着跑下楼梯,进入大厅,一大群意大利人挡住了她的出口。仓皇之中,她环顾了整个拥挤繁忙的大厅,恰好看到那个男人正消失于侧边的出口。

她推开层层叠叠的人群和行李,爬过手提箱和皮箱,追着他跑到了花园里。他刚刚走到路口。她鼓起身上所剩不多的最后一把劲儿,冲着他奔过去,但是他动作太快了。

等到她追到主干道时,眼前已经没了他的踪迹。他淹没在了一群群刚刚从古城下来的游客大军之中。爱丽丝弯下腰,双手摁在膝盖上,大口大口地喘着粗气。过了一会儿,她直起身子,用手指摸了摸后脑勺,已经肿起了一个包。

爱丽丝又往路上瞥了最后一眼,悻悻地转身走回了旅馆。她一边道着歉,一边径直钻到了队伍的最前端。

"打扰一下,您有没有看到刚刚走掉的那个人?"

值班的女孩儿看起来很不愿意被她打扰。"我先给这位先生办完手续,再处理您的事情。"她说。

"恐怕我这件事不能等,"她说,"我的房间进去人了。他刚刚跑了。就几分钟之前。"

"是吗,女士?您能否等一会儿——"

爱丽丝抬高了声音，故意想让其他人都听见："有人进了我的房间！有小偷！"

拥挤的接待处一下子安静下来。那个女孩瞪大了眼睛。她从凳子上走下来，消失了。几秒钟之后，旅馆的老板出现了，将爱丽丝从大厅带到了一旁。

"发生了什么，女士？"他压低了声音对她说。

爱丽丝解释了一下事情的经过。

他陪着她走上楼梯，检查了一下门上的钩子，说："门不是强行打开的。"

趁老板在走廊里巡视的工夫，爱丽丝进到房间里，检查是否有东西遗失。令她困惑不解的是，东西一样不缺。她的护照还放在衣柜的最底下，虽然位置稍微挪动了一下。她帆布包里的东西也是同样的情况。没丢东西，但是都是位置稍微动了一些。几乎证明不了什么。

爱丽丝又检查了一下浴室。终于，她发现了异常。

"先生，请过来一下！"她大喊道。她指着洗手盆说："看。"

空气中弥漫着一股浓郁的薰衣草味——她的香皂被砍成了一片一片的。她的牙膏也被削开，牙膏挤了出来。"看吧，我刚刚说过的。"

他看起来十分关心，但是疑虑重重。这位女士是想让他帮忙报警吗？还是他应该理所当然地先去询问一下其他客人有没有发现异常，但是又好像什么都没丢……他一直犹豫着没有开口。

突然间一个恐怖的念头闯进她的脑海。这不是一桩寻常的盗窃案。进来的人是要找一种特殊的东西，一种他们认定了在她身上的东西。

谁知道她住在这里？努贝尔，保罗·奥蒂耶，凯伦·弗勒里，她的同事以及希拉？据她所知，也再没有旁人了。

"不，"她突然说，"不要报警。因为没有丢东西。但是我想换个房间。"

他开始抗议，说整个旅馆已经住满了，但是马上住了嘴——因为他看到了她脸上的神情。

"我会尽量帮您的。"

二十分钟之后，爱丽丝被安置在了旅馆的另一块区域里。她十分焦虑。她再三检查了门是否已经上锁，窗户是否加固。她坐到了床上，身边是一堆她的行李。她头脑一片混沌，不知道该从何下手。爱丽丝站起来，绕着这间小房间转了几圈，坐下，然后又站起来。她还不是很确定，自己是否应该搬去其他的旅馆。

要是今晚他又回来了怎么办？

突然间，寂静中响起一声铃声。爱丽丝简直吓得魂不附体，过了一阵才反应过来，那只是装在夹克口袋里的手机响了而已。

"喂，哪位？"

她一听是希拉的同事斯蒂芬的声音，这才松了一口气："你好，斯蒂芬。不，对不起。我是刚刚进屋，还没来得及查看短信。有什么事吗？"

她听着电话，脸上的血色渐渐消失。他告诉她，挖掘工作被停了。

"但是为什么啊？布雷灵有没有说是为什么？"

"他说那不是他能够决定的。"

"就是因为那两具骷髅吗？"

"警方没有说。"

她的心脏开始怦怦地重击起来。"布雷灵宣布消息的时候，他们都在场吗？"她问。

"他们在场的部分原因是因为希拉，"他说着说着停下了，"我在想，自从你离开之后，有没有跟她联系过？"

"自从星期一之后就没有过了。我昨天还试着联系了她好几次，但是她都不回我的电话。为什么啊？"

爱丽丝等待斯蒂芬回答的时候，发现自己竟然赤脚站在地上。

"她好像已经离开这里了，"他最后说，"布雷灵好像觉得这可能不是什么好兆头。他怀疑她从现场偷拿了什么东西。"

"希拉不会那样做的！"她大声嚷嚷着，"不可能。她不是那种……"

但是当她说着的时候，希拉那张愤怒的白脸渐渐出现在了她的眼前。虽然爱丽丝觉得自己这么想有些背叛友谊，但是她突然间就没有那么自信了。

"警方也是这么猜测的吗？"她问道。

"我不知道。就是有些奇怪的地方，"他含糊地说，"星期一在现场的一个警察，后来在富瓦被一辆肇事逃逸的车撞死了，"他接着说，"报纸上都报了。好像希拉和那个人认识。"

阿莱斯呱嗒一下坐到了床上："对不起，斯蒂夫，我觉得有些难以理解。有人在找希拉吗？他们有什么举动吗？"

"有一件事情，"他试探性地说，"我会自己试试，但是我明天第一件事情就是要回家。不能再闲逛了。"

"什么事情？"

"在发掘工作开始之前,我就知道希拉和朋友们一起待在沙特尔。我确实还想过,她可能是去了那里,只是忘记告诉我们而已。"

这对爱丽丝来说是一个希望渺茫的猜测,但是聊胜于无。

"我确实给她打过一个电话。一个小男孩接了电话,说从来没有听说过希拉这个人,但是我确定这个号码就是她给我的。我当时就存在电话里的。"

爱丽丝拾起一支铅笔和一张纸。"把号码告诉我。我来试一试。"她说着,摆好姿势开始书写。

她的手僵住了。

"对不起,斯蒂芬,"她的声音听起来很空洞,好像是离得很远,"我再试一下。"

"是 02 68 72 31 26,"他重复了一次,"你发现什么情况及时告诉我好吗?"

这就是比奥曾经给过她的那个电话号码。

"这件事就交给我吧,"她说着,全然不知自己在讲些什么,"我会跟你保持联系的。"

爱丽丝知道,她应该给努贝尔打电话,告诉他这桩非盗窃性质的盗窃案,以及她遇到比奥的事情。但是她犹豫不定。她不确定是否可以信任努贝尔。因为他对奥蒂耶的行为并没有进行制止。

她伸手将她的帆布包拿了过来,掏出了法国的路线图。

这真是个疯狂的念头。开车至少要八个小时。

她的脑海深处在纠结着一件事情。她又翻出了自己在图书馆抄的笔记。

在关于沙特尔天主教堂的诸多描述中,有一条对圣杯的最新引用。那儿也有一个迷宫。爱丽丝找到了那幅要找的照片。她仔细地看了两遍,以确保自己没有弄错,然后从书桌下面跳到了椅子上,在奥迪克·拜亚德的书边坐了下来,开始打开标记的那一页。

还有另外一些人认为,这里是圣杯的最后安息之地。曾经有传说道,纯洁派是基督圣杯……

纯洁派的宝藏是从蒙塞居尔偷运出来的。运到了苏拉哈克峰吗?爱丽丝开始翻看书籍前面的地图。蒙塞居尔离萨巴提山并不太远。如果宝藏被藏在那里怎么办?

沙特尔和卡卡颂之间有什么联系?

远远地,她听到了雷电的几声咆哮。此刻的房间沐浴在一种奇怪的橙色光芒之中，那是外面的街灯从夜晚云彩下反射进来的光。大风吹了起来，百叶窗沙沙作响，街上的垃圾被急促地刮到了对面的停车场。

爱丽丝跑到床边拉窗帘的时候，豆大的雨点儿已经开始坠落下来，像黑色的墨点一样噼里啪啦地摔裂在窗台上。她想现在离开，但是天色已经太晚，她也不想冒险在暴风雨中开车。

她锁上窗户和房门，提高警惕，然后和衣爬到了床上，等待黎明降临。

起初，一切都没有什么变化，熟悉而和平。她飘荡在白色的失重世界里，透明而安静。随后，就像绞刑架下面的陷阱盖哗啦着打开了一样，她的脚下突然一倾，就开始向下坠落，穿过空旷的天空，一直掉到了树木茂盛的山腰上。

她知道自己在哪里。在蒙塞居尔，初夏时分。

爱丽丝双脚一着地，就开始奔跑起来，沿着一条陡峭而颠簸的林间小路蹒跚地跑，两侧是一排高高的树木。树木茂密高大，俯视着她小小的身躯。她抓着枝叶，想要停下脚步，但是她的双手却直直地穿过树叶，小小的树叶从她的指间溜走，就像梳子梳过的头发，空将她的指尖染成了绿色。

脚下的路越来越向下倾斜。她意识到，地上干燥块根和石头取代了之前柔软的土壤、泥沼和嫩树枝。然而，还是没有声音。听不到鸟叫，也听不到人声，只能听见自己呼哧呼哧的喘气声。那条路突然旋转起来，令她在其中左右冲撞着，直到绕过一个拐角，一座静静燃烧的火墙挡住了眼前的路。爱丽丝抬起手来遮住脸部，不让火苗灼伤。那火苗翻涌着，鼓胀着，在空中盘旋成一根火柱，发着或红或橙或黄的光芒，时而相互缠绕，时而竞相跃动，仿佛河面之下浮动的芦苇。

现在梦境变换了。这一回，她在火焰中并没有看见一群群的人脸，却只看到一个年轻的女人。她脸上呈现出一种温柔却坚定的表情，正在朝自己伸出手，将那本书放到了爱丽丝的手中。

她在唱歌，宛如细银丝一般的嗓音：*"Bona nuèit, bona nuèit."*

这一次，没有冰凉的手指抓住她的脚踝，将她绑回地面。大火也不再吞噬着她。现在的她扶摇直上，像一缕青烟一样升到了空中，那个女人用自己纤细却强壮的双臂拥抱了她，紧紧地将她裹住。她很安全。

"Braves amics, pica mièja-nuèit."

爱丽丝微笑着，他们一起越升越高，一直到达了遥远的光明之处，远离了底下的世界。

第四十四章

法国西南部 卡卡颂
1209 年 7 月

  阿莱斯一大早就被楼下庭院里叮叮咣咣的锯木声和敲击声吵醒了。她从窗外看出去,望着康达尔城堡的墙壁之上正在建造着一条条木质长廊和隔间。壮观雄伟的木头框架正在迅速成型中。它如同一条上覆遮蔽的空中走廊,可以为弓箭手提供有利的地势条件。在万不得已的情况下,如果城堡本身的墙壁被敌人攻破,弓箭手就可以以此为掩体,向敌人疯狂地发射箭雨。

  她麻利地穿好了衣服,下楼来到了庭院里。铁匠铺的火炉里,大火正在熊熊燃烧,锤子叮叮当当地在砧板上捶打的声音从里面传了出来——那是武器正在被定型和磨砺。忙活着准备机轴、绳索、平衡装置、石炮车的工兵们,用三三两两的语言朝彼此吆喝着,交流着。

  站在马厩外面时,阿莱斯看到了吉扬。她的心里一阵翻腾。

  注意到我。他既没有转身,也没有抬起头来。阿莱斯举起手来想要喊他,但立即,怯懦战胜了勇气,她缓缓地将手又落回了身体两侧。如果他不愿意给她关爱的话,她也不想向他乞求,那样只是在自讨没趣而已。

  康达尔城堡里面繁忙的战前准备场景,在城市里面也同样正在上演。从科尔比埃运来的石头高高地堆放在广场中心,准备作为子弹,用在石炮车和弹弩上。皮革厂里面散发出一股股辛辣刺鼻的尿臊味,因为里面正在用兽皮赶制防火套子,打算罩在木头长廊上,以免遭大火烧毁。一列整齐的手推车队正在源源不断地从纳波尼城门进来,为城市带来得以支撑生命的食物:从皮埃日和罗拉盖运来的咸肉,卡尔卡塞斯来的葡萄酒,平原地区来的大麦和小麦,以及从圣米克尔和圣温赛斯的蔬菜市场来的豆类。

  这些举动的背后,都有着一种自豪感和目标感作为支撑。卡维尔子爵已经下令将磨坊烧掉、农作物毁掉,任凭发臭的黑烟席卷了北方整个河面和沼泽:

他是想以此提醒子民，战争的威胁已经迫在眉睫，战争的说法并非空穴来风。

阿莱斯在跟萨雷约好的地方等他。她的脑子里全是想找埃斯克拉孟德问个明白的问题。它们在她的脑海中忽进忽出，第一个问题还没想完，第二个问题又突然冒了出来，好像在河面上呼啦呼啦成片飞起的鸟儿。而等到萨雷真的来了的时候，她却又因想说的太多而吞吞吐吐地卡了壳。

她跟着他穿过几条通往圣米克尔郊区的不知名的街道，到了外墙紧挨着的一个低矮的门前。

那儿，正在奋力挖战壕、布雷阵以抵抗外敌的男人们的施工声音震耳欲聋。萨雷说话时必须喊出声来，才能被对方听到。

"曾祖母在里面等着您。"他说着，脸上突然变得十分严肃。

"你不进来吗？"

"她让我带您过来，然后再回城堡去找监督官佩尔蒂埃。"

"那你去光荣庭找他。"她说。

"好的。"他说着，脸上又重现笑容，"一会儿见。"

阿莱斯推开门，大声喊着，期待能够看到埃斯克拉孟德的身影。没有应答。她开始小心翼翼地往里走。阴影里，她看到在房间角落的一张椅子上，还有另外一个人坐在那里。

"进来，进来。"埃斯克拉孟德说，声音里洋溢着笑意。

"我相信你已经认识西米恩了。"

阿莱斯十分惊愕。"西米恩？您已经来了吗？"她高兴地大喊着，冲到他的身边，兴奋地抓住了他的手，"有什么新鲜事吗？您是什么时候到卡卡颂的？您在哪儿住下了？"

西米恩拉着长声大笑了起来："一下子问这么多问题！这么快就想知道所有的事情！伯特兰早就说过，你是一个爱问问题的小孩子！"

阿莱斯笑了笑，算是承认了这个事实。她轻快地蹭到了桌子边的长凳上，接过一杯埃斯克拉孟德倒的葡萄酒，开始听西米恩和埃斯克拉孟德继续说起话来。看起来，他们之间已经建立起了一种亲密愉悦的关系。

他是个很会说故事的人。他编织着自己在沙特尔和贝济耶的人生故事，充满了对在圣地生活的深情回忆。他描述着春天时朱迪亚小山丘上的迷人风光，还有塞菲尔平原上遍布着的百合花、黄色和紫色的鸢尾花，以及粉色的杏仁树，说它们像一张地毯一样一直铺展到世界的尽头。他讲这些故事的时候，时间不知不觉就过了许久。阿莱斯被这些情景深深地迷住了。

影子渐渐拉长了。而与此同时,气氛正在慢慢地发生变化,虽然阿莱斯全然不知。她只是觉得自己肚子里突然一阵抽搐,应该是一种预感。她在想,吉扬或父亲在参加战斗的前夜,是不是正是这样一种感觉?那种分分秒秒都悬而未决的提心吊胆。

她朝埃斯克拉孟德瞥了一眼,看到她的双手正叠放在大腿上,脸上十分平静。她看起来泰然自若。

"我肯定我父亲一会儿就来了,"她说,感觉自己有责任要替父亲的迟迟未到做出解释,"他对我承诺过的。"

"我们知道。"西米恩说,轻轻拍了拍她的手。他的皮肤像羊皮纸一样干燥。

"我们也许无法再等太久,"埃斯克拉孟德说,看了一眼依旧紧紧关闭的大门,"这栋房子的主人马上就要回来了。"

爱丽丝在他们之间来回扫了一眼。她再也忍受不了这种紧张的气氛了,便伏在桌子上,探过身去。

"昨天,您还没有回答我的问题,埃斯克拉孟德。"她惊讶于自己的声音竟然还可以如此平稳流畅,"您也是一名守护者吗?我父亲寻找的书是由您来保管的吗?"

一时间,她的问题仿佛悬在他们之间的空气里,没人愿意接过去。然后,出乎阿莱斯意料的是,西米恩开始咯咯地笑起来。

"你父亲给你讲了多少关于山峰荣誉会的事情?"他说,一双黑色眼睛眨啊眨地看着她。

"父亲说,一直都有五名守护者,他们发誓要保护迷宫三部曲。"她勇敢地说。

"那他有没有解释为什么我们是五个人?"

阿莱斯摇摇头。

"一直以来,领航员,也就是我们的领袖,都是由四名新入会者共同支持着。他们加在一起,代表人体的五个点和数字'五'的力量。每位守护者都是凭借着坚毅、决心和忠诚的品质脱颖而出,而不是靠血缘、出身或种族来划分三六九等。这也反映出我们发誓要保护的那个秘密的本质,它就是我们全部的信仰。"他微笑了,说,"两千多年以来,山峰荣誉会一直存在,虽然不是一直采用这个名字,但是它一直看守着、保护着这个秘密。有时,我们的存在会被隐藏起来,而有的时候,我们又会让大众看到我们的存在。"

阿莱斯转头看着埃斯克拉孟德,说:"我父亲不愿意接受您的身份。他不相信。"

"这跟他的期望大相径庭。"

"伯特兰总是这样。"西米恩又开始禁不住笑起来。

"他不会想到第五位守护者会是一个女人。"阿莱斯说,企图要替父挽回一些尊严。

"随着时间的推移,这已经不算什么离奇的事情了。"西米恩说,"埃及、亚述、罗马、巴比伦,这些你所听闻过的古老文明,都会比我们这些黑暗时代给予女性更多的尊重。"

阿莱斯思考了片刻。"阿里夫认为这些书藏在山里会更加安全,您觉得他的想法正确吗?"她问。

西米恩举起了手:"寻找真理,或者去猜测可能或不可能发生的事情,都不关我们的事情。我们的任务只是保护好这些书,使它们免遭毁灭,并且确保它们能够在被需要的时候派上用场。"

"这也是为什么阿里夫选了你的父亲去护送这些书,而不是我们。"埃斯克拉孟德接上去说,"他的权威和地位使他成为最适合的人选。他有人手,有马匹,他可以比我们中的任何一个人都走得更远。"

阿莱斯心里犹豫着,不想违背对父亲的诺言:"他舍不得离开子爵。他在效忠旧主人还是新主人之间抉择,痛苦不堪。"

"我们都要面临这样的冲突和抉择,"西米恩说,"我们每个人都在挣扎着选择一条最佳的道路。伯特兰已经足够幸运了,这么多年来头一次需要做出决定。"他拉过她的手,放在自己手里攥住:"伯特兰不能再耽搁了,阿莱斯。你必须给他勇气,鼓励他承担起自己的责任。卡卡颂之前一直没有被攻破,并不代表它永远无法被攻破。"

阿莱斯感受到了他们注视自己的眼神。她站起身来,走到灶台旁边。一个想法逐渐在她的脑海中成形,她的心脏跳得很快。

"如果有人替他执行任务可不可以呢?"她用一种十分平缓的语气说。埃斯克拉孟德立即明白了:"我认为你的父亲不会同意。对他来说,你就像是无价之宝一样珍贵。"

阿莱斯转过身来,面对着他们两个:"他去蒙彼利埃之前,就已经相信我也可以胜任这项任务。原则上说,他已经将这项任务交给了我。"

西米恩点点头说:"这倒是真的。但是,情况每天都在发生变化。法国人一天天逼近卡维尔子爵的领地,我们的道路也一天天变得更加危险。很快,情况可能就会使我们的计划变得寸步难行。"

阿莱斯坚持着自己的立场。"但是我会往反方向走，"她说着，目光从一个人身上转移到另一个人，"你们还没回答我的问题。如果山峰荣誉会的传统里并没有禁止我从父亲肩上接过重担的规定，那么我就请求替他执行。我绝对可以保护好自己。我很擅长骑马，而且剑术和射箭技术也都相当不错。从来没人怀疑过我——"

西米恩抬起手来扬了扬，说："你误解我们犹豫的原因了，孩子。我当然不怀疑你的勇气和决心。"

"那就请您给我祝福。"

西米恩叹了口气，转向埃斯克拉孟德："姐姐，您怎么看？如果伯特兰同意的话，那当然可以。"

"我求您啦，埃斯克拉孟德，"阿莱斯乞求着，"答应我的请求吧。我了解我的父亲。"

"我不能保证任何事情，"她最终开口说，"但是我也不想和你争辩。"阿莱斯脸上一下子绽开一朵笑容。"但是你必须遵守他的决定，"埃斯克拉孟德继续说，"如果他不同意的话，你也必须接受。"

他不能不同意。我不会让他不同意的。

"当然，我会服从他的。"她说。

大门开了，萨雷冲进屋里，后面跟着伯特兰·佩尔蒂埃。

他拥抱了阿莱斯，问候了西米恩，感到如释重负，内心欢喜。然后，他正式地跟埃斯克拉孟德打了个招呼。阿莱斯和萨雷在旁边忙活着倒酒和准备面包，而西米恩就给佩尔蒂埃解释他们刚刚讨论的事情。

令阿莱斯意外的是，她父亲静静地听着，没有发表任何评论。萨雷一开始眼睛还瞪得跟铜铃一样，但马上就眼皮子打架，困倦不已，缩在曾祖母的怀里睡着了。阿莱斯没有参与他们的对话，因为她知道西米恩和埃斯克拉孟德会比她更适合跟她父亲谈起她的请求，但是她还是时不时地向她的父亲抛过去一个眼神。

他的面色如灰，沟壑纵横，看起来疲倦不堪。她能看出他不知所措的样子。

最终，他们安静了下来。预料之中的缄默降临到了这间小小的屋子里。他们每个人都在等待，不确定要选择走上哪一条路。

阿莱斯清清嗓子，说："那么，父亲，您的决定是怎样的？您让不让我去？"

佩尔蒂埃叹息了一声："我不想让你去冒这个险。"

她的精神一下子颓败下来："我知道您的担心，也十分感激您对我的爱意。

269

但是我想要帮忙。我可以胜任的。"

"我有一个提议，可能会让你们双方都满意，"埃斯克拉孟德静静地说，"让阿莱斯先去护送三部曲，但只能走一部分路程，比方说最多到利穆。我在那儿有朋友，可以提供安全的住宿。伯特兰，等到你在这儿的工作完成了，卡维尔子爵允许你离开时，你就去找她，然后一起完成前往山区的路程。"

佩尔蒂埃皱了皱眉，说："我觉得这完全无济于事。这么动荡的时期内，要走这么长一段路的疯狂行为肯定会引起别人的注意，而这是我们最不想看到的。另外，我不确定自己在卡卡颂的任务什么时候才能完成。"

阿莱斯眼前一亮，说："这很容易。我可以公开宣称，我想要完成一桩在婚礼上承诺过的个人心愿。"她一边说，一边脑子里飞快地转着："我可以说，我的愿望是去朝拜圣希莱的修道院院长。而从那里走的话，就离利穆不远了。"

"这种突然无事献殷勤的行为，无法令任何人信服，"佩尔蒂埃说，但突然又夹杂着一丝幽默，"尤其是你的丈夫。"

西米恩甩了甩手指，说："我倒觉得这是个不错的主意，伯特兰。这个特殊时期，没人敢挑战这样的一次朝圣。而且，阿莱斯是卡卡颂管家的女儿。没人敢去质疑她的愿望。"

佩尔蒂埃在椅子上挪了挪身子，脸上还是那副顽固的表情："我还是认为，三部曲在这里能够得到最佳的保护，就在城市之内。阿里夫不可能知道我们现在所处的境况。卡卡颂不会被攻下的。"

"所有的城市，无论多么坚不可摧，多么不屈不挠，都有可能被攻下。你知道的。领航员的指示是，要把这些书护送给在山里的他。"他用自己黑色的眼睛盯着佩尔蒂埃，"我理解，你觉得自己不应该在这个时候抛弃卡维尔子爵。你可以说出来，我们会接受的。是你的良知在左右着你，虽然有一定好处，可是也在误导着你。"他停顿了一下，接着说，"但是，如果你不行的话，那么就会有另一个人必须顶上你的位置。"

阿莱斯看得出来，父亲是多么痛苦地在各种情绪之间纠结、抉择。她看不下去了，便伸出手来，抓住了父亲的手。他没有说话，但是他使劲儿攥了攥她的手指，算是肯定了她的这番安慰。

"让我来替您做吧。"她柔声说。

佩尔蒂埃发出一声长叹："你将自己置于了极大的危险之中，女儿。"阿莱斯点点头，说："但您还是同意我去了，对不对？能够这样为您效忠，我深感荣幸。"

西米恩用手捏了捏佩尔蒂埃的肩膀:"你的女儿很勇敢,而且坚定不移。像是你的女儿,我的老朋友。"

阿莱斯紧张得几乎不敢呼吸。

"我的内心是反对这个办法的,"佩尔蒂埃最终说,"我的头脑却持相反的观点,所以……"他停顿了一下,仿佛在担心即将说出的话语,"如果你的丈夫和阿涅夫人可以批准你去——而且埃斯克拉孟德可以作为女伴共同前往——那我就答应。"

阿莱斯俯身趴到桌面上,亲吻了父亲的嘴唇。

"你的选择很明智。"西米恩喜不自禁地说。

"你可以给我们派多少人,监督官佩尔蒂埃?"埃斯克拉孟德问。

"四个武装人员,最多一共六个人。"

"那什么时候可以开始安排行程?"

"一个星期之内,"佩尔蒂埃回答道,"如果行动太快,也会引起他们的怀疑。我必须先从阿涅夫人那里征得同意,还有你丈夫那里,阿莱斯。"她刚要张嘴说吉扬可能压根不会注意到她的离开,可是又觉得还是三思而后行比较稳妥。"你若想要这个任务圆满开始,女儿,你必须要遵守礼节。"他的犹豫不决从他的脸上和举止里消失了,他站起来要离开,"阿莱斯,回到康达尔城堡中去找弗朗索瓦。把你的计划以最简练的语言通知给他,告诉他现在在那里等我。"

"您不跟我一起走吗?"

"我马上去。"

"很好。那我应该把埃斯克拉孟德的那本书带上吗?"

佩尔蒂埃给了她一个苦笑:"既然埃斯克拉孟德会陪你一起去,阿莱斯,我肯定这本书还是跟她多待一会儿会比较安全。"

"我不是说要……"

佩尔蒂埃拍了拍他斗篷之下的小口袋:"但是西米恩的书在我这儿。"

他将手伸进斗篷里,取出了那本羊皮纸卷。阿莱斯曾经在贝济耶亲眼见过西米恩将它交给了父亲。"把这本书带到城堡里。缝到你的旅行斗篷里面。等会儿我会去拿《言语书》。"

阿莱斯接过书,放进了背包里,然后抬起眼睛来凝望着父亲说:"谢谢您,父亲,谢谢您这么信任我。"

佩尔蒂埃有些羞红了脸。萨雷从曾祖母怀里爬了起来,说:"我会保证阿莱斯夫人平安到家的。"大家都哈哈大笑起来。

"你小心点儿啊,小绅士,"佩尔蒂埃一边说,一边轻轻拍了拍他的后背,"我们所有的希望可都寄托到她身上了啊。"

"我看到她身上那股劲儿就是像你。"西米恩说着,他们便走向了直通圣米克尔的大门边,再往那边就是犹太人的郊外了。"她很勇敢、固执、忠诚。她不会轻易放弃。你的大女儿也这么像您吗?"

"欧莉安更像她的母亲,"他简短地说,"她的模样和性情都像玛格丽特。"

"事情往往都是这样。有时候孩子像极了父亲,有时候却很像母亲。"他停了一下接着说,"她嫁给了卡维尔子爵的书记员?"

佩尔蒂埃叹了口气:"这是一桩不幸的婚姻。贡高斯特年纪已经不轻,对她的一些行为也不能容忍。但是除此之外,他在整个家庭里还是一个很有担当的男人。"

他们默不作声地又走了几步。"如果她像玛格丽特的话,那她一定很美丽。"

"欧莉安有着引人注目的魅力和气质。很多男人来跟她求爱。还有些人根本不拿这个当秘密。"

"你的女儿们必然给你很多宽慰。"

佩尔蒂埃瞥了一眼西米恩。"阿莱斯确实是,"他犹豫了一下。"说实话,这个应该怪我,但是我实在是陪欧莉安的时间少一些……我试图平等对待她们,但是我恐怕还是给她们之间造成了隔阂。"

"真遗憾。"西米恩小声附和着。

他们走到了大门口。佩尔蒂埃停住了脚步。

"我希望能够说服你们留在城里。最起码应该待在圣米克尔之内。如果敌人真的来了,我将无法保护城墙之外的你们——"

西米恩用手按住了佩尔蒂埃的胳膊,说:"你担心得太多了,朋友。现在我的职责已经完成了。我把委托我来保护的书已经给了你。另外两本书现在也已经在这些城墙之内了。你也让埃斯克拉孟德和阿莱斯帮助了你。现在还能有人拿我怎么样?"他那闪闪发光的黑色眼睛盯住他的朋友:"我自己的地盘上,都是自己人。"

西米恩的语气中有一种异样的东西,令佩尔蒂埃心里一惊。

"这次告别,我不想听到任何好像没有后话似的语言。"他严厉地说,"这个月结束之前,我们还要一起喝酒,要相信我说的话。"

"我不是不信任你说的话,朋友,我是不信任法国人的利剑。"

"我打赌,等到明天春天,一切都会结束的。法国人会夹着尾巴一瘸一拐地跑回去,图卢兹的伯爵会找到一个新的联盟,你和我也会坐在一起,烤着炉火,回忆逝去的青春。"

"一步一步地,你会走得更远。"西米恩说着,张开双臂拥抱了他,"帮我向阿里夫致以我最诚挚的问候。告诉他,我还在等着跟他下棋呢,他三十年前答应我的!"

佩尔蒂埃抬起手来挥手告别,西米恩走出了门。他没有回头看。

"监督官佩尔蒂埃!"

佩尔蒂埃继续凝望着朝着河边走来的人群,但是怎么也找不到西米恩的身影了。

"大人!"信使红着脸,喘着粗气不断叫唤着。

"怎么了?"

"纳波尼城门那里需要您过去,大人!"

第四十五章

阿莱斯推开卧室门,跑了进去。

"吉扬?"

虽然她其实想要自己待一会儿,而且也预料到了屋里不会有人,但是真的发现吉扬不在房间时,她还是有些失望和落漠。

阿莱斯锁上门,从腰上解下背包,将它放到了桌上,然后从背包的保护夹层里取出了那本书。它的大小就跟女士读的那种诗篇集差不多。外面的木板书皮上裹着一层皮革,看起来其貌不扬,边边角角上还有些磨损。

阿莱斯解开绑着的皮革带子,用双手接住从里面掉出来的书。它落下来的时候,好像一只正在炫耀着自己翅膀的蝴蝶。第一页里,只有一只用金箔做成的小杯子出现在中央,再没有其他内容。它的大小比她父亲戒指上和她曾经短暂保护过的秘符上的那个图案大不了多少。

她翻开了书页。四行黑色字迹的句子跃然纸上,笔迹十分华丽优雅。

书页的边缘上是图片和符号，一种重复的图案，好像斗篷边缘上的那种平伏针迹。有鸟，动物，有着长长胳膊和尖锐手指的形象。阿莱斯屏住了呼吸。

这些就是我梦中出现的那些模样和身形啊。

她一页一页地翻动着书本。每一张纸上都有几行黑色的字迹，背面没有任何东西。她认出那些话语就是西米恩所说的那种语言，虽然她看不懂。但是大部分的内容是用她自己的语言写的。每一页的第一个字母都用了红色、蓝色或黄色的墨水予以突出，周围饰以金边，但是其他部分都还是一样普通。边缘处没有色彩突出，文本之中也没有特殊标记的字母，但是一些话和另一些话之间会有一点儿空隙，就算是表示一个想法表述完毕，另一个想法从此开始。

阿莱斯打开了藏在书本中间的一幅羊皮纸。这一张要比前后的其他书页纸质更厚，颜色更深，是山羊皮，而不是一般的牛皮。那上面没有什么符号或插图，反而只有几句话：

在时间之初 在埃及之地
秘密之主 所言所写

旁边还有几个数字和一些尺寸。看起来好像是某种地图。

她只能认出一些指向不同方向的小箭头。其中有几个是金色的，但是大部分都是黑的。

阿莱斯试着从左上角往右开始看，但是那样毫无意义，看着看着就走到了死胡同里。她又试着从右上角开始往左读，就像教堂里彩色玻璃窗的花样顺序，但是那样也没有任何头绪。最后，她开始跳着行读，每三行里面挑出几个单词，但是仍旧没有读出个所以然来。

从表面的形象中，看透隐藏其中的秘密。

她绞尽脑汁地想。想着每位守护者独特的技能和知识。埃斯克拉孟德的能力是治疗疾病，所以阿里夫便将《魔药书》委托给了她。西米恩是一位古代犹太数字系统的学者，所以他拿到了《民数记》。然而这本书——。

是什么让她的父亲得以选中，成为《言语书》的守护者呢？

阿莱斯一边苦思冥想，一边点亮了烛台，将这张纸拿到了床头柜上。她找出一些羊皮纸、墨水和羽毛笔。佩尔蒂埃在圣地悟出了读书写字的重要性之后，决心让自己的女儿们都要接受教育。欧莉安只关心成为一个家庭主妇的本领，学会了跳舞、唱歌、驯鹰和刺绣。书写嘛，虽然她从未停止过学习，但是打心眼儿里还是认为那应该是老男人和牧师们的事情。然而，阿莱斯就不一样了，她抓住每一次使用纸笔的机会。她学思敏捷，掌握得很快，虽然没什么太多可以派上用场的机会，但她还是爱不释手。

阿莱斯在桌上铺开各种材料。她看不懂那幅羊皮纸地图，因此也不太指望能够将它的画工、颜色和技巧临摹得多么惟妙惟肖。但是，她还是觉得至少应该临一幅复制品，以防万一什么时候能用到。

这个活计着实花费了她不少功夫，但最终还是完成了。她将自己的作品拿到了桌子上，平铺着晾干。随后，阿莱斯意识到父亲可能随时都会回到康达尔城堡里取《言语书》，她便迅速地按照父亲的嘱托，开始合计着将这本书藏起来。

她最喜欢的那件红色斗篷不太合适。那件布料太精细了，而且边缘的地方有些鼓起。于是，她选择了一件沉重的棕色斗篷。那是一件冬装，本来是为了狩猎穿的，但是也派不大上用场。阿莱斯用熟练的手法，拆开了前面的金银饰带，豁开了一个足以挤进去一本书大小的口子。接下来，她从篮子里拿起萨雷送给她的棕线，从背面将书缝了进去，颜色很搭配，又安全隐蔽。

阿莱斯把斗篷拿起来一挥，披到了肩膀上。现在看起来两侧有些不对称，但是等到她把父亲的书也拿到，那样就平衡了。

只剩一项任务了。阿莱斯脱下斗篷，搭在椅子上，走回桌前，查看墨水是否晾干。

说她总是十分谨慎小心一点儿也不为过。她将羊皮纸折起来，装进了一个薰衣草小包里，又把包口缝了起来，这样就不会有人在无意之间将它打开了。随后，她将小包放回了枕头下面。

阿莱斯环视四周，对于自己完成的事情感到成就感十足，然后便开始动手清理缝纫的材料。

有人敲门。阿莱斯跳起来，冲过去开门，猜是父亲来了。然而，她却发现吉扬站在门口，徘徊踟蹰着，不确定自己是否可以进来。熟悉的半笑半冷的表情，以及小男孩般的迷失眼神。

"我可以进来吗，夫人？"他温柔地说。

她的直觉是要张开双臂扑上去，但是，警惕心却拖住了她的双腿。

我听了太多的事情，而可以忘掉的又很少。

"我可以吗？"

"这也是你的卧室，"她轻声说，"我不能阻止你进来。"

"这么正式的回答,"他说着,关上了身后的门,"我希望你是发自肺腑,而不是出于责任才这样回答我。"

"我是……"她犹豫着,试图摆脱席卷她全身的强烈渴望。

"你看起来很累。"他说着,伸出手来抚摸着她的脸。

向自己的渴望投降,是多么容易的一件事。她多想把她的全部都献给他。

她闭上眼睛,感受着他的手指在她皮肤上慢慢摩挲的感觉。一个拥吻,像低语一样轻盈,像呼吸一般自然。阿莱斯想象着自己倾身倒在他的怀里,任凭他将她一把抱起。他的出现令她目眩神迷,虚弱无力。

我不能这样。千万不能。

阿莱斯强迫着自己睁开眼睛,向后抽身一步。"不要,"她小声,"请不要这样。"

吉扬拉过她的手,攥在自己手心里。阿莱斯看出了他也十分紧张。

"马上……除非上帝出手相救,否则我们就要面对他们了。到那时候,埃尔泽,蒂埃里,还有其他人,我们都要骑马逃命,而且可能不会回来了。"

"是的,"他轻轻地说,希望他的脸能够恢复一些生机,"自从我们从贝济耶回来,我对你一直不好,阿莱斯。我也不知道是什么原因。对此我非常抱歉,希望你能原谅。我老是容易吃醋,而且我的醋意会让我做出一些——一些让我自己后悔的事情。"

阿莱斯凝望着他的眼睛,但是由于不确定自己的感觉,她也不敢开口说什么。

吉扬又向前凑了凑:"但是你看到我回来,并没有生气。"

她笑着说:"吉扬,你已经离开我这么长时间了,我都不知道自己应该生什么气了。"

"你希望我离开你吗?"

阿莱斯感觉自己的眼泪就要夺眶而出了,而这给了她勇气,让她更加坚定自己的立场。她不想让他看到自己哭泣。

"我觉得那样最好。"她从裙子的领口伸进手去,掏出来一块手帕,塞到了他的手里,"我们已经没有时间来考虑彼此之间的事情了。"

"时间确实是一样我们紧缺的东西,小阿莱斯,"他温柔地说,"但是,不管上帝或者法国人同不同意,我明天还是会来的。"

阿莱斯想到了那些书籍,以及自己肩膀上扛着的重担。不久之后,她就要离开了。*我可能就再也见不到他了。*

她绷着的心弦一下子断裂了。她犹豫了一下,然后紧紧地拥抱了他,仿佛要把他的轮廓印在自己的身上一样。

然后，就跟她让他进来一样迅速，她请他离开。

"我们都在上帝的手里。"她说，"现在，请离开，吉扬。"

"明天呢？"

"再说吧。"

阿莱斯像一尊雕像一样站在那里，颤抖的双手紧扣着放在身前，一直到大门关上，吉扬离开。然后，她像失去了魂魄一般，缓缓地游荡到了桌子边，想不明白到底是什么驱使了他的离开。爱情？后悔？或者是其他什么理由？

第四十六章

西米恩抬头望着苍穹。真是乌云压城城欲摧。他已经从城市走出很长一段距离了，但是还想赶在暴风雨降临之前，回到自己的住所。

一走进卡卡颂郊外平原与河流之间的树林外缘，他便放慢了步子。他年事已高，累得气喘吁吁。已经无法徒步走这么远的路了。他将自己的重量全都转移到一只手中的拐杖上，倒出另一只手来，松了松袍子的领口。现在已经快到了。以斯帖应该在家里做好了饭菜等着他的归去，也许还备了一点儿葡萄酒。想到这，他仿佛又提起了劲头。也许伯特兰说得对，也许等到春天，事情真的会结束。

西米恩没有注意到，两个男人从他身后悄悄跑到了路旁。他也没有察觉到，他们抡起胳膊，一棍棒狠狠地敲在自己的头上——直到他感到一阵剧痛，眼前一片昏天暗日。

等到佩尔蒂埃抵达纳波尼城门的时候，那里已经围了一群人了。

"让我过去！"他大喊着，推开挡住道路的人群，走到了最前面。一个男人趴在地上。鲜血从他前额的一个伤口里不断地往外涌出。

两个拿着武器的男人站在他的身边，手中的长矛指着他的脖子。

那个男人显然是一个乐师。他的单面小鼓已经被戳破，笛子也被折成了两段，扔在一旁，像是筵席上供人食用的骨头。

"这里究竟发生了什么?"佩尔蒂埃问道。

"这个人犯了什么罪?"

"让他停步的时候他还往前走。"年纪稍大的一个士兵回答说,他的脸上到处都是刀疤和伤口,"他没有权限进出。"

佩尔蒂埃在乐师的旁边蹲下身来。

"我是伯特兰·佩尔蒂埃,子爵的监督官。你来卡卡颂有什么事情?"

那个男人的眼睛忽闪着睁开了。"监督官佩尔蒂埃?"他小声嘟囔着,抓住了佩尔蒂埃的胳膊。

"是我。请讲,朋友。"

"贝济耶被攻下了。"

旁边的一个妇人突然尖声哭叫起来,双手紧紧地捂住嘴巴。

佩尔蒂埃也感到震惊入髓,不知不觉地又站了起来。

"你,"他命令道,"去请求增援部队,疏散这里的人群,把这个人抬到城堡里。如果他因为你的虐待而无法再说话,有你好看的!"佩尔蒂埃转身面对人群。"请大家听好!"他喊道,"今天这里发生的事情,谁都不准说出去。我们马上就会知道事情的真相了。"

等他们到达了康达尔城堡,佩尔蒂埃命令下人将那名乐师带到厨房里处理一下伤口,而他本人则立即去通知卡维尔子爵。不一会儿之后,被甜酒和蜂蜜唤醒的乐师来到了城堡主楼。

他的脸色苍白,但神志还算清醒。佩尔蒂埃怕他的双腿支撑不住身体,便命人取了一张凳子过来,那样他就可以坐下来陈述证词了。

"告诉我们你的名字,朋友。"他说。

"皮埃尔·德·米尔维耶,大人。"

卡维尔子爵坐在中间,他的盟友在他身旁站成一个半圆。

"欢迎你,皮埃尔·德·米尔维耶。"他说,"听说你有消息要告诉我们。"

他正襟危坐,双手扶膝,脸色煞白,清了清嗓子后才开始说话。他出生在贝济耶,虽然过去的几年都是在纳瓦拉和亚拉贡的朝廷里供职。他是一名乐师,是从南部最优秀的行吟诗人莱蒙·德·米拉瓦那里学到了这门手艺。正是因为如此,他受到了贝济耶宗主国的邀请。他也觉得那是个返乡的好机会,就接受了邀请,回到了家里。

他的声音听起来细弱游丝,大家必须竖起耳朵,才能听清楚他在说些什么。

"告诉我们贝济耶的事情，"卡维尔子爵说，"细节就不要说了。"

"在圣玛利亚·玛格达琳娜的斋日前一天，法国军队到达了城墙之下，并在奥尔布河左岸开始安营扎寨。离河最近的地方住着一些朝圣者、雇佣兵、乞丐，以及一些可怜人，大家都是一群衣衫褴褛的下层民众，光着脚丫子，只穿短裤和衬衫。而再远一些的地方，却是一大片红红绿绿的亭台楼阁，那是男爵们和牧师们的住所，他们的旗帜在楼台上空飘扬。他们甚至还搭起旗杆和伐倒木，来围挡他们饲养的动物。"

"他们派了谁去谈判？"

"是贝济耶的主教赫诺·德·蒙特佩鲁。"

"有人说他是个叛徒，大人，"佩尔蒂埃倾过身子，趴在卡维尔的耳朵边说，"他已经参加了十字军。"

"蒙特佩鲁主教回来之后，带回了一张由教皇使节拟好的异教徒嫌疑者名单。我不知道那张羊皮纸上到底列了多少人名，但是肯定几百人是有的。里面包括了贝济耶最有影响力、最富有、最尊贵的一些市民，还有一些新教会和良人教的拥护者。如果执政官们能把这些异教徒交出来，那么贝济耶就可以幸免于难。如果不交的话……"他没有说下去。

"那执政官们是怎么答复的？"佩尔蒂埃说。这是判断这个盟友是否抵抗法国人的第一个标准。

"他们回答说，他们宁肯被盐海的咸水淹死，也不会投降和背叛自己的同胞。"

卡维尔轻轻叹了一口气。

"主教离开了城市，带走了几个天主教的神父。贝济耶的卫戍部队指挥官伯纳德·德·塞尔维昂便开始组织防卫准备。"

他停下来，使劲儿地吞咽了一口口水。甚至连一直埋头在羊皮纸上奋笔疾书的贡高斯特也停下笔来，抬头看着他。

"7月22日的黎明静悄悄地降临了。那天很热，即便太阳才刚刚透出第一道光。一小群十字军战士，连同一些甚至连士兵都算不上的随军流动平民，来到了河边，径直来到了城市南面的城防之下。城墙上面的卫兵发现了他们，便开口辱骂了他们几句。其中一个雇佣兵走上了桥面，耀武扬威，口出不逊。这让我们城墙上的年轻男人们怒火中烧，便抄起了长矛、棍棒，甚至还有临时找来的鼓和旗帜。他们决心要给这些法国人一个教训，便打开城门，冲下缓坡，在大家都还没反应过来之时，就高声尖叫着，冲着那个大放厥词的人一顿猛打。

他们三下五除二地就把他给结果了,然后将他的尸体从桥上扔到了河里。"

佩尔蒂埃瞥了一眼卡维尔子爵,他的面色已经变得煞白。

"城市里的人们都在大声喊着,让那些男孩儿们赶紧回去,但是他们太扬扬得意了,根本听不进去。刚刚他们打架的声音引起了雇佣兵队长的注意,法国人叫他鲁瓦。他一看城门还大开着,便下令开始攻城。最后那些年轻人终于意识到了危险,但是已经来不及了。那些雇佣兵没几下就将他们全部屠杀光了。为数几个还活着的想要回去护住城门,但是哪里赶得上雇佣兵们的快马加鞭。他们的装备太齐全了,他们长驱直入,城门洞开。

"眨眼间的工夫,法国士兵就已经抄起凿子、鹤嘴锄和云梯开始砸墙。伯纳德·德·赛尔维尔尽了最大努力去守住壁垒,稳住局面,但是一切都发生得太快了。那些雇佣兵把住了大门。

"等到十字军全部攻入城内,大屠杀就真正开始了。转眼间,到处都是横七竖八的尸体,死的,残的都有,我们的膝盖以下全都淌在一片血水之中。孩子们从母亲的怀抱里被夺走,一个个地被串在了长矛和利剑之上。人们的脑袋和四肢都分了家,堆到了城墙上,看起来好像是一排由血肉和骨头构成的嗜血恶龙,朝着我们的一败涂地张开血盆大口。他们见一个杀一个,根本不管年龄和性别。"

卡维尔子爵再也按捺不住了:"但是为什么使节或法国男爵不去制止这场屠杀。他们不知道吗?"

德·米尔维耶抬起头来,说:"他们知道,殿下。"

"但是屠杀无辜百姓是有悖荣耀和战争惯例的,"皮埃尔·罗杰·德·卡巴莱说,"我无法相信,熙笃的修道院院长那么憎恨异教徒,会去同意屠杀信仰基督教的妇女和儿童,难道他认为他们也有罪?"

"据说,修道院院长曾经被问到他是如何区分好的天主教徒和异教徒的,他用一种空洞的声音说:'把他们全杀了。上帝会自己分辨的。'或者这也只是个谣传而已。"

卡维尔和德·卡巴莱交换了一个眼神。

"继续,"佩尔蒂埃冷冷地说,"讲完你的故事。"

"贝济耶的大钟敲响了警报。女人和小孩纷纷涌入了位于城市上坡的圣犹大教堂和圣玛利亚·玛格达琳娜教堂。几千名群众挤在里面,好像关在笼中的动物。天主教的牧师们穿戴整齐,唱起了安魂曲,但是十字军却闯进大门,将他们全部屠杀了。"

他的声音开始颤抖:"就在短短几个小时之内,我们的整座城市就变成了一座藏尸所。接下来,洗劫又开始了。我们全部的好房子都被贪婪野蛮的十字军洗劫一空。直到这时,法国的男爵们才出于对自己财产的保护,开始出面反抗雇佣兵。他们并不是为了自己的良知才这样做的。他们面对自己辛苦挣得的赃物被劫,感到怒不可遏,于是把整个城市都一把火烧光了,那样就没人能得到好处了。贫民区的木头棚户像个火绒箱一样呼呼地烧了起来。天主教堂屋顶的木料也着了火,烧着的木头噼里啪啦地往下掉,将躲在里面的人们全都困住了。大火十分凶猛,最后整个大教堂都从中间倒塌了下来。"

"朋友,告诉我,有多少人生还了?"子爵问。

乐师低下了头:"没有人,殿下。只有包括我在内的几个人逃出了城。剩下的其他人,无一生还。"

"两万市民在一个早上的工夫全都被屠杀干净!"雷蒙德·罗杰惊恐地咕哝着,"怎么会这样?"

没人回答。没有任何言语能够表达他们此刻的心情。

卡维尔抬起头,看了看下面的乐师。

"你见到的这些事情,别人都没能看到,皮埃尔·德·米尔维耶。你能将这个消息告诉我们,展现出你极大的勇气。卡卡颂欠你一份人情,我希望能够好好奖赏你。"他停顿了一下,说,"在你离开之前,我还想问你最后一个问题。我的叔叔,图卢兹的伯爵雷蒙德,有没有参加城市的洗劫?"

"我认为他没有,殿下。有谣言说,他一直待在法国的军营里。"

卡维尔瞥了一眼佩尔蒂埃:"这至少说明了一些事情。"

"你前往卡卡颂的时候,有没有在路上碰到什么人?"佩尔蒂埃问,"屠杀的消息传出去了吗?"

"我不知道,大人。我没敢走大路,我是走了一些老路,从拉格拉斯的峡口穿过来的。但是我没见到任何士兵。"

卡维尔子爵看看执政官们,怕他们还有问题要问,但是没人说话。

"好吧,"他转身面对乐师说,"你可以走了。再一次对你表示我们的感激。"

乐师刚一离开,卡维尔就转头看着佩尔蒂埃。

"为什么我们没有收到任何消息?这不太可能啊,我们至少应该听到些什么风声吧。大屠杀都已经过去四天了。"

"如果德·米尔维耶的消息是准确的,那么就是没剩下几个人可以传出消息了。"卡巴莱严肃地说。

281

"即便是这样，"卡维尔说，他摆摆手，否定了卡巴莱的说法，"立即派出新进骑手，有多少派多少。我们必须知道主人是否还留在贝济耶，还是已经向东进军了。这次贝济耶的成功攻城会让他们进展更快的。"

他起身站了起来。每个人都朝他鞠了一躬。

"下令让执政官们在整个城里公布这个不幸的消息。我要去卡佩拉·圣玛利亚。把我的妻子也送去那里找我。"

佩尔蒂埃爬上通往生活区的楼梯时，感到双腿像裹着装甲一般沉重。他的胸口上好似捆着一个带子或是绷带一样的东西，令他无法自由地呼吸。

阿莱斯在门口等他。

"您拿到那本书了吗？"她急切地问。父亲脸上的表情令她停住了嘴。"怎么了？发生什么事了吗？"

"我还没去圣那萨利，女儿。来了一个消息。"佩尔蒂埃重重地跌坐到了一张椅子上。

"什么样的消息？"他听到了她语气中的恐惧。

"贝济耶已经失陷，"他说，"大约三四天之前。无人生还。"

阿莱斯跌跌撞撞地走到凳子边。"全都死了吗？"她无比惊恐地说。

"女人和孩子也是吗？"

"我们现在处于毁灭的边缘，"他说，"如果他们都能对这些无辜的人下手的话……"

她在他身边坐下。"现在会发生什么？"她说。

佩尔蒂埃有生以来第一次从女儿的声音里面听到了恐惧。"我们只能等着瞧了。"他说。

他甚至不用耳朵，光凭感觉，就知道她在屏着呼吸。

"但是这不会和我们约定的事情有冲突吧。"她小心地说，"您会允许我把三部曲带到安全的地方吧。"

"现在情况变了。"

她的全身充满了坚毅和决绝："父亲，我对您怀有敬意，但是我想说，我们现在有了更多的理由要走了。如果我们不去的话，这些书就会被困在城里。这肯定不是您想看到的。"她停顿了一下。他没有作答。"您、西米恩和埃斯克拉孟德已经牺牲了这么多，你们经年累月地隐姓埋名，就是为了维护这些书的安全，最后却要以失败告终。"

"发生在贝济耶的事情，不会发生在这里。"他坚定地说，"卡卡颂可以抵挡得住围攻。它可以抵挡得住。书放在这里会更安全。"

阿莱斯将手伸过桌面，拉过他的手。

"我求您了，不要反悔您说过的话。"

"阿莱斯，"他严厉地说，"我们不知道他们的军队在哪里。虽然贝济耶陷落的悲剧已经发生好几天了，已经是昨日黄花，但是我们刚刚才得知消息。说不定他们的先遣部队已经进入卡卡颂的攻击距离。如果我让你去了，我就是给你判了死刑。"

"但是——"

"我不许你去。太危险了。"

"我已经准备好了要冒这个险。"

"不，阿莱斯，"他叫着，恐惧令他的脾气更加一发不可收拾，"我不会牺牲你的。这个任务是我的，不是你的。"

"那就和我一起走啊！"她也开始大喊，"今晚就走。我们带着书走，现在，也许还有机会。"

"这样太危险了！"他还是固执地重复着。

"您以为我不知道吗？是的，我们的旅程可能会在法国人的利剑上终结。但是我肯定，在努力的过程中死去，总比坐在这里，任凭未知的恐惧夺走我们的勇气要好上一百倍吧？！"

令她惊讶和失望的是，他竟然微笑起来。"你确实精神可嘉，女儿。"他说。虽然他听起来好像已经投降了，但还是说："但是这些书必须待在城里。"

阿莱斯惊呆了似的盯着他看了几秒，然后转身跑出了房间。

第四十七章

法国西南部 贝济耶
1209 年 7 月

自从在贝济耶取得了意外的成功之后，十字军就在城市周边肥沃的草地和富裕的乡村里逗留了三天。以这么少的伤亡，取得了这么大的荣耀，真是一个奇迹。仿佛上帝对他们这项事业给予了一个再清晰不过的肯定。他们的头顶上，还笼罩着这座一度辉煌的城市被大火烧毁的残烟。烟灰和碎片盘旋上升，在夏日的天空中聚成了一团极不协调的蓝色物质，风一吹过，又四散着落在这片落败的大地上。不时地，还会从那些石墙和木头堆里，传出清晰响脆的崩塌声和碎裂声。

接下来的一天，主人拔营，向南进军，穿过空旷的乡村野地，直指纳尔博纳的罗马城。他们呈一列纵队，队首是熙笃的修道院院长，两侧是教皇使节。在毁灭了这座曾经胆敢庇护异教徒的城市之后，他的权威得到了暂时的加强。他身上的每一个白色或金色十字架，都好像是上帝战士背上的锦衣一般闪闪发亮；每一个十字架，好像都在反射着太阳的夺目光芒。

这支进攻的军队似一条长蛇，蜿蜒着穿过了广袤的盐场、死水塘和黄色矮树里密集的林间小道，在来自利翁湾的大风助力之下，快马加鞭地向前赶着。路旁的葡萄藤疯狂地生长着，铺天盖地地，都赶上了橄榄树和杏树的大小。

这些从未在南方这种极端气候中得过历练的法国士兵，从来没见过这种奇特的地貌。他们在胸前画着十字，并安慰着自己，他们只是进入了一块被上帝遗弃的大地而已，没有什么罪过。

一支由纳尔博纳大主教和城市子爵带领的代表团，于 7 月 25 日在卡佩斯唐与十字军相遇了。

纳尔博纳是地中海地区的一个富裕商埠，虽然城市的中心有些偏居内陆。他们脑中满是对贝济耶的深切同情和对自身安危的极大恐惧，所以，他们的教堂和国家已经准备好了要牺牲掉自己的独立和光荣。当着目击者的面，纳尔博纳的大主教和子爵在修道院院长的面前跪下，向教会表达了完全而彻底的服从。他们同意将所有已知的异教徒交予使节发落，并将纯洁派和犹太人拥有的全部财产没收充公，甚至还答应要为用他们的财产赞助的十字军支付税款。

不出几个小时，这些条款就被批准下来了。纳尔博纳可以躲过一劫了。

从来没有一项战争基金可以这样得来全不费工夫。

对于纳尔博纳人这么迅速地放弃自己与生俱来的权利，不知道修道院院长和他的使节们有没有感到惊讶——反正他们没有表现出来。这些在图卢兹伯爵的朱砂袍子下面行军的男人，看到自己的同胞如此胆小懦弱，不知道有没有感到尴尬——反正他们也没有作声。

他们下令改变行程。他们将在纳尔博纳城外休息一晚，第二天一早再前往奥隆扎克。在那之后，到达卡卡颂也就几天的行程了。

第二天，高居山顶、守卫森严的阿齐尔城也缴械投降了，大门敞开，恭迎入侵者进入。几个被揭发为异教徒的家庭在市场中央匆忙搭建起来的一个火刑堆上被烧死了。黑烟顺着狭窄而陡峭的街道蜿蜒上升，越过城市厚厚的墙壁，一直飘到外面平坦的乡下。

一个接一个地，一些小城堡和村庄都不费一兵一卒便主动投降了。拉雷多尔特的附近城市效仿阿齐尔的例子，他们之间的大多数小村庄和零散聚落也都纷纷照搬照做。还有其他一些地方就是人去城空了。

主人允许士兵可以从爆裂的谷仓里和丰盛的水果店里随意拿取，拿够再走。要是他们受到一丁点儿抵抗，那就等着他们的猛烈报复吧。

这支军队的野蛮和残忍越来越声名远播，恶名仿佛在他们面前铺展开来的一只邪恶的黑色影子。渐渐地，东面朗格多克和卡维尔王朝之间长久以来的联系被切断。

在圣纳泽尔的斋日前夜，也就是在贝济耶攻城成功之后的第五天，先遣部队到达了特雷贝，比大部队提前两天。

下午的行军过程中，天气渐渐变得越来越潮湿。朦朦胧胧的午后阳光逐渐变成了阴气森森的灰色云彩。天空中隆隆地咆哮了几声，紧接着就是强烈劈开的闪电。十字军骑马穿过无人看守的城门时，天空中开始坠起雨来。

街道上离奇地荒凉。每个人都消失了，像是鬼魂或幽灵一般抽身而去。天空中是一片一望无际的黑紫，仿佛青肿的云彩一直延伸到了地平线。大暴雨降临时，狂风横扫城市周围的所有平原，雷声在头顶上劈裂，炸响，整个天空仿佛都在分崩离析。

马匹在卵石路上蜿蜒地走着，不停地打着滑。每一条胡同和每一道走廊，全都变成了河流。大雨凶猛地击打着他们的盾牌和头盔。大老鼠仓皇地跑到教堂的台阶上，想要从打旋的激流中躲过一劫。塔楼被闪电击中，但是没有起火。

从北方来的士兵们跪在地上，在胸前画着十字，祈祷着上帝能够饶恕他们。他们在沙特尔周围的平原、勃艮第的田野或是香槟区郊外的林地时，从来没有遇到过这么凶险的天气。

尽管暴风雨来势汹汹，像个笨拙的野兽，但最终还是过去了。空气变得清新怡人。十字军战士听到了附近修道院开始响起钟声，感谢自己顺利得到了解救。

他们把钟声当成了噩梦结束的信号，便从树下走出来，准备干活。侍从们开始寻找马匹可以安全放牧的地方；仆人们打开主人的包裹，翻找有没有可以生火的干燥引火物。

渐渐地，一座大营成形了。

夜幕降临。天空中呈现出一幅粉色和紫色的拼接画。随着最后一小缕白云从空中飘走，卡卡颂的塔楼和炮塔突然间出现在地平线上，北方士兵第一次清楚地与卡卡颂打了个照面。

这座城市好像是从地上异军突起的一座石头堡垒，充满威严地俯瞰着世间的人类。虽然十字军即将攻打这座城市，但战士们还没有为这第一面做好准备。他们还不知道应该用什么样的语言，才能形容出它的辉煌。

它无比宏伟和威严，简直是固若金汤。

第四十八章

西米恩恢复知觉的时候，发现自己已经不在树林里了，而是来到了一个牛棚一样的地方。他还记得自己当时在走路，一段很远很远的路。身边的马匹一动弹，他的肋骨就一阵剧痛。

空气闻起来十分糟糕,是一种混合着汗水、山羊、湿草和某种无以名状之物的气味,也许是一种衰败的气息,像是凋谢的花儿。

墙上悬挂着几副马具,靠门最近的一个角落里撑着一把干草叉,几乎有人的肩膀那么高。门对面的墙上挂着五六个拴动物的金属环。

西米恩低头看向地面。他们套在他头上的那块头巾躺在他身边的地上。他的双手和双脚依然被绳子绑着。

他一边使劲儿地咳嗽着,想要把嘴里的粗糙线头残渣吐出来,一边抬起身子,挪到了坐立的姿势上。虽然西米恩感觉自己浑身肿痛僵硬,但还是慢慢地向后方使劲儿蹭着,直到身体够到了门边。这着实花了他不少时间,但是当他感觉到肩膀和后背上碰到了某种坚硬的东西,他还是舒了口气。他小心翼翼、颤颤巍巍地站起来,脑袋几乎要碰到了屋顶。他朝着门上狠撞过去。木头发出一声呻吟,紧缩了一下,但是门的外面被锁住了,无法打开。

西米恩不知道自己身处何方,是仍然在卡卡颂附近呢,还是已经到了更远处的野外?他只能依稀记得自己被扛上马背,穿过树林,然后就走上了平地。根据他对地形的略微了解,他猜他们现在在特雷贝周围的某个地方。

他从门底下的小缝隙中看到一缕光线蜿蜒地划过,一种深蓝色却还未到夜晚漆黑的那种颜色。他把耳朵贴在地面上,能够听到抓他的人正在旁边小声说话。

他们在等待某个人的来临。这种想法令他毛骨悚然,因为这证明这根本不是一次偶然的伏击,虽然他不用想也知道。西米恩又拖着自己的身子回到了牛棚深处。随着时间的流逝,他有些困倦,身子不时滑向一边,却又猛地惊醒,然后又慢慢倾斜,滑向另一边。

一个人的喊叫声让他回过神来。立即,他身体的每根神经都紧张起来。他听到男人们的声音,便跌跌撞撞地爬起来。然后,他听到沉重的木门闩移开时发出"砰"的一声。

三个人影出现在门口,在身后明亮的阳光照耀下显出一个轮廓的剪影。西米恩眨眨眼,看不清楚。

"他在哪儿?"

这是一个受过教育的北方人的声音,冷漠而专横。停顿了一会儿,他们把火把举高,发现西米恩正站在阴影里眨着眼睛。

"把他带过来。"

西米恩还没来得及认清这个伏击的首领,就被人抓住胳膊,一把推到那个法国人的面前。

缓缓地，西米恩抬起了眼睛。那个人长着一张残酷而瘦削的脸，无神的眼睛里现出燧石般的颜色。他的束腰外衣和裤子质地良好，剪裁属北方式样，虽然看不出来他的地位或职业。

"它在哪里？"他问。

西米恩抬起头。"我不明白。"他用意第绪语（中东欧犹太人及其在各国的后裔说的一种从高地德语派生的语言——译者注）回答。

他被人出其不意地踢了一脚。他感到肋骨一下子折断，一头栽倒在前面的地上，双腿压在身下。然后，西米恩感到腋下被两只粗糙的手抓着，将他拉回了原来的位置。

"我知道你是谁，犹太人。"他说，"跟我玩这个游戏没有任何意义。我再问你一次。书在哪里？"

西米恩再一次抬起头，默不作声。

这一次，那人又踢了他的脸。他的嘴巴被踢开，牙齿碎在下巴里，疼痛在他的头脑中一下子爆炸开来。西米恩尝到了鲜血和唾液的味道，它们在他的舌头和嗓子里刺痛着。

"我一直像追只动物一样追你，犹太人，"他说，"一直从沙特尔追到贝济耶，又追到这儿。跟踪你，像跟踪一只动物一样。你已经浪费了我很多宝贵的时间。我的耐心都耗尽了。"

他向前走了一步，好让西米恩看到他那灰色的死亡之眼中有多么憎恨："再问一次。书在哪里？你是不是给佩尔蒂埃了？是不是？"

两个念头同时涌进了西米恩的脑海之中。第一，他无法拯救自己。第二，他必须保护他的朋友们。这个能力他还是有的。他闭上了自己肿胀的眼睛，鲜血在他眼睑上撕裂的空洞处堆积了起来。

"我有权知道抓我的人是谁，"话语从他破得说不出话的嘴中挤出，"我会为你祈祷的。"

那个男人眯缝起眼睛："不要搞错了，是你应该告诉我你把那本书藏到哪里了。"他猛地拉起他的头。

西米恩被拖着站了起来。他们撕碎了他身上的衣服，把他扔到一辆马车上，一个人抬着他的手，一个人抬着脚，让他背面朝上地趴在车上。西米恩听到了空气中响起皮革爆裂的尖锐声音，紧接着皮带就抽到了他裸露的皮肤上。他的身体痛苦地颤抖着。"书在哪里？"西米恩闭上眼睛，任凭皮带再一次挥到了空中。"已经在卡卡颂了吗？或者还在你这里，犹太人？"他的喊声伴随着鞭打的声音,"你告诉我!你,还是他们!"

鲜血从他背上撕裂的地方流下来。西米恩开始以他父辈人的习俗祷告起来,将那古老而神圣的语言掷进黑暗,赶走肉体上的痛苦。

"书——在——哪——里?"那个男人继续问着,每说一个字就鞭打他一次。这是黑暗伸出手来将他带走之前,西米恩听到的最后一句话。

第四十九章

十字军的先遣部队从特雷贝出发,进入卡卡颂的可视范围内时正是圣那萨利的斋日这一天。潘特塔上的卫兵点燃了火炬。警钟敲响。

到第二天,也就是8月1日的晚上,法国人的军营已经在河对岸搭建起来了。他们的大帐篷足足有一座城市那么大,旗帜和横幅在风中招展,金色十字架在太阳下面熠熠生辉。大营里面汇集了来自北方的男爵,来自加斯科涅的雇佣兵,来自沙特尔、勃艮第、巴黎的士兵,以及工兵、大弓箭手、牧师和随军流动的平民。

晚祷时分,卡维尔子爵登上了壁垒,皮埃尔·罗杰·德·卡巴莱、伯特兰·佩尔蒂埃和一两名其他随从伴随左右。他们向远处望去,看见一缕缕烟雾正在盘旋着升到空中,整条河流宛若一条银色的丝带。

"敌人阵仗这么大。"

"比我们预料中的多不了多少,殿下。"佩尔蒂埃回答说。

"你觉得,他们的主要部队会多久之后到达?"

"很难说,"他回答,"这么庞大的一支队伍,应该不会走得太快。炎热的天气也会给他们造成一定的阻挠。"

"是的,阻挠他们,"卡维尔说,"但是无法阻止他们。"

"我们已经准备好了迎战敌人,殿下。城里的存货十分充足。木台也已经搭建完毕,可以抵抗他们的工兵进行攻墙战;城墙上所有的破裂及松动部分已经给予了修复和加固;所有的塔楼都指派了人手予以看管。"佩尔蒂埃朝着眼前的河流挥了挥手,说,"连接水上磨坊的缆绳已经切断,庄稼也全都烧毁。法国人在这里将无以为继。"

卡维尔的眼光一闪，突然转向德·卡巴莱："给我们的马匹装上马鞍，我们突围出去。在夜幕降临、太阳下山之前，我们带上四千个最擅长用矛和剑的精兵强将，把这些法国人从我们的脚下铲除。他们不会想到，我们会先对他们发起攻击。你怎么看？"

这席话在佩尔蒂埃心中产生了共鸣，他早就想先发制人了。当然，他也知道这是一个愚蠢至极的举动。

"平原上有这么多军营，殿下，还有这么多先遣部队的雇佣兵和小规模分遣队。"

皮埃尔·罗杰·德·卡巴莱提高了嗓门说："不要白白牺牲您的子民，雷蒙德。"

"但是如果我们可以先发制人……"

"我们确实是准备好了迎接攻城战，殿下，但不是要跟他们展开正面战役。我们的要塞坚不可摧，还有最富有经验的骑士，正在等待着证明自己的机会。"

"但是——"卡维尔长叹一声。

"您将会白白地牺牲掉他们。"他坚定地说。

"您的子民信任您，爱戴您，"佩尔蒂埃说，"如果需要的话，他们会为您赴汤蹈火，在所不惜。但是，我们需要等待。让他们放马来攻城吧。"

"我怕是由于我的骄傲，才把我们带到了今天这个局面当中，"他声音低沉地说，"不知为何，我并没有料到会这样，会这么快。"他微笑了。

"您还记得，我母亲是怎样让城堡里面充满了欢歌笑语的吗，伯特兰？所有伟大的行吟诗人和杂耍艺人都跑来为她表演节目。埃梅里克·德·佩吉扬、阿尔诺·德·卡尔卡塞斯，甚至还有从纳尔博纳来的吉扬·法布尔和贝尔纳·阿兰汗。我们总是在举办宴会，庆祝节日。"

"我听说了，那是奥克地区最繁盛兴旺的王朝。"他伸出手来，拍了拍君主的肩膀，说，"今后也会是的。"

钟声敲毕。所有的目光都聚集到了卡维尔子爵身上。

他开口说话时，嗓音里所有的自我怀疑都消失得无影无踪了，令佩尔蒂埃感到由衷的骄傲。他不再是那个总是回忆童年的小男孩了，而成为一名战斗前夕的军事首领。

"命令后门关闭，大门封住，伯特兰。另外，传卫戍部队的指挥官到城堡主楼。我们要做好迎战法国人的准备。"

"也许还要派遣一些增援部队到圣温赛斯去，殿下，"德·卡巴莱说，"他们攻城的时候，会先从那里入手。如果把我们到河流的通路拱手让人，后果将不堪设想。"

卡维尔点点头。

其他人走后,佩尔蒂埃又逗留了一会儿。他眺望着远方的大地,好像要将这番景象铭刻在脑海中一样。

北面的圣温赛斯城墙比较低矮,几座稀稀疏疏的塔楼充当着防卫要塞。如果入侵者从郊区渗入,就能够在这些房屋的掩护之下,直接进到城墙的箭程之内。那样的话,南面的郊区圣米克尔也就无法保住了。

确实,卡卡颂准备好了应战。他们的食物充足,面包、奶酪、豆类样样都有,还有可以挤奶的山羊。但是城里的人太多了,佩尔蒂埃担心可能会有供水不足的问题。根据他的命令,每口水井旁边,都安排了一名士兵站岗,实行定量配给。

佩尔蒂埃走出潘特塔,进入庭院,突然发现自己的思绪又不知不觉地飘到了西米恩身上。他已经两次派出弗朗索瓦去犹太人居住区打听消息,但是每次他都是空手而归。佩尔蒂埃的焦虑也是与日俱增。

他迅速地环顾了一下庭院,觉得好像可以出去几个小时。

他走向马厩。

佩尔蒂埃走了最近的一条路径,一边跨过平原,穿过树林,一边在心里提防着远处敌人的大营。

虽然犹太人居住区里面人潮涌动,熙熙攘攘,但是都保持着极不自然的安静和缄默。无论是年轻人还是老年人,每个人的脸上都充满了恐惧和忧虑的神色。他们知道,战争很快就要开始了。佩尔蒂埃骑马穿过狭窄的小巷时,妇人和孩子都焦虑不安地抬头望着他,希望能从他的脸上找到一丝希望。他没有什么好消息能够带给他们。

没人知道西米恩的消息。他轻而易举地就找到了他的住所,但是大门紧紧关着。他跳下马,敲了敲对面的房门。

"我要找一个叫西米恩的人。"他说。一个女人胆小地走到门边。

"您知道我说的是谁吗?"

她点点头,说:"他和其他人一起从贝济耶来的。"

"您能记起来最后一次看见他是什么时候吗?"

"几天之前,在我们听说贝济耶的事情之后,他去了卡卡颂。一个男人来叫的他。"

佩尔蒂埃皱起了眉头:"什么样的男人?"

"一个出身高贵的仆人,长着橘色的头发。"她说着,皱了皱鼻子。

"西米恩好像认识他。"

佩尔蒂埃陷入了深深的困惑之中。听起来像是弗朗索瓦。除了他还能有谁呢?但是他说他没有找到西米恩。

"那就是我最后一次见他了。"

"您是说,西米恩没有从卡卡颂回来?"

"如果他有任何常识的话,他就应该待在那里。那儿可比这儿安全。"

"有没有可能是西米恩已经回来了,但您没有看到?"他绝望地说,"可能您正在睡觉,没注意到他回来了。"

"看吧,大人。"她指着街对面的房子说,"您自己可以看看。空的。"

第五十章

欧莉安踮着脚尖,穿过走廊,来到妹妹的卧室门口。

"阿莱斯!"吉桑德肯定她妹妹又是跟父亲在一起,但依然十分警惕,"有人吗?"

听到没人回答,欧莉安便打开门,走了进去。

她有着小贼一般的身手,很快就开始搜起阿莱斯的东西来。

水壶,罐子,碗,她的衣柜,装满布料、香料和香草的抽屉。欧莉安拍拍枕头,发现了一个薰衣草包,但是不怎么感兴趣。然后,她又检查了床底。什么都没有,只有一些死虫子和蜘蛛网。

她转过身子,面对房间,突然注意到阿莱斯的缝纫椅上,搭着一件厚重的棕色狩猎斗篷。旁边是她的一些针线什么的。欧莉安感到一丝兴奋。为什么要在一年的这个时候去缝一件冬衣?为什么阿莱斯要亲自缝补衣服?她拿起斗篷,立即就觉察到了不对头。斗篷有些不对称,拿起来时向一边坠去。欧莉安举起斗篷一角,看到有东西缝进了边缘里。

很快,她就拆开了针脚,伸进了手指,掏出一个小小的矩形的、包在一块亚麻布里面的物体。

她刚要拿出来仔细看一下，外面走廊里的一个声音却突然惊到了她。欧莉安以迅雷不及掩耳之势，将那个小包塞进了自己的裙子下面，将斗篷放回了椅子上。

一只手重重地按在了她的肩膀上。欧莉安吓得大跳起来。

"你在这里做什么？"他说。

"吉扬啊，"她喘着气说，一边用手勾住了他的胸膛，"你吓死我了。"

"你在我妻子的卧室里干什么，欧莉安？"

欧莉安扬起下巴，说："我也可以问你同样的问题。"

在渐渐变暗的房间里，她看到他的表情变得僵硬起来。她知道自己击中要害了。

"我当然有权利进来，但是你没有……"他瞥了一眼那件斗篷，然后又看了着她的脸。

"你在干吗？"

她盯着他的眼睛："干一些跟你无关的事情。"

吉扬用脚后跟将门踢上了。

"你别忘了自己的身份，夫人。"他说，抓起了她的手腕。

"别傻了，吉扬。"她压低声音说，"打开门。如果有人过来发现我们俩在一起就不好了。"

"别再跟我耍花招了，欧莉安。我没心情跟你玩这些。除非你告诉我你在这里干什么，否则我不会放你走的。是他送你过来的吗？"

欧莉安真的一脸懵懂地看着他，说："我不知道你在说些什么，吉扬，我发誓。"

他的手指深深地抠到了她的皮肤里："你以为我没有注意到吗？我看见你们在一起了，欧莉安。"

一阵释然涌遍了她的全身。现在她终于明白了他大发脾气的原因。倘若吉扬还没有认出她的同伙，那她就可以将这个误解转变为自己的优势。

"放开我，"她说着，试图将自己的手腕从他手中挣脱，"如果你记得的话，大人，是你说我们以后再也不要见面的。"她向后甩了甩乌黑的长发，盯着他，眼中波光潋滟，"所以，如果我选择去别处寻找安慰，又跟你有什么关系呢？你没有权力要求我。"

"他是谁？"

欧莉安脑子飞快地转着。她需要一个能够搪塞他的名字。

"在我告诉你之前，我想让你保证，你不会做出傻事。"她乞求着，争取着时间。

"夫人,现在不是你讲条件的时候。"

"那么至少我们去其他的地方说吧,去我的卧室,去庭院,只要不在这里。如果阿莱斯回来……"

从他脸上的表情判断,欧莉安知道自己又赢了。他现在最大的恐惧就是被阿莱斯发现他的不忠。

"好吧。"他嗓子干涩地说。他用自己空着的那只手拉开房门,半推半拽地将她带到了走廊上。等他们走到欧莉安的卧室时,她脑子里已经有了主意。

"说吧,夫人。"他问道。

欧莉安眼睛盯着地面,坦白自己已经接受了一个新的追求者。他是子爵一个同盟的儿子,已经爱慕她很久了。

"你说的是真的吗?"他问。

"是真的,我用我的生命起誓。"她小声地说着,抬起头来,无辜的眼睛透过泪水涟涟的睫毛望着他。

虽然他还是有些怀疑,但是眼中闪过一丝犹豫不决的神情。

"这无法回答你为什么出现在我妻子的房间里。"

"只是为了保全你的声誉,"她说,"为了将一样你的东西送还到原本的位置上。"

"什么样的东西?"

"我丈夫在我的卧室里发现了一个男人的带扣。"她用自己的手指比画了一下,"大约这么大,用铜和银制作的。"

"我是丢过这么一个带扣。"他承认。

"我丈夫下定决心要找出它的主人,然后公之于众。我知道这是你的,所以觉得最安全的办法就是将他还回你的卧室。"

吉扬皱起了眉头:"为什么不把带扣直接还给我?"

"你一直躲着我,大人。"她柔声说,"我不知道自己什么时候才能见到你,甚至连能否见到你都不知道。而且,如果有人看见过我们在一起,那这样就明显成了我们在一起的证据。我知道自己这样做很愚蠢,但是请不要怀疑我背后的用心良苦。"

欧莉安能看出来,他并没有信服,但是不敢再将事情扩大化。他的手移到了腰里的刀柄上。

"如果你对阿莱斯说出一个字,"他说,"我就杀了你,欧莉安。如果我食言,天打五雷轰。"

"我反正不会告诉她的,"她说,然后微微笑了一下,"当然,除非在我万不得已的情况下。我肯定要保护我自己。另外。"她停了一下。吉扬深吸了一口气。"碰巧,"她继续说,"我想请你帮个忙。"

他眯缝起了眼睛:"那如果我没这么好心呢?"

"我只是想知道,我们的父亲是不是给了阿莱斯什么重要的东西让她保管,仅此而已。"

"你是在向我打探我自己的妻子!"他难以置信地说,"我不会这样做的,欧莉安,你也不准去做任何打扰她的事情,明白没有?!"

"我打扰她?是你害怕被她发现我们的事情,才让你产生了这种骑士精神吧!你跟我睡了这么多个晚上,是你背叛了她,吉扬!我想要的只是这么点儿信息。无论有没有你的帮助,我都会知道我想知道的东西。但是,如果你觉得困难——"她故意延长了自己威胁的声音。

"你敢。"

"把我们在一起的事告诉阿莱斯也无妨,跟她分享一下你对我说的悄悄话,给她看看你送给我的礼物。她会相信我的,吉扬。你的心思都写在你的脸上。"

吉扬对她,对自己都感到厌恶透顶。他敞开大门:"我诅咒你下地狱,欧莉安!"说着,大步跨到了走廊上。

欧莉安笑了。他中了她的圈套。

阿莱斯一整个下午都在寻找自己的父亲。没人见过他。她冒险进入了市区里,希望至少能够跟埃斯克拉孟德说说这个情况。但是她和萨雷已经不在圣米克尔了,而且好像也并没有回来。

最后,阿莱斯又疲倦又担心地一个人回到了卧室。她不能上床。她感到无比紧张和焦虑,心不在焉地点了一盏灯,坐到了桌子旁。

直到钟声敲了一下,她才被门外的脚步声惊醒。她抬起枕在胳膊上的脑袋,朝着声音的方向模模糊糊地看去。

"黑桑德?"她在黑暗中小声问着,"是你吗?"

"不,不是黑桑德。"他说。

"吉扬?"

他走到了灯光下,微笑着,好像并不确定自己是否受到了欢迎。"原谅我。我答应过要离开你,我知道,但……我可以进来吗?"

阿莱斯坐了起来。

"我一直待在小教堂里，"他说，"我在那里做了祷告，但是我认为我没有食言。"

吉扬坐到了床尾。犹豫片刻之后，她走向了他。他好像心里有事。

"到这儿来，"她悄悄说，"我来帮你。"

她解开了他靴子的鞋带，帮他拆下了肩上的甲胄和腰带。"咣"的一声，皮革和带扣就掉到了地上。

"对于现在的局势，卡维尔子爵是怎么判断的？"她问。

吉扬向后躺在了床上，闭上了眼睛："他说，敌人会先攻打圣温赛斯，其次是圣米克尔，然后就基本上到了卡卡颂城的墙根了。"

阿莱斯在他的身边坐下，将他脸上的头发捋到了一旁。她手指上传来的触感令她有些颤抖。

"你该睡了，阁下。你应该好好储备能量，迎接即将到来的战斗。"

他懒洋洋地睁开了眼睛，对着她微笑起来："你应该帮我好好休息一下。"

阿莱斯微微笑了起来，越过他的身子，将放在床头柜上的迷迭香乳膏拿了过来。她跪在他身旁，将这些冰凉的制剂涂抹到他的鬓角处。

"之前我去找父亲的时候，经过了姐姐的卧室。我觉得好像有人跟她在一起。"

"也许是贡高斯特吧。"他赶紧说。

"我觉得不是。他现在和其他抄写员一起睡在潘特塔，以防子爵随时会找他们。"她停顿了一下，说，"还有笑声。"

吉扬将手指放到她的嘴边，打断了她。"不要说欧莉安了。"他小声地说，双手抱住了她的腰，将她拉到了自己眼前。她尝到了他嘴唇上的酒味。"你身上有甘菊和蜂蜜的味道。"他说。他抬起手来，松开了她的头发，让她的秀发如同瀑布般垂到肩上。

"我的妻子。"

在他的抚摸之下，她脖子后面的每根汗毛仿佛都竖了起来。他的皮肤摩擦着她的皮肤，如此令人心动，如此亲密无间。缓缓地，轻轻地，吉扬一边用他那双棕色的眸子目不转睛地盯着她的脸，一边褪掉了她肩上的裙子，拉到腰部。阿莱斯动了动身子，让裙子松了下来，一下子从床上滑到了地板上，好像是金蝉脱壳一般。

吉扬掀起床罩，让她钻进被窝，躺在自己身边，枕着尚存他一丝气息的枕头。一时间，他们就那么静静躺着，胳膊碰胳膊，肩并着肩，她冰凉的双脚靠着他温热的皮肤。

　　他俯身趴到了她的身上。现在阿莱斯能够感受到，他的呼吸仿佛夏日微风般轻轻拂过她的肌肤表面。他的嘴唇在跳舞，舌头在滑动，掠过了她的乳房。突然，他用嘴含住了她的乳头，吮吸，挑逗，令阿莱斯屏住了呼吸。

　　吉扬抬起头，对她露出了半笑半冷的神情。

　　随后，他依然紧紧盯住她的眼睛，身体降到了她裸露的两腿之间。阿莱斯凝视着他那双一眨不眨、专注认真的棕色眼睛。

　　"我的妻子。"他又念叨着。

　　吉扬轻柔地将自己进到了她的体内，一点一点地，直到她将他完全包裹。他静静地在她身上趴了一会儿，好像要休息一下似的。

　　阿莱斯感到了一种强劲和有力，好像她此刻无能为力，也不知自己姓甚名谁，只能感到一种催眠般的强烈温热渗透了她的四肢，将她填满，吞噬了她的知觉。她的头脑中全是血脉贲张的声音。她失去了对时间和空间的概念。世界上只剩下吉扬，还有台灯忽闪的光影。

　　慢慢地，他开始活动了。

　　"阿莱斯。"她的名字从他的双唇间滑出。

　　她双手搂住他的后背，手指使劲儿地张开着。她能够感受到他身体冲撞的力量，他晒黑的双臂和坚实的大腿透出的坚韧，他胸前柔软的胸毛摩擦着她身体的温柔。他的舌头在她的双唇间左冲右突，滚烫，潮湿，饥渴。

　　他呼吸得越来越急促，越来越用力，欲望驱使着他，需要驱使着他。吉扬大喊出她名字，阿莱斯紧紧地搂住他。他战栗着，然后不动了。

　　渐渐地，她头脑中的咆哮缓缓退去，房间里只剩下一片寂静。

　　一会儿之后，他们聊了会儿天，倾诉衷肠，不知不觉地就陷入了睡梦之中。油灯烧干了，火苗也熄灭了，阿莱斯和吉扬没有注意。他们睡得如此香甜，竟没有察觉到一轮银盘般的月亮正悄悄地从天空中滑过，也没有觉察到一缕紫色的晨曦又接踵而至地爬上了窗户。他们只知道躺在怀中的彼此，就像妻子和丈夫那样。他们再次成了情人。

　　他们重归于好，相安无事。

第五十一章

2005 年 7 月 7 日 星期四

闹钟闹响前的几秒钟，爱丽丝就已经醒了。她发现自己四仰八叉地躺在床上，身边到处散落着一些纸张。

她的眼前摊着家族谱系图，还有一些从图卢兹图书馆弄回来的笔记。她咧嘴一笑。就跟她学生时代一样，她老是会在课桌上睡着，虽然她并不会对此感到难为情。

尽管昨夜经历了盗窃事件，今早的她却感觉异常的精神抖擞，心满意足，甚至还有些开心。

爱丽丝伸展着胳膊和脖子，起身打开了百叶窗和窗户。天空穿过一缕缕苍白的长霞和一团团洁白的云彩。古城的缓坡尚处于阴影之下，城墙下面的草堤上晨露闪耀。炮塔和塔楼上面，苍穹湛蓝，如同一卷丝绸般细致腻滑。屋顶上的鹩鹃和云雀叽叽喳喳地对着彼此唱歌。暴风雨横扫过后的痕迹遍地都是：栏杆上吹打着不知哪儿来的残骸碎片；旅馆后头的盒子和箱子被浸湿泡发，上下颠倒；停车场上的街灯脚下，缠着一堆堆刮来的报纸。

一想到要离开卡卡颂，爱丽丝就觉得惴惴不安，好像离开会引来某种后果似的。但是此时此刻，她不得不做出一些举动，因为沙特尔是唯一可以找到希拉的地方。

今天真是个赶路的好天气。

她一边收拾着散落的纸张，心里也觉得自己的想法是明智的。她不想像个受害者一样无所事事，乖乖等待着昨夜的入侵者再次回来。

她跟旅馆的前台小姐说，自己要出城一天，房间保留。

"有个女人在等着见您，夫人。"前台小姐指了指休息室说，"我刚要打电话到您房间呢。"

"噢？"爱丽丝转头去看，"她有没有说她要干什么？"

前台小姐摇了摇头。

"好的,谢谢了!"

"还有,今天早上收到您的一封信。"她补充道,递给她一封信。爱丽丝瞥了一眼邮戳,是昨天从富瓦寄来的,笔迹她不认识。她刚要打开,那个等待她的女人就走了过来。

"坦娜博士"她说。她看起来神色紧张。

爱丽丝把信放进夹克口袋,打算稍后再读:"是我,什么事?"

"我有一条来自奥迪克·拜亚德的消息要告诉你。他想知道,您能不能到公墓去跟他见一面?"

那个女人看起来有些似曾相识,但是爱丽丝一时想不起来。

"我是不是在哪里见过您?"她问。

女人有些犹豫。"在丹尼尔·德拉戈德见过。"她慌忙地说。

"公证员。"

爱丽丝又打量了她几眼。她不记得昨天见过这个人,因为当时中央办公室里有很多人。

"拜亚德先生在吉罗·比奥的墓前等您。"

"真的吗?"爱丽丝说,"他为什么不亲自来?"

"我现在得走了。"

说完,那个女人掉头就消失了,只剩下目瞪口呆的爱丽丝站在那里。她转身看看接待员,她也只能耸耸肩。

爱丽丝瞥了一眼手表。她心里已经急着要走了,还有很长的一段路程在等着她。但从另一个角度来看,其实十分钟也不会耽误多久。

"明天见。"她对接待员说,虽然接待员早就回去忙活自己的事情去了。

爱丽丝绕到小汽车旁边,扔进自己的帆布背包,然后有些恼怒地穿过马路,赶往公墓。

爱丽丝刚一穿过那座高大的金属门,就立即感到周围的气氛发生了某种变化。清晨时分古城里的喧嚣和吵闹,被这里的寂静和沉默替代了。

她的右边,有一座刷了白漆的低矮建筑。房子外面的钩子上,挂着一排黑色和绿色的塑料洒水壶。爱丽丝透过窗子向内窥望,看见一把椅子的后背上挂着一件老旧的夹克,桌上摊开着一张报纸,好像刚刚还有人坐在那里一样。

爱丽丝沿着中间的通道缓缓地爬上坡去,突然感觉有些紧张不安。她发现周围的气氛十分压抑和沉重,到处都是灰色的雕刻基石,白色的陶瓷浮雕,标记生辰和卒日的黑色岗石碑文，以及由当地家庭永久买下来纪念逝者的长眠之地。

那些英年早逝者的照片，在老者的面容旁边显得格外显眼。许多坟墓脚下摆满了花朵，有真花，也有由丝绸、塑料或者陶瓷制成的假花。

根据凯伦·弗勒里给的地址，爱丽丝没费多大力气就找到了吉罗·比奥的坟墓。那是一座巨大而平坦的坟墓，坐落于中央通道的最顶端，上面凌驾着一个张开双臂和长着羽毛翅膀的石头天使。

她环顾四周，没有拜亚德的踪影。

爱丽丝用手指轻轻抚过石头表面。让娜·吉罗家族的大部分成员都安息在此。这个女人，她一点儿都不了解，只知道她是连接奥迪克·拜亚德和格蕾丝之间的一条线索。而现在，当她站在那里，盯着这个家族里一个个凿刻上去的名字时，爱丽丝才突然意识到，冥冥之中帮助姑妈找到自己的那种力量，真的是超乎寻常。

一条交叉通道里传来一个声音，吸引了她的注意。她环顾四下，期望看到照片中的那个老人正朝她走来。

"坦娜博士？"

来的是两个人，都穿着轻便的夏季套装，长着深色的头发，眼睛遮在太阳镜后面。

"什么事？"

其中一个较矮的人对她亮了一下徽章。

"我们是警察。有几个问题需要问您。"

爱丽丝的腹部突然一紧："关于什么？"

"不会耽搁太久的，夫人。"

"我要看看你们的身份证件。"

他将手伸进胸前的口袋里，掏出一张卡片。她也无从辨别真假。但是他夹克下面手枪皮套里的手枪看起来倒是如假包换。她的脉搏开始加速搏动起来。

爱丽丝一边假装检查卡片，一边用眼睛的余光偷偷扫视了一下墓地四周。

周围没有人。通往各个方向的通道都空无一人。

"有什么问题？"她努力克制着自己颤抖的声音，又问了一遍。

"您跟我们走一趟就知道了。"

他们光天化日之下应该不敢对我怎样。

太晚了，爱丽丝终于意识到为什么那个给她送信的女人会看起来面熟了。她跟昨晚在房间里见到的那个男人有些共同的特征。就是这个男人！

爱丽丝从眼角中看到一行人正踏着坚实的步伐朝墓穴的新建区域走下去。那里的尽头有一扇门。

他把手搭在她的肩膀上："现在，坦娜博士——"

正说着，爱丽丝突然身子向前一倾，像个冲出障碍物的短跑选手一样奔向前去，把他们俩吓了一跳。他们呆住了，一时没反应过来。紧接着，他们喊出声来，但是她已经冲下了台阶，跑过大门，奔到了舍曼·德·安格莱大街上。

"吱——"一辆正在爬坡上山的小汽车猛地踩了一下制动，但爱丽丝仍然没有停下。

眼前是一座农场，她一跃翻过一扇摇摇晃晃的木头门，拨开一排排的葡萄藤，踹跚着爬过一片犁沟地。她能够感觉到那两个男人就跟在后面，一步步朝她逼近。血液强劲地敲击着她的耳膜，双腿上的肌腱如钢琴弦一般紧绷起来，但她还是继续狂奔。

田野下方有一道严实的金属网栅栏，高不可越。爱丽丝惊恐地左右张望，突然发现远处的一个角落里有一个缺口。

她蹲了下来，趴到地上，腹部朝下地匍匐前行。尖锐的岩石和砂砾扎进了她的手掌和膝盖。她正在金属网下面蜿蜒地爬着，网格的破损边缘一下子勾住了她的夹克，像蜘蛛网困住苍蝇那样，把她裹在了金属网里面。她靠着超人类的毅力，使劲儿地往外拉拽，这才猛地将自己抽了出来，在网上留下了一块蓝色丹宁的碎片。

她发现自己来到了一座蔬菜农场，满眼都是一长溜支撑着茄子、绿皮南瓜和红花菜豆的高大竹架，仿佛将她与世隔绝开来。爱丽丝低下头，之字形地穿过了菜地，朝着旁边的建筑走去，想要寻求一些庇护。就在她走到拐角处时，一只戴着沉重金属链子的大獒犬冲向了她，一边狂吠，一边张牙舞爪地对她露出凶相。她憋住即将脱口而出的惊叫，迅速向后跑去。

农场的正门入口外面正对着山下的一条繁华主路。她刚一走上人行道，就机警地扭头向后瞥了一眼。空无一人。寂静的空间在她身后铺展开来。他们已经停止追捕了。

爱丽丝将手按在膝盖上，弯下腰，放下心来大口喘着粗气，等待颤抖的胳膊和双腿恢复正常。很快，她的大脑又开始飞速运转了。

接下来要怎么办？那些男人会回到旅馆，在那里守株待兔的。她不能再回去了。她摸了摸衣服口袋，发现车钥匙并没有在仓皇之中弄丢。她的帆布背包还压在前座的下面。

你必须得给努贝尔打电话了。

她记得,在她车座下面的帆布包里,有几张碎纸上可能记着努贝尔的电话。爱丽丝浑身上下扫视了自己一遍。她的牛仔裤上沾满了泥土,一条腿的膝盖上还扯掉一块布。她唯一的机会就是回到车上,并且祷告他们没有在那里等着她。

爱丽丝迅速地走过巴赫卡纳大街。每当有车经过自己,她就马上低下脑袋。她经过教堂,随后抄了右边一条叫作加夫街的小道。

是谁派他们来的?

她一直在阴影下面急匆匆地走着。这里的房子很难分出一户与另一户之间的界限。爱丽丝突然感到脖子后面有一阵针扎一样的刺痛。她停下来,转头看向右边的一座有着黄色墙壁的漂亮房子。她以为门口有人正在盯着她看,但是那座房子大门紧闭,百叶窗锁着。踟蹰片刻之后,爱丽丝继续前行。

她应不应该改变对沙特尔的想法?

如果说有什么改变的话,那就是爱丽丝终于意识到此刻所处的危险,而且这种危险绝不是臆想出来的。但是,这种确信却坚定了她的决心。她想着这些,心里更加确定了奥蒂耶就是所有事情的幕后黑手。他坚信她偷了戒指,而且显而易见,他一定要将它要回去。

给努贝尔打电话。

她又一次放弃了给自己的忠告。到目前为止,这个警官一点作为也没有。死了一个警察,希拉也失踪了。还是靠她自己吧。

爱丽丝已经来到了连接泰瓦尔街和停车场后门的台阶处,因为她推断,如果他们正在停车场等她,那他们可能更会在主入口那边。

台阶很陡,靠她这一侧刚好有一座高墙,阻挡了爱丽丝视线,但是给了她一个从上俯瞰下方的绝佳视角。如果他们真的在那里,她也能够及早发现。

只有一个办法了。

爱丽丝深吸了一口气,跑上台阶,双腿鼓胀着从静脉急速渗出的肾上腺素。跑到台阶最顶之后,她向四周环顾了一下。只有两三个车厢和小汽车,几乎没有什么人。

她留下的车还停在那里。她从停泊的车辆之间循着空地弯腰走过。她钻进前座的时候,双手不住地颤抖。那些男人的面容还隐隐地呈现在她眼前,令她惴惴不安。她的头脑里好像还能听到他们的低语和叫喊。一进入车门,她赶紧将门上锁,急急地戳入钥匙,点火发动。

爱丽丝的眼珠飞速地转动,打量着四周的情况,双手紧紧抓住方向盘,焦急地等待着堵在前方的一辆露营车。等它一离开，服务员刚抬起栏杆，她就一脚油门踩到底，掠过柏油碎石路面，直冲着出口奔去。服务员吓得后退一步，对着她绝尘而去的背影大喊大叫，但是爱丽丝已经顾不上这些了。

她一直向前开着。

第五十二章

富瓦的火车站站台上，奥迪克·拜亚德陪让娜一起等待着开往安道尔的火车。

"还有十分钟。"让娜低头瞥了一眼手表，说，"还不算太晚。你还可以改变主意，跟我一起走。"

他看着坚持不懈地她，微微一笑："你知道我不能跟你一起走的。"

她不耐烦地摆摆手，说："你已经花了三十年的时间来讲述他们的故事，奥迪克，关于阿莱斯、她的姐姐、她的丈夫——你一辈子都在陪着他们过活了。"她的声音柔软了下来："但是你的生活怎么办呢？"

"他们的生活就是我的生活，让娜。"他静静地说，声音里透出一种尊严和高贵，"语言是我们对抗历史谎言的唯一武器。我们必须替真理作证。如果我们不这样的话，那么那些我们所爱的人就要再次受到折磨。"他停顿了一下，说，"如果我不知道结局，我就无法找到内心的平静。"

"现在已经过去八百年了！真理早就深埋起来了。"让娜犹豫了一下，说，"而且，也许那样才是更好的方式。有些秘密，还是不要解开为好。"

拜亚德抬头望着远处的群山，说："我很遗憾，给你的生活带来了这么多的悲伤，你懂我说的意思。"

"我不是这个意思，奥迪克。"

"但是找到真理，并且记录下真理，"他继续说，好像没有听到她在说话，"这就是我生活的意义，让娜。"

"真理！但是你所反抗的那些人呢，奥迪克？他们在找什么呢？也是真理吗？我很怀疑。"

"不是，"他终于承认，"我认为那并不是他们的目的。"

"那他们的目的是什么呢?"她有些急不可耐地说,"我马上就要走了,是你让我走的。我走了会有什么不好的后果,现在就告诉我。"

他又犹豫不定。

让娜坚持道:"真实山峰荣誉会和山峰荣誉会的名字并不一致,但它们是同一个组织吗?"

"不是。"这两个字从他嘴中说出时,语气竟比他想象的更加严肃,"不是。"

"那么是怎么回事呢?"

奥迪克叹了口气。"山峰荣誉会是一个由指定守护者组成的,旨在保护圣杯羊皮纸书稿的组织。千百年来,他们一直履行着这项任务。但实际上,这些书稿最终还是失散了。"他停顿了一下,仔细地措着辞,"而真实山峰荣誉会,仅仅形成于一百五十年前。当时,羊皮纸书稿里迷失的语言再次开始为人所知。'真实'这个名字的意思就是'真正或真实的守护者',是将有效性强加于这个组织的一种手段。"

"那山峰荣誉会已经不存在了吗?"

奥迪克点点头,说:"三部曲一旦失散,守护者存在的理由也就随之消失了。"

让娜皱皱眉头,说:"但是他们没有试着要找回丢失的书稿吗?"

"一开始是有,"他坦白说,"但是他们失败了。那时候,如果再继续找下去,就只会变成一种有勇无谋的行为了,因为他们担心手头已有的那一本书,会因为要找到另外两本而牺牲掉。既然人类已经失去了读懂那些文本的能力,那这个秘密也就不会被揭开。只有一个人……"

拜亚德开始支支吾吾起来,他感到了让娜盯住自己的灼热目光。"唯一能够读懂书稿的那个人,选择将这项技能失传于后世。"

"是什么发生了变化?"

"几百年以来,什么变化也没有发生。但是,1798年时,拿破仑大帝出航到了埃及,随身带了一些专家、学者和士兵。在那里,他们发现了几千年来统治着那片土地古老文明的遗迹。成百上千的手工制品、香案、石头被带回了法国。从那一刻开始,这些古老的语言,无论是通俗体、楔形文,还是象形文,开始逐渐为人所知,解开其中的秘密也只是一个时间的问题了。你知道的,让-弗朗索瓦·商博良第一次意识到,那些象形符号是可以读出意思来的语音字母,而不仅仅是一些表示观点或手稿的符号。1822年,他解开了这些密码,并且运用到通俗的表达法中。对古埃及人来说,书写是神灵赐予的一件礼物,象形文字本身就代表着神圣的话语。"

"但是，如果圣杯羊皮纸书稿是用古埃及的语言写的——"她拖了个长腔，"如果你说的就是我猜想的，奥迪克……"她摇摇头，说，"那山峰荣誉会这样一个团体确实存在过，人们相信三部曲里面包含着一个古老的秘密，也确实是真的。但是，剩下的呢？那是无法想象的。"

奥迪克微笑了："但是去保护一个秘密中的秘密不是更好吗？去使用或吸收一些有着神秘力量的符号和其他人的一些思想，就是各种文明生存下来的方式。"

"你是指什么？"

"人们总是会对真理刨根问底。他们觉得自己已经找到了真理。于是他们停下来，但从来没有想到，还有更加令人震惊的东西藏在所谓真理的下面。历史中到处都是这样的情况，盗用一个社会，包括宗教、礼仪和社会的方方面面，去建设另一个社会。例如，基督徒庆祝拿撒勒的耶稣诞生之日，即 12 月 25 日，实际上是未被征服的太阳神的节日，而且也是冬至日。基督教的十字架，跟圣杯一样，实际上是一种古埃及的符号，由君士坦丁大帝将古埃及的十字架进行调整和改造而成。In hoc signo vinces——见符即胜，指的是当看到天空中出现一个十字形云彩的时候，就意味着即将取得胜利。更近的历史上，第三帝国的追随者们将它改编成了一种表示命令的符号。实际上，它是一种代表古印度的符号。"

"迷宫。"她恍然大悟地说。

"南部的古代符号。"

让娜在深思中沉默地坐了一会儿。她双手交叠着放在大腿上，双脚缠在一起。"那现在怎么样了？"她终于开口说。

"一旦洞穴被打开，那就只是一个时间的问题了，让娜。"他说，"我并不是唯一一个懂这些的人。"

"但是萨巴提山脉在战争期间是由纳粹进行挖掘的。"她说，"一直在寻找圣杯的纳粹人听说了纯洁派的财宝藏在山中某处的传言。他们耗了几年的时间，在每一处可能会有秘密的地方进行了开挖。如果这个洞穴如此重要的话，为什么六十年前没有被发现？"

"我们确定他们没有发现。"

"你当时在那里？"她说，声音中带着难以掩盖的惊讶。

拜亚德笑了一下。"真实山峰荣誉会的内部，有一些纷争。"他回避了她的问题，"这个组织的首领是一个叫玛丽-赛希拉·德劳哈德的女人。她相信圣杯的存在，而且立志要重新找到它。她相信自己一定会成功。"他停顿了一下，说,"然而,组织中还有一个人。"他的脸色变得阴沉下来,"他的动机跟她不一样。"

"你一定要告诉努贝尔警官。"她急躁地说。

"但是如果,就像我说的那样,他也是为他们工作的怎么办?这要冒很大的险。"尖锐的号角声划破了车站的宁静。他们纷纷转头看向火车进站的方向,火车正在吱吱地减速刹车。

他们的对话终止了。

"我不想把你一个人留在这里,奥迪克。"

"我知道,"他说着,抓住了她的手,将她送到了火车上,"但这就是事情应该结束的样子。"

"结束?"

她拉开车窗,伸出手来拉住了他的手:"请一定要保重。不要豁出你的全部。"

站台上全部的车门都"咣当"一下关上了。火车开始缓缓开动,随后慢慢加速,最终消失在了群山的褶皱之中。

第五十三章

希拉感觉到房间里还有个人跟她一起。

她挣扎着抬起头,一阵恶心反胃随之袭来。她的嘴巴干涩,头脑昏沉,耳朵里响着空调机一般单调的嗡鸣声。她动弹不了,愣了一会儿神后,才反应过来自己正坐在一张椅子上,胳膊紧紧地绑在身后,脚踝被带子捆在木头椅子腿上。

周围有一个轻轻的声音,好像有人挪动位置时在空荡的地板上发出的"吱嘎"一声。

"有人吗?"

她的手掌因为恐惧而开始变得湿滑。一滴汗水从她的脊背上淌了下来。希拉强迫自己睁大眼睛,但是仍然看不清楚。她感到毛骨悚然。她拼命晃晃脑袋,眨眨眼睛,试着让眼前重现光明。最后,她终于意识到,自己的头上原来是套了一个头罩。闻起来有泥土和发霉的气味。

她还在农场里吗？她记得针头出其不意地插进自己的皮肤里，带来了尖锐的刺痛。是给她送食物的那个男人。肯定会有人来救她吧？难道不会吗？

"有人吗？"没人回答，虽然她感觉到了有人逼近。

空气中充满须后水和香烟的油腻气味。"你们想干什么？"

门打开了，脚步声接踵而至。希拉感觉到了气氛的变化。

这突然诱发了她的一种自我保护本能。她疯狂地挣扎着，想要挣脱他们的束缚。但绳子只是变得更紧了，肩膀也被勒得更疼了。

随着一声不祥的沉重声响，大门关上了。

她觉得自己仿佛冻住了一样。一时间，周围一片寂静，随后是有人走向她的声音，越来越近。希拉向后蜷缩到自己的椅子上。他在她的正前方停下了。她觉得整个身体都缩成了一团，好像有成千上万根细小的电线正在拉扯着她的皮肤。他像一只打量猎物的野兽一般，在她的椅子周围来回转了几圈，然后将手落在了她的肩膀上。

"你是谁？拜托了，至少把头罩给我摘下来。"

"我们需要再谈一谈，欧唐纳博士。"

这是一个她认识的声音，冷酷、精炼，像一把将她剖开的刀子。她意识到，原来她等的人就是他。那个让她恐惧的他。

希拉突然尖叫一声，身子骤然向后坠去，无法抑制地跌落。但是她没有碰到地面。就在离地几英寸的地方，他抓住了她。她就那么几乎平躺在横过来的椅子上，脑袋向后倾斜，双脚悬在空中。

"你现在的情况可是提不了要求的，欧唐纳博士。"

他就那么控住她，时间漫长得好像过了几个小时。然后，他突然毫无预警地直起了椅子。希拉的脖子"啪"的一声，猛向前折了一下。她晕头转向，像玩捉迷藏时被蒙住眼睛的那个孩子一样找不到方向。

"你是为谁工作，欧唐纳。"

"我无法呼吸。"她怯懦地说。

他没有搭理她。她听到他的手指"咔嗒咔嗒"响了几下，然后是一把椅子搬到了她面前的声音。他坐下来，把她拉到了自己眼前，膝盖卡住她的大腿。

"让我们从星期一下午开始说起。为什么你要让你的朋友去现场的那一块区域？"

"爱丽丝跟这件事情毫无干系！"她叫道，"我没有让她去那儿作业，是她自己过去的。我根本就不知道。这只是个意外。她什么都不知道。"

"那就告诉我,你都知道些什么,希拉。"她的名字从他口中说出时,好像变成了一句威胁的言辞。

"我什么都不知道!"她喊道,"我周一就已经告诉了你我所知道的全部内容,我发誓。"

一个巴掌突然不知从哪个方向打了过来,落到了她的右侧脸颊,将她的脑袋扭到了后方。希拉尝到口中的鲜血正从舌头上淌过,流到了喉咙里。

"是你朋友把戒指拿走了吗?"他语调依旧平稳。

"没有,没有,我发誓她没有!"

他又使劲儿压了压她的大腿。"那么是谁?你吗?坦娜博士告诉我,你自己进去跟骷髅待了很长时间。"

"我为什么要拿走?它对我来说一文不值。"

"你为什么这么确定坦娜博士没有拿走?"

"她不会拿的。她就是不会拿!"她又大叫起来,"很多人都进去过。他们中的任何一个人都可能会拿走,布雷灵博士、警察——"希拉突然间打住了。

"就像你说的,警察。"他说。她屏住了呼吸。"他们中的任何一个人都可能会拿走戒指。比方说,伊夫·比奥。"

希拉僵住了。她听到了他的呼吸一起一伏,冷静,从容不迫。他知道了。

"戒指不在那儿。"

他叹了口气:"比奥把戒指给你了吗?为了拿去给你的朋友?"

"我不懂你什么意思?"她小心翼翼地说。

他又打了她一拳。这一次,他用了拳头,而不是手掌。鲜血从她的鼻子里喷射出来,沿着她的下巴倾泻而下。

"我不明白的是,"他若无其事地说着,"为什么他没有把书也给你,欧唐纳博士?"

"他什么都没有给我。"她哽咽着说。

"布雷灵不是说,你星期一早上离开现场的时候,拿着一个袋子。"

"他在撒谎。"

"你是给谁卖命的?"他说得轻柔而温存,"这样就没事了。如果你的朋友没有卷进来,那我也就没有理由再去难为她了。"

"她没有,"她小声嘟囔着,"爱丽丝不知道……"

他用手捏住她的喉咙,令她浑身缩成一团。一开始,他好像还有些亲昵地揉捏着,后来,他开始握紧,力量越来越大,最后好像在她的脖子上紧紧勒了一个铁项圈。她疯狂地左右摆动脑袋,想要吸进一点儿空气,但是他的力气太大了。

"你和比奥是不是都是替她工作的?"他说。

就在她感觉自己开始失去意识时,他突然又将她放开了。她感到他在笨手笨脚地解她的衬衫扣子,一个接一个地。

"你在干什么?"她轻声低语,然后就感到了他冰凉的手触诊般在她皮肤上抚摸。她浑身畏缩。

"没人找你。"随着"滴答"一声,希拉闻到了打火机油的味道。"没人会来。"

"请你不要伤害我……"

"你和比奥是一伙的吗?"

她点点头。

"给德劳哈德夫人干活的?"

她又点点头。"她的儿子,"她努力地说着,"弗朗索瓦-巴普蒂斯特。我只跟他交接……"

她感受到了火苗靠近皮肤的热度。

"那么那本书呢?"

"我找不到。伊夫也找不到。"

她感觉他停了一下,收回了伸出的手。

"那么比奥为什么要去富瓦?你知道他是去了坦娜博士的旅馆吗?"

希拉试着摇头,但是这又带来一股新的疼痛,袭遍了她的全身。

"他给了她一些东西。"

"那不是书。"她费劲儿地说。

她还没来得及说完剩下的话语,门就打开了。她听到了走廊里传来唔唔哝哝的说话声,然后飘来了须后水和汗水混杂的气味。

"你们打算怎么给德劳哈德夫人弄到那本书?"

"弗朗索瓦-巴普蒂斯特。"她说话时感到浑身都痛,"在山峰见他——我有一个代号指代戒指。"她畏缩了一下,他的手摸到了她的胸部。

"请不要——"

"你知道了吧,只要你配合,事情就会变得简单多了。那么,一会儿之后,你要当着我的面给他打一个电话。"

希拉惊恐地摇着脑袋:"如果他们知道我告诉了你,他们会杀了我的。"

"但如果你不干,我就要杀了你和坦娜小姐。"他冷静地说,"你来选择吧。"

他是不是也抓到了爱丽丝，希拉无从知晓。她不知道她是没事，还是也被关在了这里。

"他在等你找到书就给他打电话，是吧？"

她已经没了撒谎的勇气。她点点头："相比那枚戒指，他们更关心一个小石盘，跟戒指一样大。"

希拉惊栗地意识到，她已经把他之前不知道的一件事情告诉了他。

"那个石盘是干什么的？"他问道。

"我不知道。"

火苗突然轻舔了她的皮肤，希拉听到了自己脱口而出的尖叫。

"是——干——什——么——的——？"他说。声音冷漠，无情。她整个人好像掉到了冰窖一般寒冷。空气中有了一股恐怖的烧肉味道，甜丝丝的，令人作呕。

她已经听不到完整的词句了，因为疼痛正在令她失去意识。她整个人似乎都在漂移，一点一点地跌落。她感觉脖子撑不住了，脑袋塌了下来。

"她要死了。把头罩摘下来。"

那块布摘掉了，落在了她的伤口和裂开的皮肤上。

"戒指内侧的图案……"

她的声音听起来好像是从水下传来的："像是一把钥匙。在迷宫……"

"还有谁知道这些？"他对着她大喊，但是她知道现在他已经无法控制她了。她的下巴掉到了胸前。他把她的脑袋猛地揪了起来。她的一只眼睛已经肿得闭上了，另一只还闪闪烁烁地开合着。她只能看到一片朦朦胧胧的人脸，在她的视线中移进移出，若隐若现。"她没有意识到……"

"谁？"他说，"德劳哈德夫人吗？还是让娜·吉罗？"

"爱丽丝。"她用微弱的声音说。

第五十四章

爱丽丝到达沙特尔的时候，已经是傍晚了。她找了一家旅馆安顿下来，随后去买了一张地图，然后直接就奔着从电话号码查询台拿到的地址出发了。爱丽丝抬头望着这座富丽堂皇的市内宅邸，感到十分吃惊。它的黄铜门环和信箱闪闪发亮，窗台上花盆箱里栽种着优雅的植物，门前的每一级台阶上都镶着木框。爱丽丝真是想象不到，希拉竟然住在这样一个地方。

屋里万一有人出来，你究竟要怎么解释？

爱丽丝深吸了一口气，走上台阶，按响了门铃。

没有应答。她等了一会儿，见没人出来，便后退一步，望了望上面的窗户，然后又按了一次门铃。还是没人。她又拨通了电话号码。几秒钟后，她听到了屋内有电话响起的声音。

至少这儿就是她要找的地方。

虽然有点儿扫兴，但是老实说，她也感到如释重负。如果她们之间的对峙迟早要到来的话，那晚一点儿到来也无妨。

大教堂前面的广场上，游人如织，人头攒动。每个人手里都抓着照相机，导游人员则高高举着旗子和彩色阳伞。人群里面，有整齐守纪的德国人，意识自觉的英国人，富有魅力的意大利人，安静沉默的日本人，还有热情奔放的美国人，但是所有的孩子们看起来都兴趣寥寥。

在她开车北上的漫长过程中，曾经有一个时刻，她已经不再去幻想自己可能会从沙特尔的迷宫里发现点儿什么东西了。显而易见，苏拉哈克的洞穴，格蕾丝与她本人之间，就是存在着某种联系。她突然有一丝直觉，好像自己是被引上了一条错误的线索。

爱丽丝还是买了一张票，参加了一个用英语解说的旅游团。根据行程安排，这个团五分钟之后就可以出发。他们的导游是一个业务能力很强的中年女人，举止大方，字正腔圆。

"从现代人的眼光来看，大教堂是灰色的。它高耸入云，是一座象征着奉献和信仰的建筑。然而，在中世纪时期，它是色彩斑斓的，虽然不是像印度或泰国的神殿那种。点缀大门的雕像和鼓室都是用彩色花样装饰而成，沙特尔和其他各地都是这样。"导游用她的阳伞指了指外面的高处。

"仔细点儿看，你们会发现在雕塑的裂纹里面，还夹杂着一些粉色、蓝色和黄色的小碎片。"

爱丽丝周围的所有人都顺从地点点头。

"1194 年，"那个女人继续说，"一场大火毁掉了沙特尔城的大部分地方，包括大教堂本身。起初,人们以为大教堂里最圣洁的遗物——耶稣降生时圣母玛丽亚身上穿的袍子也被毁掉了。但是三年之后,它又被找到了。原来是被僧侣们藏在了地下室里。当时,人们将之视为一个奇迹,一个大教堂应该得以重建的神示。

"现在我们看到的大教堂是在1223年完工的。1260年时,它被奉为圣母蒙召升天的教区总教堂,也是法国第一座专为纪念圣母玛丽亚而建的大教堂。"

爱丽丝心不在焉地听着她的解说,不知不觉地便来到了大教堂的北面。导游指着北门上方让大家看。上面有一排石头雕像,是《圣经·旧约》里国王和皇后的形象。

爱丽丝感到心中有一种紧张的兴奋感开始振颤起来。

"这是大教堂里唯一主要展现《圣经·旧约》的地方。"导游说着,招手让他们走得更近些,"在这根柱子上,有一幅雕塑。很多人认为,它是展现所罗门和示巴皇后之子孟尼里克从耶路撒冷将约柜带下来的故事。但是许多历史学家声称,孟尼里克的故事是直到15世纪才为人所周知的。还有这儿——"她把胳膊稍微放低了一点儿,"是另一个谜。你们如果有谁眼力好的话,可能会看到这儿有一行拉丁文——hic amititur archa cederis。"她环视人群,沾沾自喜地笑了,"你们中如果有人会拉丁文,就会发现这句话其实没有什么意义。一些导游书上把 archa cederis 翻译成'你要参透约柜',把整个句子翻译成'事情在此顺其自然:你要参透约柜'。然而,很多评论者说过,如果把 cederis 视为是契约的一种堕落,那么这行字也许就应该翻译成:'在此你要让约柜放任自流。'"

她又环视一圈,说:"在所有事物中,这扇门是令大教堂周边各种神话传说不断增加的原因之一。非同寻常的是,沙特尔大教堂的主要建造者到底姓甚名谁,至今无人知晓。从某种原因上说,极有可能是当时的记录没有被留存下来,或者他们的名字只是被人们遗忘了而已。然而,针对这件事情,更多的是一些耸人听闻的想象,将这则信息的缺失解释为一种奇异的现象。传言中最经久不衰的一种说法是,大教堂是由所罗门的贫苦骑士团的后代——圣殿骑士团所建。他们将之建成一个石头构造的纂辑成的书籍,一道巨大的难题,只有受戒者才能将其解开。很多人相信,抹大拉的玛丽亚的尸骨曾经埋藏在迷宫之下,或者甚至连圣杯本身都藏在那里。"

"有人见过吗?"爱丽丝说。话一出口她就开始后悔了。众人反感的眼神像一个个探照灯一样,在她的身上扫来扫去。导游扬了扬眉毛,说:"当然。

见过不止一次。但是他们什么也没找到。这一点你应该都不惊讶吧。另一个不解之谜。"她停了一下，说："我们可以进去了吗？"

爱丽丝感到无地自容，只好跟着走向西门的人群往前走，然后钻进了大教堂的队伍里。当教堂里那独特而充满魔力的石头和焚香气味扑面而来时，每个人都立即降低了说话的声音。耳堂内的小礼拜堂里、主入口的旁边，一排排象征虔诚的蜡烛在昏暗中摇曳着，闪耀着火光。

不知出于何种感应，她用双臂环抱住了自己，过去的种种幻觉，就像她在图卢兹和卡卡颂时一样出现了。她失去了知觉，过了很久才缓过劲儿来。经过她之前做的功课，她已经知道了沙特尔大教堂据说是世界上有着最美丽彩色玻璃窗的地方，但是当她真的面对眼花缭乱、富丽堂皇的窗户时，仍旧感到了呼吸急促，措手不及。一个色彩缤纷、闪闪发亮的万花筒般的世界淹没了整个大教堂，生动地描绘和再现着凡间和《圣经》里的生活情景。有圆花窗、蓝色圣母窗，还有展现洪水泛滥和生灵们两两走向方舟的诺亚窗。爱丽丝随意逛着，试想着当年这些墙上涂满了壁画、装饰着织花繁复的挂毯、挂上绣着金线的东方纺织品和丝绸旗帜时，这里会是怎样的情景。在中世纪人的眼光里，上帝庙宇的辉煌宏大与修道院之外世界的平淡拙朴之间，必须要有着压倒性的区别。也许，这就是上帝给地球带来的光荣的铁证。

"那么，最后，"导游说，"我们来到了著名的十一圈人行迷宫。它建成于 1200 年，是欧洲最大的迷宫。最初的中心装饰品很久之前就已经遗失了，但是剩下的部分还算完整无缺。对中世纪的基督徒来说，迷宫给他们提供了一种心灵朝圣的机会，用以代替真正前往耶路撒冷的旅行。因此，与那些教堂里的迷宫截然相反，人行迷宫通常被认为是通往耶路撒冷的路。朝圣者可以通过走向迷宫中心，来象征认知的不断加强，或者对上帝的不断靠近。因为有时候甚至要尝试好几次，才能顺利到达中心。忏悔者通常会跪着完成自己的征程，有时候还要反复走上很多天。"

爱丽丝侧身挪到了人群前方。她的心跳怦怦地加速，直到现在才下意识地认识到，她一直都在等待着这一刻的到来。

现在就是这一刻。

她深深地吸了一口气。面向晚祷圣坛的中殿两旁，有几排椅子已经不复存在了，破坏了整体的对称性。即便如此，虽然爱丽丝已经在研究中知道了它的规模，她还是被它真实的尺寸吓了一跳。它竟然占据了整个大教堂。

慢慢地，爱丽丝像其他人一样，开始走起了迷宫。转啊转啊，她跟着人群走进了逐渐减少的圆圈里,亦步亦趋,就跟儿童玩的游戏一样,直到最终到达了中心。

她感觉怅然若失,没有脊背发凉的感觉,也没有受到启迪或点化的震颤。什么都没有。她蹲下来,摸了摸地面。石头光滑而冰凉,但是没有对她开口说话。

爱丽丝苦笑了一下。*你在期待什么呢?*

她甚至都不用从包里拿出那幅自己画的迷宫图,就知道自己在这里不会有任何发现。爱丽丝没有大惊小怪,只是道着歉走出了人群,溜了出去。

经历了南部地区的滚滚热浪之后,北方的和风煦日让她感到身心放松。接下来的一个小时里,她来到了风景如画的历史城市中心进行探寻。她还有一个目的,就是要找到格蕾丝和奥迪克·拜亚德曾经拍照的那个角落。

这个角落好像并不存在,要不然就是地图上没有涵盖这个区域。大多数的街道都是根据以前进行的贸易来命名的:修表街、制革街、掌马街、文具街,证明了沙特尔在 12、13 世纪时期作为法国造纸和书籍装帧中心的重要地位。但就是没有托瓦德格莱斯街。

最后,爱丽丝回到了最开始出发的地方——大教堂的西门前。她找了个墙根坐下,倚靠在栏杆上。她的目光突然就投射到了正对面的一个街角里。她立即从地上跳了起来,穿过马路,仔细看着墙上的标记:"托瓦德格莱斯街(三次行进之街)。"

原来是这条街改了名。爱丽丝会心地笑了笑,向后退了一步,想要好好地打量一下,却突然撞上了一个边走边埋头看报的男人。

"对不起。"她一边说,一边赶紧挪到旁边。

"不,请原谅。"他用一种悦耳的东海岸口音说,"是我的错。我没注意到路。你还好吧?"

"我很好。"

令她惊讶的是,他竟开始仔细地打量起她来。

"有什么……"

"你是爱丽丝吧,对不对?"

"什么?"她谨慎地说。

"当然,是爱丽丝,你好!"他说着,把手指伸进自己那一头蓬松的棕色头发里挠了挠,"真是不可思议!"

"对不起,但是我——"

"我是威尔·富兰克林。"他说着,伸出了手,"叫我威尔。我们在伦敦见过,1994年或者1995年的时候。当时队伍里有很多人。你和一个家伙在约会……他叫什么来着……奥利弗,是吧?我当时是去找我的表亲玩。"

爱丽丝依稀记得,有那么一个下午,一间公寓里面塞了满满当当的人,都是奥利弗大学里的朋友。她只能大概记得当时有一个美国男孩,迷人、帅气,但是她已经坠入了爱河,无暇顾及别人了。

是这个男孩吗?

"你记忆力真好,"她说着,也伸出了手,"真的是好久之前了。"

"你都没怎么变,"他说,微笑了起来,"那么,奥利弗现在怎么样了?"

爱丽丝扮了个鬼脸,说:"我们现在没有在一起了。"

"那太糟糕了。"他说。稍稍停顿之后,他又说:"照片里是谁?"

爱丽丝低下头看了一下。她都忘记自己手中还握着照片了。

"是我的姑妈。我是从她的遗物里偶然发现了这个,既然我来到了这儿,就想着看看能不能找到他们拍照的地方。"她咧开嘴一笑。

"要比你想象中难吧。"

威尔站在她身后,越过她的肩膀看着照片,说:"那这个男人是谁?"

"就是一个朋友,是个作家。"

又是一阵沉默。好像他们两人都很想让谈话继续,但是不知道应该说点儿什么。威尔又看了看照片。

"她看起来人很随和的样子。"

"很随和?我倒觉得她看起来像是个说一不二的人,虽然我不知道事实上是怎样。我从来没有见过她。"

"真的吗?那你为什么要拿着她的照片到处晃荡?"

爱丽丝把照片放回包里,说:"这说来话长了。"

"我不怕听长故事,"他露齿一笑,"这样吧……"他犹豫了一下,说,"你想不想跟我去喝杯咖啡或者去哪儿坐坐,如果接下来你没有什么一定要去的地方的话。"

爱丽丝感到十分惊讶,因为她竟然跟他想到一块儿去了。

"你经常会像这样,在路上随便约遇到的女人吗?"

"不经常,"他说,"问题是,你经常会答应这样的邀请吗?"

爱丽丝感觉自己好像从上方俯瞰着眼下的场景。看着一个男人和一个长得

315

很像她的女人,一起走进了一家古色古香的法式蛋糕店。长长的玻璃陈设柜里,摆着各种各样的蛋糕和点心。

真不敢相信,我竟然在做这样一件事情。

光景、气味、声音。侍者在桌前走来走去,咖啡散发出烧焦而苦涩的香气,机器中的牛奶嘶嘶地叫着,盘子里刀叉叮叮当当地碰撞,每件事情都特别生动而鲜明。最重要的是威尔本人,他微笑的样子,他头部的扭动,他说话时手指触碰脖子上银项链的动作。

他们坐在外面的一张桌子旁。大教堂的尖顶在一座座房子的上方若隐若现。他们坐下时,突然感觉到了一阵轻微的拘束不安。他们并没有立即开始谈话。爱丽丝笑了起来,威尔道着歉。

他们开始小心而试探性地讲起他们六年前最后一次见面之后各自的人生故事。

"你刚刚看起来真的十分专注。"她说着,将他的报纸翻了过来,想要看到标题,"你知道的,就是你突然走到那个角落的时候。"

威尔咧嘴一笑,说:"是啊,真是不好意思。"他道着歉:"当地的报纸可不是总是这么精彩。就在城市中心的河里,发现了一个男人的尸体。他背部遇刺,双手和双脚被绑着。当地的广播电台听说之后都要疯了。他们觉得他可能是某种人祭的牺牲品。现在,他们正在将这件事与上周一个失踪的当地记者联系起来。这个记者曾经写过一篇文章,揭露了宗教团体的秘密。"

爱丽丝的脸上失去了笑容。"我可以看一看吗?"她说着,伸手去够那张报纸。

"当然,随便看。"

她读到那一串名字时,焦虑感急剧上升。是真实山峰荣誉会。这个名字让她觉得似曾相识。

"你还好吧?"爱丽丝抬头看到威尔正在盯着她。

"对不起,"她说,"我刚刚走神了。就是遇到了最近熟悉的某个东西而已。那种巧合让我震惊了一下。"

"巧合?听起来很有意思。"

"说来话长。"

"我不急。"威尔说着,在桌子上支撑起胳膊肘,露出一个鼓励性的微笑看着她。

爱丽丝已经困在这些事情里这么久了,终于遇到一个可以跟别人讲讲的机会,而且还是一个有过几分了解的人。*就把你想的事情告诉他吧。*

"好吧，虽然我不确定这会有什么意义。"她开始说，"几个月之前，我完全是出于意外地发现，一个我从来都没有听说过的姑妈去世了，并且她还把所有的遗产都留给了我，包括一栋在法国的房子。"

"就是照片里的那个女人？"

她点点头。"她叫格蕾丝·坦娜。我反正本来也要来法国拜访一个在这里的朋友，她在比利牛斯山从事一项地质发掘工作，于是我便决定将这两趟行程并作一趟。"她犹豫了一下，"在发掘现场，发生了一些事情——我不会说一些细节来烦你的——只是我想说，那儿好像……算了，不说这个了。"她吸了一口气："昨天，我跟律师见了一面之后，就去了姑妈的房子那里，找到了一些东西……一种图案，我在发掘现场也曾经见过的图案。"她支支吾吾地说："还有一本书，作者叫奥迪克·拜亚德，而他就是照片里的男人，我百分之百确定。"

"他还活着吗？"

"据我所知还活着。我没有他的线索。"

"他跟你姑妈是什么关系？"

"我不确定。我也希望他能告诉我这些。他是我与她，以及跟其他一些事情之间的唯一联系。"

与迷宫、家族谱系图、我的梦想之间的联系。

她抬起头来看着威尔。他看起来有些迷惑不解，但是仍专心致志。

"我也不能随便就猜想些什么。"他咧嘴一笑。

"我无法很好地做出解释。"她承认道，"那我们说点儿没那么复杂的事情吧。你都还没告诉我，你来沙特尔做什么的？"

"就跟每个来法国的美国人一样，我想试着写点儿东西。"

爱丽丝微笑了一下："不是巴黎才是更加传统的地方吗？"

"我确实是从那里开始的，但是我认为那里也没太有人情味，如果你懂我的意思的话。我父母在这边认识几个人，我也很喜欢这儿，就停下来多待些日子。"

爱丽丝点点头，希望他能继续往下说。但是，他又回到了她之前说过的事情上了。"你提到的这个图案，"他随口说，"就是你在挖掘现场发现的，后来又在格蕾丝房子里找到的那个图案，有什么特别之处吗？"

她犹豫了一下，说："是一个迷宫。"

"这就是你为什么后来来到沙特尔的原因吗？还来到了大教堂？"

"不完全是一回事……"她停下了，因为她的警惕心又上来了，"一部分原因是吧，但是主要原因是我想来这里找一个朋友。她叫希拉。可能……她可能在沙特尔。"爱丽丝伸手拿过了自己的包,把那张写着地址的纸片递给了桌子对面的威尔:"我之前去了那儿,但是没人在。于是我决定先观光游览一下,过一两个小时之后,再回去看看。"

令爱丽丝震惊的是,威尔的脸色突然变得煞白。他看起来好像是被吓蒙了。

"你还好吧?"她问。

"你为什么会认为你的朋友在那里?"他声音很僵硬地说。

"我不知道,真的。"她说。她对突然发生在他身上的变化感到困惑不解。

"这就是你要去拜访的那位在挖掘现场的朋友?"

她点点头。

"那么她也见过那个迷宫图案了?跟你一样?"

"我猜应该是,虽然她没有提起过。她对我发现的东西比我还着迷……"爱丽丝突然停下了,因为威尔突然间站了起来。

"你要干什么?"她说。他抓起她的手,脸上露出令她烦恼的表情。

"跟我走。有个东西你应该去看一看。"

"我们要去哪儿?"她又问了一遍,匆忙地追着他的脚步。

随后,他们转过一个街角。爱丽丝意识到他们来到了白马街的另外一端。威尔跨着大步朝着那栋房子走去,跑上前门的台阶。

"你疯了吗?万一里面有人出来了怎么办?"

"不会的。"

"但是你怎么知道?"

爱丽丝惊讶地看着威尔从口袋里掏出一把钥匙,打开了前门:"快点儿,趁没人看见我们。"

"你竟然有钥匙,"她不可置信地说,"现在你可以给我讲讲你到底在干什么了吗?"

威尔又跑下台阶,抓住了她的手。

"这里也有一个迷宫的版本,"他嘘声说,"好吧?这样的话,你来不来?"

万一是另一个圈套怎么办?

发生了这么多事情之后,她如果再傻乎乎跟着他走,那简直就是太疯狂了。那样会冒很大的风险,甚至没人知道她在这里。但是,好奇心战胜了常识。爱丽丝抬头望着威尔的脸,上面既写着渴望,又有不安。

她决定再给他一次机会,相信他一次。

第五十五章

爱丽丝发现自己站在一座宏大的门廊里,好像这里不是一座私人宅邸,而是一座博物馆。威尔径直走到前门对面的一幅挂毯前,将它从墙上拉了起来。

"你在干吗?"

她跑到他的身后,看见镶板上插着一个很小的黄铜把手。威尔叮叮咣咣地用力推着把手,倒腾半天后,转过身来,沮丧着脸说:"见鬼了,另外一面锁起来了。"

"这是一扇门吗?"

"是的。"

"那你看到的那个迷宫在这下面?"

威尔点点头。"你走下一些台阶,走上一条走廊,然后就来到了一间怪异的大厅里。墙上有一些埃及符号,还有一个顶面画着迷宫符号的坟墓,就跟你描述的那种一样。现在——"他停住了,"报纸上写的东西,还有你朋友给你的这个地址……"

"你是在证据不多的基础上做出了过多的假设吧。"她说。

威尔放下挂毯的一角,大步踏进了大厅对面的一个房间里。爱丽丝犹豫片刻之后,也跟了上去。

"你在干什么?"她嘶嘶地说着。威尔打开了门。

走进藏书室的时候,那感觉就仿佛是迈进了历史中。这是一间中规中矩的房间,散发着男士俱乐部的气息。百叶窗半开半阖着,一根根黄色的灯管从地毯上延伸出去,宛若一条条金色的带子。空气中萦绕着一种永恒的气氛,一种古老和优雅的味道。

房间的三面墙上都摆着高及天花板的书架,同时配有几把滑动梯子,可以方便查阅最顶层架子上的书籍。威尔清楚地知道自己要去的地方。有一块区域专门摆放着关于沙特尔的书籍,有摄影卷集,旁边有关于建筑和社会史方面更严肃一些的考察文本。

爱丽丝的心跳加速起来。她不安地转身面向门口,看到威尔从架子上拿出一本封面上装饰着家族徽章的书,放到了桌子上。他快速翻动着书页,爱丽丝则站在他身后看着。他们的眼前闪过一张张光滑亮丽的照片,沙特尔的古老地图,线条和墨水勾勒的图画,一直翻到了威尔要找的那部分。

"这是什么?"

"一本关于德劳哈德家族的书。这栋房子,"他说,"自从这个家族建立开始,他们已经在这里生活了几百年。这本书里有这栋房子每一层楼的楼面布置图和立面图。"

威尔迅速地翻阅着,直到找到想要的那一页。"这儿,"他说着,将书转到她的眼前,让她看个清楚,"是这个不?"

爱丽丝倒吸一口冷气。"噢,天啊!"她小声嘟囔着。

这就是一幅跟她的迷宫一模一样的画。

前门咣当一声关上了,吓得他们都跳了起来。

"威尔,门!我们没关门!"

她听到大厅里传来含混不清的说话声,是一个男人和一个女人的声音。

"他们要进来了。"她嘶嘶地说。

威尔将书使劲儿塞到了她的手中。"快,"他指着窗户下面一张巨大的三座沙发对她小声说,"我来应付这里。"

爱丽丝兜起自己的包,跑到了沙发后面,爬进了沙发与墙之间的缝隙里。那里有一股破裂皮革和陈旧雪茄烟的刺激气味,灰尘也在搔着她的鼻子,令她发痒。她听到威尔突然关上了箱子,然后走到了房间中央,正在这时,藏书室的门嘎吱一声开了。

"你在那里干什么?"

爱丽丝向前倾了倾脑袋,刚刚能够看到他们两个的影子反射在柜子的玻璃门上。他年轻而高挑,体型跟威尔差不多,但是更瘦削一些。他长着黑色的卷发,高高的额头,还有一个贵族气质的鼻子。她皱了皱眉头。他令她想起了一个人。

"弗朗索瓦-巴普蒂斯特,你好啊。"威尔说。即便是在爱丽丝听来,他的声音也是在假装着愉快。

"该死的,你在这里干什么?"他又用英语重复了一遍。

威尔拿着刚刚从桌子上捡起来的杂志朝他亮了亮:"就是过来找点儿东西读读。"

弗朗索瓦-巴普蒂斯特将目光投向杂志封面，然后大笑了一声。

"看起来不像是你的口味啊。"

"你太大惊小怪了。"

男孩朝威尔走近了一步。"你待不了多久了，"他用一种低沉而挖苦的口吻说，"她会厌倦你，然后把你踢出去，跟其他那些男人一样。你甚至都不知道她要出城，是吧？"

"我和她之间的事情不用你管，所以，如果你不介意——"

弗朗索瓦-巴普蒂斯特又向前迈了一步："急什么呢？"

"不要逼我，弗朗索瓦-巴普蒂斯特，我警告你。"

弗朗索瓦-巴普蒂斯特伸手抵在他的胸上，挡住了他的路。

威尔推开男孩的胳膊："不要碰我。"

"你想怎么样？"

"够了。"

两个男人都应声转过身去。爱丽丝深吸了一口气，挤着往前凑了凑，想要看个清楚。但是那个女人并没有往房间里走多远。

"发生什么了？"她问道，"跟两个孩子似的吵架，是不是？弗朗索瓦-巴普蒂斯特，还有你，威尔！"

"没什么，妈妈。我就是问他——"

威尔终于看清跟弗朗索瓦一起进来的人之后，好像十分震惊。"玛丽-赛希拉。我不知道……"他支支吾吾地说，"我没想到你会现在回来。"

那个女人往房间里又走了几步，爱丽丝终于看清了她的脸。

不会吧。

今天她的打扮比爱丽丝上次见到她时要更隆重一些。她穿着及膝的赭色裙子，外搭一件极配的夹克。她的头发松散地垂在脸颊两侧，而没有像那天那样用头巾扎在脑后。

但是肯定是她，没错的。她就是那天爱丽丝在卡卡颂古城饭店门口见到的那个女人。这就是玛丽-赛希拉·德劳哈德。

她的目光从母亲身上扫到了儿子那里。他们身上的家族遗传基因真是强大——同样的轮廓，同样飞扬跋扈的气质。为何弗朗索瓦-巴普蒂斯特会心生嫉妒，以及为何他与威尔之间会如此敌对，现在她的心中终于都有了答案。

"但是实际上，我儿子说得在理。"玛丽-赛希拉说，"你来这里做什么？"

"我就是……我就是想来找点儿不一样的东西读读看。没有你在……我有些孤独。"

爱丽丝向后缩了缩身子。他听起来一点儿说服力都没有。

"孤独?"她重复着,"你的脸上明明写着另一套说辞,威尔。"

玛丽-赛希拉倾身向前,开始吻起了威尔的嘴唇。爱丽丝感到一种尴尬的气氛正在渗透到房间的每个角落,是一种令人不自在的亲密之感。

她看到威尔紧紧地握住了拳头。

他不想让我看到这些的。

虽然这种想法令她很是不解,但是一眨眼间在她的脑海里打了个转儿。

玛丽-赛希拉放开了他,脸上闪烁着一种心满意足的红光。

"我们晚点再联系,威尔。现在,我恐怕我要和弗朗索瓦-巴普蒂斯特谈一点儿事情。很抱歉。所以,你能否原谅我们,出去一下。"

"你们要在这儿吗?"

太快了。太明显了。

玛丽-赛希拉眯缝了一下眼睛,说:"为什么不可以在这儿呢?"

"没有原因。"他厉声回答道。

"妈妈,都已经六点啦。"

"就来了。"她说着,仍旧怀疑地看着威尔。

"但是,我不……"

"去拿过来。"她突然说道。

爱丽丝听到弗朗索瓦-巴普蒂斯特猛冲出房间的声音,然后看到玛丽-赛希拉双臂环抱住威尔的腰,将他拉到了她的眼前。

她的指甲抠在他的白色T恤上面,红得格外亮眼。爱丽丝想要移开眼神,但是办不到。

"嘿,"玛丽-赛希拉说,"一会儿见。"

"你现在就要来吗?"威尔说。他意识到要将爱丽丝独自困在这里之后,声音里透着惊慌失措,爱丽丝听得出来。

"一会儿。"

爱丽丝束手无策。她只能听到威尔走出房间的脚步声。

两个男人在门口擦身而过。

"这儿。"他说着,把威尔之前读的那一期报纸递给了他的母亲。

"他们怎么会这么快就得到了消息?"

"我也不知道。"他闷闷不乐地说,"可能是奥蒂耶泄露的,我怀疑。"

爱丽丝浑身僵硬起来。是同一个奥蒂耶吗？

"你确定吗，弗朗索瓦-巴普蒂斯特？"是玛丽-赛希拉的声音。

"好吧，肯定是有人告诉了他们。星期二警方派了潜水员到厄尔河里，一下去就刚好潜到了正确的位置。他们明显知道自己打捞的目的。你好好想想吧。是谁第一个说沙特尔有人泄露消息的？奥蒂耶。他有没有提供过任何确切的证据，来证明塔韦尼耶跟记者有过联系？"

"塔韦尼耶？"

"就是河里的那个人。"他的用词很是尖刻。

"啊，当然。"玛丽-赛希拉点了一根香烟，"报道里点名提到了真实山峰荣誉会。"

"奥蒂耶本人可能已经告诉了他们。"

"只要不把塔韦尼耶和我们这栋房子联系到一起，就没有什么问题，"她说，声音听起来有些烦躁，"还有别的事吗？"

"我把你交代的事情都做了。"

"那你把星期六的事情都安排好了吗？"

"是的，"他承认道，"我不知道我们干吗费这个劲儿，虽然戒指和书都还没有弄到。"

玛丽-赛希拉的红唇间轻轻掠过一丝微笑。"好吧，你知道的，这就是为什么我们还需要奥蒂耶的原因，虽然你已经明显不信任他了。"她淡淡地说，"他说他创造了奇迹，已经找回了那枚戒指。"

"那他为什么之前不告诉我？"他狂躁地说。

"我现在告诉你了啊，"她说，"他说他手下的人昨天晚上已经从那个英国女孩在卡卡颂的旅馆房间里拿到了戒指。"

爱丽丝觉得自己浑身上下的皮肤骤然变得冰凉。这不可能。

"你觉得他在撒谎？"

"别傻了，弗朗索瓦-巴普蒂斯特。"她突然打断他说，"显而易见，他在撒谎。如果坦娜博士拿走了戒指，奥蒂耶就不用花了四天才拿到了。另外，我已经去他的公寓和办公室搜过了。"

"那——"

她又打断了他："如果——如果——奥蒂耶真的有的话——我怀疑他确实有——那么，他要不就是从比奥的祖母那里拿到的，要不就一直在他那里。可能就是他自己从洞穴里拿走的。"

"但是为什么要这么麻烦呢?"

电话突然响起,突兀而聒噪。爱丽丝的心脏跳到了嗓子眼。

弗朗索瓦-巴普蒂斯特望着他的母亲。

"接电话。"她说。

"好。"他照吩咐去接电话。

爱丽丝大气不敢喘一口,唯恐将自己暴露出去。

"是,我明白了。稍等一下。"他用手捂住话筒,对他母亲说,"是欧唐纳。她说她那里有书。"

"问她为什么失去联系了。"

他点点头。"星期一之后,你去了哪里?"他听着,"有没有其他人知道你拿到了书?"他又听了一会儿,"好的,明天晚上十点钟见。"

他把听筒放回电话架子上。

"你确定是她吗?"

"是她的声音。她知道我们的安排。"

"他肯定正在旁边听着。"

"你说什么?"他说,好像不太确定,"谁在旁边听着?"

"我的天啊,你觉得是谁?"她厉声说着,"当然是奥蒂耶了!"

"我——"

"希拉·欧唐纳已经消失好几天了,但是等我刚一安全返回沙特尔,欧唐纳就又出现了!先是找到了戒指,然后书也有了。"

弗朗索瓦-巴普蒂斯特终于忍不住发起了脾气。"但是你刚刚还在替他辩护!"他大喊道,"还怪我随便下结论。如果你知道他在跟我们对着干,那你为什么不告诉我,还让我跟个傻瓜一样被蒙在鼓里?而且更要紧的是,你为什么不去制止他?为什么他这么想要得到这些书?他要了那些书干什么?拍卖给出价最高的投标者吗?你是不是从来都没有问过自己这些问题?!"

"我当然十分清楚他为什么需要那些书。"她用一种冷冰冰的语气说道。

"为什么你总是要这样。你总是在羞辱我!"

"我们之间的讨论到此结束。"她说,"明天我们就要出发了。那样我们就会有足够的时间,去准备你和欧唐纳的约会,而我也有时间可以做好仪式准备。仪式会在午夜十二点之前如期举行。"

"你想让我去见她?"他不可置信地说。

"是啊,当然啦。"她说。爱丽丝第一次从她的声音中听出了某种情绪。

"我想要那本书,弗朗索瓦-巴普蒂斯特。"

"但如果她没有怎么办?"

"如果她没有的话,我觉得她不会愿意趟这么一遭浑水。"

爱丽丝听到弗朗索瓦-巴普蒂斯特穿过房间,打开了门。

"那他怎么办?"他说,声音里面好像又烧起了一股无名火。

"你不能把他留在这里——"

"把威尔交给我。他也不是你应该关心的事情。"

威尔藏在厨房走廊的碗柜里。

那里狭窄逼仄,充满了皮大衣、旧靴子和上了蜡的夹克的刺鼻气味,但这里是唯一可以让他清楚地看到藏书室和书房的地方。他看见弗朗索瓦-巴普蒂斯特先从里面出来,然后去了书房,过了一会儿,玛丽-赛希拉也跟着出来了。威尔一直等沉重的大门关上之后,才立即从碗柜里跳了出来,穿过大厅,跑向了藏书室。

"爱丽丝,"他小声说,"快!我们得赶紧离开这里。"轻轻的一声响动之后,她从下面钻了出来。"对不起,"他说,"都是我的错。你还好吧?"

她点点头,虽然她已经面色灰白。

威尔对她伸出手,但是她拒绝了他。

"这到底是怎么回事,威尔?你住在这里,这些人你都认识,而你打算置这些人于不顾,去帮助我这个陌生人?这完全讲不通。"

他想说她根本不是个陌生人,但是没有说出口。

"我——"

他不知道该说些什么。房间里好像所有的东西都消失了。威尔的眼里只有爱丽丝心形的脸蛋,和她那双仿佛看透了他的内心、倔强的棕色眼睛。

"你为什么不告诉我……你和她……不告诉我你住在这里?"

他无法直视她的眼神。爱丽丝又瞪了他一会儿,然后迅速穿过房间,走到了外面的大厅里。他赶紧跟在身后。

"你现在要干什么?"他绝望地问。

"好吧,我已经知道了希拉与这栋房子之间的关联。"她说。

"她替他们工作。"

"他们?"他一头雾水地打开前门,跟她溜了出去。

"你什么意思?"

"但是她不在这里。德劳哈德夫人和她儿子也在找她。从我听到的内容看，我猜她是被困在了富瓦附近的某个地方。"

爱丽丝突然在台阶下面停住了脚步，眼神里充满了惊恐。

"威尔，我把我的包落在藏书室了！"她恐惧地说，"就在沙发后面，那本书也在！"

威尔现在什么都不想干，只想给她一个吻。虽然这是个糟得不能再糟的时机——此刻的他们陷入了一种令他无法理解的境地之中，爱丽丝甚至都不是真正地信任自己——但他自己感觉很是不赖。

威尔想都没想，就要伸手去摸她的脸颊。他感觉自己好像早就知道了她的皮肤摸起来会是多么光滑，多么冰凉，仿佛这是一个他已经做过成百上千次的动作了。随后，他的脑海中又回忆起她在咖啡厅里离他而去的画面，于是停下了手。这时，他的手离她的脖子只有一根头发丝儿那么近。

"对不起。"他开始道歉，好像爱丽丝能够读懂他的心思似的。她盯着他，紧张而焦虑的脸上闪过一丝短暂的笑容。"我不是故意要冒犯你，"他磕磕绊绊地说，"是……"

"不要紧。"她说，声音意外的温柔。

威尔松了口气。他知道她错了。这可比世界上所有的事情都要紧，但是至少她没有生他的气。

"威尔，"她说，这回声音里有了一种严厉，"我的包怎么办？所有东西都在里面。我所有的笔记。"

"当然，是的，"他立即说，"对不起。我去拿。我去拿给你。"他试着要集中精力，"你住在哪儿？"

"小皇帝旅馆，就在爱巴赫广场上。"

"好的，"他说，又跑上台阶，"给我三十分钟。"

威尔一直看着她走出视线，才又回到屋里。书房门缝下方透出一道银色的光线。

突然间，书房的门打开了。威尔猛地跳回门和墙之间躲了起来。弗朗索瓦 - 巴普蒂斯特从里面出来，走向厨房。威尔听到门打开又关上的声音，然后就归于平静了。

威尔将脸贴到缝隙里，这样就能看到玛丽 - 赛希拉了。她正坐在书桌后面，看着某个亮闪闪的东西，她一动弹，那道光也跟着闪动。

威尔看着玛丽-赛希拉站起来，从身后的墙上摘下一幅画。突然间，他把自己此行的任务全都抛到脑后，开始陷入了回忆。那是她最珍爱的一幅艺术品。早些日子里，有一次她把这幅作品的来历统统告诉了他。那是一幅黄金绣花作品，色彩明艳，展现了法国士兵凝视古埃及倾倒的廊柱和宫殿的情景。《凝望时间之沙——1799年》，他还记得。就是这幅作品。

之前挂着那幅作品的地方，出现了一扇黑色的金属小门，嵌在墙里面，旁边有一个小型电子键盘。她戳了六个数字。随着一声尖锐的"滴答"声，门打开了。

她从保险柜里搬出两个黑色的包裹，仔细地放到了书桌上。威尔调整了一下姿势，挣扎着想要看清里面的东西。他全神贯注，根本没有听到走到他身后的脚步声。

"别动。"

"弗朗索瓦-巴普蒂斯特，我——"

威尔感觉到冰冷的枪口正压在他的侧腰上。

"举起手来。"

他试着转头，但是弗朗索瓦-巴普蒂斯特按住了他的脖子，把他的脸压在墙上。

"出什么事了？"玛丽-赛希拉大喊道。

弗朗索瓦-巴普蒂斯特又狠戳了他一下。

"没有问题。"他说。

爱丽丝又看了一眼手表。

他还没来。

她站在旅馆的接待室里，盯着玻璃门出神，好像她可以念念咒语就让威尔凭空降临。她离开白马街都已经过去快一个小时了。她不知道该怎么办才好。

她的钱包、电话、汽车钥匙在夹克口袋里，其他的东西都在帆布包里，包括她的名片，她的地址。

不要紧。离开这里就好。

她等的时间越长，就越开始怀疑起威尔的动机来。

为什么他会无缘无故地突然冒出来？爱丽丝把这些事情发生的顺序在脑子里反复过了几遍。

他们那样撞到一起真的只是一个巧合吗？可是她要去哪里的事情，根本就没有告诉过任何人。

那么他为什么没来呢?

八点半时,爱丽丝觉得不能再等下去了。她跟旅馆解释自己已经不需要房间了,给威尔留了一张纸条,上面写着她的电话号码,就离开了。

她把夹克丢在前座上,发现一个信封挂在口袋边上。原来是她在旅馆时拿到的那封信,她都差点儿忘记了。爱丽丝将它抽了出来,放到仪表板上,打算停车休息时再读。

她开车向南行驶时,夜幕渐渐降临了。迎面过来的汽车车头灯照进她的眼睛里,令她头晕目眩。树木和灌木像鬼影般影影绰绰,从黑暗中不断地跳到她的眼前。奥尔良,波尔多,一个个路标一闪而过。

爱丽丝就这样密封在自己的小世界里,过了一个又一个小时,也将那些同样的问题问了自己一遍又一遍。

为什么?为了信息。她肯定已经把那些都给他们了。

她所有的笔记、草图、格蕾丝和拜亚德的照片。

他答应她要带她去看那间有迷宫的房子的。

自己什么都没看到。只看到书里的一张画。爱丽丝摇了摇头。

为什么他要帮助自己离开?因为他已经得到了自己想要的,或者是,得到了德劳哈德夫人想要的。

所以他们也可以跟踪你。

第五十六章

法国西南部 卡卡颂
1209 年 8 月

8月3日星期一,天刚拂晓,法国人便开始攻打圣温赛斯。

阿莱斯跟着父亲爬上少校塔的梯子,站在城垛上观察敌情。她想从人群中寻觅吉扬的身影,但是怎么也找不到。

现在,士兵们在低矮的城墙上掀起了一片刀剑齐鸣的风暴,她却能从中依稀分辨出一阵歌声,正从格拉维塔山飘到了平原上。

<blockquote>
来吧,造物圣神,
请汝降临,栖于我心!
</blockquote>

"那些牧师,"她吃惊地说,"竟然在敌人来屠杀我们之际还对上帝唱歌!"

郊区已经开始烧起了大火。随着烟雾螺旋式地升到空中,那些低矮院墙后的人群和牲畜全都惊恐地向四面八方奔跑开来。

敌人的抓升钩猛地投上了护墙,速度快得防御兵们怎么也来不及去砍断。几十副云梯搭上了城墙。卫戍部队对他们又是踢打,又是放火焚烧,但还是有部分敌人牢牢地把住了云梯。不一会儿,法国的步兵就如同蚂蚁般挤满了城墙。似乎砍下去的越多,他们再一次爬上来的也就越多。

防御工事的脚下,各个角落里都是死伤的士兵,一个堆在一个身上,像一堆柴火一样摞成一摞。时间每过去一个小时,死亡人数就会大幅增加。

十字军如同弹射般地向前推进,并且开始了对防御工事的炮击。重击撼动了圣温赛斯的根基,它在残酷无情的箭林弹雨中风雨飘摇,无力回天。

城墙开始崩溃。

"他们进来了!"阿莱斯大喊道,"他们突破了城防!"

卡维尔子爵和手下们已经做好了准备。他们挥舞着刀剑和斧子,两三人并作一排地朝着入侵者冲了过去。重骑兵脚下的一只只马蹄在路上嗒嗒地践踏着，它们沉重的钢桩靴像碾碎一件件茧衣一样，踩碎了尸体的头盖骨和一堆堆在皮肤血肉中支离破碎的四肢。一条街接一条街地，战事迅速席卷了整个郊区，并且向着城市自身的城墙不断逼近。阿莱斯看到一大群惊慌失措的居民潮涌般穿过罗德兹门，跑到城市里面躲避激烈的战斗，都是些老人、弱者、女人和孩子。所有四肢健全的男人都武装起来，跟着卫成部队一起参加了战斗。但是，大多数人刚一站起来就被砍倒了，粗糙的棍棒毕竟还是敌不过十字军的尖刀利刃。

守城士兵虽然英勇抗战，但是苦于寡不敌众。十字军如同一波击碎海岸的潮水一样，横冲直撞地冲进城里，攻破了防御工事，毁掉了大部分城墙。

卡维尔本人和他的骑士们孤注一掷，虽不想失去对护城河的控制权，但也是希望渺茫，只能鸣金收兵了。

伴随着回荡在他们耳中的法国人得意扬扬的怒号声，沉重的罗德兹门缓缓打开，允许生还者回到城中。卡维尔子爵带领着一群战败的生还者成一列纵队穿过街道，回到了康达尔城堡。阿莱斯惊恐万分地低头看着脚下一片狼藉的惨烈景象。她曾经目睹过很多次死亡，但是从没见过如此大规模的死亡场面。她被战争的真实场景和愚蠢的人力浪费玷污了灵魂，也被它欺骗了。现在她才意识到，那些自己从童年时期就钟爱的勇武颂歌全都是在撒谎。战争里面没有任何高贵可谈，只有死亡。

阿莱斯走下城垛，来到庭院里，钻进了其他守在城门里的女人堆里，祈祷着能够在归来的人中看到吉扬的身影。

一定要安全返回。

最终，她听到了桥上的马蹄声。阿莱斯一眼就看到了他，心情一下子就飞扬了起来。他的脸上、盔甲上沾满了血和灰，眼睛里充满了战斗的凶光，但是好在安然无恙。

"你丈夫表现得十分勇猛，阿莱斯夫人。"卡维尔子爵看到了她站在那里，说道，"他杀了很多敌人，也救下了很多性命。我们都十分感激他的本领和勇气。"阿莱斯脸红了。

"告诉我，你父亲去哪里了？"

她指着庭院的东北角说："我们是站在那里观战的，殿下。"

吉扬从马上跳下来，把缰绳递给了他的侍从。

阿莱斯羞涩地走向他，不确定他愿不愿意靠近自己："大人。"

他拿起她苍白的手,举到唇边亲吻了一下。"蒂埃里倒下了。"他用一种空洞的声音说,"他们现在就把他带回来了。他伤得很重。"

"大人,我感到很遗憾。"

"我们跟兄弟一样,"他继续说,"埃尔泽也是。我们年龄上相差不到一个月。我们相互支持,共同努力准备好了铠甲和刀剑。我们还是在同一个耶稣受难节被授予的封号。"

"我知道。"她轻柔地说,用头碰了碰他的头,"来吧,我来帮你,我去看看能为蒂埃里做些什么。"

她看见他的眼睛里闪烁着泪花。她赶紧走开,知道他肯定不愿被别人看到自己哭泣。

"吉扬,走,"她温柔地说,"带我去找他。"

蒂埃里已经跟其他的重伤者一起,被送到了大厅里。死伤的人排了三条长长的队伍。

阿莱斯和其他女人都开始忙活着照顾伤员。她的头发绑成了两条垂在肩上的辫子,看起来已经不再是一个孩子了。

几个小时过去了,封闭房间里的空气越来越腐败,苍蝇也越来越泛滥。在大多数时间里,阿莱斯和其他的女人都不声不响地忙活,因为大家都知道,新一轮的进攻来临之前,他们可能不会有太长的喘息时间。牧师们在死者和伤员的队伍之间来回穿梭,聆听他们的忏悔,给他们做临终祷告。两名纯洁派在深色长袍的伪装之下,给纯洁派追随者们做了祈祷。

蒂埃里的伤势很严重。他被袭击了好几次,脚踝断了,大腿被长矛穿透,腿内的骨头也碎了。阿莱斯知道他已经失血过多,但是为了吉扬,她还是尽力而为。她在热蜡上加热了织骨草根叶煎成的汤剂,在其冷却下来之后,贴在了一块敷布上。

阿莱斯让吉扬坐在蒂埃里旁边陪他,自己转去处理其他更有可能生还的伤者去了。她在飞廉水中溶解开当归根粉剂,在厨房里过来帮忙提水的伙计协助之下,将药水一勺勺地喂到了尚能吞咽的伤员嘴中。如果她能够控制住他们的感染,让他们的血液保持纯净,那伤口还是有希望痊愈的。

阿莱斯一有工夫就回去探望蒂埃里,给他更换敷布,即便是他已经明显无力回天了。他已经失去意识,皮肤上出现了死者开始腐败的蓝白色。她将手搭在了吉扬的肩膀上。

"很遗憾，"她小声说，"他快不行了。"

吉扬只能点点头。

阿莱斯走向大厅最深处。她走过去的时候，一个看起来只比她大一点儿的年轻骑士大喊起来。她停下脚步，半跪在了他的身旁。他那孩童般的面庞痛苦而困惑地扭曲着，双唇干裂，曾经棕色的眼睛里面露出被恐惧折磨着的神色。

"嘘，"她小声说，"你一个家人也没有吗？"

他试着要摇头。阿莱斯用手抚平了他皱着的眉头，掀起了他盖着盾牌的那块布来。刚一看清，她就立即放下了。男孩的肩膀已经压碎了。白骨的碎片从磨破的皮肤上戳了出来，好像是落潮时海滩上出现的沉船。他的身体一侧有个大洞，鲜血正从伤口里源源不断地向外流出，在他身边形成了一个血泊。

他右手握住剑柄的地方已经僵硬。阿莱斯试着要帮他拿下手中的剑，但是他失去知觉的手指却怎么也不肯放开。阿莱斯从自己的裙子上撕下一块布，堵住了那个深深的伤口。她从包里拿出一个小药瓶，取出一点儿缬草药酊，在他的嘴唇上滴了两滴，以缓解他死去的痛苦。除此之外，她别无他法。

死亡是无情的，步伐是缓慢的。渐渐地，他胸中呼隆呼隆的声音越来越大，他呼吸得越来越吃力了。他的眼睛黯淡下来，恐惧不断飙升，他忍不住大喊起来。阿莱斯待在他的身边，给他唱歌，抚摸他的眉毛，直到他的灵魂从肉体中完全抽离。

"上帝会带走你的灵魂。"她小声说着，合上了他的眼睛。她把他的脸遮了起来，走向下一位伤者。

阿莱斯忙活了一整天，又是敷药，又是包扎，直到累得自己也眼睛酸痛，满手鲜血。一天结束之际，一束束夕阳的余晖射进了大厅的高窗里。死者已经被运出去了。活着的人也全都得到了合理的治疗，正在各自休息着。

她感到疲惫不堪，但是前一个晚上再次躺在吉扬怀里的记忆却依旧清晰。她的骨头酸痛，后背因为弯腰和蹲伏的动作而变得僵硬，但是好像已经不要紧了。

趁着康达尔城堡里一片兵荒马乱、人仰马翻的混乱局面，欧莉安悄悄溜到了自己的卧室里，等待她的线人出现。

"快点儿，"她厉声说，"告诉我你发现了什么。"

"那个犹太人在我们得知消息之前就已经死了，虽然我的主人相信他已经把书交给你父亲保管了。"

欧莉安冷冷一笑，什么话都没说。她还没把自己已经发现阿莱斯把那本书缝在斗篷里的事情告诉任何人。

"埃斯克拉孟德·德·塞尔维昂怎么样了？"

"她很勇敢，但是最后她告诉了他可以从哪里找到书。"

欧莉安绿色的眼睛忽然亮了起来："那你拿到了吗？"

"还没有。"

"但是是在城市里吗？埃夫勒大人知道吗？"

"夫人，他正在指望你去告诉他这条消息呢。"

欧莉安思忖了一会儿，说："那个老妇死了吗？男孩也死了？她不会打乱我们的计划吧？她可不能再给我父亲传话了。"

他拘谨地一笑，说："那个女人死了。那个小屁孩虽然逃过了一劫，但是我觉得他也成不了什么气候。我一找到他就会把他杀了。"

欧莉安点点头："你告诉埃夫勒大人我的……想法没？"

"我说了，夫人。他觉得您能这样为他效劳，令他感到十分荣幸。"

"那我的条件呢？他会安排我顺利离开卡卡颂吗？"

"如果您能把书给他，夫人，他就会的。"

她站起身来，开始踱步："很好，一切都很好。你可以把我丈夫处理掉吧？"

"夫人，如果您可以在指定的时间里，告诉我他在哪里，那样就很轻松了。"他停顿了一下，"但是，要比之前的要价高一些，因为风险要比之前大很多，尤其是在这样动荡的时期。他可是卡维尔子爵的书记员，算是个有头有脸的人物。"

"我都知道。"她用冷冰冰的语气急躁地说，"要多少？"

"拉乌尔那次的三倍。"他回答道。

"不可能！"她立即说，"我手里根本没有这么多金子！"

"没关系的，夫人，反正这就是我的报价。"

"那么那本书呢？"

这一次，他笑得十分泰然："这个另当别论，夫人。"

第五十七章

炮击卷土重来，一直持续到夜里。岩石和石头飞弹一直砰砰炸响，所击之处都在空中轰起一团团灰尘和迷雾。

阿莱斯从卧室的窗户里看到，平原上的人家全都被夷为了碎石堆，浓烟滚滚，零落遍地。一朵有毒烟云盘旋在树冠之上，好像一股被缠在了枝杈间扯也扯不掉的黑色薄雾。一些住户本打算跑到圣温赛斯的废墟那里去寻求城市的庇护，但是大多数人刚一跑上开阔地，就被敌人无情地砍倒了。

小教堂里，祭坛上点起了蜡烛。

8月4日星期二，拂晓时分，卡维尔亲自和伯特兰·佩尔蒂埃再一次登上了壁垒。

法国人的军营在清晨河水的雾气中若隐若现。帐篷、马厩、畜群、阁楼，俨然一整座城市已经在此扎根。

佩尔蒂埃抬头望去。今天又会是个大热天。打攻城战，这么早就失去对河流的控制权，将会产生毁灭性的后果。没有水的话，他们也无法坚持太久了。就算是法国人没有将它们击垮，干旱也会先将他们干掉。

昨天，他听阿莱斯说了一个传言，说罗德兹城门周围的居住区报告了第一例传染病，夺走了大部分从圣温赛斯逃来的难民的性命。虽然他已经亲自前去视察，而且当地执政官也否认了这种传言，但他还是担心这可能并非空穴来风。

"你真是思考得全神贯注啊，朋友。"

伯特兰转过头，说："请原谅，殿下。"

卡维尔摆摆手，不让他再道歉了："看看他们，伯特兰！我们寡不敌众……而且还没有水了。"

"阿拉贡的佩德罗二世据说只有一天的路程就到了。"佩尔蒂埃说。

"您是他的诸侯，殿下。他肯定要来帮您。"

佩尔蒂埃知道，要佩德罗二世答应帮忙的请求，不是那么容易的——佩德罗是一名坚定的天主教徒，也是图卢兹伯爵雷蒙德六世的姐夫，虽然这两个男人之间毫无感情，但是卡维尔家族和阿拉贡家族的历史渊源是根深蒂固的。

"国王的外交野心，跟卡卡颂的命运可是密切相关的，殿下。他肯定不愿意看到奥克地区被法国人控制。"他停顿了一下，说，"皮埃尔·罗杰·德·卡巴莱和您的盟友都支持这个做法。"

卡维尔将双手扶在身前的城墙上。

"他们这么说了，那就这样做吧。"

"那您要下命令了？"

佩德罗答应了他们的请求，于 8 月 5 日星期三傍晚抵达。

"打开大门！"

康达尔城堡的大门突然打开。听到响声的阿莱斯赶紧跑到窗前，然后跑下楼去看个究竟。一开始，她只是想要打听打听有无消息，但是当她仰望着矗立在自己头顶的大厅窗户时，突然对里面正在发生的事情产生了强烈的好奇心，让她不顾三七二十一地想要偷偷进去——她已经听够了三四手的消息了。

卡维尔子爵的私人居住区与大厅之间有一块间隔区域，那里有一块帘子，后面藏着一间小小的凹室。阿莱斯还是个小女孩的时候，就经常钻进这个空间里，趴在地上偷听父亲在里面的工作内容。但是，她不确定现在她还能否溜进这么狭窄的一个缝隙里了。

阿莱斯爬上石凳，扒着潘特塔上最矮的一扇窗户，踮起了脚后跟。那扇窗子刚好朝向南部庭。她使劲儿向上提了一下身子，蠕动着爬上了石头窗台，挤进了那个狭窄的缝隙里。

她很幸运。小房间里没人。阿莱斯跳到地上，尽量小心翼翼地慢慢打开了门，溜进了帘子后面的凹室里。她在里面蹑手蹑脚地挪动着身子，直到蹭到了一个离缝隙最近的地方。她离卡维尔子爵站立的地方如此之近，甚至伸伸手就能够到正将双手背在身后的他。

她来得正是时候。大厅遥远的另一头，大门刚刚开启。她看见父亲大步走在前面，后面跟着阿拉贡的国王和几个卡卡颂的盟友，包括拉沃尔和卡巴莱的封建主。

在他的君主面前，卡维尔子爵双膝跪地行礼。

"没必要这样。"佩德罗说，命令他起身。

这两个男人在外貌上有着天壤之别。国王比卡维尔年长许多岁，差不多是他父亲的年纪。他高大粗壮，是个强壮如牛的男人，脸上布满了饱经沙场风霜的沧桑。他的容貌阴郁而忧虑，深色皮肤上盖着一层厚厚的黑色胡须，更是给他的面部蒙上了一层阴影。他的头发虽然还是黑色，但是跟她父亲一样，鬓角那边已经开始斑白。

"让你的人撤下去。"他草草地说，"我要单独跟你谈一下，卡维尔。"

"请原谅，国王陛下，请允许我的管家留下。他的意见对我很重要。"

国王犹豫了一下，点了点头。

"我们不知道该用何种语言表达我们对您的感恩……"

佩德罗打断了他："我不是来向着你说话的，而是要来帮你认清你们的错误。由于你任性地拒绝了处置你领域内异教徒的要求，才将自己陷入了今天的境地。你本来有四年——四年的时间——来解决这个问题，但是毫无作为。你竟然允许纯洁派主教公然在你的城镇里布道，让你的诸侯公开地支持良人教——"

"没有诸侯……"

"那么攻击神职人员和牧师的人遭到惩罚了吗？你敢否认吗？牧师们蒙受的耻辱呢？在你的土地上，异教徒公开做礼拜，而你的同盟给予他们保护。众所周知，富瓦伯爵拒绝在圣遗物面前鞠躬，让圣遗物蒙羞；而他的姐姐又当着他的面在一个仪式上宣誓成为一名纯洁派教徒，完全置高贵的名声于不顾。"

"我不能替富瓦伯爵做出回答。"

"他是你的诸侯，你的同盟！"佩德罗反驳他说，"为什么你要让这种事情无限蔓延？"

阿莱斯感觉到子爵吸了一口气。

"陛下，您回答了您自己的问题。我们跟您口中的异教徒每天都在并肩生活着。我们一起长大，他们中有我们最亲的亲属。纯洁派成员过着善良而诚实的生活，正在成为一个不断增长的群体。我不能驱逐他们，就好像我无法阻止每天升起的太阳一样！"

他的言辞并没有令佩德罗动容。

"你们唯一的希望就是和圣母玛利亚教廷和解。在修道院院长的心中，你跟其他的北方男爵都是一样的。如果你能够做出道歉，他也会公平对待你的。但是如果你给他一丁点儿理由，让他觉得你们还在抱有异教徒的幻想，无论是行动上还是心里想的，他都会将你们彻底粉碎。"国王叹口气说，"你不会真的以为你能禁得住这样的打击吧，卡维尔？你是鸡蛋碰石头，寡不敌众啊。"

"我们的食物十分充足。"

"是的，食物充足，但水呢？你们已经失掉了河流的控制权。"

阿莱斯看见父亲向子爵瞥了一眼，神情里透露出怕他会忍不住大发雷霆的担忧。

"我不想要公然藐视您，也不想要忽略您的好心斡旋，但是您看不到吗，他们是来占领我们的土地，而不是来洗涤我们心灵的！这场战争不是为了上帝的荣耀，而是为了满足人类的贪婪。他们是一支侵略军，陛下！如果我让教廷不满，并且因此而冒犯了您，陛下，我想请求您的原谅。但是我对纳韦尔伯爵或者熙笃的修道院院长不负有任何效忠的职责。无论是精神的，现世的，他们都没有权力控制我的领地。对于这样一群卑鄙恶劣的法国豺狼，我决不会投降，决不会背叛我的子民！"

阿莱斯胸中涌起一阵强烈的自豪感。从她父亲的面部表情判断，她知道父亲也有着同样的感受。卡维尔的勇气和精神，仿佛第一次有了某种打动国王的东西。

"这些都是大话、空话，子爵，对你们现在没有任何帮助。为了你所热爱的子民，你应该至少让我向熙笃的修道院院长转达你们将要听从他陈述条件的意愿。"

卡维尔兀自走到窗前，望出窗外。

"我们没有足够的水来供给城市的子民了吗？"

阿莱斯的父亲点点头，说："是的，没有了。"

他的那双手，在石头窗台的映衬下显得格外苍白，暴露了他内心的艰难挣扎。

"那么，我会听一下修道院院长的要求。"

佩德罗离开后的一段时间里，卡维尔什么都没说。他一直待在窗前，看着太阳渐渐从空中沉没下去。最后，等到蜡烛点了起来，他才终于坐下。佩尔蒂埃从厨房点了食物和饮料送过来。

阿莱斯不敢动弹，生怕自己被人发现。她用双臂和双腿将自己环抱住。四周的墙壁好像一直在挤压着她的身体，但是自己毫无办法。

帘子下方，她看到父亲的双脚快速地上下移动着，不时还会听到他们小声的对话。

佩德罗二世回来的时候，天色已晚。阿莱斯从他脸上的表情立马就察觉到了失败的讯号。她的意志消沉了下去。这是攻城战正式开始之前最后一个可以让她将三部曲从城市带出去的机会了。

"有什么消息吗？"卡维尔子爵站起来迎上去。

337

"我给不了什么消息，子爵。"佩德罗回答，"我也很不幸地告诉你，他说了些侮辱人的话。"他接过一杯酒，赌气地一饮而尽，"熙笃的修道院院长让你和你选中的十二个男人，今晚就离开城堡，不要自找麻烦，带上所有能带的东西。"

阿莱斯看到子爵的双手狠狠地攥成了拳头："那卡卡颂呢？"

"卡卡颂里的每样东西、每个人都要移交给主人。继贝济耶之后，封建主们会去寻求补偿。"

他说完之后，众人都陷入了沉默中。

然后，卡维尔终于抑制不住，开始大发雷霆。他愤慨地将自己的杯子摔到了墙上。"他怎么敢这么侮辱我们！"他咆哮道，"他怎么敢侮辱我们的荣誉，我们的骄傲！这些法国豺狼，我一样东西都不会给！"

"殿下。"佩尔蒂埃小声说。

卡维尔站在那里，双手放在身后，大口喘着粗气，一直等自己平静下来，他才又转身面向国王："陛下，我很感激您的调停以及代表我们进行的斡旋。然而，如果您不想——或者不能——跟我们一起并肩作战，那我们必须断绝关系。您应该回去了。"

佩德罗点点头，知道自己也没什么能说的了。

"愿上帝与你同在，卡维尔。"他哀伤地说。

卡维尔盯着他的眼睛。"我相信他会的。"他挑战似地说。

等到佩尔蒂埃陪同国王走出大厅之时，阿莱斯终于等到了机会，溜了出去。

圣母玛丽亚变容日静悄悄地过去了，敌我双方的进展都不甚显著。卡维尔继续对十字军放箭投弹，而城墙外面笨重的投石车也在不断地将岩石和石块砰砰地砸向城墙。两边的男人都有死有伤，但是土地也基本上没多没少。

平原地区像是变成了一座藏骸所。尸体在死者倒下的地方渐渐腐败，在热气中不断膨胀，成为一群瘟疫般泛滥的黑苍蝇的盛宴。鹞子和老鹰盘旋在战地之上，将骨头啄食干净。

8月7日星期五，十字军对圣米克尔的南部郊区发动了进攻。一会儿工夫，他们就成功地占领了城墙下面的壕沟，但是之后又被一阵箭林弹雨击退了。经过几个小时的僵持之后，法国人在持续突击之下撤退，在卡卡颂人的嘲笑和凯歌里抱头鼠窜。

第二天的黎明时分,世界刚刚透出一丝清晨的微弱银光,薄雾刚刚轻柔地飘过缓坡,一千多名十字军战士就已经全副武装地站在圣米克尔面前了。攻击又开始了。

盔甲和盾牌、刀剑和长矛、战士的眼睛,都在苍茫的晨光里闪烁着光芒。每个人的胸前都别着一个白色的十字架,在纳韦尔、勃艮第、沙特尔和香槟区的大旗颜色映衬之下特别醒目。

卡维尔子爵已经登上了圣米克尔的城墙,与他的战士们并肩站立,做好了击退进攻的准备。

弓箭手各就各位,已经拉满了弓箭。下面,步兵装备好了斧头、刀剑和长矛。身后,是随时等待召唤、整装待发的骑士们。

远处,法国人的战鼓已经擂响。他们用长矛狠捣着坚硬的大地,发出一阵持续又沉闷的声响,一直回荡在这片他们垂涎已久的土地上空。

战斗就这样打响了。

阿莱斯来到城墙上,站在父亲旁边。她一边寻找着丈夫的身影,一边望着十字军如潮水般地涌下小山。

一等敌人进入射程之内,卡维尔子爵就举起手臂,发出命令。一阵密密麻麻、铺天盖地的长箭立即遮住了青天白日,整个天空变成了黑夜一般。

两边都有战士倒下。敌人的第一部云梯已经攀上了城墙。一支弩箭从弩上射出,疾驰着穿过空中,射中了云梯上的一根粗重木头,带着它坠落下去。梯子倾斜了,开始失去平衡。起初,它落得很慢,然后突然间颓然跌下,将梯子上的敌人狠狠地摔到地上,溅起一片鲜血、骨头和木头碎渣。

十字军胜利地夺得了一辆攻城坦克,登上了郊区的城墙。在掩体的遮蔽之下,工兵开始跳到水里挖墙,想要挖出一个足以撼动城防根基的大洞。

卡维尔对着弓箭手大喊,命令他们毁掉他们的掩体。另一阵石弹和火箭猛烈地穿过空中,射到他们的木头结构上。天空中嘶嘶地冒起了黑色的浓烟,直到最终燃起了大火,烧着的笼子里逃窜出来一大批身上烧成火球的敌人,一出来又全被乱箭射死了。

但是一切都太晚了。好几天前,十字军就在那里埋下了水雷,现在守城者只能眼睁睁地看着水雷被大火引燃。爆炸将一阵石头、尘土和火焰震上天空时,阿莱斯迅速地抬起手来挡住了脸部。

十字军穿过裂隙,冲了进去。大火的咆哮声淹没了妇女儿童奔向死亡时发出的哭喊声。

339

城市和圣米克尔之间沉重的大门被拖开,卡卡颂的骑士终于发动了他们的第一次攻击。"一定让他安全无恙。"她发现自己在自言自语着,好像祷告能击退箭头一样。

现在,十字军正在将从尸体上割下来的人头当作子弹,用弹弩发射到墙上,想要以此引起人们的恐慌。卡维尔子爵带着手下投入战斗中,这时各种尖叫和哭喊声更大了。他是第一个让敌人见血的勇士之一,他用利刃干净利落地划过一个十字军的脖子,然后用靴子踢掉了插在刀刃上的尸体。

吉扬奔驰在冲锋陷阵的人群中,就在离子爵不远的身后。他正骑着战马穿过重重敌人,所向披靡,无人可以幸免于他的马蹄之下。

阿莱斯看到埃尔泽·德·普雷克桑跟在他的身旁。她惊恐地看着埃尔泽的战马脚下一滑,摔倒在地。吉扬立即勒马转身,回去帮忙。吉扬的无敌战马闻到鲜血的气味、听到铿锵的钢铁声音后,十分惊慌地暴跳起来,前蹄抬起,一下子踩死了一个脚下的十字军,为埃尔泽争取了足够的时间。他又爬回马背,脱离了危险。

他们以一对百,寡不敌众。他们的去路被逃到城市里的成群的受惊者、伤员、妇女和孩童挡住了。敌人残酷无情地向里面推进,一条街接着一条街地陷入了法国人的控制之中。

最终,阿莱斯听到一阵喊叫渐渐响亮起来。

"撤退!撤退!"

在夜幕的掩护之下,一小撮守城者偷偷回到了满目疮痍的郊区。他们杀死了几个留下来站岗的十字军战士,将剩下的房子全都付之一炬,至少毁掉了法国人可以借以掩护的地方,间接阻止了他们再次炮击城市的可能性。

但是,真相是赤裸裸的。

圣温赛斯和圣米克尔都沦陷了。只有卡卡颂还孤立无援地站在那里。

第五十八章

根据卡维尔子爵的命令,大厅里面已经布置好了桌椅。卡维尔子爵和阿涅夫人一边从将士们中间走过,一边向他们致意,感谢他们已经做出和即将做出的贡献。

佩尔蒂埃感觉身体越来越不舒服。房间里充满了燃烧的蜡油、汗水、冰冷的食物和热麦芽酒的气味。他不确定自己还能忍耐多久。他腹中的疼痛已经愈发地严重,剧痛的频率也越来越高。

他努力地想要站直身子,但是他的双腿却毫无预警地瘫软下来。佩尔蒂埃立即抓住桌子,倾身向前,一下子打翻了桌子上的盘子、杯子和肉骨头。他感觉腹中好像有一只猛兽正在啃咬着自己。

卡维尔子爵闻声转过身来。有人开始大喊起来。他意识到仆人正冲过来扶住他,还有人在高喊阿莱斯的名字。他感觉到很多双手将他拉了起来,挪到门边。

弗朗索瓦的脸庞进入他的视线,然后又闪了出去。他觉得自己听到了阿莱斯大声求助的喊声,虽然她的声音仿佛来自一个遥远的地方,而且好像在说着一种他听不懂的语言。

"阿莱斯!"他大喊,在黑暗中向她伸出手去。

"我在这里!我们这就把您送到卧室去。"

他感觉一双强壮的胳膊抬起了他,穿过光荣庭,然后上了楼。夜晚的凉风吹到了他的脸上。

他们的动作十分缓慢。他腹中的痉挛更加严重了,疼痛更是一波比一波强劲。他甚至都能感觉到体内正在发作着一种疫病,将他的血液和呼吸里面都施了毒。

"阿莱斯……"他小声叫着,这回声里面充满了恐惧。

一来到父亲的卧室,阿莱斯就派了黑桑德先去找弗朗索瓦,然后去她卧室收集一些用得到的药物。她派了另外两名仆人,去厨房取回一些宝贵的清水。

她扶着父亲在床上躺下。她撕下他身上的一块弄脏的外衣,揉成一团,将之点燃。疫病好像从他的毛孔里面慢慢渗透出来。腹泻愈发地频繁起来,情况也越来越严重,现在的主要排泄物都变成了鲜血和脓液。阿莱斯命令仆人焚烧了一些药草和鲜花,想要掩盖空气中的异味,但是无论加进多少薰衣草和迷迭香,都无法掩盖父亲的真实病情。

黑桑德迅速取回了各种药材,帮着阿莱斯将晒干的红色欧洲越橘加入热水,调成稀糊。阿莱斯将他身上弄脏的袍子扒了下来,给他盖上了一条干净的薄床单,然后用勺子将药水送到了他苍白的嘴唇里。

第一勺刚刚咽下去,就立即吐了出来。她又喂了一口。这一次,虽然十分困难,但他仍努力地往下吞咽，结果让整个身子痉挛起来。

时间变得毫无意义，无所谓快慢，阿莱斯只能试着让疾病发展得稍微缓慢一些。午夜的时候，卡维尔子爵来到了卧室。

"怎么样了，阿莱斯？"

"他病得很严重，殿下。"

"你有什么需要吗？医生，或者药物？"

"如果可以的话，能再给我们点儿水吗？我之前让黑桑德去找弗朗索瓦，但是他还没回来。"

"这个没问题。"

卡维尔的目光越过她的肩膀，望向床边："为什么这病发展得如此迅速？"

"这很难说，同一种病，有些人可能会得，而另一些人一点儿事都没有，殿下。我父亲的体质在他去过圣地之后就变得差多了。他尤其容易生一些肠胃方面的小病。"她犹豫了一下，说，"上帝保佑，千万不要再蔓延了。"

"这无疑就是传染病了？"他神色凝重地说。阿莱斯摇了摇头。

"听到这些我真的很难过。如果他的病情有任何变化，立即派人来通知我。"

随着时间一分一秒地溜走，父亲的生命体征变得越来越微弱。有几阵子，他看起来好像清醒过来了，似乎知道了发生在自己身上的事情。而另一些时候，他更像是陷入了极大的混沌之中，不知道自己在哪儿，也不知道自己姓甚名谁。

黎明前不久，佩尔蒂埃的呼吸变浅了。阿莱斯正在他身边打着盹，听到了他呼吸的变化，立即惊醒过来。

"女儿……"

她摸到他冰凉的双手和无神的眉毛，知道他大势已去。

高烧已经退去，他的皮肤变得冰凉。

他的灵魂正在挣扎着想要得到解脱。

"帮我……"他努力地说，"……坐起来。"

在黑桑德的帮助之下，阿莱斯使劲儿地把他撑了起来。疾病在一夜之间使他苍老了很多。

"不要说话，"她小声安慰着，"保存体力。"

"阿莱斯，"他轻声告诫她，"你知道我的大限已经到了。"他奋力呼吸的时候，胸中翻腾着轰隆轰隆的声音。他的眼睛深陷，眼圈发黄，双手和脖子上生起很多浅棕色的脓包。"能不能帮我叫一名纯洁派成员来？"他强撑着睁开深凹的双眼，"我想要好好举行一个临终仪式。"

"您需要做祷告吗,父亲?"她小心翼翼地说。

佩尔蒂埃努力挤出一个苍白的笑容。一瞬间,他又似乎变得如此神采奕奕。

"我仔细聆听了邦·克雷蒂安的布道,也认真学习了纯洁派的祷词……"他停下休息了一下,"我生来就是一个基督徒,死了也是一个基督徒,但是我不会良心堕落,去迎合那些打着上帝名义来侵占我们领土的人。如果我此生算是过了一种虔诚的生活,那么在上帝的恩惠之下,在天堂里我也会与那些高贵光荣的灵魂为伍的。"

他突然爆发出一阵难以抑制的咳嗽。阿莱斯满心绝望地望着房间四周。她派了一个仆人去通知卡维尔子爵,告诉他她父亲病情恶化了。他刚一出门,她就召唤了黑桑德。

"我需要你去帮我叫几个纯洁派成员来。他们之前就在庭院周围。告诉他们有人需要做祷告。"

黑桑德看起来十分惊恐。

"传个信儿不会给你带来任何责罚,"她试着打消这个女孩儿的疑虑,"你可以不用跟他们一起回来。"

佩尔蒂埃微微动了一下,使阿莱斯的注意又回到床上。

"快去,黑桑德。快一点!"

阿莱斯弯下腰:"怎么样,父亲?我在这里陪着您。"

他试着要说话,但是还没等他说出口,那些话好像就已经在嗓子里枯萎了。她往他嘴里轻轻倒了一点儿葡萄酒,用湿布擦了擦他干裂的双唇。

"圣杯就是上帝之道,阿莱斯。这是阿里夫想要教给我的东西,虽然我弄不明白。"他结结巴巴,"但是没有秘符……迷宫的真相。它就是一条假路。"

"那秘符呢?"她急切地小声问,没有理解他的意思。

"你是对的,阿莱斯。是我太顽固了。我应该在尚且还有一丝机会的时候就让你走的。"

阿莱斯费力地理解着他那漫无天际的话语:"什么路?"

"我还没见过,"他喃喃自语着,"我现在更看不到了。那个山洞……没人见过。"

阿莱斯绝望地转头望向门外。

黑桑德怎么还没回来?

外面的走廊里响起一阵跑动的脚步声。黑桑德终于出现了,后面跟着两个纯洁派成员。阿莱斯认识其中一个年长的。那个人皮肤较黑,脸上留着厚厚的络腮胡,神情温和,曾经在埃斯克拉孟德家里与他见过一面。两个纯洁派成员都穿着深蓝色的袍子,绞绳腰带上别着鱼形的金属带扣。

他鞠躬致意。"阿莱斯夫人。"他望向她身后的床上,"是您的父亲监督官佩尔蒂埃需要祷告吗?"

她点点头。

"他还有气力说话吗?"

"他会尽力的。"

走廊里又传来一阵骚动,卡维尔子爵出现在了门口。

"殿下——"她惴惴不安地说,"他叫来了纯洁派……我父亲希望能够好好地走,殿下。"

他的眼中闪过一丝惊讶,但他立即下令仆人关上了门。

"没关系,"他说,"我会留在这里。"

阿莱斯盯着他看了一会儿,直到听到纯洁派成员叫她,这才转身回到父亲身边。

"监督官佩尔蒂埃现在处于极大的痛苦之中,但他依然拥有着超人的智慧和勇气。"阿莱斯点点头。"他没有做过什么伤害我教廷的事情,或者犯过什么罪过吧?"

"他拥护所有的上帝之友。"

阿莱斯和雷蒙德·罗杰退到后面,让纯洁派成员走到床边,俯身望着这位濒死之人。佩尔蒂埃小声念叨祷词的时候,眼睛无力地忽闪着。

"你是否发誓要遵从正义和真理的戒律,将自己奉献给上帝和邦·克雷蒂安教廷?"

佩尔蒂埃使劲儿地从双唇间挤出两个字:"是——的。"

纯洁派成员将一份《圣经·新约》的羊皮纸副本放在他的头上,说:"愿上帝保佑你,让你成为一名虔诚的基督教徒,带你走向善终。"他背诵了三遍祷词。

阿莱斯被这种简单而朴素的仪式所深深打动。卡维尔子爵目视前方,好像正在用一种极大的意志力控制着自己。

"监督官佩尔蒂埃,你是否准备好了要迎接主恩赐的祷词?"

她的父亲小声表达着自己的赞成。

纯洁派成员用清晰而真切的声音,将祈祷文念诵了七遍,只有在需要佩尔蒂埃做出回应的时候才会暂停一下。

"这就是耶稣基督带给人间、教给良人教的祈祷。永远不要在重复这段祷告之前就先行吃喝,如果有辱此令,必将再度苦修。"

佩尔蒂埃试着点头。现在他胸中空洞的呼啸声更大了，好像秋天树林里刮起的大风。

纯洁派开始念起《约翰福音》。

"一开始是话语，话语与上帝同在，话语就是上帝。上帝一开始也是话语。"佩尔蒂埃的手在床单之下猛烈地抽搐着。纯洁派继续念："……你应该知道真理，真理会使你得解放。"

他的眼睛突然猛地睁开了。"真理，"他喃喃地说，"是的，真理。"

阿莱斯惊恐地抓住他的手，但是他正在慢慢溜走。他的眼睛失去了光芒。她觉察到纯洁派现在正在加速念诵，好像是害怕来不及完成整个仪式。

"他必须说完最后的话，"他敦促阿莱斯，"帮帮他。"

"父亲，您必须……"悲恸令她说不出话来。

"为我犯下的……每一宗罪……语言上或举止上的，"他发出刺耳的声音，"我……我请求上帝和教廷……和所有在场者的原谅。"

纯洁派松了一口气，将手放到了佩尔蒂埃的头上，给了他一个接吻礼。阿莱斯屏住了呼吸。一种释然的表情令她父亲改变了面容，祷告带来的恩赐正在降临到他的身上。这是一种超验的时刻，一个顿悟的时刻。他的精神现在已经准备好了要离开这病弱的身体，离开这牵绊着他的世界。

"他的灵魂准备好了。"纯洁派说。

阿莱斯点点头。她坐到床上，握住了父亲的手。卡维尔子爵站在床的另一边。佩尔蒂埃几乎已经失去了意识，虽然他好像还能感知到周围的人们。

"殿下？"

"我在这里，伯特兰。"

"卡卡颂不可以陷落。"

"我以你我多年来的友情和责任向你保证，我会尽力而为。"

佩尔蒂埃试着要从毯子里抬起手来："为您效劳是我的荣幸。"

阿莱斯看见子爵的眼睛里面充满了泪水。"是我应该谢谢你，老朋友。"

佩尔蒂埃努力地抬起了头："阿莱斯呢？"

"我在这里，父亲。"她急切地说。佩尔蒂埃的脸上现在已经失去了颜色。他眼下的皮肤垂叠着灰色的褶皱："从来没人能像我一样，拥有你这么好的一个女儿。"

生命离开他身体的时候，他仿佛叹了口气。随后，只剩下一片寂静。

一时间，阿莱斯没有动弹，没有呼吸，也没有任何反应。随后，她感觉到一股疯狂的哀恸在体内凝结,占领了她,控制了她,最终一下子爆发成了极度悲伤、惨绝人寰的痛哭。

第五十九章

一个士兵出现在门口:"卡维尔王?"

他转过头:"怎么了?"

"有一个贼,殿下,从保罗广场上偷水。"

他暗示让他进来:"夫人,我必须离开一会儿。"

阿莱斯点点头。她已经哭得没了人形。

"我会保证他以最光荣的方式下葬,仪式也会符合他的地位。他是一个勇敢的男人,忠诚的参谋和值得信任的朋友。"

"他的教会不要求这些,殿下。肉体对他来说已经不算什么了,因为他的灵魂已经走了。他会希望您更多地去关心那些活着的人。"

"那就当作个人的一种自私的想法吧。我希望能够好好地给他举行最后的送别仪式,聊以表达我对他的深情厚谊和崇高敬意。我会把他的遗体送到圣玛利亚礼拜堂去。"

"您对他的深厚感情,他一定会以此为荣的。"

"我要不要派个人来陪你一起?我不能派吉扬前去,但是你姐姐可以前往,你觉得怎么样?派几个妇人来帮你处理遗体?"

她猛地抬起头,刚刚意识到自己竟然把欧莉安忘到脑后了。她甚至都忘记要通知她父亲生病的事情了。

反正她又不爱他。

阿莱斯打消了头脑中的这个声音。对父亲,对姐姐,她都没有履行好自己的义务。她站了起来。

"我会去找我姐姐的,殿下。"

她鞠躬目送他离开卧室,然后转过身来。她寸步也不想离开自己的父亲。她开始亲自为父亲整理遗体。她命令仆人剥去床单,重新铺好,将弄脏的被子拿出去烧毁。随后，在黑桑德的帮助之下，阿莱斯准备好了裹尸布和火葬油。她亲自为他清洗了身体，将头发向后梳好，让父亲的容貌在死后也跟生前看起来一样。

她徘徊了很久，一直低头凝视着父亲那张空虚的脸。**你不能再耽搁了。**

"去报告子爵，他的遗体已经准备好了，可以送往礼拜堂了，黑桑德。我必须去通知我姐姐。"

吉桑德正躺在欧莉安卧室外面的地上睡觉。

阿莱斯跨过她的身子，试着推门。这回，门没上锁。

欧莉安一个人躺在床上，帘子收着没放。她蓬乱的黑色卷发散在枕头上，皮肤在晨光里如牛奶般嫩白。阿莱斯十分吃惊地想，她竟然还能睡得这么安稳。

"姐姐！"

欧莉安一惊，睁开了那双绿色的猫眼，脸上先是露出警惕的神情，随后变得惊讶，最后又换上了她惯有的鄙视。

"我有个不幸的消息要告诉你。"她说。她的声音死气沉沉，冷若冰霜。

"不能等等再说吗？晨钟还没响呢。"

"不能等了。我们的父亲——"她停下了。

这样的消息怎么可能是真的呢？

阿莱斯深吸一口气，稳住自己的情绪，说："我们的父亲去世了。"

欧莉安的脸上立刻现出了震惊的神情，但很快就又回到了她那种习以为常的冷漠。"你说什么呢？"她眯缝起眼睛说。

"我们的父亲今天早上逝世了，就在黎明之前。"

"怎么会？他怎么死的？"

"你能想到的话就只有这些吗？"她有些气愤地喊道。

欧莉安从床上跳了起来："告诉我他是怎么死的？"

"一种疾病，发作得非常快。"

"他去世之前跟你在一起的？"

阿莱斯点点头。

"但是你没有派人通知我？！"她暴躁地说。

"对不起，"阿莱斯小声说，"一切都发生得太快了。我知道我应该——"

"还有谁在那里？"

"我们的卡维尔子爵，还有……"

欧莉安听出了她声音里的犹豫。"我们的父亲没有做临终忏悔,没有接受临终祈祷吗?"她问,"他是死在教堂里吗?"

"我们的父亲死前做了忏悔,"阿莱斯回答道,小心翼翼地斟酌着字眼,"他从上帝那里得到了安宁。"

她猜到了。

"这有什么关系呢?!"她大喊道,她对欧莉安的麻木不仁感到吃惊,"父亲死了,姐姐!难道这对你来说一点儿意义都没有吗?"

"你没有履行好你的职责,妹妹。"她用手指戳着阿莱斯说,"作为姐姐,我比你更有权利待在父亲的临终现场。我应该在那儿的。而且,除此之外,我发现你竟然允许异教徒在父亲临死时去玷污他。别搞错了,妹妹,我会让你为自己的行为后悔的!"

"你不觉得悲伤,不觉得难过吗?"

毋宁多说,阿莱斯已经从欧莉安的脸上找到了答案。"对于他的逝世,我好像并不比看到街上死了条狗哀伤多少。他根本就不爱我。很多年以前,我就已经开始接受这个伤人的事实了。为什么现在我要悲伤?"她向前走了一步,"他爱的是你。他在你身上能看到自己的影子。"她露出一个令人不快的微笑,"他信任的人是你,只跟你分享内心最深处的秘密。"

阿莱斯此刻即便是浑身僵硬,也感觉到了自己涨红的双颊。"你什么意思?"她说,担心着欧莉安的回答。

"我什么意思,你心里再清楚不过了。"她嘘声说,"你不会真的以为我不知道你们半夜谈话都说了些什么吧?"她又朝她逼近一步。

"你的生命就要改变了,我的小妹妹,他不能再保护你了。你已经顺风顺水太久了。"欧莉安突然伸出一只手,抓住了阿莱斯的手腕。

"告诉我。第三本书在哪里?"

"我不知道你在说什么。"

欧莉安用空着的那只手扇了她一巴掌。

"在哪里?"欧莉安毒蛇般嘶嘶地说,"我知道你有。"

"放开我。"

"不要跟我玩什么把戏,妹妹。他肯定已经给了你。除了你,他还会信任谁呢?告诉我在哪里。我一定要拿到!"

一阵凉意寒彻阿莱斯的脊梁骨。

"你不能这样。会有人过来的。"

"谁?"她问道,"你忘了我们的父亲已经无法保护你了?"

"吉扬会来的。"

欧莉安大笑起来。"当然,我还忘记了你已经跟你丈夫和解了。你知道你丈夫对你的真实想法吗?"她咄咄逼人地说,"你知道吗?"

大门突然猛地打开,撞到了墙上。

"够了!"吉扬吼道。欧莉安立即甩掉了她的手腕。阿莱斯的丈夫跨着大步走进房间,用双臂环抱住她:"我的妻子,我一听说你父亲的死讯就过来找你了。真的很遗憾。"

"真是感人啊!"欧莉安刺耳的声音打断了他们之间的亲密举动。

"你敢不敢问问他,是什么让他重新回到你床上的?"她恶狠狠地说,眼睛一直盯着吉扬的脸,"或者你害怕听到他的回答?问他,阿莱斯!不是爱情或者欲望。你们的和解是因为书,没有别的原因!"

"我警告你,小心你的舌头!"

"为什么?你是害怕我要说出的话吧?"

阿莱斯感觉到了他们之间的紧张气氛。某种共同的所指。她立即就明白了。

不。不是那样的。

"他需要的不是你,阿莱斯。他是要找那本书。这就是为什么他又回到了你的床上!你不会真的这么无知吧?!"

阿莱斯向吉扬身后退了一步:"她说的是真的吗?"

他突然转身面对她,眼睛里闪过一种绝望。

"她在撒谎。我发誓,以我的生命起誓,我根本不在乎那本书。我什么都没告诉她!我怎么会这样呢?!"

"他在你睡觉的时候搜遍了卧室的每个角落,他不能否认这一点。"

"我没有!"他喊出了声音。

阿莱斯看着他:"但是你知道有一本书的事情?"

他眼睛里闪烁着的惊慌失措给了一个令她害怕的答案。

"她想勒索我帮助她,但是我拒绝了。"他的声音变得嘶哑,"我拒绝了,阿莱斯。"

"她捏着你的什么把柄,让她可以这样要挟你?"她柔声问,好像是在说悄悄话。

吉扬试着去拉起她的手,但是她躲开了。

即便是现在,我仍是希望他可以否认。

他放下了手:"一次,是的,我……原谅我。"

"现在懊悔好像有点儿晚了。"

阿莱斯没有理睬欧莉安:"你爱她吗?"

吉扬摇摇头:"你看不出来她的目的吗,阿莱斯?她在挑拨离间!"

阿莱斯被他的天真惊到了,他竟然还以为她会信任他!

他伸出手。"求你了,阿莱斯。"他哀求道,"我爱你。"

"够了,"欧莉安说着,走进了她的视线内,"书在哪里?"

"我没有。"

"谁有?"欧莉安用一种威胁的声音说。

阿莱斯坚持着自己的立场:"你为什么要得到?为什么那些书对你这么重要?"

"你告诉我就行了。"她急不可耐地说,"告诉我就没事儿了。"

"那如果我不告诉你呢?"

"你也快要发病了吧。"她说,"你照顾了我们的父亲。也许现在疾病已经在你体内潜伏了。"她转向吉扬说,"你明白我说的意思吧,吉扬?如果你违抗我的话——"

"我不准你伤害她!"

欧莉安放声大笑:"你威胁不到我的,吉扬。我已经有足够的证据证明你的背叛行为,足以让你处以绞刑了!"

"是你自己阴谋诡计的证据吧!"他喊道,"卡维尔子爵不会相信你的!"

"如果你认为我留下了什么马脚的话,你还真是低估了我,吉扬。你敢冒这个险吗?"她转过脸去看着阿莱斯,"告诉我,你把书藏在哪里了?否则我就去找子爵了!"

阿莱斯使劲儿地咽了一口唾沫。吉扬干了什么?她不知道该往哪方面想。虽然她很生气,但是忍不下心看着他被陷害。

"弗朗索瓦,"她说,"我们父亲把书给了弗朗索瓦。"

欧莉安的眼睛里闪烁出一种困惑不解的神情,然后迅速消失了。

"很好。但是,我警告你,妹妹,如果你撒谎的话,你会后悔的。"她转身走向门口。

"你要去哪儿?"

"去给我们的父亲致敬,还能去哪儿?但是,在那之前,我要看着你安全回到你的卧室。"

阿莱斯抬起头，眼神与姐姐的凝视相会："这完全没有必要。"

"噢，这很有必要。如果弗朗索瓦无法帮助我的话，我还是希望能跟你再谈谈。"

吉扬试着去靠近她："她在撒谎。我没做什么错事。"

"你有没有做错任何事情，吉扬，现在已经不再关我的事了。"她说，"你跟她睡在一起的时候，你清楚地知道自己都在干些什么。现在，请你离开。"

阿莱斯抬头挺胸地走上了走廊，回到自己卧室，欧莉安和吉扬跟在她的身后。

"我去问一下弗朗索瓦就回来找你。"

"随你的便。"

欧莉安关上了门。片刻之后，发生了阿莱斯害怕的事情——钥匙在门锁里面转动了几下。她听到吉扬跟欧莉安抗议的争执声。

她捂住耳朵，不想再听到他们的声音。她试着将那些邪恶而嫉妒的场景从脑海中驱逐，但还是忍不住去想象吉扬和欧莉安缠绵在彼此怀中的情景，克制不住地去猜想吉扬对她的姐姐是否也耳语了一些曾经跟她说过的甜言蜜语。那些她曾经珍藏在心中的无价之宝。

阿莱斯用颤抖的手按住自己猛烈起伏的胸膛。她能感觉到自己的心脏在怦怦地撞着肋骨，翻涌着困惑不解和遭遇背叛的汹涌情绪。她费劲儿地吞咽了一下。

不要光想你自己了。

她睁开眼睛，放下双手，痛苦地握起了拳头。她决不允许自己就这样消沉下去。如果她士气低下，欧莉安就会将她杀得片甲不留。不是不报，时候未到。现在，她对父亲的承诺，保护好书籍的责任，要比她的心碎重要一百倍。无论有多难挨，她都必须将吉扬从她的脑海中驱逐出去。她已经害得自己被囚禁在房间里了，就因为欧莉安说的某种东西。那第三本书。欧莉安竟然问她第三本书藏在哪里！

阿莱斯跑去看那件还挂在椅背上的斗篷。她一把抓起来，焦急地沿着边缘处到处拍打。

那里面的书不在了！

阿莱斯一下子跌坐到了椅子上，胸中涌上难以自抑的绝望和无助。

欧莉安已经拿走了西米恩的书。很快，她就会发现她说把书给了弗朗索瓦是在撒谎，又会回来找她。

那埃斯克拉孟德怎么样了？

阿莱斯察觉到吉扬已经停止了在门外的大喊大叫了。

他是和她一起走了吗？

她不知道自己该往哪里想。但不管怎样，这都已经不重要了。他已经背叛了她一次，就会有第二次。她不得不将自己受伤的心情紧锁在已经破碎的心里。趁还有机会，她必须想办法逃出去。

阿莱斯撕碎那个薰衣草包，拿走了《民数记》里面的那张羊皮纸副本，然后回头望了最后一眼这间她曾经以为会是自己永远的家的卧室。

她知道自己再也不会回来了。

然后，她提心吊胆地来到窗边，越过屋顶向外面望去。她唯一的机会就是在欧莉安回来之前从这里出去。

欧莉安感觉无所谓。她站在棺材脚下，俯身看着父亲的遗体。烛光摇曳。

欧莉安命令侍者全都退下，然后弯下了腰，好像要亲吻父亲的额头一样。她的手摸上了他的手，从他的大拇指上褪下了那枚迷宫戒指。她惊讶地想：阿莱斯竟然蠢到没有将它摘走，真是不可思议。

欧莉安直起身子，将戒指滑进了自己的口袋里。她重新整理了一下床单，在圣坛面前跪了下来，往胸前画了个十字。然后，她起身离开，去找弗朗索瓦。

第六十章

阿莱斯抬腿搭到壁架上，一鼓劲儿爬上了外面的窗台。她在脑中不断地盘算着，自己应该如何从窗上下去。

你会跌到地上的。

如果真的跌死了，现在又有什么关系呢？她的父亲已经死了。吉扬也抛弃了她。最终看来，父亲对她丈夫的人格判断还真是没错。

还有什么可以失去的呢？

阿莱斯深吸了一口气，小心翼翼地从窗台上放下腿去试探，直到右脚踩到了砖。随后，她喃喃自语地祷告着，绷紧双臂和双腿，纵身跳了下去。她落下的时候，发出了一声微弱的碰击声。但是，她脚下突然一滑，身体一下子就往前倾,从砖上向下滑去。她拼命地想要抓住身边的东西,不管是裂砖,还是墙缝,只要是能够停止她坠落的东西都好。

她坠啊坠,好像永无止境。突然,一个猛劲的拉拽让阿莱斯戛然而止。原来是她的裙边被一颗钉子勾住了,将自己紧紧地固定在那里。她静静地喘了口气,一下都不敢动弹。她能够感觉到布料拉伸的张力。虽然是块好料子,但是现在却已经像面鼓皮一样拉得变了形,随时都有可能会崩裂。

阿莱斯瞥了一眼那颗钉子。即便是她的手能够到那么高的地方,那块衣料也已经在那根金属长钉上缠了好几圈,要解开的话,必须要双手上阵。想到松开双手,她可不敢轻易冒这个险。唯一的选择就是放弃这件斗篷,试着爬回屋顶。这里的屋顶西侧与康达尔城堡的外墙相接,她应该可以从木台的木头狭板挤进去。围栏的缝隙很窄,但是她这么瘦小,应该值得一试。

阿莱斯小心翼翼地活动着,不想闹出大的动静。她伸手去够钉子,撕裂了挂住的衣料。她先往一边拉,然后又拉另一边,终于从裙子上扯下那块方布。在那里留下一块口袋大的布料之后,自己终于重获了自由。

阿莱斯抬起一条膝盖,挤进缝隙里,然后又试另一条腿。她感到一滴滴汗水正在从毛孔中渗出,湿透了她藏着羊皮纸的胸口。粗糙的砖墙将她的皮肤摩擦得生疼。

一点一点地,她往上提着身子,直到够到了台子。

阿莱斯伸出手抓住了木头支柱。坚实而稳固的支柱摸起来如此令人欢欣鼓舞。随后,她抬起膝盖,等到基本上蹲伏在了屋顶上之后,才开始慢慢地挤进了城垛与城墙之间的角落里。那条缝隙比她想象中还要狭窄,深不过一掌长,宽大约是深度的三倍。阿莱斯伸出右腿,扭了扭下面的左腿,让自己固定好位置,然后提起一口气,穿过了缝隙。那只装着迷宫复制图的背包十分碍事,在她的双腿间荡来荡去,但是她现在已经顾不上这么多了,只能往前走。

她无暇顾及四肢的疼痛,迅速站起身来,小心谨慎地挑着路走过了路障。虽然她知道卫兵不会向欧莉安告发她,但是自己还是不要节外生枝,越早离开康达尔城堡到达圣那萨利越好。

阿莱斯仔细地检查了下面的情况,确定无人后迅速爬下了梯子。下到最后几级台阶时,她耐不住性子地跳了下去,不成想双腿一个支撑不住,摔到了后背,差点儿将她摔成半死。

她向小教堂瞥了一眼。那里没有欧莉安或弗朗索瓦的身影。阿莱斯紧贴着墙壁,穿过了马厩,在犰狳的畜栏前停了下来。她十分口渴,也十分想给她可怜的母马喂点儿水喝,但是那里所剩无几的一点儿水都是留给战马喝的。

街上到处都是难民。空气里萦绕着一种传染病和死难者腐败的臭气,令阿莱斯忍不住用袖子掩住了口鼻。受伤的男男女女,以及他们怀中被夺去襁褓的孩子,都茫然若失地瞪着绝望的眼睛看着从身边经过的她。

圣那萨利前面的广场上也挤满了人。阿莱斯扭头看了看后面,确保无人跟踪后,便打开了门,溜了进去。中殿里七横八竖地躺着一些睡着的难民。深陷各自苦难中的人们,根本无暇顾及她的存在。

蜡烛在主圣坛里燃烧着。阿莱斯急匆匆地跑到北面耳堂,来到一个很少有人光临的小礼拜堂里。那里有一个朴素的小祭坛,是她父亲曾经带她来的。小老鼠也跑来寻找庇护,小小的爪子急溜溜地跑过石板。

阿莱斯照着父亲教她的动作,在祭坛后面跪下。她用手指轻轻抚过墙面。一只受到惊扰的蜘蛛突然急冲到她暴露的手掌皮肤上,然后又匆匆地爬走了。

伴随一声轻轻的咔嗒声,阿莱斯仔细地,慢慢地移出了一块石头,将它滑到一边,然后将手伸到了后面落满灰尘的凹处。

她找到了那枚又长又薄的钥匙,金属表面因多年荒废而变得锈迹斑斑。她将钥匙插进了木头格门的锁头里。锁芯咯吱一响,木头刮了一下石头地面。

此刻,她能够强烈地感觉到父亲的存在。阿莱斯必须咬住牙关,才能防止自己的情感决堤。

这是你现在唯一能够为他做的了。

阿莱斯将手伸进去,学着父亲的样子拉出那只盒子。盒子比普通的珠宝箱大不了多少,朴实无华,毫无装饰,上面只有一个扣搭。她掀起了盖子,里面是一个羊皮小袋,跟父亲上次带自己来时一样地摆放着。她放下心来,舒了一口气。直到现在,她才意识到自己有多害怕欧莉安又会抢先一步。

阿莱斯自觉时间已经不多,便迅速地将那本书藏在了裙子下面,把其他所有东西都恢复了原样。如果不幸被欧莉安或吉扬知道了它的藏身之地,这样做至少可以让他们相信盒子还在原处,还可以拖延一会儿时间。

她跑回教堂,头上戴起了兜帽来遮人耳目。她推开沉重的大门,外面到处都是漫无目的地游荡在广场上的难民,她瞬间就被吞没在人潮中了。夺走她父亲性命的那种疾病传播得很快。胡同小巷里挤满了正在腐败分解的牛羊尸体,它们肿胀的尸体给原本就已经发臭的空气中又增加了阵阵恶臭。

阿莱斯不知不觉地就朝着埃斯克拉孟德家走去了。过去的几天里,她已经来找了好几次,每次都是失望而归。这一回,她也根本没有理由去希望能在这里找到她,但是除此之外,她也想不到自己还能去什么别的地方了。

南部居住区的大部分房屋都是窗户紧闭,封着木板,埃斯克拉孟德家也不例外。阿莱斯抬起手来敲了敲门。

"埃斯克拉孟德?"

阿莱斯又敲了一次。她试着推门,但是发现门上了锁。

"萨雷?"

这回,她听到了某种动静,是跑动的脚步声,然后门闩咔嗒一声打开了。

"阿莱斯夫人?"

"萨雷,谢天谢地!快让我进去。"

萨雷把门只开了一条足以让她钻进去的缝隙。

"你们去哪里了?"她紧紧地抱着他说,"发生了什么?埃斯克拉孟德呢?"

阿莱斯感觉到萨雷的小手摸索着握住了她的手。

"跟我来。"

他带着她穿过帘子,来到房子后部的房间。地上的一扇井盖门敞开着。"你一直都待在这里吗?"她说。她朝着黑暗中望下去,看到梯子底下有一盏燃烧的烛台:"在地下室吗?我姐姐有没有回来——"

"不是她,"他用一种颤抖的声音说,"快,夫人。"

阿莱斯先下去,萨雷紧随其后。他松开井盖钩子,哗啦一声,井盖门在他们头顶关上了。他跟在她身后爬了下来,跳下最后几级梯子,落到了泥地上。

"这边走。"

他引着她走过一条潮湿的隧道,来到一小块挖空的区域,然后举起了灯让阿莱斯看。她看见埃斯克拉孟德正一动不动地躺在一堆皮草和毯子里。

"不!"她喘息着,跑到她的身边。

她的头上裹着厚厚的绷带。阿莱斯掀起垫子,惊得捂住了嘴。埃斯克拉孟德的左眼通红,所有地方都蒙着一层鲜血。伤口上面敷着一块干净的敷布,但是破损牙槽周围的皮肤已经松松地耷拉了下来。

"您能帮帮她吗?"萨雷问。

阿莱斯掀起了她身上的毯子。眼前的情景令她胃部猛地抽搐了一下。埃斯克拉孟德的胸部有一条红色的烧伤正在发炎,被火烧过的皮肤又黄又黑。

"埃斯克拉孟德,"她小声叫着,倾身靠近她,"您能听到我说话吗?是我啊,阿莱斯。是谁对您做了这些？"

她好像看到埃斯克拉孟德的脸上抽动了一下。她的双唇轻微地颤动。阿莱斯转头对萨雷说："你是怎么把她弄到这里来的？"

"加斯顿和他兄弟帮的忙。"

阿莱斯转身望着床上的这个惨遭折磨的人，说："她怎么了，萨雷？"

他摇了摇头。

"她没告诉你什么吗？"

"她，"他的声音颤抖起来，生平第一次不再那么冷静，"她不能说话……她的舌头……"

阿莱斯脸色变得刷白。"不……"她惊恐万分地小声重复着。"那你来告诉我，你都知道些什么？"她轻柔地说，语气变得坚强起来。

为了埃斯克拉孟德，他们两个都必须坚强。

"我们听说贝济耶陷落之后，曾祖母就担心监督官佩尔蒂埃可能会改变主意，不让你把三部曲送给阿里夫了。"

"她猜得对。"她严肃地说。

"曾祖母知道，您肯定会努力去说服他，但是又觉得监督官佩尔蒂埃唯一会听从的人就是西米恩了。我不想让她去，"他悲叹一声，"但是她无论如何也要去犹太人居住区找他。我跟在她后面，但是因为不想让她看到我，我就老远地跟着，但是走进树林后，我就把她跟丢了。我吓坏了。我一直等到太阳落山，才突然想到，她如果回家发现我不在家，可能会责备我，于是就回家了。当我……"他说不下去了，苍白小脸上的那双琥珀色眼睛突然燃烧起了怒火。

"我瞬间就感觉到她在里面。她在门外瘫倒了，双脚都在流血，好像走了很远的路。"萨雷朝曾祖母看了一眼，说，"我想去找您来，夫人，但是我又不敢。在加斯顿的帮助下，我把她弄到了这里。我试着回忆她平常是怎么给人治病的，要用到哪些药剂。"他耸耸肩，"我已经尽力了。"

"你已经做得非常棒了，"阿莱斯激动地说，"埃斯克拉孟德会以你为荣的。"

床上的一声响动吸引了他们的注意。他们立即转过头去。

"埃斯克拉孟德，"阿莱斯说，"您能听到我说话吗？我们两个都在这里呢。您现在很安全。"

"她想要说话。"

阿莱斯看到她的手狂躁地挥舞着。"我想她是需要羊皮纸和墨水。"她说。

在萨雷的协助下，埃斯克拉孟德开始试着写起字来。

"是弗朗索瓦，我猜。"阿莱斯念着她写的字，皱起了眉头。

"这是什么意思？"

"我不知道。也许他能帮上忙。"她说，"听我说，萨雷。我有个不幸的消息。西米恩基本上已经确定是去世了。我父亲——我父亲也去世了。"

萨雷拉起她的手。这个动作如此体贴，令她忍不住泪水盈眶。

"我很遗憾。"阿莱斯咬住嘴唇，想要克制住哭泣。"所以为了他——也为了西米恩和埃斯克拉孟德——我必须遵守我的诺言，想方设法找到阿里夫。我……"她又结巴起来，"我很抱歉，我这里只有《言语书》。西米恩的那本丢了。"

"但是监督官佩尔蒂埃给您了啊。"

"被我姐姐拿走了。我丈夫说，她曾经去过我的卧室。"她说，"他……他把他的心也给了我姐姐。我再也不能信任他了，萨雷。这就是为什么我不能再回到城堡里的原因。我父亲一死，就更没人能阻止他们了。"

萨雷看了一眼曾祖母，又看看阿莱斯。

"她能活下来吗？"他静悄悄地问。

"她的伤很严重，萨雷。她左眼已经失明，但是……所幸没有感染。她的意志力很强。如果她愿意的话，一定可以康复的。"

他点点头，好像突然比他十一岁的年龄大了许多。

"但是我要带走埃斯克拉孟德的书，请原谅，萨雷。"

一时间，他好像怎么也克制不住即将滚下来的泪珠。

"那本书，也，也丢了。"他最终说。

"天啊！"阿莱斯说，"怎么丢的？！"

"那些人……他们从她身上拿走了，"他说，"曾祖母动身去犹太人居住区时，把那本书也带在了身上。我看见她从藏书的地方拿出来的。"

"只有一本书了……"阿莱斯几乎都要哭出声来了，"那我们就完蛋了。一切的一切都白费了。"

接下来的五天里，他们过上了一种怪诞的生活。

晚上的时候，阿莱斯会和萨雷两个人轮换着冒险回到街上，在夜幕的掩映下观察情况。结论显而易见，他们根本不可能旁若无人地溜出卡卡颂。敌人的包围坚不可摧。每个边门、每个大门、每座塔下，都站着卫兵，整个城墙周围都有强兵重重守卫。无论白天还是夜晚，攻城坦克都在炮击着城墙，使得城市里的居民根本弄不明白自己听见的到底是炮弹的声音，还是头脑中回荡的炮弹余音。

回到那条冰冷而潮湿的隧道里反而成了一种解脱,那里的时间仿佛永远静止,不必区分黑夜或是白昼。

第六十一章

光荣庭中央那棵大榆树的阴影下,吉扬正站在那里。

奥塞尔伯爵骑马来到纳波尼城门,声称要代表熙笃的修道院院长前来进行和平谈判。

这一令人惊喜的提议,让卡维尔子爵天生的乐观情绪又占了上风。他对王室成员讲起这个提议的时候,脸上和举止上都透出了掩饰不住的欣喜。但是,他的希望和决心在听众那里就没有那么强烈的吸引力了。修道院院长突然转变心意,其背后的动机尚且值得探讨。虽然十字军基本上没有怎么得逞,但是攻城战才持续了一周多而已,这点儿进度还不算什么。修道院院长的动机重要吗?卡维尔子爵认为大可不必紧张兮兮。

吉扬基本上是左耳朵进,右耳朵出。他被困在一张自己亲手织造的大网里,找不到出口,无论说什么话,或是用什么刀,都无法劈出一条路来。

他游走在刀刃上。阿莱斯已经失踪五天了。虽然吉扬已经悄悄派了几个人去城市里找她,也已经把康达尔城堡里搜了个遍,但就是没有她的踪影。他被困在一张用他自己谎言编织的网上。当他意识到这一切都是欧莉安的精心设计时,已经为时太晚。如果他不依着她的心意做,他就会被指控为叛国罪,那样阿莱斯也要跟着遭殃。

"那么,朋友们,"卡维尔总结道,"谁会陪我去这趟谈判?"

吉扬感觉欧莉安用尖锐的手指戳着他的后背。他不知不觉地就向前迈了一步。他跪倒在地,手握住剑柄,向子爵表达了自己愿意效忠的决心。雷蒙德·罗杰感激地拍了拍他的肩膀,而吉扬只觉得无比尴尬。

"我们都会感谢你的,吉扬。那么,现在,谁要跟你一起去?"另外六名骑士表了态。欧莉安溜到他们中间,在子爵面前鞠了一躬。

"殿下，请劳驾。"

贡高斯特本来没注意到自己的妻子挤到了一群男人中间。他的脸涨得通红，窘迫地摆着手，好像在靠嘘声将田里的乌鸦赶走似的。

"下去，夫人，"他结结巴巴地尖叫着，"这里没有你的位置。"

欧莉安不予理睬。卡维尔抬起手来，将她召到了前面："你有什么要说的，夫人？"

"请原谅，殿下。各位光荣的骑士们，朋友们……还有我的丈夫。请各位劳驾，愿上帝保佑，我想要申请成为这个团体的一员。我已经失去了父亲，而且现在好像连妹妹也失踪了。这样沉重的悲伤我真的承受不起。但是如果我的丈夫肯放开我，我会通过参加这次谈判，来挽回我的损失，向您表达我的爱意，殿下。这也会是我父亲希望看到的。"

贡高斯特的表情难受得好像恨不得挖个地洞躲起来一样。吉扬的眼睛直盯着地面。卡维尔子爵则一脸难以置信的表情。

"尊敬的欧莉安夫人，这可不是女人可以参与的事情。"

"我愿意把自己作为人质，殿下。我的出现可以证明您的美意，可以清楚地表明，我们卡卡颂会严格遵守谈判的规矩。"

卡维尔思忖了片刻，然后转身看着贡高斯特："她是你的妻子。你愿意让她加入这项任务吗？"

贡高斯特结结巴巴地说不出话来，汗湿的双手一直在他的束腰外衣上蹭来蹭去。他想要拒绝这个决定，但是又从卡维尔的眼睛里看到了明显的欣赏。

"我的愿望就是能好好为您效劳。"他含糊其辞地说。

卡维尔命令她起身："你已故的父亲，是我尊重的朋友，他会为你今天的所作所为感到骄傲。"

欧莉安透过浓密的睫毛向上看着他："还有，请您原谅，我能否带上弗朗索瓦跟我一起。我那可敬的父亲去世之后，他也是一直沉浸在巨大的悲伤之中，如果能有这个机会效劳，他也会很高兴的。"

吉扬觉得一阵怒火蹿到了他的嗓子。他实在不敢相信，在座的听众竟然都会被欧莉安的孝心骗得牵着鼻子走。但事实上，他们确实都相信了她。每个人的脸上都洋溢着崇敬和欣赏，只有她丈夫例外。吉扬对他做了个苦相。只有他和贡高斯特知道欧莉安的真正面目，其他所有人都被她的如花美貌和巧言善辩迷惑了，就跟曾经的他一样。

吉扬感到一阵发自肺腑的恶心和鄙视，却瞥见弗朗索瓦无动于衷地站在人群边缘,脸上带着精心伪装的表情。

"如果你觉得这样会对我们此行有益,夫人,"卡维尔子爵回答道,"那我就答应你的请求。"

欧莉安又行了一次礼:"谢谢您,殿下。"

他拍拍手说:"去备好马。"

他们骑马穿过满目疮痍的大地,前往纳韦尔伯爵的大帐篷。谈判将在那里进行。一路上,欧莉安一直往吉扬身边蹭。他们从城市出来时,那些正在往城墙上爬的人沉默地站在那里,看着他们经过。

他们刚一进入敌营,欧莉安就悄悄溜走了。一些士兵跟她下流粗鄙地调笑,她睬也不睬,径直跟着弗朗索瓦穿过一片帐篷和旗帜的海洋,来到了绿色和银色帐篷的沙特尔军营。

"这边走,夫人。"弗朗索瓦指着一个不太合群的大帐篷小声说。看见他们靠近,门口的士兵立正站好,伸出两根长矛一交叉,挡住了他们的路。其中一个认出了弗朗索瓦,冲他点了一下头。

"告诉你的主人,卡卡颂已故管家的女儿欧莉安夫人在此等候,希望参见埃夫勒王。"

前去见他,欧莉安可是冒了很大的险。她从弗朗索瓦那里得知,他是一个残忍无情、脾气火爆的人。她下了很大的赌注。

"有什么事?"士兵问。

"我们家夫人只跟埃夫勒王本人说。"

那个人犹豫了一下,从门口下面钻了进去,消失在了帐篷里。几分钟之后,他出来,召唤他们跟着进去。

第一眼见到居伊·德·埃夫勒的时候,她十分恐惧。她进门的时候,他正背对着门。他转过身来,苍白的脸上,一双燧石般灰色的眼睛炯炯有神。他的黑色头发涂了油,额头上面的头发向后梳去,是法国人的经典发式。他的神情好似一只蓄势待发的老鹰。

"女士,我听过你的很多事情。"他的声音冷静而平稳,但是背后有一种刚硬和冷酷,"我不觉得我们这种见面会有任何好处。我能为你做点儿什么?"

"我想是应该我来问您,有什么是我能为您做的,大人?"她说。还没等她反应过来,埃夫勒已经捏住了她的手腕。

"我建议你最好不要跟我顶嘴,欧莉安女士。你们那种南方乡下人的无理取闹在这里行不通。"她感觉身后的弗朗索瓦并没有打算上来制止他。"你有没有什么消息要告诉我?有还是没有?"他说。

"说!"

欧莉安的神经绷紧了。"您怎么可以这样对待一个给您带来消息的人!"她盯着他的眼睛说。

埃夫勒举起了胳膊:"我打你一顿,你自然就会说出来,这样我就不用干等着,也可以节省你我的时间。"

欧莉安的眼睛一眨不眨。"那您就只能得到一部分消息了。"她尽量保持着声音的平稳,"您已经花了不小的代价去寻找迷宫三部曲,而现在我就可以把这些给您。"

埃夫勒盯着她看了一会儿,然后放下了胳膊。

"算你有胆量,欧莉安女士,这点我承认。但你是不是智勇双全,我们还有待观察。"

他打了个响指,一个仆人端了一盘酒上来。欧莉安的手已经颤抖不已,不敢贸然去接酒杯。

"不了,谢谢您,大人。"

"随你的便。"他说着,示意她坐下,"你想要什么,女士?"

"如果我把您想要寻找的东西给您,我希望您能在回家的时候把我带到北方去。"从他脸上的表情看,欧莉安知道她这回终于成功地奇袭了他,"成为您的妻子。"

"你已经有丈夫了。"埃夫勒说着,越过她的脑袋朝弗朗索瓦看了一眼,想要确认一下,"是卡维尔的书记员,我听说过。不是这么回事吗?"

欧莉安凝视着他说:"我很遗憾地告诉您,我丈夫已经被人杀了。他工作的时候,被城墙里的人用小刀刺死了。"

"我为你失去丈夫而深感遗憾。"埃夫勒并起他那瘦长的手指,用双手比画了一个教堂的形状,"攻城战可能要拖上几年呢。你为什么这么确定我会回到北方?"

"我相信您会的,我的埃夫勒大人。"她小心翼翼地遣词造句,"您来这里,只有一个目的。如果在我的协助之下,您能够迅速完成您在南方的事情,我觉得您没有任何理由还在这里待上超过四十天。"

埃夫勒僵硬地微笑了一下:"你不相信你们卡维尔子爵的说服能力吗?"

"大人,恕我直言,你们举着大旗行军至此,我不相信尊敬的修道院院长只是为了用外交手段结束这次交战而已。"

埃夫勒继续盯着她看。欧莉安屏住了呼吸。

"你倒是很有心计嘛,欧莉安女士。"他最终说。

她朝他颔了下首,没有作声。他站起来,走向她。

"我接受你的提议。"他说,递给她一只酒杯。

这回,她接受了。

"还有一件事情,大人。"她说,"卡维尔子爵的谈判团里,有一个骑士,叫吉扬·杜马斯。他是我妹妹的丈夫。如果可以的话,我希望您采取一些措施牵制一下他的影响力。"

"永久性的吗?"

欧莉安摇摇头:"他目前在我们的计划中还有一点儿作用,但是要限制一下他的影响。卡维尔子爵十分欣赏他,而我父亲去世之后……"

埃夫勒点点头,打发弗朗索瓦出去。"现在,我的欧莉安女士,"他等周围只剩他们俩之后,赶紧说道,"不要再支支吾吾了。告诉我,你都有什么要给我的?"

第六十二章

"阿莱斯!阿莱斯!快醒醒!"

有人在拼命摇晃她的肩膀。她正坐在河岸的那块私密的林间空地上,斑驳的阳光洒在身上。她享受着周遭的寂静,感觉到冰凉的河水从她的脚趾间涓涓地流过,寒冷而沁人心脾。太阳柔软的触手爱抚着她的脸颊。她尝到强烈的科比埃葡萄酒在自己舌头上的味道。她举起一块温热的白面包送进嘴里,鼻子里立马溢满了它那令人陶醉的芳香。她的身边,吉扬正躺在草地上睡觉。

世界如此翠绿,天空如此湛蓝。

她猛地一下惊醒了,发现自己还是在那条潮湿阴暗的隧道里。萨雷站在她的眼前。

"您必须醒醒了,夫人。"

阿莱斯爬着坐了起来:"发生什么了?埃斯克拉孟德还好吧?"

"卡维尔子爵被带走了。"

"带走?"她一头雾水地说,"带到哪里去?谁带走的?"

"他们说是因为叛徒出卖了他。法国人诱骗他进了他们的军营,然后就用暴力控制了他。还有其他人说,他是为了拯救卡卡颂而奉献了自己。还有……"

萨雷停下了。即便是光线昏暗,阿莱斯也能够看到他涨得满脸通红。

"怎么了?"

"他们说,欧莉安夫人和骑士杜马斯也在子爵的同行人员里面。"他犹豫了一下,说,"他们两个,也没有回来。"

阿莱斯站了起来。她瞥了一眼埃斯克拉孟德,她还在平静地睡着。

"她在休息,我们出去一会儿应该也不会有问题。走吧,我们必须去弄清楚发生了什么事情。"

他们迅速地穿过隧道,爬上了梯子。阿莱斯猛地推开井盖门,将身后的萨雷拖了上去。

外面的大街上人头攒动,到处都是漫无目的地跑前跑后的人们。

"发生了什么事情?"她对一个从身边跑过的人大喊道。

他摇摇头,继续往前跑。萨雷抓住她的手,将她拽到了街对面的一座小房子里。

"加斯顿应该知道。"

阿莱斯跟着他进了房子。加斯顿和他的兄弟庞斯正好起身迎了出来。

"夫人。"

"子爵被捕的事情是真的吗?"她问道。

加斯顿点点头:"昨天早上,奥塞尔伯爵来了,说是提议卡维尔子爵与纳韦尔伯爵进行一次会面,修道院院长会在场主持。他带了一小组随从去了,其中包括您的姐姐。至于那之后发生了什么,阿莱斯夫人,就没人知道了。要不就是我们的卡维尔子爵主动地投降了,要不就是他被人骗了。"

"没有人回来。"庞斯补充道。

"不管怎样,都不会再有战争了。"加斯顿平静地说,"卫戍部队已经投降了。法国人占领了主大门和塔楼。"

"什么?!"阿莱斯大叫道,难以置信地环顾着他们每一个人,"投降的条件是什么?"

"所有公民、纯洁派、犹太人和天主教徒,都可以安全离开卡卡颂,只能带上几件换洗衣服上路,其他一概不准带走。"

"没有审讯吗?没有烧毁东西?"

"好像没有。所有人都被放逐了,但是没有人受伤。"

阿莱斯双腿瘫软地跌坐在一张椅子上。

"那阿涅夫人呢?"

"据说,如果她能代表小王子宣布放弃所有王权,她和小王子就会被移交给富瓦的伯爵,进行安全的监护。"加斯顿清了清嗓子说,"对于您失去丈夫和姐姐,我深表遗憾,阿莱斯夫人。"

"有人知道我们派出去的谈判团怎么样了吗?"

庞斯摇摇头。

"这就是个陷阱,你们不觉得吗?"她狠狠地说。

"这已经无从知晓了,夫人。只有等到人们开始大批撤离,我们才能知道法国人究竟会不会言行一致。"

"黄昏的钟声一响,每个人就都要通过城市西边的奥德门离开。"

"那么一切就结束了。"她用一种近乎耳语的声音说,"卡卡颂投降了。"

至少我的父亲没有活着看到子爵落到法国人手里。

"虽然埃斯克拉孟德每天都在康复,但是她依旧很虚弱。我能不能再得寸进尺地问一句,你能否陪着她一起离开城市?"她停顿了一下,"因为一些恕我不能告知的原因,为了你和埃斯克拉孟德的安全,我们分开走是最明智的。"

加斯顿点点头:"您是害怕那些之前给她造成重伤的人还在找她?"

阿莱斯惊讶地看着他。"好吧,是的。"她承认道。

"很荣幸能够帮到您,阿莱斯夫人。"他的脸羞得绯红,"您父亲……他是个很好的人。"

她点点头,说:"是的。"

夕阳的最后一缕余晖将康达尔城堡的外墙染成了明亮的橙黄色。庭院里,走道上,大厅里,全是一片寂静。所有的东西都一派荒凉,了无生机。

奥德门口,聚集着一大群惊慌失措、混混沌沌的民众。他们的眼神不敢随便瞟,怕看到法国士兵那张充满鄙视的臭脸——他们打量自己的眼神就好像在打量一些牲畜。他们的手摁在剑柄上,好像只要有个什么由头,就可以拔出来大开杀戒似的。

阿莱斯希望自己伪装得可以掩人耳目。她拖着脚往前走,穿着男式大靴子的她,有好几次差点儿绊倒。她紧紧地跟在前面的男人后面。为了让胸部看起来更像男人一些,也为了更好地藏住书籍和羊皮纸,她已经用带子使劲儿将胸部捆了几圈。她穿着裤子、衬衫,头戴一顶奇形怪状的草帽,看起来就跟个男孩一样。她嘴里含着鹅卵石,借以改变脸部的形状。她还剪了短发,在上面涂了些泥巴,好让头发颜色显得深些。

队伍向前移动着。阿莱斯一直低着头,害怕万一看到遇到熟人,会将她的身份揭穿。靠近大门的时候,人群变成了一支队伍。守门的有四个十字军战士,他们都表情阴暗,充满厌恶。他们拦住人们,强迫他们脱掉衣服,以证明没有在衣服里面藏掖夹带东西。

阿莱斯看到士兵拦住了埃斯克拉孟德的担架。加斯顿用一块手绢捂住嘴巴,解释说他的母亲病得很厉害。那个士兵赶紧丢下帘子,退到了后面。阿莱斯偷偷在心里笑了一下。她之前已经将一块腐烂的臭肉缝进了一只猪膀胱里,用粘着血污的绷带缠在了埃斯克拉孟德的脚上。

卫兵摆摆手让他们赶紧过去。

萨雷在几家人的身后,与库扎夫妇及其六个相貌相似的孩子一起走。她也给他的头发涂了泥巴。她唯一掩饰不掉的是他的眼睛,所以她就严格训诫他一定不能抬头。

队伍又向前移动了一些。*轮到我了*。他们都商量好了,如果有人跟她说话,她就假装听不懂。

"你!农民,你那里揣着什么?"

她一直低着头,抗拒着他们试图摸到她身上束带处的手。

"哎,你!"

他们手中的长矛挥舞到了空中,吓得阿莱斯缩成一团,等待着落到身上的一击。然而,想象中的那一下没有落下,反而是她前面的一个女孩儿被打倒在地。她在泥土里爬着捡起自己的帽子,然后抬起一张受惊的脸望着打她的凶手。

"狗。"

"他说什么?"守卫的人窃窃私语,"见鬼,我一个字也听不懂他们在说什么。"

"狗。她有一只小狗。"

众人都还没反应过来,士兵就已经将她怀中的那只狗抢了过来,用长矛一下子穿透了它的身体。鲜血立即溅到了女孩儿的裙子上。

"走!快点儿!"

那个女孩儿惊呆了,一动也不敢动。阿莱斯扶她站了起来,劝她往前走,顺势牵着她穿过了大门。她很想转头看一眼萨雷的情况,但是又怕节外生枝,便努力克制住了。

现在我看见他们了。

盘踞在那座小山上俯瞰城门的,就是法国男爵们的军营了。阿莱斯本以为,门口会站着一群首领,急不可耐地等待着大迁移一结束就进驻卡卡颂,可是眼前出现的竟是一些穿着勃艮第、纳韦尔和沙特尔制服的骑士。

队伍末端最靠近路边的位置,有一个又高又瘦的男人,跨在一匹强劲的灰色种马背上。即便是经过了南方炎炎夏日的长期暴晒之后,他的皮肤仍旧白皙得如同牛奶一般。他旁边是弗朗索瓦。而弗朗索瓦的旁边,阿莱斯认出了欧莉安熟悉的红裙。

但是没有吉扬。

继续走,眼睛要一直盯着地面。

现在,她已经离他们很近了,甚至可以闻到马匹身上的马鞍和缰绳味儿。欧莉安的灼灼眼光好像能在她身上烧出个洞来。

一个满脸病态和愁容的老人轻轻地拍了拍她的胳膊,需要她帮忙扶着爬上那个陡坡。阿莱斯把肩膀给了他,让他扶着。这正是她需要的好机会——全世界都会觉得这是爷孙俩。于是,她便在欧莉安的眼皮子底下愣是直接就走了过去。那条路感觉好像永无止境。最终,他们到达了缓坡底下的一块背阴处。那里的地面就开始平坦起来,树木和沼泽也近在眼前了。阿莱斯看到那位老人又重新回到了儿子和媳妇中间,便放心地从人潮之中抽身,溜到了树林中。

一走出众人的视线,阿莱斯就把嘴里的卵石吐了出来。她的两颊里面又凉又干。她搓了搓下巴,想要缓解一下不适。她摘下帽子,伸手挠了挠那一头短粗又坚硬的头发。摸起来好像一把潮湿的稻草,在她的脖子后面刺挠着,令她很不舒服。

大门那边传来的一声喊叫吓了她一跳。

不,拜托,千万不要是他出事了。

一个士兵揪住了萨雷的后颈。她看到他在踢打着,试着想要挣脱。他手中握着一个东西。一个小盒子。

阿莱斯的心脏骤然坠下。她不能再冒险跑回去了,现在的她已无余力挽救任何人。库扎夫人和那个士兵吵了起来,士兵对准她的脑袋就是一击,把她打趴在了地上。萨雷趁着这个机会,从他的手中挣脱,迅速滚爬下了斜坡。库扎先生扶他的妻子站了起来。

阿莱斯屏住了呼吸。一时间，好像一切就要风平浪静了，那个士兵也失去了兴趣。但是立即，阿莱斯听到一个女人的喊叫。是欧莉安！她大喊大叫地指着萨雷，命令士兵去抓住他。

她认出他来了。

萨雷虽然不比阿莱斯，但是抓住他也算是抓住了第二大目标。

现场立即乱成一片。两个卫兵冲到坡下追赶萨雷。但是，萨雷可是个短跑健将，步伐踏实而敏捷。他们身上负着沉重的武器和铠甲，完全不是一个聪明伶俐的十一岁男孩的对手。阿莱斯一边默默地催他快跑，一边焦急地看着他急促地冲到这边，在不平坦的补丁路上跳来蹦去，直到最后淹没在了树林之中。

欧莉安眼看就要逮不到他了，立即派了弗朗索瓦去追。

他的马蹄轰隆隆地跑下陡坡。虽然马儿在陡峭而干燥的土地上不断地打着滑，但是速度仍旧很快。萨雷猛地钻进了灌木丛里，弗朗索瓦紧跟其后。

阿莱斯意识到萨雷正在往沼泽密布的地方奔去。奥德河在那里分成了几条支流，那里的地面看起来油绿油绿的，好像春天的草地，但是下面却是致命的沼泽。当地人都是敬而远之的。

为了看得更清楚些，阿莱斯爬上了一棵树。也不知道弗朗索瓦是不知道萨雷要往哪里跑，还是根本不在乎，反正他还是一个劲儿地鞭策马儿向前奔跑。萨雷磕磕绊绊地跑着，有几次都差点儿摔倒了，但他还是不停歇，之字形地穿过了灌木丛，把弗朗索瓦带进了一片黑莓丛和荆棘里。

突然，弗朗索瓦愤怒地号叫了一声，整个人的神经都立即紧绷起来。他的马匹后肢周围全都被下陷的泥浆裹了起来。受惊的马儿大声狂叫起来，踢打着自己的四肢。它每一次绝望的尝试，都只是加快了它向这片险恶的泥地下陷的速度而已。

弗朗索瓦从马鞍上跳下来，试着游到沼泽的边缘，但是他的身体却越陷越深，一口一口地被泥浆吞噬下去，直到最后泥沼里只露出了他的几根手指尖。

然后，就是一片寂静了。在阿莱斯看来，好像连鸟儿都停止了鸣唱。她十分担心萨雷，于是赶紧跳下地面，正好看见他朝自己跑来。他的脸色苍白，下唇剧烈地颤抖，手中依然紧紧抓着那个木盒子。

"我把他带到沼泽里了。"他说。

阿莱斯拍了拍他的肩膀说："我知道。你好聪明。"

"他也是个叛徒吗？"

她点点头:"我想,这就是埃斯克拉孟德上次想要告诉我们的。"

阿莱斯紧紧抿着嘴唇,心里暗自感到安慰:幸好父亲没有亲眼看到弗朗索瓦也背叛了他。她摇摇头,想要摆脱这些思绪:"但是你到底在想什么,萨雷?你究竟为什么要拿着这个盒子?它差点儿要了你的命!"

"曾祖母说要保护好这个。"

萨雷移开盒子上的手指,双手捧住两端。随着一声尖利的咔嗒声,他转动了一下底座,露出一个藏在里面的扁平抽屉。他伸进手去,拉出来一块布。

"这是一张地图。曾祖母说我们会用得上。"

阿莱斯立即就明白了。"她不想跟我们一起走了。"她心情沉重地说,强忍着眼睛里打转的泪珠。

萨雷默认地点点头。

"但是她为什么不告诉我呢?"她说着,声音开始颤抖起来,"她是不信任我吗?"

"因为你不会放下她的。"

阿莱斯扭过脸去,望着大树。她实在是担负不起自己肩上的重大责任。没有埃斯克拉孟德,她都不知道该去哪里找到勇气。

萨雷好像能读懂她的心思似的,说:"我会照顾您的。不会用时太久的。等我们把《言语书》交给阿里夫,我们就回来找她。该来的事情都会来的。"

"要是我们都像你一样智慧就好了。"

萨雷脸红了起来。"这儿就是我们要去的方向。"他说着,指了指地图,"好像任何地图上都没有这个地方,但是曾祖母叫它荣誉村。"

当然。这不仅是一群守护者的名字,也是一个地方的名字。

"您明白了吗?"他说,"在萨巴提山脉里。"

阿莱斯点点头。"是的,是的。"她说,"终于,我觉得我明白了。"

LABYRINTH
THE RETURN TO THE MOUNTAINS

重返山林

第六十三章

法国西南部　萨巴提山脉
2005 年 7 月 8 日　星期五

群山阴影笼罩下的一间房子里，奥迪克·拜亚德正坐在一张深色的抛光木桌边。

主室的天花板很低，地上铺着一块块高山红土色的方形大瓷砖。他几乎没怎么改变屋里的样子。

这里远离现代文明，没有电，没有自来水，没有汽车，也没有电话。唯一的声响就是那座老钟走针的声音了，它正在滴答滴答地提醒着时间的流逝。

桌子上有一盏油灯，也是现在已经绝迹的样式。油灯旁边是一只大玻璃杯，盛着几乎溢出杯沿的吉诺雷樱桃利口酒，让整个房间里都充盈着一股酒精和樱桃的淡淡甜香。桌子的另一端上，摆着一只黄铜托盘，里面有两个玻璃杯和一瓶尚未开封的红葡萄酒，还有一小只木头浅盘，白色的亚麻布下面放着一些开胃小饼干。

拜亚德已经打开了百叶窗，想要看看日出。春天的时候，村庄外围的树木上会点缀着含苞待放的银色和白色蓓蕾，还有从灌木篱墙和河岸上羞涩地露出一点儿小头的黄色和粉色花朵。而在一年中的这个末尾，几乎所有的颜色都已经被剥离殆尽，只剩下灰绿色的群山。而他，就在这样永恒的环境里面生活了大半辈子。

一块帘子将他的卧室和主室隔开。整块后墙上都摆着狭窄的架子。现在，架子上面几乎已经空空如也：一副古老的碾槌和臼，两三只碗和勺，几只坛子；

还有一些书，既有他写的，也有纯洁派历史上一些伟人的作品，例如德尔泰尔、迪威尔诺瓦、内利、马蒂、布雷农和胡盖特；阿拉伯哲学作品与研究古犹太文本的古今学者译著并排放在一起；几排平装本的书籍虽然与这样一个布置不太协调，但也占据了之前曾经摆放药学、魔药学和药草学书籍的大块区域。

他要耐心等待，他已经准备好了。

拜亚德将玻璃杯举至唇边，喝了很大一口。

那如果她没来呢？如果他从来都没有悟到这最后时刻的真理呢？

他叹了口气。如果她没有来的话，他就得被迫一个人走完接下来的征程了——那是自己一直恐惧的事情。

第六十四章

破晓时分，爱丽丝到达了图卢兹以北几公里的地方。她将车子驶入一个加油站，喝了两杯温热的甜咖啡，舒缓了一下疲惫的神经。

爱丽丝又把那封信读了一遍。邮戳是星期三早上的，来自富瓦。这是一封奥迪克·拜亚德寄来的信，里面给了他的地址。这的确是出自他本人之手无疑，因为她认出了那种繁复得如同蜘蛛网一般的黑色笔迹。

她觉得自己无从选择，只能义无反顾地前往赴约。

爱丽丝在柜台上将那张地图铺开，试着仔细地研究一下即将前往的那个地方。虽然拜亚德已经提到了很多附近地标和城镇的名字，来帮助她找到大概的区域，但是拜亚德所在的那个小村子好像根本没有出现在地图上。

他说，他很自信爱丽丝一看到那个地方，便能够认出它来。

为了以防万一，爱丽丝想到了之前就应该想到的一个做法：她在机场将租的车换成了一辆不同颜色、不同款型的汽车，以防那些跟踪她的人发现。之后，她就继续往南行驶。

她驶过富瓦，前往安道尔，然后穿过塔拉斯孔，就进入了拜亚德给予指示的范围内。她从鲁兹纳克的主路拐弯，穿过了洛尔达和贝斯蒂阿克。眼前出现了完全不同的风景,让爱丽丝想起了阿尔卑斯的山坡。小小的山花,长长的野草,跟瑞士小屋一样的房子。

她穿过一家形状不规则的采石厂,那里的断面好像一道凿进大山一侧的巨大白色伤疤。高耸的高压输电线铁塔和专为冬季滑雪度假胜地铺设的粗大黑色电缆几乎占据了整个地平线,令夏日的蓝色天空变成了黑压压一片。

爱丽丝穿过劳兹河之后,不得已将挡位换成了二挡,因为前方的路变得更加陡峭,急弯更多了。来回的折返已经开始让她觉得有些恶心头晕,但是突然间柳暗花明,她的眼前出现了一座小村庄。

街上有两家商店和一家咖啡馆。几张咖啡桌椅摆在外面的人行道上。爱丽丝觉得自己还是先找人确认一下自己的路线为妙,于是便走进了那家咖啡馆。里面的空气里弥漫着浓浓的烟味,吧台上坐满了弯腰驼背、骡子似的男人,他们都长着饱经风霜的脸,身上穿着蓝色工装裤。

爱丽丝点了一杯咖啡,大张旗鼓地把地图摊在了吧台上。时间过去很久了,但这些生性怕生、尤其是怕陌生女人的男人们,还是没一个想要跟她搭讪的。最后,她终于按捺不住,决定先去找个话题。一番打听之后,她得知没人听说过荣誉村这个名字,但是他们知道拜亚德给出的那块区域的位置,也尽量地给她做出了指点。

她的车越爬越高,渐渐地超过了她能忍耐的极限。道路变成了一条小道,最终逐渐消失了。爱丽丝停下车,从车里出来。突然间,站在这块熟悉的风景里,她的鼻子灌满了大山的气息——她这才意识到她实际上是走了一个折返,现在这里是苏拉哈克峰的另一侧。

阿莱斯爬到最高点,用手遮在眉毛上向远处眺望。她认出了道赫塘。那是一个形状特殊的山中小湖,咖啡馆里的男人曾经向她介绍过,让她特地留意。那旁边还有一片更为广阔的水域,当地人叫它魔鬼湖。

最终,她来到了圣巴泰勒米峰面前。两侧是苏拉哈克峰和蒙塞居尔。

就在她的正前方,一条单车道小路蜿蜒着穿过绿色的矮树、棕色的土地和亮黄的金雀花。黄杨树的深绿色叶子散发着芳香。她抚摸着叶子,用指尖摩挲着叶上的露珠。

爱丽丝爬了十分钟。然后,那条路变成了一块空地。

一栋单层的房子孤零零地立在那里,周围是一片废墟,灰色的石头掩映着身后的群山。房子门口站着一个老人,非常瘦削,年纪也很大,头上顶着一堆白发,穿着一套灰白的套装。她想起来了,这个人她曾经在照片里看到过。

爱丽丝发觉自己的双腿不自觉地向前走去。快要走到他眼前的时候,仿佛连地面都变得平坦起来。拜亚德静静地看着,一动不动。他没有微笑,也没有举起手来招呼她。即便是当她走得越来越近时,他也没有说话,亦没有动弹。他目不转睛地凝望着她,眼睛里满是令人惊讶的颜色,是琥珀混合着秋叶的颜色。

爱丽丝在他面前停下了脚步。终于,他露出一个微笑,仿佛是从云彩后面露出头来的太阳,照得他脸上的裂纹和褶皱全都消失了。

"坦娜小姐。"他说。他的声音亘古深沉,宛如沙漠中吹过的风。"欢迎你,我就知道你会来。"他退到后面,让她进屋,"请进。"

紧张而尴尬的爱丽丝从过梁下面钻进去,穿过大门走进了房间里。她依旧能感觉到他盯在自己身上的如火目光,好像要把她身上的每一个特征都铭刻到记忆里似的。

"拜亚德先生。"她说,停下了脚步。

她脑袋里一片空白,不知道该说些什么。他的欣喜,见到她来了之后的惊讶,以及他知道她肯定会来的笃信,让寻常的对话都变得不太可能。

"你长得很像她,"他慢慢地说,"你脸上有很多她的影子。"

"我虽然只见过照片,但我也觉得很像。"

他微笑起来。"我不是说格蕾丝,"他轻柔地说,然后转身走了,好像怕说多了似的,"请坐。"

爱丽丝悄悄地环顾了房间四周,注意到屋里没有任何现代化设备。没有电灯、暖气,也没有电。她甚至开始怀疑是不是连厨房也没有。

"拜亚德先生,"她又先开了口,"很高兴见到您。我一直不明白……您是怎么知道去哪儿可以找到我的?"

他又微微一笑:"这个重要吗?"

爱丽丝思考了片刻,意识到这些问题确实无关紧要。

"坦娜小姐,我对苏拉哈克峰了如指掌。在我们进行详细的谈话之前,有一件事我必须要问你。你是不是找到了一本书?"

不知道为何,爱丽丝很想说自己曾经是有的。"对不起,"她摇摇头说,"他也问了我这个问题,但是我没见过。"

"他?"

她皱起了眉头,说:"一个叫保罗·奥蒂耶的男人。"

拜亚德频频点头,说:"啊,是啊。"他说话的语气好像是已经知道了什么,让爱丽丝觉得无须再向他进行解释。

"但是，我猜你应该找到了这个吧？"

他抬起左手，放在桌子上，像个年轻女孩儿炫耀自己的订婚戒指一样。她十分震惊地发现他竟然戴着一枚石头戒指。她微笑起来。这个东西如此熟悉，虽然只在她手里停留了几秒钟而已。

她使劲儿咽了一口唾沫："可以给我看看吗？"

拜亚德将戒指从他的大拇指上褪下。爱丽丝接过它，捏在手指间反复把玩。他凝望她的灼灼目光又令她不自在起来。

"这是您的吗？"她脱口而出，虽然很担心他会说是，但也很害怕他会解释这个东西的意义。

他停顿了一下。"不是，"他最终说，"虽然我曾经也有过一枚一样的。"

"那这枚是谁的？"

"你不知道吗？"他说。

一刹那间，爱丽丝觉得自己好像知道。但是旋即，那丝顿悟的火花便消失了，她的头脑又变成了一片混沌。

"我不确定，"她犹豫地说着，摇了摇头，"但是我觉得它缺了个这个。"她从口袋里拿出那个迷宫石盘。"这是从我姑妈房子里找到的，跟家族谱系图在一起的。"她递给了他，"是您寄给她的吗？"

拜亚德没有作声。

"格蕾丝是个富有魅力的女人，极有教养，聪明伶俐。我们最初几次对话时，便发现了彼此之间的共同话题，以及一些相似的经历。"

"这是用来做什么的？"她问道。她不想偏离正题。

"这个叫作秘符。这个东西曾经有许多。而现在，只有这一个留存了下来。"

她惊讶地看着拜亚德将那块石盘插进了戒指的一条缝隙里。"好了。"他微笑着，将戒指戴回了自己的大拇指上。

"这个只是用来装饰的，还是有着某种特殊的目的？"

他微微一笑，好像她已经通过了某种测试似的。"这是一把必需的钥匙。"他轻轻地说。

"用来干什么的？"

拜亚德又没有回答她："你睡觉的时候，阿莱斯经常会去梦里找你，对不对？"

她被话题突然的一转吓了一跳。她根本不知道该如何反应。

"我们的体内承载着过去。它就在我们的骨骼里，在我们的血液里。"他说，

"阿莱斯一直陪伴着你的生活,照顾着你。你和她身上有很多类似的特点。她充满勇气,果断决绝,你也一样。阿莱斯为人忠诚,坚强不屈,我猜你应该也是。"他停下来,又朝她笑了笑:"她也总是做梦。关于古老的时光,也关于万物的起始。这些梦向她揭示了她自己的命运,虽然她不愿意接受,但就像你的这些梦照亮你前行的路一样,都是无法抗拒的。"

爱丽丝觉得这些话好像是从一个遥远的地方向自己倾吐而出,仿佛与自己、拜亚德或任何人都没有任何关联,只是一种一直徘徊于时间和空间的存在而已。

"我的梦总是围绕着她。"她也不知道自己这些话是从哪里说出来的,"关于火、山和书。是这座山吗?"他点点头。"我觉得她是试着要告诉我什么事情。过去几天里,她的面孔变得越来越清晰,但我还是听不到她说话。"她犹豫了一下,"我不明白她想要我做什么。"

"或者是你想要她做什么。"他轻声说。拜亚德倒了一杯酒,递给爱丽丝。

虽然现在天刚蒙蒙亮,她却猛喝了几大口。感觉那些液体滑下喉咙的时候,温热了整个身体。

"拜亚德先生,我需要知道阿莱斯到底出了什么事?如果我不知道这个的话,那一切就都没有意义。您知道的,对吧?"

一种无尽的悲伤浮现在他的脸上。

"她活下来了没有?……"她慢慢地说,害怕听到他的回答,"在卡卡颂……之后……他们没有……她没有被俘?"

他将手平放在桌子上。那双瘦削的手上布满棕色的斑点,爱丽丝觉得好似一双鸟爪。

"阿莱斯并没有英年早逝。"他小心地说。

"梦里并没有告诉我……"她开始说。

拜亚德收回了他的手:"发生在苏拉哈克峰的这些事,将会给你,给我们,一个我们一直都在寻找的答案。只有通过理解现在,过去的真相才会被我们了解。你在找你的朋友,对吧?"

爱丽丝又一次被拜亚德的突然转变话题弄得措手不及。

"您是怎么知道希拉的?"她问。

"我知道开掘的事情,也知道那里都发生了什么。现在你的朋友消失了,而你正在努力地寻找她。"

爱丽丝觉得再去寻思他到底是怎么知道这些的已经毫无意义了,于是便回答道:"几天前,她离开了挖掘现场的工作室。从那之后,就没人见过她了。

我知道，她的失踪与迷宫的发现之间肯定有着某种联系。"她犹豫了一下，说："实际上，我觉得我已经猜到了这一切的幕后黑手。起初，我还以为是希拉偷走了戒指。"

拜亚德摇摇头说："是伊夫·比奥拿走了戒指，然后寄给了他的奶奶让娜·吉罗。"

爱丽丝不禁睁大了眼睛，这一信息，无疑像一块拼版正确地插进了迷宫的拼图。"伊夫和你的朋友都为一个叫德劳哈德夫人的女人打工。"他停了一下，"幸运的是，伊夫经过再三考虑改变了主意。你朋友也许也是。"爱丽丝点点头："比奥给了我一个电话号码，后来我发现希拉也给同一个号码打过电话。我等不到回应之后，便翻出那个地址，决定亲自去看看她是不是在那里。结果我发现那是德劳哈德夫人的宅子。在沙特尔。"

"你去了沙特尔？"拜亚德说着，眼睛里放出光来，"快告诉我，快告诉我！你看到什么了？"

他静静地听着，一直听到爱丽丝将所有亲眼见到的和偷听到的事情都讲完。

"但是这个年轻人，威尔，他没有带你去那间房里？"

爱丽丝点点头："那之后，我开始觉得，也许那个房间根本不存在。"

"不，它真的存在。"他说。

"我把我的帆布包落在宅子里了。里面有我所有摘录的与迷宫相关的内容，还有您和我姑妈的照片。这些都会直接将我暴露出去。"她停顿了一下，说，"这就是为什么威尔要回去帮我拿。"

"你现在害怕他也出了什么事？"

"实话实说，我现在也不确定。有时候，我很替他担心，但有时候，我又觉得他可能也是他们中的一分子。"

"那你为什么一开始要相信他？"爱丽丝抬起头来望着他，他突然改变的语气令她一下子警惕起来。他一贯和蔼可亲的表情消失了："你是觉得欠他什么东西吗？"

"欠他东西？"爱丽丝重复着他的话，惊讶于他的措辞。

"不，不是的。我根本不太认识他。但是，我应该是有点儿喜欢他。跟他在一起，我觉得很舒服。我觉得……"

"什么？"

"虽然这听起来很疯狂，但是我想说，恰恰相反，他好像是欠了我什么似的。他仿佛在弥补我。"

377

拜亚德不声不响地推开椅子,走到了窗边。显而易见,他是陷入了某种迷惑的状态。

爱丽丝等在一旁,不明白发生了什么。最后,他转过身来,对着她说:"我来给你讲讲阿莱斯的故事吧。通过了解她的故事,我们也许就能找到面对未来一切情况的勇气了。但是,你要记住,坦娜小姐,一旦你听了这个故事,你便没有其他选择,只能一条路走到底了。"

爱丽丝皱起了眉头:"这听起来好像是一个警告。"

"不,"他马上说,"远非如此。但是我们千万不能忽略你的朋友们。从你偷听的内容判断,至少到今天晚上为止,他们应该都是安全的。"

"但是我不知道他们的会议会在哪里举行。"她说,"弗朗索瓦-巴普蒂斯特没有说。只说明天晚上九点半。"

"我能猜到。"拜亚德冷静地说,"日落之前我们会到达那里等着他们。"他望着窗外冉冉升起的太阳,"现在我们还有充裕的时间,可以好好说说话。"

"但如果您猜错了呢?"

拜亚德耸耸肩:"我们必须祈祷我没有猜错。"

爱丽丝沉默了片刻。"我只是想要知道真相。"她说。她的声音竟然听起来十分沉稳,令她自己都感到惊讶。

他微微一笑,说:"我也是。"

第六十五章

威尔意识到,自己正在被拖下一座狭窄的楼梯,来到了地下室,然后沿着混凝土走廊走了一段,穿过了两扇门。他的头悬在前面。焚香的气息已经不那么强烈了,虽然它仍旧仿佛记忆一般萦绕在地下寂静阴暗的空间里。

起初,威尔以为他们要把他带到那个房间里,然后将他杀害。坟墓脚下的石块,地板上的血迹——一幅记忆中的画面闪进了他的脑海。但是随后,他被颠簸着拖上一级台阶。他的面庞感受到了清晨的新鲜空气,于是他便觉察到自己来到了户外,来到了直通白马街背面的某条小巷里。空气中飘荡着清早鲜煮咖啡豆和垃圾的味道，还传来了不远处垃圾车响动的声音。威尔意识到，他们肯定就是这样将塔韦尼耶的尸体运出宅子，倒到河里的。

一阵强烈的恐惧感袭遍他的全身。他挣扎了两下，发现自己的胳膊腿儿全都被绑住了。威尔突然听到汽车后备厢打开的声音。他被半抬半扔地丢了进去。这件事情可不寻常。他被关在某种大箱子里。闻起来有塑料的味道。

他笨拙地朝一侧转动身体时，脑袋碰到了容器的后方。威尔感觉到伤口周围的皮肤一下子裂开了。鲜血开始从他的鬓角处向下滴流，刺痛而恼人。他甚至都无法抬起手来将它擦掉。

这时威尔回忆起来，自己当时正站在书房的门外。突然，弗朗索瓦-巴普蒂斯特把枪口对准了他的脑袋一侧，然后就是疼痛炸裂开来的感觉；他的双腿瘫软下去；玛丽-赛希拉那飞扬跋扈的声音又响了起来，问发生了什么事情。

一只长茧的手抓住了他的胳膊。威尔感觉自己的袖子被拉到上面，一支尖锐的针头刺破了自己的皮肤。跟以前一样。随后，传来几声钩子啪啪卡到某个位置上的声响，还有某种覆盖物——也许是防水布——盖到了囚禁他的小笼子上面的声音。

药物渐渐渗进了他的静脉，冰凉、愉悦，麻醉了他的痛苦。威尔迷迷糊糊，意识时有时无。他感觉到汽车正在加速。汽车转弯时，脑袋左右摇晃得让他感到有些恶心想吐。他想起了爱丽丝。他想不顾一切地见到她，告诉她自己已经尽力了，并没有让她失望。

现在他开始产生了幻觉。眼前出现厄尔河里打着旋涡、墨绿色的河水灌进他的口腔、鼻子和肺部的情景。威尔试着在脑中一直回想爱丽丝的模样：她那严肃的棕色眼睛，还有她的微笑。如果他还能一直记起她的样子，那也许说明他的情况还没那么严重。

但是，对于溺水和死，以及这个陌生地方的恐惧，战胜了他的一切努力和尝试。威尔滑进了无边的黑暗之中。

卡卡颂。保罗·奥蒂耶站在自家的阳台上，向外眺望着奥德河，手里握着一杯黑咖啡。他已经利用欧唐纳为诱饵，引出了弗朗索瓦-巴普蒂斯特·德劳哈德，但是他本能地拒绝了要她交出那本假书的想法。那个男孩会认出来的。另外，奥蒂耶也不想让他看到她现在的状况，那样他就会知道自己被她出卖了。

奥蒂耶把杯子放到桌上，整理了一下崭新的白衬衫的袖子。唯一的选择就是亲自、单独面对弗朗索瓦-巴普蒂斯特，告诉他自己已经将欧唐纳和书带到苏拉哈克峰去给玛丽-赛希拉,并且会准时参加仪式。

他很后悔自己没有找到戒指,虽然他依然相信戒指是被吉罗给了奥迪克·拜亚德,而且觉得拜亚德会主动前往苏拉哈克峰。奥蒂耶毫无疑问地相信,这位老人就在某个地方,看着发生的一切。

爱丽丝·坦娜更是个头疼的问题。欧唐纳提到的石盘给了他停下来思考的时间,更多的原因是他并不知道它的重要性。令他意外的是,坦娜竟然可以如此娴熟地逃脱他的追踪。她在公墓里从多明戈和布莱萨的手中溜走。昨天他们追了几个小时都没有找到她的车,直到今天早上,才发现那辆车停在图卢兹机场的赫兹停车场里。

奥蒂耶合起瘦削的手指,放在十字架的周围。今晚午夜,一切就都结束了。异端书籍,连同异教徒本人,都会遭遇灭顶之灾。

远处的教堂钟声开始敲响,召集着忠实的教徒前去参加星期五的弥撒。奥蒂耶瞥了一眼手表。他要去做忏悔。等他的罪过得到宽恕,蒙受了天恩之后,他就会在圣坛前面跪下,接受圣餐。随后,他身体和灵魂上都将做好准备,去完成上帝的旨意。

威尔感觉汽车慢慢减速,然后从马路转弯,驶上一条农场的小路。

司机开得很小心,迂回着避开地面上的坑坑洼洼。

汽车颠簸着摇晃着爬上了小山,威尔的牙齿就随着颠簸在脑袋里咯咯乱响。

最后,汽车停下了。引擎关闭。

两个男人从车里出来时,他感觉到汽车摇晃了一下。随后,大门发出如同枪击一般的关门声和中控锁沉闷的金属声。

他的双手被绑在身后,令他的挣脱变得更加艰难,但他还是使劲儿扭动着手腕,试图松开绳子。几乎没有什么进展。那种感觉又卷土重来。由于他扭曲着躺了太久,现在肩膀上面疼痛无比。

突然,后备厢打开了。威尔一动不动,心脏怦怦跳个不停,听着塑料容器的钩子被解锁的声音。他们其中一个人抬着他的腋下,另一个人抓住他的膝弯,将他从后备厢里拖了出来,扔到了地上。

即便药物仍然令他麻痹,但他还是觉察到,他们来到了一个远离人烟的地方。太阳光很刺眼,空气清新而新鲜,透露出此处地广人稀的讯息。这里寂静得没有一点儿声响。没有车,也没有人。威尔眨眨眼。他试着聚焦,但是阳光太耀眼,空气能见度太高。太阳仿佛在灼烧着他的眼睛,让一切事物都变成白色。

他感觉到皮下注射器再次刺入他的胳膊,熟悉的药物又一次渗入他的静脉。

两个男人将他草草地从地上拖起来,开始拽着他往山上爬去。地势非常陡峭,他能听到他们呼哧呼哧的喘气声,看到他们在与热浪斗争中流下的汗水。

威尔意识到了沙砾和石头上嘎吱嘎吱的碾压声,然后是自己被拖着的双脚下台阶时木头支柱压入山坡的声音,再然后就是柔软草地上的噗噗的踩踏声。

当他猛地恢复到半醒状态时,他意识到自己的头脑中响起吹哨子一般的声音,仿佛大风发出的幽灵般的叹息。

第六十六章

上比利牛斯省的司法警察特派员跨着大步走进努贝尔警官位于富瓦的办公室,"砰"的一声甩上了身后的大门。

"最好告诉我点儿好消息,努贝尔。"

"谢谢您能来,先生。如果不是这件事情十万火急,我是万万不会去打扰您用午餐的。"

他哼哼了一声,说:"你已经确认谋杀比奥的凶手了?"

"是西里尔·布莱萨和贾维尔·多明戈。"努贝尔挥了挥几分钟前刚刚送来的传真说,"这两个人的身份已经确定。第一个是在星期一晚上富瓦事故发生之前较短时间内发现的,第二个是在发生之后立即确认的。昨天,在西班牙和安道尔的边境线上发现了肇事车辆。"努贝尔停下来,擦了擦鼻子和额头上的汗水,"他们都为保罗·奥蒂耶工作,先生。"

专员往下蹭了蹭靠在桌边的庞大身躯:"我听着呢,继续说。"

"您已经听说了一些对奥蒂耶的指控吗?还有,您知道他是真实山峰荣誉会的一员吗?"

他点点头。

"我今天下午跟沙特尔警局联系过了,根据希拉·欧唐纳这条线索,他们正在调查该组织与本周早些时间发生的一起谋杀案之间的关联。"

"这跟奥蒂耶有什么关系?"

"因为根据一条匿名举报,尸体很快就被找到了。"

"有证据显示这是奥蒂耶干的吗？"

"不，"努贝尔承认，"但是有证据证明他曾经见过一名记者，后来这名记者也消失了。沙特尔警局认为，这些事情之间也许有着某种联系。"

看到上司脸上怀疑的神情，努贝尔赶紧继续解释。

"苏拉哈克山峰的挖掘项目是由德劳哈德夫人投资的。虽然这个消息隐藏得很好，但确实是她的钱在背后支撑着运作。挖掘项目负责人布雷灵认为，欧唐纳从现场偷走了文物之后就消失了，但她的朋友不这么认为。"他停顿了一下，说，"我确定是奥蒂耶把她给控制了。如果不是听了德劳哈德夫人的命令，那么就是他主动这么干的。"

他办公室的风扇坏了，热得努贝尔汗流浃背。他甚至都能感觉到自己腋下的汗水正在一圈圈地迅速渗出。

"这很难让人信服，努贝尔。"

"德劳哈德夫人周二到周三一直待在卡卡颂，先生。她见了奥蒂耶两次。我相信她跟他一起去过一趟苏拉哈克峰。"

"去趟苏拉哈克峰可不算犯罪，努贝尔。"

"今天早上我来这儿之后，发现了这条未读语音消息，先生。"他说，"这就是为什么我一定要迫不及待地跟您见上一面的原因。"

努贝尔按下语音信箱的播放键。让娜·吉罗的声音开始在整个房间里回荡。特派员先生认真听着。时间一分一秒地过去，他脸上的表情也越来越严肃。

"这是谁？"努贝尔开始播放第二遍的时候，他问道。

"伊夫·比奥的祖母。"

"那奥迪克·拜亚德呢？"

"他是个作家，也是她的朋友。他陪她一起去的富瓦医院。"

特派员先生把手背在身后，头埋得很低。

努贝尔能够看出他正在心里计算着，如果派人前去追捕奥蒂耶，结果却失了手的话，他们潜在的损失会有多大。

"你是百分之百确定了多明戈、布莱萨与比奥、奥蒂耶之间的联系吗？"

"描述十分契合，先生。"

"描述还跟阿里埃日一半契合呢！"他咆哮道。

"欧唐纳已经失踪三天了，先生。"

特派员先生叹了口气，从桌边站起身来。

"你想怎么办，努贝尔？"

"我想把布莱萨和多明戈提到警察局来，先生。"

他点点头。

"另外，我需要一张搜查证。奥蒂耶有几处房产，包括在萨巴提山脉里还有一座废弃的农场，注册在他前妻名下。如果欧唐纳是被关在本地的话，那有很大可能就在那里。"

特派员摆摆手。

"如果你能通过地方行政长官跟他通个私人电话……"

努贝尔等着他说完。

"好吧，好吧。"他用一根被尼古丁染了色的手指指着他说，"但是我告诉你，克劳德，如果你搞砸了，所有后果要算在你自己头上。奥蒂耶可是个势力很大的人。至于德劳哈德夫人……"他放下了手，"如果你失了手，他们会把你撕成碎片，到时候我他妈的一点儿也帮不了你。"

他转身，走向门口。就在踏出门之前，他停住了脚步。

"快帮我想想，这个拜亚德到底是谁？我认识他吗？这个名字好像有点儿耳熟呢。"

"他写了很多关于纯洁派的书，也是一名古埃及专家。"

"这不是……"

努贝尔等着。"不，纯洁派已经绝迹了，"专员说，"但是根据我们所知的判断，吉罗夫人可能只是在无中生有。"

"她可能是在无中生有，但是先生，我不得不告诉您，我一直无法确定拜亚德在哪里。自从周三晚上他同吉罗夫人离开医院之后，就没人见过他了。"

特派员点点头："等文书工作一结束，我就通知你。你会亲自去吗？"

"先生，实际上，"他谨慎地说，"我想我可能会去找一下那个英国女人。她是欧唐纳的一个朋友。她也许知道点儿什么。"

"我会来找你的。"

特派员一走，努贝尔就打了几个电话。他抓起夹克，匆匆忙忙地朝着他的汽车走去。根据他的估算，在行政长官在他的搜查证上签字之前，他还有充裕的时间可以往返卡卡颂一趟。

四点半的时候，努贝尔已经跟卡卡颂的一位同僚坐在一起了。阿诺·莫罗是他的老朋友。努贝尔知道，在老友面前，他可以畅所欲言。

"坦娜博士说她会待在蒙特莫伦西旅馆。"仅仅花几分钟的时间，他就查到了她曾经在那里登记的信息。"那是一家不错的旅馆,就在古城墙的外面,距离加夫街不到五分钟距离。我可以开车去吗?"

被两名警察询问的接待员感到十分紧张。她是个不称职的目击证人,大部分时间里,她的眼睛里都有一触即发的泪珠在打着转儿。努贝尔越来越没有耐心,直到莫罗踏进了旅馆。他那一套更为和蔼的盘问方式产生了不错的效果。

"那么,塞尔维,"他温柔地说,"昨天早上坦娜博士离开了旅馆,是吧?"

女孩儿点点头。

"她说了今天会回来吗?我只想确认一下。"

"是的。"

"你没听到过任何反常的事情?她没有打过电话或者做过什么特殊事情吗?"

她摇摇头。

"很好。现在,你还有什么可以告诉我们的吗?例如,她待在这里期间,有没有任何访客?"

女孩儿犹豫了一下。

"昨天一大早,有个女人来了,给她送了个口信。"

努贝尔忍不住要插一嘴:"那是什么时候的事?"

莫罗比了一个让他安静的手势:"一大早是有多早,塞尔维?"

"我六点钟来值班的。我来不一会儿她就来了。"

"坦娜博士认识她吗?是她朋友吗?"

"我不知道,但我认为不是。她好像很惊讶的样子。"

"这一点非常有用,塞尔维。"莫罗说,"你能否告诉我们,你为什么会这样猜测呢?"

"她让坦娜博士去公墓见一个什么人。这种地方见面好像有些奇怪吧。"

"见谁?"努贝尔问,"你有没有听到她说是谁?"

塞尔维看起来更加惊恐了,慌忙摇着头:"我都不知她去了没有。"

"那好吧。你已经做得非常好了。现在,还有没有别的事了?"

"有一封她的信。"

"邮寄来的,还是亲手送交的?"

"还有换房间那档子事情呢。"一个声音从后面传来。塞尔维转过身去,瞪了一眼藏在一堆纸箱后面的男孩:"你这个该死的——"

"跟房间有什么关系?"努贝尔打断了他。

"我当时不在这里。"塞尔维固执地说。

"但是我打赌你还是知道所有的事情。"

"坦娜博士说,她的房间进了小偷,星期三晚上的时候。她要求换个房间。"

努贝尔僵住了。他立即绕到了柜台后面。

"害得每个人都多做了些额外的工作,对吧。"莫罗温和地说,让塞尔维无暇顾及径直走进后面房间的努贝尔。

他循着烹饪的气味,很快就找到了那个男孩。

"星期三晚上你在这里吗?"

他神气地一笑:"我在酒吧值班。"

"你看见什么了吗?"

"我看见一个女人从门里冲出来,追着一个男人跑去。直到后来我才知道那是坦娜博士。"

"你看到那个男人了吗?"

"没有。我主要是注意到了她。"

努贝尔从夹克里拿出几张照片,举到男孩儿的面前,说:"这里面有认识的吗?"

"我之前见过这个人。他穿一套很好的套装,不是游客,非常醒目,老是无所事事。星期二,也许是星期三,我不能确定。"

努贝尔再回到大厅的时候,莫罗已经让塞尔维露出了笑脸。

"他认出了多明戈。他说之前在旅馆周围见过他。"

"但是这样也不能说明他就是闯进她房间的人。"莫罗小声嘟囔着。

努贝尔将照片丢到塞尔维面前的柜台上:"这其中有没有你熟悉的人?"

"没有,"她摇着脑袋说,"虽然……"她犹豫了一会儿,指着多明戈的照片说,"给坦娜博士送口信的女人长得很像这个人。"

努贝尔跟莫罗交换了一个眼神:"兄妹?"

"我会去查清这个。"

"我恐怕我们需要你带我们去坦娜博士的房间看一下。"努贝尔说。

"我不能这样做!"

莫罗不顾她的反对,继续说:"我们就进去五分钟。这样的话,事情就会容易一些了,塞尔维。如果我们要等到经理批准的话,那我们就要回去带一整个搜查队来了。到时候,每个人都将十分麻烦。"

塞尔维无奈地从钩子上取下一把钥匙,神色紧张地带着他们来到了爱丽丝曾经住过的房间。

房间的窗子紧闭，窗帘拉下，空气闷热而潮湿。床上收拾得整整齐齐。迅速检查一番浴室之后，他们发现架子上摆放着崭新的毛巾，水杯也换成了新的。

"昨天早上服务员打扫完之后，这里还没人住过。"努贝尔小声嘟囔道。

浴室里没有任何私人用品。

"有什么发现吗？"莫罗问。

努贝尔摇着头，走向了衣柜。在那里，他发现了爱丽丝的手提箱，包装完好。

"看起来她搬出房间时，根本没有打开过包裹。显然她只是拿了护照、手机和一些必备品就离开了。"他说着，用双手在床垫边缘摸了起来。努贝尔用手指捏住手帕，拉开了床头柜的抽屉。里面放着一板头疼药片和一本奥迪克·拜亚德的书。

"莫罗！"他尖声叫道，将书递给了莫罗。这时，一张小纸片从书页之间飘了出来，落到了地上。

"这是什么？"

努贝尔将它捡起，然后皱着眉头递给了莫罗。

"有什么问题吗？"莫罗说。

"这是伊夫·比奥的字迹。"他说，"是一个沙特尔的电话号码。"

他刚要掏出手机来拨打那个号码，他的电话突然先响了起来。

"努贝尔！"他突然叫道。莫罗的眼睛死死地盯住他。

"这是一个绝好的消息，先生。是的。立刻出发。"他挂断了电话。

"我们已经拿到了搜查证，"他说着便朝门走去，"比我们预期的要快。"

"你预期会怎样，"莫罗说，"他可是一个很会操心的人。"

第六十七章

"我们在外面坐一会儿好吗？"奥迪克建议道，"至少可以坐到气温升起来。"

"这个想法真不错。"爱丽丝回答着，跟随他走出了那栋小房子。她感觉自己好像在梦里一般。每件事物好像都不紧不慢地存在着，悠然自得：连绵不断的山脉，广袤无边的天空，还有拜亚德缓慢从容的举手投足。

爱丽丝觉得，过去几天里让她神经紧绷和困惑不堪的东西，现在全都从她身上溜走了。

"这样真好。"他用那种特有的温和嗓音说着，在一小块长满青草的高地旁停了下来。拜亚德坐到地上，像个小男孩一样将两条瘦长的腿摆在身体前方。

爱丽丝犹豫了一下，也到他旁边坐下来了。她双臂抱住蜷起的腿，下巴搁在膝盖上，一抬眼就看见他又朝自己微笑起来。

"怎么了？"她问道，突然察觉到了他的目光。

奥迪克只是摇头。"很多原因。"他随意附和着，"原谅我，坦娜小姐，原谅一个老人的愚蠢。"

爱丽丝虽然不知道为什么他要这样子微笑，但还是很喜欢看见他的这个表情。"请您叫我爱丽丝吧。小姐听起来过于正式。"

他歪过头说："好吧。"

"相比法语来说，您更常说奥克语吧？"她问。

"不，两种都说。"

"其他语言也说吗？"

他不以为然地微笑着。"英语、阿拉伯语、西班牙语和希伯来语都会说。当你使用不同的词语、不同的语言时，故事就会变化出不同的形状和特色，呈现出不同的颜色。有时候更严肃，有时候则会更幽默，更富有韵律。在这片现称为'法国'的地方，曾经的居民说的都是奥克地区的语言；而奥克地区的语言，也就是今天法语的前身，其实是一种侵略者的语言。这种语言上的选择后来就将人们区分开来。"他摆摆手说，"但是，这不是我们今天要说的内容。你想知道的是人的故事，而不是听我这些理论，对吧？"

这回轮到爱丽丝微笑了："我读了一本您写的书，拜亚德先生，是我在奥德区姑妈的房子里发现的。"他点点头。"那儿是一个美丽的地方。有容克松运河，沿岸种着酸橙树和意大利石松。"他停顿了一会儿，说，"十字军的领袖阿纳尔德-阿马尔里克曾经在奥德区有过一栋房产，你知道吗？在卡卡颂和贝济耶也有。"

"不知道。"她摇摇头说，"我刚刚到这儿的时候，您说阿莱斯没有英年早逝。那她……在卡卡颂沦陷时活下来了？"

爱丽丝惊讶地发觉自己的心跳正在怦怦地加速。

拜亚德点点头："在一个叫萨雷的男孩儿陪同之下，阿莱斯离开了卡卡颂。那个男孩儿是迷宫三部曲的一位守护者的曾孙。"他抬起眼来，想看看她是否在听，得到确定的反应后，继续说：“他们就朝着这里奔来。在古语中，'荣誉村'是指陡峭的山峰、山脊。"

"他们为什么要来这儿？"

"领航员，就是山峰荣誉会的领袖，在这里等着他们。山峰荣誉会就是阿莱斯的父亲和萨雷的曾祖母发誓要效忠的团体。因为阿莱斯害怕有人追杀，所以他们走了一条迂回的路线，先是向西到达凡耀，然后向南经过皮伊维尔和拉维拉内，最后又向西折往萨巴提山脉。

"随着卡卡颂的陷落，士兵像泛滥一样，到处都是，好像老鼠一样挤满了我们的整片大地。还有一些土匪，毫无怜悯地掠食难民。阿莱斯和萨雷都是选择一大早和大半夜出行，白天天热、太阳毒辣的时候他们就躲起来。那一年的夏天，天气热得出奇，所以在夜幕降临之后，他们就睡在野外。他们靠吃坚果、浆果、水果，以及任何能够搜寻得到的东西果腹。大部分时间里，阿莱斯他们都是避开城镇走，除非是确定要找个安全的房子歇歇时，才会选择铤而走险。"

"他们怎么知道要去哪里？"爱丽丝问。她想起了几个小时之前自己到这儿来的旅程。

"萨雷有一张地图，给他……"

他的声音里充满悲伤，哽咽着无法成声。爱丽丝虽然不知道他为何突然悲从中来，但还是伸出手来，乖巧地握住了他的手。好像这样给了他一些安慰。

"他们的行程还算顺利，"他继续说，"九月底的时候，也就是圣米克尔的斋日之前不久，他们终于到达了荣誉村。那时候，大地刚好正在慢慢变成一派金色。山中的这片土地上，早就已经开始弥漫着秋天的气息，土壤潮湿起来，田野上空笼罩着燃烧残株和秸秆产生的烟雾。对他们那种从小生长在卡卡颂拥挤街巷的孩子来说，这里就是一个全新的世界。如此这般明媚的阳光，如此这般蔚蓝的天空，透彻得仿佛要直通天堂一样。"他停下来，放眼望了望眼前的这一片风景，"你能理解吗？"她点点头，迷醉在他的声音里。

"阿里夫，也就是领航员，在这里等着他们。"拜亚德低下头，"他得知了所有发生的事情后，不禁为阿莱斯的父亲和西米恩的悲惨遭遇痛哭流涕，也替书籍的遗失和埃斯克拉孟德的无畏奉献感慨不已。埃斯克拉孟德为了保护《言语书》，不愿成为他们的累赘，不顾自身安危，慷慨从容地选择让阿莱斯和萨雷独自前往此地。"

拜亚德再一次哽咽，沉默了一会儿。爱丽丝不想打断他，也不想去催促他。当你注定要知道一个故事的时候，故事本身就会讲述出来。等他准备好了，他自然就会开口。

过了一会儿,他的面部线条渐渐柔和起来:"在山里和平原上的日子,是一段快乐、美好的时光。但也许只是一种假象也说不定。虽然贝济耶以一种无法形容的惨状沦陷,但是很多卡卡颂人乐观地以为自己很快就能返回故乡。很多人还对教廷抱以信任态度。他们相信,如果异教徒得以驱逐,他们就可以保住自己的性命。"

"但是十字军并没有离开。"她说。

拜亚德点了点头。"那并非是一场关于信仰的战争,而是一场争夺土地的恶战。"他说,"1209年8月,卡卡颂战败之后,西蒙·德·蒙特福特当选子爵,尽管雷蒙德·罗杰·卡维尔仍然在世。现代人也许很难理解,但在当时,这种侮辱绝对是空前绝后,令人发指。那是一种违背所有传统和荣誉的行为。战争的一部分资金来源,就是一个贵族家庭给另一个贵族家庭支付的赎金。除非是被判有罪,否则一个封建主的土地是永远不会被充公或移交他人的。他的这种做法,是北方人对奥克地区一种极其明目张胆的蔑视。"

"卡维尔子爵发生了什么?"爱丽丝问,"我看见古城里面到处都有纪念他的景点。"

拜亚德点点头:"他确实值得被人纪念。他死了——被人杀死了——在1209年11月,当时他已经被囚禁在康达尔城堡里的监狱长达三个月之久。德·蒙特福特对外宣称他是死于传染病,也就是痢疾,但是没有人相信。一时间,反抗者们掀起了一次次暴动和混乱,直到德·蒙特福特被迫同意给雷蒙德·罗杰两岁的长子每年支付3000苏的补贴,作为子爵合法投降的补偿。"

爱丽丝的脑海中突然闪过一张面孔。一个虔诚善良、庄重美丽的女人,甘心献身于自己的丈夫和儿子。

"阿涅夫人。"她小声念道。

拜亚德凝视了她良久。"她也是被卡卡颂人广为怀念的人物。"他静静地说,"德·蒙特福特是一个笃定的天主教徒。十字军中,他——也许只有他一个人——始终相信,自己是在执行上帝的任务。他设立了房屋税或灶台税,用来支撑教廷的运作,还依照北方的做法,对于收入和报酬引进了什一税。"

"卡卡颂确实已经被打败了,但是米内瓦、蒙塔涅努瓦尔、比利牛斯的堡垒依然拒绝投降。亚拉贡的国王佩德罗无法接受自己从君主降为诸侯;雷蒙德六世,也就是卡维尔子爵的叔叔,也从图卢兹撤离了;纳韦尔和圣波尔的伯爵,还有其他一些例如居伊·埃夫勒这样的人物都回到了北方。西蒙·德·蒙特福特占领了卡卡颂,但他只是在孤军奋战。

"商人、小贩、织工一类的人总是会带来一些攻城和战役的消息,内容有好有坏。蒙特利尔、普雷科桑、萨维尔丹和帕米耶纷纷失陷,但是卡巴莱仍然坚持抵抗。1210年4月的春天,攻城战持续三个月之后,德·蒙特福特占领了布拉姆镇。他命令士兵围剿战败的卫戍部队,将他们的眼珠子全都挖了出来。只有一个人侥幸逃出。此人带领一行残兵败将越过边境线来到卡巴莱,却因此而受到了指控。这给那些坚持抵抗的人敲响了警钟,让他们看清了这场战争的惨无人道。"

"野蛮的报复行为逐渐升级。1210年7月,德·蒙特福特包围了米内尔夫位于山丘上的堡垒。几千年前,河流将这里的大山切成了深邃的岩石峡谷,保护着夹在中间的这座城镇。在村庄之上远远的地方,德·蒙特福特布了一个阵。"他停下来,转向爱丽丝,"那里现在还有一个复制品。样子看起来非常怪异。德·蒙特福特对着这座村庄炮轰了六个星期。最终米内尔夫陷落的时候,一百四十名纯洁派教徒因拒绝认错而被公开施以火刑。"

"1211年5月,入侵者在围城一个月之后,占领了拉沃尔。天主教徒将那里称为'撒旦的所在地'。从一个方面来说,他们说得很对。它见证着图卢兹的纯洁派主教和几百个纯洁派教徒曾经和平而光明正大地生活在此。"拜亚德将杯子举至嘴边,喝了一口,"将近四百名纯洁派被烧死,包括阿莫里·德·蒙特利尔。他曾经带领八十名骑士进行反抗。处罚他们的时候,他们的重量甚至把火刑架都压垮了。法国人不得不亲自撕裂他们的喉咙。在杀戮欲的刺激之下,入侵者开始疯狂地满城搜捕拉沃尔夫人——吉桑德,良人教的追随者曾经在她的保护下遍地开花。他们拖着她走过大街,就像对待一个普通的罪犯一样不留情面。然后,他们将她扔进水井,朝她身上猛扔石头,直到最后她被砸死。她被活活掩埋了,或者是溺水而死。"

"那阿莱斯他们知道这些恐怖的事情吗?"她问。

"阿莱斯和萨雷听说了一些消息,但经常是事情发生几个月之后才传到他们耳中。战争还是主要集中在平原地区。他们在荣誉村跟阿里夫生活在一起,日子虽然简单,但很是快乐。他们通过储藏木柴和咸肉,来熬过漫长黑暗的冬季,还学会了如何烘焙面包,也知道了在暴风雨来袭时如何用茅草覆盖屋顶。"拜亚德的声音变得柔软起来。

"阿里夫教萨雷读书,后来又教他写字。一开始教的是奥克语,慢慢改教入侵者的语言,还有一点儿阿拉伯语和希伯来语。"他微笑着说,"萨雷是个不爱学习的学生,相对于这些脑力活动,他更倾向于参加一些体力劳动,但是在阿莱斯的帮助之下,他还是坚持了下来。"

"他也许是想要向她证明什么。"

拜亚德瞧了她一眼,但是没有吭声。

"他们一直这样生活着,直到萨雷十三岁生日之后的那个耶稣受难日。那一天,阿里夫告诉他,他将成为皮埃尔·罗杰·德·米尔普瓦家族的学徒,开始受训成为一名骑士。"

"阿莱斯是怎么看待这个决定的呢?"

"她为他感到高兴。那是他一直梦想的事情。在卡卡颂的时候,他就经常观察骑士侍从为主人擦亮靴子和头盔,还时常偷偷爬进竞技场去观看他们比武。虽然他的身份地位对骑士生活来说,是一种僭越和奢望,但这从来都没有阻止他梦想自己成为一个特立独行的骑士。现在,他好像终于有机会可以证明自己了。"

"那他去了?"

拜亚德点点头:"虽然皮埃尔·罗杰·德·米尔普瓦是一个公正严明的老师,但是不得不承认他确实十分苛刻,不愧他擅长训练年轻男孩的美名。那是一份异常艰辛的事业,但是萨雷机灵敏捷,又肯努力。他学会了在刺枪靶上竖起长矛,练习了刀剑、狼牙棒、链球和匕首的用法,掌握了如何在高马鞍的直背椅上骑行。"

一时间,爱丽丝看着眺望远方群山的拜亚德,心里不禁又开始浮想联翩。这些他花了大半生来陪伴的人们,虽然生活在遥远的世界里,但是在他的面前,变得如此有血有肉,活灵活现。

"这期间阿莱斯怎么样了?"

"萨雷在米尔普瓦的时候,阿里夫就开始教阿莱斯一些山峰荣誉会的礼仪和仪式。她在医术方面的造诣早已声名远扬,被人们称为拥有大智慧的女人。不管是精神上的,还是肉体上的,几乎就没有她治不好的病。阿里夫传授给她星相方面的知识,告诉她这个世界构成的模式,将他生活的那片土地上的古老奥秘如数教给了她。阿莱斯意识到,阿里夫还有更深一层的目的。她知道他是想让她和萨雷准备好去完成他们的任务。这也就是他为什么要将萨雷送走的原因。"

"与此同时,萨雷几乎想不起这座小村庄了。牧师或纯洁派成员不时会将一星半点关于阿莱斯的消息带到米尔普瓦,但是她没有亲自前往那里。由于她姐姐欧莉安的猛追不舍,阿莱斯的这颗项上人头成了一个悬赏追捕的目标。阿里夫花钱为萨雷买回一套锁子甲、一匹驯马、一副盔甲和一把剑。他还只有十五岁时,就被授予了称号。"他犹豫了一下,说,"在那之后不久,他就参战了。那些寄希望于得到仁慈待遇、将自己的命运拱手让给法国人的人纷纷倒戈,包括图卢兹伯爵。这回,当他拜访他的君主阿拉贡佩德罗二世时,佩德罗接受了他的投靠,并于 1213 年骑行北上。在富瓦伯爵的参与之下,他们的联合力量已经足够强大,可以对德·蒙特福特的残兵败将造成致命打击了。"

"1213 年 9 月,南北两支军队在米雷交战。佩德罗是一个勇敢的首领,也是一个娴熟的战略家,但是那次战役却处理得十分欠妥。在战斗进入白热化的时候,佩德罗不幸被杀。南方军失去了首领。"拜亚德稍作停顿,"在这场争夺独立的战斗中,有一名来自卡卡颂的骑士,叫作吉扬·杜马斯。"他停了一下,说,"他很会表现自己,也很招人喜欢,骑士们都愿意听他号召。"

他的声音里开始混入了一种奇异的腔调,有欣赏和崇敬,还有一种爱丽丝无法名状的东西。她还没来得及细想,就被拜亚德继续的陈述打断了。

"1218 年的 6 月 25 日,白狼也被杀死了。"

"白狼?"

他摇摇手,说:"噢,请原谅我。在当时的歌谣里,比方说,*Canso de lo Crosada* 这首歌里,德·蒙特福特就被称作一头白狼。他是在围攻托洛萨的时候丧命的。他的头部遭遇石弩的弹丸袭击。据说石弩还是一个女人操作的。"爱丽丝忍不住笑了起来。"他们把他的尸体运回卡卡颂,确保他以北方的习俗进行安葬。他的心、肺、胃被带到了圣塞何尼,骨头送到了圣那萨利,埋在一座墓碑下面。现在,那块墓碑被挂在大教堂的南侧耳堂墙上。"他停了一下,"也许你游览古城的时候已经见到过了?"

爱丽丝红了脸。"我……我发现我无法走近大教堂。"她一五一十地说。拜亚德迅速看了她一眼,但是没再提起关于墓碑的事情。

"西蒙·德·蒙特福特的儿子阿莫里继承了他的位置,但他并不具备父亲那样的指挥才能,其父辛苦夺来的土地,在他刚一接手之后,就开始一点点地丧失。1224 年,阿莫里被迫撤军。德·蒙特福特家族放弃了对卡维尔领土的争夺。萨雷可以自由返乡了。皮埃尔·罗杰·德·米尔普瓦不愿意让他离开,但是萨雷……"他突然停住,站了起来,朝着小山坡下走了几步。他背对着她开始说:"他当时二十六岁,阿莱斯比他大一些,但是萨雷……他还心存幻想。他知道他们不能结婚,因为吉扬·杜马斯还活着,但他仍是一味梦想着,觉得现在已经证明了自己,他们的关系也应该能更进一步了。"

爱丽丝犹豫了一下,然后也站起来,走到了他的身边。她用手握住拜亚德的胳膊时,他轻轻地颤抖了一下,仿佛已经忘记了她的存在。

"怎么了?"她静静地说,感到一种莫名其妙的不安。她觉得自己好像在偷听似的,好像这个故事私密到了无法启齿。

"他鼓起全身的勇气来告白。"他支支吾吾地说,"阿里夫知道了。如果萨雷之前去问过他的建议,他也许会同意。但结果是,他选择不发表意见。"

"也许萨雷知道自己不会想听到阿里夫的真实想法。"

拜亚德对她悲伤地苦笑一下:"也许是吧。"爱丽丝静静等着他继续说。

"那么……"当看到他显然不会再说下去时,她赶紧追问道:"萨雷告诉她自己的感觉了?"

"是的。"

"怎么样呢?"爱丽丝紧接着问,"她说什么了?"

拜亚德转身看着她。"你不知道吗?"他用一种近乎耳语的声音说,"那我向上帝祈祷,让你永远不知道爱一个人却没有结果的痛苦。"

爱丽丝突然开始帮阿莱斯辩护起来,虽然这个举动十分疯狂。

"但是她也爱他。"她坚定地说,"像姐弟那样爱他。那样难道还不够吗?"

拜亚德转头看着她,微笑起来:"那确实能够令他开心。但是这样就够了吗?不。远远不够。"

他又转过身去,开始朝着房子走去。"我们回去吧?"他的语气又开始正式起来,"我觉得有点儿热了。赶了这么久的路,坦娜小姐你肯定也累了。"

爱丽丝突然注意到他看起来是多么苍白,多么疲倦,不由地心生愧疚。她看了一眼手表,发现他们竟然谈了这么久的时间,比预想中要长很多,现在已经接近中午了。

"当然。"她一边迅速回答道,一边伸出胳膊挽住他,一同缓缓地走回了屋里。

"如果你不介意的话,"一回到屋里他就安静地说,"我必须要睡一会儿。大概你也应该休息一下了吧?"

"我确实很累。"她承认道。

"我醒来就会准备食物,然后我们把故事讲完。黄昏之前我们要换换脑筋,想点儿其他事情了。"

她站在那里等着他走到房子后部,拉下了身后的帘子。随后,爱丽丝感觉有点儿莫名其妙的郁郁寡欢,随手拿了一条毯子当作枕头,走出了房间。

她在树下倚坐下来。她意识到,只有在那一刻,过去的一切才占据了她的想象力,让她不再去想希拉或威尔的事情。

第六十八章

距离苏拉哈克山峰不远的地方,有一间不起眼的小屋。弗朗索瓦-巴普蒂斯特走进屋里,问道:"您在干什么?"

玛丽-赛希拉正坐在桌边,面前摆放着一个黑色的有垫书架,上面是一本摊开的《民数记》。她眼皮都没抬一下地说:"我在研究大厅里的布置。"

弗朗索瓦-巴普蒂斯特走到她身边坐下:"您这么仔细是有什么特殊的原因吗?"

"是要提醒我自己这幅图和迷宫洞穴里的布局有几点不同。"

她感觉他正在自己肩膀后面偷窥着那本书。

"有很多不一样的地方吗?"他问。

"有一些。这个地方,"她说着,用手指在书上指点了几下,她的红色指甲油在防护棉手套里面若隐若现,"我们的祭坛在这儿,就是标记的这个地方,而在实际的洞穴里,它更靠近墙壁。"

"这是不是意味着迷宫的雕刻不太清楚?"

她转过脸来看着他,对他一针见血的解释感到刮目相看。

"但是如果原本的守护者是依照这本《民数记》来举行仪式,就像真实山峰荣誉会这样,那它们不应该是一样的吗?"

"是的,你可以这样认为,"她说,"最明显的差别是书里的图上没有坟墓。然而有意思的却是,骷髅所在的坟墓就在那个位置上。"

"关于这些尸体,您有没有再听说过别的消息?"他问。

她摇了摇头。

"所以我们仍然不知道他们是谁?"

她耸耸肩:"这重要吗?"

"我猜是不重要。"他回答道，虽然她可以看出自己这兴趣寥寥的反应令他有些反感。

"总而言之，"她继续说，"我认为这些事情都不重要。重要的是这个图案，是这些话语说出时领航者走的路线。"

"您很自信您能够读懂《言语书》里面羊皮纸上的内容？"

"如果它跟其他羊皮纸来自同一时期，那我就可以看懂。象形文字都很简单的。"

她浑身燃起一种希望，如此突然，如此迅速，令她不禁举起手来，像有一只手抓住了她的脖子似的舞动着。啊！今晚，她将念出那被人遗忘的语言；今晚，圣杯的威力将在她的身上显灵。时间将会被她征服。

"那如果欧唐纳在撒谎呢？"弗朗索瓦-巴普蒂斯特说，"如果她那儿没有那本书呢？或者，奥蒂耶之前并没有找到呢？"

玛丽-赛希拉突然睁开眼睛，被儿子直白而挑衅的语气惊得身子一震。她厌烦地瞟了他几眼："《言语书》就在那里。"

被搅坏心情的玛丽-赛希拉合上《民数记》，把它装回了书皮里，又拿出《魔药书》放在刚刚的位置上。

从外观来看，这些书看起来一模一样。同样的木板，上面都覆着一层皮革，还有一根捆书的皮革带子。

第一页上空空如也，只有在中间的位置上有只小小的圣杯。背面是空白的。第三页上的一些文字和图片，跟曾经出现在白马街地下室墙壁顶部的那些一模一样。

每一页的第一个字母都用红色、蓝色或黄色标记，四周围绕金边；其他部分的文本均是一个词接一个词地往下写，每个观点之间并没有分隔开来。

玛丽-赛希拉翻到了书中的羊皮纸那里。

每个象形文字之间，都点缀着一些植物的小图片和装饰成绿色的符号。家世显赫的德劳哈德家族曾经赞助设立了一项奖学金，多年来一直用于研究和学习这些符号和图片，直到最后她祖父终于意识到，这些图画根本就无关紧要。只有在两张圣杯羊皮纸上写的象形文字才是真正重要的，剩下的其他东西——单词、图片、颜色——都只是些晦涩不清的装饰物和用来掩饰真相的道具罢了。

"它在那里。"她一边说，一边用一种严厉的表情盯着弗朗索瓦-巴普蒂斯特。他满脸狐疑的表情被她看在了眼里，但是幸亏他还算明智，没有再开口说话。

"拿上我的东西，"她厉声说，"之后，查清汽车去过哪里。"

几分钟后，他拿着她方形的小化妆包回来了。
"你想把这个放在哪里？"
"放到那边。"她指着一张梳妆台说。他又出去之后，玛丽-赛希拉走了过去，坐了下来。化妆包的外皮是柔软的棕色皮革，上面用黄金装饰着她的姓名首字母。那是她祖父送给她的一件礼物。

她打开了盖子。里面有一面巨大的镜子和几个袋子，分别装着刷子、美容电器、面巾纸和一把小金剪刀。

化妆包的顶板上，是一排排收拾得干干净净、摆放得井井有条的化妆品，有口红、眼影、染眉膏、眼线笔和粉饼。下面的一块深层隔间里，放着三个红色皮革首饰盒。
"他们到哪儿了？"她头也不回地问。
"不远了。"弗朗索瓦-巴普蒂斯特回答道。她听得出他声音里的紧张不安。
"他还好吧？"
他走向她，伸手搭在她的肩上："您还关心这个吗，妈妈？"
玛丽-赛希拉盯着自己在镜子里的影子，然后看看儿子。她头上的玻璃正好把他们框在一起，母子俩好像走进了一幅肖像画似的。他的声音听起来很随意，但是他的眼睛出卖了自己的内心。
"不，"她答道，"就是好奇而已。"他的面部放松了一点儿。他捏了捏她的肩膀，然后收回了双手。
"还活着。这就是给您的答案。他们要把他弄出去的时候惹了麻烦。他们不得不想办法安抚了他一下。"
她扬了扬眉毛。"希望不要太大，"她说，"半清不醒对我来说也没有什么用处。"
"我？"他尖声问道。
玛丽-赛希拉咬住了自己的舌头。她需要弗朗索瓦-巴普蒂斯特的情绪稳定一下，便说："对所有人。"

第六十九章

两三个小时后,奥迪克从屋里走出来,看见爱丽丝还在树下的阴凉里打着盹。

"我已经准备好了食物。"他说。

睡了一觉之后,他看起来气色好多了,皮肤上不再有蜡白的感觉,面容又变得紧致起来,淡褐色的眼睛里开始闪烁着明亮的光彩。

爱丽丝收拾了一下毯子,跟着他回到屋里。桌子上已经摆好了山羊乳酪、橄榄、番茄、桃子,还有一壶葡萄酒。

"请吧,随便用。"

他们刚一就座,爱丽丝就又开始拾起上午的话题。有些问题已经在她脑海中萦绕一个中午了。她注意到他虽然喝了一点儿酒,但是食物吃得很少。

"阿莱斯有没有尝试去要回被她姐姐和丈夫偷走的书呢?"

"战争威胁的阴影刚一笼罩到奥克地区上方时,阿里夫就已经开始决意要将迷宫三部曲集中到一起了。"他说,"由于她的姐姐欧莉安,阿莱斯的脑袋成了悬赏的目标。这令她的出行变得难上加难。她几乎从来没有离开过村子,即便是偶尔有几次,她也都是乔装打扮好了才能出门。如果还幻想到北方去找他们要书,那可真就是不要命了。萨雷做了好几次要到沙特尔的计划,但没有一次马到成功的。"

"为阿莱斯去的吗?"

"部分原因是吧,但另一部分原因也是为了他的曾祖母埃斯克拉孟德。他感觉到了自己对山峰荣誉会的一种责任。阿莱斯也是一样,她觉得要替父亲承担起这副担子。"

"埃斯克拉孟德怎么样了?"

"很多信奉邦霍姆斯的人都去了意大利北部,但是埃斯克拉孟德的身体状况不允许她去到那么远的地方。无奈之下,她被加斯顿及其兄弟带到了纳瓦拉的一个小聚落里。她一直生活在那里,直到几年之后才去世。萨雷一有时间就会过去看她。"他停顿了一下,"而阿莱斯再也没有见过她。这也成为阿莱斯另一个巨大痛苦的根源。"

"欧莉安怎么样了？"爱丽丝沉默了一会儿之后，问道，"阿莱斯有没有听到她的消息？"

"很少会听到。阿莱斯更感兴趣的，是关于沙特尔的圣母玛丽亚天主教堂里面建造迷宫的消息。没人知道这是谁下令建的，也没人知道它到底有什么深意。从某种程度上说，可能也是因为这个原因，埃夫勒和欧莉安才要在那里扎根、定居，再也没有回到他北方的老家。"

"那些书一直就在沙特尔。"

"事实上，建造这座迷宫的目的，就是要转移人们对南方洞穴里那个迷宫的注意力。"

"我昨天看到了。"爱丽丝说。

从昨天到现在，真的只是过了一天而已吗？

"我没有任何感觉。噢，我是说它确实很漂亮，很壮观，但是除此之外，它毫无新意。"

奥迪克点点头："欧莉安得到了自己想要的东西。居伊·德·埃夫勒把她带到了北方，并且娶她为妻。作为交易，她把《魔药书》和《民数记》都给了他，并且保证要继续寻找《言语书》。"

"娶她为妻？"爱丽丝皱起了眉头，"但是那个谁怎么办——"

"让·贡高斯特？噢，他可是一个好人。虽然他迂腐木讷，嫉妒心强，不苟言笑，但是也许，他是一个忠诚的仆人。弗朗索瓦遵照欧莉安的命令，把他杀了。"他停顿了一下，继续说，"弗朗索瓦确实该死。他的死法很惨，但是他也真的不配寿终正寝。"

爱丽丝摇摇头说："我想知道吉扬的事情。"

"他留在了南部。"

"但是他没有再跟欧莉安藕断丝连吗？"

"他一直奋力抗敌，想要将十字军赶走。随着时间的流逝，他在山里召集了一大批追随者。起初，他是反对皮埃尔·罗杰·德·米尔普瓦的。但是后来，当卡维尔子爵的儿子试图夺回他们从父亲手中抢走的土地时，吉扬就转而为他效劳。"

"他变节了？"爱丽丝困惑地问。

"没有，他……"拜亚德叹了口气，说，"没有。吉扬·杜马斯从来都没有背叛卡维尔子爵。的确，他是个傻瓜，但是最后看来，他并不是一个叛徒。欧莉安一直在利用他。卡卡颂陷落的时候，他跟雷蒙德·罗杰·卡维尔一起被当作俘虏抓走了。跟子爵不同，吉扬成功逃脱了。"奥迪克深吸了一口气，好像承认这一点令他很痛苦似的："他不是个叛徒。"

"但是阿莱斯认为他是个叛徒。"她悄悄地说。

"他的不幸是他自己一手造成的。"

"是的，我知道，但即便这样……这样悔恨地活着，知道阿莱斯会那样恨他，把他当成——"

"吉扬不值得同情。"拜亚德尖锐地指出，"他背叛了阿莱斯，违背了他们的婚姻誓言，使她受了奇耻大辱。但是即便这样，她还是……"他情绪激动到无法自持，"请原谅……有时候，客观描述是很难做到的一件事情。"

为什么这会令他如此心烦意乱？

"他从来没想过要去看看阿莱斯？"

"他爱她，"奥迪克言简意赅地说，"他不愿意因为自己前去找她而将她的行踪暴露给法国人。"

"那么，她也没打算再去见他一面？"

奥迪克缓缓地摇了摇头。"要是你的话，你会这样做吗？"他温柔地问。

爱丽丝思考了片刻，说："我不知道。如果她爱他的话，不管他做了什么……"

"关于吉扬参加战役的消息时不时会传到村子里。阿莱斯什么都没说，但是心里暗暗地为这个男人现在的样子感到骄傲。"爱丽丝在椅子里挪动了一下身子。奥迪克似乎看穿了她的急不可耐，便开始加快了讲话的速度。

"萨雷回到村子的五年里，"他继续说，"他们一直过着一种相对和平的生活。他与阿莱斯和阿里夫过得很好。其他一些住在山里的卡卡颂人，包括阿莱斯之前的仆人黑桑德，也在村里定了居。生活虽然简朴，但是足够美好。"拜亚德停顿了一下，"但是1226年，一切都改变了。一位新国王登上了法国王位。圣路易是一个狂热的人，秉承着激进的宗教信念。久禁不止的异端邪说成了他的心头大患。虽然南部地区的纯洁派遭受了经年不断的压制和迫害，但是纯洁派教廷仍旧能够与天主教会的权威和影响分庭抗礼。五个纯洁派主教辖区——托洛萨、阿尔比、卡卡颂、阿让和拉兹在很多地方都比天主教辖区更受人尊重，更富有影响力。"

"起初，这些情况都没有影响到阿莱斯和萨雷。他们还是像之前一样平静地生活。冬天的时候，萨雷奔到西班牙去筹备资金和装备，来为抵抗争取支持。阿莱斯还是在后面辅佐。她是一个优秀的骑手，舞剑和射箭都很娴熟，而且胆量颇大，敢去给阿里埃日的抵抗军首领和整个萨巴提山区通风报信。另外，她为纯洁派成员提供庇护，为他们筹集食物，寻找住所，还给他们搜集信息，告诉他们能够提供服务的地点和时间。大部分纯洁派都是些传教士，平日里就是靠自己的体力劳动赚取生活费用，像是梳毛啊，烘焙面包啊，纺羊毛啊之类的。他们一般是成双成对地上路，一个经验丰富的老师搭配一个年轻一些的学徒。当然，通常都是两个男人，但有时也会有两个女人搭伙。"奥迪克微笑了一下，"就像埃斯克拉孟德和她的良师益友曾经在卡卡颂做过的那样。"

"开除教籍，为十字军购买赎罪券，还有所谓的'铲除异端邪说的新战役'等等，一切都跟以前一样进行着，只不过，他们现在有了一个新的罗马教皇——教皇霍诺留斯三世。他已经不打算再等下去了。1233年，他设立了'神圣宗教审判所'，直接受他自己的控制。这个机构的任务，就是搜捕并根除异教徒，不分任何地点，也不限使用任何手段，只要完成任务即可。他选择了多米尼加人黑衣修士作为自己的代理人。"

"我还以为宗教审判所是在西班牙设立的呢。在那种情况下，时常会听到这样的说法。"

"不，这是很容易犯的一个错误。"他说，"宗教审判所是为灭绝纯洁派而设立的。从那之后，恐怖行动便拉开了序幕。宗教审讯人随心所欲地游荡在大街小巷里，胡乱地指控、告发和处刑。到处都有密探。还有跑去掘尸的，连埋在圣地之下的尸体都要被当作异教徒烧烂。通过犯人们招供的信息，审讯人开始逐渐勾勒出纯洁派所在的位置地图，从村庄搜到镇上，再追查到市里。这些不公的死刑判决犹如一股邪恶的浪潮，卷入其中的奥克地区开始逐渐沉没，善良诚实的人都被定罪，恐惧之下，连邻居之间都开始反目成仇。从托洛萨到卡卡颂，每个重要城市里都设了一处宗教审判所。一旦被定了罪，审讯人就要将受害者移交到当局进行关押、鞭打、致残或施以火刑。他们并不直接处理这些事情，因为他们要保持自己的双手干干净净。几乎没有无罪开释的人，即便有些获释的，也要被迫在衣服上戴一个黄色的十字架，作为异教徒的标记。"

爱丽丝仿佛在脑中闪过一丝记忆。她依稀记得自己跑着穿过树林，想要从追捕者的手中逃跑。她好像还记得破碎的衣服、秋叶的颜色，正从自己的身边飘到空中。

我在梦里见过这种场景吗？

爱丽丝盯着奥迪克的脸，看到上面写满了悲痛，心里又翻江倒海起来。

"1234年5月，审讯人到达利穆镇。命运不济的阿莱斯刚好和黑桑德走到那里。稀里糊涂地——也许她们俩被当作了纯洁派，因为她们是两个女人走在一起——她们也被逮捕了,被带到了托洛萨。"

这就是我一直恐惧的事情。

"她们没有报出自己的真实姓名,所以直到几天之后,萨雷才听说了发生的事情。他不顾自身安危,立即前去营救。即便是这样,他也没能得到命运的垂怜。宗教审判听证会大部分都是在圣赛尔南的天主教堂举行,所以他就跑到那里去找她。然而,阿莱斯和黑桑德被带到了圣埃蒂安的修道院里。"

爱丽丝一下子倒吸了一口气,因为她想起了那个被黑袍僧侣拽走的幽灵女人。

"我去过那里。"她小心翼翼地说。

"情况十分糟糕。那里肮脏,残酷,侮辱人格。囚犯们被关在一个没有光线、没有温暖的地方,四周只充斥着其他囚犯大喊大叫的尖叫声,因为他们在争辩着此刻到底是白天还是黑夜。很多人还没等来审判,就死在了监狱里面。"

爱丽丝试着要开口,但是感觉嘴巴很干。

"她有没有……"她停了下来,无法继续。

"人类的精神力量可以承受很多东西,但是一旦崩溃,就会碎成灰烬,难以逆转。那就是审讯人的做法。他们击垮我们的精神,就像刑讯者撕裂我们的皮肤和骨头一样,直到我们再也不知道我们自己是谁。"

"告诉我后来怎么样了?"她急不可耐地说。

"萨雷去得太晚了。"他平静地说,"但是吉扬先到一步。他早就听说了山中有个会治病的女人被抓去审讯了。不知为何,他就猜到了那是阿莱斯,即便是她的名字并没有出现在登记册上。他贿赂了守卫,偷偷溜了进去——到底是通过贿赂,还是恐吓,这些我已经无从知晓。但是,他找到了阿莱斯。她和黑桑德被单独关在一个地方,这给了他绝佳的机会,可以掩人耳目地将她送出圣埃蒂安,并且在审讯人反应过来之前,将她送出托洛萨。"

"但是……"

"阿莱斯一直认为是欧莉安派人将她囚禁起来的,所以他们肯定不会审讯她。"

爱丽丝感觉自己已经热泪盈眶。"他把她带回村里了吗?"她赶紧问道,一边用手背擦了擦脸上的泪水,"她又回家了吗?"

拜亚德点了点头。"她在八月回去的,就在圣母升天的斋日之前不久,也带了黑桑德回去。"他匆匆忙忙地说完了这一席话。

"吉扬没有和她们一起回去吗?"

"没有,"他说,"而且他们之后一直没见过面,直到……"他又停了一下。

爱丽丝不用耳朵,只靠心灵的感应,就可以知道他艰难地吸了一口气,才说:

"她的女儿六个月后出生了。为了纪念伯特兰·佩尔蒂埃,阿莱斯给她起名为伯特兰德。"

奥迪克的这句话好像悬在他们之间的空中,一动不动。

又一片拼图拼上了。

"吉扬和阿莱斯。"她小声地自言自语着。她的心灵之眼仿佛看见了奥德区格蕾丝卧室地板上铺展开来的那幅家族谱系图。"阿莱斯·佩尔蒂埃·杜马斯(1193—)"用红色做了标记。她之前看的时候,看不清她旁边的名字,只能看到下一行一侧的萨雷的名字,是用绿色墨水写的。

"阿莱斯和吉扬。"她又重复一遍。

我是他们的后代。

爱丽丝迫切地想要知道吉扬和阿莱斯在一起的三个月里发生了什么。为什么他们又分开了?还有,为什么迷宫符号会出现在阿莱斯和萨雷的名字旁边?

还有我自己的名字旁边。

她抬起头来看着他,心中鼓起了一种愈发激动的情感。她正要将心中的疑惑一股脑地倾倒出来,却突然被奥迪克脸上的表情打断了——她发自本能地知道,他已经说够了吉扬的事情。

"那之后发生了什么呢?"她安静地问,"阿莱斯和女儿就一直跟萨雷和阿里夫生活在荣誉村吗?"

从奥迪克脸上转瞬即逝的微笑来看,爱丽丝知道了他对她转移话题的感激之情。

"那个孩子长得很漂亮。"他说,"和和气气、白白净净的,老是笑啊唱啊的。每个人都很喜欢她,尤其是阿里夫。伯特兰德可以坐在阿里夫身边好几个小时,听他讲一些关于圣地和她祖父伯特兰·佩尔蒂埃的故事。她再长大一点儿的时候,就开始经常为他跑跑腿儿什么的。六岁的时候,他开始教她下棋。"

奥迪克停住了。他的面部又变得凝重起来:"然而,宗教裁判所的魔爪一直在伸向四面八方。十字军击败平原地区之后,最终又将注意力转到了比利牛斯和萨巴提山脉里一些尚未攻取的要塞上。卡维尔的儿子雷蒙德在1240年结束流放,带领一小支骑士和科尔比埃的大部分贵族回到了故土。他没费多大力气就重掌了利穆和努瓦尔山之间城镇的大权。整个国家都被调动了起来,包括塞萨科、阿齐尔、洛尔、里布斯堡、佩图斯堡和阿吉拉尔。但是战斗了几个月后,他夺回卡卡颂的计划失败。十月,他撤回到了蒙特利尔。他变得孤立无援。最终,他被迫撤到了阿拉贡。"

奥迪克停了一下,接着说:"恐怖行动立即又开始了。蒙特利尔被夷为平地,蒙托利厄也难逃此劫。利穆和阿莱宣布投降。阿莱斯和我们都十分清楚,人们将会为反抗失败而付出惨痛的代价。"

拜亚德突然闭上嘴,抬头看着她:"你有没有去过蒙塞居尔,爱丽丝小姐?"她摇摇头。

"那是一个非凡的所在。也许应该说是一个神圣的所在。即便是现在,精灵还是时常在那里徘徊。它三面环山,仿佛是上帝在苍穹之下的神殿。"

"坚固之山。"她不假思索地脱口而出,随即便羞红了脸——因为她意识到自己是在引用拜亚德的语言来说给拜亚德听。

"很多年前,在十字军出兵之前,纯洁派教廷的领袖就曾经要求蒙塞居尔的封建主雷蒙德·德·佩雷尔将摇摇欲坠的区块进行重建,同时加固城防。到1243年,萨雷受训的家族皮埃尔·罗杰·德·米尔普瓦掌控了这个要塞。阿莱斯十分担心伯特兰德和阿里夫的安危,觉得不能再待在荣誉村了,于是萨雷就参军了,他们也跟随大批流民去了蒙塞居尔。"奥迪克点点头,"但是他们这样一走,就变得十分显眼。也许他们应该分开行动。阿莱斯的名字此时已经登上了宗教审判所的缉捕名单。"

"阿莱斯是纯洁派吗?"她突然问起。即便是到了这会儿,她对此依然还是不确定。

他思考了一会儿:"纯洁派认为,我们所见、所闻、所嗅、所尝、所接触的整个世界都是由恶魔创造的。他们相信,恶魔将上帝王国里的纯洁灵魂诱骗出去,将它们囚禁在地球上这些穿着束腰外衣的肉体之内。只要他们能够过上一种足够纯良的生活,能够使自己的灵魂'善终',他们就能从禁锢中解脱出来,重返光荣的天堂,回到上帝的怀中。反之,他们会在死后的四天之内,在地球上转世化身,重新开始轮回。"

爱丽丝记得,自己曾经在格蕾丝的《圣经》里见过这些话。

"出生在肉体里的是肉体;出生在灵魂里的是灵魂。"

奥迪克点点头。"你必须明白的是,良人教派很受拥趸们的爱戴。他们替人们主持婚礼,给孩子起名,帮忙埋葬死者等等,而且都不会收费。他们也不会征税或是要求缴纳什一税什么的。有一个故事是这样讲的。一个纯洁派成员遇见一个跪在田地一角的农民,便问他:'你在做什么?'农民回答道:'我要感谢上帝把这么好的粮食赐给我。'纯洁派微微一笑,拉那个男人站了起来,说：'这不是上帝的功劳，这都是靠你自己的努力得来的，因为你用双手在春天里耕耘，播种，悉心照料。'"他抬起眼来望着爱丽丝，问："你听懂了吗？"

"我觉得我听懂了。"她踌躇不定地说，"他们认为个人可以控制自己的生活？"

"在我们出生的时空限制之内，是这样的。"

"但是阿莱斯认同这种想法吗？"她坚持不懈地问。

"阿莱斯和他们一样。她古道热肠，先人后己。她做着自己认为正确的事情，不顾传统和世俗的眼光。"他微微一笑，"跟他们一样，她也认为世界上没有最后的审判。她相信，存在于她身边的恶魔不可能是上帝的创造。阿莱斯这个女人，只相信她自己能够触碰得到和亲眼所见的世界。"

"那萨雷呢？"

奥迪克没有直接回答她的问题："虽然现在的'纯洁派'这个用词已经十分普遍了，但是阿莱斯那个时代，他们叫自己为'良人教派'。宗教审判用的拉丁文本里叫他们为'异教徒'。"

"那么，'纯洁派'这个词是从哪里来的？"

"啊，那个啊，我们不能让胜利者为我们记录我们自己的故事。"他说，"这个词汇是我和其他……"他停了下来，抿嘴一笑，好像在跟自己开一个玩笑，"有很多种解释。也许奥克语里的 catar，法语里叫 cathare，来源于希腊语的 katharos，意思都是纯洁。其中寓意可见一斑。"

爱丽丝皱了皱眉，意识到她好像错失了某样东西，但是又无法名状。

"那么，这种宗教是什么样的？它发源于何地？本来不是法国的吗？"

"欧洲的纯洁派来源于波格米勒派，是一种 10 世纪之后盛行于保加利亚、马其顿和达尔马提亚的二元论信仰。它与一些更加古老的宗教信仰关系密切，例如波斯的索罗亚斯德教，或者摩尼教。他们都信奉转世。"

一个想法开始迅速在她脑中成形。奥迪克讲的每一件事情，都在与她已知的信息形成联结。

等会儿真相自然会来找你，只要耐心点儿等。

"在里昂的帕莱，"他继续说，"有一份纯洁派的《圣约翰福音书》的原稿复制品。它是为数不多的几份从宗教审判所的魔爪中逃过一劫的文件。它用奥克地区的语言写成，那是一种当时被认为是由异教徒使用的语言，是要遭到惩罚的。对良人教教徒来说，《圣约翰福音书》是所有圣书中最为重要的。它是一本极其强调个人通过知识来获得启蒙和开化的书籍。良人教拒绝进行偶像崇拜，也不准崇拜十字架或祭坛——他们认为那些是雕刻在岩石和树上的魔鬼集中营。他们只是单纯地以最高的敬意信奉上帝。"

一开始是话语，话语与上帝同在，话语就是上帝。上帝一开始也是话语。

"转世。"她缓缓地自言自语着，"这怎么可能跟基督教的正统神学达成和解啊？"

"基督教圣约的核心，是将永生赐予信仰基督的人，并且通过耶稣在十字架上的牺牲来替信徒赎罪。转世也是一种永生的形式。"

迷宫。永生之路。

奥迪克站起身来，走到敞开的窗前。爱丽丝望着他瘦削笔挺的后背，感受到了他身上的一种前所未有的坚毅和决绝。

"告诉我，坦娜小姐。"他转过身来，面对她说，"你相信命运吗？或者，这是否就是我们选择踏上找寻到彼此的路？"

"我——"她刚一开口，就停住了嘴。她对自己的思绪不再确定。在这片毫无时间感的群山里，在这块高耸入云的土地上，每天的世界和纷繁的价值似乎已经变得无足轻重。"我相信我的梦。"她犹豫了半天，最终说。

"你觉得你能改变自己的命运吗？"他说，努力地在寻求她的一个回答。

爱丽丝开始不自觉地点头："否则，有什么意义呢？如果我们只是走上一条预先注定的道路，那么使我们成为今天的自我的所有经历——爱情、悲伤、快乐、学习、改变——都将一文不值。"

"并且你无法阻止其他人做出自己的决定。"

"这取决于不同的情况。"她慢慢地说，变得紧张起来，"为什么？"

"我要你记得，"他温和地说，"这就是全部。等那个时刻到来时，我就要求你记得这一句话。该来的总会来的。"

他的话语激起了她心中的某种涟漪。爱丽丝确定，她之前肯定在哪里听过。她甩甩脑袋，但是记忆还是拒绝显山露水。

"事情该怎样发生，就会怎样发生。"他温柔地说。

第七十章

"拜亚德先生,我——"

奥迪克抬起手来,打断了她的话。"也许,"他说着,走回到桌子旁,重拾刚刚的话题,就像从来没有中止过一样,"我会把你所有需要知道的事情都告诉你,我向你保证。"

她张了张嘴,然后又闭上。

"堡垒里面十分拥挤,"他说,"但是尽管如此,那仍然是一段快乐的时光。这么多年来,阿莱斯头一次感到了安全。伯特兰德那时候已经将近十岁,很受堡垒内外的小孩子喜欢。阿里夫虽然已经年迈体衰,但是依旧精神矍铄。他身边总是不乏人们的陪伴:有开心果伯特兰德围绕膝下,让他时时心花怒放;也有纯洁派成员慕名前来,就上帝和世界的本质问题跟他高谈阔论,思想碰撞。萨雷大部分时间都陪在伯特兰德的身边。阿莱斯也很幸福。"

爱丽丝闭上眼睛,试着让过去的时光流入她的脑海。

"那是一段美好的存在,而且要不是那次鲁莽的复仇行动,这种美好本来是可以一直继续下去的。1242年的5月28日,皮埃尔·罗杰·德·米尔普瓦接到消息,说四名宗教审讯人已经到达了阿维尼奥内镇上。如果真是那样,结果就是将会有更多的纯洁派教徒被囚禁或被施以火刑。他决定率先采取行动。他不顾军士们(包括萨雷)的劝阻,执意召集了一支八十五人的骑士团,从蒙塞居尔的堡垒出发,而且在途中吸收了其他一些加入人员后,他们的队伍愈发地庞大起来。

"他们朝阿维尼奥内走了五十英里,第二天就到达了目的地。等审讯人纪尧姆·阿诺和另外三个同事刚一上床,就有人在房子里做内应,给他们打开了锁着的大门,让他们都潜了进去。卧室的大门被一举击碎,四名审讯人及其随从全都被冲进去的骑士用乱刀砍死了。有七名骑士先动了手。据说纪尧姆·阿诺临死的时候,嘴里还在念着赞美颂。可以肯定的是,他们拿走并销毁了所有的宗教审判记录。"

"这是一件好事啊,肯定。"

"但这是惹怒他们的最后一根稻草。旋即,屠杀行动便席卷而来。国王颁布命令,要彻底灭掉蒙塞居尔,让其永世不得翻身。一支由北方男爵、天主教审讯人、雇佣兵和投敌者组成的军队在山脚下驻扎下来。围城战就这样开始了。然而,堡垒里面的男男女女依旧可以自由进出,无人阻挠;而且即便是五个月后,堡垒里也只死了三个男人而已——围城战似乎马上就要以失败告终了。

"十字军召集了一批巴斯克雇佣兵,让他们爬上山去,在离城墙外刚好能投射石弹的距离处扎下军营,然后坐等山中最严寒的冬天悄悄降临。虽然尚且没有迫在眉睫的危险,但是皮埃尔·罗杰还是决定让自己的士兵从易受攻击的东边外墙处撤了下来。这是一个代价惨重的失误之举。由于从当地的投敌者那里获取了及时而准确的信息,这些雇佣兵成功地爬上了大山东南面的陡峭斜坡。他们用匕首抹了哨兵的脖子,占据了拉图尔岩。那是蒙塞居尔顶端山脊上最东面的一处崛起的柱状石。我们只能无可奈何地看着弹弩被绞盘拉上岩石的情景。与此同时,山脉东面,一架气势汹汹的弹弩开始对准东侧外堡,发起了毁灭性的袭击。

"1243年圣诞节,法国人占领了外堡。那时候,他们距离堡垒只有几码远了。他们又安装了一架新的攻城大炮。堡垒的东墙和南墙都在它的攻击范围之内。"

他讲述这些故事的时候,一直不停地转动着大拇指上的戒指。

爱丽丝看着这一幕,心中泛起对另一个男人的记忆,那个人给她讲故事时,也会转动着一个这样的戒指。

"第一次,"奥迪克继续说,"他们迫不得已地开始直视蒙塞居尔失陷的可能性。下面的山谷里,天主教堂的旗帜和横幅、法国国王的百合花标志仍旧随风飘动,虽然经过了十个月的风吹日晒后已经褪色变旧。十字军在卡卡颂总管雨果·德·阿尔西的带领下,规模大约有六千到一万人,里面有战斗力的人不超过一百个。"

"阿莱斯想要……"他停下了,"纯洁派教廷的领袖们、主教伯特兰·马蒂和雷蒙德·艾居耶举了一次会议。"

"纯洁派的财宝。这是真的,那然后呢?它真的存在吗?"

拜亚德点点头:"两名纯洁派——马特乌斯和彼得·博内被选派去执行这个任务。他们不顾新年的酷寒,三下五除二地就将财宝捆到自己的后背上,在夜幕的掩护下迅速溜出城堡。为了躲避军事哨所,他们避开了宽阔平坦的下山之路,转而朝南进入了萨巴提山脉深处。"

爱丽丝的眼睛突然一闪:"去了苏拉哈克山峰?"

他又点点头:"到那里去等待别人的接应。通往阿拉贡和纳瓦拉的道路都被大雪封住了。无奈之下,他们朝着口岸走去,从那儿乘船去了意大利北部的伦巴第。那里有一个发展得欣欣向荣的良人教社区,较少受到迫害。"

"博内兄弟怎么样了?"

"马特乌斯在一月底独自返回。那时候,从米尔普瓦附近的卡蒙开始,路边的哨所里都是当地人在站岗了,他们都放其通行。马特乌斯谈起了增援部队的事情,以及阿拉贡的新国王即将在春天上任的流言。但是,那只是些豪言壮语罢了。那时候,围城战一直吃紧,增援部队根本无法突围。"

拜亚德抬起他那琥珀色的眼睛,看着爱丽丝:"我们也听说了欧莉安即将南行的谣传。据说,她会在儿子和丈夫的陪同之下,为围城战提供援助。这只可能说明一件事情,那就是阿莱斯在逃跑和躲藏了这么多年之后,最终还是被欧莉安发现了。她想要拿到《言语书》。"

"阿莱斯真的没有那本书吗?"

奥迪克没有回答。

"2月中旬时,攻击者再度向前推进了一些。1244年的3月1日,在最后一次尝试驱逐占领拉图尔岩的巴斯克人之后,一声号角响彻了坍塌的要塞城墙之上。"他努力地吞咽了一下,"蒙塞居尔的封建主雷蒙德·德·佩雷尔,要塞指挥官皮埃尔·罗杰·米尔普瓦走出大门,向雨果·德·阿尔西投降。战争结束。蒙塞居尔这座最后的要塞据点也最终陷落了。"爱丽丝倚到椅子的后背上,心里无比希望结果能够逆转。

"无论是在布满岩石的山坡上,还是在山下封闭的谷地里,那都是一个天寒地冻、滴水成冰的冬天。战争的双方都早已精疲力竭,所以谈判便也迅速完成。纳尔博纳大主教彼得·阿米耶尔第二天就在《投降法令》上签了字。

"投降条件十分慷慨。可以说是史无前例地慷慨大方:堡垒将成为天主教廷和法国国王的财产,并且堡垒里面的每一位居民都会被赦免之前所犯的罪行,就连在阿维尼奥内发生的审讯人谋杀案都获得了赦免。参战士兵只要向审讯登记员坦白罪行,再略加苦修,就可以自由释放。所有发誓放弃信仰异教的人都可以获得自由,而代价是要在衣服外面挂一个十字架,来表示接受惩罚。"

"如果不接受这些条件的人会怎样?"爱丽丝问。

"不放弃信仰的人就要被当作异教徒,送到火刑架上烧死。"拜亚德举起酒杯来又呷了一口。

"通常围城战结束之后，双方会通过移交人质来达成协议。这其中包括伯特兰主教的兄弟雷蒙德，老骑士阿纳尔德-罗杰·德·米尔普瓦，还有雷蒙德·德·佩雷尔的小儿子。"拜亚德停了一下，"不同寻常的是，"他认真地说，"教廷竟然批准了他们的一个要求。纯洁派领袖要求准许他们能够在蒙塞居尔再待上两个星期再下山。他们的请求获准了。"

她的心跳开始变得愈发猛烈："为什么？"

奥迪克微微一笑："历史学家和神学家已经争论了几百年。到底为什么纯洁派要求这么一个缓期执行？到底还有什么该做却还没做的事情？宝藏已经安全了。纯洁派已经遭受了这么多的痛苦之后，为什么还要在这座破败冰冷的大山堡垒里面再停留一会儿？到底是什么事情如此重要？"

"对啊，为什么？"

"因为阿莱斯和他们在一起。"他说，"她需要拖延时间。欧莉安和士兵们等在山脚下。阿里夫还在要塞里面，萨雷和她的女儿也是。要是现在下去，将会冒很大的风险。如果他们被抓了，那么西米恩、她父亲和埃斯克拉孟德牺牲自己的生命来保护的秘密也就功亏一篑了。"

终于，每一块拼图都拼到了正确的位置上。终于，爱丽丝能够看清完整的画面了。那幅画面清楚而明晰，生动而明亮，真实到她都无法相信自己的眼睛。

爱丽丝望向窗外那一成不变、亘古永恒的风景。这里跟阿莱斯生活在此的时候几乎一模一样。同样的太阳，同样的雨水，同样的天空。

"请告诉我关于圣杯的真相。"她默默地说。

第七十一章

法国西南部　蒙塞居尔
1244 年 3 月

阿莱斯站在蒙塞居尔的堡垒墙上。厚厚的斗篷包裹之下，她的身形看起来格外弱小孤单。随着岁月的流逝,她已经出落得越发美丽了。虽然身体依旧细长,但无论是脸庞、脖子,还是举手投足,她的身上无一处不散发着优雅的气质。她低头望着自己的双手。在熹微的晨曦下,这双手显得又青又紫,甚至有些近乎透明。

一双老妇的手。

阿莱斯笑了。不老。比父亲去世的时候年轻多了。

冉冉升起的太阳正在发出柔和的光亮,仿佛挣扎着想要拭去黑夜的阴影,来给这个世界勾勒出它原本应有的轮廓。阿莱斯凝视着比利牛斯山脉上覆着雪顶的山峰,参差不齐的高度在灰白色的地平线上起起落落,东侧的山翼一直延伸到紫色的松树林里。清晨的云霭正在轻轻地掠过圣巴瑟米山峰锯齿状的山坡。再往后面,她甚至还能看到苏拉哈克山峰的影子。

她想起自己那栋朴实而可爱的房子,此时正深藏在群山的褶皱里面。她还记得,在无数个如此天寒地冻的早晨里,一缕缕青烟从烟囱里颤颤悠悠地飘出,迎风招展,随后飘散。山里的春天来得特别晚,所以冬天十分难挨,但无论怎样,这样的日子也不会太长了。她从傍晚时分天空中出现的粉色晚霞中,已经看到了春天的希望。在荣誉村里,树木马上就要抽出新芽。到四月的时候,山上的牧草上将会再一次铺满蓝色、白色和黄色的精致小花。

阿莱斯的脚下,是蒙塞居尔村子里尚且残存的几栋建筑。经历了十个月的围城之战后,那里仅剩几座小茅屋和破民居了。一栋栋摇摇欲坠的房子,被法国军队的大营和四处林立的旗帜裹挟了起来。破破烂烂、斑斑驳驳的横幅在风中颤动,它们的边缘处早已在风吹日晒的洗礼下,磨成了毛毛躁躁的锯齿状。它们跟堡垒里的居民一样,也是好不容易才熬过了这个残酷的冬天。

西面的山坡上,靠近山脚的位置,竖立着一排木头栅栏。很早之前,围城军就已经开始着手建造了。昨天,他们在中间竖起了一排木桩作为支撑,每根桩子脚下用一堆火绒和柴草固定。傍晚的时候,她看到他们在边缘处已经支起了几把梯子。

这是一架烧死异端分子的火葬柴堆。

阿莱斯感到不寒而栗。几个小时之后,一切都会有个了断。如果自己的大限已到,她就不会害怕死亡。但是,她已经目睹了太多的人在被烧死之前却还心存幻想,以为可以凭借信仰来减轻自己的痛苦。如果那些人愿意使用麻药,阿莱斯将会不遗余力地予以帮助,但是大部分人还是拒绝了她的好意,宁可独自一人面对从生到死的寂寞旅程。

她脚下的紫色石头因落满冰霜而变得滑腻不堪。阿莱斯用脚尖点地，在僵硬而雪白的地面上画出迷宫的形状。她的内心十分紧张。如果她的计划能够侥幸骗过欧莉安，那么寻找《言语书》的事情也就会随之告终。反之，她就是在拿多年以来一直帮她东躲西藏的这么多条性命赌博：埃斯克拉孟德的朋友们，她父亲的朋友们，都是为了保护圣杯而牺牲了他们自己。

事情一旦败露，后果将不堪设想。

阿莱斯闭上眼睛，试着让自己的思绪回到多年前去过的迷宫洞穴里。当时进去的人包括阿里夫，萨雷，还有她本人。她依然记得洞穴里的柔滑空气亲密地裹住了她裸露的胳膊，蜡烛的火苗摇曳闪烁，美妙的声音在黑暗中盘旋回荡。她对他们说的每一个字，都是如此生动清晰，仿佛现在伸出舌头来，依旧能够品尝出其中的韵味。

阿莱斯忆起，自己最终领悟到一切的那一瞬间，咒语不自觉地从自己的双唇中念出。想到这里，她不禁又打了一个寒颤。得到启发和顿悟那一刻的狂喜和忘情，就好像将之前发生的所有事情与尚未发生的所有事情以一种独特的形式混合到了一起，而那种她长期以来梦寐以求的东西也终于降临到了自己的身上。

而且，是通过她自己的声音和双手，触摸到了他。

阿莱斯禁不住屏住了呼吸，惊叹于过去的生活和所经历过的一切。

一个声音打断了她的思绪。阿莱斯睁开眼睛，任凭过去的画面在眼前渐渐淡去。她突然看到伯特兰德正沿着狭窄的城垛走过来。

阿莱斯微笑着举起手来召唤她。

阿莱斯在她女儿这个年纪的时候，性格可要比她稳重得多。但是从模样上来看，伯特兰德跟她就像是一个模子里刻出来的：都是心形的脸蛋，都喜欢盯着别人直直地看，都生着一头长长的棕色头发。但是从阿莱斯头上零星的白发和眼周边微小的细纹来看，她们更像是姐妹俩。

女儿的脸上露出了等待的焦急和紧张。

"萨雷说士兵就要来了。"她的语气迟疑不决。阿莱斯摇摇头，说："他们明天才会来呢。"她坚定地说："现在，我们还有很多时间可以利用。"她拉起伯特兰德冰冷的双手，紧紧握住："我还在指望着你去给萨雷帮帮忙，照顾一下黑桑德呢。尤其是今天晚上。他们需要你。"

"我不想失去您，妈妈。"她说着，双唇开始颤抖起来。

"你不会失去我的。"她微笑着说，暗自祈祷着这句话真的可以应验，"我们马上就可以团圆了。你必须要有耐心。"伯特兰德露出一个苍白无力的笑容。"这样就好多啦。好啦,过来,女儿,现在我们一起下山去。"

第七十二章

3月16日星期三,拂晓时分,他们在蒙塞居尔的大门里面聚集起来。

堡垒里的人们从城垛里望出去,看到十字军已经派出人马,开始逮捕良人教教徒。他们正在爬上岩石路上的最后一块区域。天色依旧很早,那里的地面还因结霜而十分腻滑。

伯特兰德和萨雷、黑桑德站在人群的最前面。人群里面一片默然。现在,弹弩已经不再发出轰鸣。经历了几个月残酷的狂轰滥炸之后,她还不太适应这种突如其来的寂静。

过去的两个周可谓是一段平静的时光。对大多数人来说,那是他们在人生中度过的最后一段时间。他们庆祝了复活节,纯洁派男性成员和几名女性成员都实行了斋戒。虽然十字军承诺可以赦免公开改变信仰的教徒,但是堡垒里面的大多数人,包括黑桑德在内,都选择忠于自己的信仰。他们宁愿作为良人教的基督徒死去,也不愿意在法国国王的皇冠下屈辱地活着。那些因拒绝放弃信仰而被宣判死刑的人,已经把自己的财产遗赠给了那些活了下来却被剥夺了心爱之物的人。伯特兰德已经帮忙发放了很多赠品,包括蜡油、辣椒、盐巴、布匹、鞋子、钱包、马裤,甚至还有一顶毡帽。

皮埃尔·罗杰·德·米尔普瓦拿出兜了满满一被单的钱币。其他人把玉米和短上衣都交给他,让他分给下人。马克西娅·德·拉娜塔把自己全部的家当都给了她的孙女、皮埃尔·罗杰的妻子菲利帕。

伯特兰德一脸缄默地环顾着四周的人们,悄悄地在心里为母亲祷告着。阿莱斯仔仔细细地为黑桑德挑好了衣服。那是一件墨绿色的裙子和一件红色的斗篷,边缘和褶边上都缀满了纷繁错杂的蓝绿色方块图案、钻石和黄色的花朵。这是阿莱斯曾经在康达尔城堡里圣玛利亚小教堂婚礼那天穿过的斗篷。阿莱斯十分确信,即便是已经历经弥久,她的姐姐欧莉安肯定还会记得这件斗篷。

为了以防万一,阿莱斯模仿女式衬衫的样子,在红色的斗篷里面缝了一只小小的羊皮口袋,可以把迷宫三部曲都装进去。伯特兰德帮着母亲把口袋里塞满了碎布料和羊皮纸片。这样的话,至少从远处看上去足以以假乱真。伯特兰德压根不知道这种准备到底有什么意义,但是她知道,这么做十分重要。她可以帮上忙就已经够开心了。

伯特兰德伸出手,抓住了萨雷的手。

纯洁派教廷的领袖们、主教伯特兰·马蒂和雷蒙德·居埃耶都穿着深蓝色的袍子静静地站着。现在已经进入风烛残年的他们,曾经为蒙塞居尔内阁效力了多年。他们从堡垒里面走出去,来到群山和平原上,为那里离群索居的村民们进行讲道,给予安慰。而现在,他们却准备好要带领自己的信徒走向火刑架。

"妈妈会平安的。"她小声地重复着,试图能像萨雷一样冷静下来。伯特兰德觉察到黑桑德用胳膊抱住了她的肩膀。

"我希望你不要……"

"我已经做出了选择。"黑桑德不假思索地说,"我选择为我的信仰而死。"

"如果妈妈被抓走怎么办?"伯特兰德小声问。

黑桑德轻轻抚摸着她的头发:"除了祷告,我们现在什么办法都没有。"

士兵朝他们慢慢逼近,伯特兰德感觉自己的泪水也渐渐涌出了眼眶。黑桑德伸出手腕,任凭士兵给自己带上镣铐。十字军男孩儿无奈地摇了摇头。他们也没料想到会有这么多人选择死亡,所以根本没有带这么多的锁链和镣铐。

伯特兰德和萨雷静静地看着黑桑德和其他人走过大门,开始迈上他们人生中最后的几步下山之路。那条山路崎岖陡峭,蜿蜒曲折。阿莱斯的红色斗篷在沉郁暗黑的棕绿色山林之间显得格外醒目,在压抑的灰色天空映衬下尤为亮眼。

在主教马蒂的带领下,囚犯们开始唱起颂歌。蒙塞居尔虽然已经陷落,但是他们并没有被打败。伯特兰德用衣袖擦了擦眼睛里的泪水。她答应过母亲,要做一个坚强的人。她将尽其全力来兑现自己的诺言。

火刑架下方的缓坡草地上,为观众准备的看台已经搭建好了。上面已经站了满满当当的人,有来自南部的新贵,法国的男爵,投敌者,天主教教皇使节,还有审讯人。他们都是受了卡卡颂总管雨果·德·阿尔西的邀请前来观看的。在这场历经三十几年的内战终于结束之时,所有这些人都将目睹"异教徒"接受制裁的全过程。

吉扬将自己的斗篷帽子竖立起来,极力掩住自己的模样,不想被人认出。

跟法国人打了一辈子仗之后，他这张脸已经可谓是人尽皆知。要是自己再被人抓走了，那后果他可承担不起。他悄悄地环视着四周。

如果他的消息可靠，那么欧莉安肯定就在这群人中的某处。他下定决心要将她赶得远远的，不让她再去靠近阿莱斯。尽管他们的瓜葛已经过去了这么久，但是每每想起她来，还是会令他大动肝火。他握紧拳头，愤愤地希望此刻就可以行动。无需太多掩饰，也无须犹犹豫豫，只要往她心脏处刺上一刀，就可以一劳永逸，就像他十三年前就应该做的那样。吉扬清楚，自己必须沉住气，如果他现在贸然行动，可能还不等拔出剑来就得被人砍倒。

他用眼珠迅速地扫过一排排看客，直到最后才发现了那张他苦苦寻觅的脸。欧莉安坐在前排的中间。她身上已经没有一丁点儿南方女士的气息了。她穿着北方正式的华服，样式格外精致，看上去十分昂贵。蓝色天鹅绒斗篷上镶缀着黄金，脖子和兜帽周围饰有一圈厚厚的貂皮领子，与她手上的棉手套相得益彰。虽然她的脸庞依旧美丽动人，但是已经瘦削了许多，而且因为常年冷酷而尖刻的表情，她的面孔正在变得越来越狰狞。

她身边有个年轻的男人。他们的模样十分相似，足以令吉扬猜出他的身份——这肯定是她的一个儿子。应该是大儿子路易斯，听说他也参加了十字军。他遗传了欧莉安的肤色和黑色卷发，还有父亲鹰似的轮廓。

有人大喊了一声。吉扬转过身去，看到一列囚徒已经到达了山脚，正在被驱赶着走向火葬柴堆。他们沉默不语地向前走着，仪态神色不失尊严。他们唱着歌。吉扬觉得，他们宛若天使合唱团一般，声音如此甜美动听，令看客们的脸上露出了尴尬不适的神色。

卡卡颂的总管雨果·德·阿尔西和纳尔博纳的大主教并肩站立。他一声令下，一枚黄金十字架被高高举到空中，黑衣修士和牧师们移到前方，来到了木桩前各就各位。

在他们身后，吉扬看到了一排手握火把的士兵。火苗正在熊熊燃烧。他们努力地想要扭转火把，不想让浓烟不断飘向看台，但是不受羁绊的火苗偏偏要在凛冽而狂躁的北风中吱吱啦啦地跃动着。

异教徒的名字被一个接一个地喊出。他们向前迈出一步，爬上了火刑架的梯子。在极大的恐惧之下，吉扬的神经已经麻痹起来。他憎恨自己的无能，无法制止这场酷刑。即便他带了足够的帮手来，他们也肯定不会愿意轻易冒险。吉扬大部分时间都跟良人教成员待在一起，但原因并非是与他们信仰一致，只不过是因为环境逼迫所致。他欣赏并尊重他们，虽然他不敢打包票自己能够理解他们的理想。

引火材料和稻草堆里已经浸满了沥青。几名士兵爬到里面,将男女纯洁派成员捆到了中央的柱子上。

马蒂主教开始祈祷:"上帝保佑,善待这些纯良的灵魂。"

渐渐地,其他一些声音也开始伴随着祷告响起。他们的低语慢慢变大,直到最后融汇成了一阵经久不衰的轰鸣和咆哮声。看台上的观众们相互交换着尴尬的眼神,情绪变得越来越焦躁不安。这可不是他们想要看到的场面。

大主教给了一个匆忙的手势,牧师便开始唱歌。他们的黑色长袍在风中拍动,口中的圣歌成了十字军的赞美诗。"来吧,圣灵!"他们喊叫的声音淹没了纯洁派的祈祷。

主教向前迈出一步,向木桩里扔进第一支火把。士兵们也效仿起来。一个接一个地,燃烧的火棍被投掷进去。一开始,火苗引燃得很慢,但是一眨眼间,噼里啪啦的火星子和细碎的爆裂声便迅速幻化成为一股熊熊燃烧的大火。火焰开始像条长蛇一般翻滚蠕动着,吞噬着稻草,猛冲着,突进着,翻涌着,鼓胀着,如同河里的芦苇般打着旋涡。

透过烟雾,血脉贲张的吉扬看见了令他凝结成冰的一幕。一件红色的斗篷,上面刺绣着花朵,一条墨绿色的裙子,仿佛苔藓的颜色。他慌忙挤到了人群前面。

他不能——也不想——去相信自己的眼睛。

时光飞逝,他仿佛又看到了那个曾经的自己,一个年轻的骑士,傲气、自大、信心满满,在圣玛利亚的小教堂里跪下。阿莱斯在他的身旁。他们是在米迦勒节时举行的婚礼,有人说这样会幸福美满。他还依稀记得,圣坛上开花的山楂树,以及他们交换誓言时灯光摇曳的红色蜡烛。

吉扬沿着人群后方跑动,不顾一切地想要靠近火堆,急切地想要确认那并非她的身影。火势十分凶猛。

烧焦的人肉发出令人作呕的气味,还夹杂着丝丝让人惊悚的甜甜的气息,一直飘荡到观众的头顶上。士兵们向后连连倒退。火炉烧起来的时候,连牧师也吓得连连后退。

大火之中,囚徒的足底渐渐烧裂,鲜血发出刺啦刺啦的声响,骨头从裂缝处脱落,滑入火堆,仿佛从烧烤架上掉下来的烤动物肉。他们口中念叨的祈祷转而变成了连天的尖叫和哭喊。

吉扬快要窒息了,但是无法克制自己。他抓起斗篷,捂住口鼻,试图避开那些污浊刺鼻的乌烟瘴气。他想要靠近那堵栅栏墙,但是汹涌磅礴的一股股烟雾让脚下的路变得模糊不清。

突然间,一个声音从火堆中响起,清楚而精确。

"欧莉安!"

那是阿莱斯的声音吗?吉扬无从分辨。他一边用双手遮住脸部,一边跌跌撞撞地朝那个喊声走去。

"阿莱斯!"

这一回,是从观众席中传出的一个喊叫声。吉扬转身四处张望,透过烟雾中的一个缝隙,看到欧莉安那张被愤怒扭曲的面庞。她站了起来,狂躁地朝卫兵打着手势。

吉扬也想大喊阿莱斯的名字,但是他实在不敢冒险让大家把目光都集中到自己身上。他可是来救她的啊!他是来帮她逃出欧莉安魔爪的!虽然他之前已经帮过了她一回:从图卢兹的审讯人手中逃出之后那三个月里,他一直和阿莱斯待在一起。那段日子极其简单朴素,却是他一生中最为快乐的时光。

但是后来,阿莱斯不想再在那里停留许久,而他也无法劝她改变心意。她甚至连自己为什么必须离开都不想跟他解释。然而,吉扬一直十分笃信她曾经说过的一句话:"等到有一天,等恐怖结束的时候,他们就可以重新在一起了。"

"我的妹妹。"他用一种近乎呜咽的声音默默念叨着。

她的那个承诺,伴随着他们在一起那段时光的回忆,就是支撑他熬过漫长空虚的十年的精神支柱,就像是黑暗中的一丝光线。吉扬听到了自己心碎的声音:"阿莱斯!"

红色的斗篷下面,那只书籍大小的白色羊皮口袋,正在燃烧。护在那里的那双手已经不复存在,变成了一把骨头和喷溅着脂肪、熏成黑色的人肉。

他知道,什么都没有了。

此刻,吉扬的世界里一片安静。不再有声音,不再有痛苦,什么都没有,只剩下一片清晰的白色旷野。大山消失了,天空、烟雾和尖叫都消失了。希望也幻灭了。

他的双腿再也撑不住他的身体。绝望攫住了他,他咣当一声,直愣愣地跪到了地上。

第七十三章

法国西南部 萨巴提山脉
2005 年 7 月 8 日 星期五

周围的臭气令他渐渐恢复了意识。氨水、羊粪、肮脏的草垫和冰凉的熟肉气味全都混合到了一起，横冲直撞地渗进他的嗓子，在他的鼻腔里面肆意燃烧起来，像是嗅盐凑得太近时那种呛人的感觉。

茅屋的墙上固定着一张仅比长凳大一点儿的简陋小床，那里就是威尔的安身之所。他费劲儿地挪了挪身子，坐了起来，背倚在石墙上。墙壁尖锐的边缘卡进了他胳膊上的肉里，提醒了他双手依旧绑在背后的事实。

他觉得自己疲惫得仿佛刚刚打完四轮拳击比赛。来这里的路上，他一直被装在汽车后备厢里，狭小空间里的左右冲撞令他从头到脚布满了瘀伤。弗朗索瓦-巴普蒂斯特用枪口顶住他的时候，他太阳穴里的血管怦怦地跳动。他能感受到皮肤下面的瘀青已经硬如铁块，正在发炎，血液凝结在伤口周围。

他不知道现在是哪年哪月，何时何地。还是星期五吗？他们离开沙特尔的时候，已经是黎明时分了，大概五点钟左右。而等他们将他拖出车外的时候，好像已经是下午了，虽然天气依旧炎热，太阳依旧晃眼。他使劲儿扭动着脖子，想要看一眼背后的手表，但是每个动作都会令自己觉得头晕恶心。

威尔不敢动弹，静静等待恶心的劲头慢慢过去。然后，他睁开眼睛，试着坐正身子。他好像是被关在某种类似于牧羊人小屋的地方。小窗上装有铁棍，窗口还不及一本书的大小。小屋遥远的一角里，有一座嵌入式的架子，好像是一张桌子，旁边还有一把凳子。一旁的壁炉里，还拢着一堆熄灭已久的柴火，上面积满了灰色的烟末和木头、纸片烧过的黑色碎屑。壁炉上支着一根棍子，上面挂着一口沉甸甸的金属烹锅。威尔看到锅子边缘上还凝结着冷却的脂肪。

威尔身子倾向前方，扑倒在坚硬的床垫上，感受着粗糙的毯子摩擦到伤口的触感，挂念着现在爱丽丝会在什么地方。

外面响起了脚步声，随后是一把钥匙插进了挂锁的声音。威尔听到金属锁链"哗啦"一声掉到了地上，然后，门轴"嘎吱"一下转动开来，大门被打开了，一个半生不熟的声音响起。

"时间到了，该走了。"

希拉感觉到自己裸露的胳膊和双腿周围裹上了异样的空气，她知道自己正在从一个地方被运到另一个地方。

在她从农场被运出来的路上，不知从何处传来了一声声低语。她辨出那是保罗·奥蒂耶的声音。随后，独特的地下空气扑面而来，触到了她的皮肤上，冰凉而略带潮湿。脚下的路正在向下倾斜。俘虏她的那两个男人就在身旁。她已经熟悉了他们身上的气味：须后水、廉价香烟，以及释放着危险信号、令她浑身肌肉紧绷的雄性气息。

他们再次绑上了她的双腿，双臂也被扳到身后捆紧。她的一只眼睛已经肿得睁不开了。不给食物，不让见光，为了让她保持安静而给她服用药物……这一切都令她头晕目眩，但是，她却十分清楚自己此刻身处何方。

奥蒂耶把她又带回了洞穴里。他们从隧道走进大厅的时候，她觉察到周围的气氛变了。她感受到他抬着她走下台阶、走到那块凹陷区域时，他的双腿神经突然紧绷起来。就是在那里，她发现了昏倒在地的爱丽丝。

希拉注意到，有一盏灯正在发出光亮，也许是从祭坛那边照过来的。那个扛着她的男人停下了脚步。他们径直走到了大厅的后面，越过了她之前去过的警戒线。他把她从肩膀上卸下，扔到了地上。她碰到地面的一瞬间，感觉到侧身的疼痛迅速蔓延，盖过了其他所有的感觉。她想不明白，为什么他还没把她给杀了。

此刻的他正把双手插到她的腋下，在地上拖着她走起来。沙砾、石子、岩石的尖锐碎片都扎进了她的脚底和裸露的脚踝里。她摸到自己绑住的双手被系在了某种冰凉的金属物件上，可能是插在地里的一个铁环或是铁钩一类的东西。

那些男人以为她还没恢复意识，便在一旁低声说起话来。

"你安了几个？"

"四个。"

"什么时候出发？"

"十点之后就走。他要亲自动手。"

希拉听到了那个男人语气中隐藏的笑意。"就让他的手脏一次。一旦按下这个按钮,接下来就砰砰砰!整个局都收不了手啦!"

"我至今不明白我们为什么还要把她一路拖到这里来,"他怨声载道,"把这个婊子留在农场里岂不是更好?"

"他不想让她被别人发现。再过几个小时,这半座山可就要倒下了。到时候,她就要被半吨重的山石埋在下面了。"

终于,恐惧给了希拉鼓起勇气去战斗的力量。她使劲儿拉扯着手上的镣铐,试着站起身来,但是她虚弱无力,双腿根本撑不起来。她重新跌倒在地的时候,好像听到了几声嘲笑,但是并不确定。现在的她甚至已经无法确定什么是真实的,什么只是头脑中幻想的。

"我们不是该跟她待在一起吗?"

另一个人大笑起来:"她又能怎么样呢?能站起来,跑出这里吗?我是说,天啊,你快看看她现在这副样子!"

那缕光线逐渐消失了。

希拉听到他们两个人的脚步声越来越轻。最后,周围只剩一片寂静和黑暗。

第七十四章

"我希望知道真相。"爱丽丝重复道,"我希望知道迷宫和圣杯之间到底有什么联系。当然,如果它们之间果真有联系的话。"

"圣杯的真相,"他紧紧盯住她的眼睛说,"小姐,告诉我,关于圣杯,你想知道些什么?"

"我觉得,就给我讲一些关于它的常识吧。"她说。他早就猜到,她也给不出一个多么正经八百的回答。

"不,说真的,我倒很有兴趣听听你的发现。"

爱丽丝尴尬地在椅子里挪了挪身子:"我觉得,我还是坚信那种惯常的说法,就是说圣杯是一只盛着长生不老药的杯子,可以恩赐给人类永生不死的机会。"

爱丽丝突然打住,不自然地望着拜亚德。

"恩赐?"他一边反问,一边摇头,"不,不是一种恩赐。"他叹口气说,

"另外,你觉得这些传说最初是从哪里来的?"

"我猜是《圣经》或者《死海古卷》里吧?也有可能是从某种早期基督教的著作里来的吧。我也说不准。我之前从来没有认真地思考过这些问题。"

奥迪克点点头:"这是一种十分普遍的误解。实际上,你讲的这个故事最初的版本起源于 12 世纪,虽然它与古典作品和凯尔特文化中的主题有着明显的相似性,与中世纪法国的相似之处更是突出。"

她在图卢兹图书馆里发现的那幅地图,在自己的脑海中突然呈现出来。

"就像那个迷宫一样?"

他微微一笑,但是不置可否:"在 12 世纪最后的 25 年里,有一位名叫克瑞蒂安·德特鲁瓦的诗人。他的首席赞助人是玛丽,也就是阿基坦的埃莉诺(法王路易七世之妻——译者注)的一个女儿,曾经嫁给了香槟区伯爵。1181 年她去世之后,佛兰德斯伯爵,也就是阿尔萨斯的菲利普,成为他的赞助人。"

"克瑞蒂安在他生活的那个年代极其受人追捧。他因将许多经典故事从拉丁语和希腊语翻译成法语而获得赞誉,之后又转而创作了一系列的骑士故事。他讲述了关于兰斯洛特、高文和珀西瓦尔的很多耳熟能详的故事。这些讽刺性的作品催生了一股编写阿瑟王和圆桌骑士故事的汹涌浪潮。"他停顿了一下,说,"《珀西瓦尔》的故事——《圣杯的故事》是现存最早的关于圣杯的讲述。"

"但是……"爱丽丝开始反驳,她皱着眉头说,"这些事情肯定不是他胡乱编造出来的吧?不是那么容易的一回事儿,它不可能凭空就冒出来了。"

奥迪克的脸上再次出现了似笑非笑的表情。

"当人们质问克瑞蒂安所写的故事来源何处时,他说自己是从赞助人菲利普赠予的一本书里读到了圣杯的故事。菲利普在 1191 年第三次十字军东征期间死于阿卡围城战。结果就是,他的诗歌再也没有完成。"

"克瑞蒂安怎么了?"

"菲利普死后,就再也没有关于他的记录了。他愣是凭空消失了。"

"如果他那么出名的话,这样人间蒸发岂不是很奇怪吗?"

"有可能是他的死亡没有载入记录。"拜亚德缓缓地吐出这几个字。

爱丽丝犀利地望着他:"但是您其实并不这么认为吧?"

奥迪克没有作答。

"虽然克瑞蒂安决定中止他的故事,但是圣杯的故事仍旧自行复苏了。它从古法语传入了中古荷兰语和古威尔士语,并且直接就适应了当地的文化。几年之后,另一位诗人,沃尔夫拉姆·冯·埃申巴赫,在 1200 年左右写了一个更加滑稽的版本，名为《帕西法尔》。他声称自己并没有在克瑞蒂安的基础上续写，而是根据另外一位佚名作家的作品进行了改编。"

爱丽丝苦思冥想着："克瑞蒂安是如何描述圣杯的？"

"他有些含糊其辞。他把圣杯形容为一种盘子，而不是一只杯子，就是有点儿像中古世纪拉丁语中说的'圣杯'，古法语中后来也就据此衍生了'圣杯'这个词。埃申巴赫的描述更加明确一些，他眼中的圣杯就是块石头。"

"那么，'圣杯是基督在最后的晚餐上用的那只杯子'的说法是如何而来的呢？"

奥迪克十指交叉，说："还有一位作家，名叫罗伯特·德·博龙。他在克瑞蒂安写下《珀西瓦尔》到1199年之间，写了一首诗歌，叫作《亚利马太的约瑟》。德·博龙不仅拥有那个容器，也就是最后的晚餐上用的那只杯子，那个被他叫作'圣杯'的东西，他还将里面盛满了从十字架上流下来的鲜血。在近代法语里，'圣杯'就意味着真实的或忠诚的血液。"

他停下来，抬头望着爱丽丝。

"对于迷宫三部曲的守护者来说，几种版本里'圣杯'这种词汇上的混淆，反而成了一个便于遮人耳目的方式。"

"但圣杯是神话故事啊，"她固执己见地说，"不可能是真的。"

"圣杯当然是神话故事，"他凝视着她的眼睛说，"而且是一个抓人眼球的寓言故事。如果你深入观察，便会发现这些故事都在阐述着一个同样的主题，那就是中世纪基督教关于牺牲和追寻的概念，通过这种方式，获得饶恕和拯救。基督教词汇中的'圣杯'是指精神上的，是一种永生不灭的符号表征，而不是某种可以被认为是真实存在的东西。他们认为，通过耶稣基督的牺牲和上帝的恩惠，人类能够永远活在这个世上。"他莞尔一笑，说："但是毋庸置疑，圣杯这个东西确实是存在的。这就是迷宫三部曲的书页中隐藏的真相。也正是出于这个原因，圣杯的守护者，也就是山峰荣誉会的成员们，才要这样拼命地付出自己的生命，来保守这个秘密。"

爱丽丝不可置信地摇晃着脑袋，说："您是说，圣杯根本不是一个基督教的概念，所有这些神话传说都是基于……一个误解而创造的？"

"确切地说，这是一种托词，而非误解。"

"但是，两千年来，人们一直都在争论圣杯是否真正存在。如果现在大家知道了圣杯的传说是真的，而且……"爱丽丝说不下去了。她发现自己所说的话很难令自己信服："它根本就不是一种基督教的遗物，我真是不敢想象……"

"圣杯是一剂长生不老药，既有治愈疾病的功效，还可以显著地延年益寿。但是它的存在是有目的的。四千年前，它在古埃及被人发现。将它加以开发并逐渐注意到其威力的人意识到，必须要将这个秘密严加保守，以防被那些想要为一己私利而伤害别人的恶毒之人破解。这个神圣的秘密被象形文字记录在三本独立的纸莎草纸书卷里。一本给出了圣杯藏身之处的精确布局图，也就是迷宫本身；另一本列出了制作长生不老之药所需的配料；第三本则记录了将长生不老药转化进入圣杯的咒语。他们将这些书卷藏在了阿瓦里斯古城之外的洞穴里面。"

"那是埃及的城市。"她迅速接上了话茬儿，"我试着做过一些调查，想要借以了解我在此处遇到的种种情形，于是我就注意到了'埃及'这个字眼儿经常会跳脱出来。"奥迪克点点头，说："纸莎草书卷是用经典的象形文字写成的。'象形文字'这个单词的本意就是'上帝的语言'或'圣人的演讲'。随着埃及的伟大文明逐渐腐朽衰落，最终成为灰烬，阅读象形文字的技巧也就渐渐在人间失传了。藏在纸莎草纸里的秘密于是便得以保存了下来，并以从一名守护者到另一名守护者的方式世世代代相传了下去。然而，念诵咒语和召唤圣杯的本领还是消失了。"

"这种形势的变化并非刻意而为，但恰恰又给这个秘密上了一把锁。"他继续说，"基督纪元9世纪，一名名叫艾卜·伯克尔·阿哈默德·伊本·瓦希亚的阿拉伯炼金术士，破译了象形文字的秘密，并试图将这个技能公之于众，广为传播。幸运的是，领航员阿里夫及时意识到了这件事情的危险性，并且十分有效地进行了阻挠。在当时那个年代，很少有教育中心机构，人与人之间也是交流甚少，通讯缓慢而且可靠性差。从那之后，纸莎草纸书卷就被偷偷运到了耶路撒冷，藏在了莩草平原上的地下室里。"

"从公元800年到1800年，在破译象形文字方面，一直没人取得重大进展。没有一个人。只有在1799年拿破仑的科学和军事远征队到达北非时，发现了一块碑文，上面记录了当时埃及和古希腊日常和世俗用语，详细解释了象形文字这门神圣语言的寓意。至此，象形文字的意义才被人们稍微了解一些。你听说过罗塞达石吧？"

爱丽丝点点头。

"从那之后，我们便忧心忡忡，恐怕完全解开秘密也只是一个时间早晚的问题了。一名叫作让-弗朗索瓦·商博良的法国人迷恋上了破解密码。1822年的时候，他终于成功了。古代人之谜，他们的魔法、咒语，以及《死亡之书》

里面陪葬碑文上的每一个文字,都在一夜之间全被读懂。"他停了停,说,"现在,迷宫三部曲中的两本已经落入了怀有不轨之心的人们手中,这也是我们的心头大患啊。"

他的每一句话都沉重得如同一声警钟。爱丽丝感到不寒而栗。她突然意识到,天色已晚。窗子外面,落日的余晖已经将大山涂成了红色和橙黄色。

"如果这个秘密具有如此的毁灭性,如果会被人恶意利用,那么为什么阿莱斯和其他守护人不在尚有一丝机会时,把这些书毁掉呢?"爱丽丝问。

爱丽丝感到奥迪克越来越静默。她意识到,自己是触及到了他的某种经历和他所讲述的整个故事的核心了,即便自己并不知道自己是如何做到的。

"如果它们没有被需要的话,那确实可以这样做。也许那样也是一种解决的办法。"

"被需要?如何被需要?"

"圣杯可以赐予生命,这些守护者们早就知道。人们会称它为一种恩赐,"他深吸一口气,说,"我理解人们的这种观点。但是有些人用另一种眼光看待它。"奥迪克停了下来。他伸手够过玻璃杯,咽下几口酒,然后又将杯子重重地放回桌上:"但是它赐予生命是有目的的。"

"什么目的?"她急不可待地问,很怕他又会转移话题。

"在过去的四千年中,有很多时候,当某些事情十分需要一个见证人的时候,圣杯的力量就会被召唤。基督教《圣经》,《犹太法典》,我们都耳熟能详。包括亚当、雅各、摩西,还有玛士撒拉,他们都是些响当当的先知,拥有常人无法实现的能力,他们每个人都活了几百年。"

"但这些都是神话故事而已,"爱丽丝反驳道,"是编造的。"

奥迪克摇摇头,说:"他们确实活了几个世纪,所以他们能够讲述自己亲眼所见的事情,能够证明他们那个时代的真理。那个劝说艾卜·伯克尔将作品用古埃及语言隐藏起来的阿里夫,就是一直活到了蒙塞居尔陷落的时候。他亲眼见证了发生的一切。"

"但那之间相隔了五百年啊。"

"他们就是活了那么久,"奥迪克也不去辩解,只是淡然地说,"想象一下蝴蝶的生命,爱丽丝。它们完整的存在过程是如此绚丽夺目,异彩纷呈,却只能持续人类生命中的一天。这就是它们一辈子的生命。时间可以有很多意义。"

爱丽丝把椅子向后拉了一下,从桌子边站起身来,神情恍惚地走开。她已经不知道自己脑子里在想些什么,也不知道应该相信些什么。

她转过身,说:"我在洞穴墙壁上看见的迷宫符号,也就是我在您戒指上看到的那个,就是真正的圣杯符号吗?"

他点点头。

"那阿莱斯呢?她知道这些吗?"

"起初,她跟你一样,也是将信将疑。她不相信隐藏在三部曲书页之中的真相,但是出于对父亲的敬爱,她依然努力地保护着它们。"

"她相信阿里夫已经五百多岁了吗?"她不依不饶地问道,已经不再试图掩饰声音中的怀疑。

"不,一开始她并不相信。"他坦白地说,"但是随着时间的流逝,她渐渐看清了真相。而且,当她命中的那个时刻来临之际,她发现自己终于能够说出那些话语,并且理解了那些话语的深意。"

爱丽丝走回到桌边,坐了下来:"但为什么是在法国呢?为什么纸莎草书籍被带到了这里?为什么不把它们留在原处呢?"

奥迪克抿嘴一笑,说:"基督纪元10世纪时,阿里夫将纸莎草书籍带到了圣城,并将其藏在尊草平原附近。在将近一百年的时间里,它们一直都十分安全,直到萨拉丁的军队进击了耶路撒冷。于是阿里夫挑选了一名守护者,一位叫作伯特兰·佩尔蒂埃的年轻基督教骑士,将纸莎草书籍带到了法国。他就是阿莱斯的父亲。"

爱丽丝意识到自己不自觉地咧嘴微笑起来,就像是听到了一位老朋友的消息一样开怀。

"阿里夫意识到两件事情。"奥迪克继续说,"首先,如果将纸莎草订成一本书,那么它将更易于保护,也更方便携带。第二,既然圣杯的传言已经在整个欧洲朝廷之内传播开来了,那就不如把真相用一层神话故事给遮掩起来。"

"就是纯洁派拥有基督圣杯的故事吗?"爱丽丝突然顿悟地说道。

拜亚德点点头:"耶稣的追随者不希望他死在十字架上,但他依旧慨然赴死。他的死亡和复活催生了一系列关于圣杯的故事,一只可以令人长生不老的圣杯也就因此诞生了。这些故事在当时是被如何阐述的我现在已经说不清楚,但是可以肯定的是,耶稣被钉在十字架上的事情造成了一大波人遭到迫害。很多人逃到了圣地,包括亚利马太的约瑟和抹大拉的玛丽亚都乘船去了法国。据说,他们带走了一个古老秘密。"

"是关于画着圣杯的纸莎草纸的吗?"

"这个秘密包括很多方面,有关于从所罗门神殿里拿走的那些金银珠宝的,有关于耶稣在最后的晚餐上用的那只杯子的（后来那只杯子里装满了他牺牲时从十字架上流下的鲜血），有关于记载着耶稣并没有死于十字架的羊皮纸书籍的，等等。那些书籍证明了他之后在沙漠的群山里隐姓埋名地活了一百多年，还聚集了一批优秀卓越的拥趸。"

爱丽丝目瞪口呆地望着奥迪克，但是他的脸上是一副高深莫测的表情，什么讯息也读不出来。

"耶稣没有死在十字架上……"她痴痴地重复着，不敢相信自己说出的话。

"或者还有其他一些故事，"他缓缓地说，"有些人断言，抹大拉的玛丽亚和亚利马太的约瑟并不是在马赛登陆的，而是在纳尔博纳。几个世纪以来，大家都以为某种无价之宝被藏匿在了比利牛斯山的某个地方。"

"所以，并不是纯洁派掌握着圣杯的秘密啰？"她一边在脑海中拼凑着所有的碎片，一边说，"但是阿莱斯呢？他们给她提供了庇护。"

爱丽丝靠在椅子后背上，在头脑中一遍遍地回顾着事情的发展顺序。

"而且现在迷宫洞穴也已经被打开了。"

"将近八百年以来，这是第一次三本书又重新聚集到了一起。"他说，"还有你啊，爱丽丝，虽然你不知道该不该信任我，也不知道是否应该理会我这个老头子漫无边际的妄想，但是有一些人是坚信不疑的。"

阿莱斯相信圣杯的真相。

在爱丽丝内心深处某个意识无法抵达的地方，她知道他说的都是真话。只是那个理性的她很难接受这样的事实而已。

"玛丽-赛希拉相信。"她语气沉重地说。

"今晚，德劳哈德夫人就要进入迷宫洞穴，尝试召唤圣杯了。"

爱丽丝觉得一股恐惧的恶浪席卷了全身。

"但是她做不到。"她立即说，"她没有《言语书》，也没有戒指。"

"我恐怕她已经意识到《言语书》就在洞穴里的某个地方了。"

"是真的吗？"

"我也不确定。"

"那戒指呢？她也没有戒指。"她垂下眼帘，看了看他平摊在桌上的枯瘦双手。

"她知道我会去的。"

"但是您那样也太疯狂了吧！"她克制不住自己大吼起来，"您怎么可以主动去靠近那个女人呢？"

"今晚她会试着召唤圣杯。"他用一种低沉而平缓的语气说，"因为这个，他们便知道我肯定会去。"

爱丽丝急得用手掌拍着桌子喊:"那威尔怎么办?希拉怎么办?您一点儿都不关心他们吗?"

"正是因为我在乎他们,在乎你,爱丽丝,所以我才要去。我相信玛丽-赛希拉肯定会逼迫他们参加仪式的。举行那个仪式必须要五个参与者,领航员和其他四个人。"

"就是玛丽-赛希拉、她儿子、威尔、希拉和奥蒂耶?"

"不,没有奥蒂耶,是另有其人。"

"那是谁呢?"

他对这个问题避而不答。"我不知道希拉和威尔现在在哪里,"他说,好像若有所思的样子,"但是我相信,等到夜幕降临之时,我们会发现他们全都被带到了洞穴里。"

"另一个人是谁,奥迪克?"爱丽丝又问了一遍,这一次的语气更加强硬。

而他又一次拒绝给出回答。他站起身来,走到了窗边,拉下百叶窗,然后转过身来面对她说:"我们该走了。"

爱丽丝心里像是打翻了五味瓶,感到又是沮丧,又是紧张,还有困惑,而且最突出的感觉是恐惧。然而与此同时,她觉得自己别无选择。

她想起来家族谱系图上阿莱斯的名字,与她自己的名字相隔了八百年的时间。她在脑中勾勒出迷宫的符号,穿越时间和空间地将它们联系在了一起。

两个故事交织成为一体。

爱丽丝拿起自己的行李,跟着奥迪克走出门,踏入逐渐褪色的天色里。

第七十五章

法国西南部　蒙塞居尔
1244 年 3 月

堡垒下方一个不起眼的角落里,藏匿着阿莱斯和她的另外三名同伴。他们克制住内心的悲恸,如坐针毡地听着外面被严刑折磨的人们哭天喊地。同样也在遭受折磨的四个人,想要捂住耳朵,让他们发出的痛苦而揪心的嘶吼声减小一点儿。然而他们疼痛和恐惧的叫喊声如此刺耳和惊心,仿佛穿透了大山厚厚的岩石,直插到他们四人心中。奄奄一息的死者和末日之后的幸存者都在拼命地哭喊,那声音宛若一群野兽,缓缓地爬进了她的藏身之地,令她毛骨悚然。阿莱斯为黑桑德的灵魂祈祷,祷告它能够重回上帝怀中,也为她所有的朋友,那些善男信女们而深深遗憾。阿莱斯唯一能希望的,就是她自己的计划可以奏效。

只有随着时间的慢慢流逝,欧莉安才能渐渐反应过来自己被骗的事实。她还以为阿莱斯和《言语书》一起被大火烧为灰烬了呢。

这个险冒得也太大了。

阿莱斯、阿里夫和他们的向导要一直待在他们的石头"坟墓"里,直到夜幕降临,堡垒里面的人们全被疏散完毕才能出来。随后,在黑夜的掩护之下,这四名逃亡者将会沿着险峻陡峭的山路下山,前往荣誉村。如果幸运之神眷顾的话,明天傍晚的时候她就能回到家里了。

他们显然是违背了休战和投降条约。

如果他们被抓起来,后果必将会是野蛮和残忍的报复,这一点阿莱斯毫无疑问。他们藏身的那个洞穴基本上跟岩石上的一道折痕差不了许多,又浅又靠近表面。如果士兵彻底搜查堡垒的话,他们肯定会被发现。

一想起自己的女儿,阿莱斯就必须咬住嘴唇,才能克制住自己激动的情绪。黑暗中,她感觉到阿里夫握住了自己的手。他的皮肤干燥而布满灰尘,仿佛一双沙漠之手。

"伯特兰德很坚强的。"他好像知道她所痛苦的事情,说,"她跟你一样,不是吗?她的勇气可以让她坚持下来的。很快你们就又可以在一起了。不需要等太久。"

"但是她还那么小,阿里夫,她太小了,却要目睹这么多事情。她肯定被吓坏了……"

"她很勇敢,阿莱斯。萨雷也是。他们都不会令我们失望的。"

如果我知道你说的是对的就好了……

黑暗之中,阿莱斯的心被自己的将信将疑和对未知的恐惧折磨得粉碎,只能眼睁睁直愣愣地熬着时间。那种不知道自己下一秒钟会面对什么事情的焦虑,是她无法承受的疼痛。伯特兰德那张苍白的小脸,如同一个梦魇般久久地缠住她不放;良人教成员被大火吞噬时发出的尖叫声也一直在她的脑海里盘旋,即便是最后一名遇害者也已经悄无声息之后,她头脑中的回音还会绵延许久。

一团巨大的刺鼻黑烟好似一团雷雨云一般,悬浮在整个山谷上空,黑压压的,遮天蔽日。

萨雷紧紧地握住伯特兰德的小手,穿过大门,走出了这座他们已经待了将近两年的堡垒。那里早已成了他们的家。他将痛苦深深地锁在心底,埋在一个审讯人永远无法侵犯的地方。他现在还无法为黑桑德哀悼,也无法替阿莱斯担心。他必须全神贯注地保护好伯特兰德,确保他们俩全都安全返回荣誉村。

审讯人的桌子已经在山坡底下摆好了。审讯程序很快就在火葬柴堆的阴影之下开始了。萨雷认出了审讯人费里埃。由于他对教会法的死板与恪守,使他成为在整个地区都臭名昭著的人。萨雷将眼神移到右边,瞥了一眼费里埃站在一旁的同事。审讯人迪郎蒂的可怕程度跟他不相上下。

他又使劲儿握了握伯特兰德的手。

等他们踏上平地之后,萨雷突然意识到,他们要把囚犯分拨进行审讯。老人、堡垒居民和男孩儿被带到一条路上,妇女和小孩儿则被带到另外一条路上。他心中激起一阵恐惧:伯特兰德将要独自面对审讯人的审问了。

她察觉到了他的异样,惊恐地抬起头来望着他的脸。

"发生了什么?他们要拿我们怎么样?"

"勇敢点儿,他们要把男人和女人分开审问,"他说,"不要担心。回答他们的问题就是了。勇敢一些,待在原地,等我来找你。哪里都别去,谁都不要跟,明白了没有?什么人都不行。"

"他们会问我什么呢?"她用一个微弱的声音问。

"问你的名字和年龄。"萨雷回答道,跟她又重温了一遍需要记住的回答,"大家都认为我是堡垒里的一员,但是他们没有理由把我们俩联想到一起。如果他们问你,你就说不知道父亲是谁。告诉他们你的母亲是黑桑德,你从小就生活在蒙塞居尔。无论发生什么,都不要提起荣誉村。这些都记住了吗?"

伯特兰德点点头。

"好孩子。"

随后,出于替她安抚情绪的想法,他说:"我像你这么大的时候,曾祖母就已经常常派我去送信了呢。她也会让我把需要传达的消息多重复上几次,直到她确定我可以一字不差地说出来。"

伯特兰德浅浅地笑了一下,说:"妈妈说你的记忆力可差了,像个筛子一样。"

"她说得对。"他笑呵呵地说,然后又变得严肃起来,"他们可能还会问你一些关于良人教的问题,问你他们的教义,你诚实回答就好。那样的话,你才不容易自相矛盾。他们还没听别人讲过的事情,你就不要告诉他们了。"他犹豫了一下,又补上了最后一句提醒,"记住,千万不要提起阿莱斯或者阿里夫,一个字都不行。"

伯特兰德的眼睛里盈满了泪水:"万一士兵搜查堡垒,把她找到了怎么办?"由于极度惊恐,她一边说着一边不自觉地提高了嗓门:"如果他们找到了妈妈,会把她怎么样啊?"

"他们不会找到她的。"他迅速回答道,"记住,伯特兰德。等审讯人问完你话,你就待在远处不要走。我会尽快去找你的。"

还不等萨雷说完这句话,一个士兵就已经戳上了他的脊背,逼着他走下小山,朝村子里走去。

伯特兰德则被押往反方向。

他被带到了一座木栅栏里。在那里,他看到了堡垒的指挥官皮埃尔·罗杰·德·米尔普瓦。他已经被审问完毕。这对萨雷来说是一个好兆头。这种以礼相对其实是在暗示着他们遵守了投降条件,说明堡垒里面的人确实是被当作战俘来对待的,而非像对罪犯一样粗鲁无礼。

萨雷加入排队等候的那群士兵时,暗地里悄悄把大拇指上那枚戒指褪了下来,藏在了衣服里面。一下子光秃起来的拇指令他觉得有些别扭。自从二十年前阿里夫把这枚戒指授予他,他几乎还从没摘下来过。

审讯在两座分开的大营里进行。修道士候在一旁,一旦有人被发现与异教徒亲善,他们就会在他的后背上粘一个黄色的十字架,把这个人带到后面的等候区,把他们像市场上待售的家禽一样圈在一起。

显而易见,除非等到他们从老到小地全部审讯完毕,否则谁都别想被无罪释放。这个过程得耗上好几天。

轮到萨雷的时候,他被允许一个人单独进入帐篷。他在审讯人费里埃面前站定,等待他的审讯。

费里埃蜡白的脸上什么表情也没有。他询问了萨雷的名字、年龄、军衔和家乡,同时,他手中的鹅毛笔刷刷地扫过羊皮纸。

"你相信天堂和地狱吗?"他突然问。

429

"相信。"

"你相信有炼狱吗?"

"相信。"

"你相信耶稣基督是一个完美无瑕的人吗?"

"我是个士兵,不是个僧侣。"他的眼睛一直盯着地面说道。

"你是否相信人的灵魂只有一个肉体,并且灵魂可以在其中复活?"

"牧师是这样说的。"

"你是否听任何人说过,发誓是一种罪过?如果听说过的话,是听谁说的?"

这一回,萨雷抬起了眼睛。"我没听过。"他大胆地说。

"士兵,你给我过来。你已经在这座城堡里面服役超过一年了,却仍然不知道异教徒拒绝发誓的习惯?"

"我为皮埃·罗杰·德·米尔普瓦效劳,审讯官,我从来不管别人说了些什么。"

审讯继续进行了一段时间,但是萨雷依旧坚持声称自己只是一名普通的士兵,对《圣经》和信仰的事情一概不知。他也没有告发任何人,只是断言自己一无所知。

最终,审讯人费里埃拿他没有办法,只能放他离开。

时间才刚刚傍晚而已,太阳却已经开始西下。黄昏再次慢慢潜回了山谷,模糊了景物的轮廓,将黑影罩在了大地的一草一木上。

萨雷被带回到了人群中。那里已经聚集了其他一些已经审讯完毕的士兵。每个人都发了一张毯子、一大块腐败的面包和一杯葡萄酒。他知道,普通囚犯是不会得到这种善待的。

随着一天渐渐接近尾声,萨雷的精神也飘到了更远的地方。

不知道伯特兰德的考验结束没有,他甚至连她被带去了哪个大营都无从知晓。这些纷繁的思绪不停地啃噬着他的脑筋。一想到阿莱斯着急等待的样子,他就感到忧心忡忡。他想象她望着渐渐变暗的天色,想着离开的时刻已经越来越逼近,心里也变得越来越焦躁——更令他百爪挠心的是,对于她的心事,他竟然束手无策。

坐立不安的萨雷站起身来,伸展着四肢。他感受到潮湿冰冷的空气渗入了自己的骨髓,令他的四肢在久坐之后变得僵硬不堪。

"坐下!"一个卫兵一边咆哮,一边用手中的矛轻敲着他的肩膀。

他刚要服从命令,突然,目光扫到了山上的一幅景象。

一支搜查队正在朝露出岩石的山上走去。那里也就是阿莱斯、阿里夫和他们的向导躲藏的地方。他们手中的火把闪烁着火苗，风中颤抖的灌木丛上，他们投下的影子影影绰绰。

萨雷的血液渐渐凝固。

他们之前已经搜过了城堡，结果是一无所获。他还以为搜查已经结束了。但是显而易见，他们还打算搜查树下的灌木和堡垒基座周围迷宫般错杂的小路。如果他们循着那个方向继续前进，他们很快就会找到阿莱斯他们藏身的那个地方了。而且，天已经这么黑了。

萨雷开始往栅栏边缘跑去。

"嘿！"卫兵大喊道，"你是没听到我说话吗？站住！"萨雷对他置之不理。他不计后果地翻过木栅栏，噔噔地跑上了山坡，冲着搜查队跑去。他听到了卫兵在后面喊人抓他的声音，而他的脑袋里面，只有阿莱斯。

搜查队停下来，查看发生了什么事情。

萨雷挑衅一般地大喊起来，希望能让他们从冷眼旁观的看客变成与自己大战一场的对手。

听到声音的他们纷纷转过头来。他看到了他们脸上的困惑慢慢变成了仇视。他们本来就又寒冷又无聊，早就渴望打上一架暖暖身子了。

一个拳头打到萨雷腹部的时候，他便知道自己的计划成功了。他双手扶住膝盖，大口喘着粗气。两名士兵从他身后抓住了他的胳膊，然后拳头便从四面八方袭来，纷纷落到了他的身上。他们刀柄、靴子、拳头一样不落，无所不用其极，残忍无情地殴打着他。随着拳打脚踢继续如同雨点般落下，萨雷感觉自己眼睛下方的皮肤已经开裂，并且尝到了舌头和喉咙深处涌出的鲜血的味道。

直到那一刻，他才终于承认，自己对于情况的判断失误有多么严重。

他本来只是想着要引开他们对阿莱斯的注意力而已，而现在，伯特兰德那张苍白的脸突然出现在他的脑海中——她还在等待他去找她。这番思绪刚刚闪过一秒，一只拳头就袭上了他的下巴，令他的眼前倏的一下变成一片黑暗。

第七十六章

欧莉安倾其一生都在寻找《言语书》的下落。卡卡颂战败之后，又一次错失时机的欧莉安无功而返地回到沙特尔，她的丈夫已经对她失去了耐心。他们之间从未有过爱情，而当他对她的欲望也淡去之后，他的拳头和皮带便取代了他们之间的对话。

她一方面忍受着他的殴打，一方面一直在想方设法谋划向他报复的机会。随着他的土地和财富不断增加，他在法国国王身边的影响力不断提高，注意力也逐渐转向了其他的财宝上。于是，他便让她孤身一人生活。恢复自由的欧莉安雇用了一批线人，在整个南部地区布下了一张间谍网络，铺天盖地地对《言语书》的下落穷追不舍。

有且只有那么一次，欧莉安差点儿就要捉住阿莱斯了。那是1234年的5月，欧莉安离开沙特尔，来到了南方的图卢兹。她刚一抵达圣埃蒂安大教堂，就发现那里的卫兵已经收受了贿赂，而这导致她妹妹再度人间蒸发，就仿佛从未来过一样。

欧莉安决心不再犯下同样的错误。这一回，当她又听说好像有个年龄吻合、描述相符的女人出现时，欧莉安便在十字军的掩护之下，迫不及待地跟她的一个儿子来到了南方。

这一天早上，她觉得自己仿佛已经在黎明的紫色曙光里看到了那本书的身影。再次触手可及却又失之交臂的经历，令她不可抑止地勃然大怒，无论她儿子路易斯和仆人们怎么苦心劝慰，都无法平息她心中的怒火。但是在下午的事件中，欧莉安开始重新思考早上发生的事情。如果她看到的是阿莱斯——这一点她已经开始生疑——她怎么会舍得让那本《言语书》在审讯人的火刑架上白白烧掉？

欧莉安决心不能轻信。她派了仆人深入帐篷打听消息，得知阿莱斯有了一个女儿，大约九岁、十岁的样子，父亲是皮埃尔·罗杰·德·米尔普瓦麾下的一名士兵。欧莉安不相信妹妹会把这么珍贵的一件东西委托给堡垒里的人。给大人的话，士兵可以搜出来，但如果是给了一个孩子呢？

欧莉安一直等到天黑之后，才来到了关着女人和孩子的地方。她买通了卫兵，一直走到了深处。没人盘问或制止她,但是她经过的时候,分明能够感受到黑衣修士脸上的不屑和敌意。然而,这并没有动摇她的决心。

他儿子路易斯出现在了她的眼前,那张傲慢自大的脸蛋涨得通红。他总是极度渴望得到别人的肯定和赞美,无法容忍被人这样鄙视。

"怎么了?"她突然劈头盖脸地问,"你想要干什么?"

"有一个女孩儿您必须去看一下,妈妈。"

欧莉安跟着他走到围墙深处的一个角落里,看到一个女孩正躺在那里睡觉,跟周围的人隔着一些距离。

她跟阿莱斯在外貌上的相似十分引人注目。但是由于他们已经分别了许多年,欧莉安脑子里还是阿莱斯小时候的模样,所以现在觉得更像是在看着妹妹的双胞胎一样。她也有着同样决绝的神情,还有跟阿莱斯在那个年纪时一样的肤色。

"你走吧,"她说,"你站在这里的话,她不会信任我的。"看着路易斯拉下来的脸,她愈发地感到恼火。"走开!"她重复着,转身背对着他,"去备好马。这里不需要你了。"

他走了之后,欧莉安蹲下身来,轻轻地拍了拍女孩儿的胳膊。

女孩儿立即醒了,坐了起来,眼睛里闪烁着惊恐。

"你是谁?"

"一个朋友。"她用自己已经荒废了多年的语言说,"朋友。"

伯特兰德一动不动。"你是法国人。"她盯着欧莉安的衣服和头发执拗地说,"你不是堡垒里面的人。"

"是的,"她试着让自己听起来很有耐心,"但是我出生在卡卡颂,跟你妈妈一样。我们从小就一起在康达尔城堡里长大。我甚至还认识你外公,监督官佩尔蒂埃。阿莱斯肯定跟你提起过他吧?"

"我的名字就是用他的名字起的。"她立即说。

欧莉安藏住了自己心里的暗喜:"好吧,伯特兰德。我是来带你离开的。"

女孩儿皱了皱眉,说:"但是萨雷告诉我要在这里等他来接我的。"她越说越没有那么谨慎了:"他说了不要跟任何人走的。"

"萨雷这样说了,是吧?"欧莉安微笑着说,"好吧,他跟我说过,你是个很懂事的孩子,所以我应该给你一点儿东西,来说服你信任我。"

欧莉安掏出一枚戒指来。那是她曾经在父亲冰冷的手指上摘下来偷走的。不出所料,伯特兰德认了出来,伸手接了过去。

"这是萨雷给你的吗?"

"拿着。自己看看。"

伯特兰德翻转过戒指，仔仔细细地查看着。她站了起来。

"他在哪里？"

"我不知道，"她猛地皱起眉头，说，"除非……"

"是吗？"伯特兰德抬起头来望着她。

"你觉得他是打算让你回家吗？"

伯特兰德思索了片刻。"也许吧。"她含糊其辞地说。

"你家远吗？"欧莉安装作一副很随意的样子说。

"平常骑马的话要一天，这个季节兴许要更久。"

"你家所在的村子有名字没？"她轻描淡写地问。

"叫作荣誉村。"伯特兰德回答道，"虽然萨雷说过，这个不能告诉审讯人。"

荣誉村。不仅仅是圣杯守护者的名字，而且也会是可以找到圣杯的地方。欧莉安必须十分用力地咬住自己的舌头，才能克制住内心的狂笑。

"我们不去想这些了吧。"她弯下身子，撕掉了伯特兰德背上的黄色十字架，"我可不想让别人把我们当成是逃跑的人。现在，你有没有什么东西需要我帮你拿着？"

如果这个女孩儿身上有书，那就没必要跑那么远了。苦苦追寻也就可以到此为止了。

可是伯特兰德摇摇头说："没有。"

"好吧，那么我们现在快点儿走吧，可不能被他们看到。"

女孩儿依然谨慎，但是当他们穿过围墙里沉睡的人们时，欧莉安跟她聊起了阿莱斯和康达尔城堡里的事情。她说阿莱斯是个极富魅力、善于说理、认真专注的人。渐渐地，她赢得了女孩儿的信任。

欧莉安往门口的卫兵手里又塞了一枚钱币，领着伯特兰德来到了儿子路易斯·德·埃夫勒等待的地方。他跟其他六名候在帐篷外围的士兵已经骑在了马背上面，旁边一辆带顶马车也已经准备好了。

"他们不跟我们一起走吗？"伯特兰德的声音里突然充满了疑虑。

欧莉安把女孩儿抱上车，微笑着说："我们在途中得提防着土匪强盗，不是吗？如果你要是出了什么事情，萨雷肯定不会原谅我的。"

等伯特兰德刚一坐稳，她便转过身，面对着自己的儿子。

"那我怎么办啊？"他说，"我想陪您一起。"

"我需要你待在这里。"她有些急不可耐地说，"你，如果还有点儿记性的话，就该知道自己还是军队的一员。你不能就这样随随便便消失了。我自己走的话,反而更容易也更迅速一些。"

"但是——"

"照我说的办。"她一直压着声音,以防被伯特兰德听到,"看好我们在这里的猎物。女孩儿的父亲就按我们之前商讨的办,其他的交给我。"

现在吉扬满脑子想的只有如何找到欧莉安。他来蒙塞居尔的目的本来是要帮助阿莱斯,不让欧莉安去伤害她。漫长的岁月里,他一直远远地,默默地守护着她。现在阿莱斯已经死了,那么他也就无所顾忌了。他心中的复仇之火与日俱增。当年还有机会的时候,他就应该把她结果掉的。这回,他再也不想让自己白白错失良机了。

吉扬把斗篷的兜帽拉下来遮住脸,悄悄溜进了十字军的大营里,终于找到了欧莉安那绿色和银色的大帐篷。

里面有说话的声音,说的是法语,是一个年轻人在发布命令。

吉扬突然想起欧莉安坐在前排座位时旁边坐着的那个年轻人,也就是她儿子。于是,他将身子贴在了帐篷摇摆不定的墙面上,听着里面的动静。

"他是堡垒里的一个士兵。"路易斯·德·埃夫勒用他那高傲自大的声音说,"名字叫作萨雷·德·塞尔维昂,之前的骚乱就是他惹出来的。南方的臭农民!"他充满蔑视地说:"无论你对他们有多好,他们还是那副畜生一样的德性!"他厉声尖笑起来:"他已经被带到了雨果·德·阿尔西帐篷旁边的围场里了,跟其他的囚犯分开关押,以免他又惹出什么麻烦来。"路易斯的声音突然压低,吉扬都快听不清了。"现在已经事成一半了。要是你找到那个农民时他还活着,那就再处理一下。剩下的就等事成之后再说。"

吉扬一直等到那个士兵出来之后,才偷偷溜进了无人防守的门里。

"我告诉过你我不想被人打扰的。"他突然头都没回地说。他还没来得及喊出声音,吉扬的匕首就已经架到了他的喉咙上。

"如果你敢出声,我就杀了你。"他说。

"你想拿什么就拿什么,随便拿,不要伤害我就行了!"

吉扬环顾四周,目光扫过这间宽敞的大帐篷里精工细作的地毯和温暖舒适的毛毯。原来欧莉安已经获得了她一直渴望的财富和地位。他诅咒这并没有给她带来幸福。

"告诉我你的名字。"他用一个低沉而残酷的声音说道。

"路易斯·德·埃夫勒。我不知道你是谁,但是我母亲会——"吉扬将他的脑袋猛地向后一拉,说:"不要威胁我。你已经把卫兵打发走了,还记得吧?没人能听得到你说话了。"他将刀刃往男孩苍白的北方皮肤里面压了压。埃夫勒一动不动。"这样就好多了。现在,告诉我欧莉安在哪里?如果你不说的话,我就割破你的喉咙。"

吉扬感觉到了"欧莉安"这个名字对男孩儿的威力,只是恐惧让他的舌头不听使唤。"她去了关押妇女的围墙里。"他急促而含糊地说。

"去干什么?"

"去找……一个女孩儿。"

"不要浪费我的时间。"他说着,又把他的脖子向后一拉。

"什么样的女孩儿?她跟欧莉安有什么关系?"

"她是一个异教徒的女儿。我母亲的……妹妹。"他说话的样子,就好像这几个字是他嘴里的毒药般令他难受,"也就是我小姨。我母亲希望能亲自去看看这个女孩儿。"

"阿莱斯。"吉扬不可置信地小声念叨着,"这个孩子多大了?"他能嗅到埃夫勒皮肤里透出的恐惧味道。"我怎么知道,九岁或十岁吧。"

"他父亲呢?也死了吗?"

埃夫勒试着要动动身子。吉扬又使劲儿压了压架在他脖子上的刀刃,并且旋转刀片,让刀尖压在了埃夫勒的左耳下方。

"他是个士兵,皮埃尔·罗杰·德·米尔普瓦的手下之一。"

吉扬立即就明白了过来。"你刚刚派了一个手下去在黎明之前干掉他?"他说。

吉扬手中的匕首刀片一下子反射到蜡烛的灯光,反射的光芒一闪而过。

"你是谁?"

吉扬不予理睬:"埃夫勒王呢?为什么他不在这里?"

"我父亲死了。"他说,"现在我才是埃夫勒财产的主人。"他的声音里没有任何悲伤,只有一种吉扬无法理解的沾沾自喜和扬扬得意。

吉扬大笑起来:"或者,你母亲才是真正的主人吧!"

男孩像被击中一般畏缩了一下。

"告诉我,埃夫勒王。"他一字一顿地说,声音里饱含轻蔑,"你母亲想要拿那个女孩儿怎么样?"

"这有什么关系呢?她是异教徒的孩子。他们就应该全部被烧死。"

吉扬感觉到了埃夫勒话刚脱口就产生的后悔之情,但是已经太晚了。吉扬扭了他的胳膊一下，匕首从一只耳朵滑向另一只耳朵，把年轻人的嗓子豁开一个口子。

"为了南部。"他说。

鲜血如同火山迸发的岩浆般，沿着刀口喷涌而出，溅到了制作精良的地毯上。吉扬松开手，任埃夫勒倒向前方，扑在地上。

"如果你的仆人能够马上回来，兴许你还能活命。如果回不来的话，你最好现在就开始向上帝祷告，祈求他原谅你的罪过。"

吉扬再次拉下兜帽，遮住脸部，匆匆跑了出去。他要在埃夫勒的人杀害萨雷·德·塞尔维昂之前，先找到他。

一小队人马穿越寒冷的冬夜，在崎岖不平的山路上颠簸着前行。

欧莉安已经开始后悔自己为什么要乘坐这么一辆小马车。要是骑马的话，可能要比这样快得多。他们的木头车轮在坚硬的冰地上轰隆隆、咔嚓嚓地滚过。

他们避开了出入山谷的主要通路，因为那里在前往南方的头几个小时里，还是保留着一些路障。之后，随着冬日的黄昏被夜晚的黑暗所接替，他们转向了东南方向。

伯特兰德已经进入梦乡。马车外面的冷风呼呼地鞭打着马车上悬着的门帘，为了抵御刺骨的寒风，她只好用斗篷盖住了脑袋。欧莉安早就被她叽叽喳喳的问题折磨得心烦意乱，她一直乐此不疲地向她问起战前他们在卡卡颂的生活情况。

欧莉安喂她吃了饼干、甜面包和加香葡萄酒，还有一剂足以让一个强壮的士兵昏睡上几天的安眠药。终于，小孩儿不再喋喋不休，陷入了深深的睡眠之中。

"醒醒！"

萨雷听到有人说话的声音。是个男人，离他很近。

他试着动弹身子，但是疼痛瞬间传遍了身体的每个角落，眼前闪过蓝色的火星。

"醒一醒！"这回那个声音更加急迫了。

有个冰凉的东西突然按压在他受伤的脸上，令他向后一缩，但是安抚了他灼热的皮肤。缓缓地，关于那些落到自己脑袋上的拳打脚踢的记忆又浮现了出来。

他死了吗？

然后，他恢复了记忆。有人号叫着冲下山坡，大声喊着士兵们停步。攻击他的士兵们突然被吓了一跳，向后退了几步。一个指挥官模样的人用法语吼出几句命令，随后，他就被拖下了山。

也许还没死。

萨雷再次尝试活动自己的四肢。他感受到背后顶着某种坚硬的东西。他意识到，那是他的双手被紧紧地捆在身后。他试着睁开眼睛，但发现一只眼睛已经肿得睁不开了。而作为补偿，他的其他感觉都得到了加强。他能够察觉到马儿的动静，可以听到它们正在地上跺着蹄子的声音；他还能够听到大风呼啸的声音，以及几只欧夜鹰和一只孤独的猫头鹰的嚎叫。这些都是他熟悉的声音。

"你能动一下双腿吗？"那个男人问他。

萨雷很惊奇地发现自己可以动弹，虽然这令他钻心地疼痛。一个士兵曾经在他躺在地上的时候用脚碾踩过他的脚踝。

"你还能不能骑马？"

萨雷看着那个男人走到他身后，切断了他双臂上绑着的绳子。他心里产生了一种莫名的熟悉感。他好像认识那个男人的声音以及他转头的样子。

萨雷晃晃悠悠地站起来。

"我该怎么报答你的这番好意呢？"他一边揉搓着自己的手腕，一边说。随后，突然间，他明白了。萨雷仿佛又看见了自己十一岁时的样子。当时他爬上康达尔城堡的城墙，沿着城垛一直寻觅阿莱斯的踪影。曾经他还趴在窗外，聆听微风吹送出来的笑声，就是这个男人谈笑风生的声音。

"吉扬·杜马斯。"他缓缓地说。

吉扬突然一怔，满眼惊讶地望着萨雷："我们见过面吗，朋友？"

"你可能已经不记得了。"他几乎看不清他的面孔。

"告诉我，朋友。"他一字一顿地说，"你想让我怎样？"

"我是来……"吉扬被他突如其来的敌意弄得一头雾水，"你是萨雷·德·塞尔维昂吧？"

"怎么了？"

"为了阿莱斯，她是我们两人的……"吉扬停下，镇定了一下自己的情绪，接着说，"她姐姐欧莉安和她的一个儿子在这里。他们是十字军成员。欧莉安是为了找那本书而来。"

萨雷盯着他的眼睛，挑战似地说："哪本书？"

吉扬自顾自地继续往下说："欧莉安知道了你有一个女儿，已经把她带走了。我不知道他们去了哪里，但是他们在天黑之后就离开了帐篷。我是来给你报信的,并且要帮助你找到他们。"他站了起来。

"但是如果你不想……"

萨雷感觉自己的脸上失去了血色。"等等!"他大喊道。

"如果你想要你的女儿活着回来,"吉扬继续平静地说,"不管你对我的反感是出自什么原因,我都建议你先将这些搁到一边。"

吉扬伸出手,拉着萨雷站了起来。

"你知道欧莉安最有可能是将她带到哪里去了吗?"

萨雷凝视着这个他用了一辈子时间来憎恨的男人,但是为了阿莱斯和女儿的安危,他还是接过了那只向他伸出的手。

"她有名字,"他说,"叫伯特兰德。"

第七十七章

法国西南部 萨巴提山脉 苏拉哈克山峰
2005年7月8日 星期五

在一片沉默中,奥迪克和爱丽丝爬上了山。

他们已经说了太多的话,再多说也只是无益了。奥迪克费力地喘着粗气,但是双眼一直紧紧盯住脚下的地面,不曾有过一下的摇摆不定。

"应该不远了吧。"她说。她更像是在自言自语,而不是跟他说话。

"嗯。"

五分钟之后,爱丽丝意识到他们已经来到了停车场对面的发掘现场了。帐篷都撤掉了,但是地上仍旧残留着不久之前有人来过的痕迹:地上干涸的褐色补丁,还有零零散散、随意丢弃的垃圾。爱丽丝注意到地上还扔着一把泥铲和一根帐篷桩,那是她曾经捡起来装进口袋里的。

他们一直爬,往上转向左边,最终抵达爱丽丝曾经挪开那块大卵石的地方。大卵石还躺在洞穴入口下方的一侧,跟它当时滚下来的地方不差毫厘。在幽灵般的白色月光之下,大卵石看起来好似一尊神像倒下时摔掉的头部。

事情真的是星期一才发生的吗？为什么感觉时间已经过去了很久？

拜亚德停下脚步，后靠着大卵石，喘着粗气。

"不远了，"她想要安慰他，说，"对不起，我应该提前告诉您这山上有这么陡峭的。"

奥迪克微微一笑，说："我都记得呢。"他拉起她的手。他的皮肤像层薄纱一般薄脆。

"等我们到达洞穴，你得在一旁等着我，直到我说安全了，才可以跟我一起进去。你必须保证藏好自己。"

"我还是觉得您不应该单独进去。"她执拗地说，"即便您猜的是对的，他们不会在天黑之前就来，但您还是可能会被陷在里面。我希望您能允许我去帮帮您，奥迪克。如果我和您一起进去，我可以帮您找到那本书。两个人总比一个人动作快些，也会更容易些。我们几分钟就可以进出一趟。然后我们就可以都躲在里面，观察将要发生的事情。"

"请原谅我，但我们最好还是单独行动。"

"我真的不明白，奥迪克。没人知道我们在这里。我们应该是十分安全的。"她说着，虽然内心也知道情况远非如此。

"你真的很勇敢，小姐。"他温柔地说，"你跟她一样。阿莱斯也总是把别人的安危摆在首要位置。她为了自己钟爱的东西牺牲了许许多多。"

"没人在牺牲任何东西。"爱丽丝尖锐地说，恐惧正在令她紧张起来："并且我依旧不明白您为什么不让我早点儿进去。我们可以趁还有光的时候进入洞穴，也不用冒险被人逮住。"

拜亚德表现得跟没听到她的话似的。

"你给警官努贝尔打电话了？"他问。

争吵毫无意义。争吵也不是现在的头等大事。

"是的。"她重重地叹了口气，"我就照您教我那样说的。"

"很好。"他轻柔地说，"我理解，你肯定会觉得我轻率鲁莽，但是你之后会明白过来的，小姐。所有的事情都会在适当的时候，以适当的顺序发生。这是唯一的真理。"

"真理？"她重复道，"您已经把我所有该知道的都告诉我了，奥迪克。每一件事情。现在我唯一关心的就是把希拉和威尔毫发无损地从这里救出去。"

"每一件事情吗？"他轻轻地说，"有这样的可能性吗？"

奥迪克转过身去，抬头望了望洞口。在广袤的岩石丛中，那个洞口只是一个小小的黑洞。"一个真理肯定要和另一个真理相互矛盾。"他小声念叨着。

"现在已经不同于当时。"他拉起她的胳膊，说，"我们一起走完我们旅程的最后几步好吗？"

爱丽丝疑惑地瞥了他一眼，对他心头突然笼罩上来的情绪感到奇怪。他冷静沉着，深陷沉思。一种听天由命的情绪降临到了他的身上，而她却变得更加紧张，对所有可能出错的事情都充满了恐惧：害怕努贝尔会迟到，担心奥迪克会猜错整个局面。

如果他们已经死了怎么办？

爱丽丝努力将这些思绪抛到脑后。她现在可没有时间去思考这些。她必须得满怀信心，相信一切都会好起来的。

在入口处，奥迪克转过头来，对她露出一个微笑。他那斑斑点点的琥珀色眼睛里闪烁着希望。

"怎么了，奥迪克？"她着急地问。"有某种，"她说不下去了，找不到合适的词语来形容此刻的心情，"某种……"

"我已经等了很久很久了。"他云淡风轻地说。

"等待找到那本书吗？"

他摇摇头，说："是等待救赎。"

"救赎？但是为什么而救赎呢？"爱丽丝震惊地发现自己双眼中盈满了泪水。她咬住嘴唇，不让自己崩溃。"我不懂，奥迪克。"她说着，嗓音都变了。

"一步一步地，你会走更远。"他说，"你应该已经在洞穴里看到过这些刻在台阶顶层的字了吧？"

爱丽丝惊讶地望着他："是的，但是您是怎么——"

他伸出手，接过火把："我必须得进去了。"

爱丽丝克制住自己脑海中纠缠不清的情绪，将火把递给了他，没有再说一个字。她看着他走下隧道，一直等到火光的最后一星亮点都被黑暗吞噬，才转身离开。

附近传来一声猫头鹰的嚎叫，吓得她跳起脚来。此时此刻，即便是最微乎其微的一声响动，都好像是被放大了一百倍似的。黑暗中暗藏着某种邪恶的力量。树木在她身边隐约可见，大山那阴森可畏的阴影笼罩在她头上，岩石仿佛都幻化成了某些陌生而奇异的形状，对她虎视眈眈。脚下山谷里的路上，似乎远远地传来一辆汽车的轰鸣声。

随后，一切又倏地归于寂静。

爱丽丝瞥了一眼手表。现在是九点四十分。

九点四十五分的时候,两个刺眼的车头灯堂而皇之地射进苏拉哈克山峰脚下的停车场。

保罗·奥蒂耶熄灭引擎,走到车外。令他意外的是,弗朗索瓦-巴普蒂斯特竟然没有在外面等他。奥蒂耶抬头瞥向洞穴的地方,心中忽然闪过一个惊恐的念头:他们也许已经到达洞穴里面的大厅了。

他很快就打消了这个想法,神经开始紧张起来。

一个小时之前,布莱萨和多明戈一直待在这里来着。如果玛丽-赛希拉或者她儿子已经出现了的话,他肯定早就接到他们的报告了。

他把手伸进口袋里,摸索着控制器,设定了引爆炸药的程序,开始最后倒计时。现在,他已经没有什么要做的事情了。唯有等待与旁观。

奥蒂耶抚摸着脖子上的十字架,开始默默祷告。

停车场边缘的树林中响起一个声音,引起了他的注意。

奥蒂耶睁开了眼睛。什么也看不到。他回到车里,将前照灯开到最大亮度。树木从黑暗中跳到他眼前,白花花一片,没有颜色。

他用手遮住眼睛,再次定睛一看。这一回,他看到了茂密的灌木丛中有个活动的人影。

"弗朗索瓦-巴普蒂斯特?"

没人应声。奥蒂耶感觉自己脖子后头的短毛全都竖立起来。"我们没时间玩这些游戏!"他朝着黑暗中大喊,语气中透露出一种恼火和不满,"如果你想要那本书和戒指,你就出来,让我看见你!"

奥蒂耶开始怀疑自己是否误判了情况。

"我等着你!"他喊道。

这次,他听到了某种声音。那个身影从树林中现身的时候,他使劲儿憋住了自己的笑意。

"欧唐纳在哪里?"

奥蒂耶看着弗朗索瓦-巴普蒂斯特走向他的样子,几乎就要大笑出声来了,因为他穿着一件大了不知道多少码的夹克,看起来十分可怜兮兮。

"你自己来的?"他说。

"不关你什么鸟事。"他说着,走到树林边停了下来,"希拉·欧唐纳在哪里?"

奥蒂耶朝洞穴的方向摆了摆头。"她已经在上面等你了,弗朗索瓦-巴普蒂斯特。看看我多么替你省事儿。"他大笑一声,说,"我觉得她不会给你添任何麻烦。"

"那本书呢?"

"也在那里。"他挽了挽衬衫袖子,说,"戒指也在。所有东西都按约定好的及时送过去了。"

弗朗索瓦-巴普蒂斯特尖声长笑起来。"我猜还用礼品袋包装好了吧?"他讽刺地说,"你不会以为我会相信你把他们单独留在那里吧?"

奥蒂耶轻蔑地看了他一眼,说:"我的任务是拿回那本书和戒指,而这些我已经做到了。我还把你的——怎么称呼她好呢——噢,你的间谍也还给你了。就算是我个人做的一点儿慈善吧。"他眯缝起眼睛,说:"至于德劳哈德夫人要对她做什么事情,那是她的事情了,我管不着。"

男孩儿的脸上划过一丝怀疑的神情。

"全部都是你心甘情愿的?"

"一切都是为了真实山峰荣誉会。"奥蒂耶和颜悦色地说,"或者,难道你还没有受邀参加仪式?我猜啊,你只拥有她儿子这一个身份,不会有任何影响力。你可以去试试看嘛。或者,你母亲已经过去做准备了。"弗朗索瓦-巴普蒂斯特朝他瞥了一眼。

"你不会认为她还没有告诉我吧?"奥蒂耶朝他面前走了一步。

"你以为我不知道她的所作所为吗?"奥蒂耶能够感受到他胸中渐渐升起的怒火,"你有没有看透她,巴普蒂斯特?你有没有看到她说那些淫秽下流、亵渎神明的语言时,脸上的那种扬扬自得?她做的是对上帝大逆不道的勾当!"

"你敢不敢当面跟她说这些?!"弗朗索瓦-巴普蒂斯特说着,手开始伸进口袋里摸索。

奥蒂耶狂笑起来:"对,对,给她打电话,她会告诉你怎么办,怎么想。干任何事情都要先问问她的意思,否则千万不能轻举妄动!"

他转过身去,开始朝着自己的汽车走回去。他突然听到扳机扣动的声音。奥蒂耶不可置信地转头看去。然而,一切已经来不及了。子弹噼啪地爆裂,一发紧接着又一发。

第一发没有打中。第二发打在了他的大腿上。子弹直直地穿透皮肉,击碎了骨头,从大腿另一侧飞出。奥蒂耶尖叫一声,倒在地上,痛苦迅速袭遍他的全身。

弗朗索瓦-巴普蒂斯特朝他走去,双手紧紧地把枪握在身前。奥蒂耶试着爬走,在身后的碎石路上留下了一道血迹,但是男孩还是步步逼近。

一时间，他们四目相对，僵持不下。然后，弗朗索瓦-巴普蒂斯特再次开火。

爱丽丝跳了起来。

开枪的声音划破了山间的静谧，在岩石上来回反弹，回荡在她的身旁。

她的心跳开始怦怦地加速。她无法辨别枪声来自何方。在家的时候，她只见过农场主用枪打兔子或乌鸦。

这声音听起来不像是猎枪发出的。

她蹑手蹑脚地跳到地上，透过黑暗向停车场的位置窥视过去。她听到一声车门甩上的声音。现在，她能听出有人在说话，空气断断续续地飘送过来一些只言片语。

奥迪克在那里做什么？

他们距离很远，但是她仍然能够感受到他们在大山里面的存在。爱丽丝偶尔能够听到他们用脚将路上的沙砾和碎石踢走的声音，还有嫩树枝碎裂的声音。

爱丽丝朝着入口侧身前移，绝望地瞥向洞穴里面，仿佛通过这种纯粹的意志力，她就能够将奥迪克从黑暗中变出来似的。

为什么他还不出来？

"奥迪克？"她小声喊着，"有人来啦，奥迪克！"

但是没有任何回应，洞里只有一片寂静。面对在她面前伸展开来的幽黑隧道，爱丽丝向内窥去，内心的勇气在渐渐动摇。

但是你不得不向他发出警告。

爱丽丝祈祷着她离开还不算太晚，转身朝着刻着迷宫的那间大厅跑去。

第七十八章

荣誉村
1244 年 3 月

虽然萨雷身受重伤，但是他们依然跑得很快。他们沿着从蒙塞居尔向南流出的那条河一直狂奔。轻装上阵的他们一路快马加鞭，只是偶尔在需要休息和饮马的时候才会停下来。他们用剑刺破河里的坚冰，捣出水来供马儿饮用。吉扬很快就看出，萨雷的骑术略高自己一筹。

关于萨雷的过去，吉扬略知一二。他听说过他曾经多次成功地将纯洁派的消息送到比利牛斯山里那些与世隔绝的小村庄，将情报传达给反叛斗士。显而易见，这个年轻人对每一条可以通过的山谷和山脊，以及隐藏在树林、峡谷和平原里的小路都了如指掌。

与此同时，吉扬察觉到了萨雷对自己强烈的憎恶之情，虽然他对此只字不提。吉扬的脖子后面就像是有一轮炽热的太阳在炙烤着自己。吉扬知道萨雷名声在外，是一个忠诚、勇敢、令人尊敬的男人，对自己信仰的事物甘愿奉献生命。虽然他对自己充满敌意，但是吉扬还是能够明白，为什么阿莱斯会爱上这个男人，并且和他育有一女。虽然当吉扬想到这时，心里像被尖刀刺过一样疼痛。

他们的运气还算不错，晚上的降雪量不大。第二天，也就是3月19日，天气晴朗，风和日丽，万里无云。

萨雷和吉扬在黄昏时刻抵达了荣誉村。这个村子依偎在一座人迹罕至的小山谷里，虽然天气依旧很冷，但这里的空气里飘着一股春天般的温柔气息。村庄外围的树木上面星星点点地点缀着绿色和白色。他们骑马走上那条通往一小簇房子的小路时，春天的第一期花朵已经羞涩地从灌木篱墙和路边坡地上探出了花苞。整个村庄都好像是被遗弃了一样，荒无人烟。

两个男人从马上跳下，牵着马走到村子中间。马儿脚上的马蹄铁在燧石和石头铺成的坚硬路面上啪啪嗒嗒地踢打着，在一片寂静的背景中发出震耳欲聋的回声。几缕轻烟小心翼翼地从一两栋房子上方飘散出来。一双双眼睛提心吊胆地从百叶窗的缝隙中窥探出来，然后迅速藏回暗处。在大山这么高的地方里，很难见到法国逃兵，但也并不是没有耳闻。通常，他们一旦出现，就会惹出不小的麻烦。

萨雷将自己的马拴在一口水井旁边。吉扬也顺势照做，然后跟着他走过村子中心，来到一间小房子前。这座房子，虽然屋顶上的瓦片已经残缺不全，窗子上百叶窗也早已失修，但是墙壁依旧坚固。吉扬觉得，重新翻修一下这座房子，应该费不了多大的劲儿。

萨雷走上前去推门，吉扬候在一旁。那扇木门由于长期不用和受潮膨胀，已经变得僵硬死板，在铰链上晃晃悠悠地颤抖着，伴随"嘎吱"一声，大门打开了一道足以让萨雷钻进去的缝隙。

吉扬跟在他身后走了进去。屋里面的潮湿空气扑面而来,带着一股坟墓里的阴冷气息,令他的指尖感到麻痹。大门对面的墙上,堆着一堆树叶和树根,明显是被冬天的大风吹进来的。百叶窗里和窗台下挂着冰棱柱,仿佛参差不齐的花边。

桌上还摆放着没吃完的残羹冷炙,还有一把老式水壶,几个盘子、杯子和一把刀。葡萄酒的表面蒙着一层霉,像是水塘表面漂浮的绿色水草。凳子整整齐齐地收拢在墙边。

"这是你家吗?"吉扬轻声问。

萨雷点点头。

"你是什么时候离开的?"

"一年以前。"

房间的中央,一口生锈的烹锅悬挂在一堆早已燃尽的灰烬和碳化木材上方。吉扬看着萨雷倾身向前,将盖子扶正,心里生出无限酸楚。

房子的后半部分,挂着一块破破烂烂的帘子。他掀起帘子,看到后面还有一张桌子,桌子两侧各有两把椅子。墙上装着几排狭长的架子,上面基本上已经没有什么东西了,只剩下一套碾槌和研钵,几只饭碗和勺子,几只罐子,而且全都蒙上了一层尘埃。架子上方的小钩子钉到了低矮的天花板上,上面还悬着几株落满灰尘的药草。那是一小枝飞蓬和一小撮黑莓叶。

"这是她的药材。"萨雷惊讶地望着吉扬。吉扬呆若木鸡般地站在那里,双手交叠在身前,不想打扰萨雷的种种追忆。

"所有人都会来找她帮忙,无论男女老少。每当他们感到身体不适,或是因不知如何养活孩子熬过冬天而心烦意乱的时候,都会跑来找她。伯特兰德……阿莱斯会让她去帮忙准备药材,并且遣她去给他们送药。"

萨雷开始磕磕巴巴,渐渐沉默下来。吉扬感觉到了他胸中化也化不开的积郁。他也还记得,阿莱斯曾经也把他们在康达尔城堡里的卧室装满了瓶瓶罐罐;还记得她工作的时候那副全神贯注、沉着娴静的样子。

失神的萨雷任凭窗帘从他的手中悄悄滑落。他试了试梯子是否依然牢固,然后小心翼翼地爬上了上层的平台。那里堆着一堆旧毯子和烂稻草,上面布满了霉菌和动物粪便,成为这个家庭曾经就寝之地唯一的遗迹。一根还蓄着残蜡的烛台立在寝具旁边,其后的墙上被熏出了一圈黑烟的污渍。

目睹萨雷触景生情的悲伤,吉扬再也无法忍受,便走到外面去等。他没有权利再去插手他们的回忆。

不久之后,萨雷也走了出来。他的眼睛红红的,但是神态自若,径直走向吉扬。此时,吉扬正站在村庄的最高点上,眺望着西方。

"早上什么时候天会亮?"萨雷也爬上去之后,他这样问道。两个男人几乎一般高,虽然吉扬脸上的纹路和头发里面的斑白暴露了他比萨雷多活了十五年的事实。

"在一年的这个时候,山里的太阳升起得很晚。"

吉扬沉默了片刻。"现在我们该怎么办呢?"他尊重萨雷对这里的主宰权。

"我们必须把马赶到马厩去,然后给我们自己找个睡觉的地方。我估计他们会在天亮之前到达这里。"

"你不想……"吉扬的眼睛望向房子的方向。

"不,"他立即说,"不能去那儿。有个女人可以给我们提供吃的和过夜的地方。明天,我们就要去山里更高的地方,在靠近洞穴的地方扎个帐篷,等着他们的到来。"

"你觉得欧莉安会绕开村子?"

"她会猜到阿莱斯把《言语书》藏到了哪里。在过去的年岁里,她有足够的时间去研究另外两本书。"吉扬瞟了他一眼,问:"那她猜对了吗?那本书还在洞穴里吗?"

萨雷不理会他的问题。"我不明白欧莉安是怎样说服伯特兰德跟她走的,"他自顾自地说,"我告诉过她,我不去就不能走。"

吉扬默不作声。他说不出任何可以平复萨雷心中恐惧的话来。但是,年轻人很快自己就沉不住气了。

"你觉得欧莉安会不会也带了另外两本书来?"他突然冒出这么一句。

吉扬摇摇头说:"我猜,那两本书还安安全全地待在埃夫勒或沙特尔的某个地窖里呢。她为什么要冒险把它们都带在身边呢?"

"你爱过她吗?"

这个问题令吉扬猝不及防,吓了一跳。"我曾经渴望过拥有她,"他缓缓地说,"我被蛊惑了,我被自己的年少轻狂害了,我……"

"不是说欧莉安,"萨雷突然打断他,"我说的是阿莱斯。"

吉扬感觉自己的嗓子周围好像被一副铁箍箍住了一样说不出话来。

"阿莱斯……"他小声念叨着。一时间,他被自己的记忆紧紧地裹挟,直到被萨雷如火的炽热目光惊回了悲凉的现实中。

"在那之后……"他支支吾吾、断断续续地说，"在卡卡颂陷落之后，我就只见过她一面。那三个月，她跟我待在一起。她当时是被审讯人带走了，然后——"

"我知道！"萨雷忍不住吼起来，随后声音渐渐崩溃，"我知道这些。"

吉扬被萨雷的反应弄得一头雾水，他只能用眼睛直勾勾地望着前方。令他自己也万分惊讶的是，他意识到自己竟然微笑起来。

"是的。"这两个字从他的双唇间倏地滑出，"我对她的爱，胜过整个世界。当年，我只是不明白爱情是怎样珍贵的一件东西，直到它被我亲手粉碎，我才知道它有多么脆弱。"

"这就是为什么你任由她去的原因吗？在图卢兹之后，她又回到了这里？"

吉扬点点头："我们一起待了三个月之后，只有上帝知道，我们有多么难舍难分。我想要多看看她，就再多看她一眼……我曾经希望，等到这一切结束，我们也许就能够……但是，显而易见，她找到了你。而且，现在……"

吉扬泣不成声。泪水涌上他的眼眶，他的双眼在寒风中凄厉地刺痛。他感觉到萨雷在他身边移了一个位置。一时之间，他们之间的光线好像发生了某种变化。

"请原谅我，我竟然在你面前这么失态。"他深吸了一口气，说，"欧莉安为了抓到阿莱斯，悬赏的额度实在是太大，太诱人了，以至于本来没有理由去伤害她的人也会跃跃欲试。我曾经买通了欧莉安的一些密探，让他们去散布一些假消息。这样确实保护了她的安全。"吉扬再次停住。渐渐烧黑的红色斗篷里，露出正在燃烧的那本书的轮廓——这个情景如同一个不速之客，悄悄潜上了他的心头。

"我不知道她的信仰竟然如此坚定不移，"他说，"或者，正是她想要保护《言语书》免遭欧莉安毒手的决心，驱使着她走上了今天的这条道路。"

他望着萨雷，试着读出他刻在眼眸深处的真相。

"我希望她没有选择赴死。"他言简意赅地说，"对你——这个她选择的男人，对我——这个爱着她却失去她的傻瓜来说，都是如此。"他磕磕巴巴地说："但是最多的，是为了你的女儿。要知道阿莱斯——"

"你为什么要来帮我们？"萨雷打断他说，"为什么你要来？"

"来蒙塞居尔？"

萨雷摇摇头，有些不耐烦地说："不是蒙塞居尔，是这里，现在。"

"为了复仇。"他说。

第七十九章

阿莱斯在惊慌中浑浑噩噩地醒来，浑身僵硬，瑟瑟发抖。一缕纤细缥缈的紫光掠过拂晓时分的灰绿色景观。一团轻柔的白雾偷偷摸摸地穿过溪沟和山腰间的裂隙，寂静无哗。

她看看身边的阿里夫。他正睡得安稳，衬着毛皮的斗篷拉到了耳朵下面。拼命赶了一天一夜的路之后，他已经疲倦至极。

寂静沉重地笼罩在大山之上。虽然阿莱斯已经被彻骨的寒气弄得浑身不适，但是熬过了蜗居在狭小拥挤的蒙塞居尔的几个月后，她还是十分喜爱这种空旷和广袤的。为了不吵到阿里夫，她尽量蹑手蹑脚地站起身来。伸展了四肢之后，她把手伸进一只鞍囊，从里面掰了一块面包出来。那面包已经硬得像块木头。她为自己倒了一杯浓稠的山间红葡萄酒。这酒基本上也是因为太冷了而尝不出什么味道。她把面包蘸到酒里，稍微软化一点儿后赶紧吞下肚子，因为她还要赶着给其他人准备食物。

她基本上已经不敢猜测伯特兰德和萨雷此刻会在何处。还在军营里吗？在一起，还是已经分开了？

一只夜捕归来的鸣角枭发出一声嚎叫，划破了长空。她嘴角微微上翘，对这种熟悉的声音感到陶醉。动物们在树下灌木丛里沙沙作响，不时会突然传来爪子和牙齿的骚动和啮咬声。更为低矮的山谷林地里，群狼正在嚎叫，彰显着自己的存在感。这一切都令她忆起那个没了她却依然还在四季轮回的世界。

她唤醒了两名向导，告诉他们食物已经准备妥善，然后牵着马来到小溪边，用剑柄破开坚冰，供它们饮用。

之后，随着光线逐渐增强，她便过去叫醒阿里夫。她用他的语言对他轻声低语，双手轻柔地放在他的胳膊上。这些天，他时常在悲痛中醒来。

阿里夫睁开他那双用头巾罩着，已经因年迈而渐渐失色的棕色眼睛。

"伯特兰德？"

"是阿莱斯。"她温柔地说。

阿里夫眨眨眼睛，发现自己置身于这片灰色的山腰上之后，他感到十分困惑。

阿莱斯猜想，他肯定是梦到自己又回到耶路撒冷了，眼前尽是清真寺的弧线和下摆，萨拉森人忠诚的宣礼，以及他穿过的无尽沙漠。

在那些他们彼此照顾的年月里,阿里夫曾经跟她讲述过那些令人迷醉的香料,色彩明艳、味道辛辣的食物,以及鲜血般刺目的红日。他也曾给她描述过他是如何度过那么漫长的岁月的。他讲起先知,讲起他的故乡阿瓦里斯古城,讲起她父亲青年时期的故事,讲起山峰荣誉会。

当她低头看着他的时候,看到他那因年迈而已经发灰的橄榄色皮肤,曾经乌黑的头发也渐渐变白,她就感到内心一阵抽痛。他太老了,已经没有力气去挣扎了。他已经见证了太多事情的发生,看尽了太多人世的沧桑。

阿里夫等这最后一段旅程已经等得太久了。虽然他从未这样开口提起,但是阿莱斯知道,是山峰荣誉会和伯特兰德给了他力量,支撑着他一直前行。

"阿莱斯。"他静静地说,渐渐适应了周边的环境,"是我。"

"要不了多久了,"她说着,扶他站了起来,"我们马上就要到家了。"

为了躲避寒风的魔爪,吉扬和萨雷挤进山间的一个避风处躲起来。谁都没有说话。

有几次,吉扬试着挑起话头,但是萨雷沉默寡言的态度令他不得不知难而退。最终,他不再试着没话找话,也像萨雷那样躲回了自己内心的小世界里。

他的良心饱受折磨。这一辈子,他先是嫉妒吉扬,然后又痛恨他,最终又学会了将他忘怀。他已经取代了吉扬在阿莱斯身边的位置,但从未住进过她的心里。她对初恋一直保持着不变的情感。即便初恋缺席,岁月无声,这种爱情依旧长存。萨雷清楚吉扬是个勇敢而无畏的人,曾经为了将十字军从奥克地区驱逐出去,长期浴血奋战,但是他就是对他喜欢不起来,更谈不上欣赏,他甚至都不想同情他。他能够看到他为阿莱斯的悲痛,他的脸上写着深深的丧失感和追悔莫及。萨雷鼓不起勇气来跟他说话,但是又憎恨这样心胸狭隘的自己。

他们在那里等了一天,轮流着入睡。将近黄昏的时候,突然有一群乌鸦呼啦啦,扑棱棱地低飞过山坡,如同从将熄之火中飞散到空中的灰烬。它们盘旋着,徘徊着,尖叫着,用翅膀拍打着凛冽的空气。

"有人来了。"萨雷立即变得警惕起来。

洞穴入口上方有一块狭窄的突出之地,上面蹲坐着一块大卵石,仿佛是神来之手将它安置于此的。他便躲在它后面偷窥。

下面什么动静也没有,什么人也没出现。萨雷小心翼翼地走出藏身的地方。他浑身疼痛,四肢僵硬,一种混合着打斗之后的副作用和长期不动弹的难受之感袭遍全身。他的双手麻木,擦破皮的指关节红肿破裂,脸上也全是一块块的擦伤和破皮。

萨雷在突出的岩架上蹲下身来，跳到了地面上。他重重地跌落在地，疼痛瞬间从受伤的脚踝贯穿全身。

"把剑递给我。"他说着，举起了胳膊。

吉扬把剑递给了他，然后也跳下去，站在他身边，眺望着整个山谷上空。

远处突然传来一阵说话声。随后，在模糊而渐弱的光线里，萨雷看见一缕淡淡的烟气，正穿透稀疏的树冠，向上蜿蜒升起。

萨雷望着地平线，看着紫色的大地与变暗的天空相接的地方。

"他们在东南边的路上。"他说，"这意味着欧莉安完全绕过了村子。从那个方向，他们根本无法骑马前进。那里的地形太崎岖不平了，两侧都有陡峭的溪沟。他们完全得靠步行。"

一想到伯特兰德正在一步步靠近自己，他就感到心情难以自持。

"我要下去。"

"不行！"吉扬立即制止，但马上又低声说，"不要去。这样太冒险了。如果他们看见你，你就会将伯特兰德置于危险之中。我们知道欧莉安会到洞里来的。而在这里，我们还具备突击的地理优势。我们必须等着她上来找我们。"他停了一下，说："你千万不能责怪你自己，朋友。这些事情都是防不胜防的。只要坚持我们的计划，你就可以救出你的女儿。"

萨雷甩掉了吉扬捏在自己胳膊上的手。

"你根本体会不到我的感受！"他说着，声音因狂怒而发抖，"你竟然还装出一副很了解我的样子！"

吉扬举起双手，假装投降，说："对不起。"

"她只是一个孩子。"

"她多大了？"

"九岁。"他硬生生地回答。

吉扬皱皱眉头："这么大了，应该懂事了。"他自言自语地说："所以，即便是欧莉安确实说服了她，而不是用武力强迫她离开大营，那现在已经这么久了，伯特兰德应该发现事情不对头了。她应该听说过这个大姨吧？"萨雷点点头："她知道欧莉安对阿莱斯的敌意。她不可能跟她走的。"

"如果她知道的话，确实不会。"吉扬表示同意，"但如果她不知道怎么办呢？"萨雷思索了一会儿，然后摇了摇头："即便是那样，我也不信她会跟一个陌生人走。我们都说清楚了的，她要在那里等着我——"

451

他突然停住，意识到自己差点儿说漏了嘴，但是吉扬正沉浸在自己的思绪中无暇他顾。萨雷如释重负地叹了一口气。

"我觉得我们得解救了伯特兰德之后，才能去对付那些士兵。"吉扬说，"我越想，就越觉得欧莉安可能是把她手下的人留在了军营里，而自己单独和你女儿一起走。"

萨雷开始认真听他说话："继续说。"

"为了这一天，欧莉安已经等了这么多年。对她来说，遮遮掩掩就像是呼吸一样寻常自然。我认为，她才不会冒险让其他人知道洞穴的精确位置。她不会愿意跟别人分享她的秘密，而且既然她觉得除了她儿子之外，没有第二个人知道她来了这里，那她就不会预料到还会有敌人在这儿等着她。"吉扬停顿了一下，说，"欧莉安——为了得到迷宫三部曲，已经欺骗、谋害和背叛了自己的父亲和妹妹。她为了三部曲，已经把自己诅咒到了地狱里。"

"谋害？"

"他的第一任丈夫让·贡高斯特就是被她谋杀的。当然，拿刀杀人的并不是她。"

"弗朗索瓦……"萨雷轻声嘟囔着，声音轻柔到吉扬都听不见了。一道闪电般的记忆，嗖地射入他的脑海。尖叫声，马蹄无望地扑打，男人和马儿渐渐被吸入沼泽。

"而且我一直觉得一个女人的死与她有关。那个女人对阿莱斯十分重要。"吉扬继续说，"过了这么久，我已经记不清她的名字了，但她确实是卡卡颂的一名智慧女性。阿莱斯什么都是跟她学会的，药材的知识啦，治病的方法啦，以及怎样利用自然的恩赐来做些好事。"他停了一下，说，"阿莱斯很爱她。"

固执的萨雷依然拒绝向他暴露身份。固执和嫉妒令他拒绝向他吐露任何关于他和阿莱斯人生的信息。

"埃斯克拉孟德没有死。"他已经无法再掩饰下去。

吉扬十分平静。"什么？"他说，"阿莱斯知道吗？"

萨雷点点头："阿莱斯从康达尔城堡逃出去之后，她就是找的埃斯克拉孟德及其孙子的帮忙。她离开——"欧莉安尖锐的嗓音突然传来，颐指气使且冷若冰霜，打断了他们的对话。他们这两名山中战士双双跳到了地面上。他们悄无声息地拔出剑来，在洞穴入口附近摆好阵势。萨雷藏在洞口下方的一块岩石后面，吉扬则躲在一圈山楂树丛里。在黄昏的黯淡中，那一根根带刺的树枝显得尖锐锋利而气势汹汹。他们的声音越来越近了。士兵们爬上布满岩石的燧石路时，身上的靴子、铠甲和带扣叮咣作响。

　　萨雷觉得自己好像每一步都在陪着伯特兰德走。每一秒钟都似乎绵延成了永远。他们的脚步声、说话的回音，都在一遍一遍重复回旋，但就是似乎一点儿都没有靠近。

　　最后，两个身影从树木后面现了出来，是欧莉安和伯特兰德。跟吉扬预想的一样，她们是单独来的。萨雷看到吉扬正在盯着自己，警告他不要轻举妄动，要一直等欧莉安走近攻击范围内，才能安全地将伯特兰德抢过来。

　　她们越靠越近，萨雷必须紧紧攥住拳头，才能勉强克制住自己即将咆哮出来的愤怒。她的脸颊上有一条伤口，在那张冻得发白的脸上红得特别显眼。欧莉安在伯特兰德的脖子上系了一根绳子，连同绑在腰后的双手捆在一起，绳子另一端握在欧莉安的左手里。她右手握着一把匕首，戳着伯特兰德的后背，逼她往前走。

　　伯特兰德蹒跚地走着，时不时会绊倒在地。萨雷眯起眼睛，看到她裙子下面的脚踝也被绑在了一起，根本迈不开步子。他迫使自己保持冷静，一直观望到她们走到那块洞穴下面的空地上。

　　"你说过它就在树后面的。"

　　伯特兰德小声嘟囔着什么，萨雷听不太清。

　　"为了你的小命，但愿你说的都是真的。"欧莉安说。

　　"是在那儿的。"伯特兰德说。她的声音十分沉稳，但是萨雷能够听出声音后面隐藏的惊恐。他的心猛地一抽。

　　他们的计划是在欧莉安到达洞口的时候发起攻击。他要尽全力把伯特兰德拉出欧莉安的身边，吉扬则需要在欧莉安有机会用刀之前，卸除她的武装。

　　萨雷看见吉扬朝他点点头，暗示自己已经准备就绪。

　　"但是你千万不能进去。"伯特兰德说，"那是一个神圣的地方。除了守护者之外，别人都不能进去。"

　　"是吗？"她嘲笑地说，"看看谁能阻止我？就凭你？"她的脸上露出一副挖苦和酸涩的神情，"你跟她倒是真像，都这么令我恶心。"她说着，使劲儿拽了一下手中的绳子，疼得伯特兰德大喊起来。

　　"阿莱斯也总是对别人指手画脚，好为人师，总是把自己想得比世界上所有人都要好！"

　　"不是这样的！"伯特兰德勇敢地大声辩驳着，虽然这样对她所处的形势更加不利。萨雷在心中默念让她住嘴。与此同时，他知道阿莱斯肯定也会以她的勇敢无畏而感到骄傲。因为他也一样。她真是遗传了父母的优点。

伯特兰德开始哭喊:"这样不对!你千万不能进去!你不许进去!迷宫会保护它的秘密,不会让你或任何心术不正的人找到!"

欧莉安大笑一声,说:"这些都是吓唬你这种笨小孩的!"

伯特兰德毫不退缩地说:"我不会再带你往前走一步的。"

欧莉安抬起手来,朝着她的头上扇了一巴掌。一股鲜血瞬间冲到了萨雷的头顶。他三步并作两步地冲到了欧莉安的眼前,朝她怒吼一声,将他一直压抑在胸中的愤怒发泄了出来。

欧莉安很快就反应了过来,一把将伯特兰德摁倒在地,用匕首对准了她的嗓子。

"真是令人失望啊。就这么一点儿简单的小事,我还以为我儿子早就替我处理了呢。据说你已经被抓起来了啊。噢,或者只是他们这样说说而已。算了,这没关系。"

萨雷对伯特兰德挤出一个笑容,想要让她放心下来,虽然成功的机会十分渺茫。

"把剑扔下,"欧莉安冷静地说,"否则我就杀了她。"

"我很抱歉没有听你的话,萨雷!"伯特兰德喊道,"但是她拿了你的戒指,告诉我是你让她去接我的。"

"那不是我的戒指。"萨雷说到。他扔下了手中的剑。它掉落的时候,坚硬的地面上发出沉重的"哗啦"一声。

"这样好多了。现在,到这里来,让我能看到你。对,这样,好了,停下。"她微笑着说,"你是自己来的?"

萨雷默不作声。欧莉安扭转架在伯特兰德喉咙上的刀刃,割进了她耳朵下面的皮肤里。伯特兰德吓得大哭起来。一道鲜血顺着她的脖子流淌下来,衬着苍白的皮肤,好似一根红色的缎带。

"放她走,欧莉安。你想要抓的人不是她,而是我。"

听到阿莱斯的声音,整座大山好像都屏住了呼吸。

难道是灵魂出现了吗?吉扬也说不清楚。

他感觉自己的呼吸正被身体吸走,只剩下一具空洞而缥缈的肉体。他待在藏身之处一动也不敢动,唯恐将这灵魂惊走。他傻傻地看着伯特兰德,心想她长得是如此神似她的母亲,然后又朝山坡上那个仿佛立着阿莱斯的地方望去。

她的脸上罩着一顶皮毛兜帽，穿着一件因长途旅行而弄脏的骑行斗篷，正从灰白而古老的地上掠过。她的双手在皮革手套里捂得热热乎乎，叠放在身前。

"放她走，欧莉安。"

她一开口，魔咒便自行破解。

"妈妈！"伯特兰德大叫起来，拼命地朝她伸出双臂。

"这不可能……"欧莉安说道，眯缝起了眼睛，"你死了。我看见你死了的。"

萨雷突然跳到欧莉安面前，想要夺走伯特兰德，但他还是不够迅速。

"不要靠近！"她大喊道，一边正了正姿势。她将伯特兰德向后拖到了洞口："我发誓要杀了她！"

"妈妈！"

"不可能……我看见你死了的。"

阿莱斯又向前走了一步："放开他，欧莉安。这是我跟你之间的恩怨。"

"没什么恩怨，妹妹。你手里有《言语书》，而我也想要。这没什么难办的。"

"你曾经拥有过吗？"

吉扬目瞪口呆。他仍然不敢相信自己的双眼，不敢相信这真的是阿莱斯，那是他在意念中梦到过无数次，那个他连走路或睡觉时都念念不忘的人。

一个动作吸引了他的注意力。那是钢铁头盔闪过的一道光亮。

吉扬定睛一看。两名士兵正在穿过阿莱斯身后的矮树，慢慢地向前蠕动。吉扬左侧传来一声靴子踏上岩石的声音。他应声望去。

"抓住他们！"

距离萨雷最近的那名士兵抓住了萨雷的双臂，紧紧地扭住。与此同时，另一名士兵从隐藏处跳了出来。电光火石之间，阿莱斯将剑拔出鞘，一个转身，将离她最近的一个士兵拦腰斩断。他一下子便倒地不起。另一名士兵朝她冲了过去。短兵相接之际，火花四溅，铿锵作响，左冲右突，不分高下。阿莱斯虽然占据高地，但是身小力弱。

这时，吉扬从隐藏之处一跃而出，跑向阿莱斯，正好此时阿莱斯已经跌倒在地。士兵冲了上去，刺透了她的胳膊内侧。阿莱斯尖叫一声，丢掉了剑，用袖子紧紧勒住伤口，想要止住流血。

"妈妈！"

吉扬一个箭步冲了上去，将剑刺进了那个士兵的腹中。鲜血从他的口中喷涌而出。他的双眼惊恐地鼓起，然后倒在了地上。

吉扬没有时间停下来喘息。

"吉扬！"阿莱斯大喊，"小心后面！"

他回头一看，又有两名士兵朝着山坡小跑上来。他大吼一声，把剑收回，朝着他们冲过去。他发疯似地朝着他们胡乱劈去，毫不留情，一个接一个地砍着。

他的确剑术不凡，但是寡不敌众。

此刻的萨雷双手被绑住，跪在地上。一名士兵一直守在身旁，用刀尖对准萨雷的脖子，另一名士兵帮忙去制服吉扬。他已经进入了阿莱斯的攻击范围。虽然她正在迅速失血，但她还是努力地从腰带里拔出一把小刀，用仅剩的一丝气力，用力地捅向攻击者的双腿之间。刀尖插入他的大腿顶部时，他忍不住尖叫起来。

吉扬忍住疼痛，奋力拼杀，却突然瞥见阿莱斯向后倒去，头撞在了后面的岩石上。她挣扎着想要站起来，却头晕眼花，跌跌绊绊，站不起来。她沉沉地落在地上，鲜血从她头上的伤口流淌而出。

那个士兵虽然大腿里还插着匕首，却仍是缓缓地朝吉扬蠕动过去，好像陷阱里一只还不死心的大熊。吉扬向后退了一步，想要躲开他的纠缠，不料却在滑腻的地面上滑了一下，将几块石头踢到了山下。这给了另外两个人机会，他们向他扑去，一下子从背后将他按倒在地。

一只靴子踩上他的身子，他听到自己的肋骨折断的声音。他们又踢了他一脚，令他怒不可遏地抽搐起来。他尝到了自己嘴里鲜血的味道。

阿莱斯那边没了声音。她好像根本没有动弹。

随后，他听到了萨雷的喊声。吉扬抬起头来，看到那个士兵正在用刀敲打着萨雷，把他打昏了过去。

欧莉安已经带着伯特兰德消失在洞穴里了。

吉扬大吼一声，鼓起身上最后一点儿残存的力气，拼命站了起来，将一名士兵劈滚下了山。他抓着自己的剑，捅进了一个士兵的喉咙里。这时，阿莱斯颤颤巍巍地跪起来，把刀刺入另一个人的腿后。他号哭着倒下了。

吉扬意识到，一切已经归于平静。

一时间，他只是静静地盯着阿莱斯。即便是现在，吉扬仍是不敢相信自己双眼所见，因为他很怕又一次失去她。然后，他伸出了自己的手。

吉扬感觉她的手指缠住了自己的手指。他感受到她的皮肤和他的一样饱经风霜，钻心冰凉，但是很真实。

"我还以为——"

"我知道。"她立即说。

吉扬不想把她一个人留在这里，但是一想到伯特兰德就无能为力。

"萨雷受了伤。"他说着，朝着洞口爬上山坡，"你来帮帮他。我去追欧莉安。"

阿莱斯弯下腰查看了一下萨雷的情况，然后立即追上了他。

"他只是失去了意识，没有大碍。"她说，"你留下来。告诉他发生的事情。我得去找伯特兰德。"

"不，她的目的就是引你进去。她会逼你说出那本书的藏身之地，然后把你们俩全都杀了。如果你不去，我可以有机会将你女儿活着带回来，你明白不明白？"

"是我们的女儿。"她说。

吉扬听到了这些话，却听不明白这其中的意思。

他的心跳开始疯狂加速。

"阿莱斯，什么——？"他开口问，但是她已经从他的胳膊下面溜掉，朝着黑暗中的隧道跑去。

第八十章

2005 年 7 月 8 日 星期五

"他们已经去了洞穴！"努贝尔一边大喊，一边"砰"的一声关上了接收器，"这帮蠢货……"

"谁？"

"奥迪克·拜亚德和爱丽丝·坦娜。他们听说希拉·欧唐纳被关在苏拉哈克山峰，就一路赶了过来。她说还有个人也在那里。一个美国人，叫威尔·富兰克林。"

"他是谁？"

"不知道。"努贝尔说着，从门后抓起他的夹克，笨重而蹒跚地走到外面的走廊上。

莫罗紧跟在他的身后："电话是谁打来的？"

"前台。他们九点的时候从坦娜博士那里收到消息,但是竟然以为我'在审讯过程中,不想被人打扰'就没有及时通报!这有什么好担心的!"努贝尔模仿着前台的鼻音说。

两个男人都不自觉地抬头望向墙上的钟表。已经十点一刻了。

"布莱萨和多明戈怎么办?"莫罗问,瞥了一下走廊下面的会客室。努贝尔的预感是对的。两个男人就在离奥蒂耶前妻的农庄不远处被捕。当时他们正准备向南去安道尔。

"他们可以再等一会儿。"

努贝尔推开大门,大步流星地走向停车场,身后的大门向后被甩出大半个圆弧。他们急匆匆地跑下金属楼梯,走上柏油路面。

"你从他们口中审出点儿什么来没有?"

"没有。"努贝尔一边回答,一边使劲儿地晃动着车门,将夹克挂在后座上。他费劲儿地钻进方向盘后面:"他们两个的嘴都紧得跟缝上了一样。"

"那说明他们老板的震慑力肯定比你大啰。"莫罗说着,摔上了车门,"奥蒂耶有消息吗?"

"没有。他之前在卡卡颂做了弥撒。从那之后就没见过他了。"

"也在农场吗?"莫罗提示道。

车子一跃跑上了主路。

"搜查队报告了什么情况吗?"

"还没有。"

努贝尔的电话响了起来。他右手握住方向盘,左手伸到后座去够电话,腋下随之飘出一股腐臭的汗味。他把夹克丢在莫罗的膝上,慌乱地指挥着莫罗在衣服口袋里到处翻找自己的电话。

"我是努贝尔,喂?"

他突然猛踩一脚刹车,害得莫罗一下子冲到了座位前面。"妈的!我他妈的为什么现在才听说这个!里面有人吗?"他听了一会儿电话,说,"这是什么时候开始的?"信号很差,莫罗听到电话里时断时续的声音。

"不,不要!待在那里!跟我保持联系!"

挂断电话后,努贝尔赌气似的将电话扔在了仪表盘上,然后狂按汽笛,加速朝着高速公路飞奔起来。

"农场着火了!"他说着,将脚放到了地上。

"蓄意纵火?"

"最近的建筑在半公里开外。他说先是听到了几声巨大的爆炸声,然后还看到了火焰,于是便报了火警。等他们到达的时候,火势已经很猛了。"

"里面有人吗?"莫罗焦急地问。

"他们也不知道。"他冷冷地说。

希拉正在昏迷和清醒之间徘徊。

她不知道那些男人已经走了多久。她的感觉正在一点一点地消失,似乎再也感觉不到周围的环境了。她的胳膊、双腿、身子、脑袋都失去了知觉,她觉得自己好像漂浮到了空中,浑身没有一丝重量。她意识不到热还是冷,也触摸不到身子下面的石头和泥土。她被紧紧地包裹在自己的世界里,安全,自由。

她并不是一个人。一张张面孔浮现在她的脑海中,那些过去的人们,以及现在的人们,寂静无声地,一个接一个地出现在她面前。

光线好像再度强烈起来。在她视线之外的某处,有一道断断续续、不停颤抖的白色光束,在墙上和洞穴的岩石顶壁上投下了舞动的影子。那些色彩在她的眼睛中不断变幻着形状,好像万花筒里看到的光景一样。

她隐隐约约看到了一个年纪很大的男人。她感觉他干燥而冰凉的双手触摸到了她的眉毛。他的皮肤像描图纸一样干巴巴的。他对她说,一切都会好起来的,她现在是安全的。

此刻,希拉听到了其他人的声音。那些声音在她的脑海中鼓噪着,嘟囔着,如此轻声细语,仿佛在爱抚着她焦躁的心灵。

她觉得似乎有一双黑色的翅膀搭在她的肩膀上,温柔地将她环抱,就像抱着一个孩子那样宠溺而温暖。

那个声音在呼唤着她回家。

然后是另一个声音:"转身。"

威尔感觉有什么东西正在自己的头脑中嗡嗡地咆哮着,那是血液冲上双耳的声音,厚重而沉闷。子弹的声音在他的记忆中一遍一遍地回响。

他使劲儿地吞咽了一下,试着找回正常的呼吸节奏。他的鼻子和口中充满了皮革的刺激气味,令他感到反胃。

他听到了几声枪响?两声,还是三声?

两个保镖已经出去了。威尔好像听到他们在跟弗朗索瓦 - 巴普蒂斯特说话和争吵的声音。慢慢地,他尽量小心翼翼地从汽车后座上爬了起来。在车头灯的光线下，他看到弗朗索瓦-巴普蒂斯特愣愣地站在奥蒂耶的尸体前面，胳膊垂在身体一侧，手中还握着枪。看起来好像是有人往奥蒂耶的车门和引擎盖上丢了一罐红色油漆似的，到处都是鲜血、人体组织和骨头碎片，这些就是奥蒂耶头盖骨上仅剩的东西了。

一股呕吐物涌上了他的喉咙。他又努力吞咽了一下，并且迫使自己向外看去。弗朗索瓦-巴普蒂斯特开始弯下腰，犹豫了片刻之后，迅速掉头往回走。

虽然持续的服药已经令威尔的双臂和双腿没了反应，但他仍能够感觉到自己身体的僵硬。他跌落在了座位上，心里感到庆幸。至少，这次他们没把他装在汽车后备厢那个幽闭的空间里。

离他头部最近的一扇车门被猛地拉开了，威尔感觉到那双熟悉的长满老茧的手插到了他的腋下和脖子后头，将他拖离座椅，扔到了地上。

夜风吹过他的脸颊和裸露的双腿。他们给他套上的那件袍子，虽然在腰部系了带子，但是依旧又长又肥。威尔尚有知觉，却无能为力，只能惊恐万分地任他们摆布。

奥蒂耶的尸体一动不动地躺在碎石上。他身旁的汽车前轮正卡在一个浅坑里。在那儿，他看到一盏微小的红灯正在忽闪忽灭。

"把他抬到山洞里。"弗朗索瓦-巴普蒂斯特的声音令他回过神来。"你们在外面等着，就等在门对面。"他停了一下，说，"现在是九点五十五分。我们会在四五十分钟之后回来。"

已经快十点了。那个男人抓住威尔的腋下，让他的脑袋垂在空中。他们开始将他拖下坡地，朝着洞穴走去。威尔心里暗想：现在真不知道自己能不能活过十一点了。

"转过去。"玛丽-赛希拉重复道。

真是一个刺耳而自大的声音，奥迪克心想。他又轻轻地拍打了一下希拉的头部，然后缓缓地站直了身子。希拉还活着，这给了他不小的安慰，但是这种释然又转瞬即逝。她现在的情况很糟糕，如果不立即接受治疗，奥迪克担心她会丢了小命。

"把火把留在那里。"玛丽-赛希拉发号施令，"下来，到这儿来，让我能看到你。"

奥迪克缓缓地转过身，从圣坛后面走了下来。

她一只手握住一盏油灯，另一只手拿着一把手枪。他的第一个想法是，他们长得好像：同样的绿色眼睛、黑色头发，衬托着一张美丽而严厉的脸。她头戴黄金饰巾，脖上、上臂和裹着白袍的细长身子上都缠绕着金链，看起来好像一位埃及公主。

"你是独自前来的吗，夫人？"

"我觉得我没必要走到哪里都有人陪着，先生，而且……"

他的视线移到她手中的枪上。"你不会以为我会找你麻烦吧。"他点点头，"毕竟我已经老了，对吧？"然后又补充道，"但是你也不想被其他人听到吧。"

她的唇间滑过一丝笑意："力量就存在于秘密之中。"

"那个让你懂得这个道理的男人已经死了，夫人。"

她的眼睛中闪烁着痛心："你认识我祖父？"

"我听说过他。"他答道。

"他教了我很多真理，包括永远不要向任何人吐露心事，永远不要信任任何人。"

"这是一种孤独的生活方式，夫人。"

"我并不这样觉得。"

她开始转圈而行，仿佛一个动物围捕猎物时那样来回徘徊。最终，她背对着祭坛站定，他也站到了房间的中央，靠近了地面上的一个凹槽。

他心里想：这里就是那个墓穴，骷髅就是在这里被发现的。

"她在哪里？"玛丽-赛希拉质问道。

他没有作声。

"你跟你祖父可真像。同样的性格、特征，还有顽固不化的个性。另外，你跟他一样，也被引入歧途了。"

她的脸上划过一丝愤怒的火花："我祖父是一个伟大的人。他以圣杯为荣，而且为了更好地理解其中的寓意，他穷其一生都在寻找《言语书》的下落。"

"是为了理解其中的寓意吗，夫人？抑或是为了利用吧？"

"你根本就一点儿都不了解他。"

"啊，是吗？但我确实是很了解他。"他轻柔地说，"人们基本上都是江山易改，本性难移。"他犹豫了一下，"而且他已经快要达成目的了，不是吗？"他继续说，语气更加深沉："往西几公里开外的地方，就是他发现了洞穴的所在，而并不是你。"

"现在这已经无所谓了。"她刻薄地说，"它属于我和他两个人。"

"圣杯不属于任何人。它不是一个可以被人占有和控制的东西，人们也不能为它讨价还价。"

奥迪克停住了。圣坛上的油灯发出幽幽的光芒,而他正直直地盯着她的眼睛。

"圣杯不可能挽回他的生命。"他说。

虽然隔着整间大厅的距离,他还是听到了她的一声长叹。

"长生不老药可以治愈疾病,延年益寿。它可以让他重新活过来。"

"如果疾病已经使他的血肉从骨头上剥离,那长生不老药也无能为力,夫人。而且它也不会把你渴望的东西赐给你。"他停了一下说,"圣杯不会听从你的召唤。"

她朝他走了一步:"是你希望它不听,拜亚德,但是你也无法确定。就凭你的那些知识和研究,根本就不知道将会发生什么。"

"是你误会了。"

"那是你的霉运气,拜亚德。这么多年来,你一直在写作、研究、好奇。跟我一样,你也把你的整个人生投入在了这上面,你也像我一样希望看到这个奇迹。"

"那如果我拒绝合作呢?"

她仰天长笑:"你算了吧!结果会怎样,你根本不需要问我。我儿子会杀掉她,你应该心里有数。至于他用什么方式杀掉她,要她拖多久才死,这些都取决于你。"

虽然他早已做好了心理准备,但是听了这席话后,还是感觉到一阵战栗穿透了自己的整个脊背。

假如爱丽丝一如之前约定那样,乖乖待在那里等他,那他就无须紧张,那样她就是安全的。不等她反应过来发生了什么,一切就会结束。

然而,对阿莱斯和伯特兰德的记忆不期而至地涌入了他的脑海。

他想起了她们那种特有的冲动鲁莽、固执己见和有勇无谋,就跟一个模子里刻出来的似的。

爱丽丝会不会也像他们一样?

"一切都已经准备好了。"她说,"《魔药书》和《民数记》都在这里了。所以,只要你愿意把戒指给我,并且告诉我《言语书》藏在哪里……"

奥迪克强迫自己暂时忘掉爱丽丝,专心对付眼前的玛丽-赛希拉。

"你为何如此确定那本书就在这间大厅里?"

她微微一笑:"因为你在这里,拜亚德。除了这个原因,还有什么理由可以促使你来到这里呢?你只是想在自己死之前,亲眼观摩一下仪式是如何举行的。你赶快穿上袍子!"她突然变得焦躁并大喊起来。她用枪口指了指台阶顶上摆放的白色长袍。他摇了摇头。转瞬即逝的一瞬间里,他从她的脸上看到了犹豫和怀疑。

"然后你就会把书给我。"

他注意到,已经有三枚小小的金属戒指被嵌入了大厅低处的地面里。他也还记得,是爱丽丝最先在浅墓穴里发现骷髅的。

他微笑起来。不久之后,他就能够找到自己一直寻觅的答案了。

"奥迪克。"爱丽丝一边小声呼唤,一边摸摸索索地走下了隧道。

为什么他不回答我呢?

跟之前一样,她感觉到了脚下的地面在渐渐向下倾斜。但是这回,洞口到大厅的距离好像变得更远了。

在眼前的大厅里,她看到了一圈微弱的黄色光晕。

"奥迪克。"她又呼叫了一声,心里的恐惧不断飙升。

她加快了脚步,最后几步甚至小跑起来,直到突然冲进那间大厅才戛然止住脚步。

这不可能发生的。不可能的。

奥迪克站在台阶下面,身穿一件白色长袍。

我记得这个。

爱丽丝拼命地摇晃脑袋,想要把那个记忆摇晃出来。奥迪克的双手被绑在身前,像只动物似的被拴在地上。大厅另外一头的祭坛上,点着一盏忽闪忽闪的油灯,后面站着玛丽-赛希拉·德劳哈德。

"我想这个距离应该够远了。"玛丽-赛希拉说。

奥迪克转过身来,眼睛里面饱含后悔和悲哀。

"对不起,"爱丽丝轻声说,她意识到自己的到来已经将一切计划全都破坏殆尽,"但是我必须来提醒您……"

还没等爱丽丝反应过来发生了什么,她就已经被身后的一个人逮住了。她尖叫着,踢打着,但是后面是两个人,她寡不敌众。

之前好像也发生过这样的情景。

然后有人叫她的名字。不是奥迪克。

一阵恶心席卷她的全身,她跌倒在地。

"抓着她,你们这些白痴!"玛丽-赛希拉大喊道。

第八十一章

2005 年 7 月 8 日 星期五

吉扬追不上阿莱斯了。她已经走了很远了。

他跌跌撞撞地走下了黑暗中的隧道。肋骨断裂的地方传来钻心的疼痛,不费吹灰之力就可以断了他的气息。阿莱斯说的话还在他的脑海中盘旋,但胸中不断凝聚的恐惧促使他不顾一切地埋头前行。

空气仿佛变得越来越寒冷,山风越来越凄厉,好像要将他整个人的灵魂吸出洞外似的。他想不通为什么自己会有这种感觉。如果这是一个神圣的地方,是迷宫洞穴,那他为何会感到如此邪恶的存在呢?吉扬发现自己站到了一块自然形成的石头平台上,几级宽阔而低矮的台阶的尽头,是一块平坦而光滑的地面,一支蜡烛正在一座石头圣坛上燃烧着,四周围着一圈微弱的光晕。

两姐妹正面对面地站着。欧莉安的手中仍旧握住那把匕首,对准伯特兰德的喉咙。阿莱斯则是一动不动地凝视着她。

吉扬急忙弯下身子,祈祷欧莉安没有看到自己的影子。他躲在黑暗的阴影里,竭尽全力地悄悄移向墙边,直到挪进一个能够听到和看到这一切的角落里。

欧莉安在阿莱斯面前的地面上扔下一个东西。

"拿着!"她大喊,"打开迷宫。我知道《言语书》就藏在这里!"

吉扬看到阿莱斯的眼睛由于惊恐而睁得很大。令他羞愧不已的是,欧莉安脸上那副目空一切的自大表情竟然让他觉得很是熟悉。

"你从来没有读过《民数记》吗?真是令我震惊啊,妹妹。那里有使用钥匙的说明。"

阿莱斯犹豫了片刻。

"那枚里面刻着秘符的戒指,可以打开迷宫中心的密室。"

欧莉安将伯特兰德的脑袋向后猛地一拉,把她脖子上的皮肤拉得很紧。刀刃在灯光下反射出刺眼的光芒。

"现在就动手,妹妹!"

伯特兰德大喊起来,那声音好似一把尖刀,刺进了吉扬的心里。他看着阿莱斯，她的眉头紧锁，受伤的胳膊无力地悬在身子一侧。

"先把她放了。"她说。

欧莉安摇了摇头。她披头散发，眼神迷离，眼睛里燃烧着野蛮而狂热的火光。她盯着阿莱斯的眼睛，缓缓地，小心翼翼地，在伯特兰德的脖子上切开一个小小的口子。

鲜血开始顺着伯特兰德的脖子淌下来，吓得她惊声尖叫。

"下一刀我会割得更深。"欧莉安说，她的声音因憎恨而颤抖着，"快去拿那本书！"

阿莱斯弯下腰，捡起戒指，走向迷宫。

欧莉安拖着伯特兰德，跟在阿莱斯后面。阿莱斯听到女儿的呼吸越来越急促，捆住的双脚只能跌跌绊绊地向前走着，感到自己的精神越来越涣散。

她定住站了几分钟，思绪又盘旋着回溯到了她第一次看到阿里夫演示同样程序的回忆里。

阿莱斯将左手按在粗糙的石头迷宫上。那条受伤的胳膊上传来一阵被电流击中般的疼痛。不需要什么蜡烛，她就能够看到那个象征生命的埃及符号的轮廓。那是一个被阿里夫称为"安赫"的古埃及十字架。她的正前方是迷宫中心的一圈底座。她转过身子，用后背挡住欧莉安的视线，将戒指插入了底座上的一个小开口里。为了保住伯特兰德的性命，她祈祷着这次尝试可以一举成功。什么咒语都没有念，什么事情都没有提前准备。现在这种场面，跟她之前唯一一次作为迷宫石前的一个乞求者并无二致。

"Di ankh djet."她念叨起来。这些古老的语言在她口中就像尘土一样干燥。突然，一声尖锐的"咔嗒"声传来，仿佛锁中转动的钥匙一样。一时间，好像什么也没有发生。但是马上，墙壁深处传来一个某种物体移动的声响，好像是石头正在石头上面摩擦。阿莱斯挪动了几步。在半明半暗中，吉扬看到迷宫中间露出一个隔间。

"把它给我。"欧莉安命令道，"就放在祭坛上。"

阿莱斯一切照做，但是眼睛一直盯住姐姐的面孔。

"现在放我女儿走。你已经不需要她了。"

"把它打开！"欧莉安喊道，"我要确定你没有骗我！"

吉扬向前挪动了几步。书籍第一页上闪着金光的，是一个他之前从未见过的符号。它呈椭圆形，形状好像一滴泪珠，下面有一个类似于牧羊人的钩子那样的十字架。

"继续,"欧莉安说,"我想要看到它的全貌。"

阿莱斯翻动书页,双手不停地颤抖着。吉扬看到一些混合着图片和线条的东西,还有一排接一排的符号,它们彼此之间紧密缠绕,覆盖了整页纸张。

"拿着,欧莉安。"阿莱斯尽量使自己的声音听起来平稳流畅,"把书拿着,把女儿还给我。"

吉扬看到刀光又忽闪一下。他立马意识到,欧莉安的嫉妒和怨恨一定会促使她毁掉阿莱斯钟爱和珍惜的一切东西。

他不顾一切地扑向欧莉安,从她的侧面向她发起攻击。他感觉自己断裂的肋骨简直就要令他疼昏过去,但他还是奋不顾身地将她从伯特兰德身边推开了。

她手中的匕首一下子掉到了地上,滑到了看不见的圣坛阴影后面。冲撞之间,伯特兰德被向前推倒在地。她尖叫着,头"砰"的一声撞到了祭坛的一角上。然后,她就没了动静。

"吉扬,把伯特兰德带走!"阿莱斯朝他呼喊着,"她受了伤,萨雷也受了伤!帮帮他们!有个叫阿里夫的男人在村子里等着我们,他会帮你的!"

吉扬犹豫了一下。

"求你了,吉扬,救救她!"

她的最后几个字还没说完,欧莉安就又蹒跚着爬起来,手里又握住匕首,扑向了阿莱斯。刀子再次插入了她本已受伤的胳膊。

吉扬的心脏好似被撕成了两半。他不想留阿莱斯一个人在这里对付欧莉安,但是伯特兰德又是如此苍白而昏沉地躺在地上。

"求你了,吉扬!快走!"

他依依不舍地转头看了阿莱斯最后几眼,然后用受伤的双臂抱起他们的女儿,向外面飞奔出去。他的伤口正在向外喷涌着鲜血,但是他已经无暇理会了。

他知道,这就是阿莱斯希望自己做的事情。

当吉扬跟跟跄跄地跑过大厅的时候,他听到了一阵轰隆轰隆的声音,好像山间炸出的惊雷。他跌跌绊绊,好像双腿已经支撑不住自己的身子。他又向前走了几步,跨过台阶上面,再次回到了隧道里。他走在并不稳固的石头上,脚下不时打着滑,双臂和双腿的疼痛都像火烧一般灼热。随后,他意识到大山正在移动,脚下的土地正在颤抖。

他的力气像被抽干了似的。伯特兰德在他的怀中一动不动,每走一步都好像变得更沉一些。他越往前走,噪声就越大。大块大块的岩石裹挟着尘土开始从隧道顶部坠落下来,跌落在他的身体周围。

终于，他感觉到冰冷的空气裹住了他。又往前走了几步之后，他走出了山洞，迈进了灰暗的黄昏中。

吉扬跑到萨雷的身边。他还是毫无意识地躺在那里，但是呼吸却很均匀。

伯特兰德依旧面如死灰，但是开始在他的怀中呜咽和扭动。他把她放在萨雷身边的地上，然后跑到那些丧命的士兵跟前，轮流将他们的斗篷撕扯下来，盖到了伯特兰德和萨雷身上。随后，他撕碎了自己的斗篷，将那枚银铜带扣扔进了泥土之中。他将斗篷叠成一个枕头的形状，塞在了伯特兰德的脖子下面。

吉扬犹豫了一下，然后亲吻了女儿的前额。

"女儿。"他小声念叨着。这将是他能够给她的第一个，也是最后一个亲吻。

洞里传来巨大的碎裂声，好似惊雷之后的闪电。吉扬跑回隧道里。在这个幽闭的空间里，那个声音大得好像要压倒一切。

他意识到，黑暗中有个东西正在冲着他疾驰而来。

"一个灵魂……一张脸，"欧莉安语无伦次地说，眼睛里面充满发疯般的恐惧，"迷宫中间有张脸。"

"她在哪里？"他抓住她的胳膊大喊着，"你把阿莱斯怎么样了！？"

欧莉安的双手和衣服上全都是血。

"迷宫里面……有一些人脸！"欧莉安又尖叫起来。吉扬转身去看他身后，但是什么也看不到。说时迟那时快，欧莉安一刀刺进了他的胸腔里。

他知道，这一下是致命的。旋即，他便感觉到死亡之手开始拽住了自己的四肢。他眼睁睁看着她从自己身边跑开，自己的眼前却渐渐被一团迷雾遮住，慢慢地变成黑暗。他觉得自己内心的复仇之火也在逐渐熄灭。此刻，这些都已经变得无关紧要。

欧莉安跑出洞穴，迈入了正在降临的夜色之中；而此时的吉扬正在跌跌撞撞地摸索着爬到大厅里，拼尽全力地寻觅着阿莱斯的身影。最终，他绝望地发现，阿莱斯被埋在一堆乱石和尘埃之中。

他发现她躺在地面上的一块小小的洼地里，手上还缠绕着那个装着《言语书》的袋子，戒指也紧紧地攥在手里。

"我亲爱的……"他轻声念着。

听到他的声音，她的眼睛忽闪忽闪着睁开了。她无力地微笑起来，令吉扬的心天翻地覆起来。

"伯特兰德呢？"

"她很安全。"

"萨雷呢?"

"他也可以活下来。"

她喘息着说:"欧莉安……"

"我放她走了,她伤势很重,走不远的。"

正在祭坛上面燃烧的油灯只剩下最后几滴灯油,忽闪了几下终于也熄灭了。阿莱斯和吉扬没有注意到,他们正躺在彼此的怀里。

他们甚至都没有意识到降临到整个大厅里的寂静和黑暗。他们只是知道,彼此都在对方的身边,再也不会分离。

第八十二章

法国西南部 萨巴提山脉 苏拉哈克山峰
2005 年 7 月 18 日 星期五

爱丽丝身上这条薄薄的长袍根本抵挡不住大厅里面令人颤抖的阴冷和潮湿。她缓缓转动头部的时候,忍不住浑身打了个寒颤。

她的右边就是圣坛了。唯一的光线来自于一盏老式的油灯。它立在大厅中央,在倾斜的墙壁上投下一道道影子。虽然灯光昏暗,但是足以让她看清后面岩石上的迷宫符号。在这个封闭狭小的空间里,它显得格外巨大而庄严。

她感觉自己周围好像还有其他人的存在。爱丽丝扭向身体右边望下去。第一眼看到希拉的时候,她差点儿大喊出声来。只见希拉正蜷缩着躺在石头地面上,像一只瘦弱无力的猎物一样,皮肤上到处都是受过虐待的伤痕。爱丽丝无从判断她现在是否仍有呼吸。

祈求上帝垂怜,不要夺走她的生命。

爱丽丝慢慢适应了这种忽明忽暗的光线。她微微转头,发现奥迪克还在刚刚的位置,仍然被绳子拴在一个固定在地面的铁环上。他静默得如同一尊雕刻在坟墓上的塑像,蓬松的白发好像在他脑袋周围形成一圈白色的光晕。他仿佛能够感应到她看着自己的眼神一般,抬头迎上了她的眼神,对她微微一笑。

她忘记了他肯定会因为自己没有守住承诺而生气,也傻傻地回了一个苍白的微笑。

正像希拉说过的一样。

随后,她意识到他的身上好像出现了某些异样的地方。她将视线下移到奥迪克的手上。那双手在白色袍子的衬托下格外显眼。

原来是他的戒指不见了。

"希拉在这里。"她低声说:"您猜对了。"

他点点头。

"我们得想想办法。"她嘶嘶地说。

他用一种外人几乎察觉不到的动作轻轻摆了摆头,眼睛瞥向大厅远处的一端。她顺着他的视线望去。

"威尔!"她不可置信地小声惊呼道。她的心头涌上一种释然和某种其他的情感。随后,看到他目前的种种遭遇,又对他产生了深深的同情。他的头发上沾满了干涸的血块,一只眼睛肿了起来,脸上和手上都伤痕累累。

但是他在这里。跟我在一起。

听到她的声音,威尔睁开了眼睛。他朝黑暗中望去。随后,他看到了她,认出了她,磨破的嘴唇上开始浮现出他典型的笑容。

一时间,他们凝视着对方,目光纠缠交错,难分难舍。

我的爱人。意识到这点之后,她得到了莫大的勇气和鼓舞。

隧道里面,狂风悲伤哀婉的嚎叫声越来越大,越来越急,而且渐渐混入了一种低声倾诉的声音。那是一种枯燥单调的诵读,而非婉转动听的歌唱。爱丽丝分辨不出这个声音来自何方。一个个古怪而熟悉的单词和词组开始在洞穴中四处回荡,直到空气中全部充斥着那个声音:"大山——光荣——书籍——圣杯。"爱丽丝开始感到头晕目眩,这些话语好似喧闹的咒语,令她神魂颠倒,仿佛在她的脑子里装了一口教堂里的那种聒噪不已的大钟。

正当她觉得自己对这个声音再也忍无可忍的时候,唱诵戛然而止。

那个旋律迅速而隐秘地渐行渐弱,最后消失得了无痕迹,只成了留存在记忆里的一个片段。

一个人的声音飘进了这片虎视眈眈的寂静之中。那是一个女人的声音,清晰而确切。

在时间之初 在埃及之地
秘密之主 所言所写

爱丽丝将自己的眼神不舍地从威尔的脸上移开，转向那个声音的来源。玛丽-赛希拉出现在圣坛后面的阴影里，好似一个幽灵。

她站在迷宫的前面，涂了黑金色眼影的绿色眼睛如同绿宝石般在忽明忽暗的灯光里熠熠生辉。她的头发被一根金色发带拢在脑后，额头上缀着一颗钻石，像黑玉一样闪闪发光。她那双优雅纤细的胳膊裸露在外，但是上面挂满了金属扭制的链子，与她整个人的装扮十分相配。

她手中正捧着三本书，一本摞在一本上面。

她将它们依次摆放在圣坛上，旁边摆着一只寻常无奇的陶碗。

正当她摸摸索索地伸手调整圣坛上油灯的位置时，爱丽丝突然不知不觉地发现，玛丽-赛希拉正将奥迪克的戒指戴在自己的左手大拇指上！

那枚戒指戴在她手上看起来真是别扭。

爱丽丝发现自己深深地陷入了一种无从忆起的过往之中。

那张牛皮纸摸上去应该很干很脆，宛若秋天树上飘下的落叶。但是她几乎能用自己的手指感受到系着书籍的那根皮带子，它是如此柔软而富有弹性，在经久不用之后，它应该已经变得僵硬才对。然而，这份记忆却像是铭刻在她骨头和血液里一样，清晰、真实。

她看到了那只小小的金色圣杯，比一个十便士的硬币大不了多少。在深奶油色的羊皮纸上，它发出了如同宝石般独特的色泽。

下面的几页里，都是些装饰华丽的手迹。她听见玛丽-赛希拉正在对着那片黑暗说着什么，而且与此同时，越过她的眼睛后面，她看到了红色、蓝色、黄色和金色的字母。那便是《魔药书》了。

一个个二维的动物和鸟类图形像洪水一般猛泄进了她的脑海。她能够想象出一张羊皮纸的样子：它比其他书页都要稍厚一些，而且不同的是，它可以呈现出黄色的半透明状。那是纸莎草纸，由树叶编织而成的。除了一些穿插其中的微小植物、数字和尺寸之外，这本书的开端布满了许多形状相同的符号。

她现在开始回忆起第二本书——《民数记》的样子：第一页上是迷宫的图片，并没有圣杯。

爱丽丝不自觉地再次环顾大厅。这一回，她用了不同的眼光去打量这个空间，下意识地注意了它的形状和尺寸。

她又朝圣坛望去。她对第三本书的记忆最为强烈：第一页上闪着金光的是安赫，一个象征生命的埃及符号，现在已经被全世界周知。在《言语书》包覆着皮革的木板之间，是空白的书页，就像守卫着书籍中央纸莎草的白色卫士一样。象形文字密密麻麻，整整齐齐，一排接一排地布满了整张书页。一句话结束至另一句话开始之间，没有任何颜色或标注。

隐藏其中的，便是咒语。

爱丽丝睁开眼睛，感觉到奥迪克正在盯着自己。

他们之间传递着一种心照不宣的表情。那些话语又从她记忆里堆满尘埃的地方悄悄溜出来，重新叩响了她的心扉。一瞬间里，她从自己的肉体里抽离了，飘到上空俯视着下面的一切。

八百年前，阿莱斯也说过这些话语，而且奥迪克已经听过了。

真理会使我们得自由。

什么都没变，但是她突然间不再感到害怕。

圣坛那边传来一个声音，吸引了她的注意。静止的世界已经消失，现实的世界再次冲了回来。而且，伴随而至的还有恐惧。

玛丽-赛希拉拿起那只手掌般大小的小陶碗，从旁边抓起一把刀刃已经磨钝的匕首。她将自己那双雪白而纤长的胳膊高举至头顶。

"进来吧！"她呼唤着。

弗朗索瓦-巴普蒂斯特迈出了隧道里的黑暗，来到了大厅里。他的双眼像探照灯似的环视周围，先是扫过奥迪克，随后是爱丽丝，最后定在了威尔身上。爱丽丝看到了男孩脸上露出的胜利表情，可想而知，弗朗索瓦-巴普蒂斯特肯定已经对威尔施加了不少暴力。

我不会允许你去伤害他。

随后，他的眼神继续逡巡着。看到在圣坛上并排摆放的三本书后，他停顿了几秒钟。爱丽丝判断不出他的眼睛里到底是惊讶还是释然。最后，他将目光停留在了他母亲的脸上。

即便是隔着这么远的距离，爱丽丝依旧能够感受得到他们之间一触即发的紧张气息。

玛丽-赛希拉的脸上闪过一丝不易察觉的笑容，然后从圣坛上款款走下，手里依然握着匕首，托着陶碗。她走过大厅的时候，身上的长袍好似丝绸般的月光，在蜡烛闪烁的灯光里泛着粼粼微光。爱丽丝嗅到了她身上隐秘的香水气味，在油灯的浓重香味打压之下，淡淡地飘在空中。

弗朗索瓦-巴普蒂斯特惊恐得四肢已经不听使唤。他沿着台阶走下去，在威尔的身后站住。

玛丽-赛希拉在威尔面前停下，悄悄对他耳语了些什么。爱丽丝听不到。虽然弗朗索瓦-巴普蒂斯特的微笑依旧保持原样，但是当他探身向前，举起威尔捆住的双手，并将自己的胳膊伸向玛丽-赛希拉时，爱丽丝看到了他脸上泄露的愠怒。

玛丽-赛希拉在威尔的手腕和手肘之间割开了一道口子。爱丽丝见状，吓得全身蜷缩成了一团。他向后畏缩着，眼睛里面满是惊恐，但是没有发出一声尖叫。

玛丽-赛希拉拿碗接了五滴鲜血。

接下来，她跟奥迪克又重复了一遍同样的程序，然后在爱丽丝面前停下了。她用匕首顺着爱丽丝雪白胳膊下方的那条旧伤来回摩擦。爱丽丝看到了她眼中闪耀着的兴奋火花。然后，她像一名娴熟的外科医生一样，将刀子精准地插进了她的皮肤，随后逐渐向下用力按压，直到把她的刀疤再次用刀豁开。

爱丽丝感受到的疼痛非同寻常。那是一种钝痛，而非尖锐的感觉。爱丽丝起初感到了温暖，随后很快变成了寒冷和麻木。她目瞪口呆地注视着那一滴滴坠下的鲜血，一滴接着一滴，掉进了那个盛着怪异的白色混合物的碗里。

随后，爱丽丝的痛苦就结束了。弗朗索瓦-巴普蒂斯特放开了她，跟着他的母亲走向了圣坛。玛丽-赛希拉又跟儿子重复了一遍这个过程，然后走到了圣坛和迷宫之间的位置。

她将那只碗放在中央，拿刀划过自己的皮肤，看着自己的鲜血顺着胳膊流淌下来。

这是血液的混合过程。

爱丽丝灵光一现，明白了这样做的原因。圣杯属于所有的信仰。无论是基督徒，犹太人还是穆斯林，只要是五个守护者，依照其性格和为人入选，不考虑血统。一切都是平等的。

爱丽丝看着玛丽-赛希拉走到前面，依次从三本书的书页间抽出某样东西。她举起第三个。那是一张纸。不，不是普通的纸，是纸莎草。玛丽-赛希拉将它举至灯下，这片苇草编织物立即变成了透明的。符号也随之现身。

安赫，那个象征生命的符号。

玛丽-赛希拉将陶碗举到唇边，喝下了里面的液体。喝光之后，她用双手捧住陶碗，目光望出大厅外面，直到定在了奥迪克的身上。爱丽丝觉得，她好像是在要求他来为自己喊停。

现在,她从大拇指上褪下那枚戒指,转向石头迷宫,打破了缄默的气氛。随着灯光在身后摇曳,影子跃然墙上,爱丽丝看到了阴影中刻着符号的岩石上出现了两个她之前从未注意过的形状。

藏在迷宫之中的安赫和圣杯,此时已经将各自的形状和轮廓显现得清清楚楚。

爱丽丝听到一声尖锐的"咔嗒"声,仿佛一把钥匙插进了一把锁中。一时间,好像什么都没有发生。但是马上,墙壁深处传来某种东西移动的声音,好像是石头正在摩擦石头。

玛丽-赛希拉向后退了一步。爱丽丝看到一个比书本大不了多少的开口从迷宫中央显露出来。那是一个隔间。

一些单词和短语突然从她的脑海中冒了出来。它们连同奥迪克跟自己讲过的事情,以及她自己调查的那些东西,全都搅成了一团。

迷宫的中心是启迪,是顿悟。爱丽丝回忆起沙特尔天主教堂中殿里天主教徒朝圣时走的那条"耶路撒冷之路",那条为了寻找启发而走上的迷宫之路。

在这座圣杯迷宫里,"灯"在字面意义上就是指事物的中心。

爱丽丝看着玛丽-赛希拉从圣坛上取下提灯,挂到了中心上方。完全匹配。立即,它变得熠熠生辉,整个大厅里都变得灯火通明。

玛丽-赛希拉从圣坛上的一本书里举起一张纸莎草,滑进了壁龛前面的一个槽子里。提灯失去了些光辉,整个洞穴瞬间黯淡下来。

她转过身子,盯着奥迪克。她的话打破了咒语。

"你说过我能看到的!"她高声喊叫着。

他抬起他那琥珀色的眼睛,望着她。爱丽丝示意他不要应声,虽然她知道他不会照做。因为一些她不明白的原因,奥迪克决意要让这个仪式举行下去。

"真正的咒语只有在三张纸莎草被叠放到一起时才会显现。只有那样,在明暗对比之下,必须说出的那些话语才会出现。"

爱丽丝浑身颤抖。她知道这种寒意来自己的身体内部,好像自己的体温正在因失血而渐渐冷却,但又无能为力。

玛丽-赛希拉用手指翻转着三张羊皮纸。

"怎么翻?"

"放了我。"奥迪克冷静而淡定地说,"放了我,然后让我站到你现在所在的位置上。我会做给你看。"

她犹豫了一下,然后对弗朗索瓦-巴普蒂斯特点头示意。

"妈妈,我不认为——"

"按我说的做!"她无情地打断了他。

弗朗索瓦-巴普蒂斯特默不作声地松开了将奥迪克绑在地面上的绳子,然后向后退了一步。

玛丽-赛希拉把手伸到背后,拿起了匕首。

奥迪克缓缓地走上大厅。"如果你耍任何花招,"玛丽-赛希拉用刀子对准爱丽丝说,"我就杀了她!明白没有?或者我儿子也会把她杀了。"她颠簸地走到弗朗索瓦-巴普蒂斯特站立的位置。他的身边是威尔。

"我明白。"

他瞥了一眼躺在地上一动不动的希拉,然后对爱丽丝轻声细语地说:"我说对了吧?"他说着说着却突然怀疑起来:"圣杯不会听她的召唤吧?"

虽然奥迪克是对着她说的,但是爱丽丝还是觉得他像是在问别人问题似的。那个别人好像已经跟他有过很多共同的经历。

不管怎样,爱丽丝发现自己知道了答案。她十分确定。她微微一笑,给他吃了一颗定心丸。那是他一直期待的。

"圣杯不会听她的。"她默默地说。

"你还在等什么?!"玛丽-赛希拉大吼道。

奥迪克向前迈了几步。

"你必须把三张纸莎草都拿着。"他说,"然后放到火苗前面。"

"你来做。"

爱丽丝看到他拿着三张半透明的书页,在手里排列成序,然后小心翼翼地将纸莎草插了进去。一时间,壁龛中的火苗开始扑闪起来,好像要熄灭了一样。洞穴里面变成了一片黑暗,好像所有的灯光都黯淡了下来。

之后,随着她的眼睛渐渐适应了越来越暗的环境,爱丽丝看到现在只剩下一点点象形文字了。它们在迷宫线条的明暗图案中被光照亮。所有无关紧要的单词都被隐去,"赐予永生……"这句话在她的头脑中变得清清楚楚。"赐予永生!"她大声地说出这几个字。然后,剩下的话语在她脑海中自动地从古老的语言翻译了过来:"在时间之初,在埃及之地,秘密之主,所言所写。所赐之生命。"

玛丽-赛希拉转头望向爱丽丝。

"你读一下这些话。"她大步流星地朝她走过去,抓住了她的胳膊,"你怎么知道这些话是什么意思?"

"不,我不知道。"

爱丽丝试着从她手里挣脱,但是玛丽-赛希拉突然把她向刀尖猛地一推。说时迟那时快,她离刀尖已经只差毫厘,甚至连磨钝的刀片上生出的褐色铁锈都看得一清二楚。她闭上眼睛,重复那句短语:"赐予永生……"

一切好像都发生在一刹那间。

"妈妈!"

威尔趁弗朗索瓦-巴普蒂斯特一个不留神,抬腿踢到了他的腰背。男孩一惊,落地的瞬间朝洞穴顶部开了一枪。枪声在封闭的空间里响得震耳欲聋。眨眼间,爱丽丝听到子弹猛地撞在大山坚硬的岩石上,紧接着又在墙壁间来回弹跳了几下。

玛丽-赛希拉抬起手来捂住了太阳穴。爱丽丝看到她的手指之间涌出许多鲜血。她摇摇晃晃地站了一会儿,然后轰然倒地。

"妈妈!"弗朗索瓦-巴普蒂斯特已经从地上爬了起来,冲着他的母亲跑了过去。他手里的那支枪在地板上哧溜一下滑了出去。

奥迪克一把抓起玛丽-赛希拉的匕首,以惊人的力气割断了威尔手上的束缚,然后把匕首塞进了他的手里。

"快去救爱丽丝!"

威尔没有听他的指挥,猛冲过大厅,来到了玛丽-赛希拉的身边。弗朗索瓦-巴普蒂斯特正双膝跪地,将玛丽-赛希拉抱在怀里。

"不,妈妈。不要这样。听听我的声音,妈妈,你快醒醒!"

威尔揪住男孩身上宽大的夹克衫,拉着他的脑袋狠狠地往粗糙的石头地面上撞击了几下。然后,他冲向爱丽丝,跑到她身后松开了绳子。

"她死了吗?"

"我不知道。"

"那——"

他对准她的双唇狠狠地亲吻了一口,然后抖落了她手上的绳子。

"弗朗索瓦-巴普蒂斯特应该会昏迷一段时间,我们有充足的时间可以逃离地狱。"他说。

"带上希拉,威尔。"她焦急地指着希拉说,"我来帮奥迪克。"

威尔用双臂抬起希拉瘦削的身子,开始朝着隧道走去。爱丽丝则跑向奥迪克。

475

"那些书，"她急切地说，"我们得赶在他们醒来之前把那些书拿走。"

他站在那里，低头望了望脚下死气沉沉的玛丽-赛希拉及其儿子。

"奥迪克，快点儿！"爱丽丝重复道，"我们得离开这里！"

"把你卷进这件事情，是我的失误。"他轻轻地说，"是我想要知道真相的欲望，想要完成曾经食言的许诺，让自己变得盲目，没有考虑到其他因素。其实就是自私自利罢了。我替我自己想得太多。"

奥迪克把手放到一本书上面。

"你曾经问过我，为什么她没有把它毁掉。"他突然说，"答案就是，我不会允许她这么做。所以，我们就设计了一个计划来欺骗欧莉安。因为这样，我们又回到了大厅里。死亡和牺牲的循环才如此继续了下去。如果不是因为那样的话，也许……"

他绕着爱丽丝曾经试着要将纸莎草从灯里拿出来的地方走了几圈，说："她不应该妄想这个的。它已经让那么多性命白白牺牲掉了。"

"奥迪克，"她绝望地说，"我们可以等会儿再讨论这些。现在，我们必须先从这里出去。这是您一直想要看到的，奥迪克。您一直希望有机会看到三部曲合一啊。我们不能把这些留给她。"

"我仍然不知道，"他说，声音慢慢降为低语，"到底最后她发生了什么。"

爱丽丝将纸莎草一张一张地拉出来。虽然油灯里的油已经几乎烧干了，但是大厅里却一点点变亮起来。

"我把它们拿到手了。"她转过头说。她从圣坛上兜起三本书，塞到了奥迪克怀里。

"拿上书，我们快走吧！"

爱丽丝几乎是用拖拽的方式，才把奥迪克拉着走过了阴暗的大厅，走向隧道里。他们正在曾经发现骷髅的地方跌跌撞撞地走着，突然间，从他们身后的黑暗处传来一声巨大的爆裂声，伴随着石头移位的声音，之后紧接着是两声含混的重击声。

爱丽丝扑倒在地。这次不是枪声，而是某种东西碰撞到一起的噪声。大地深处正在轰隆作响。

她的肾上腺素飙升起来。她用牙齿紧紧咬住纸莎草，拼命地向前爬行，心里祈祷奥迪克还跟在身后。袍子的肥大布料缠在了她的双腿之间，拖慢了她的速度。她的胳膊血流如注，根本使不上劲儿，但是她还是奋力地爬到了台阶顶部。

爱丽丝又听到一阵隆隆的响声,但是她已经来不及回头看了。她的手指刚刚摸到台阶上面刻着的字母,就听到了一个突然响起的声音。

"停在那里别动,否则我就杀了他!"

爱丽丝僵住了。

不可能是她。她中了枪。我看见她倒下的。

"转过来,慢慢地。"

爱丽丝缓缓地从地上爬起来。玛丽-赛希拉正站在圣坛前面,双脚还不太稳。她的袍子上溅满了鲜血,头上的饰巾也早已脱落,一头蓬乱的头发疯子般地披散在脸蛋周围。她的手中握着弗朗索瓦-巴普蒂斯特的手枪,枪口直指奥迪克。

"慢慢走过来,坦娜博士。"

爱丽丝感觉到地面正在移动,地底下沉闷的隆隆震颤正在通过自己的双脚和双腿一直向上传送,震动的感觉每一秒钟都在变得更加强烈。

玛丽-赛希拉突然间好像也听到了这种响动,脸上顿时变得一片迷茫。另一声重击撼动了整间大厅。这一次,基本上可以断定是次爆炸了。一阵冷风突然席卷了整个洞穴。玛丽-赛希拉身后的油灯开始摇晃起来,石头迷宫突然裂开一道口子,稀里哗啦地碎成了一块一块的。

爱丽丝跑回奥迪克的身边。地面裂成了两半,坚硬的石头和古老的大地开始四分五裂,脚下的地面瞬间崩塌破碎。碎片从各个角落如狂风暴雨般地砸到她的身上,她不断地跳着脚,躲避着四周一个个不断开裂的洞眼。

"把它们给我!"玛丽-赛希拉喊道,把枪对准了爱丽丝,"你不会真以为我会让她把这些书从我这里拿走吧?"她的声音被不断落下的石头发出的巨响淹没,整个大厅开始坍塌下来。

奥迪克站起来,第一次开始说话。

"她?"他说,"不,不是爱丽丝。"

玛丽-赛希拉转过身子,循着奥迪克的眼神望去。

她尖叫起来。

黑暗中,爱丽丝看到了些什么。一圈光晕,一圈白色的光晕,好像一张人脸。万份惊恐的玛丽-赛希拉颤抖着双手,将手枪再次对准了爱丽丝。

她犹豫了一下,然后扣动了扳机。而此刻奥迪克已经站起来,走到了她们之间。

一切好像都在以慢动作进行。

477

爱丽丝尖叫着,奥迪克双膝跪倒,枪击的后坐力让玛丽-赛希拉失去了平衡,向后倒去。她的手指在空中绝望地狂抓着,乱舞着,慢慢跌入了地上已经豁开的一个巨大的裂口里。

奥迪克躺在地上,鲜血从胸口的枪眼里喷涌而出。他的脸变成了纸一般的颜色,她甚至能看清他薄薄的一层皮肤下面的青色血管。

"我们必须从这里出去!"她喊道,"可能还会有第二次爆炸,这里随时都有可能崩塌!"

他虚弱地一笑。"一切都结束了,爱丽丝。"他的声音很轻很柔,"终于,圣杯守住了自己的秘密,跟以往一样,它不会让她得逞的。"

爱丽丝疯狂地摇着头:"不,这个洞穴是挖掘出来的,奥迪克。"

"可能还有另外的墓穴。我们必须从这里出去!"

"不会再有其他的了。"他的声音里没有一丝犹疑,"这是过去的回声。"

爱丽丝看得出来,他每说一句话都疼痛难忍。她低下头,靠在他的头上。

他的胸腔里发出一种微弱的"咔嗒"声,呼吸变得越来越浅,越来越弱。她试着替他止血,但是也知道这些都是徒劳。

"我想知道,她是怎么度过她人生最后时刻的。你明白吗?我救不了她。她被困在里面,我却进不去。"他痛苦地喘息了一下,又吸了一口气,"但是这回……"

最终,她明白了第一次走近荣誉村,看到他站在大山褶皱之中那栋小石屋门口的样子时,自己内心的那种直觉到底意味着什么。

这是他的故事。这些都是他的回忆。

她想起了那幅家族谱系图,编写得如此饱含深情,煞费苦心。

"萨雷。"她说。

一瞬间,他琥珀色的眼睛里轻轻摇曳起了生命之光,那张奄奄一息的脸上突然涌上强烈的喜悦之情。

"我醒来的时候,伯特兰德躺在我的身边。有人已经给我们盖上了斗篷,怕我们着凉——"

"是吉扬。"爱丽丝说。她知道这一切都是真的。

"有一声恐怖的雷鸣。我看到洞口的石头壁架坍塌下来。大卵石'哐当'一声撞到地上,震起一片惊沙走石,把她困在了洞里。我无法进去救她,"他说着声音颤抖起来,"救他们。"

然后,他停了下来。一切都突然变得沉默下来,万籁俱寂。

478

"我不知道。"他又极度痛苦地说,"我曾经对阿莱斯许过诺,如果她发生了什么事情,我就要确保《言语书》的安全,但是我不知道……不知道欧莉安是不是拿走了那本书,也不知道她去了哪里。"他的声音变成了低语,"什么都不知道。"

"所以我发现的尸体是吉扬和阿莱斯的。"她用陈述的语气说。

萨雷点点头:"我们在山腰下面不远处发现了欧莉安的尸体。她身上没有书。直到那时我才知道。"

"为了保护那本书,他们死在了一起。阿莱斯想要您活下来的,萨雷。活下来照顾伯特兰德,那个除了血缘关系之外跟您亲如父女的孩子。"

他微微一笑。"我就知道你会明白的。"他说。这些词句从他的唇间滑出,好似一声叹息:"我已经一个人活了太久,没有她在我的左右。但是每一天,我都能感受到她的存在。每一天,我都希望我没有遭到诅咒,不必被迫活在这个世上,眼睁睁地看着我的心爱之人一个个慢慢变老,最终全部离开这个世界。阿莱斯,伯特兰德……"

他说不出话来。她为他感到心痛不已。

"您千万不要再感到内疚了,萨雷。现在您已经知道发生了什么,您必须原谅自己了。"

爱丽丝能够感受到,他正在渐渐地向远离自己的方向滑去。

让他一直说话。不要让他睡去。

"有一个预言说,"他说,"在奥克地区的土地上,在我们那个年代,会有一个人要活下来见证将要发生在那片土地上的悲剧。跟我之前的那些人——比如亚伯拉罕、玛士撒拉和阿里夫一样,我也并不希望这样。但是,我接受了自己的命运。"

萨雷上气不接下气地喘息着。爱丽丝又往他的身边靠了靠,将他的脑袋捧到了自己的臂弯里。"什么时候?"她试着发问,"告诉我。"

"阿莱斯召唤了圣杯。就在这里。在这间大厅里。我当时二十五岁。我已经回到了荣誉村,当时以为我的人生就要改变了。我觉得自己应该向她表白心迹,并且赢得她的爱情。"

"她确实爱着您。"爱丽丝严肃地说。

"阿里夫把埃及的古老语言教给了她,"他继续说,面带微笑,"好像那些知识的某些痕迹还遗留在你的身上。通过阿里夫教给她的技巧,以及她从羊皮纸上学到的知识,我们来到了这里。跟你一样,当那个时刻来临的时候,阿莱斯自然而然就知道了自己应该说些什么。圣杯在她的体内发生作用。"

"怎么……"爱丽丝结结巴巴地说,"发生了什么?"

"我还记得,空气在皮肤上留下丝滑的触感,烛光轻轻摇曳,黑暗中萦绕着动人的声音。那些话语仿佛就是从她的双唇间不自觉地流动出来,几乎不费吹灰之力。阿莱斯站在圣坛前面,阿里夫陪伴在她的身边。"

"当时肯定还有其他人在场吧。"

"是有,但是……但是我几乎想不起来了。你一定会感到奇怪吧。我的眼里只有阿莱斯。她的脸,如此目不转睛,专心致志,她眉间皱起的地方现出一些浅浅的纹路。她的头发从肩上垂下,披在背上,好似一条瀑布。除了她之外,我什么都看不到。我只能意识到她一个人的存在。她手里捧着圣杯,说着那些语言。在获得启蒙的那一瞬间,她的眼睛突然猛地一睁。她把圣杯递给我,让我喝下里面的液体。"

他的眼睑拍打着睁开,然后又迅速合上,好像蝴蝶翅膀的开合。

"如果说您的生命对您来说是一种负担,那您为何在失去她之后还要一个人活下去呢?"

"为什么?"他惊讶地说,"为什么呢?因为那是阿莱斯的意愿。我必须得活下来,将这个故事告诉这片土地上的人们,跟他们讲述发生在这片山地和平原上的事情,确保他们的故事并没有就此湮灭。这就是圣杯的目的。就是为了帮助那些见证者。历史是由胜利者、谎言家、强权者和独裁者写就的,而真理却通常是在寂静中和安静处发现的。"

爱丽丝点点头:"您做到了,萨雷。您完成了这项使命。"

"关于十字军替法国人侵犯我们的历史,吉扬·德·图德拉做了错误的记录。他把这段描述称作《圣战颂歌》。他死了之后,一名对奥克地区的遭遇抱以同情之心的匿名诗人,完成了这部作品。也就是 La Canso 的《我们的故事》。"

爱丽丝心无旁骛地微笑起来。

"活下来的语言。"他轻声说,"这只是个开始。我对阿莱斯发过誓,我会讲述真理,写下真理,以便后世子孙能够知道,在这片土地上,以他们的名义,他们曾经取得过如此的光荣,并且确保他们能够永垂不朽。"

爱丽丝点点头。

"阿里夫明白这一切。在我之前,他已经孤独地走了很久。他已经游遍了整个世界,目睹了人们是如何为了编造谎言而扭曲和破坏语言的。他活了太久,也见证了太多。"萨雷停下来深吸了一口气,"阿莱斯死后,他只活了很短的一段时间，但是他去世的时候已经八百多岁了。在这里，在荣誉村，陪着我和伯特兰德。"

"但是您这么多年来是在哪里生活的？您是怎么过活的？"

"我目睹了春天的翠绿变幻成夏天的金黄，古铜色的秋天变幻成洁白的冬天，而我就坐在那里，等待夕阳落下。我一遍遍地问自己，为什么要这样？这样孤独地生活着，忍受着，成为生命无尽循环往复的唯一目击者。如果我早就知道活着就是这种感觉，我会怎么做？我跟这空虚的内心做伴，度过这漫长的人生。多年来，这种空虚已经慢慢、慢慢地膨胀，淹没了我的内心。"

"她是爱您的，萨雷。"她缓缓地，轻轻地说，"虽然不是以您爱她的那种方式爱您，但是她也爱得真实和深刻。"

他的脸上闪过一种和平的表情："是真的。现在我知道了。"

"如果……"

又一阵疯狂的咳嗽袭上了他。这一回，他的嘴角泛起了血沫。爱丽丝用自己的袍子替他擦掉。

他挣扎着坐起来："我已经为你把整个故事都写下来了，爱丽丝。这是我最后的遗嘱。它就放在荣誉村里等着你。在阿莱斯的房子里，就是我们住的那栋，我现在将它留给你了。"

虽然相隔甚远，但是爱丽丝觉得自己听到了汽笛划破山间夜晚寂静的声音。

"他们已经快到了。"她说，努力地克制着自己的悲伤，"我说过他们会来的。跟我在一起生活吧，求您不要放弃自己。"

萨雷摇摇头说："事情已经了结了。我的旅程走完了。你的旅程才刚刚开始。"

爱丽丝将他脸上的白发轻轻拢向脑后。

"我不是她，"她轻轻地说，"我不是阿莱斯。"

他长长地，轻轻地叹了口气："我知道。但是她在你的体内长存……并且你也存在于她的身上。"他停下了。爱丽丝看到他每说一句话都已经疼痛难忍。"我多么希望，我们能在一起生活得更长久一些，爱丽丝。但是能够见到你，能够跟你度过这几个小时，就已经超乎我的期望了。"

萨雷陷入了沉默。最后的一丝血色已经从他的脸上、手上渐渐褪去，直到一无所剩。

一句很久很久之前念过的祷告，浮现在了她的脑海里。

"上帝，拯救这善良的灵魂吧。"这些耳熟能详的语言轻而易举地就从她的双唇间流动出来，"圣父，天下善人的正义之神，请将您所拥有的知识赐予我们,将您所热爱的事物交给我们来爱。"

爱丽丝忍住泪水,用双手紧紧地抱着他的身体,看着他的呼吸变得越来越浅,越来越轻,直到最终戛然而止。

LABYRINTH
EPILOGUE

尾声

荣誉村
2007 年 7 月 8 日 星期日

现在是晚上八点，又是一个美好的夏日夜晚。

爱丽丝走到宽阔的竖铰链窗前，打开百叶窗，让外面的橘色余晖斜斜地洒进屋里。一缕清风拂过了她裸露的胳膊。暮色里的她，皮肤变成了栗色。她的头发绑成一根辫子，垂在脑后。

此刻的太阳低低地垂着，在粉白混色的天空上呈现出一个完美的红色圆圈。余晖倾泻而下，在萨巴提山脉附近的山峰上投下巨大的黑色暗影，好像一片片晾在外面风干的布料。她从窗户里可以看到七兄弟山坳和它后方的圣巴瑟米山峰。

萨雷去世已经整整两年了。

起初，爱丽丝以为自己带着这些记忆会很难过活。那间幽闭而恐怖的大厅里响起的枪声，大地的剧烈震颤，黑暗中煞白的面孔，以及威尔带着努贝尔警官冲进大厅时脸上的表情，都令她难以忘怀。

而最重要的是，每当她想起奥迪克（也就是萨雷）时，她的脑海中就会浮现出他那双眼睛里渐渐黯淡的光芒。虽然最终她从他的眼睛里看到了祥和，而非悲伤，但是这并不能抚平她心里的哀伤。然而，爱丽丝对整件事了解得越来越多之后，那些将她锁在最终时刻里的恐惧感就越发开始消散开来。过去已经无法再来伤害她了。

她知道，玛丽-赛希拉及其儿子已经被落下的山石砸死，他们都在那次地震中把自己的生命献给了大山。保罗·奥蒂耶的尸体在被弗朗索瓦-巴普蒂斯特枪杀的地方被人找到，控制引爆的计时器丢在了他的尸体旁边，仍在毫无知觉地滴答滴答地数到了零。那是一场他亲手缔造的末日之战。

随着季节轮回，时间流转，在威尔的帮助之下，爱丽丝开始渐渐恢复了生机。时间真的是最好的治愈者。时间和新生的希望给了她第二次生命。渐渐地，那些痛苦的回忆正在慢慢淡去，仿佛老照片一样，一半清晰一半模糊，但都堆积在了她落满了灰尘的记忆深处。

爱丽丝卖掉了英国的公寓和姨妈在奥德区的房子后，和威尔搬到了荣誉村。

那栋阿莱斯曾经和萨雷、伯特兰德和阿里夫住过的房子，现在变成了他们的新家。虽然他们往里添置了一些适合现代人类居住的设备，但是这方土地的精神气质将亘古长存。

圣杯的秘密安全地守住了，遂了阿莱斯一直以来的心愿，它仍然深藏在这永恒的大山之中。从他们那三本中古世纪的书籍中撕下来的三页纸莎草，就这样被埋葬在了岩块和山石的下面。

爱丽丝明白了，她的命运就是注定要去终结这项八百年前未竟的事业。她也懂得了，真正的圣杯就在于世代相传的真爱之中，在父亲对儿子、母亲对女儿的谆谆教导之中。阿莱斯做到了。真理就存在于我们每一个人的身上，也存在于石头、岩石和山中四季变换的景色里。

而通过共同的过去的故事，我们将永远不会死去。

爱丽丝觉得自己无法找到任何言语来形容这段经历。她跟萨雷不同，她不是个会编故事的作家。但是她也好奇过，是不是这根本就是无法用语言来表述的经历。

就把它称作神吧，或叫作信仰也可以。也许圣杯就是一个无比盛大的真理，以至于无人能够说出其中的奥妙，也无法被语言这样一种狡猾的东西束缚在时空和文本之中。

爱丽丝用手扶在窗台上，呼吸着夜晚微妙的气息。欧百里香、金雀花、石头上残留的微微余热、山欧芹、薄荷、鼠尾草，都是她的药草花园里散发出香气的来源。

她的名气渐渐聚集了起来。养花弄草一开始只是她的个人偏好，顺便给村子里的餐馆和邻里提供些药草什么的，后来竟慢慢变成了一件赚钱的生意。如今，这片地区大部分的旅馆和商店，甚至连远方的富瓦和米尔普瓦，都要从他们这里进上大批大批的货物，包括极具特色的佩尔蒂埃香料和女儿牌香料——她祖先们的名字现在被她拿过来重新赋予了生命。

地图上依旧找不到荣誉村这个小村庄。它实在是太小了。但是之后也许就不一定了。

下面的书房里，键盘声已经沉默下来。爱丽丝听到威尔走进厨房，从碗

EPILOGUE·尾声

柜里拿了盘子,又从食品柜拿了些面包。不久之后,她就会从上面下去。他会开一瓶红酒,而她会在他做饭的时候先喝上一杯。

明天,让娜·吉罗会过来看他们。这位高贵迷人的女人已经成为他们生活中的重要成员。明天下午,他们会到最近的村子里,去广场上悼念著名的纯洁派历史学家和反抗战士奥迪克·S.拜亚德,在他的纪念碑下面呈上鲜花。匾额上是由爱丽丝选的一句奥克语的谚语:

一步一步地,你会走更远。

在那之后,爱丽丝经常会独自走进山区,到另一块标志着他埋葬之地的匾额那里看看。那儿位于山脚下,就跟他一直希望的那样。石碑上只写了"萨雷"两个字。

对于纪念他来说,这一个名字就已经足够了。

萨雷送给爱丽丝的第一件礼物,那幅家族谱系图,现在悬挂在了书房的墙上。爱丽丝做了三处改动。她加上了阿莱斯和萨雷的亡日,两个日期之间相隔了八百年。

她还把威尔的名字加到了她的名字旁边,当然,还有他们的结婚日期。

在最后的位置,故事还在继续的地方,她加上了这么一行:

萨雷斯·格蕾丝·法尔梅,生于2007年2月28日。

爱丽丝微笑着走到了小床前。他们的小女儿正在里面踢打着小腿。

她刚刚醒来的时候,苍白困倦的脚指头皱成了一团。爱丽丝屏着呼吸,看着女儿慢慢睁开双眼。

她在女儿的前额上轻轻地留下一个吻,开始用古老的语言唱起那首世代相传的摇篮曲。

Bona nuèit, bona nuèit …
Braves amics, pica mièja-nuèit
Cal finir velhada
E jos la flassada

爱丽丝想，也许有一天，萨雷斯也会把这首歌唱给她自己的孩子听。

爱丽丝用双手抱起女儿走回窗前，心里盘算着自己将要教给她一些什么东西。她要把那些过去的故事，以及这些事情的来龙去脉全部讲给她听。

阿莱斯再也没有出现在她的梦里了。但是每当爱丽丝站在渐渐暗去的光线里，遥望着这片古老的山峰和目不可及的村庄时，她依旧感觉到了过去的存在出现在自己的周围，拥抱着自己。那些幽灵、朋友和鬼魂都向她伸出双手，轻声诉说着他们的生活，分享着他们的秘密。他们将她和那些之前曾经站在这里，以及将会来到这里的人们联结起来，共同梦想着生命也许会拥有的意义。

远处，一轮皎洁的明月正在夜空中冉冉升起，预示着即将到来的明天，又会是一个极好的天气。

图书在版编目(CIP) 数据

圣卷谜宗 /（英）摩斯著；玄涛译. – 重庆：西南师范大学出版社，2016.1
书名原文：Labyrinth
ISBN 978-7-5621-7693-0

Ⅰ.①圣… Ⅱ.①摩… ②玄… Ⅲ.①长篇小说－英国－现代 Ⅳ.①I561.45

中国版本图书馆CIP数据核字(2015)第307379号

LABYRINTH: AN ILLUSTRATED NOVELLA BY KATE MOSSE
Copyright:© 2005 BY MOSSE ASSOCIATES LTD.
This edition arranged with LUCAS ALEXANDER WHITLEY (LAW)
Through BIG APPLE AGENCY, INC., LABUAN, MALAYSIA.
Simplified Chinese edition copyright:
2015 Chongqing Southwest China Normal University Press co.,LTD.
All rights reserved.

圣卷谜宗

SHENGJUAN MIZONG

[英] 凯特·摩斯 著　玄涛 译

出 品 人：米加德
总 策 划：卢　旭　闫青华
责任编辑：何雨婷　姚丽晴
装帧设计：谷亚楠　胡　静
出版发行：西南师范大学出版社
　　　　　重庆市北碚区天生路2号　邮编：400715
　　　　　http：//www.xscbs.com
　　　　　市场营销部电话：023-68868624
印　　刷：重庆市正前方彩色印刷有限公司
字　　数：390 千字
开　　本：890mm×1240mm　1/32
印　　张：15.5
版　　次：2016年4月第1版
印　　次：2016年4月第1次
著作权合同登记号：2015年第297号
书　　号：ISBN 978-7-5621-7693-0
定　　价：43.00元

读者回函表 Readers WIPUB BOOKS

姓名：_____ 性别：_____ 年龄：_____ 职业：_____ 教育程度：_____

邮寄地址：_____ 邮编：_____

E-mail：_____ 电话：_____

您所购买的书籍名称：《圣卷谜宗》

您对本书的评价：

书名：	□满意	□一般	□不满意	故事情节：	□满意	□一般	□不满意
翻译：	□满意	□一般	□不满意	书籍设计：	□满意	□一般	□不满意
纸张：	□满意	□一般	□不满意	印刷质量：	□满意	□一般	□不满意
价格：	□便宜	□正好	□贵了	整体感觉：	□满意	□一般	□不满意

您的阅读渠道（多选）： □书店 □网上书店 □图书馆借阅 □超市/便利店
□朋友借阅 □找电子版 □其他 _____

您是如何得知一本新书的呢（多选）： □别人介绍 □逛书店偶然看到 □网络信息
□杂志与报纸新闻 □广播节目 □电视节目 □其他 _____

购买新书时您会注意以下哪些地方？
□封面设计 □书名 □出版社 □封面、封底文字 □腰封文字 □前言后记
□名家推荐 □目录

您喜欢的书籍类型：
□文学-奇幻小说 □文学-侦探/推理小说 □文学-情感小说 □文学-散文随笔
□文学-历史小说 □文学-青春励志小说 □文学-传记
□经管 □艺术 □旅游 □历史 □军事 □教育/心理 □成功/励志
□生活 □科技 □其他 _____

请列出3本您最近想买的书：_____、_____、_____

请您提出宝贵建议：_____
_____

★感谢您购买本书，请将本表填好后，扫描或拍照后发电子邮件至 wipub_sh@126.com 和 xscbsr@sina.com，您的意见对我们很珍贵。祝您阅读愉快！

图书翻译者征集

为进一步提高我们引进版图书的译文质量,也为翻译爱好者搭建一个展示自己的舞台,现面向全国诚征外文书籍的翻译者。如果您对此感兴趣,也具备翻译外文书籍的能力,就请赶快联系我们吧!

您是否有过图书翻译的经验: □有 (译作举例:_____)
　　　　　　　　　　　　　□没有
您擅长的语种: □英语　□法语　□日语　□德语
　　　　　　　□韩语　□西班牙语　□其他_____
您希望翻译的书籍类型: □文学　□生活　□心理　□其他_____

请将上述问题填写好、扫描或拍照后,发电子邮件至wipub_sh@126.com和xscbsr@sina.com,同时请将您的译者应征简历添加至邮件附件,简历中请着重说明您的外语水平等。

期待您的参与!

西南师范大学出版社
上海万墨轩图书有限公司

更多好书资讯,敬请关注

万墨轩图书　　西南师范大学出版社

文学 · 心理 · 经管 · 社科

艺术影响生活,文化改变人生